入戏

RUXI

周沉 著

江苏凤凰文艺出版社
JIANGSU PHOENIX LITERATURE AND
ART PUBLISHING

图书在版编目（CIP）数据

入戏 / 周沅著 . -- 南京 : 江苏凤凰文艺出版社，
2022.12

ISBN 978-7-5594-7121-5

Ⅰ . ①入… Ⅱ . ①周… Ⅲ . ①长篇小说 – 中国 – 当代
Ⅳ . ① I247.5

中国版本图书馆 CIP 数据核字 (2022) 第 158710 号

入戏

周沅 著

责任编辑　张　倩
特约编辑　贝　冢
封面设计　白砚川
出版发行　江苏凤凰文艺出版社
南京市中央路 165 号，邮编：210009
网　　址　http://www.jswenyi.com
印　　刷　三河市中晟雅豪印务有限公司
开　　本　700mm × 980mm　1/16
印　　张　21
字　　数　423 千字
版　　次　2022 年 12 月第 1 版
印　　次　2022 年 12 月第 1 次印刷
书　　号　ISBN 978-7-5594-7121-5
定　　价　49.80 元

用户XXXXXXX

夕阳的光落到了他的睫毛上，他的睫毛梢被映出了金色的光。

白烟缓缓地飘出了车厢，妖妖娆娆地勾着灼热的空气。

海风吹了过来，卷起了姚绯的长发。

目录
CONTENTS

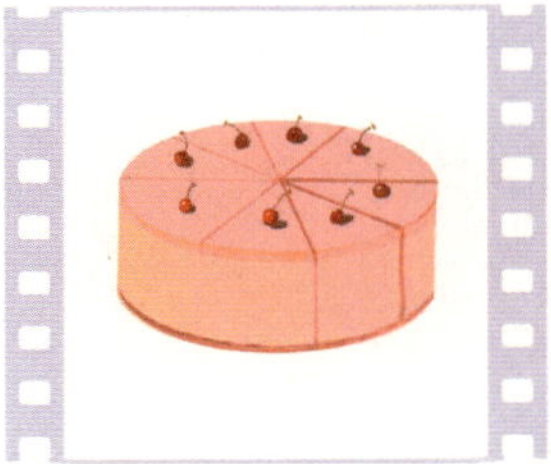

盛夏

PRODUCTION
SCENE
TAKE
ROLL

入戏

RU XI

商锐
SHANG RUI

姚绯
YAO FEI

她那时候也许闪过一个念头，
希望有一个

高大的男生挡在她面前或者站在她身边，
给她一点希望。

入戏RUXI
商锐
SHANG RUI
姚绯
YAO FEI
再见，小夏瑶。你好，小姚绯，欢迎回到现实世界。

入戏

第一章

初遇

RUXI

B 市的深秋，寒风萧瑟。路边梧桐寥寥无几的树叶被卷在风里，发出沙沙声响。天空阴沉，似乎在酝酿一场风雪。

姚绯站在景云花园前抬头看城市狭隘的天空，光秃的梧桐枝错落无序，指向密不透风的乌云。揣在羽绒服口袋里的手指间夹着一枚硬币，硬币边缘坚硬，死死抵着肌肤，有几分疼。

正面，进去。

姚绯垂下浓密的睫毛，眼下便是旧得不成样子的黑色口罩，边缘处早已磨出了线球，露出来的眼明媚如高山之上湛清的湖水，足以窥见美貌的冰山一角。

寒风呼啸，细碎的白色颗粒纷纷扬扬落向大地。姚绯攥着硬币，抬眼看向阴沉的天空，B 市的第一场雪。

寒风透过棉口罩涌进鼻息，又灌进肺中，身体冰凉之余又隐隐生起了疼。只需要把手抽出来，张开五根手指，便能看到命运的结果。

雪粒落到了她浓密的睫毛上，带来凉意。姚绯深吸气，用尽全力抽出手，摊开，硬币上的菊花绽放在手心。

反面。

姚绯抬头看高耸入云的树枝，雪粒纷纷扬扬而下，发出簌簌声响。

十六岁那年她被带到 B 市，那时她对未来抱着希望，以为能在娱乐行业混得一席之地。

姚绯吸了一下鼻子，冰冷的手揣回陈旧的黑色羽绒服口袋里，再次掏出来，依旧是菊花。重复到第三次，一块钱硬币坠入口袋深处破落的口子里，迅速滑到了羽绒服的边缘。她艰难地抬起腿，拎起放在脚边的水果礼盒，垂着头转身往回走。

正面撞上一辆白色轿车，姚绯惊醒，迅速后退。

白色轿车急刹在她面前，姚绯的脚后跟重重地撞上路沿，礼盒落到了地上。她抬起了头，风卷起她细碎的长发，她那双绝艳的眼显露出来。

“姚绯？”车窗降下，笛亚坐在副驾驶位，“你怎么在这里？”

笛亚是表演系教授，姚绯的恩师，也是姚绯这次来的目的。

“撞着了吗？”

姚绯万万没想到，会这么巧地遇上她。寒风卷着姚绯的头发，她的鼻翼很轻地动了一下，连忙摇头：“没有，老师。”

“找我？”笛亚戴着眼镜，身上有着岁月沉淀的优雅，语调温和，声音好听，看向姚绯脚边的礼盒，“上车。”

“谢谢老师。”

这不是姚绯主动上门求人，而是遇到了。

是的，遇到了。

姚绯坐进温暖的车厢，车厢里飘荡着兰花的香气。她的手脚渐渐有了热度。她坐姿端正，放下水果礼盒：“叔叔好。”

驾驶位坐着笛亚老师的先生——极其温柔的男人，话少，温和，跟笛亚老师感情非常好。

“最近好吗？”先生礼貌询问。

“还行，谢谢您。”

“最近工作怎么样？”笛亚问。

姚绯抿了一下唇：“效益不好，关了，我暂时没有工作。”

笛亚一点都不意外。这两年话剧市场并不好，很多团队撑不下去就解散了。她只是“呀”了一声，拿起副驾驶位旁的保温杯，打开喝了一口水：“有什么打算？”

“不知道。”姚绯有些迷茫。

她十六岁被星探发掘，接了她人生中的第一部电影。十七岁，一炮而红，少年成名，风光无限。

只是这风光短暂得如 B 市的春天，稍纵即逝。第二年她就被公司雪藏，失去了所有的工作。姚绯一开始抱以乐观态度，她手里的钱虽然不足以赎身，但足够一个普通人几年的花销，她可以趁机进修演技。她热爱演戏，只要努力，总会有机会。

她从没想过，会被雪藏近七年。她最好的青春过去了一半，她依旧没有在银幕上露面的机会。

得罪了经纪公司老总的儿子，她没有翻身的机会。

年少无知时签下的霸王合同约束着她，公司为所欲为。她不能参加任何商演，没有公司的允许，她甚至不能去剧组跑龙套。

姚绯毕业后只能在话剧社工作，靠着低微的工资维持生活。她没有选择其他的工作是因为她热爱演戏，她想总有一天，她能登上银幕。她在话剧社还是演员，还能演戏。

上个月话剧社通知她，话剧社解散了，一个月几千块的工资也没了，她彻底不能演戏了。

“你的合约还有多久？”

车开进了小区地下车库，停稳，笛亚解开了安全带。

“一年。”姚绯推开车门，拎着礼盒下车，快步走过去帮笛亚拉车门，“不知道能不能顺利解约。”

如果经纪公司想卡合同，非要逼死她，她一点办法都没有。

“无耻之徒。”笛亚离开车厢，看了一眼姚绯手里的礼盒，“以后直接过来就行，不要买东西。”

笛亚不缺钱，姚绯送礼物就很为难——太差的拿不出手，好的她又买不起——只能送水果或者花，讨巧又不会很昂贵。可这些对于如今的姚绯来说也是很大的一笔支出。

她穷得明明白白。

“好。”姚绯应得乖巧。眼见叔叔去后备厢拿菜，她连忙走过去帮忙。

“袋子很重，你一个女孩子拎不动，你先跟老师进去——”先生话音未落，姚绯一只手拎着巨大的水果礼盒，一只手拎起沉重的便利袋，快步朝电梯走去。

姚绯身形单薄，看起来有几分羸弱，一米七的身高，体重不过百斤。但她拎着几十斤的东西，走得飞快。

夫妻俩互看一眼。

这孩子实诚得让人无话可说。

笛亚家住在一层，有漂亮的花园。姚绯把东西放到玄关处，又打算去厨房帮忙，笛亚叫住了姚绯。

“过来陪我喝杯茶。”

姚绯在厨房洗干净手，摘掉陈旧的棉质口罩才走向客厅。她的长发松松散散地扎着，有几缕落到了白皙的额头上。黛眉明眸，明艳美人，漂亮得无可挑剔。

“坐。”笛亚脱掉外套，洗茶沏茶，茶香四溢。

姚绯解开黑色长款羽绒服的拉链，端坐在对面。

“你还想拍戏吗？重回剧组。”

姚绯倏地抬眼，直直地看着笛亚，生出的希望仿佛扑向烈火的蛾，只在空中燃烧了几秒便落入灰烬。她抿了一下唇，笑着说：“想。”

笛亚把青釉茶杯放到姚绯面前，姚绯漂亮得如天池的眼眸闪烁着光。她拿起茶杯，柔软偏低的声音里有着不易察觉的颤抖：“做梦都想。”

姚绯非常热爱演戏。她痴迷演戏，甚至可以不要片酬，只要能站在舞台上，站在镜头前就行。

她是天生的演员，她对演戏有着极大的狂热。

可惜，造化弄人。雪藏七年，姚绯前途尽毁，没有再登上银幕的机会。

“我没机会。”姚绯很轻地扬了一下唇角。茶是乌龙，浓香醇厚。她抬起眼，看着笛亚，渴望又不敢渴望，只能嘴上不断地劝自己认命：“他们不会放过我。”

“若是有机会呢？”笛亚放下茶杯，往后倚靠在沙发上，戴着戒指的手优雅地搭在沙发扶手上，“你能把握住吗？”

姚绯握紧茶杯，心猛地提了起来，高高地悬着。

大脑里那根弦绷紧。笛亚人脉很广，她跟很多业内大佬都说得上话。

也许，万一呢，假如——

“什么——机会？”姚绯终于找到了自己的声音。

“你知道司以寒吗？”

谁不知道司以寒，超级巨星，少年成名，红得持久又声势浩大。娱乐行业的每个人都想成为他，可奇迹只有一个。

奇迹不可复制。

姚绯点头。

心跳得飞快，生出不敢想的期待。

“他的公司最近在筹备一部电影，他首次执导，很看重。”笛亚喜欢姚绯，她希望姚绯有个好前程，“我把你推荐过去了，他会给你露脸的机会。我建议你零片酬友情出演——不违背公司合约，也能在镜头前露脸。你在剧组活泛一些，多跟他们交流。司以寒的公司虽然规模不大，比不上那几家传媒集团，但背景很深，有司家坐镇，立起来是早晚的事儿。他为人正直，做事磊落，进他的剧组不用担心被骚扰。若是你能因此得到赏识，有人愿意投资你，明年解约就容易得多。你才二十四岁，能成功解约的话，你的前途依旧光明。”

姚绯腾地站起来。真的有机会了吗？“谢谢老师——”

“这是个非常好的机会，”笛亚微笑着看她，“希望你能抓住。”

“给你提个醒，男一号可能是商锐，商势传媒的二公子。这个人性格乖张跋扈，你要跟他保持距离。”

商锐花名在外，他一年有一半时间出现在大众视野，换女朋友比换造型还快。即便姚绯是不喜欢八卦的人，也知道他的名字。

商势传媒在纸媒时代便在新闻业占据重要一地，进入新媒体时代后，他们迅速地改变经营模式，如今在娱乐行业也是一尊神。商家有两个儿子。大儿子商子明低调沉稳，新闻甚少。商家所有的新闻都在小儿子商锐身上——狂妄，性格顽劣任性，张扬跋扈，他毕业后没有回家族企业，反而进了娱乐行业。

他靠着一张脸和商家的力捧，迅速地走红。

“别再招惹出个李盛。”笛亚提到李盛，眉头不由自主地皱起，“这些富二代都没个人样。”

李盛是华海集团董事长的独子，是姚绯所在经纪公司的大老板。七年前，姚绯拿酒瓶给李盛开了瓢儿，得到雪藏的下场。

姚绯慎重地点头："我知道，谢谢老师。"

"李盛的事不是你的错，李盛是畜生。但这种人，我们惹不起。"笛亚看着面前脆弱不堪的女孩儿，生出怜悯，语调柔了下去，"晚上在家里吃饭，我们也好久没见了，好好聊聊。"

姚绯在笛亚家吃完晚餐才离开，雪已经下大了，大片雪花由天而降，飘至铺满路灯灯光的地面。

寒风萧索，凛冬已至。

姚绯仰着头看，路灯照不到的天空沉得看不到尽头。许久后，她抬手捂着脸，感受呼出的潮热白气落进毛孔，与她的肌肤融为一体。热气飘散，湿寒替代了温热，她放下手，快步走进了雪夜之中。

司以寒要投拍电影的消息早就传得满城风雨。司以寒是当红巨星，具有很大的影响力。他合作的公司是业内新秀夏铭影业，用的是金牌编剧夏天。电影还未立项，便批发式地上了热搜。这电影拍得再差，靠着"司以寒导演处女作"这几个字也有基本盘。姚绯如果能在里面混个镜头，也许有机会留下来。

笛亚和司以寒有私交，这是她来找笛亚老师的原因。

如她所愿，笛亚老师给了她一个机会。

姚绯回到出租屋便联系房东，交付了下个月的房租。她一边找工作，一边等待机会。

临近年底，找工作难如登天。影视寒冬，不少话剧团解散，剧院的日子也不好过。表演类的工作就那么多，除了在话剧团工作就是做培训班老师。

可惜姚绯名声太差了，她的经纪公司不遗余力地往她身上泼脏水，所有值得观众狠狠啐一口唾沫、骂一句的传闻，都出现在她身上。

学表演的哪个不想红？谁也不想在走红后被挖出来曾经跟着姚绯学过表演，这是奇耻大辱。

非表演类工作，专业性太强的，姚绯做不了；太底层的工作，姚绯也不能去做。

她对未来还抱着侥幸。

姚绯一边等司以寒那边的机会，一边找工作。这一等就等了一个月，她没等到SW影业的消息，先等到了经纪人钱英的电话。她已经太久没有在手机上看到钱英的电话了，以至于看到来电显示时没想起来是谁，便接了起来。

"晚上来一趟星海。"钱英的声音落过来，不容置疑地命令。

"钱总？"姚绯从被子里坐起来，脊背不由自主地挺直，在没有暖气的房子里全靠一张薄棉被御寒，稍微动弹，寒风便侵入被子，让她打了个寒战，"有事吗？"

星海？星海是什么？

“谈谈解约。”钱英说，“你的合约还剩下一年多吧？”

姚绯的大脑刹那一片空白。

十七岁那年她拍摄的电影上映后，红遍大江南北，这是她的起点，也是她的终点。她只在银幕前短暂地停留，便进了多年“牢狱”。

姚绯在后来的无数年里经常梦到自己没有签下那份合约，重回校园，脚踏实地地考上了电影学院，站到导演面前，重新走到镜头下。

梦醒了，眼前只有长得看不到尽头的合约。

“四百七十天。”姚绯开口时声音有些颤抖。

“一年半。”

“是。”姚绯垂下眼，看着被子上的花纹，从狂喜中揪出一丝叫“理智”的东西。钱英会不会骗她？她迅速地拿开手机，点下录音。“现在谈解约？星海在哪里？钱总，为什么不在公司谈？”她问。

“你是大小姐吗？”钱英嗤笑出声，“我还八抬大轿去接你呢。我很忙，在B市的时间有限，就回来这几天。你愿意谈就过来，不愿意就继续等吧。你应该清楚，你的合同不解约，就会一直续下去。”

瑞鹰是姚绯所签的经纪公司，由华海集团全资控股。

“你不是天仙。”钱英的讽刺十分刻薄，“不是所有人都对你感兴趣。”

姚绯攥紧手机，血液冷了下去。

“已经过去这么多年了，如今的你长什么样，你心里没数吗？你有什么值得别人惦记？凭你年纪大，还是凭你脑子不好？以前你也不是多么吸引人，没了我的包装，你什么都不是。李总什么样的女人没见过？惦记你？他当年发脾气也只是因为你动手。没脑子，还冲动，敢跟李总动手，也不掂量掂量自己。”

“懒得跟你多说，赶快解约赶快滚，眼不见为净。”钱英说，“星海贵13，九点。我只有半个小时，明天飞H城。”

姚绯上一次接钱英的电话，钱英警告她别碰商演，不然她要支付巨额违约金，距今已有四年，四年期间他们没有任何交集，瑞鹰仿佛忘记了他们还签过姚绯这么一个人。

手机屏幕返回屏保，模糊的屏幕上是姚绯的照片——《寒刀行》的剧照，一身红衣，持长刀而立，长刀极致的冷配着红衣明艳的红，勾勒出绝色。这个镜头拿过最佳摄影奖。

《寒刀行》，江寒孤影江湖路，血雨腥风御刀行。姚绯的第一部电影。她凭借着这部电影，先后拿到了国内外两个知名电影奖项的最佳女主角，出道即巅峰。

姚绯看着手机屏幕，红色黯淡，渐渐沉入黑暗。

戏中，她握着长刀死在寒山之巅，世人敬仰。现实中，她落入尘埃，成为人人喊打的过街老鼠，隐藏在黑暗的角落里被万人唾骂。

她取了一支烟叼在唇间，靠回冰冷的床头。寒气透过珊瑚绒睡衣贴上了她的肌肤，她打了个哆嗦，搓了搓冻得僵硬的手指，从床头抄起打火机，点燃了香烟。

猩红的光照亮了她冷漠而麻木的脸，她把被子拉到脖子处，滑开了手机屏幕进入搜索页面。

星海在东二环，星海夜总会。

干洌的烟草气息侵入喉咙，姚绯看着手机屏幕上“星海夜总会”这五个字。钱英约她在夜总会谈解约，他打的什么主意？

去还是不去？去可能会有陷阱。

如钱英所说，快过去七年了，时间足以改变一个人，娱乐行业来来去去更换了好几拨人，很多人已经忘记了她是谁。

姚绯的手指缓缓滑动，手机屏幕映得指尖素白。

深吸气，烟骤然呛进肺里，她剧烈地咳嗽，连忙把剩余的半根烟摁灭在干燥的烟灰缸里，烟灰飘落到了桌子上。

她捂着嘴咳嗽，咳得满眼泪。

不去，她真有可能一直解不了约。华海的律师团队没有输过官司，他们能从合同上整死她。

若是能顺利解约，她从头开始。她才二十四岁，也许还能再上一次银幕。姚绯抬手擦了一下眼，深吸气。

她再次提起勇气碰“李盛”两个字。

李盛在三年前结婚了，孩子两岁半，结婚对象是白英珠，港圈名媛，跟李家门当户对。这两年李盛频繁上热搜跟老婆秀恩爱，媒体夸他浪子回头，花花公子被白富美收服，从此成了居家好男人。

李盛给姚绯造成了巨大的心理阴影，以至于姚绯看到他的名字就犯恶心，她从来没有关注过他，他的新闻姚绯都直接滑过去。

李盛结婚了？还有孩子？

姚绯把这几条新闻认认真真看了一遍，紧蹙的眉松开。时过境迁，可能真的一切都过去了。姚绯抿了一下唇，搜索“姚绯”。

拼音输入后，姚绯的名字没有在第一行。智能时代，输入法会根据搜索次数自动排序，姚绯已经过气了。

微博搜索“姚绯”，在搜索框输入“姚绯”两个字，没有跟热搜，也没有跟热词。姚绯确定搜索才出现信息，热门内容只有一条微博，是一个月前营销号统计的女神童年惊艳瞬间。九宫格照片，姚绯在最后一格——她身穿红衣回眸，清冷的眼看向镜头——那是姚绯的颜值巅峰期，十七岁的少女美得绝艳，有种绝代佳人幽居空谷的灵动感。

有三百多条评论，姚绯点开评论内容。

“姚绯也配被叫女神？女神没有门槛的吗？”

“《寒刀行》最大的污点就是姚绯，可惜了《寒刀行》。博主把姚绯删了吧，一粒老鼠屎坏了一锅汤，看到她就犯恶心。”

“这不是致童年，这是毁青春。”

这样的骂，姚绯见过无数，她以为自己早就习惯了。可这些字如同尖利的刀锋，她看着还是会疼。姚绯的手指微抖，胸口仿若压着巨石，她喘不过气。她深吸气，随即急促地喘息，一鼓作气返回首页，离开了所有的谩骂。

姚绯放下手机离开床，穿上冰冷的拖鞋走向了浴室。

她躲了快七年，漫长得仿佛过去了一辈子。姚绯走到镜子前，简陋的白色洗手台上水迹斑斑。姚绯揉了一把长发，看着镜子里苍白的自己，她还没过二十四岁生日，眼里却已有了沧桑。

姚绯住在郊区，住在这里没其他优点，只是房租便宜。从小区到地铁站还得骑五分钟共享单车，进一次城犹如历劫。她坐了两个多小时的地铁才到东二环。

下班高峰期，地铁站挤得仿佛满载而归的渔船靠岸，闸门一开，堆放在一起、快要窒息的鱼群便淌了出去。

姚绯就这么淌出了地铁站。

晚上八点半，繁灯亮起，照亮了整个城市。姚绯拿出导航搜索“星海夜总会”，六百米，步行七分钟。

合同总要解决，她早晚要面对钱英。

姚绯放下手机，抬头看向遥远的天边，林立的高楼之间狭窄的天空让人无端端地生出身处井底的焦灼感，看不到天光，只能看到灯影。

她在星海夜总会门外站了二十分钟才抬腿走进去。

星海夜总会是会员制，姚绯站在门口等了一会儿才有人带她进去。穿过玻璃门，震耳欲聋的音乐声直冲而来，姚绯看了一眼，一层灯光闪烁，群魔乱舞。

“这里。”穿着时髦的年轻女孩儿按开了电梯，抬手示意，“电梯。”

姚绯抬步走了进去，看女孩儿按下五层。这间夜总会只有五层。

“谢谢。”姚绯的手放在羽绒服口袋里，很轻地攥了一下。

女孩儿毫不掩饰的目光在她身上打量，随即眼底浮出轻视，看向了前方。姚绯这几年什么眼神都见过，也没有在意。

电梯停下，姚绯抬腿往外面走，女孩儿道：“这是三层，还没到。”

姚绯立刻往后退了一步，电梯门打开，她抬眼跟进电梯的男人对上视线。那是一张极好看的脸：微卷黑发下，深邃的桃花眼微微上扬，带着漫不经心，高挺得恰到好处的鼻梁，薄唇抿着，唇线清冷。

他偏了一下头，移开眼，左耳上的黑钻石耳钉在灯下划过光芒。他穿黑色夹克，单手插兜。他很高，腿长得很有存在感。他转过身，笔直地站在电梯门口，另一只手钩出墨镜戴到了脸上，运动款机械手表在他抬手时显露出来。

这款手表的价格在两百万元以上。这男人年轻俊美又富贵。

"锐哥晚上好。"女孩儿站直，手并在一起，声音顿时柔美起来，"锐哥去五层？我帮您按电梯。"

"嗯。"

男人的嗓音里有着散漫、淡漠。

姚绯两只手插兜，垂下了眼。她刚刚搜索星海地址的时候扫了一眼评价。星海的幕后老板好像是个富二代，家里有钱开夜店玩；星海的特点是隐私性做得好，来这里玩的，大多是有头有脸、爱玩，又怕泄露隐私的人。

这位非富即贵，姚绯对有钱人向来是敬而远之。

电梯停在了五层，男人抬腿走了出去。

五层非常安静，空气中弥漫着檀木香，轻音乐静谧雅致。

"这边，"女孩儿贪恋地看了一眼男人的背影，礼貌性地抬手挡住电梯门，说道，"贵 13 在门口。"

出了电梯，第二个房间便是贵 13。

"谢谢。"

"祝您玩得愉快。"女孩儿点了一下头，转身走回了电梯。

走廊里铺着厚厚的地毯，水晶灯静静地亮着。姚绯看着沉重的房门，深吸气，推开了门。

房间里歌舞升平，穿着暴露的女人扭着腰在唱歌，沙发上抱着女人的男人们在喝酒。灯光昏暗，姚绯依旧看清了坐在中间的男人。她停住脚步。

"哟，这里还有穿羽绒服的小姐？"肥胖的男人叫刘敬奇，是之前瑞鹰娱乐的总裁，姚绯没少被他坑。姚绯很多年没见他了，他比以前更胖了，眼睛陷在肉里。

李盛揽着人，抬眼看了过去。

穿着黑色长款羽绒服的女人很瘦，戴着黑色棉布口罩，清丽的眼露在外面，干干净净，一尘不染。李盛的眼眸动了一下，看向钱英。

"姚绯吗？"钱英站起来，"进来吧。"

姚绯在口罩下深吸气，鼓起勇气走了进去："钱总，你找我谈解约？"

"坐吧。"钱英指了指对面的沙发，重新坐回去，打量姚绯，"喝什么？"

"不用，我不渴。"姚绯没坐，也没有喝东西，只是站在不远处，似乎与这里格格不入。

刘敬奇嗤笑出声："这么多年，你怎么一点长进都没有？还是那副不太聪明的样子。你的脸能一直维持当年那个样子就好了，性格就别了。"

姚绯敛起了所有的情绪，只看钱英："钱总，我需要交什么文件？"

姚绯的眼睛一点都没变，露出来的肌肤细腻白皙。时间没有在姚绯身上留下痕迹，反而让她更加成熟明艳，脱落出绝色模样。

"把口罩摘了吧。"钱英握着手机靠回沙发，发了一条短信，端起酒杯再次打量姚绯，"这里没有外人。"

姚绯没动，清凌的眼直视钱英："钱总。"

钱英皱了眉，倾身把酒杯放到桌面上，发出"嘭"的一声响，说道："怎么？你还怕人看？姚绯，我是没见过你吗？"

姚绯拿下棉布口罩攥在手心，抬起了头。

空气静了几秒。

姚绯是个美人，毋庸置疑，钱英第一次见她时便承认了她的美貌。

那时候姚绯在剧组做武替，被人推荐到他面前。

当时钱英正跟手底下的艺人在剧组喝茶，抬头便看到姚绯从片场的另一头过来。那天他们拍的是战争片，炮火连天，场景昏暗破旧。她没有化妆，穿着磨起球的白色T恤，踩着焦土走了过来。她那时候还小，带着没长开的稚嫩，美得如同高山之巅最明艳的杜鹃。

灰暗天地间，她是最明艳的色彩。

钱英端起酒杯一饮而尽，冰块"当啷"一声落回玻璃杯底。他清了清嗓子才回过神："最近在做什么？"

"上班。"姚绯说，"钱总，是提前解约吗？"

"你先跟李总道个歉，再谈解约。"钱英招手让服务员给姚绯倒酒，"这么多年了，你还没有跟李总正式道歉，你欠李总一个道歉。"

姚绯的手攥紧，胸膛里有怒火在燃烧，烧得她喘不过气。她看向李盛，李盛端着酒杯抱着女人，这个女人不是他老婆。他睨视着姚绯，从鼻腔里发出一声"哼"。

钱英从身后的沙发上取出档案袋，慢悠悠地解着上面的线绳："我当年是想好好培养你，想送你上神坛，谁知道你是这么个脾气，跟谁都不和，还对李总动手。"大概造物主造姚绯时只顾着精雕细琢那张脸，忘记造脑子了。钱英提起姚绯就气得头晕，从没见过这么不识抬举的人。

若是姚绯圆滑一些，他能在姚绯身上多赚多少？

"过去这么多年了，我不知道该怎么说你。李总大人不记小人过，没对你怎么样，这是李总宽宏大量，你别心里没数。"

姚绯呼吸时肺有些疼。宽宏大量？一心逼她退出影视行业，真的很宽宏大量呢。

尾指微微颤抖，姚绯紧攥的手渐渐松开。

“这么多年过去了，你不会还记着仇吧？”李盛松开了怀里的人，碰了一下女人的肩膀，示意她离开。他端起酒杯要笑不笑地看着姚绯。“嗯？小姚绯。”他说。

姚绯喉咙滚动，直直地看着李盛。

她恨不得砍死李盛。

房间里的音乐停了下来，唱歌跳舞的女人离开了房间，除她之外，屋子里只剩下李盛、钱英、刘敬奇三个人。

“真记仇啊？”李盛“啧”了一声，往后靠在沙发上，手搭着扶手，慢悠悠地喝着酒，注视着姚绯。

“赶快给李总敬一杯，这事儿就算过去了。”钱英起身把盛满酒的杯子推到姚绯面前，语气重了几分，有着警告意味，“姚绯。”

“我不会喝酒。”姚绯说，“酒精过敏。”

李盛冷笑出声，把酒一饮而尽，酒杯被重重地放到桌子上：“你怎么不说对我过敏呢？”

顿时，屋子里其他两个人的脸色严肃起来。钱英把抽出来的文件又放了回去，姚绯看了一眼钱英，往前一步，拿起装满酒的杯子，端起来，分了三口喝下去。

她弯腰鞠躬，态度恭敬：“对不起李总，当年是我年少无知，得罪了您。还望您大人不记小人过，原谅我。”

姚绯道歉得很快。李盛愣了一下，才抬手转着手指上的戒指，眯着眼打量姚绯：“态度不错，这才像个样子。”

七年时间，足以改变一个人。她学会了弯腰，学会了审时度势。

“对不起。”姚绯直起身，看向钱英说道，“解约合同可以给我吗，钱总？”

“我找你过来是谈谈解约条件，并不是今天就跟你解约，具体解约得到一年半后，不然你要赔偿违约金。”钱英看到李盛的态度，觉得姚绯身上还有价值，“先坐吧，我们边喝酒边聊。”

姚绯抿了一下唇，太久没碰酒，酒液滚进胃里火辣辣地烧。

“按照一年一千万元违约金计算，现在解约，你得赔付公司一千五百万元。”钱英笑笑，又给姚绯倒了一杯酒，“赔得起，我当然现在就能跟你解约，是吧？别那么倔，坐下好好聊聊。”

姚绯被耍了。

那他们把自己骗来干什么？

姚绯警惕得后颈汗毛都竖了起来，往后退了半步。“既然解约是在一年半后，那我一年半后再来吧。”姚绯微微躬身，态度谦卑，“我今天有些不舒服，先回去了。”

"姚绯，"李盛手中捧着酒杯，缓缓抬眼，"你想翻红吗？"

姚绯呼吸有些不畅："李总？"

"前几年我们有误会，错过了不少合作的机会。"李盛道貌岸然道，"如今你道歉了，我接受，那我们之间两清。你跟公司还有合约，我想，我们可以继续合作。"

房间静了下来。

房间里暖气开得很足，姚绯穿着厚羽绒服，闷热让她焦躁。

"我需要付出什么？"姚绯开口。

成年人的名利场上，很少有姚绯这样直白且不识趣的人。李盛拧了眉，对姚绯的话很不满意，他握着酒杯往后靠在沙发上，沉沉地看姚绯。八年前他对姚绯一见钟情，他用尽手段追求她，没追到，他对姚绯生出了一种恨意。

恨比爱长久。

他有权有势，要什么样的女人没有，唯独搞不定姚绯，这让他很不爽。

"你觉得我需要什么？"

"我有些不舒服，想先回去了。"姚绯不是聪明的人，她只是对危险有着极高的警惕，"再见。"

李盛抱臂审视她，眸光阴鸷。

钱英看到李盛的表情，起身抬手便要拦姚绯："急什么？等会儿我让司机送你回去，李总——"

姚绯回身握住钱英的手腕，动作快、狠、准，反剪着往下压。钱英没有任何还手的机会，跪到了沙发上，剧痛袭来，惨叫出声。

姚绯的父亲是武术教练，她六岁时就能把片区里比她高一头的男孩儿打得回家找妈。她从学校出来找的第一份工作是一名打手。后来她阴错阳差地混进了拍摄现场跑龙套，工资高、现结、对年龄没有要求，她便留下了。

在钱英之前，并不是没有人发现姚绯漂亮，只是没人敢碰她。

钱英一开始表现得很正直，是个很值得信任的大哥。姚绯信了钱英，她也确实跟着钱英走进了那个幻想的世界。直到钱英把她送到了李盛的床上，姚绯才知道钱英让她看到的世界并不是这个世界本来的样子。

她只是钱英手里估价待售的货物。

眩晕袭来，一阵儿心悸，嗓子干得发腻。姚绯猛地推开了钱英，往后退了一大步。她有些想吐，身体深处有奇异悸动。她的语气是笃定的："酒里有东西。"

"姚绯，你喝多了，也想多了，这里的酒干干净净。"钱英揉着几乎要断裂的手腕。他不知道如此瘦弱的姚绯力气怎么那么大，刚刚以为手腕今天要折在这里了。

姚绯简直是疯子。

钱英回头看了一眼李盛，他其实不想靠近姚绯，但大老板在后面，今晚非要弄姚绯不可。他吞咽着喉咙往姚绯身边走：“我扶你吧，你喝得这么多，站不稳的。”

“你敢过来我就捅死你。”姚绯抽出口袋里的水果刀指着钱英，她的意识已经有些涣散，凭意志力撑着往后退，“我不怕死，你知道的。我杀一个够本，杀两个赚一个。钱哥，你要试试吗？我保证会捅致命处，让你五分钟内死亡。看在我们交情的分上，我不会让你太痛苦。”

钱英停住脚步。

钱重要，但命更重要。他相信姚绯敢，这也是这么多年，他们只能在合同上做文章逼姚绯的原因。

姚绯什么都敢，她孤儿一个，无牵无挂。

“你疯了吧！”钱英回头看李盛，李盛的脸色异常难看，却始终没有起身接近姚绯，钱英虚张声势地喊道，“快把刀放下，你这样要是被拍到，这辈子都别想翻身。你还想不想拍戏？姚绯你冷静点。你只是喝多了，谁会给你下药？你是不是有被害妄想症？”

钱英在心里骂了一句脏话。李盛找他当枪，自己躲在后面获利。

李盛这个孙子。

“钱英。”李盛发出一条短信，示意钱英上前，“把小姚绯劝过来。”

下一刻，一瓶红酒直飞过来，砸向李盛的脸。李盛瞪大眼，来不及反应，殷红的酒液在头顶炸开，玻璃瓶摔在他的头上。

姚绯抬脚，干脆利落地踹翻了扑过来的钱英，抓起最近的水晶烟灰缸砸到钱英的头上，瞬间见血。她往后退，水果刀落进袖子里，她拉开房门冲了出去。凉风袭来，她晃了晃头。走廊上响着轻音乐，檀木香飘荡在空气中。她反手拉上门，看向电梯。

电梯正在向上升。

不知道他们下的什么药，药劲儿非常大。姚绯恍神的工夫，电梯停在了五层，电梯门打开，两个高大壮硕的男人走了出来。

姚绯转身就走，五层是环形走廊，她尽快走到拐角处。

眩晕得厉害，视线已然模糊。她一边走一边拿出手机拨报警电话，接警员的声音遥遥传来，姚绯的听力也在下降，整个人昏昏沉沉：“我匿名举报，星海贵13有人聚众吸毒，东西藏在洗手间。”

姚绯挂断电话，把手机装进牛仔裤口袋，恍惚中看到洗手间的标志出现在眼前，她跌跌撞撞地冲了进去。

昏暗的包厢，音乐声震耳欲聋，黑色皮沙发上坐着男男女女，灯光闪烁，掠过杯中酒液落到坐在沙发扶手处的男人身上。他的长手搭在扶手上，姿态慵懒散漫，修长、骨节分明的手指夹着一支正燃烧的烟，白烟缓缓升入空中。

他长腿交叠，懒洋洋地架着，腿长得非常有存在感，占据了很大一块空间，以至于身边空荡。

“锐哥。”穿着吊带裙、性感妖娆的女孩儿坐了过来，低头就往商锐耳朵边靠。

商锐抬眼。黑发之下，桃花眼深邃，带着漫不经心。他看了她一眼：“没兴趣，去蹭秦公子。”他左手握着酒杯，长而直的手指被浸满冰块的玻璃杯映得素白，“离我远点儿。”

商锐的嗓音被酒熏得有几分哑，加之他极优越的外貌，他这么懒洋洋地靠着，极其勾人。

女孩儿叫陈蓓，是电影学院的学生，刚进娱乐行业。她看着昏暗灯光下商锐深邃俊美的脸，心跳得飞快。商家二公子，娱乐行业的宠儿。他在台上光芒万丈，勾得万千少女为他疯狂；台下，他是星海的老板，自己有公司，是二代圈里最会玩的人。

“想跟你喝酒。”陈蓓鼓起勇气往前靠。

商锐喝酒时，完美的下颌上扬，清冷的喉结滑动，从下颌到脖颈，再到不羁的锁骨，有种浪荡的美感。

“我不想跟你喝。”商锐语调未变，放下酒杯便拿过烟，把烟松松地叼在唇间，目光淡漠。

“为什么？我哪里得罪锐哥了吗？”

手机在裤子口袋响了一声，商锐拿出手机滑开。手机屏幕的光映着商锐俊美的脸，他深邃的眼阴沉沉的。

他沉默着看手机屏幕，陈蓓往他的手机上看了一眼，是娱乐新闻。司以寒又上热搜了，最近司以寒的恋情炒得沸沸扬扬，他上热搜一点都不稀奇。

“锐哥，你一直不谈恋爱，是不是有喜欢的人？”

商锐的黑眸已全然冷了下去。

“她长得好看吗？比我好看吗？”陈蓓大胆发言。

商锐握着手机缓缓转头看向女人，深邃的眼又沉又黑，盯着陈蓓。陈蓓往后挪了挪，心跳得飞快。商锐这张脸太帅了，十分有冲击力。她说：“锐哥？”

商锐垂下浓密的睫毛，睫毛遮住了他眼中情绪。

他拿下烟，环视四周。

陈蓓连忙拿过烟灰缸：“我有没有机会呢？锐哥，我只是喜欢你，不会妄想其他的东西。你没有女朋友，我没有男朋友，我们可以试试。”

商锐在烟灰缸里弹落烟灰，夹着烟的手又放回了沙发扶手上，淡淡抬眉：“试试？”

陈蓓的目光接触到商锐的眼，脸上燥热：“你说什么就是什么。”

商锐的容貌和身材极好。他拍过一组杂志照，露着上半身，黑发特意剪成了板寸，俊美的脸立体深邃，左耳上的耳钉不显娘气，反而透着不羁、张狂。一米八五的身高，他有人鱼线，腹肌性感精壮。那期杂志的销量创了新高，商锐被评为“最性感的男明星”之一。

商锐嗤笑，浪荡轻狂在他深邃的桃花眼中溢开：“我们两个的颜值参差，跟你试试？我为什么要做赔本买卖？”

陈蓓一张漂亮的脸顿时青白交加。

好好的一个人，怎么偏就长了一张嘴？

“收起你的妄想。”

这女人做什么白日梦？

商锐的电话响了起来，“蔡老妈子”几个字出现在屏幕上。商锐把剩余的半截烟摁进烟灰缸，放下长腿，霍然起身大步往外面走。

“二少，这就走啊？”秦宇用话筒喊了一声，声音具有穿透性，整个包厢里都是他的声音。

商锐揉了一下耳朵，指指手机：“接电话。”

蔡老妈子叫蔡伟，是商锐的经纪人，从商锐出道起两个人就合作，至今已有五年。

商锐走出包厢，房门把震耳欲聋的喧嚣隔断，他接通蔡伟的电话。

“你没在家？”

“在星海。”商锐握着手机，单手插兜靠在墙上，抬眼看头顶的灯，“有事？”

“你跟谁在一起？有没有女艺人？喝酒了吗？别在外面抽烟。注意着点儿，千万别被拍到。”

“有没有正事？”商锐眉毛紧皱。

“这还不够正吗？你吃的亏还少吗？长点儿记性。你现在正当红，别给别人吸血的机会。”

商锐不耐烦听“老妈子”唠叨：“我的场子没人敢拍，没事儿就挂了。”

“你要谈恋爱，我不拦你，我巴不得你赶紧谈恋爱，但别找圈内人。”

“跪安吧。”商锐喝多了酒，酒水这会儿开始往上涌，他揉了揉太阳穴，抬腿朝洗手间方向走去。

“苏总把剧本送过来了，《盛夏》的男主角是你的了。”

商锐停住脚步，挑了一下眉尾：“俞夏会跟组吧？”

“俞总和寒哥已经结婚了！人家结婚了，明白吗？你没有任何机会了，死心吧。你参演《盛夏》是因为你需要这个角色。你需要打开电影市场才接了这部戏，你需要让观众认可，而不是让俞总认可。锐哥，我希望你能认清这件事，不要糊涂。”

商锐垂下浓密漆黑的睫毛，一张俊美的脸上满是阴影。他用舌尖抵着腮帮内侧，从嗓子里发出一声冷嗤。他干脆利落地挂断电话，把手机装进裤子口袋。他不想听蔡伟放屁。

商锐阴沉着脸，推开了洗手间的门。

迎面撞上了一个女人，他立刻后退，抬头去看头顶标志，男洗手间。

带着酒气的女人直扑过来，商锐脸色顿变。哪儿来的不长眼的醉鬼？

他试图抽手，女人便缠了上来。炽热、带着酒气的呼吸落到他的脖颈处，商锐低头便对上了一双极其漂亮的眼。

商锐不是没见过美人，正好相反，从小到大，他身边围绕着各种美人，环肥燕瘦的，什么样的都不稀奇。但那双眼，带着清晨寒凉的水雾，如高山最纯净的池水。女人扬起头，黑色长发滑落，绝色便显露出来。

姚绯？退圈多年的姚绯？

商锐略一迟疑，女人猛地圈住他的脖子，把他按到了墙上，踮起脚，炽热的唇贴了上来。

姚绯的手攀在商锐的脖子上，柔软的唇带着酒气，但更多的是兰花的清香。近在咫尺的肌肤白皙，如同鸦羽的睫毛垂下，遮住了绝艳的眼眸。

短暂的停顿后，她的吻又毫无章法地袭来。狂热疯癫，犹如洪水狂风，气势汹汹而来。

“锐哥？”服务生刚要进门，看到老板被一个女人抱着“啃”。老板什么时候开荤了？服务生惊得瞬间说话都结巴了。“打扰了，我这就——”服务生说。

商锐回过神，猛地推开了身上的姚绯。姚绯踉跄着往后退了半步，直直摔到了地上，发出巨大一声响。

商锐迅速收回手，用手背狠狠擦了一下嘴，单手插兜，居高临下地看着地上的女人，阴沉着脸：“把人扔出去！”

“啊？”

“啊什么？”商锐蹙眉，“男洗手间里为什么会有女客人？不知道检查吗？”

服务生这才意识到商锐不是在洗手间办事，而是有人喝醉了，生扑商锐。

商锐转身，迈开大步就走，再次抽出手用力地擦嘴唇。他花名在外，但没碰过女人。那种诡异的触觉萦绕在唇上，让他很不爽。

“锐哥，这人好像喝多了，醉得不省人事。”服务生进洗手间看到躺在地上昏迷不醒的女人，“扔出去会出事吧？长得还挺漂亮，怎么看着有点眼熟？”

商锐的脚硬刹在原地，他睥睨躺在地上的女人。不知道她是醉酒还是刚刚摔昏迷了。乌黑长发遮住了她的半边脸，仍露出来一抹绝色。鼻梁挺翘，嘴唇泛红，因为刚刚的吻，唇上带着水迹。

她退圈很多年了，怎么突然出现在这里？

七年前，姚绯以一部《寒刀行》惊艳现世，她身穿红衣，拎着一把长刀，打戏漂亮，精妙绝伦。她红得尽人皆知，美得绝艳，她把又纯又艳体现到了极致。十七岁时，凭处女作便斩获双料影后，圈内都在赌她会不会是一个奇迹，但她被爆出了丑闻。

姚绯进看守所了。

她进得很突然。随后有人爆料，姚绯是勾搭上了李盛才有参演《寒刀行》的机会，可当时李盛有公开的女朋友，这位女朋友脾气暴躁，知道后就找上门堵姚绯，双方发生矛盾，姚绯被弄进了看守所。

很多人喜欢姚绯是因为她干净。十七岁的少女，满足了很多人对初恋的幻想。爆料出来时，很多人都震惊了。

爆料一波接一波：姚绯陪投资方喝酒，姚绯跟李盛出入夜场；姚绯穿着暴露，姚绯并没有表现出来的那样清纯；姚绯未红之前混在社会最底层，姚绯不是千金大小姐。

姚绯消失了。

也许是她愧疚，也许是她扛不住铺天盖地的辱骂。她没有澄清，没有发表任何言论，只是淡出了大众视野，再没有出现过。最近一条关于姚绯的新闻在半年前，媒体拍到她在一个小剧院演话剧——破败不堪的小剧院里，她穿着最朴素的衣服，站在舞台上。

有人辱骂“活该”，有人唏嘘“人生如戏”。

“找个没人的房间把她扔进去，等她醒了，让她有多远滚多远。”商锐压下厌恶。姚绯出现在星海是什么目的？怎么会这么巧地蹲到他？

“在星海工作，管住好奇心和嘴，不该问的不要多问，不该看的装瞎子。”他说。

手机在口袋里响了起来，商锐拿起来看到是星海总经理周俊的电话。他迈开长腿走出洗手间，垂下眼接通电话：“说。”

“锐哥，警察过来了。”

“什么？”

“警方接到匿名举报，星海有人聚众吸毒。”

商锐皱眉：“有吗？”

“没有吧？我们查得很严，大家都知道。”

“我不要疑问句，我要的是肯定句。配合他们的工作，给我好好地查。”商锐的目光严肃下来，“周总，我再提醒你一遍，不该赚的钱不要碰，禁止这些东西进星海。谁敢给我找事，我让他吃不了兜着走。”

姚绯醒来时在昏暗的房间，身下是厚实的地毯，头顶是科幻感极强的玻璃灯柱，一圈黑色沙发中间是黑色桌子。门口的一盏壁灯静静亮着，是房间里唯一的光源。

姚绯活动了一下肩膀，酸疼得仿佛刚跑完一场马拉松。她的手碰到地毯，猛然清醒，立刻坐起来看自己的身上——穿着衣服，裤子也完好无损。但毛衣被脱掉了，身上只有一件黑色小背心湿淋淋地贴在肌肤上。

这一会儿，姚绯便冷得打哆嗦。

这是哪里？姚绯敲了一下疼得欲裂的头，她最后的记忆停在冲出李盛的房间，想去洗手间呕吐，之后便一片空白。

她怎么会在空荡的房间？还在星海吗？

姚绯看到毛衣躺在不远处的地毯上，连忙起身去拿，眩晕差点儿让她再次摔倒。她捡起毛衣穿上，外套不知所终。头疼得厉害，姚绯再次摸头，碰到后脑勺的包，已经肿起来了。

钥匙和手机还在裤子口袋，手机上的时间显示为凌晨六点，刀和口罩都不见了。姚绯找了一圈没找到，但在房间的酒水单上看到星海的 logo。

她还在星海。

拉开门，走廊寂静无声，只有廊灯静静地亮着。没有音乐，没有服务生。走廊厚重的地毯踩上去发出簌簌声。穿过长长的走廊，她看到了电梯。

凌晨的夜场十分空旷，一层有服务生在打扫卫生。前台女孩儿托着尖下巴在玩手机，看到姚绯出来只瞥了一眼便收回视线。星海早上七点才关门，有喝得烂醉的客人在房间躺到早上离开，并不稀奇。

走出星海，凛冽的寒风把姚绯吹了个透心凉，薄薄的毛衣根本没有御寒能力。姚绯的手脚发僵，脑子都要木了，站在路边等了两分钟才拦到一辆出租车。

“青木公寓。”姚绯说话时牙齿打战。司机从后视镜审视她，从这种地方出来，穿得这么单薄……

姚绯拉起毛衣领子，遮到了眼睛处。

姚绯到家就感冒了，发烧到三十九摄氏度。她吃了两片布洛芬退烧，裹在厚厚的羽绒服里出门看病，看到了钱英的短信——

“你失去了所有的机会。”

流感多发季，发热科人满为患，姚绯坐在长椅上听着此起彼伏的咳嗽声，内心出乎意料地平静。

等了很久，刀子终于落地，没有疼，只有麻木。她已经做好了心理准备，就这样吧，从此她与梦想一刀两断。

去找钱英之前她想过妥协，眼睛一闭，荣华富贵，就当被狗咬了一口，她想要的都会有。可走进那扇门，看到钱英，看到李盛，她过不去。

李盛的势力会让她一辈子都翻不了身，她毫不怀疑。

“二十七号，姚绯。”

姚绯拿着挂号单走进治疗室，布洛芬的药效在减退，她又烧得头昏脑涨。

“夹着温度计，”医生把水银温度计递过来，“五分钟。下一个。”

姚绯夹着温度计坐在角落，抬眼跟一个年轻女孩儿对上视线。

“小乐？”

小乐是姚绯之前工作的剧团的员工。姚绯性格孤僻，很少跟人来往，小乐是唯一一个跟她还有话说的同事。也可能是小乐性格好，跟谁都能玩到一起。

“绯姐？”小乐一愣，吸了吸鼻子说道，“你怎么在这里？”

“感冒呗。”医生替姚绯回答了，“坐下量体温。”

小乐也被发了一支水银温度计，两个人并排坐着。

小乐一向话多，此刻却格外寂静，气氛有些凝重。姚绯觉得哪里不太对，又说不上来。

“你找到新工作了吗？”姚绯问道。

小乐看了看姚绯，表情有些复杂，半晌才点头：“嗯。”

“在哪里工作？”姚绯这回“偷鸡不成蚀把米”，没能解约，还把李盛给狠狠得罪了。笛亚老师介绍的小配角估计也没戏——李盛放话，谁用她就是跟他作对——没人会为了一个小配角去得罪李盛。

姚绯抱着侥幸——万一有人在B市给她介绍工作，她就又有了苟活的机会。

“五分钟到了，”医生说，“温度计。”

姚绯连忙把温度计抽出来，递过去。

“三十九摄氏度，高烧啊，去验个血。”医生敲着键盘开化验单，说道，“拿到化验结果再过来找我。”

“谢谢。”姚绯拿到化验单，小乐的测量结果也出来了，三十八摄氏度，也得到了一张化验单。

难姐难妹，两个人结伴去化验科。

抽血又要排队，两个人毫不意外地坐在一起。漫长的等待，姚绯拿出手机随意地翻着微博。热搜第五是“宁菲商锐”，姚绯手指一顿：这两个人官宣了？以商锐的热度，官宣竟然不配一个“爆”？

姚绯点开了热搜。热搜第一条内容是营销号放出的宁菲和商锐的照片，说两人可能要合作Summer的新IP《盛夏》，再续前缘。

宁菲是清秀型的，长得清丽可人。商锐的照片跟她的技术合成在一起。商锐五官俊美，留着板寸，穿着黑色T恤，单手插兜面向镜头，不羁的桃花眼透着漫不经心，鼻梁高挺陡直，薄唇抿着，没有什么情绪。他的左耳戴着黑色金属耳钉，为他的俊美增加了一分桀骜。

姚绯在电闪雷鸣间想到一件事，她昨天在星海的电梯里见到的男人是商锐。

服务生叫他“锐哥”。他真人的头发比照片上长，姚绯第一时间没认出来。

那确实非富即贵，商家二公子，贵死了。

商锐跟宁菲前段时间在恋爱综艺里的表现吸引了很多双人团粉，合作《盛夏》的消息放出来，双人团粉必然沸腾，自带话题和热度。青春电影只要剧情不喂屎，放两个流量明星在里面，再配个当红导演，票房有基本盘，就是个很好的IP。

“剧团没解散。”

姚绯的手指停在手机屏幕上，转头看向小乐：“什么？”

“剧团没有解散，只是换了投资人。”小乐捏着化验单。她跟姚绯认识多年，觉得姚绯没有传闻中那么不堪。其实很多同事都这么想，但姚绯被骗走的时候，依旧没人敢站出来替姚绯说一句话。“新的投资人跟瑞鹰有关系，有人打招呼，所有的剧团都不会用你。”小乐说。

姚绯抿了一下唇，心知肚明：“这样啊。”

“这话你别跟别人说是我说的，这个行业就这么点儿大，找工作不容易。”小乐心里有点难受。姚绯是真的喜欢表演，她对演戏的狂热没有人比得上，没了剧院的工作，不知道姚绯该怎么办。“你是得罪了李盛吧？我听说外面传，李盛要困你一辈子，让你永远走不了表演这条路。”小乐说。

姚绯在寒风里坐了很久，久到身体麻痹，她抬手压在脸上，冰凉的泪水浸湿了手，从手缝里溢出。

没什么好意外的，这么多年她早就应该习惯了。习惯了所有的不公平对待，习惯了苟活的日子，习惯了一无所有，习惯了不被当人。

其实，习惯了就好。

可心为什么会疼呢？为什么会这么难受？

姚绯走出医院后没有打车，顺着医院门前的路漫无目的地走着。立冬了，厚重的梧桐树叶终是落尽，道路洁净，一尘不染。

天空再次蒙上雾霾，阴沉沉地笼罩在大地之上。

从她十岁那天放学回家，看到满室狼藉，一地家具残骸，妈妈离开了那个家，所有人便都在教她认命。姚绯不想认，她觉得自己还可以从泥泞里爬出来。她爸没日没夜地酗酒，她一边上学一边照顾爸爸，她仰起头能看到天空。

那么漂亮的天空，广阔无垠，承载着她全部的希望。老师说知识可以改变命运，她努力地学习。她以为，总有一天，她会跨过矮小、狭隘、混乱的老旧小区，拥抱她最爱的那片天空。

她十四岁那年，爸爸喝多后冻死在离家两百米的排水沟里，她哭了三天，眼泪哭干了。家里的积蓄只够给爸爸办后事，办完后，她一无所有。租的房子快到期了，她靠着亲戚救济混到了十五岁。她初中没毕业，辍学去了南方。

没有身份证，寸步难行，她只能打一些零工，阴错阳差地混进了剧组。她发现自己对演戏有着极大的热忱，她爱演戏。第一次站到镜头下，她的心都在战栗，她痴迷着摄影机，那里是全新的世界。

在戏里，她拥有全新的身份，拥有很多尊重与爱，她应有尽有。

连做梦的权利都被剥夺，这样的人生又有什么意义？

姚绯走进超市，在厨具区停下。她仔细地挑选着刀具。德国生产的一款厨刀，价格昂贵，但据说硬度与锋利度世界第一。

“这刀砍骨头都没有问题，非常锋利。”导购在一边介绍，“虽然价格贵，但好刀可以用很久，就很划算。”

打开包装，姚绯摸了摸刀刃，刀刃立刻在她的手指上划出一道痕迹，血珠滚落。

“你怎么把手往刀刃上摸呢？”导购看到姚绯手上的血就叫出了声，“你没事吧？要不要去医院？”

“没事，就这把了。”姚绯把刀装回包装盒，拎着离开。

她的手机在口袋里响了起来。结账处在排队，姚绯排在最后面，紧紧地攥着手里的厨刀。

铃声响到第二遍，前面一个阿姨回头提醒：“小姑娘，你的手机一直在响，是不是有人找你有事啊？”

姚绯回过神。口罩下，她抿了一下干燥的唇，拿出口袋里的手机。陌生电话号码，来电显示归属地是S市。

S市？谁？

姚绯短暂迟疑，铃声结束了，对方挂断。姚绯垂下手打算将手机装进口袋，电话又响，依旧是刚刚的号码。

姚绯接通电话，放在耳朵边。

“你是姚绯吗？”

姚绯已经很久没有听到这样的开场白了，点头：“我是。”

“我是夏铭影业的苏洺。我看过你的资料，想跟你见面聊聊。”

刹那间，姚绯大脑一片空白，傻在原地，连呼吸都要停止了。

《盛夏》由夏铭影业和SW传媒合作出品，编剧夏天是夏铭影业合伙人之一，夏铭影业的另一个合伙人叫苏洺。苏洺来找姚绯，是谈《盛夏》相关的事吗？

笛亚老师发的资料，他们收到了？

“你在听吗？”苏洺说，“你能来S市一趟吗？我想跟你见个面。”

“您是苏总？”姚绯听到自己的声音微微地颤抖，“您，找我，是有什么事？”

“具体的我不能透露太多。”苏洺的声音并不热络，甚至有些冷淡，“你愿意来S市的话，过来公司，我们见个面。至于能不能合作，我不能向你保证。可能这一趟会白跑，最终我们没有达成任何合作。你自己衡量来还是不来。”

如果是在一天前，她一定会欣喜若狂。《盛夏》的剧组，哪怕是出演个小配角，也是她天大的机会。

“苏总，无论能不能达成合作，我都想去S市，想跟您见面。”夏铭影业在S市，苏洺邀请她去公司，而不是私人见面，说明这是很正式的一次合作。姚绯攥紧了手里的刀，她的手指用力到几乎捅破了包装纸。

“那还有什么问题？”苏洺说，“无论能不能合作，公司都会为你支付这一趟的全部花销，包括机票、打车费用，以及酒店住宿费。”

“我不是谈钱。”姚绯不知道能不能开口。如果让对方知道李盛对她下了死手，他们肯定会避之唯恐不及吧？这么多年，她见过太多这样的公司。她说：“我有路费。”

“那你的问题是？”

“姑娘，你不结账吗？”收银员喊道，“到你了。”

姚绯把刀递过去，握着手机不敢说话。眼前是很好的机会，但她一开口机会就跑了。她像是饿了很多天的人，面前放着满汉全席，她怎么能忍住不吃呢？

“我把地址发给你，你尽快过来。”苏洺说，“再见。”

苏洺一如传闻中干练干脆，事情交代完便挂断了电话。

“两百六十八元。”收银员说，“怎么支付？要袋子吗？”

“不用。”姚绯拿下手机，扫码支付，拎着刀走出超市。苏洺已经把地址发过来了。夏铭影业的地址，跟百度上的一致。

姚绯走出超市，天空又飘起了雪，B市的第二场雪。

冰凉的空气落入肺中，姚绯又期待又不敢多想。如果对方知道李盛的威胁，会怎么样？纸包不住火。她焦灼得快要烧起来了，她想要这个机会，笛亚老师帮她求来的机会。可她有什么资格要呢？

姚绯拿起手机打开通话记录，找到刚刚那个号码。

她不应该再抱着侥幸的心理去赌了，她的每一次失败都是栽在自以为是的侥幸心理上，这种侥幸只会把她推入地狱。

手机又响了一声。

“建设银行6217****到账5000.00元。”

姚绯怔怔地盯着短信片刻，深吸气，打开了短信。来自苏洺的私人转账，五千元现金，没有任何备注。

苏洺承诺的路费。

这种感觉犹如卖火柴的小女孩儿在深夜快冻死的时刻看到了初升的太阳。一缕阳光照亮世界，她在冰天雪地里看着那一抹光。虽然手脚已经僵硬，可那光是最美好的梦。哪怕知道下一刻会死，也想拼命地仰起头追寻阳光。

就当，最后一次看太阳。

姚绯没有订机票，订了一张晚上的高铁票，当晚便拖着行李箱坐上了前往S市的高铁。

她是凌晨到S市的，原本不想订酒店，但她在高铁站的洗手间洗漱时，看到自己那一夜未眠导致苍白的脸，沉默了几秒，决定狠狠心，订了个五百八十元的酒店。

S市没有B市干冽寒冷，温度也比B市高上几摄氏度，空调温度恰到好处。姚绯洗了个温暖舒适的热水澡，从箱子里翻出唯一一件大牌——很多年前，品牌方送给她的衣服，合作款。她一直没舍得穿，可如今她已经买不起这个牌子的衣服了。

过不过时不重要，重要的是面试需要。

姚绯想化个妆，她拿出匮乏到几乎可以忽略的化妆品，坐到镜子前，看着镜子里的人，一时间不知道该如何下手。以前有个导演说过，最讨厌面试时化妆的艺人，化妆品遮住了原本的长相，让人无法判断这个演员适不适合角色，也影响后期上妆，他遇到化妆的艺人会直接淘汰。

苏洺是《盛夏》的重要投资人之一，她要见姚绯，应该算是面试。

姚绯只简单画了眉毛和口红便起身穿上了那件昂贵的黑色短款羽绒服，拿着手机走出了门。

S市的冬天没有枯黄的街道，也没有凛冽的西北风。空气潮湿，微微的凉，高楼明亮洁净。天似乎放晴了，一缕阳光挤开乌云露出一半的光，大地明亮起来。

姚绯不想把自己弄得太狼狈，便没有选择坐地铁，而是打了一辆出租车。她订的酒店离夏铭影业不是很远，在网上查询到打车费用是五十块左右。

B市和S市，建筑风格不同，风景不同，温度也不同，唯一的共同点是堵车。姚绯看着出租车驾驶位旁边的计价器，心脏一跳一跳地疼，后悔坐出租车出行。如果坐地铁，这一趟花不了多少钱。

计价器跳到“120”，司机慢悠悠地把车停到了办公楼前，早上九点。这是一片商业区，高耸入云的办公大楼，一尘不染的街道，路边寥寥几家餐厅，无论从哪个角度看，上面都写满了“贵”字。

姚绯打电话给苏洺，苏洺没接，一分钟后姚绯收到苏洺的短信：“在开会，我的助理会去接你。在休息室等我。”

“好的，谢谢您。”

苏洺放下手机，抱臂看向对面优雅地喝咖啡的女人——夏铭的合伙人，俞夏。

“姚绯来了。但说实话，我不想用姚绯。”苏洺开门见山。一个月前俞夏就把姚绯的资料推了过来，但苏洺是抗拒的。《盛夏》这个项目对她至关重要，她并不想用声名狼藉的姚绯。她手里有大把的艺人——有名气、有样貌——为什么要选最烂的姚绯呢？“我觉得宁菲就不错，清纯、漂亮、有人气，是SW的艺人，还能卖给SW一个面子。她跟商锐的双人团粉可不少。”苏洺说。

俞夏翻着姚绯的资料。姚绯七年前被封杀后就再也没有作品了，她最新的照片是一张两寸照，没化妆，看起来清丽干净。

“昨天，商锐的粉丝和宁菲的粉丝你来我往到天亮，整整一天一夜。”俞夏又喝了一口咖啡，“他们吵到了我的眼睛。”

“这是实打实的热度！姑奶奶，你懂不懂？他们讨论度越高，将来电影的热度就越高，我们赚得就越多。”苏洺走到俞夏面前，倾身按在桌子上，“艺术创作，你是专业的，我听你的；可选人还有营销方面，我是专业的，我比你更有判断力。”

苏洺非常不想跟姚绯联系，可剧本是俞夏写的，夏铭影业有一半股份在俞夏手里；《盛夏》的另一个合作公司SW的总裁是俞夏的老公司以寒；《盛夏》的导演是司以寒——等于三分之二的决定权都在俞夏手里。

“姚绯拍《寒刀行》的时候才十六岁，她这么多年没拍戏，说不定早就长残了。在娱乐行业，事业失意是一把毁容刀，她失意了七年。”苏洺看了一眼俞夏的电脑屏幕，电脑屏幕上是一身红衣的姚绯，还是她拍《寒刀行》时的剧照。这一个月，苏洺翻遍了网络，只找到一张姚绯的近照：姚绯在一个很小的剧院里演老人，脊背佝偻，神态疲倦，跟老人无异。

娱乐行业有一句话，“红能养人，越红状态越好，人生得意，自信美丽”。过气明星，颜值垮得比塌方都严重。苏洺没见过哪个过气六七年的艺人还能保持颜值，无一例外，不是脸垮就是神态垮。她看着姚绯那个状态，想起在电话里听到的姚绯的声音——姚绯多半没戏。

“你先跟她见个面，不行的话，给她个配角。”俞夏关掉姚绯的资料，起身合上电脑，“笛亚老师推荐过来的人，不能拂了面子。”

苏洺这才松开了紧皱的眉头：“行吧。你见吗？”

她倒是希望俞夏见见姚绯，见了就死心了。

“不见。”俞夏拎着电脑往外面走，“我去开会了，你知道我想要什么样的。合适，你给她剧本。不合适，你给她留个配角，不走合同，越过瑞鹰给她钱。她的片酬从我的账户划，五十万元以内都可以。”

俞夏走出了办公室，苏洺端起已经凉透的咖啡一饮而尽，准备出去就拒绝姚绯。姚绯这种人来剧组做配角也麻烦——李盛虎视眈眈——多一事不如少一事。

手机响了起来，苏洺拿起来接通。

“苏总，人到了。”

“带到会客室。”苏洺放下咖啡杯，一整领口，踩着高跟鞋往外面走，“我这就过去。”

薇薇安还想说什么，但苏洺径直挂断电话。

苏洺走出办公室，手机再次响起，她拿起来看到是宁菲的电话，迟疑片刻才接通："宝贝，有事儿？"

"中午有时间吗？"宁菲软绵绵的声音落过来，"一起吃饭？我安排好了餐厅。"

《盛夏》是今年的大IP，不少人盯着，男主演用的是俞夏的御用男主演商锐。商锐这两年变得如日中天，能跟他搭上戏，事业会上一个新台阶。宁菲的经纪人去找司以寒，明示暗示，可司以寒滴水不漏。他们只好来跟找苏洺，苏洺算是这群人里最好说话的。

"行，你安排好，把地址发到我微信上。"苏洺觉得这个角色大概率会落到宁菲的头上，将来合作，提前搞好关系很有必要。

"我等你。"宁菲笑着说，"再见。"

苏洺走到会客室门前挂断电话，敛起情绪，推开了门，吩咐薇薇安："送两杯水过来——"她一边说一边转头看向会客室，目光停住。

她看着姚绯，满脑子就一句话：宁菲没戏了，中午的饭局得取消。

入戏

第二章

针锋

RUXI

苏洺如想象中的干练，气场十足，做事干脆利落，不拖泥带水。姚绯跟她见面的时间只有五分钟。全程，苏洺只说了三句话，第一句是问她经济状况，第二句是问她还能不能演戏，第三句是让她等着。很快，苏洺回来跟她签了一份保密协议，递给她一本蓝皮剧本，让她十二月三日去SW传媒试镜。

姚绯握着剧本走出夏铭影业，仿佛踩在棉花上，深一脚浅一脚地走。她紧紧地握着牛皮纸袋，剧本厚重、有分量。

这是什么戏份会给剧本？

照常理来说，小配角不需要试镜和剧本，只会拍戏时递来一张条子，通告下来后跟着拍就行。重要配角才会给剧本，但也是开拍后的事。开拍前能拿到剧本的只有几个人，再加上需要试镜的前提和剧本保密协议的签署……

姚绯的心跳得飞快。

会是什么角色？为什么会给她？

牛皮纸文件袋，细细的白色棉绳缠在银色纽扣上。苏洺没有问她经纪人的联系方式，也没有问她合同如何，只是给了重要的剧本。

苏洺知道李盛不会放过她吗？苏洺知道李盛对她的封杀吗？苏洺怎么敢把这么重的戏份给她？

电梯门打开，姚绯抬腿想往里面走，却看到一双笔直修长的腿。她后退半步，抬眼。商锐单手插兜，拎着咖啡纸袋站在电梯里。

他穿着灰呢长款大衣，里面搭配白色毛衣，清冷俊逸——跟在酒吧见到的商锐不一样，跟杂志上野性十足的硬照中的也不同。此刻他鼻梁上架着一副窄边眼镜，镜片透着寒气与骄矜，遮住了桃花眼中的张扬潋滟，俊美的脸上尽是高冷疏离感。

商锐抬了一下睫毛，浓密睫毛下深邃眸子的视线落到了姚绯身上。那是一种居高临下、毫不客气的看法。

《盛夏》的男主演是商锐，姚绯能拿到这么厚的《盛夏》剧本，可能会跟商锐演对手戏。

姚绯想着要不要打个招呼，扬起唇角刚要开口，商锐的眼神里多了厌恶，抬起长腿快步走出了电梯，避开姚绯走向夏洺影业。仿佛姚绯是个垃圾，走慢一步，天神之姿的他就被凡尘玷污了。

“锐哥来了？”前台小姑娘欢呼一声，带动了停滞的空气，“今天锐哥好帅！”

“早上好。”商锐的嗓音有着偏慵懒、偏华丽的质感，跟他清冷的外表不符。

姚绯抿了一下唇，握着文件袋的手收紧，敛起所有情绪，埋着头进了电梯，所有的声音被隔绝在外。

商锐没想到会在夏铭影业撞到姚绯。姚绯怎么会在这里？

“俞总在吗？”商锐对唯利是图的心机女十分厌恶，心思并没有停留多久。

“俞总在开会，苏总在办公室。”薇薇安走出来，看到商锐的造型，愣了一下，惊呼道，“锐哥，你换了造型师？！”

商锐漫不经心地抬头，优雅中透着慵懒、散漫。俊美的长相，脸庞棱角分明，镜片遮不住的桃花眼轻轻一挑，便让人心神荡漾。

“新年新气象。”商锐把咖啡袋子递过去，迈开长腿往里面走，“我去苏总的办公室。”

俞夏很少来公司，没有单独的办公室，她一直在苏洺的办公室办公。

“帅得肾虚。”薇薇安眨眨眼，把咖啡分下去。商锐有着十分优越的外表，腿长得非常有存在感。

“锐哥最近没在S市？好几天没看到你。”薇薇安跟在商锐身后。商锐的脊背轮廓在笔挺的大衣下隐隐可见，他的身材非常完美。

“在B市。”商锐回答得不怎么上心，语调懒洋洋的。

“商锐。”走廊尽头一声叫喊。

薇薇安把剩余的话咽了回去，停住脚步抬头：“苏总。”

“薇薇安，你去忙吧。”苏洺一看薇薇安那表情就知道她在想什么。商锐看上去浪荡不羁，实际上毒得要命，谁敢靠近，会先被他毒死。

苏洺握着文件抱臂，手指敲了一下文件，挑起眉尾：“锐哥，几天不见，怎么还近视了？”

不得不说，商锐的皮囊是真好看。今天这个造型，绝了。

“平光镜。”商锐抬手，用修长、骨节分明的手指推了一下鼻梁上的眼镜，懒洋洋道，“今年流行优雅贵公子。贵吗？”

“贵不可言，贵死了。”苏洺“啧”了一声，她不想看商锐到处放电。她推开办公室的门。“找我有事？”她问。

“有。”商锐大步进入苏洺的办公室。他不太习惯穿这么正式的衣服，一向走狂野摇滚范儿。他解开大衣的扣子，露出窄腰和笔直的长腿。最后一只装着咖啡的纸袋被放到了桌子上。他长手一摊，靠坐在长沙发中间：“你的美式。”

苏洺关上办公室的门："谢谢。"

她把文件放到办公桌上，走到商锐面前坐下："什么事？"

商锐架着长腿靠在沙发上，瞬间从优雅贵公子变成了落拓不羁、浪荡的大少爷。他深邃凌厉的眼看向苏洺："你们打算用宁菲？"

"还没确定。你从哪里得到的消息？"苏洺没有直接回复，拿出茶具，取出红茶慢条斯理地泡起来。

"不要用宁菲，我不跟同一个女演员合作第二次。"

"为什么？你们合作过一次，彼此熟悉，再合作不好吗？"苏洺观察着商锐，微笑道，"宁菲哪里惹到你了？"

"她会爱上我。"商锐慵懒地靠着，答，"麻烦。"

苏洺笑出声。"锐哥，你是不是过于——"苏洺斟酌用词，"自信？你怎么会觉得和你合作过的女演员都会爱上你？"

"我们合作这么多次，你不查我的资料吗？"商锐取出烟咬着，偏头点燃，火光映着他的眼镜片。他顺手把碍事的眼镜拿掉，扔到桌子上。烟雾笼着他俊美深邃的脸。他语调轻慢地说："跟我合作过的女演员，哪个没爱上我？"

这话没错，跟商锐合作过的女演员，百分之九十九都要与他闹一段绯闻，爱得热烈而疯狂。但这些爱绝不是因为商锐的个人魅力。

"宁菲长得也不够漂亮，她演不了夏瑶，选她就是胡闹。"商锐倾身在烟灰缸里弹落烟灰，"如果用她，我需要考虑是否接这个剧本。"

"那你觉得谁能演？"苏洺倒了两杯茶，把一杯推到商锐面前。商锐找这么多理由，归根结底，不过是宁菲拉着他炒绯闻，惹了他。

商锐的黑眸动了一下："目前没有很好的人选，但绝不会是宁菲。"

苏洺知道商锐的心思，也不拆穿他："具体选谁得到试镜后才能决定，寒哥做主。下个月三号试镜，在 SW 传媒——寒哥的公司，你也过来吧。"

商锐听到司以寒的名字，拧了眉，黑眸沉了下去："谁来试镜？你应该知道吧？"

"我没那么清楚，这回是夏夏和寒哥亲自选人。"苏洺说，"你真会因为女演员放弃《盛夏》？"

商锐垂下鸦羽般的睫毛，睫毛遮住深邃黑眸，压下全部的情绪。

沉默片刻。

"不好说，"商锐端起红茶喝了一口，"看我的厌恶程度了。"

《盛夏》是 SW 和夏铭传媒合作的项目，主演肯定在这两家公司里选。商锐把 SW 和夏铭传媒这两年签的女演员在脑子里过了一遍，没觉得哪个女演员合适。

"问你个事。"

"什么？"

“李盛最近在干什么？你认识李盛吧？”苏洺在见姚绯之前觉得俞夏的推荐很离谱，可见了姚绯后，她觉得俞夏的判断是正确的，再没有比姚绯更合适的人选了。

商锐提到李盛就来气：“那个脑瘫，你打听他干什么？”

“李盛怎么你了？这么大怨气。”

“他前天去我的店里搞事，被人举报了，带去警局一查，阳性。”商锐把剩余的烟摁灭，扔进烟灰缸，抬手按了按眉心，压不下去地火，“星海被迫停业整顿。那孙子以后再敢来我的店里，非弄死他。”

“在你的店里吸？”苏洺拿出手机搜索“李盛”，出来的新闻里没有这一项，“我怎么没听到风声？”

“可能你没关注。”商锐说，“在我的店里没查出来东西，不知道是在外面吸完进来的，还是现场销毁了。”

“这要是曝出去，华海娱乐会受损吧？”苏洺若有所思，“大新闻。”

商锐缓缓抬眼，觉出不对劲：“你跟李盛什么时候结的怨？你在琢磨什么？华海这几年虽然在走下坡路，可瘦死的骆驼比马大，你惹不起。”

苏洺白手起家，没有很强的后台，全靠着她够精明，做事圆滑、规矩，不招惹任何一家，才走到了今天。

“我看上华海娱乐手底下的一个签约艺人。”苏洺的手肘压在膝盖上，认真看着商锐，“我想挖过来，可违约金有些高，我想压压价。”

“谁？”商锐的右眼跳了一下，有种不好的预感，“值得苏总去惹李家？”

“姚绯。”苏洺说，“演《寒刀行》的那个姚绯你知道吧？她是华海娱乐旗下的经纪公司瑞鹰的签约艺人，因为得罪了李盛，被扣着合约。姚绯这个人很有潜力，我想挖过来培养。以李盛和姚绯之间的恩怨，解约和平不了。”

“你是不是被人灌迷魂汤了？”商锐想到刚刚在电梯口遇到的姚绯，美得浑然天成，若不是他被扑过，恐怕也会被姚绯那张极清纯的脸欺骗，“姚绯那种人你也碰？”

“你相信那些绯闻是真的？我不信。”

“无风不起浪。”商锐不想提被姚绯强吻的事，“姚绯那种人，劝你别沾，真想签这个类型的，我回头给你介绍几个电影学院的学生。”

“无风也能起浪。只要船够大，开过去必能掀起浪。李盛财大气粗，为什么不能是他逼迫姚绯呢？姚绯一个无权无势的小演员，有别的选择吗？”苏洺的表情严肃下去，“锐哥，你看到的只是男性视角，上位视角，换个角度可能会窥见真相。有的事，不能只看表面。”

“你已经做出判断了还问我干什么？”商锐懒得跟苏洺废话，揉了揉耳朵，“信不信由你，她没你想象的那么简单。我走了。”

“这就走？不等夏夏了？”

“我来找你谈事，等她干什么？”商锐这回的语气里有了明显的不耐烦，“走了。”

“如果我真的因为签姚绯跟李盛杠上了，你能不能帮个忙？”

“不能。”商锐起身捡起桌子上的眼镜，单手插兜往外面走，皱着眉头，“我讨厌姚绯。”

姚绯坐地铁回了酒店，坐到床上才小心谨慎地解开了文件袋上面的棉绳。蓝色封面上有手写字体的“盛夏”两个字，以及“编剧 Summer”。

姚绯深吸气，翻开封面，第一页最上面一排写着：夏瑶。

她在巨大的震惊中呈空白状态。

夏瑶是《盛夏》的女主角。苏洺给了她夏瑶的剧本？

《盛夏》的投资并不算特别大，但声势很大。新锐导演司以寒执导——司以寒是难得的演技与流量并存的男演员，粉丝众多；新锐编剧 Summer 执笔；男主演是当红偶像巨星商锐。这是万众瞩目的剧组。

到底是这个世界疯了，还是姚绯疯了？

笛亚老师虽然有些人脉，但那绝对影响不了《盛夏》的选角。为什么会给她女主角的剧本，让她去试女主角的戏？

姚绯在床上坐了半个小时，狠狠揉了一把脸，拿出手机搜索《盛夏》。《盛夏》是原创剧本，剧本并没有公布，网上的资料还没完善，只有主要角色的介绍以及剧情简介。

十六岁的夏瑶随着母亲改嫁进入盛家，跟继父的儿子盛辰光住在了同一个屋檐下。孤僻的夏瑶没有朋友，她的世界里只有学习。盛辰光性格张扬外放，讲义气，有很多朋友，除了学习，什么都爱。他们是截然不同的性格，却因为班主任的一帮一安排成了同桌。他们抓着盛夏的尾巴，彼此绑上联系。

姚绯迅速翻看手里的剧本，内容几乎一致。

姚绯没有得臆想症，她确确实实拿到了《盛夏》女主角的剧本。试镜通过，她就有机会演夏瑶。不是配角，不是龙套，她拿到的角色是女一号，她美梦成真了。

姚绯没有在 S 市停留太久，她把剧本装进背包，直奔高铁站，想把这个好消息告诉笛亚老师。坐了六个小时的高铁，到 B 市时，天已经黑了，姚绯随着人流出站。寒风凛冽，雪花又飘落大地，却没在地面上留下痕迹。这第二场雪，始终没下痛快。

姚绯拿出手机打电话给笛亚老师，没打通，笛亚老师的手机关机，大约是有什么活动。姚绯的心暂时沉了下去，折回地铁站先回住处。

她在小区门口闻到饭香才意识到饿。她一整天滴水未进，饥饿感仿佛开闸洪水，瞬间铺天盖地地砸向她的大脑。姚绯就近找了一家小吃店，进去点了一份炒面。

电话响了起来，来电是笛亚，姚绯连忙接通。

"老师。"

"《盛夏》那边有结果了吗？"

姚绯扬起唇角，忍不住地笑："有了！"

"好消息？给的什么角色？"笛亚笑道，"刚刚在上课，现在闲下来了。"

姚绯报喜不报忧，有坏消息，她是不敢跟笛亚打电话的。

"女一号。"姚绯抿了一下嘴唇，她这一路都在狂喜和惴惴不安中挣扎焦灼，既高兴又忧虑，焦虑感向身体的每一个细胞蔓延。

"女一号？"笛亚的声音里有着意外，"没出错吗？你确定？"

"我已经看过剧本了。"姚绯在高铁的洗手间里浏览过一遍剧本。在高铁座位上没法看，她签了保密协议，如果被拍到，她就玩完了。"应该是。"她说。

"这就给你剧本了？"笛亚若有所思，"你明天早上有时间吗？来家里一趟，我们见面聊。"

"好。"

"我打个电话问问什么情况，你先看剧本。明天什么都不要买，你过来就行，听见了吗？"

笛亚深知姚绯的经济状况，尽管她挺喜欢姚绯，但也很少叫姚绯来家里。姚绯每次来都有一大笔花销，她不舍得让姚绯花钱。

"老师，有件事我想跟您说。"姚绯起身走出小吃店，到空旷的大街上把话说出口，"我的解约没有那么容易。前几天我跟钱英见面了，他明确告诉我，会扣我的合同，即便一年半后到期，我也走不了。"

"你跟钱英见面？他们为难你了吗？"

姚绯有很多话想说，但什么都说不出口："没事，我只是很担心，苏洺那边知道我的状况吗？他们给这个剧本时考虑过我的合约方面吗？不知道他们是怎么考虑的，但剧本给出来，应该看中我了吧？"

"你先不要跟经纪公司的人见面了，我帮你打听打听，具体的明天见面再谈。"

"谢谢您。"姚绯对笛亚老师的感激无法用任何语言表达，她这辈子都还不清，"老师，我这辈子最大的恩人是您。"

"事办成了你再感恩也不迟，傻不傻啊。"笛亚笑道，"明天见。"

挂断电话，姚绯仰起头看，纷纷扬扬的雪花尽头是无尽的黑暗。她把微微颤抖的手塞在羽绒服口袋里，手指攥紧。鼻尖被凛冽的寒风冻得通红，她深吸气，寒气落入肺中，整个人都凉了下来。

"姑娘，你的饭好了。"小吃店老板扯着嗓子喊了一声，"给你放这儿了。"

姚绯握着手机转身走回去。店里空荡，只有她一个客人，老板是个中年男人，坐在里面看电视，姚绯扫了一眼，目光停住。

十七寸的电视里是电影频道的节目，正在播《寒刀行》。

“声音太大吵到你了吗？”老板看得入迷，突然觉得不对劲，回头看到姚绯的目光，连忙拿起遥控器，“我把声音调低点。”

“没事，没影响。”姚绯把衣领拉高了一些，坐到桌子旁，拿出一次性筷子，拆开包装，“你看你的。”

“这电影特别好看，我都看好几遍了。”老板还是把音量调低了，“不听声音我也知道演到哪一段。你年纪小，应该没看过这个电影。《寒刀行》，特别经典，你有时间上网搜搜，看完绝不后悔。”

热气熏得姚绯眼睛有些酸，她垂下头扒炒面，惶然点头：“嗯。”

“这个演员好像就演了一部戏。长得漂亮，演技又好，拍完就息影，不知道是不是嫁给了大款。演一部戏才多少钱？嫁入豪门，再也不用出来抛头露面了，富贵一生，好好做阔太太。”

炒面放多了油，吃进嘴里发腻。她忍着恶心，快速把所有的面吃完，拿出手机扫码支付，转身快步走出了小店。

第二天早上八点姚绯就起床了，洗澡、化妆，换好衣服。拉开窗帘，满目雪白，天地银装素裹，小区里寥寥的楸树枝条被雪压弯了腰。

纯净的白让姚绯糟乱的心情沉寂。她拉上羽绒服拉链，站在窗户前看了一会儿雪才转身走出门。

十点半，姚绯拎着东西敲响了笛亚家的门。

开门的是笛亚。笛亚一看到姚绯就开始训她：“说了不让你买东西，谁让你买的？等会儿你带走退了。”

“生鲜，不能退。”姚绯把东西强行放到玄关处，换上拖鞋，“我手里有钱，你不用担心我。”

笛亚看到那些盒子上的超市 logo，叹了口气，关上门：“中午在家吃饭。”

“好。”姚绯也不推辞，笑着进门，“有什么需要我做的吗？”

“什么也不用做，保姆已经把家里打扫干净了。”笛亚进厨房端出水果走到客厅。姚绯前几年一到她家就帮忙打扫卫生、做饭。姚绯情商不算高，笨拙地讨好着每个人，是个很老实的孩子。“你就坐着吧。”笛亚说。

姚绯环视四周，确实没找到可以做的事，规规矩矩地在沙发上坐下：“老师。”

“我跟司以寒打了电话。”笛亚坐下，说道，“吃水果。”

姚绯紧张地注视着笛亚：“怎么说？”

“司以寒说，看你的试镜表现，如果合适，他们可能会接管你的合约。”

姚绯犹如濒临饿死的人，眼前突然出现了满汉全席。

“什——什么？”

“司以寒很看重这部电影，他不希望他剧组的演员出现合约问题影响他的电影。他们一开始就知道你的情况，但还是给了你剧本，我想，这可能是在观察你值不值得他们签吧。”

姚绯急促地呼吸，开口声音哽咽：“真的？”

“别哭，这一切的前提都建立在你所能产生的价值值得让他们冒险。”笛亚说，“在商言商，如今的你，商业价值确实不高。”

何止不高？这几年经过华海的全方位打击，姚绯简直是毫无价值。

姚绯抹了一把脸，眼泪汹涌，怎么都擦不干净：“谢谢老师。”

姚绯的合约违约金是一年一千万元，还有李盛的打压。早年也有公司想接盘，可看到那几千万元的违约金，便退却了。如今姚绯的合约还剩下一年半，再拖下去，也不过是少半年。当初她签的是霸王条款，会自动续约，她的最低合约年限是一年。如果不能和解，打官司解约的话，她至少要支付一千万元违约金。

没几个公司会为一个声名狼藉的过气女演员冒险得罪李盛，并且支付一千万元。

“努力去创造价值，让人看到你的潜力。”笛亚跟司以寒打了个电话，旁敲侧击，那边说了个大概意思。笛亚尽可能地鼓励姚绯不要放弃，但其实心里也没底——一千万元的数目太大了，真的会有人为姚绯支付吗？“姚绯，你去S市吧，他们的公司都在S市，你多跟他们走动走动，刷刷存在感。这帮人有的是钱，只要你让他们觉得值，你就会有不一样的人生。离得近，机会就多，抓住每一个机会。你已经二十四岁了，不再是十八岁，女演员的黄金时期已经过去了大半，凡事三思而后行。”

笛亚不想教姚绯接受这些，这是她最不想看到的。姚绯是一张白纸，纯洁无瑕。可这个世界，太刚直的人活不下去，没有字的白纸最终的下场是被丢进垃圾桶。

“你要，懂得弯腰。”笛亚说这话的时候，心里生出难过，她在这张保护了很久的白纸上画下了第一道黑，“你要懂得审时度势，为自己谋利。这个社会，弱者的发言很难被听到，根本没有选择。你只有站到了高处，成为强者，你才能制定规则，才能掌控自己的命运。”

姚绯在B市待了三天，把房子退租，把东西打包好寄到S市新租的公寓。最后一天，她去了笛亚老师家，做了一套从里到外的全面清洁，比保姆做得干净仔细，把玻璃擦得一尘不染。

S市的公寓比中介发来的图片显示的要小很多，十分狭窄，放一张床几乎就满了。好在姚绯的东西不多，她的全部生活都可以在床上进行。

门口一张桌子上放着电锅和厨具，姚绯为了保持身材和皮肤，大部分时间都在家做饭，做一些低脂高蛋白的食物。她每天除了五公里跑步的时间，其他时间都在看剧本、练台词。

《盛夏》的剧本一共两部分，上部是少年时的遇见，下部是成年后的重逢。

重逢部分只有寥寥数笔，占篇幅的三分之一，大约是没写完，略显粗糙。Summer 的校园故事写得非常好，十六岁的少男少女尖锐又锋利，他们之间的矛盾，像未成熟的酸梅落进冰冷的碳酸饮料中，炸起了气泡。字里行间都是青春期懵懂青涩的情感，十分动人。

姚绯特意在网上买了全套的 Summer 的作品，她的作品一向是以校园题材为主，而且相互联动。她的第一部作品是《暗恋》，她接受采访时说自己年少时暗恋过一个人，这部是半自传体。按照这个推算，《盛夏》是《暗恋》的续集。

那这个故事可能和 Summer 本人有关系。姚绯特意去找了 Summer 的资料。Summer 和司以寒半年前因为一部恋爱综艺在一起，姚绯把那部恋爱综艺找出来，完完整整地看了一遍。

要想深入地理解剧本中的人物，一定要加上背景。网上能扒出来：Summer 和司以寒年少时就认识，司以寒在 Summer 家住过一段时间，Summer 的父亲在十年前自杀——这些都能在剧本里找到痕迹，这个故事的原型八成跟他们本人有关系。

姚绯研究了一周，觉得成年部分倒是没什么难度，只是少年部分，她有些拿不准。这个故事中的初识是在高中，少年部分占非常大的比重。

司以寒年少成名，资料很好查，他是在东明中学读的高中。姚绯在这所学校蹲了一周，去观察真正的学生是什么样的，尽可能模仿。如果别人做到七十分是及格，那如今的姚绯必须要做到一百分才能让人看见。

她别无选择。

十二月三日正式试镜。早上，姚绯六点就起床了。

她没有造型团队后，全靠自己摸索化妆，摸索造型。姚绯把头发洗净吹干，散在肩头。姚绯原本想搭出校服感的服装——白衬衣套毛衣——换上后，她看着镜子里刻意穿搭的自己，拧了一下眉，于是把衬衣脱掉，只穿一件白色毛衣。

镜子里的女孩儿清纯干净，一尘不染。这回感觉对了。

姚绯连眉毛和唇都没画。女主角在高中时期性格内向，只爱学习，并不是张扬的人，不可能化妆，所以姚绯也不能化妆。

八点半，姚绯穿着黑色长款羽绒服走进了 SW 传媒所在的金融大厦。大厦位于地段最好的商业区，楼内洁净明亮的地板砖反射出冷光。姚绯踩在地板上走向电梯间。登记完个人信息，她随着人群走进了电梯。

上班高峰期，电梯里全是精英白领。他们个个穿戴整齐，踩着皮鞋冲锋陷阵。

姚绯往后面退了些，靠在墙上。

突然人群涌动，整齐地往后靠。戴着墨镜、口罩，被保镖护着的女人走进了电梯。她穿着知名品牌的秀款短外套，踩着高跟鞋，气场十足。

从姚绯这个角度能看到她白净的肌肤和纤细的脖颈。她怎么气场这么足？

“这是不是魏雨？”旁边一个女孩儿低声八卦，“真人气场这么足？”

姚绯看了过去。

魏雨是夏铭影业这两年力捧的小花，长相明艳、漂亮。

“应该是吧。听说今天公司有秘密活动，好像跟《盛夏》有关，寒哥会过来。”

姚绯顺着说话的声音看过去，看到说话女生胸前的工作牌露出一角——SW 传媒公司策划部。SW 传媒占据金融大厦最上面两层做办公室。这个电梯里一半的人都是 SW 的吧？

“那商锐是不是也会来？”另一个女生压不住激动，捂着嘴，从嗓子里发出气音的尖鸣声，“我哥！”

“瞧你那花痴样儿。应该会来，听说合同都签了，是男一号。”

“我哥就是牛！”女生显然是商锐的粉丝，“Summer 的御用男主演。”

魏雨穿着明艳，妆容精致。姚绯垂下眼看自己。不会押错题了吧？

电梯停在了顶层，魏雨带着保镖和助理走了出去，姚绯是最后一个出电梯的。她因 SW 的装修震撼了片刻。不像其他影视公司满墙挂艺人照片，SW 是现代极简装修风格，用大片冷色调玻璃，隔开了摄影棚和办公区。

姚绯被接待人员带到了会客厅，里面已经坐了两个女演员，一个清秀漂亮，一个美艳动人——宁菲和魏雨。两个人坐得泾渭分明。姚绯进门，她们便同时看了过来。

“我要一杯美式。”魏雨的目光从姚绯身上滑过。全是精英的办公楼里竟然会出现穿着这么土的工作人员？

姚绯一愣。魏雨把她当工作人员了？

身后的接待人员倒是机灵，接过话：“好的，我这就去给你拿。菲姐和姚小姐喝什么？”

“不用，谢谢。”姚绯连忙拒绝，走了进去，拿下口罩恭敬地朝魏雨和宁菲伸出手，“你们好，我是姚绯。”

在外面，态度要谦卑，要会做人。

魏雨看着姚绯定了几秒，只是颔首，并没有伸手跟姚绯握手，目光又落回手机屏幕：“你好。”

“姚绯”这个名字听起来有些熟悉。是演员？也是来试镜的？

“我也不用。”宁菲绽放出温柔的笑容，站起来，拉起姚绯快要垂下的手指，握了一下，说道，“你好，我叫宁菲，我们都有个‘菲’字。”

宁菲松开姚绯的手，转头对工作人员说：“我带了，不用麻烦。”

魏雨再次抬眼打量姚绯，有些眼熟，可依旧没想起来在哪里见过这个人。宁菲怎么跟她握手？难道宁菲认识她？

“坐吧，先等一会儿。”

“谢谢。”姚绯找了靠边的椅子坐下。寂静的会客厅里只有中央空调出风口发出细微声响。姚绯坐了椅子的三分之一。宁菲和魏雨的条件都很好，今天是三个人竞争一个角色吗？

“你是哪个公司的？”宁菲喝了一口咖啡，看向姚绯。她不认识姚绯，只是这个人长得太漂亮了，漂亮到进了会客厅后，对面的魏雨都黯然失色。这人有这样一张脸，难道还没有出道？谁塞进来的人？

从官宣要拍《盛夏》起，各家都来递资料，能走到这一步的人都是千挑万选出来的。这里的每个人，都是宁菲的对手。

“瑞鹰，”姚绯微笑着道，“B 市的公司。”

瑞鹰的人怎么会来试镜？瑞鹰是 H 城的公司控股，司以寒早年跟那边有点矛盾，这么多年都没有合作过。

“《寒刀行》的姚绯，你还在瑞鹰？”对面的魏雨放下手机，她终于搜到姚绯了，语气都轻松起来，“童年偶像，我可是看着你的电影长大的。没想到你真人这么年轻，怎么保养的？”

宁菲也猛然醒悟。这是姚绯？宁菲笑得也很灿烂：“姚绯啊，我也很喜欢你的电影，一会儿可要帮我签个名。”

姚绯年轻、漂亮、演技好，都没用，她本身才是最大的障碍，她接不了这个角色。宁菲和魏雨的对手是彼此，而不是姚绯。

姚绯知道她们在说客套话，但还是笑着说道：“好的，一定。”

魏雨很轻地嗤笑，移开了眼，继续低头发消息。

她们看不起自己。姚绯保持着难堪的微笑，微微地点头，垂下视线。

半个小时后，姚绯第一个被叫了出去，她随着工作人员进入三号摄影棚。房门打开，大片的白色，她恍惚了一下。她最后一次试戏的摄影棚，跟这个很像，她在那个摄影棚试了三个小时的戏。为了那部戏，她做了很长时间的准备，甚至学会了应酬。她被架到酒桌上，麻木地陪着投资商喝酒。后来她进了组，戏拍到一半，她得罪了李盛，那部戏换了人，她的镜头被删得一干二净。

“你好，姚绯。”女人清越温柔的嗓音响起。

姚绯抬眼看到监视器后面的俞夏，比荧幕上更漂亮，她旁边坐着司以寒。司以寒戴着眼镜专注地看剧本。《盛夏》的编剧和导演，他们是夫妻。

“能把外套脱了吗？”司以寒这才抬起眼，说道，“方便吗？”

“可以。”姚绯连忙脱掉了羽绒服外套，她里面穿着白色毛衣搭配简单的牛仔裤。司以寒皱了一下眉：姚绯确实很漂亮，但她的美是锋利的，有一定的侵略性，这种感觉并不是很好。夏瑶这个角色漂亮，但不需要锋利。

“能转个身吗？”

姚绯转过身。她有些后悔今天穿了秋裤，很想看一眼镜头里的自己是不是有着臃肿的腿。她转到第二次，看到司以寒紧皱的眉头——他似乎不满意——她的心一下子就提了起来。

“我今天穿得有点多，正常情况下，我会比现在瘦，形体也会更好看一些。”姚绯努力为自己争取机会，看着对面的导演和编剧，“我可以演少年时期。”

“没关系，不用紧张。”俞夏对姚绯说完便吩咐助理：“把剧本拿去给姚绯。”她又对姚绯说：“我们想听听你的台词感觉，可以吗？”

姚绯双手接过剧本，心跳得厉害，她太久太久没有碰过这样的剧本了。她说：“可以。谢谢您。”

不是表演，单纯是看台词功底。

“那开始吧。”司以寒语气冷淡无波，但并不盛气凌人，只是平静地说。

这段台词，姚绯早就背过了。她抬起手，用黑色皮圈扎起了头发，站到镜头下。房间里寂静，只有机器运行时发出的细微声响。姚绯没有化妆，少年感就更加强烈了，高高的马尾让她露出光洁的额头和纤瘦白皙的脖颈。

“这几天一直在下雨，下了好久，这场雨结束……”她看向镜头，目光平静，语调也平静，“夏天也该结束了吧？”

姚绯是个大美人，这是俞夏见她时生出的第一个念头。她比七年前成熟，骨架长开了，那张脸美得更甚。冰肌玉骨，不动时绰约静美，像是浸着碎冰的高山雪水，含着薄刃，美得清凌彻骨。

可从她开口那瞬间，她整个人的气质都变了。她变成了另一个人——活的夏瑶——她面前没有演员，也没有人，可她仿佛真的在对盛辰光说话。

低柔的嗓音，语速恰到好处，克制又谨慎，残忍地逼着自己往前走。夏天结束了，她的梦也结束了。

“我五岁就没有爸爸了，我妈一个人抚养我，她很辛苦，她为我付出了全部，她很少拥有幸福，她的人生大部分时间都是苦的。”姚绯垂下眼，声音很低，责任和爱压得夏瑶喘不过气，但她还得站在这里，用单薄的肩膀扛下一切，她生怕一个不小心，那深藏的汹涌热烈的爱就山崩地裂，摧毁全部的理智，“叔叔很爱她，她也很爱叔叔。他们结婚两年了，这两年是妈妈最快乐的时光，她经常笑，她笑起来很好看。她原本就应该这样美丽，拥有很多爱、很多呵护，她除了是我的妈妈，她还是女人。”

夏瑶和盛辰光的名字在同一本户口簿上，他们是名义上的兄妹，可他们相爱了。盛辰光的父亲有心脏病，东窗事发时，他的心脏病发作了。

人抢救回来了，但夏瑶的妈妈精疲力竭，倒在了医院。安顿好母亲，夏瑶在医院的走廊里跟盛辰光提出了分手。

“我人生的重要时刻都发生在盛夏。我在盛夏拿到了一中的录取通知书；我在盛夏遇到了你；我在盛夏有了家，有了很多的爱。那我们就在这个夏末，各退一步。”姚绯抬起头，看向镜头，“情侣也许很快就散了，可兄妹一辈子都拥有法律上的关系。哥，我们——结束吧。”

俞夏抱臂往后靠在椅子上，鼻子突然泛酸，她仿佛看到了十八岁的自己。她和司以寒分开时，能说出口的只有一句轻描淡写的“哥哥”。

瞬间，空旷感让空气逼仄，整个屋子被姚绯的情绪感染。她的声音仿佛一只无形的手，紧紧地攥着所有人的情绪。

跨过迷茫的雨雾，情窦初开的少男少女，他们用最真挚的一颗心守着水晶般美好的爱情。他们跨过禁忌，跨过山川河流，以为有足够的能力对抗世界，最终却败在现实面前。那是一道跨不过去的暗河。

夏瑶亲手斩断了所有的羁绊，从此，他们只是兄妹，她对爱意缄口不言。波涛汹涌、山崩地裂，全被她压在脆弱、单薄的身体里，死死地压制着，不露出一丝一毫。

姚绯的台词功底太好了，节奏感非常好，没有刻意炫技，不受周围人的影响。她就是夏瑶，她站在这里跟爱情一刀两断。

她的感染力强到让人只能被强行拽进去感同身受。

周挺走了进来，站到司以寒身后，俯身低声说：“怎么样？”

“让她试试哭戏。”司以寒取出第二张写着台词场景的纸递给周挺。他第一次见这样的天才型演员，被震撼到了。说这段台词，她并没有用什么技巧，甚至语调都没有多大起伏，但声音出来后，她完完全全变了一个人。司以寒曾经也是演员，但他自认做不到姚绯这样，姚绯是天生的演技派。“商锐过来了吗？”司以寒问。

“到了，在外面。”

“让他进来，站在这里看，不准说话。”司以寒把其他两个人的资料放到了一边，面前只剩下姚绯的资料。他推了一下鼻梁上的眼镜，面对姚绯说道：“还有几场戏要试，剧情的时间跨度有些长。如果需要调整情绪，给你五分钟。”

“我可以直接来，导演。”姚绯收起属于夏瑶的脆弱，站得笔直，明眸中有光，显露出少年影后的锋芒，“我不需要调整。”

“今天试戏的居然有姚绯。”蔡伟查看消息，皱眉，“姚绯不是被封杀了吗？怎么会来试夏瑶的戏？”

商锐抬起眼：“谁？”

“《寒刀行》的姚绯，你知道吧？得罪了李盛，被封杀很多年了。”蔡伟目光凝重，迅速发信息确认真假，“姚绯托谁的关系？她攀上谁了？”

商锐双手插兜，叉着长腿站在电梯中间。那是个极其自我的站姿。他微扬下颌，薄唇抿出漫不经心、漠然的弧度。

“姚绯试夏瑶的戏？谁的消息？”商锐垂下浓密的睫毛，想到那张美得过分的脸。她的眼湿润，含着欲望，温湿的唇激烈地贴上来，舌蛮横地撬开唇齿探进来纠缠。

商锐推开她时，她的眼中还有意犹未尽的欲，柔软湿润的唇是那种艳丽的红色。她张了张嘴，随即朝地上倒去。

“小秦，秘书室的人。”蔡伟话音刚落，进来一条消息，来自周挺：“寒哥让我接商锐去三号摄影棚。他在什么地方？”

“周挺来信息了，让你去三号摄影棚。八成是真的。三号摄影棚现在只有姚绯、寒哥和俞总在里面，魏雨和宁菲还没进去呢。”

“怎么会用那么——”商锐喉结滑动，蹙眉，找了个非常恰当的词，“俗气的人试夏瑶？”

“如果没长残的话，姚绯的长相不俗。”蔡伟不知道商锐为什么会用“俗气”这个词形容姚绯。姚绯的长相跟俗沾不上边。那种清纯绝美，在七年前惊艳一时，在行业里可是独一份。“谁把姚绯塞过来的？寒哥应该不会用她。且不说李盛会不会放手，就算放手了，被封杀七年，她还剩什么？《盛夏》这个项目对于夏铭影业至关重要，苏洺会同意？”蔡伟说。

“她没长残。”商锐抽出手机，找到苏洺的号码打电话过去，垂下的睫毛遮住了深邃的眼眸。

“什么？你见过姚绯了？什么时候见的？”

电话还没接通，电梯门先打开了，苏洺正往这边走，两个人视线对上。商锐拿下手机挂断，迈开长腿大步走向苏洺：“苏洺。”

苏洺往后退了两步，说道：“寒哥叫你去三号影棚。锐哥，谁惹你了？脸色这么难看。”

“苏总。”蔡伟紧跟在商锐身后，快步走向苏洺，“怎么回事？姚绯是谁塞进来的？”

“哪里听到的消息？”苏洺停住脚步，单手插兜，笑眯眯地打量蔡伟，“蔡总消息挺灵通的，什么都知道呀。”

“是真的？”蔡伟皱眉，“苏总，我们之间没必要卖这关子了吧？姚绯试谁的戏？她跟李盛那笔烂账结束了？李盛肯放她走？”

“她试夏瑶的戏，具体还没谈，今天只是试戏。至于定谁，得开会决定，最终决定权还是在寒哥和夏夏手里。”苏洺敛起了所有的情绪，刚刚她在监控器后面看了一段姚绯的试戏，震撼到现在，“要一起过去看吗？”

蔡伟脸色非常难看：“有必要吗？”

就算姚绯是奥斯卡影后，她这样声名狼藉，选她做女一号就是在地狱里跳舞。

她打不起票房，回报率极低。商锐是当红明星，怎么能跟姚绯搭档？商锐的粉丝会极度不满意。

蔡伟上火了，他还等着商锐靠这部戏挽回一些口碑。商锐演别人的戏都不行，唯独在俞夏执笔的戏里能像个演员。可是女主演若是选择姚绯，这对商锐将是山体滑坡般的影响。

“我觉得挺有必要。难道你们不好奇影后是怎么演戏的吗？”苏洺笑着看向商锐，“锐哥，去看看呗。”

“你想签姚绯？”商锐抬了一下眼，单手插兜，把手机插回口袋。

那天苏洺是在试探他，苏洺早就打算好了。可为什么是姚绯？

苏洺眯着眼睛笑：“还没确定呢。”

姚绯给苏洺下了迷魂汤？

“你知道我的态度。”商锐注视着苏洺，目光锐利，“苏洺，你把姚绯往我眼前推？”

“你为什么厌恶她？因为那些谣言？你认为那些谣言是真的？”苏洺敛起了笑。商锐虽然狂妄跋扈，但从不随便攻击人，跟他没有交集的演员他从不评价。她不知道商锐为什么偏偏对姚绯有着这么大的偏见。商锐和姚绯有交集吗？“众生平等，她没犯法，为什么非要判她死刑？签不签是一回事，我愿意给她一个表现的机会，她该有这个机会。”苏洺说。

“苏总打算签姚绯？姚绯背后的人是苏总？”蔡伟目瞪口呆，“苏总，你没事吧？你知道姚绯的合同有多麻烦吗？她这个怎么洗白？”

“蔡总。”走廊尽头，周挺喊了一声，站在原地招招手，“早上好。”

周挺从艺人助理做起，后来做了司以寒的经纪人，如今司以寒退居幕后，周挺帮司以寒管理公司，负责经纪人事务，是 SW 传媒半壁江山之主。

“早上好。”蔡伟暂时按捺下暴躁的情绪，他觉得苏洺莫名其妙，寄希望于另一个出品人——周挺。

“商锐，寒哥叫你过去。”

“好啊，我过去，”商锐深邃的眼眸掠过苏洺，唇角忽地扬了一下，笑得有几分张扬，“看看这位把苏总迷得团团转的姚小姐有多大魅力。”

他迈开长腿，大步走向周挺。

那晚姚绯是从李盛的房间跑出来扑向商锐的，目标精准，大概是看准了商锐能跟李盛抗衡。可惜，商锐虽花名在外，实际上不好女色，姚绯算盘打错了。李盛估计不会放过她。她在 B 市混不下去了，跑来 S 市勾搭苏洺。

想进《盛夏》剧组是吧？想着吧，商锐要让她怎么来就怎么灰溜溜地走。

“从后面进去，不要说话。”周挺带商锐进了摄影棚，叮嘱道，“不要影响试戏流程。你看剧本了吗？寒哥很有可能让你试戏。”

“跟姚绯搭戏？”商锐单手插兜，姿态随意，“那她今天这戏演不下去了。”

他们从后门进了摄影棚，周挺动作很轻，在后面带上了门。他压低声音，碰了下商锐的胳膊，递给他一把椅子。

司以寒和俞夏坐在监视器后面专注地看屏幕，摄影棚寂静。商锐坐下，看向摄影棚中央，目光停滞。

姚绯站在摄影棚中间，穿着单薄的毛衣和素净的牛仔裤，不施粉黛，素着的脸清隽静美，头发扎成了马尾，洁白的肌肤一尘不染，细腻、瓷白。她看上去比实际年龄要小很多。不知道是演技的原因，还是她本身过于纤瘦，少年感非常强烈。

她在演少年夏瑶，毫无违和感。

她站了很长时间，蹲下去把脸埋在手心。一开始是压抑的哭，她瘦弱的肩膀微微颤抖。那种哭让人揪心。商锐认出来，是夏瑶和盛辰光决裂之后那段。夏瑶平静地分手，没有哭也没有闹。她在医院照顾继父和母亲，表现得跟平时没有什么不同。她办好出国的全部手续，终于到了分开的时刻。

她以为盛辰光没有来，跟父母分别后，回头看到了人群中的盛辰光。高大的男孩儿穿着黑色连帽衫，站在人群中静静看她。

盛辰光是恨她的，恨她懦弱，恨她不坚持，恨她对这份感情的轻视。可他还是来送她，越过人海，专注地看她。

夏瑶逼着自己背过身，走向航站楼。她一直往前走，视线早就模糊了，可她不敢哭出声或者表现出任何难过、不舍，她怕一回头，这辈子都走不掉了。她躲进机场的洗手间，伪装被打碎，她号啕大哭。

压抑许久的情绪宣泄出来，那哭中有无力、有绝望、有撕心裂肺，如洪水决堤般奔腾而来。

摄影棚寂静，只有姚绯的哭声。似乎这一刻所有人的情绪都握在那个单薄的少女手中，她要别人哭，别人都得跟着她哭。

这段哭戏结束，有工作人员过去给姚绯送纸，姚绯站起来擦了擦脸，往这边看了一眼，眼中有种冬日山间清泉浸着薄冰的透明感，清澈见底。跟那天勾引商锐的姚绯截然不同，她身上没有丝毫的媚意，只有干净。

司以寒把第三张写有台词场景的纸递了过去，是成年后重逢的戏码。

商锐拿起一瓶水拧开，灌了一口冰冷的水，注意力还落在摄影棚中央的女孩儿身上。

“商锐，耳机。”周挺把耳机递过来，商锐接过耳机，看了一眼剧本。剧情时间跨度很大，这是二十八岁的夏瑶。

耳机里响起了姚绯的声音，跟脆弱少女时截然不同——性感强势，但不乏女人的温柔。

他抬头看向屏幕，姚绯的妆容没有任何变化，可气质截然不同，仿佛换了一个人。她身上没有一丝脆弱少女的痕迹，似乎刚才的高中生不是她。她成熟、锐利、有锋芒，眉眼之间尽是明艳，语调慢悠悠的，浸着情绪，举手投足都有一个成熟女性该有的魅力。

盛辰光当年的梦想是做摄影师。夏瑶成年后，选择了摄影师的工作。她的姿态动作都有常年扛相机的痕迹，笑起来下巴上扬，漂亮的眼里有光，还有一些意味不明的情愫。

换台词和换场景，她随手拈来，不需要出戏和入戏的过程，等她开口时已经在戏中。看不出表演痕迹的入戏，让人觉得她原本就是这样的。

姚绯一共试了五段戏，五个场景。结束时，摄影棚寂静，大概是还沉浸在姚绯的演技中。她教科书般的演技，张力十足。

商锐仰起头灌下最后一口水，喉结滚动，他摘下耳机撂到桌子上。

“去跟姚绯打个招呼。”司以寒开口。

“什么？”商锐捏扁了矿泉水瓶，发出巨大一声响，声音刺耳地回荡在摄影棚内。

“走过去，跟她说句话，什么都行。”导演说。

姚绯抬眼看了过来，她的眼睛很干净，瞳仁如同琥珀般纯粹。此刻，她的眼神也趋于柔软，看起来像是春日初开的梨花花瓣，又脆又薄，在阳光下晶莹剔透。

怎么会有这么干净的眼睛?

商锐扔掉矿泉水瓶，大步走向姚绯。他走下台阶，穿过一道短窄的走廊，走到了摄影棚中间。姚绯的目光追着他，专注又认真。距离近了，商锐看到姚绯浓而密的睫毛，纤长柔软，覆在洁净的眼睛上，她整个人都被这种柔软笼罩。

姚绯看到商锐走过来似乎有欣喜，她的眼尾弯着，伸出手，嗓音温软：“您好，我是姚绯，很高兴见到您。”

商锐略过她的手，回头看了一眼摄影机方向，倾身便朝姚绯压去。姚绯本能地往后退了半步，脸上的表情保持得很完美。

“商先生。”

“你很高兴？”商锐抬手伸到姚绯的耳朵处，关掉了她的耳麦。他的指尖碰到她耳后的肌肤，柔软细腻。他收回手，俯身贴近姚绯的耳朵，用只有他们才能听到的低沉嗓音缓缓道：“那很快你就高兴不起来了，不管你玩的是什么花样，别打这里任何人的主意。不然，我让你后悔。”

“你说什么？”姚绯往后退了一大步。商锐这话是什么意思？她什么时候得罪了商锐？“我们——以前认识吗？你是不是认错人了？”

商锐单手插兜，慢悠悠地站直。他很高，下颌微微上扬，绷出傲慢的弧度。他背对着镜头和众人，薄唇动了一下。“好演技。”他随即转身看向监视器方向，漫不经心地笑着，“你们觉得合适？”

没人说话，他们就站在镜头下。姚绯在想自己该做什么姿势。导演让商锐过来就是要看他们的外形适配度，她得做点什么，才能争取机会。

姚绯没吃早餐，此刻大脑嗡鸣。这句“好演技”当然不是在夸她，而是讽刺。

商锐很厌恶她。

她和商锐没有任何适配度，他们之间只有厌恶。

大约有五分钟，导演开口道：“好了，姚绯，你先回去吧。”

姚绯身体里的血液瞬间冷却，手指冰凉，她倏然抬头。视线内一片白茫茫的雪花，仿佛陈旧的黑白电视上的画面。

结束了吗，她的机会？

“导演？”姚绯很轻地眨眼，艰难出声，问不出下一句话。

俞夏起身离开监控器，走到姚绯面前，握了一下她的肩膀，语气温和道：“你没有问题，但需要走个流程。苏洺在外面等你。我很荣幸能看到你的表演，你是个非常优秀的演员。”

“谢谢。”姚绯朝俞夏鞠躬，捡起一边的羽绒服握在手里，又看向已经站起来的导演，朝他也鞠了躬，“谢谢你们给我机会，我已经很多年没有过试镜了，能有这个机会，我很幸运。”

她能做的都做了，她能说的都说了，选择权在别人手里。

姚绯转身走出门。摄影棚大门关上的瞬间，屋子里商锐的声音很沉：“我不想跟姚绯合作，换谁都行，她不行。”

商锐是商势传媒的二公子，含着金汤匙出生。他十九岁成名，平步青云。他家背景雄厚，手里有上市公司，拥有行业里最好的资源，要风得风要雨得雨，可以恣意妄为。

他说他不想跟姚绯合作，没有理由，只是他不喜欢姚绯。

高高在上的商锐讨厌一只蝼蚁，随手碾死又有多复杂呢？他不会产生负罪感，他也不会认为这是一件需要商酌的大事，她只是一只蝼蚁。

姚绯的尾指无意识地颤抖，她全部的希望就这么轻而易举地被人毁灭了。她等了七年，她努力去演戏，笛亚说如果打动了导演，也许会有机会。她没有任何办法，只能卑微地期盼着，看看她吧，给她个机会，她可以很有用，她的命运掌握在别人手里。

这部戏早就定了商锐是男一号，所有人都可以换，只有商锐不能换。

“姚绯。”

姚绯回头看到苏洺，深吸气，压下全部的情绪：“苏总。”

“我看了你的试戏，”苏洺走过来递给姚绯一瓶水，说道，“非常好。”

“谢谢。”姚绯尽了全力才让自己的声音没有颤抖，她抿了一下嘴唇，“苏总，谢谢您。”

“你住什么地方，我让助理送你回去？”苏洺带着姚绯往外面走，“你今天的试戏结束了，具体答复要到开会后决定，你能等吗？”

“我可以。”姚绯立刻说，“谢谢苏总。”

“那行，你先回去，三天内我给你答复。”

“谢谢。”

苏洺原本要送姚绯出去，可刚走出云就被周挺叫走了。SW的二十九层空旷，具有很强烈的艺术感。这一层搭建了几个摄影棚，属于拍摄区。姚绯环视四周，视线有些模糊。没有当场给准话，基本上都是没机会。

她抬手盖在眼上，身后的走廊里有说话声，她抹了一下眼，放下手，快步往走廊尽头走。走廊尽头是洗手间，她快步走了进去。

她走进洗手间隔间，把脸埋在手心里，蹲了下去，心脏密密麻麻地疼。她不知道该去哪里，不知道回去后还有没有机会再到镜头下。她孤注一掷地跑来了S市，没退路了。她想问问商锐，她哪里得罪他了，她道歉，她弯下腰赔礼道歉。

姚绯不记得有得罪商锐的地方，他们见过三次面，前两次都没有说话。第一次是在星海的电梯里，当时姚绯没认出商锐，他们对视了一眼。她戴着口罩，立刻就移开了眼，商锐的眼神没有任何异样，应该也没认出她来。

第二次见面是在夏铭影业的电梯门口，电梯打开，商锐就用那种看垃圾的眼神看她。

他刚刚警告自己不要玩花样。她玩什么花样？她敢玩什么？

外面突然响起男人说话的声音，隐隐传进来。

“他们疯了吧？为什么要用姚绯？姚绯那个名声，寒哥和俞夏是不想要票房了吗？砸几亿元进去捧一个过气演员？锐哥，你别抽烟了，那么多双眼睛盯着你，优质的偶像远离烟酒和成人生活。”

姚绯放下手，推开了洗手间隔间的门，走到洗手池前。外面的声音渐渐远去，说话的应该是商锐的经纪人。她打开水龙头洗手，声音虽远了一些，但还是能听清。

“还不如一开始的宁菲。宁菲的团队虽然喜欢炒作，但她最起码名声不差，比不上你，但也不会太拖后腿。姚绯就是个坑，背着那些丑闻去演青春电影的女一号，恶心谁呢？她那个霸王条款能接戏？李盛能放过她吗？李盛可是扬言要关她八年，这还没满呢。苏洺能打得过李盛？她想多了吧？李家瘦死的骆驼比马大，苏洺拿什么跟他抢人？”

姚绯关掉水龙头，走出了洗手间。听清声音的位置，她转头看过去。

“演技再好有什么用？就算她是奥斯卡影后，这个局面也翻不了身。真不懂这一出，闹的什么意思，把我们当什么了……”

商锐背对着走廊，站在尽头的落地窗前，身形挺拔，毛衣勾勒出脊背轮廓。他有着极优越的身材。他修长的手指间夹着烟，白烟袅袅。烟头已经蓄了一截烟灰。他的经纪人站在一旁，也在抽烟，并没有以身作则。

“去查查姚绯的资料，”商锐在一旁的垃圾桶上弹落烟灰，又抽了一口烟，嗓音很沉，“我要全部。”

“姚绯，你还没走啊？”走廊另一头响起苏洺的声音，姚绯连忙扭头，看到过来的苏洺一边走一边说，“没走的话，等会儿我送你。”

商锐和蔡伟转过身来。

商锐身上已经没有了一丝一毫的散漫，他身上有着尖锐的锋芒，凌厉的黑眸直直地看着姚绯。白色烟雾升腾，笼着他俊美的脸。他的下巴轮廓冷肃，浓密的睫毛投下阴影。

“不用了，我坐地铁回去，很方便的。”姚绯戴上了黑色棉质口罩，没有看商锐，快步往电梯口走去，“我不舒服，去了一下洗手间，已经好了。谢谢苏总。”

“那你慢点儿，到家跟我回个信息。”

“好的，苏总，再见。”

苏洺跟姚绯交代完就走向商锐，说道：“中午一起吃饭，在江岸，俞总和寒哥也会过去。”

姚绯按下电梯，深吸气，走进了电梯，所有的声音被隔绝在外。

姚绯抱着侥幸心理期盼着，也许商锐的意见影响不了选角。导演和编剧对她很满意，他们似乎很喜欢自己的表演，她也许还有机会。她这个人向来是不到黄河心不死。

苏洺告诉她三天后给结果，她在家等了一周，没有等到任何人的电话。她的期盼坠入海底，绝望吞噬了最后的希望。

焦灼犹如盛夏的爬山虎，悄悄地布满了整间屋子，占据了所有的空间，让姚绯无法喘息。

第八天，姚绯跑完五公里回到家，洗澡的时候生出冲动：成也好，不成也罢，至少死心，不用再期盼着一个没有希望的希望，她要死个明白。她就是这么一个人，什么事都要追根究底，不像正常成年人的思维，一点都不圆滑。

姚绯十点半就到了夏铭影业的楼下，但她没勇气走进去。她在夏铭影业办公楼底下转到第三圈，找了家咖啡店坐，想再冷静下来思考正确的处事方案。如果进去问，会不会得罪得更深？

刚坐下，咖啡店的工作人员就送来菜单，姚绯看了一眼咖啡的价格，连忙起身，重新走回夏铭影业的办公楼下。

中午十二点，穿着精致的白领从大厦里走出来，走向周围的餐厅。

下班时间，苏洺大概也下班了。姚绯在失望的同时又松一口气。也许，再熬一天，再期待一天，他们就会给出结果。生死至少有个判决书吧？

姚绯站在绿化带后面，抬头看阴沉沉的天空，还是不敢进去。一旦死刑，她就一点希望都没有了。

一辆黑色奥迪 Q7 驶了过来，稳稳地停在她身后。姚绯连忙走上台阶让路。驾驶室车门打开，穿着西装的男人抱着巨大的一束红玫瑰离开车厢，往姚绯这边看了一眼，绕过她走向大厦。

姚绯深吸气，决定再等一天。

她跳下台阶，扫了一眼大厦出口，忽然目光顿住。她停住脚步。距离有些远，她微眯了眼。

苏洺走出大厦便看到抱着玫瑰花的浮夸男人，脸色瞬间难看起来。

“苏洺。”男人走了上来，不顾周围众多的人，“过去是我做了蠢事，我一直在反省自己，我也在思考我的感情。我已经认清了，我爱你，我这一生唯爱你。苏洺，能再给我一个机会吗？我想用余生来照顾你，来守护你。”

苏洺的嘴角抽动了一下，想把花砸到他的脸上。世界上怎么会有这么厚颜无耻的人？

可她丢不起这个人，周围全是熟悉的下属以及合作公司的人，每个人都停下来往这边看，似乎在看她的笑话。骄傲如苏洺，怎么好在众人面前丢人？

“苏洺，嫁给我吧！”男人“咚”的一声，跪到了苏洺面前，堵住了她的去路，高举着花，“我爱你，苏洺，嫁给我！”

中午下班高峰期——大厦里有很多公司，不乏夏铭影业的合作公司——对于当众求婚这种事，大部分人都有着极高的热情。人们发出惊呼，把压力全部转嫁到了苏洺身上。

苏洺没想到他会玩这手，吓得退后了一步。

“我们在一起两年，我们有共同的理想，我不相信你这么快就会忘记我，难道你有了新的男人——”男人突然说不出话，他的头发被人揪住，头皮剧痛。他盛怒回头，都没看清来人是谁，手中的花离手，随即，带着香味的冰凉玫瑰重重地砸到了他的脸上。

“她认不认识你，你就随便求婚？”姚绯戴着黑色口罩，露出来的眼漂亮、犀利，“如果随便来个人求婚就得答应，那这个世界可乱套了，女孩子还有什么安全可言？”

“保安呢？！”苏洺回过神，厉声喝道，“干什么吃的？什么人都往里面放？报警。”

男人想抬头为自己辩解，那只细瘦的手下移到他的后颈，他被摁倒在冰凉的地上。那只手力气很大，他的脸被压变形了，疼得他说不出连贯的话。

“大家最近都注意点儿，别被这种跟踪狂跟上，一旦遇到，”苏洺清了清嗓子，说道，“一定要报警。”

没有热闹可看了，人群散去。

保安把男人带到了保卫室。

姚绯捡起残败的花，取出纸巾擦干地上的水渍才站起来看向苏洺，关切道：“苏总，您还好吗？”

“你怎么在这里？”姚绯那双漂亮的眼太具辨识度，苏洺一眼就认出了她，“把花扔了吧，那就是个神经病。”

“在附近办事。”姚绯把花扔进垃圾桶，快步走回来，“路过这里恰好看到您，想跟您打个招呼，就看到那个人在骚扰您。没给您添麻烦吧？”

男人是苏洺的前男友，劈过腿。姚绯查过苏洺的全部资料，刚刚看了一眼那个男人就认出来了。她记忆力不错。她在过去的七年里学会了很多技能，会观察每个人的喜好，进而精准地讨好，她算是学习能力很强的人，也都运用得不错。知道苏洺很厌恶这个人，她才会动手。

“在附近办什么事？”苏洺直视着她的眼，没有放过她的谎话。

姚绯的脸瞬间就红了，有滚烫的灼烧感。她抿了一下唇：“苏总，其实我是来找您的。”

“一起吃午饭。”苏洺往外面走，“我正要跟你联系，你既然过来了，我就省话费了，边吃边聊。”

姚绯快步跟上苏洺。峰回路转，这是有希望了？

“我请您吃饭吧。我该请您吃饭，您帮了我很多。”

苏洺不置可否，带着姚绯到附近的一家中餐馆，要了包厢。这家餐厅的装潢高端、上档次，价格也很昂贵，姚绯看到一份炒青菜的价格就有三位数，默默把菜单递到苏洺面前，盘算手里的钱吃完这顿还能撑几天。

苏洺点完餐，报上会员卡号才把菜单还给服务员。

“我应该在承诺的时间内给你回复，是我失约了。”苏洺开口。

姚绯“噌”地站起来：“苏总，没有关系，多久我都可以等。”

“没事，坐吧，不用紧张。”苏洺看着姚绯那张稚嫩、干净的脸，她很容易让人想到刚工作的学生。“寒哥和俞总对你很满意，我们在考虑用你。可你的合约太麻烦了。你的合约不单单是钱的问题，你明白吧？我得说服投资商以及我们的股东去冒这个险，这些需要时间。”苏洺说。

姚绯高高悬着的心落回了平地，随即她弯腰朝苏洺鞠了个很深的躬：“谢谢您。”

无论成不成，她都感谢苏洺。

"坐吧。"苏洺指了指对面的椅子，始终还是不忍心，说道，"你的经纪合约还有原件吗？"

"有。"姚绯先给苏洺的杯子里添满水，才坐回去，"在我住的地方，您需要吗？我这就回去取。"

"等会儿吃完饭，我陪你去取吧。"苏洺对上姚绯那双眼，没办法说出拒绝的话。姚绯再晚来半天，她的拒绝电话就会打到姚绯的手机上。她可能会帮姚绯，但姚绯可能进不去《盛夏》剧组了，姚绯的合约有的磨，剧组等不起。

《盛夏》是他们公司明年最大的项目，她不想冒险，如果失误，她会被那群股东群起而攻之，她不知道还能不能保住如今在夏铭的地位。

商人利为先。苏洺是商人，她不是慈善家。

可姚绯找来了，她用那双充满希望的眼睛看着自己，苏洺心里很不是滋味。姚绯等了七年，七年在一个年轻的姑娘身上，真的太久了。

"我现在回去取吧，很快的。"姚绯说着就要起身，"您先吃饭，我这就回去，您吃完饭，我正好送过来。"

"别急。"苏洺皱眉说道，"你回什么回，我们还要聊你的事，我签下你，我该怎么为你洗白，这些我们得商量吧？你听我的。"

姚绯坐直，端端正正地看着苏洺。

"能聊吗？"苏洺问。

姚绯抿了一下唇，沉默了大约一分钟，点头："您问吧。"

"那些绯闻，有多少是真的？"

"除了十五天拘留，"姚绯努力让自己平静，深吸气，"都是假的，您信吗？"

"为什么有十五天拘留？"苏洺说，"我得听了才能决定信不信。"

姚绯扬了一下唇角，没笑出来，她握着温热的水杯，瘦削的手指因为握得太用力而骨节泛白："我把李盛打了。"

"他骚扰你？"

"是的。"姚绯很艰难地说出口，"苏总，我什么都没有做，我只是拒绝了无理的要求。我爸是武术教练，我从小学武，身手还行，就还了手。我是正当防卫，我也不知道最后怎么变成了故意伤害。"

苏洺拧眉沉默。

"所有人都骂我，说我道德败坏，说我是个贱女人。"姚绯轻笑出声，"若是我真如他们所说，我怎么会被封杀？李盛是什么好人吗？据我所知，他女朋友的数量从来没有少于两个，经常几个并行。哪个女朋友那么没数，去捉他的奸？只有假的才会被钉在耻辱柱上。"

"说实话，我若是想用这么卑鄙的手段获取资源，那我绝不会是现在的模样，我可以让自己过得很好，我也能过得很好。”姚绯说。

这是实话，姚绯的脸就是资本。只要她想，她豁得出去，有的是人给她送资源。

“在这个行业里，想干净地活着并不容易。”姚绯叹了口气，语调很平缓，“我一开始就知道这些，可我还是选择了这条路，我想干干净净地演戏，电影是我人生中唯一的净土。”

苏洺把剩余的水喝完：“我相信你。”

姚绯看着苏洺，心里生出悸动。

仿佛荒芜的心上落了一场雨，枯萎许久的种子冒出嫩芽，钻出焦枯的土地。

“谢谢。”

“不过，我有个问题，李盛怎么会放过你？”苏洺抬眼，“以李盛的性格，关你七年，对你什么都不做，也挺——不可思议。我没有其他意思，只是好奇，你可以不回答。”

姚绯这回沉默的时间有些长，长到菜已上齐。她看向苏洺：“他有个把柄，他以为我有证据，怕我鱼死网破。”

“哪方面的？”

“靳欣不是自杀。”姚绯开口语气沉重，“我知道。”

苏洺倒吸一口气。靳欣是华海传媒旗下的艺人。七年前，靳欣在H城，从酒店大厦掉下去惨死，事情闹得轰轰烈烈，当时有人说是自杀，有人说是谋害，最终警方判定为自杀。“你怎么知道？你知道什么？有证据吗？”苏洺问。

苏洺是知名大学毕业的，除了在前两年创业期比较艰辛，其他时候都挺顺的。她后来遇到了商锐和俞夏。商锐是一个富二代，传媒业半壁江山之子。俞夏有很高的才华，天不怕地不怕地横。大家对她也让几分，不敢太明目张胆地骚扰。

她听说过一些阴暗的事，只是从来没遇到过。她感到不可思议，甚至没办法想象，同一空间居然有这么荒诞的事情发生？

“她最后一通电话，打给了我。”姚绯说，“其实那是一通空白电话，但李盛生性多疑。他拿到了靳欣的手机，知道靳欣死前打出去过一个电话，但不知道是打给谁的。当时李盛要让我坐牢，我把这件事放了出来，诈他，让他以为我有证据。”

苏洺已经明白了，这通电话是姚绯的救命符。李盛不知道姚绯会不会录音，不知道最后这通电话有多少信息透露了出去。如果她录音了，如果是重要信息，逼急了她把录音放出来，舆论绝对不会好看。

姚绯把一切都摆到了她面前，坦白真诚，没有一丝一毫的隐瞒，全身心地信任着她。苏洺算是明白姚绯为什么会过得这么惨了：她单纯得有点傻了。

“既然那通电话什么都没说，你怎么会认为靳欣不是自杀？”

“她不是。”姚绯摇头，“自杀的人不会计划旅行，不会买好机票。她出门前是笑着离开的，我们约了吃火锅。”

“你们以前住在一起？”

“楼上楼下。”姚绯说。

苏洺看了姚绯许久：“我知道了。”

想要签姚绯，除了正面刚，好像真没有其他的出路了。但苏洺突然就有点想赌一把，为天真拼一次。

吃完饭，姚绯借着上洗手间的理由去结账，才知道这里是会员制，苏洺已经把单买了。她握着钱包，沉默了一会儿，问道：“一共多少钱？”

“姚绯。”姚绯回头看到苏洺已经走出了房间，正往出口走去。“走了。”苏洺说。

苏洺穿着黑色大衣，腰带使大衣勾勒出身材的曲线。她的头发永远梳得一丝不苟。她干练、强势，做任何事都游刃有余。

“苏总，我想请您吃饭——”

“等你赚钱了再请我。”苏洺踩着高跟鞋走得飞快，“我等着你这顿饭。”

姚绯听出了话中意思，唇角上扬：“好！”

“把口罩戴上，你是艺人。”

姚绯戴上口罩。

苏洺开车送姚绯回家，路越开越偏，车停到了城市的边缘。苏洺跟着姚绯下车，看到一排排简陋的矮楼公寓。除了一个看门大爷，苏洺没看到任何安全保障。

那看门大爷老得让苏洺怀疑，住在这里，是谁保护谁？

“苏总，您在这里等一下，我上楼去取。很快的，我住二层。”

楼梯是最简易的铁板搭的，走起来会发出“哐哐”声。

苏洺在姚绯身上看到了贫穷的底线。她摸出手机拍了一张照片，鬼使神差地想走进去看看姚绯住的是什么鬼地方。

苏洺最穷的时候都没住过这样的地方。

她顺着不怎么坚固的楼梯走上去，二层密集的房门一个挨着一个，住间间距非常近。一层楼有一二十家，第六个门开着，她走到门口撞上了姚绯。

“苏总，您怎么上来了？”姚绯把手里的合同递给苏洺，说道，“我能复印一份吗？”

“你这份我不带走，合同很重要，你一定要收好。”苏洺看姚绯身后的屋子——狭小的窗户，屋子里昏暗——让人难以置信，这是一个艺人住的地方。

哪怕她是过气艺人，也不该穷成这样。

“拍个照就行，”苏洺拿出手机对着合同拍照，“你拿好合同。”

姚绯拿着合同。苏洺一边拍照一边扫合同内容，被惊得头皮发麻。这样的合同，姚绯居然敢签？这样的合同，瑞鹰敢给艺人签？丧心病狂的霸王合同。

全部拍完，苏洺才收起手机，又往那个破败不堪的房间看了一眼。沉默片刻，她用力握了一下姚绯的肩膀："等我消息。"

"苏总，"姚绯艰难开口，"成不成，我都感谢您，我这辈子都记着您的好。谢谢您。"

苏洺转身，迈开大步就走，背对着姚绯挥了挥手。

她握着手机走出公寓，上了车。

坐在车内，苏洺取了一支烟点燃，烟草并没有压下心头的躁动，她已经很多年没有这么冲动过了。她永远把利弊放在第一位，理智告诉她，远离姚绯，永远不要滥用同情心，她是生意人。她可能会被拽入深渊，姚绯也许没有那么高的价值，给她带不来多少钱。

一支烟抽完，苏洺叹了口气，把烟摁灭，把合同发给律师，又打电话给俞夏。俞夏在公司有绝对的话语权，在《盛夏》这个项目里也有绝对的话语权。

电话响了一会儿才接通，俞夏温柔的嗓音响起："苏洺，有事？"

苏洺握着方向盘，看着前方的路："夏夏，我要签姚绯，我想把她捧红，多难我都要签。你能帮帮我吗？"

姚绯的合同非常麻烦，李盛不放人，苏洺去找瑞鹰谈，被拒之门外。

李盛扬言，他想关姚绯多久就关多久，敢从他手里挖人就是跟他作对。随后姚绯就收到了来自钱英的"亲切"问候，劝她别找事，否则他连苏洺一块儿收拾。

苏洺白手起家，靠着俞夏的 IP 在业内站稳脚跟。但到底是新公司，没有很强的后台，虽然有不少合作公司能说上话，但绝不会为她对付李家。

姚绯有些后悔，不该拉苏洺进来，可她没有退路了。若是有生之年她能翻身，一定会不遗余力地报答苏洺。十二月中旬，苏洺给她打了个电话，让她别离开 S 市，也不要接其他工作，等消息。

这一等就过了阳历年。姚绯不能做表演类工作，又不能离开 S 市，随便找个工作还怕给苏洺带来麻烦，于是她找了个游戏陪玩的工作维持生计。她靠着不错的技术，不需要开麦也有人点她的单。

腊月十八，客户加钱想玩端游，姚绯就近找了个网吧，带对方玩到晚上九点才下线。

那边又甩过来一个红包，附言："能加个微信好友吗？你是男人还是女人？加钱能开麦吗？我给你开高价。"

"没有微信，"姚绯收起红包，拒绝三连，"不开麦，不方便。"

对方正在输入，迟迟没有发过来内容。姚绯也不想看他在输什么，把手机装回口袋，戴上羽绒服的帽子，遮住了上半张的脸，双手插兜走了出去。

湿寒的空气席卷而来，姚绯的鼻尖瞬间被冻麻了，她揉了揉鼻子，快步下楼。

S市的冬天潮湿寒冷，虽然不如北方的凛冽寒风那么刺骨，但也不太好受。

一天没吃东西，姚绯胃里空虚，但她不知道要吃什么，也没有很强的吃东西的欲望。她顺着街道往前走，手机响了一声，她拿起来看到银行发来的信息，祝她生日快乐。

姚绯盯着那条短信，觉得很可笑，于是扬了一下唇角，继续往前走。这是今天收到的第十二条生日祝福短信，都是购物平台、银行软件，以及游戏发来的，全是机器自动发送的，没有一个来自真人。

今天是她的生日。

街角处，一家灰扑扑的蛋糕店亮着灯，蛋糕香甜的气息顺着寒风溜到了姚绯的鼻息间，姚绯皱了一下鼻子。

她看着玻璃屋里立在门口的七层蛋糕模型，停住了脚步。

父母感情还好的时候，父亲每年都会给她买一个蛋糕——香甜的奶油上放着鲜亮的水果。父亲会把生日帽戴到她的头上，抱着她，让她对着蜡烛许愿。

父亲说，等她十八岁生日那天，他会给她买蛋糕店里最大的白雪公主蛋糕——七层高的蛋糕上有着白雪公主。听起来很梦幻，仿佛姚绯拥有很多宠爱。

后来父母离婚了，她也失去了生日。

父亲永远酩酊大醉，姚绯要照顾父亲，要照顾家，还要上学，她已经忘记了生日蛋糕是什么味儿。

姚绯静静地看着那一片明亮，寒风吹透了她的衣服，贴着她的肌肤。她手心一片冰凉。过了这个生日，她就正式迈入了二十四岁，本命年。

蛋糕房的灯光是暖色调的，姚绯很想趴在橱窗上看一看蛋糕，或者嗅一嗅奶油的香甜，她就是这么突然地想念蛋糕的味道。

等她回过神的时候，手里已经拎着一个巴掌大的草莓奶油蛋糕了——透明的塑料盒子里面，雪白的奶油上缀着一颗草莓。

“能给我一支蜡烛吗？”姚绯结完账，看向服务员。

“啊？”服务员一愣，本来想拒绝，但对上姚绯的眼睛，说道，“有上个客人没用完的，是最普通的那种蜡烛，你要吗？”

“谢谢。”

服务员是个年轻的姑娘，笑着取了几根蜡烛放进蛋糕盒里：“生日快乐！”

陌生人的生日祝福。姚绯唇角上扬：“谢谢你啊。”

姚绯拎着蛋糕往回走，因为那句“生日快乐”，心情骤然好了起来。她一边走一边看手里的蛋糕。身后喇叭声响，她以为挡路了，就踩着路沿走到了人行道上。

喇叭声并没有因为她让路而停止，反而换上了远光灯，明晃晃地照着她。

姚绯回头看到按喇叭的是一辆线条极其嚣张的银色跑车。她隔着风挡玻璃，跟驾驶位上的商锐对上了视线。

车缓缓停了下来，车窗降下。商锐穿着深色棒球服，歪戴着帽子，修长的手臂倚在车窗上，骨节分明的手指上是夸张的金属戒指，泛着冷酷、张扬的光芒。他偏头看向窗外，深邃黑眸由上至下地打量着："姚小姐。"

深夜的郊区寂静，道路空旷，没有车辆。梧桐树浓密的枝丫打散了路灯灯光，光线透着几分昏暗。浓重的夜色笼在商锐身上，将他身上的危险刻画得更深重。

姚绯踌躇片刻，才走上前："您，有事？"

商锐脸色有些难看："我很老吗？您什么您？"

"上车。"商锐坐直，下颌一扬，是个命令的姿势。他的手指叩了一下方向盘，车窗玻璃缓缓升起。

"不用了，您找我有事吗？您在这里说吧，我能听见。"姚绯保持着平静，语调也没有太大的变化，温柔有礼，"商先生。"

"你不讲究，愿意在马路上谈话，"商锐停下正在上升的玻璃，睨视姚绯，嗓音散漫，"我不愿意。"

他偏头时，一侧耳钉上的黑宝石在光下闪烁着冷光，矜贵又傲慢。

你不愿意，你滚啊。

姚绯演技颇好，不管心里怎么想，面上总能摆出和善无害的样子。她不能得罪商锐。她说："可能不太方——"

"你还想解决合同吗？"商锐用那副不可一世的眼睨着姚绯，"我不重复第二遍。姚绯，我很没有耐心。"

姚绯的手紧紧握着蛋糕盒，短暂地沉默，她快步绕过车头到副驾驶室。

她在车门上摸了半天，没找到拉车门的地方。车厢内，商锐的脸色以最快的速度臭了下去，难看到了一定境界。半晌后，他磨了一下牙，倾身到副驾驶位推开车门。

"你是不是蠢？"

"我是穷。"姚绯坐上车，车门合上，"商先生，您说的是什么意思？"

车厢内有着木质香味，尾调是干冽的烟草混着麝香味，轻佻浪荡。姚绯很讨厌这款香水，非常讨厌。

豪车密闭性很好，窗外的声音被隔绝在外，让她有些不舒服，她不太习惯与一个陌生男人共处封闭空间。

这让她焦虑。

商锐单手搭在方向盘上，嗤笑："你倒是穷得理直气壮。"

跑车冲了出去，姚绯猝不及防，差点儿扑到车玻璃上。她连忙把蛋糕放到中间，快速拉上了安全带。

商锐放慢了车速，慢悠悠地顺着马路往前开。

“开个价，放弃《盛夏》。”

姚绯一愣。《盛夏》什么时候定了她？

“我不想跟你搭戏。”商锐踩下刹车，转头居高临下地看着姚绯，“你现在的名声就算演了这部戏也不会翻红，只会给剧组带来更大的麻烦。我给你一笔超过片酬的钱，你找苏洺放弃夏瑶。你可以用这笔钱慢慢筹划怎么翻红，绝对比你参演《盛夏》赚得多。”

《盛夏》要用她？

“商先生——”

“那我给你出个价吧，五百万元。”商锐确实耐心不多，才一会儿时间，他就想让姚绯下车了，“你就算演了《盛夏》，你的片酬也不会超过三百万元，五百万元对于你来说是天价。”

“你的意思，我有参演《盛夏》的机会？”刹那狂喜，以至于姚绯的大脑一片空白。

“你不知道？”商锐的表情有些古怪，盯着姚绯，“别跟我装。”

姚绯坐在副驾驶位上，纤瘦的手指紧紧地攥着。她身上有烟味，更像一坨小垃圾了。可她那张脸太美了，美得可以让人忽略她身上的其他地方。她纤长的睫毛微微颤抖，雪白的肌肤洁净，一尘不染。

她很像盛开在初春寒霜中的梨花，薄薄的花瓣晶莹剔透。

她明明是那种人，却干净得透明。

“真的？”姚绯看了过来，漂亮的大眼睛清澈，里面还有着难以置信。她在这样的深夜里，用近乎天真的语气问道，“是真的吗？”

如果这是演的，那姚绯不愧是影后。

商锐喉结滚动，皱紧了眉心。

她站在污泥里，周围散发着恶臭。她明明烂到了骨子里，可她的睫毛沾了雾，让那双漂亮的眼带了一丝潮气。她脸上有狂喜，天真纯净地说：“是真的呀？”

怎么能那么干净？

所有话都没法说出口。

“——不是，我是来给你报喜的？”商锐反应过来。他是喜鹊吗？“苏洺没跟你打电话？”他问。

“没有。”姚绯摇头，随即唇角上扬，那是个能让世界亮起来的笑，“谢谢您，商先生。”

商锐呼吸一窒，脸色更难看了：“别笑了，很难看。”

姚绯上扬的唇角落回去，变成了一条线：“哦。”

这套居然忽悠不了商锐。

她已经理顺了整件事，商锐左右不了选角，所以这个金饼已经砸到她头上了。商锐给她五百万元，让她放弃角色。姚绯怎么可能会放弃？商锐的话若是真的，那苏洺付出的可比五百万元多太多了。姚绯的合约那么麻烦，捞她出来，花的钱可想而知。

苏洺付出那么多，姚绯能拒演吗？前面即便是刀山火海，她也得踩着走过去，这是她唯一的出路。

“你哦什么？我之前说的话你没听清吗？放弃《盛夏》。”

“商先生，这不是我能选择的。”姚绯深吸气，紧攥的手指缓缓松开，她迎着商锐的眼，“苏总给了我重生的机会，哪怕不给我片酬，哪怕是没有名字的龙套角色，苏总要我演的话，我都得去演。不过，目前我没有收到任何消息，我没有理由收你的钱，抱歉。”

“你可以加价。”

姚绯注视着商锐的眼，少顷，她摇头。

“你非演不可了？”

漫长的沉默，姚绯点头：“我听苏总安排。”

“你是不想放弃上镜的机会，还是不想放弃接近我的机会？”商锐看了窗外夜色片刻，回头时表情很古怪，“你不会是还没死心吧？”

姚绯目瞪口呆。谁接近商锐？

“你以为跟我演同一部戏，就能接近我？是不是想多了？我不喜欢你这样的，你不会在我身上得到任何东西。”

姚绯张了张嘴。商锐是不是脑子有病？

“商先生，您是不是误会了什么？”

她这辈子、下辈子、下下下辈子，都不会对商锐产生一丁点儿兴趣。

“下车吧。”商锐往后靠在座位上，拿起金属烟盒，弹出一支烟叼在唇间，浓密的睫毛垂下，压下黑眸中的全部情绪，“没的聊了。”

“我没有对你感——”

“下去。”商锐拿起银色金属打火机点燃了香烟，火光在他俊美、阴鸷的脸上跳跃，他把打火机扔到风挡玻璃上，脾气很不好地说，“从外面把车门关上。”

姚绯关上了车门，往后退了一大步。她对商锐的恶心不亚于商锐对她的恶心，看他一眼就是对眼睛的伤害。

她跟这个自我感觉良好到爆炸的商锐也无话可说，随便他臆想去吧。她得尽快打电话问苏洺是怎么回事，天上真的掉馅饼了吗？

商锐拿下烟，白色烟雾缭绕，他没有再看姚绯，踩下油门直冲出去。夹着烟的手指滑了一下手机屏幕，点开苏洺的电话，对方正在通话中。

“哐”的一声响，商锐撂下手机转头看向副驾驶位。姚绯没把蛋糕带走，廉价的蛋糕盒子滚到了副驾驶位的地毯上，白色的奶油溅得到处都是。

商锐蒙了几秒，随即爆发出一句脏话。

他刚提的新车!

限量款，订了半年才拿到。

他踩下刹车，廉价的蛋糕盒子随着惯性撞到了挡板上，盒子崩开，一整块奶油扣在他的车底，雪上加霜。整个车厢充斥着甜腻的奶油味，还是那种很便宜的奶油味。

姚绯想死吗？为什么把蛋糕放在他车里？

商锐想把蛋糕拎起来，手指陷入奶油中，他顿时恶心得头皮发麻。他抽出几张纸，抓起地上的奶油和蛋糕塞进盒子中，这玩意儿再在他的车里滚来滚去，他的车就别要了。

他推开车门，脱离灾难现场，快步走向路边的垃圾桶。

“别扔！”

商锐回头看到姚绯站在马路对面气喘吁吁地扶着膝盖。她的背弯着，她没了之前的娴静美丽。她看起来十分狼狈，头发凌乱，眼神里有着焦急。她又重复了一遍：“别扔。”

商锐的手指一松，蛋糕落进了垃圾桶，发出“咚”的一声。

他用多余的纸巾擦着手指上的奶油，“啧”了一声：“你弄脏了我的车，我会把洗车费用单寄给你。”

姚绯站直，脸上没有任何表情。她站在马路对面，风吹动了她的衣服。她看起来单薄极了，没有走过来，也没有动，更没有对商锐的话做出任何回应，只是看着商锐。

商锐上次在SW影业也见过这个眼神，姚绯站在洗手间门口看着他。

她好像很难过。因为一块蛋糕而难过？这难过未免太廉价了。

还是在表演？

商锐把奶油擦干净，淡漠的眼扫过姚绯。他把纸巾揉成团，扔进了垃圾桶，转身上车。

夜色下，银色跑车泛着清冷矜贵的寒光。引擎声响，随即跑车冲出了姚绯的视线，朝着远方开去。

夜恢复平静，路灯静静地亮在寒潮的冬天。

姚绯吸了一下鼻子，寒风落入肺中，她走到垃圾桶前捡起蛋糕盒。蜡烛断成了段，塑料盒子裂开，蛋糕已经落进了垃圾桶，只剩下一颗草莓粘在塑料盒子上。

手机响了起来，姚绯把空下来的塑料盒扔回可回收垃圾桶，拿起手机看到来电人是苏洺。她接通电话：“苏总。”

"合同解决了。"

姚绯抬起头看着寒冷的深夜街道，嗓子仿佛噎着一团棉絮，她张了张嘴，却没能发出声音。

"不用打官司，对方答应和解，最近你可能会收到解约消息，违约金八百万元。我们的合同过完年签署，签署之后，公司会帮你垫付。"苏洺是公事公办的态度，"恭喜，获得新生。"

"谢谢苏总。"姚绯扬起唇角，艰难地发出声音，"谢谢。"

"这几天累死我了，终于忙完了，以后你的每一天都是新的一天。有什么问题明天打电话给我，我先去休息了。"

"苏总，感谢您，再见。"

姚绯握着手机站在空旷的马路上，手机早就返回壁纸页面了。她隔着口罩捂住脸，蹲了下去，发出沉闷又撕心裂肺的哭声。

终于自由了。

姚绯不知道苏洺做了什么，这场硬仗打下来了。第二天钱英就打电话过来要她准备解约材料，去 B 市办解约手续。

"谢谢钱总。"姚绯皮笑肉不笑地保持着面上的客气。

"有点本事，"钱英冷笑，"能搬动司家。"

姚绯瞬间厘清了这里面的关系：司以寒和俞夏在元旦办了婚礼，公开了关系；夏铭影业最大股东是俞夏和苏洺——俞总用丈夫的关系帮公司签个人，合情合理。

"过奖了，"姚绯保持着微笑，"运气好而已。"

"希望你的运气能一直这么好。"钱英阴阳怪气道，"永远抱住司家的大腿。"

"钱总，"姚绯话锋一转，语气带着挑衅，"我们的合约终于结束了，未来很长。"

"什么意思？"

"没什么意思。"姚绯的语调带着笑，缓慢悠扬，"就是忽然想提醒您一句，我们，来日方长。"

"怎么着？还想威胁我？你也不掂量下自己的分量。"钱英嗤笑一声，"李总放你一马，你就安安分分地苟活着吧，从此我们井水不犯河水。别想着搞事，惹怒了李总，你会生不如死。好自为之。"

电话被恶狠狠地挂断了，姚绯垂下眼看着手机屏幕，直到屏幕暗下去。她看到自己的脸出现在黑色的屏幕上，带着几分狰狞。

姚绯没有回 B 市，她把材料寄给了律师，解约是律师代办的。过完年，苏洺把新合同给了她，出乎意料地顺利。

她除了背着八百万元欠款，再无其他债务。

正月初十，姚绯去夏铭影业签下新的经纪合约以及《盛夏》的女一号合约。合约为期五年，姚绯一条一条看细节，全部看完，在下面签下自己的名字。

苏洺让助理去复印身份证件，自己坐在姚绯对面翻看着姚绯的资料：“最近网上又有不少关于你的流言出来，估计是瑞鹰那边不死心，想最后打压你，你打算怎么澄清？”

姚绯从随身带着的背包里取出一个U盘递给苏洺，说道：“我有钱英威胁我的录音，从七年前到现在，全部的通话录音。”

苏洺看向姚绯的眼神有些复杂。姚绯今天穿了一件白色呢子大衣，乌黑的长发披在单薄的肩头，看起来清瘦干净。

那双眼依旧如同湖水一般，清澈见底。

“他们很谨慎，不会把所有的威胁放到明面上。”姚绯说，“威胁都很隐晦，我靠这些告不了他们，但舆论战能用。”

苏洺接过U盘看了看，插到电脑上：“靳欣的事，你有证据吗？李盛不会甘心放你走，肯定会搞事，得弄个大事件才能彻底扳倒他。”

“我有一份靳欣的尸检报告照片。”姚绯注视着苏洺的眼，语调跟之前并没多大区别，“我有靳欣家人的联系方式，我们这么多年一直有联系。”

苏洺这回沉默的时间更长了。

姚绯握着包的手紧了一下，才接着说：“这件事牵扯到的东西很多，李家根深叶茂，可能会给您带来危险，如果不到最后一步，我不建议这么做。您的安全永远是第一位的。苏总，这些东西一旦放出来，就是你死我活。”

“法治社会，李家能怎么样？”苏洺敛起震惊，觉得姚绯比她想象的更成熟，“敢搞事，他们一定会受到法律的制裁。没事，你有什么证据都可以给我。”

姚绯把靳欣家人的联系方式以及尸检报告给了苏洺：“尸检报告是真的，档案在H城。如果将来翻案，我愿意出庭做证，我是最后一个见靳欣的人。”

苏洺收起全部材料，说道：“你先不要发任何声明，等我通知。对了，你还没有微博是吗？”

姚绯摇头。她当红的时候微博还没有普及，之后公司不允许她发声，她只有一个私人账号，没有自己的正式微博账号。

“公司帮你申请了一个微博账号，我马上发给你。最近我可能要策划让你重回银幕，你填个表，我看看你能做什么。”苏洺把手边的表格递给姚绯，说道，“你的经纪人暂时是我，你有任何事都要在第一时间告诉我。”

姚绯有些意外，自己的经纪人居然是苏洺。苏洺以前确实带艺人，但带的艺人如今都大红了，苏洺已经不带新人很久了。

“好。”姚绯点头，拿过笔，填写表格。

助理把文件送了进来，苏洺翻看着：“你会跳舞唱歌吗？学过吗？”

姚绯正填到特长的部分："没跳过，也没有正式唱过。"

苏洺的手机响了一声，她看到合作方拒绝用姚绯的消息，皱眉道："如果让你上舞台表演，增加曝光率，你会表演什么？"

姚绯是个纯粹的演员，对舞台表演不感兴趣。可如果没有曝光率，演技再好也很难被人看到。

"我会耍枪。"

苏洺缓缓抬眼："国内禁枪。耍枪？你上台是要靠毙了导师来引起关注吗？这样确实能引起关注，获得最大流量，只是你会被抓起来。"

导师？苏洺想让她上什么节目？

姚绯放下笔解释："是刀枪剑戟那个枪，剑和刀也行，我学过。"

"像《寒刀行》里那样？"苏洺摇头，"上舞台跟拍戏不一样，舞台上没有特效，也没有给你停顿的时间，电影里那套搬到舞台上不够好看。你的出场一定要炸，炸到颠覆你的过往，让所有人只能记住现在的你。"

姚绯站起来环视四周，看到角落里放着一堆海报，说道："那个海报还有用吗？我能借用吗？"

"可以，这些没用了。"苏洺说，"做什么？"

"有表演性质的武术。"姚绯脱掉外套，走过去捡起一张海报卷成筒，随意地拎着，微微一转手腕，整个姿态潇洒利落起来。

苏洺抬眼看过去，姚绯的气质瞬间变了。她穿着黑色毛衣，毛衣下摆塞进牛仔裤里，牛仔裤勾勒出笔直修长的腿。她脊背很直，形体非常好看。

"我学了十年的武术。在武术班的时候，我们也外出表演。舞枪最好看，剑其次。这个海报不够长，只能当剑用。"姚绯说，"您看行不行？"

姚绯这个人的气场很奇怪，坐在那里时，安静得像水一样，又柔又温和，可是握着那个"剑"时，她就成了凛冽寒风或者海上波涛。

她的气质偏冷，舞剑的姿态在美的同时又不缺乏凌厉感。她仿佛就是一个剑客，周身冰冷，尽显锋芒。

苏洺回过神的时候，姚绯已经把卷着的海报打开放了回去，她微喘息着，白净的脸上泛起微红。姚绯说："苏总，您觉得怎么样？"

苏洺觉得她要是去演武侠剧，能当场翻红。

可惜，这两年武侠剧市场低迷，苏洺手里并没有武侠剧剧本。

"可以。"苏洺被震撼得一时间不知道该做什么，满脑子都是英姿飒爽的姚绯，想象着她若是一身红衣站在舞台上，定会燃爆全场。苏洺看看手里的文件，又看姚绯："你从小习武？"

姚绯点头，走回来时身上的锋芒已经敛尽，她坐在沙发上乖乖地填表格。她说："我爸是武术教练，我从小跟他学。"

"确实不错。"苏洺点头，"签约之后你就不能再住之前的房子了，公司给你找了新的房子，你今晚就搬过去。"

"苏总，我能不能问一下，新房子房租是多少？我现在可能租不起太贵的房子。"

"租金两万二，你只需要支付三分之一，剩下的，公司负责。

"《盛夏》的片酬是三百万元，我努力给你争取分成。预付一百万元，公司抽成百分之四十，剩余的，你自由支配，明天就会到账。你是演员，需要一定的隐私，不能再住以前那个地方了。"

"那我全付吧，公司已经帮了我这么多了，我不能再让公司给我贴钱。"姚绯没想到苏洺替她考虑到这个地步。

"手里钱多吗？钱多就去多买几件能看的衣服。姚绯，你赶紧翻红吧，大红大紫。你拥有了自己的房子，公司就不用给你支付房租了，也可以为我赚钱。"苏洺让姚绯签完全部的文件，说道，"让薇薇安送你回去，这两天会给你新剧本。"

姚绯离开后，苏洺抱臂靠在沙发上打开了U盘，筹谋着怎么让姚绯翻红。

电话响了起来，苏洺拿起来看了一眼来电，暂停音频，接通电话，笑着道："锐哥，有事？"

"晚上出来喝酒。"

苏洺刚想拒绝。谁要跟商锐去喝酒，她最近忙得螺旋升天。但她想到个事儿，话锋一转："你投资的那个舞蹈节目，能不能帮我塞个人进去？"

"谁？"

"我这里的新人，你不认识。"苏洺故意不提姚绯的名字，含糊其词道，"学了十几年武术，长得也漂亮。我听说你那个节目在搞什么创新街舞，我的艺人会武术表演，打得特帅，你找个队让我把她塞进去呗。今晚的酒，我请。"

入戏

第三章

相对

RUXI

《街舞团》是二〇一六年泡泡平台做的原创综艺节目，做出后便爆了，成了现象级节目。商锐就是从这个节目里脱颖而出，攀上了流量巅峰。

综艺火了后迅速开第二季是常规操作，《街舞团》的粉丝也是这么想的。可《街舞团》的创作团队出了问题。先是队长和评委不合，之后创作团队单飞，几个投资人因为各种各样的原因撤资，后来团队终于凑齐，选秀类节目又遭到限制。一直拖到去年十二月，《街舞团2》才官宣改为网络综艺，被泡泡平台高价买下来。

众所瞩目的节目，铺天盖地的宣传，节目未播先火。官宣的队长和评委名单上几乎全是粉丝众多的“大神”。根据预告，还会有特别嘉宾空降。节目从开始录制起，粉丝就疯狂地号叫。

商锐就是第二期的特别嘉宾，他跟《街舞团》的制片人关系很好，当初《街舞团》的投资人跑路，制片人找到他，商锐第一时间补上了资金，成为第三大投资人。自家公司的节目，参加一期炒热度，商锐当然是乐意为之的。

他从来不嫌钱多。

商锐翻看着《街舞团2》的嘉宾名单和学员资料。艺人辨识度越来越低，一堆人的合照一眼看过去，竟然不知这些人有没有血缘关系——实在是长得太像了。

“不要在台上说脏话，不要随便讽刺人，还有，不要随便评价女性的妆容打扮。”蔡伟在看《街舞团》的热度汇报表，节目三月一日就要在播放平台上线，这之前的预热很重要。“不管多么看不惯，也不要评价。前几天有博主翻出你以前参加节目的言论，以此煽风点火地阴阳怪气，这事我给压下去了，你可别再给人递把柄。”蔡伟说。

商锐戴着黑色口罩，架着腿，靠在宽大的黑色真皮座位里，姿态慵懒散漫。他穿黑色休闲卫衣，袖子遮到手背处，卡在金属机械手表边缘。他漫不经心地滑着手里的平板电脑，看着那些平庸的脸。

“废话那么多。”

“多少流量明星死在嘴上？你在这个位置有多少人看不惯？一旦你露出一点把柄被人抓住，就是靶子。那些今天为你摇旗呐喊的粉丝，明天就能往你身上砸臭鸡蛋。”

商锐没有戴帽子。他最近剃了个贴头皮的板寸，短发让他俊美的五官更加令人印象深刻。他露出来的眉毛冷硬桀骜，稠密的睫毛垂下，遮住了深邃的眼。

“苏洺推荐的人是哪个？”商锐懒得听蔡伟唠叨，蔡伟是属大妈的。

“刚出道的小艺人。”蔡伟只知道苏洺会推荐人过来，至今不知道是谁，“有镜头都不错了，上不了通告名单。”

车速慢了下来，商锐把平板电脑扔到一边，看着外面人山人海，到处都是他的照片和横幅。车已经到了录制大厅外面，今天上午彩排，下午录制。

这些粉丝都是提前被节目组通知参加录制，等在这里的。

“等会儿你要是记不住台词，我在下面给你提示，你记得看我。”商锐之前参加综艺都是自由发挥，自从商锐被挂了之后，蔡伟就提前跟节目组商量好，给商锐写台词，让他尽可能贴着剧本走，别太离谱。

蔡伟也不指望商锐能记住台词，商锐从出道到现在就没记过台词，蔡伟只求他能看提示板，别放飞自我。

商锐拿出墨镜架到鼻梁上。

车门打开，他调整出最好看的侧脸，倾身离开车厢，脚踩到地面上。他适时地拿下墨镜，朝着尖叫的粉丝绽放出完美的微笑，抬手挥了一下。

保镖上来护着他，他迈开长腿，大步往里面走。每一步都是经过精准测量的，这个步伐和姿势能更好地展现他优越的身材。

全场尖叫，声音震天。

他走进录制大厅，大门把粉丝的声音关在门外，商锐把墨镜扔给蔡伟，抬手揉了揉耳朵。

“九点半正式排练。”蔡伟带着商锐往化妆间走，说道，“流程和上一季差不多，只不过多了特别嘉宾评审。”

路过大化妆间，商锐随意往里扫了一眼，目光停住。

“锐哥，你来了。”苏洺从化妆间走出来，快步走向商锐，笑着递过来一杯咖啡，“你最爱的卡布奇诺。”

刚刚那个女人的背影有点熟悉。商锐看向苏洺手里的咖啡：“戒糖，不喝。”

“冰美式。”苏洺做了两手准备，把另一杯递过去，转头冲蔡伟打招呼：“蔡总，早上好。”

商锐接过冰美式，拎在手里继续往旁边的独立化妆间走去：“你怎么会过来？”

“想你呗。”苏洺把加糖的卡布奇诺递给了路过的节目制片人。节目制片人最近胖得放弃自我了。

“锐哥，帅啊，这新发型配上新造型。”制片人打开咖啡喝了一口，眯着眼看商锐，商锐的五官轮廓俊美得无可挑剔，“最近流行的那个词叫什么来着？——顶级 alpha。”

商锐今天会上台跳舞，所以穿得不太多，配上这野性十足的发型，可以想象能让多少小姑娘失眠。

商锐“呵”了一声，懒得搭理他们的调侃。

“你对新人这么上心？”蔡伟没被苏洺忽悠过去，狐疑地看她，“亲自送新人过来？你不是不带新人了吗？”

“这孩子比较内向，胆子小。别人带，我不放心。”苏洺随口扯道，“下个月大概会进组，商锐，你这头发可不能再短了。”

“几号？定了吗？”蔡伟问道。

“十号前后要拍定妆照，具体开机日子还没确定。可能要先拍成年部分。寒哥说国内季节没到，但他想取盛夏的景，要找个正处于夏天的国家。他已经去取景了，拍摄地差不多定下来了。头发不需要这么短。”苏洺指了指商锐头上的发楂儿，“再长一点正好。这个人物的成年时期没那么锐利，你留板寸太野了。”

“真的要用姚绯？”蔡伟对姚绯很不满意，知道要用姚绯，他就建议商锐不接这个剧本，可商锐不听他的。

苏洺点头，认真看着蔡伟的眼：“我能把姚绯口碑逆转，而且姚绯本身也没有污点，她是被人泼了脏水。相信我，她不会拖锐哥的后腿。”

蔡伟笑了笑，觉得苏洺还是太年轻：“寒哥第一次拍电影，太理想化了，你们也是。”

“如果你了解姚绯，你会为她赌一把。”

这群人无药可救，蔡伟无话可说。他说：“没有这个可能，我对没有价值的东西从来不会产生了解的兴趣。”

商锐对他们的口水战没兴趣，俩“阴阳师”。他专心致志地刷微博，化妆师是他自带专用的，他也就不用避讳。

他果然上了热搜，拍摄的照片从他下车开始到他进入录制大厅。粉丝现在的修图能力强得让工作室自叹不如，商锐都不知道自己腿长两米。

粉丝评论得也很激烈，评论数量很快就过万了。

“激动！哥是常驻吗？这个造型帅死我了。”

下面回复：“应该不是，锐哥还要拍《盛夏》，快开机了。”

这条评论下有一千多条回复，出于好奇，商锐点开了评论。里面他的粉丝跟宁菲的粉丝又争论起来了，盛夏目前没有官宣。

商锐关掉评论，返回首页。

如果弄不走姚绯，不知道官宣的时候这些人会疯成什么样。商锐搜索“姚绯”，她的名字出来后自动跳出关键词："姚绯小三""姚绯贱""姚绯恶心""姚绯退圈"。最近一条实时内容还是一个月前的。商锐要是真跟姚绯合作，他的粉丝大概会更加崩溃。

九点半，商锐上场跟其他导师打了招呼，坐到他的特别导师位置上。彩排只是调机位和灯光，没有正式录制，制片人凑过来跟商锐聊天。

"我觉得这次A组可能是个黑马。"制片人说。

商锐抬眼看到正往后台走的A组队长乔璟——刚踏入娱乐行业，也是个富二代，走的是高冷路线，一天到晚板着脸，不搭理人。

不知道他是什么牌子的塑料袋，这么能装。

"他？"商锐轻嗤，长手倚在沙发上，没有开麦，所以肆无忌惮地挑剔别人，"他能是黑马？跳来跳去就那两个动作。他在这里多跳两次，地板都不用打蜡了，他身上的油就足够了。"

"这次有创新，变化特别大，你别门缝里看人。"

商锐扬眉，把资料扔给制片人，抬手扶了一下耳麦，耳机里传来制作组的通知："一分钟后开麦，正式彩排。"

A组开场，商锐不喜欢乔璟，也就没有过多在意，垂下视线看手里的节目流程，思考怎么说服司以寒和俞夏换掉姚绯。一直换不掉姚绯，姚绯都成了他的心病。

灯光全部暗了下去，急促的鼓点响起，类似战鼓。商锐蹙眉，这音乐有些陌生。

一束灯光落到舞台上，身穿红衣战甲的女人握着长枪，低头站在镜头下。乌黑的长发垂落，遮住了她的脸，她身形凌厉美艳，细腰，利落，让人迫不及待想看这个人长什么样。

商锐抱臂靠在椅子上，女人动了。红缨长枪撼动天地，衣袍翻飞，带着劲风。她随着急促的鼓点抬头，干脆利落地挑起了长枪，带着冰冷的锋芒。

她抬头，一张绝美的脸显露出来，白而精致的下巴，脖颈拉出单薄又锋利的线条。她如同一把尘封多年后出鞘的宝刀，擦过粗糙的沙砾，展现出原本的光芒。漂亮的眸子中带着冰冷的艳丽，美得震撼。

倾国倾城貌，惊为天下人。

"万里赴戎机，关山度若飞——"宏伟的音乐响起，《木兰辞》改编的背景音乐。

又一束灯光亮起，身穿红色战甲的女人握着红缨枪，仿佛真从沙场走来。她异常漂亮但又不乏杀气，每一个动作都像是画，又飒又美。武术和舞蹈融合不是什么新花样，但能融合得如此彻底、漂亮的，真没几个。台上的人将两者融合得天衣无缝。

整个舞台只有那一抹艳红色，光芒万丈。

"将军百战死，壮士十年归……"处，红衣女人谢幕，隐进了黑暗之中。

骤然，灯光全部亮起，身穿黑色改良铠甲的乔璟带着A组成员出现在舞台上。

充满阳刚气息的舞台，喧嚣劲爆疯狂的音乐，全场气氛被带到了最高点。

音乐结束，全场站了起来。可以预料这会是这一期的爆点，现场表演效果太好了，短短两分钟带来的震撼久久不能平息。旁边B组的队长悄悄用口型问C组的队长："这个女的是谁？长得这么漂亮，是新人吗？效果这么炸裂，其他人还有戏吗？"

商锐还坐在原地，桃花眼深沉，静静看着舞台。

乔璟的喘气声从话筒里传出来，手上还沾着汗，把穿红衣战甲的女人拉到身前，唇角上扬，露出洁白的牙齿："感谢好友姚绯特别友情帮演。"

姚绯走下舞台，苏洺扬起下巴，踩着高跟鞋走过来跟姚绯击掌，姚绯唇角上扬，回头看了一眼舞台，猝不及防地跟坐在舞台边缘的商锐对上了视线。商锐修长的手指抵着下巴，手指上银色戒指的造型是夸张的鹰。他正往这边看，睫毛在他眼下投出阴影。板寸让他那张俊美的脸更加冷厉，显出一些傲慢。

随即，姚绯落入苏洺的怀抱。苏洺半揽着她："表现得不错，是我期待的回归。下午正式录制的时候有观众，保持住这个状态。"

"谢谢苏总。"姚绯的身体短暂僵硬，她其实不喜欢跟人接触，不管男女，但她回身用力抱住苏洺，抱得饱含真情，"谢谢。"

"你成功就是对我最大的感谢。"苏洺没想到姚绯表现得这么好，可以想象这段播出后会有多炸。她往舞台看，商锐正跟乔璟说话，面色未变，保持着上台时的表情，看不出喜怒。"姚绯，你会成功的。"苏洺说。

姚绯松开苏洺，这回姚绯没有谦虚，而是重重地点头。

"苏总，我一定会。"

姚绯并不喜欢跳舞，也不喜欢这样的舞台，这种浮躁与她格格不入。她是一名演员，她的职责是演好戏。可现在，没有热度的演员不容易被人看到，没有热度的演员也不容易有商业价值。

苏洺花那么多钱和精力签下她，不是做慈善，她要尽快提升自己的商业价值。

姚绯回到后台房间，坐在角落处，看向大屏幕。薇薇安走过来递给她一瓶水，低声说道："今天锐哥会上台，锐哥跳舞特别带感。"

商锐是电影学院表演系毕业的，科班出身，但始终没开窍，表演烂得一塌糊涂。他靠着跳舞被大众熟知，也不知道是幸还是不幸。

姚绯拧开水喝了一口，对商锐不感兴趣。

很快，四个组表演完了，灯光暗下去。随即，后台房间里有人低声尖叫，压低声音说道："是不是锐哥要上台了？"

姚绯靠在沙发上，看向漆黑的舞台。突然，音乐声炸开，寂静被打破。灯光打到舞台上，穿着黑色连帽长衫的男人出现在灯光下。帽檐很大，遮住了半边脸，露出来的下巴线条清冷、精致。

“哇，锐哥！”薇薇安捂着脸尖叫。

姚绯对跳舞没有兴趣，也看不懂。她就像大部分俗人一样，看春晚时会跳过歌舞部分，只看小品和相声，对舞蹈只能看出表面的热闹。

重金属音乐响起，吵得很具体。舞台中央的男人抬头，帽檐滑下，桀骜俊美的脸显露出来。姚绯目光停住，瞬间感受到了薇薇安尖叫的分贝。

平心而论，商锐跳舞非常有魅力，跟乔璟有质的区别，比台上那几个队长跳得都好，不娘不油，张力十足。他上台后，舞台的温度骤然上升。作为女生，姚绯感受到了强烈的荷尔蒙气息。商锐的英俊是带着棱角、带着锋芒的。

“这首歌叫《吵》，锐哥写的。”薇薇安在姚绯旁边说道，“如果不是要拍《盛夏》，就能看锐哥跳一整季舞。可惜，撞档期了。”

……
所有的吵都是毁灭的信号
来自四面八方的吵
吹起了毁灭的号角
城市中央繁华环绕
梦里的游乐场在这一刻全部毁掉
只剩下吵——
吵——
吵得想要世界毁掉
……

重金属音乐裹挟着叛逆任性的歌词，重重地砸向耳膜。姚绯对音乐没有什么鉴赏能力，只是觉得这首歌张扬跋扈，歌词任性狂妄，吵得非常具体。音乐在大开大合中骤然坠入黑暗，又冲上天际，歇斯底里。

商锐在舞台上光芒四射，唯他独尊，这个舞台以他为中心。

“他更适合这样的舞台。”姚绯见识过商锐的演技，烂得让人眼前一黑。他为什么要去挑战表演？“选择这个舞台，恐怕收益更高。”

商锐那么厌恶她，但姚绯是没的选，可他有的选，他完全可以选择更适合他的舞台。

舞台上的音乐已经停止，商锐捡起地上的衣服随手拎着。俊美的面容、潮湿的衣服，显出落拓不羁。他接过话筒，潇洒地一挥手，利落地跳下舞台，走向自己的位置。

"跟收益没关系，锐哥又不缺钱。这节目还是锐哥投资的，他不来也有收益。"薇薇安摇头叹气，"俞总的男主演才是锐哥的终极梦想。"

早上的排练很快就结束了，顺序全部没有问题。中午吃饭的时候乔璟过来找姚绯，提醒她注意饮食，下午是她开场，别吃多了影响舞台效果。

姚绯只吃了一粒寿司，闻言立刻放下了喝水的瓶子："好。"

"早上表现得很好，保持住就行，"乔璟私底下没有台上那么冷漠，还挺爱笑的，弯着眼睛看姚绯，"跟我想象中的一样完美。"

"谢谢。"

"你挺有跳舞天赋，第一次就这么棒，如果能训练一段时间，肯定了不得。"乔璟拿出手机，打开微信，"加个好友吧，将来若是还有机会合作，我们联系。"

多个朋友多条路，姚绯加上了乔璟。她说："谢谢。"

乔璟审视姚绯，姚绯漂亮得浑然天成，没有任何人工雕刻的部分，是纯天然的美。这样的美人，难得啊。

"加油。"乔璟拍了一下姚绯的肩膀，转身便对上了商锐的眼。商锐单手插兜，阴沉沉地看他，乔璟低头打量自己，又看身后。他哪里又得罪商锐了？

乔璟再抬头时，商锐正在跟夏铭的苏总聊天，似乎刚刚只是乔璟的错觉，商锐并没有看他。

商锐单手插兜，抬了眼："出道八年的新人，苏总的新人可真够新的。"

"确实是新人嘛，她好多年没出来了，跟新人也差不多。"苏洺拧开一瓶低脂酸奶递给商锐，"将来你们要合作，要是她毫无知名度，不是会拉低你的咖位？为了不给你拖后腿，我可是费尽心思。"

"呵。"商锐接过酸奶喝了一口，"那我谢谢您了。"

"晚上请你吃饭。"苏洺观察商锐表情，他好像不是那么抗拒，"餐厅你来选，我买单。"

"乔璟和姚绯什么时候成朋友了？"商锐只喝了一口就把瓶子盖拧上，把瓶子垂在身侧。他下午要上舞台表演，不能喝太多液体。

"我请乔璟托一把，抬抬身价。"苏洺跟乔璟的经纪人关系不错，而且用了商锐的人情，乔璟那边非常配合。"怎么样？"她问。

"什么怎么样？"

"姚绯的表演，惊艳吗？"

商锐抬手整了一下衣领，心想非常惊艳，却道："一般吧，勉强能看。"

"她不是舞蹈专业的，这几天练得可辛苦了，摔得膝盖、手肘都是青的，才有了这个效果。"苏洺说，"她真的很努力，对待工作非常认真——"

"晚上吃饭把她带上，去江边别墅。"商锐把酸奶瓶子还给苏洺，"走了。"

苏洺若有所思，随即喊道：“那就这么定了。”

她就知道，没有人看了姚绯这个表演会不心动。姚绯只要装扮好，走上台，那会是万众瞩目的焦点。

姚绯太美了。

苏洺发信息给宣传部，让他们给姚绯准备通稿。这一期是三月六日播，一旦播出，势必会掀起腥风血雨，他们这边要迅速动作，控住舆论。

下午的录制现场有观众，这些观众都是队长们的粉丝，是千挑万选出来的。每一家粉丝都有特别的队服和口号灯牌，坐满了观众席。

姚绯之前在小剧院做的是打杂的工作，而且那个小剧院里，经常观众还没有演员多，她面对观众的机会并不多。姚绯第一次看到这么多人，说不紧张是假的。

她深呼吸，在心里死记硬背音乐的卡点位置。

“两分钟后上台。”乔璟说道，“记住位置，不要出错。”

开场，主持人介绍今天的嘉宾评委以及各个队长，观众疯狂地尖叫，声音震天。两分钟后，姚绯走上了舞台，站在黑暗里，等待那一束光。

光落到她身上，世界寂静，她轻轻地呼吸。

姚绯，活过来了。

二十秒的表演转瞬即逝，却是姚绯这七年来最长的一次表演。台下有上千的观众，她隐入黑暗，听到震耳欲聋的尖叫声，声音比刚刚更大——乔璟上台了。

乔璟才是主角。

按照计划，姚绯要在黑暗里下台。台阶有一米多高，设计不太合理，上台和下台的艺人在一条路上。不知道是谁推了她一把，她脚下一滑，跪着摔下了台阶。

剧痛瞬间传入大脑，她深吸气，握着长枪站起来，快步往后面走。

薇薇安跑了过来：“没事吧？”

“没事。”姚绯忍着疼站直，看向舞台，她马上还要上去谢幕。她一定要用最好看的姿态面对镜头，这是她的重生之日。

两分钟后，姚绯重新上台，乔璟介绍了她的名字。

话音落，台下一片寂静。姚绯的名字，大家并不算陌生，曾经也是风靡一时。姚绯怎么会在这个舞台上？姚绯怎么会跟乔璟在一起？

特别导师席上，商锐忽然站起来鼓掌。他穿着黑色休闲T恤，叉着笔直的长腿，身高腿长，十分显眼。其他队长跟着鼓掌，观众也鼓掌欢呼起来，为商锐欢呼。

“乔队长今天使出撒手锏了，竟然邀请到了姚绯——我大学时的偶像。”商锐唇角上扬，黑眸注视着姚绯，话说得听不出真假。他的嗓音很好听，语调缓慢优雅。“《寒刀行》，白月光。”他说。

商锐和苏洺又达成了什么协议？商锐离开了剧组，演技非常高，看不出一点破绽。

“这么巧？”姚绯保持着微笑，“我也是锐哥的粉丝。”

这段彩排时没有，主持人蒙了几秒，观察商锐和导演的表情。导演一脸茫然，显然不知道有这样的环节。主持人控场能力很强，迅速反应过来，笑着说道：“这么有缘分，要不你们握个手？等会儿下台记得留联系方式。我是看《寒刀行》长大的，也是绯姐的粉丝。”

“我很荣幸，谢谢你的喜欢。”姚绯跟主持人握手，完成了客套。

姚绯没看到苏洺，便顺着话走下台，走到商锐面前：“久仰。”

“没想到你的复出表演是跟乔璟合作。我晚了一步，遗憾。”商锐握住姚绯的手，半真半假地说道，“希望以后有合作的机会。”

“一定。”姚绯态度谦恭，他们在拼演技。

姚绯的手很小，没有看上去那么光滑细嫩，手心粗糙，手指上有薄茧。商锐在笑声中松开姚绯的手，浸着笑的眼肆无忌惮地注视着她，然后坐了回去。

姚绯跟主持人抱了一下，转身走回后台。

今天的表演没有姚绯什么事了，她走到后台换回自己的衣服。膝盖已经肿了起来，好在没伤筋动骨，只是疼。

姚绯扣上大衣，接过薇薇安递来的手机，手机响了一声。

陌生手机号发来的短信：“欠我一个人情，拿你辞演来还。”

姚绯看着手机屏幕上这几个字，直到屏幕暗下去，黑色屏幕映出她的脸。她干脆利落地把短信删除，假装没看见。

“姚绯。”

姚绯把手机塞回包里，抬眼看到苏洺大步走来。苏洺踩着高跟鞋，笑得意气风发：“先别走，晚上出去吃饭。”

姚绯点头：“好。”

“不问跟谁？”苏洺递给姚绯一瓶水，说道，“今天表现不错。”

“跟谁？”

“商锐。”苏洺单手插兜走在姚绯身边，看了姚绯一眼，说道，“这个节目是商锐投资的，热度不错，我跟他打了个招呼，把你塞过来了。今晚请他吃饭，顺便谢他。”

“好。”

商锐卖这个人情是为了让姚绯主动退出剧组？这个思维是不是有点不太对？

“他在台上还帮你抬了一手，大人情。”苏洺带姚绯往外面走，也很意外，商锐居然会帮姚绯，“商锐这个人就是嘴比较贱，但人不坏。他家里条件太好被宠坏了，任性了一点。跟他搞好关系没坏处，今晚吃饭，你表现好点。”

姚绯点头。

苏洺跟商锐关系很好，这大概也是商锐没有动关系踢姚绯出剧组的原因，他怕伤感情。商锐对姚绯的厌恶，姚绯心里清楚就好。成年人的世界，有的话能说，有的话说不好，关系就彻底没了。

下午五点半，录制才结束。苏洺带着姚绯先去了餐厅。这家坐落在江边的餐厅主要做海鲜，环境幽雅静谧，透过落地窗能看到对岸的巴洛特风格建筑，昏黄的光亮在暮色之中，处处透着奢华。

“能喝酒吗？”苏洺翻看着菜单问道。

“很少喝酒。”姚绯脱掉了外套，只穿一件黑色衬衣。领口解开了两粒扣子，白净的脖颈，锁骨平直突出。她穿黑色显得格外冷艳。她坐姿端正，看苏洺时有了笑：“要喝的话也可以。”

“酒量好吗？”

“应该还行。”姚绯想了想，说道，“我爸因为酗酒过世，我对酒有阴影。”

这话很真诚，苏洺一直很喜欢姚绯的真诚。姚绯那双眼干干净净的，坐在面前，掏心掏肺地把一切信任都给了出去。她真诚得让人觉得辜负她是一种罪过。

“那以后饭局尽量别碰酒，至少我在的饭局，不会让你碰酒。”

“苏总，”姚绯看着她就笑了起来，笑得格外好看，“谢谢您。”

“保护旗下的艺人是经纪人的责任。不喝酒是好事，不会出意外，毕竟这个圈子里有太多意外。”苏洺给姚绯点了一杯橙汁，放在桌子上的手机响了，她拿起手机，“我出去接个电话。”

姚绯点头。

苏洺踩着高跟鞋离开了房间，房间里恢复寂静，姚绯敛起了全部的情绪，转头看向繁华的江边。夜幕已经彻底落下，天空昏暗，而地面升起了“星河”。灯光交织，两岸繁华尽收眼底，灯火延伸至城市的尽头。

苏洺出去了很久，服务员送来了饮料，她还没有回来。姚绯拿出手机翻看热搜，想看看新闻。今天在现场，那几十秒的静默让她有些担心事情不如想象的顺利。她以为过去这么多年，很多人已经遗忘了。事实证明，黑真的比粉长情。她那些黑料，这群年轻的小孩儿也有所耳闻。

热搜第一是置顶的社会新闻，第二便是“商锐”，后面跟着红色的“沸”。姚绯看着“商锐”这两个字，思索会不会跟自己有关系。

今天现场那么多粉丝，商锐当众替自己说话，会不会被人议论？

姚绯抿了一下嘴唇，点开热搜第二，商锐的照片出现在手机屏幕上。还是早上的新闻。他从车里出来，戴着黑色口罩，看向镜头方向。他身后的众人成了虚影。人群之中，他回首看来，他光芒万丈。

这是粉丝修图还是工作室修图？百万元的修图师吧？修得这么有质感。

姚绯忽然有种奇怪的感觉，她警惕性很高，抬眼跟戴着黑色口罩的商锐对上视线。他微倾身，长手落在姚绯身边的桌面上，偏了一下头，盯着姚绯的手机，嗓音很沉：“在看我？”

他穿着黑色休闲兜帽衫，长腿笔直，身材卓越，帅得嚣张跋扈。垂下的稠密睫毛根根分明，浸着意味深长。

周围空气骤然稀薄，姚绯下意识地往旁边挪：“商先生？”

商锐修长、骨节分明的手指叩了一下桌面，发出很轻的声响。他直起身，单手插兜绕到另一边，将手中的车钥匙扔到桌子上。他往后坐到椅子上，架起了长腿，抱臂靠着椅子，下巴微抬，深邃的黑眸注视着姚绯，嗓音偏低：“好看吗？真人好看还是照片好看？”

姚绯返回首页。

并不好看。她只是好奇他的修图师是从哪里请的，将来她若是红了，也想请。

商锐抬手钩下口罩，深邃的黑眸睥睨着她，带着一股子漫不经心的劲儿：“你看得这么入迷。”

姚绯恨自己手贱，翻什么热搜！商锐什么时候来的，进门怎么没声？

姚绯往门口处看，无比渴望苏洺赶快回来，不太想单独面对商锐。姚绯垂下手，把手放到腿上，看向商锐：“今天，谢谢了。”

商锐招手让服务员送来菜单，没有问苏洺有没有点菜，选贵的点了一溜，又特意点了一瓶酒。菜单还回去，他端起桌子上的柠檬水喝了一口，喉结滑动。他抬起眼：“看到短信了吗？”

“什么短信？”姚绯不解。

商锐拿起手机，修长、节骨分明的手指滑过手机屏幕。他用的是最新款的超薄手机，黑色的玻璃后屏衬得手指素白。他按下发送键。

姚绯的手机响了一声，下午那个号码又发来一条短信：“没看到？”

“这是你的号码？”姚绯拿起桌子上的手机，抬眼。面对面发短信，商锐有什么病？

“不然呢？”商锐用两根手指捏着手机转了一下，手机磕在桌面上，发出很轻的声响，“你以为是谁？”

姚绯解锁手机后打开短信页面，把手机放到桌面上。她用的是最低配的手机，有些卡顿，屏幕很模糊，但短信页面很清楚，只有商锐刚刚发的那条信息静静地躺在屏幕里。她说：“我不知道你说的是哪条短信，我只收到这一条。商先生，这是你的号码？那我存起来了，将来好联系。”

商锐冷冷地看着姚绯。

姚绯当着他的面拿起手机，把号码保存进通讯录，输入“商锐”两个字，保存。

手机铃声再次响了起来，来自商锐。

姚绯：“……”

商锐就坐在她对面，握着手机抱臂看她。他那张俊美的脸深邃，写着“我就要找碴儿，你能拿我怎么样”。

短暂的沉默，姚绯迎着商锐的目光接通电话。

“姚绯，”商锐的语调一如既往地淡，只是那双桀骜的眼沉黑，他坐在对面盯着姚绯，“再挑衅我，你会死得很惨。”

“商锐，这么快就过来了？”苏洺握着手机走了进来，高跟鞋踩在地面上，发出清脆声响，她一边走一边说，“蔡总呢？”

“他要去相亲，来不了。”商锐把手机挂断，撂到桌子上。他翻脸比翻书还快，面对苏洺，他收起了那副盛气凌人的模样，又恢复成了那个吊儿郎当的商锐。

“你点了酒？今晚要喝酒吗？”苏洺拉开椅子坐下，看到服务员送酒过来，“夏夏和寒哥要过来，快到了。”

“酒不要了。”商锐抬手制止服务员开酒，放下架着的长腿，看着苏洺，“司以寒不是刚去 B 市吗？什么时候回来的？”

“夏夏孕吐难受，寒哥忙完就赶回来了。他刚刚打电话过来问我在什么地方，我说在这边吃饭。他们在附近，就一起过来吃个晚饭。”

难怪商锐不要酒了——俞夏怀孕了。

姚绯端起橙汁喝了一口，若有所思。

“怎么还吐？”商锐皱了一下剑锋陡立的眉，显出不悦，“她就不应该结婚，不结婚永远不会有这样的痛苦。”

“不结婚也有各种各样的痛苦。和爱人拥有小生命，有痛苦，也有幸福，但肯定幸福占大多数。你还年轻，不懂爱情。怀孕就这么几个月，过去就好，你别担心了。”

“是吗？我是不懂爱情吧。我是真的不懂，那么爱怎么会舍得她受折磨？”商锐垂下睫毛，遮住了黑眸，轻嗤，“世人皆虚伪，绑架也能说得那么好听。”

“你这话一听就是没谈过恋爱的母胎单身说的。”苏洺觉得好笑，“锐哥，你谈个恋爱吧，真好奇你谈恋爱的样子。”

“我谈恋爱后就不会再给你资源了。”商锐移了一下眼，对面的姚绯抱着杯子认真地喝水，她的衬衣领口有些低，灯光下的肌肤细腻瓷白。姚绯的手指很长很瘦，腕骨处有一块不自然的凸起，但线条极美。他语调散漫：“商锐的资源要全部拿去哄女朋友。”

“这么重色轻友？你是不是有目标了？圈内人吗？”

“没有。”商锐回应得干脆利落。

“那你怎么知道你女朋友需要资源？万一你找个圈外女朋友呢，圈外人要资源干什么？”

商锐慢条斯理地喝了一口柠檬水，放下杯子，深邃的桃花眼掠过姚绯，姚绯也正在看他，四目相对。

姚绯偷看他。

商锐往后靠着椅背，下颌拉出傲慢的弧度：“摆着好看，反正不给你。”

姚绯移开了眼，垂下视线又看桌子。

“那您还是单着吧。”苏洺端起杯子跟他碰了一下，“单身挺好，单身万岁，敬单身。”

俞夏和司以寒很快就到了，还有 SW 传媒的周挺。姚绯连忙站起来恭敬地跟他们握手。俞夏应该是孕初期，还没显怀，但一整桌的人都很谨慎，全程小心翼翼地照顾她。

俞夏长得很漂亮，有种温婉知性的美，修养特别好，是那种娇养长大的女孩儿。姚绯看了她好几次。俞夏又美又温柔，这样的女人很难让人不喜欢。

商锐从他们过来就收敛了浪荡张狂劲儿，语调也正常了。

“正好今天凑一块儿，那直接在这里确认流程。三月十号拍定妆照，拍完定妆照就要进组拍成年部分，要出国。”司以寒一边给俞夏剥虾壳，一边跟商锐和姚绯聊工作，“签证需要的材料你们发给周挺。”

“好的。”苏洺说，“锐哥，是你跟蔡伟说，还是我跟他联系？”

商锐扬了一下手机屏幕，漫不经心道：“已经发消息过去了。”

“商锐，你剧本看得怎么样？最近去医院了吗？”

商锐敛起情绪，转头看落地窗。他最近被剧本折磨得痛不欲生。他说：“看了，明天去医院。”

“你是有一点演技，但这点演技浮于表面，演偶像剧还可以，放在电影里就差点。”司以寒皱了一下眉，商锐这个角色成年后的职业是医院的医生，他联系了一家医院让商锐过去体验，商锐至今没去。“你入戏慢，需要体验才能更好地了解角色、代入角色，所以你应该提前准备。”司以寒说。

商锐蹙眉，先看了一眼姚绯，才毫不客气地看着司以寒：“你是不是太认真了？拍青春爱情片，没那么严格吧？”

“拍电影本身就需要认真。你选择了剧本，选择了这份工作，请你负起责来。商锐，作为导演，我非常严肃地告诉你，你不合格。”

“那你觉得什么是合格？我从小到大就没合格过，不是吗？我演成什么样你都会挑刺，都会是不合格。”

气氛剑拔弩张。

“看到姚绯了吗？她才是合格的演员。”司以寒指着姚绯，“你不是从小到大都没合格过，是你从小到大就没认真地做过一件事。”

“商锐也认真做过事的，寒哥。”俞夏看场面有点僵，连忙打圆场，“他当年读高三时才临时决定考电影学院，几个月的准备时间，他就以非艺术生身份考了个艺考第一。只是这几年，行业太浮躁，大家都这样，没几个人认真，他也就跟着不认真了，并不能说明他没能力。调整心态需要时间，寒哥你别急，慢慢来。商锐，你明天去医院体验体验主角的人生，我相信你会成为优秀的演员。你并不是不会，你只是不想。”

姚绯头皮发麻，他们几个关系好，怎么吵架都不会翻脸，可她不一样，这个时候拿她出来对比商锐的演技，商锐会整死她。

“慢慢来，离拍摄还有一段时间，肯定能调整好。”苏洺和周挺也迅速加入了劝司以寒冷静的队伍，他们想死保商锐，“都别急，别吵架。”

“商锐，我希望你能明白你真正想要的是什么。”司以寒目光锐利，注视着商锐，“浑浑噩噩地混日子有意思吗？网上那些谩骂和讽刺你从来不在意是吗？你不在意，何必接《盛夏》呢？你还记得你最初的理想是什么吗？”他轻笑，“你还有理想吗？”

商锐推开椅子，转身离开了餐桌。

“商锐？”苏洺喊了一声，周挺已经站起来了，按了一下苏洺的手臂，跟上了商锐。

商锐从出道起就经历腥风血雨，他狂妄，仗着一张脸走到现在。喜欢他的和不喜欢他的人一直势如水火，他没有匹配回报的实力，却有着天不怕地不怕的粉丝。他被嘲笑了好几年是空有一张脸的花瓶，直到俞夏的《暗恋》找到他。这部电影让业内承认商锐作为一个演员的价值——青春电影，十亿票房。

他的粉丝立刻就说他是实力与号召力并存的超现象级巨星，这话放出来就注定了被打脸。离开俞夏的剧本，商锐在其他剧组里原形毕露。对他的嘲笑铺天盖地，商锐被架到了风口浪尖，急需新作品扭转局面。

其实商锐很清楚《暗恋》为什么能拍好——那不是演技，那是他本身的感情。

俞夏的新 IP 让蔡伟看到了生机，也许商锐也抱着一丝期望。

商锐在洗手间里洗了一把脸，撑着洗手台看镜子里的自己。湿漉漉的睫毛沾着水珠，一滴水滑过下颌，滴到衣服上，洇湿了一块。

周挺走进洗手间，递给商锐一张纸：“寒哥说话是直了点儿，但他也是为了你好。”

商锐擦了一把脸，把纸巾扔进垃圾桶，靠在洗手池上取出烟盒，弹出一支烟叼在唇间。蓝色火苗卷上香烟，他深吸一口烟，吐出，白色烟雾缓缓升入空中。

“你是司以寒的人，我跟你没什么好说的。”商锐把烟灰弹进垃圾桶，抬了一下眼，“你走吧，我抽根烟。”

“寒哥出道的时候也经历过同样的评价，甚至更低。”周挺说道，“他埋头学了两年表演，证明了自己。如果你在意，那你也打脸回去。”

“你不用激我。”商锐松松地咬着烟，“哧”了一声。他抽了半支烟，才又开口。“我不会因此去苦学表演，我又不是司以寒，我不以表演为理想。”他说。

周挺：“……”

“还有事吗？”商锐抬起眼皮，“没有的话，别打扰我抽烟。”

“你为什么学表演？”

“我长得这么好看，不合理利用多浪费。”商锐眯了一下眼，浓密的睫毛压下桃花眼深处的所有情绪，修长的手指夹着烟，手落到洗手台上，白色烟雾袅袅，“我明天会去医院报到，为你们提供的高额片酬负责，我怎么也要学点东西。让司以寒放心，拍摄那天我会是合格的男一号。”

《盛夏》给商锐开的片酬是目前他这个“段位”最高的片酬。

“你知道寒哥的脾气，逼急了会换掉你。”

“所以我没跟司以寒吵架，不逼他，给他留了点面子。”商锐俊美的脸恢复如常，仿佛什么都没有发生过，“我很顾全大局，跟他不一样，格局在这里。”

周挺终于知道司以寒为什么和商锐从小打到大了——这玩意儿谁不想揍他？

“行吧，你好好考虑，看要怎么对待这个剧本。这戏对寒哥很重要，我想对你的意义，也不只是那高额片酬。”周挺说，“你抽烟吧。”

周挺离开，商锐关上门，洗手间隔音很好，他狠狠踢了一脚垃圾桶，垃圾桶顿时凹进去一个坑。他阴沉沉地捏着只剩一截的烟，看了地板砖一会儿，才拿起手机给餐厅经理打了一个电话，让他们把洗手间损坏的垃圾桶记到他的会员卡上。这家店是会员制，需要提前充值。

“先生，账单也挂上去吗？”

“不。”商锐垂下眼看手指。他有理想吗？十八岁之前有，十八岁之后再也没有了。“不用，让他们结吧，不用送任何单据过来，不该说的话别说。”他说。

“知道了。”

挂断电话，商锐掐灭烟走出去，姿态和表情都恢复成了那个不在意任何事，游戏人间的浪荡少爷。他离餐桌有一段距离的时候，看到姚绯在剥虾，她剥得很仔细，剥完后放到苏洺的盘子里。

商锐：“……”

姚绯这样子太谄媚了，谄媚得俗气。

商锐觉得中午决定吃这顿晚饭很蠢，且没有道理，就不应该过来。

商锐拉开椅子坐下，俞夏说道：“你其实底子不错，演技是可以学的，加油。”

商锐抬了一下眼，对面的姚绯用两个叉子在干净的瓷盘里剥第二只虾，动作娴熟，迅速地剥好，夹给了苏洺。

谄媚得没法直视。

她有理想吗？她的理想是什么？抱住苏洺的大腿，巴结苏洺，让苏洺捧她？有戏拍，成为受欢迎的艺人？

“是吗？”商锐斜靠在椅子上，架起了长腿，“谢谢啊。”

“那就到这里吧。”司以寒站起来，说道，“我和夏夏先走了。商锐，你记得去医院，不管你是因为什么进剧组，我希望你不要拖大家的后腿。今天的饭我请，周挺，我在这里的卡号是多少？”

“我去买单。”周挺说，“那寒哥，我不用送你了吗？”

“不用，我开车。”

姚绯闻言立刻站起来穿上外套，想迅速离开现场，一刻都不想停留。今晚这气氛太可怕了，她想活得久一点。

“苏总方便送我回去吗？”周挺伸手到苏洺面前，若无其事、无比自然地说，“我帮你拎包。”

苏洺略一迟疑，把包递给周挺，说道：“那姚绯，你跟商锐一块儿走，行吗？”她转头看向商锐：“商锐，姚绯住中央花园，跟你一个方向，能带姚绯一段吗？”

“不用不用，我打车走。”姚绯连忙站起来拒绝，恨不得离商锐八百米远，怎么能让商锐带她？“你们忙你们的事，不用管我。”

“姚绯，”商锐捡起桌子上的车钥匙，戴上口罩，拉下连帽衫的帽檐遮住半张脸，推开椅子起身，单手插兜，抬起冷漠漆黑的眼，居高临下地注视姚绯，“你在拒绝我？”

姚绯有直觉，如果她说“是”，商锐能立刻把她从楼上扔下去。

“商先生方便吗？”姚绯保持着面上的平静，猜测商锐的目的。他会不会半路上把她扔进江里喂鱼？“我打车就好，不用麻烦您。”

“走啊。”商锐把车钥匙装入裤子口袋，用下巴示意，语调不冷不热：“我们先走了，回头聊。”

“那谢谢锐哥了。”姚绯握着手机穿上了外套，觉得商锐可能是要找她麻烦。她转头跟其他人道别，才快步往门口走。

“注意安全，到家跟我打电话。”苏洺比了个打电话的姿势，“再见。”

“再见。”

商锐两只手插兜，迈着长腿走得飞快，没管姚绯有没有跟上。姚绯紧跟其后，拉上外套的领子，戴上口罩，把脸遮得严实。

走出餐厅，夜晚寒凉，寒风直面袭来。

“商先生，我就不打扰你了，我从这边出去就能打到车，如果他们问起来，我会说你把我安全送到了——”

“你在教我做事？”商锐拿出车钥匙，不远处的停车场里，黑色奔驰 G65 在夜色下亮起了尾灯。他走向驾驶室，嗓音冷淡：“我拒绝。”

你有什么大病？

“过来。”商锐走到线条冷硬的黑色 G65 前停下脚步，他戴着兜帽、口罩，只余深邃桃花眼在外面，下颌上扬，喉结顺势拉出弧度，怎么看怎么不可一世，“上车，站在那里干什么？等狗仔拍呀？要跟我炒绯闻？我的热度很贵的，我怕你蹭不起。”

姚绯快步走过去拉开车门坐到副驾驶位，第一时间拉上了安全带。商锐的长腿迈入车厢，用力拉上车门。沉闷声响中他看了过来，巡视一遍才坐好扣上安全带。“把脸捂好。”他说。

姚绯把口罩遮到眼皮底下，恨不得脑袋也钻进衣服里。

“今晚不管你听到什么、看到什么，从这一刻忘记。”商锐发动引擎，一把方向，倒出车位，说道，“记住了。”

姚绯恨不得做一个聋子，她对听到的什么都不感兴趣。

“苏洺求我带你一段，你不用多想。”商锐握着方向盘，把车开出餐厅的停车场，踩下油门，“不要以为上了我的车就能怎么样，不该妄想的东西别妄想，记清你的位置。”

姚绯抿了一下嘴唇，盯着商锐的侧脸，昏暗灯光下，他只有深邃的眼露在外面，黑沉沉一片阴影。

“我知道了。”她连反驳都不想了。随便吧。

吓死他。

“周挺和苏洺在地下情，他们目前有合作，暂时没公开。”商锐今天没有戴乱七八糟的戒指，手指干净，手背上筋骨清晰分明。他缓缓地敲了一下方向盘。“他们谈了有一段时间了，你别想着加入他们。”他说。

姚绯的脑子“轰”的一声炸开了。曾经她被人骂“小三”，人人喊打。她明明什么都没有做，他们拿着那些莫须有的罪名往她头上扣。她以为这么多年过去，她已经习惯了被轻视、被鄙夷。可面对商锐的讽刺，她的心脏还是会疼。密密麻麻的刺痛感。她永远不会做那么道德低下的事，可她的“定位”就是道德低下。

她张了张嘴，半响才发出声音：“我不是小三。”

前方红灯，商锐踩下刹车，转头，深邃的黑眸注视着姚绯。三十秒红灯，直行变成了黄灯，他抬了一下眉毛：“那就离他们远点儿，别那么上赶着。”

车厢内寂静，静得两个人的呼吸声都清晰可闻。商锐已经收回视线看向了前方，姚绯还看着商锐，看了大概有一分钟。

姚绯攥紧了手指，垂下眼，不动声色地深呼吸。

她不断地调整呼吸，让自己冷静下来。她要理智、冷静，她没有第二个七年。

车厢内寂静得有几分压抑。

一分钟后，商锐打开了车载音乐，把音量拉到了头。震耳欲聋的音乐声响彻车厢，是商锐写的那首《吵》。真的非常吵，堪比装修时的电钻声。

姚绯重新看向窗外，吵到了极致，她反而平静了。她在这种寂静中想，没必要难过。因为这点事难过，太矫情，她也不配。

《吵》放到第十遍，黑色奔驰停到了中央花园北门门口。北门人少寂静，不会有被拍到的风险。姚绯从斜挎包里拿出钱包，取出一张一百块放到副驾驶位上，推开车门，快速下车。

车门关上，喧嚣的音乐与商锐那张脸一并被关了起来。姚绯回头看了一眼商锐的黑色奔驰和川流不息的道路，把钱包放回包里，快步往小区走。

商锐的表情因那张粉色的一百块开始变了。他长这么大，只拿钱砸过别人，没被别人砸过，还是一百块。

他皱眉盯着那张一百块，桃花眼阴沉，带着戾气。

姚绯想死吗？

他的车只值一百块？

他这个司机值一百块？

商锐解开安全带，推开了驾驶室的车门，运动鞋踩到地面上。

一辆黑色丰田疾驰而过，刹车声在寂静的夜里十分刺耳。事情发生只在一瞬间，待商锐看清的时候，车上的人已经摔出了车厢。

液体甩到了地面上，瓶盖飞出老远，液体冒出了气泡，浓烈刺鼻的气息在空气中蔓延开来。

姚绯常年被坑，身体早就练就了本能反应。她感觉到不对的时候，身体比头脑反应还快。她侧身避开贴着脸泼过来的强酸，抓住对方的手腕，借着急刹车的惯性就把人拽出了车厢。男人摔到强酸上，顿时发出刺耳的惨叫声。

车里还有两个人，拎着刀冲了下来。对方是不要命的砍法，姚绯架住其中一个人的手腕，用尽全力抬脚狠踹对方肋骨。这一脚是冲着踹断对方的肋骨去的，也一定踹断了。另一把刀朝着她的背砍了过来，双拳难敌四手，实战中，打架很难顾及四方。

这一刀应该是要落到她身上的，时间太短，姚绯只估量了一下——砍背寸一点，不死也瘫痪。

刀没落下来，“铮”的一声响。

姚绯握着抢到的刀回头，看到商锐拎着一根歪掉的高尔夫球杆，用力朝来人狠狠抽去。高尔夫球杆足够长，对方虽然拎着刀，可愣是没占到便宜。

姚绯握着刀就冲了上去。

“姚绯！”商锐大喝一声。

姚绯动作一顿，如果砍下去，对方可能会死。不管是不是正当防卫，她是公众人物，事业都要完蛋。她手里的刀一顿，那人回身踹到姚绯的腿上，收起刀，拖起地上的同伴。黑色丰田扬长而去，小区保安拎着警棍跑了过来。

“怎么回事？地上是什么东西？”保安已经看到了地上的强酸。

姚绯抿了一下嘴唇，看向商锐。商锐握着被砍得不成样子的高尔夫球杆，沉默了几秒，迅速拿出手机报警，联系蔡伟。

姚绯蹲在地上，戴着口罩看不出表情，露出来的那双眼黑白分明，没有任何情绪，只有麻木。

商锐第一次看到这样的眼神，没有害怕，没有恐惧，是全然麻木，麻木得不像年轻女孩儿该拥有的眼神。

“你怎么样？没事吧？”蔡伟吓得声音都有些颤抖，“怎么会发生这样的事？光天化日，朗朗乾坤，居然会当街砍人？！不会是不喜欢你的那些人干的吧？！你怎么跟姚绯在一起？你找个地方待着，千万别让人拍到脸！”

“你快过来。”商锐懒得跟蔡伟废话，盯着地上腐蚀性极强的强酸。强酸把地上腐蚀出一片白。“越快越好，通知警察。”他说。

“你先走，这里人变多了，你会被拍到。”姚绯还蹲在地上，暂时站不起来。她的目光落到商锐的手上——商锐的皮肤偏白，手指修长，是拿乐器的手——此刻，虎口处渗着血。对于商锐这样养尊处优的人来说，这是很严重的伤了。“你流血了。”姚绯说。

商锐喉结滚动，保持着淡漠的态度，垂下眼看身上，发现了手指上的血。他拧了剑眉，又看姚绯。短暂的沉默后，他转身大步走向黑色奔驰。

姚绯的手机响了起来，她这才松开刀，拿出手机。刀掉到了地上，发出“当啷”一声。

“苏总。”

“怎么回事？受伤了吗？你跟商锐在一起？蔡总跟我发信息了，你在什么地方？我这就过去。”

“大概是李盛的人，我在小区北门门口。”姚绯抿了一下嘴唇，“他想把我毁容。他们开着一辆黑色丰田 RAV4，我记住了车牌号。商锐的手受伤了，我的腿受伤了，他回车上了，还在现场。他们带的可能是强酸，有刺鼻的味道。”

“我知道了，你赶快找个安全的地方待着，我这就过去！”苏洺在电话里怒道，“太猖狂了，这是什么畜生！”

姚绯深吸气，她的喉咙滚动：“抱歉，我又给您添麻烦了。”

李盛竟猖狂到这个地步，姚绯始料未及。

蔡伟先到了，直奔商锐那辆线条冷硬的越野车。很快，奔驰越野车载着两个人离开了现场。苏洺和警察一块儿赶到，周围已经有了很多围观的群众，人们拿着手机对着姚绯拍照，进行各种猜测。

警察很快控制住了局面，采集监控和地上的异物。苏洺带着姚绯前往医院检查身体。姚绯直到坐进会诊室才生出一点真实感。漫长的检查过程中，她在混沌中寻找思路。

她直觉那是李盛的人，除了李盛，谁会对她有这么深的仇恨呢。李盛就是要毁了她，他心理有问题。

“没有伤筋动骨，回去休养几天就好了。”医生叮嘱道，“这几天注意休息。”

“谢谢。”姚绯拿了药单，走出门听到苏洺在打电话。苏洺说：“宣传部全部留下来加班。通知法务部，今晚也要加班。准备律师函，可能要发很多。”

“姚绯。”周挺带着警察走了过来，说道，“警察需要问你一些情况。”

“谢谢。”姚绯抿了一下嘴唇。她在女警的搀扶下坐到一边的长椅上做笔录。

笔录结束，警察离开。

苏洺走过来扶住姚绯：“先回家吧。”

周挺接过苏洺的包，一边走一边刷微博，说道：“八成是李盛的人，他们已经开始舆论造势了，目前发这件事的营销号全是瑞鹰旗下的。”

“我不去找他，他倒是找上门了。”苏洺说道，“上赶着给我送把柄，很好。”

“如果有证据能证明这件事是李盛干的，那很好。”周挺说，“可李盛那个人，肯定不会留下把柄。”

“女艺人被泼不明液体”的标题一出就引起了热议，热度非常高，很快就蹿上了热搜。什么变态到丧尽天良的东西能干出这种事？随后有人爆料被泼不明液体的人是姚绯，并且附上了姚绯的负面新闻。

这回，舆论不是一面倒地批评施暴人。舆论反转，慢慢有声音挑姚绯的刺。最开始只是一小撮人的声音，毕竟女性被当街施暴这事太狠毒了，而人都有最起码的底线，对于弱者有本能的同情。可很快就有人到处扩散姚绯的过往，把姚绯塑造成一个丧心病狂没有人类底线的恶人。

“你们也太毒了吧，犯罪永远是犯罪，不管受害人做过什么，都不能为犯罪洗白，有没有基本的三观？”

“姚绯是谁？发生了什么？怎么突然炒上热搜了？”

“《寒刀行》的女主演姚绯，为了资源故意接近老板。好意思卖惨？”

“原来如此，我之前看《寒刀行》还想着这么好看的女演员怎么不红，敢情人品烂。”

姚绯上了车，翻着评论一条条往下看。她上了热搜。今晚现场的人太多了，她被送往医院的时候，围观的群众就把她送上了热搜。恶性新闻事件引起众人关注，她的名字迅速地蹿到了热搜第十。

铺天盖地带节奏的营销号把她的过往添油加醋地编派：姚绯是罪大恶极的人，死不足惜，活该被人伤害。

一句句恶毒的话像是刀子往姚绯的心脏上戳，她的手紧紧握着手机："苏总，我们的计划是不是被打乱了？对不起。"她们原计划三月一日配合靳家人的起诉，正式打舆论战。没想到李盛会提前出手，姚绯被架到了风口浪尖，必须现在回应。

"没关系，只是公布时间早晚的问题，并不影响什么。你没有错，不需要跟任何人道歉。"苏洺坐到了副驾驶位，说道，"网上那些人等着收律师函吧，嘴有多臭，将来被告时哭得就有多惨。"

"商锐发微博了。"周挺坐在驾驶位，拉上了车门，刚要放手机，手指往上一滑，停住动作，"锐哥是什么意思？他拿到证据了？他指名道姓地骂李盛。"

苏洺打开电脑："商锐发微博了？"

姚绯迅速返回微博首页搜索"商锐"，跳出的第一条内容是商锐一分钟前发的微博。

"@华海李盛能做个人吗？拿霸王合同逼人退圈、泼人脏水这些事儿没让你翻车，很遗憾是吧？现在人家仅仅是要解约，你便当街泼强酸。法治社会，治不了你？"

商锐刚出道那几年狂得不知道天高地厚，微博就是他的战场，口无遮拦，下笔如下刀，想刀谁就刀谁。他张狂不羁，做事全凭心意。背靠着商势传媒，没人敢随便跟他对线。他拥有一张迷倒万千少女的脸，颜值的优越盖过了性格的小缺点，粉丝的宠爱让他更加肆无忌惮。

他这个性格在娱乐行业混，粉丝是真情实感地喜欢他，觉得他真实；黑粉也是咬牙切齿地恨他，觉得他这样性格恶劣、张扬跋扈的人不配活着，恨不得暗杀他。他太高调了，枪打出头鸟。他被点名了几次，这两年才开始收敛。

商锐已经很久没有这么指名道姓地骂人了，微博一出，舆论都炸了。

"姚绯"还在热搜上挂着，他这微博指的是谁不言而喻。泼姚绯强酸的是李盛？因为姚绯要解约？而商锐还是知情人？当年到底怎么回事？

十分钟的时间，"商锐"被顶到了热搜第一，后面跟着鲜红的"爆"。

商锐在微博公然指责娱乐大佬参与某恶性社会事件，舆论被顶到了巅峰。商锐太敢说，也太疯狂了。

敲门声响，商锐把烟摁灭在烟灰缸里，迅速把手机换到了左手，放下搁在茶桌上的腿："进来吧，没锁。"

商子明还穿着商务衬衣、西装长裤，衬衣解了一粒扣子，但身上的沉稳气质丝毫没减。头发一丝不苟，银边眼镜架在鼻梁上。他手上拎着杯子，走进来带上了门。

“怎么不睡？抽烟了？”

“睡不着，心情不好。”商锐撂下手机，抬手垫住脖子往后靠在沙发上，不羁的桃花眼上扬，带着怒气，“那强酸差点儿就泼到我身上了。强酸毁容是酷刑！多瘆人。”

商子明把水杯放到桌子上，在商锐对面坐下，审视自家弟弟。他比商锐大十五岁，几乎是他一手带大了弟弟。商锐出生就身体不好，一年有一半时间在医院。小时候，他瘦瘦小小的，跟女孩子似的，他们全家惯着宠着，生怕这孩子长不大，惯着惯着，就惯成了如今这天真张狂的模样。

商子明语气温和下来，道：“要不要让阿姨给你热一杯牛奶？喝了牛奶好睡觉，抽烟更睡不着。”

“警察那边抓到人了吗？”商锐特意用左手端起茶杯喝了一口，架着裹满纱布的右手往商子明面前晃，“他们的办事效率太低了吧。”

“是套牌车。他们有备而来，还没抓到。不过也用不了多久，到处都是摄像头，他们跑不掉的。”商子明看向商锐那只高高竖着的“猪蹄”，“手还疼？”

“疼。”商锐“嗞”了一声，咬牙切齿地拿手比了个长度，“哥，你见过半米长的刀吗？这么长，直接砍过来，要不是我反应快、身手好，现在你得去 ICU 看我。”

“二十五厘米。”商子明想提醒弟弟别夸张，但想想二十五厘米的刀也够吓人的。“你怎么确定是李家那位做的？又没证据。”他说。

“肯定是他。”商锐窝在沙发里，大哥在面前，他不好把腿架在桌子上，只好委屈地敞着腿，斜在沙发前，“正常人谁敢在当街砍人？也就那个脑子不正常的蛮子能做出这种事。他在 H 城嚣张惯了。”

“李盛的动机是什么？”

“报复姚绯。”商锐说，“横行霸道的李大少爷被迫解约，丢了面子，咽不下这口气，非要毁了姚绯。”

商子明沉默半晌，似随意地问道：“你怎么跟姚绯在一起？”

商锐接触到商子明探究的目光，短暂地停顿，随即提高声音：“哥，你什么意思？我对姚绯没有任何兴趣。你放心，我眼光没那么差。今晚跟苏洺、夏夏她们吃饭，苏洺和司以寒的那个经纪人跑路了，出于人道主义和苏洺跪地相求，我就捎了她一程。”

“如果查不到李盛，你怎么收场？”

商锐眨眨眼，放下手，身子前倾，认真道：“您能眼睁睁地看着我丢脸吗？我微博都发了。”

商子明不说话。

商锐没等到想要的答案，往后靠到沙发上叹气，情绪低落：“爹不疼，哥不爱，我是没人帮的小白菜。算了，我也不为难您，您不帮我，那我只能用我的手段来了。李盛在我的店里吸食过违禁品，我想把他弄进去还是挺容易的，我关店整他。星海是我的第一个创业项目，开了快六年，关掉确实心疼，可我实在看不上那种恐吓女人的人渣，为了正义，没办法——”

“得了，把你那点歪门邪道的东西收收。”商子明按了按眉心，起身，对这个弟弟没办法，“早点休息。微博上骂一次就行，多了掉份儿。别再发微博了，我让人处理。”

“你帮我？怎么帮？”商锐仰起头，长手长脚的大高个子硬装乖，“哥。”

“这你不用管，我会让他闭嘴。”

“谢谢大哥。”商锐张扬的眉眼带笑，“您别熬夜了，早点睡，晚安。”

商子明走到门口回头，推了一下鼻梁上的眼镜：“等你手好了，就去上散打课吧。不愿意带保镖，蔡伟也看不住你，你还没自保能力，我看你是想上天。”

商锐的表情僵住。

商子明已经走出了门，房门合上，房间里恢复寂静。

商锐磨了磨牙，敛起了所有情绪，一张俊美的脸又恢复了冰冷深沉的模样。他往后靠在沙发上，重新把裹满纱布的手塞到脑后。

他的手被震了一下，出了一点血，但为了回来找大哥，他硬是让医生包了一卷纱布。商锐作为演员，演技巅峰不在银幕上，而是在家里。

以大哥的护短程度，李盛死透了。

当街泼强酸这事恶毒到超出了商锐的想象。这是人吗？对一个女孩儿下手。

他垂下浓密漆黑的睫毛，想到姚绯抬头看他时的表情——没有震惊，没有意外，没有恐惧，很平静地看着商锐。她被打得那么狠，连一声都没吭，没有喊疼，也没有哭。

手机响了起来，声音在寂静的深夜里格外清晰。商锐拿起手机，看到来电人是苏洺，接通电话说道：“你想做什么就做，有什么证据就放，我知道你有一套洗白计划。我大哥会帮忙，抓住机会。”

“谢谢大哥！”苏洺立刻说道，“谢谢锐哥，我这就去办。”

苏洺确认消息之后就想要挂断电话，可电话还在连线中。

“还有吩咐？”苏洺问道。

“我不是为了她。”商锐的声音冷淡，没有起伏，“我是为了我自己，明白吗？”

苏洺蹙眉。这需要特意解释一遍吗？难道事实不是如此吗？商锐怎么会帮姚绯，他在网上骂人的原因不就是他被殃及了？

“我知道啊。”苏洺说，“你不用解释，你好好休息。”

电话戛然而止，“嘟”的一声，返回首页。

苏洺又给公司法务部打了个电话，撂下手机说道：“商锐回家找商子明去了。”

“伤得很严重？”周挺蹙眉。

“那个人拿刀砍我，他拿着高尔夫球杆挡了一下，”姚绯在后面开口，“估计震到了虎口位置，流了点血。”

“我想也是不太严重，不然今晚李盛就被商子明揪着头发按进强酸里了。”苏洺松一口气，打开电脑工作，说道，“商锐说李盛不敢回应，赖给他。”

“那就更好办了，准备反击吧。今晚要加班吧？我陪你。”

商锐看起来不着四六，跟他们闹成一团，实际上商锐背后是商势传媒。他肆无忌惮，想干吗就干吗，有张扬的资本。

这也是他们捧着商锐的原因。有商家人在后面，办事都方便。

姚绯握着手机看微博，商锐那条微博在短短的半个小时里被转了十七万次，评论二十万条，迅速冲到了热搜第一，后面跟着深红色的“爆”。

商锐的微博粉丝数接近一个亿，为了维护商锐，商锐的粉丝也去姚绯那条热搜下面陈述事实。

商锐正面刚李盛，揭露娱乐行业黑幕。李盛始终没有回应，华海官博和李盛的微博全部被质疑和骂声占领。

板砖都敲脑袋了，这位嚣张跋扈的主儿竟然一点动静都没有，不知道是没听见板砖的声音，还是不敢动。

手机上弹出一条通知：“司以寒发了新微博引起热议。”

姚绯盯着那条通知看了几秒，立刻返回首页。

司以寒在两分钟前发了一条微博：“七年前用强权毁掉女孩儿的名誉，七年后用强酸恐吓威胁女孩儿的生命。这个社会有法律、有底线，还有很多不愿意袖手旁观的人。这件事我会管到底。”

姚绯怔怔地看着手机。司以寒很少发微博，开微博是因为他太太，他平时连广告都不发一个，对谁都高冷、漠然，居然会发这么一条微博。

“寒哥发微博了。”苏洺问开车的周挺，“寒哥不是说不下场吗？”

周挺还负责司以寒的经纪人业务。

“李盛确实恶毒，寒哥不可能坐视不理。反正商锐已经跳了，那大家一起。”搁平时，周挺已经暴跳如雷地冲过去把司以寒的账号抢走锁起来了，毕竟这事儿万一反转，只会打脸。但今天他不能那么干，后面还坐着一个差点儿被毁容的小姑娘。“寒哥发微博，今晚我也得加班，我们得并肩作战，一定要把这场仗打赢。”周挺说。

苏洺看向周挺，沉默了一会儿，说道：“好吧。”

车到了中央花园的地下车库，苏洺把姚绯送到她家楼下：“你先回去休息，这两天不要出门，不要见任何人，薇薇安会给你送吃的。电话保持畅通，没有公司的通知不要发微博。”

“我能陪你加班吗？我能做什么？我想做点什么。”姚绯看着苏洺，她们非亲非故，他们却不遗余力地帮自己。

“不用，你好好地在家待着，安全就是帮我。”苏洺回身，伸手过来揉了一把姚绯的头发，“姚绯，以后你可以光明正大地走在路上，昂首挺胸地面对所有人。你没有任何的错，干干净净、堂堂正正地活着，把头抬起来，不要怕任何人。女孩子被欺负，也许有很多理由——环境、社会、侵害人的道德底线和法律意识低下、法律约束不够严谨——但绝没有受害人有错这条。”

姚绯被打，没有哭；她被充满恶意的评论骂，没有哭。可看着苏洺，她的眼睛一下子就红了。

姚绯下车后没有立刻关车门，郑重地朝苏洺鞠躬，又朝周挺鞠躬：“谢谢苏总，谢谢周总。”

“早点儿回去休息吧，走慢一点，注意你的腿。”苏洺眼中有光，她像个超级英雄，把姚绯护在身后，“姚绯，你很优秀，以后你会更优秀，别对这个世界绝望。”

苏洺今晚还要工作，也没有跟姚绯多说，只摆摆手：“十号要拍定妆照，养好你的腿，等你恢复到最好的状态。”

姚绯关上车门，退后两步，想说什么，可到底什么都没有说。她只是鞠了一躬，便彻底退开。

苏洺的车开离视线，姚绯站了很久才转身走进电梯。苏洺他们让姚绯见识到了一个全新的世界，那里有正义，有光，有理想，有尊重，像是世外桃源。

她重新打开微博，司以寒的名字和商锐的名字并列出现在热搜上，两个人后面都跟着“爆”，热搜第三便是“姚绯”。

她点开了“司以寒”那条热搜，看到了评论。

“寒哥竟然会站出来替姚绯说话，寒哥怎么认识姚绯的？李盛到底做了什么让寒哥说这么重的话？今天是什么日子，怎么突然这么多瓜？”

“其实是一件事。姚绯被泼强酸，威胁到生命安全，网络上还有人骂她，说什么受害人有罪论，寒哥看不下去了，就把李盛的底掀了。寒哥一直很有正义感，他帮过很多新人。”

“差不多就是这样，商锐那话指向非常明确，李盛七年前因为一件什么事封杀了姚绯。姚绯的经纪合约应该到期了，这都七八年了。要解约，李盛就找人泼姚绯强酸，大概是威胁她不准解约。今晚前面那几条微博，买水军的痕迹很重，估计是李盛想倒打一耙。”

“封杀姚绯的不是李盛当时的女朋友吗？”

“如果是的话，司以寒和商锐就不会站出来说话了。商锐和司以寒敢指名道姓，估计真相和大众知道的不是一回事。”

司以寒的粉丝比较理智，已经开始理智地分析当年的事了。他们拿出细枝末节来推理，还原当年的真相。

电梯停了下来，姚绯走出电梯，拿出钥匙开门，一边开灯一边继续刷微博。返回热搜首页，看到“刘秀岩”排在热搜第十六位。刘秀岩是当年李盛的女朋友，如今是前N任女朋友了。

她怎么也上热搜了？

姚绯关上门，把钥匙放到玄关柜子上，看着“刘秀岩”这条热搜，思索是怎么回事。

刘秀岩当年在H城发展，签的是华海。后来H城影视行业没落，她跟李盛分手后签了内地的经纪公司，这几年一直在内地发展，早已结婚生子，事业稳定发展。

姚绯走到沙发处坐下，点开“刘秀岩”热搜词条，看到她的最新微博：“分手八百年了，还往我身上甩锅，你是不是男人？我之前背着华海的霸王条款，不能出来说话，但真当我是哑巴了？我从来都不认识什么姚绯，我跟她没有任何交集，也没有能力封杀她。”

姚绯坐在沙发上看刘秀岩的微博。刘秀岩怎么会在这个时间出来说话？刘秀岩当年可是跟李盛穿一条裤子。

她这么干脆利落地下场，后面有人推吧？

姚绯拿掉口罩，靠着冰冷的沙发靠背，搜索刘秀岩的资料。她二〇一四年签约新势力娱乐公司，新势力在去年被收购，新的老总叫蒋荣。

这个名字有些熟悉，但绝不是从苏洺这里听到的。

姚绯继续搜索“蒋荣”，跳出来的第一条内容：“商锐的人脉有多广？去年九月，他在泰国的生日宴上邀请的全是圈内数一数二的人物，其中有KOG集团董事长的儿子蒋荣……”

商锐的关系？

商锐那条微博发得就很蹊跷，以商家的势力，根本不需要他在微博上宣战。商锐装了大半年文明人，如今出来公开撑李盛是掉价的。

姚绯欠身从茶几上拿到烟盒，取出一支烟咬着，点燃，打火机的火光照亮她清冷的脸。她的睫毛垂下，根根分明，映在洁白的肌肤上。

姚绯一夜未眠，睡不着。事太多了，她一件件清算，一条条理顺。有很多想不通，但她必须要想。

商锐放出炸弹，司以寒点了火线。然而李盛和姚绯两个当事人一直没出来说话，网友根据信息，发酵出无数个故事版本，认为每个版本都是真相。姚绯一个一个版本看，她当年的黑历史全部被挖出来，被一帧一帧分析。

“分析一个最大的可能，李盛追求姚绯未果，恼羞成怒，封杀了她。还记得那十五天的看守所拘留吗？那是反抗的代价。如今姚绯合约到期要离开瑞鹰（瑞鹰是华海旗下的公司，大家应该知道，不用多说了），李盛抱着得不到就要毁掉的心态来泼强酸。行业内应该有很多人看不下去了，所以才跳出来骂李盛。”

这条下面已经有好几千条评论了。

“这剧情也太像小说了，姚绯是什么祸国殃民的人设吗？她是有多美，值得李盛去犯法？”

“你分析的应该最接近真相，我觉得真相是这样。”

“苍蝇不叮无缝的蛋，姚绯也不是什么好人，她那个《寒刀行》是怎么拿到的？十六岁，毫无背景，运气这么好？全靠美貌？是不是跟出资方闹翻了，倒打一耙？”

“姚绯和李盛怎么还有点虐恋情深的味儿呢？这不就是霸道总裁强取豪夺身娇体软但性格刚直骄傲的小娇妻，但小娇妻宁死不从，你追啊，我逃啊，你继续追，我继续逃，缠绵半生互相折磨最终幸福结局的微博虐恋文学？”

“楼上，有那味儿了。”

姚绯盯着这些评论看了半晌，胃里翻涌，放下手机直奔洗手间，扶着马桶把胃里所有的东西都吐了出来。她在黑暗中扶着马桶，许久后才深吸一口气走向洗手台。

这是姚绯最不想看到的局面——反驳潜规则。大众对她的印象永远是私生活有问题。她最恶心的就是这个——明明是受害人，可女性一旦开口很快就会被发散成桃色新闻。她是女艺人，这桃色新闻只会更龌龊。

姚绯洗干净脸，顶着湿漉漉的一张脸靠在沙发上看窗外。

破晓时分，黑夜与白天交会的时辰，光撞碎了黑暗，世界重回光明。姚绯的手机响了一声，她拿起来看到新的推送——

靳欣弟弟揭露靳欣的死亡真相。

姚绯点进去时手指微微颤抖。

那是一段视频，靳欣的弟弟站出来控诉李盛七年前杀害了他姐，称他姐是非正常死亡。他们拿到了当年靳欣的尸检报告，已经去 H 城向法院提出诉讼。当年靳欣死在 H 城，这个案子是 H 城警方经手的。

尸检报告被贴在网上，明眼人都能看出来这份尸检报告有问题。一滴油落进了油锅里，炸开了。

靳欣是华海旗下的艺人，一个乐观向上的元气少女却在七年前突然跳楼自杀，这在当时引起了热议。没有人相信这个女孩儿会自杀，粉丝吵着要告经纪公司，却因为没有证据不了了之。

李盛是华海的老总的儿子，这事儿跟李盛有关系吗？原本可能扯不到李盛，但昨晚那一波预热太猛、太迅速，直接把李盛推到了风口浪尖。这回，不得不让大家联想李盛有没有参与这件事。

视频只出来了半个小时，很快就被“和谐”了。

八点半，又一段采访视频被曝了出来。

靳欣的弟弟对着镜头说：“对方势力很大，这是一场未打先输的官司。也许，我今天说这段话很快就会被‘和谐’。我不知道有几个人能听到，希望听到的人帮我们传播出去，我会万分感谢。我也不知道我能在大众面前停留多久，可能明天我就会死于一场离奇的车祸或者当街被捅死、被泼强酸，死得面目全非。我之所以有勇气说出来，是因为姚绯姐，她在昨天差点儿失去了生命。姐姐去世后是她一直在帮我们，一个非亲非故的人帮了我们七年，为此她失去了工作，失去了名誉，失去了整整七年，我不知道过了今天她还会失去什么。我不能再懦弱了，我一定要站出来，我要一个公正，我要一个真相。”

随后，一个华海离职员工爆料：姚绯和靳欣是朋友，靳欣遇害后姚绯不信她是自杀，她为了追寻真相，惹怒李盛，被封杀。这七年，姚绯被霸王合同约束，无法从事演艺行业，她在演艺行业外打工赚钱，养着靳欣一家人。

靳欣的弟弟放出了七年的汇款单，零零碎碎，一开始还是上万元的汇款，后面渐渐成了几千、几百、几十元。可以看得出来，姚绯的经济状况并不好，可她给靳家寄了七年的钱。

全网哗然。

当初嘲笑姚绯沦落到小剧院打杂的人笑不出来了，他们不知道当年那个只有十八岁的女孩儿有多勇敢才选择了这么艰难的路。

姚绯没有很好的出身，她没法跟李盛抗衡，她凭借着微弱的力量对抗着巨大的黑暗势力。站不起来了，那她就一步步往前爬，往前摸索真相。她的手指早就磨断，鲜血直流，但她从来没有怕过。

网友愤怒了，李盛简直没有人性。这已经不是娱乐八卦了，这是法律道德事件。

瑞鹰的霸王合同被曝出来了。签约艺人不能说话，不能为自己辩解，不能为朋友申冤，被诬蔑也只能忍着，不然要面临巨额违约金——姚绯付不起。所以那七年，她是一个哑巴，是一个瞎子，她被这份霸王合同压得不敢喘息。

华海那边一直在删热搜，控评，可越删，网上的骂声越大。华海在这个法治社会中能一手遮天吗？

九点半，有人匿名放出了钱英威胁姚绯的音频。

没有人想到真相是这样——姚绯会这么惨——残酷得让人无法喘息。当年那个敢爱敢恨的姚绯从来没有消失，她不是《寒刀行》的污点，她就是《寒刀行》里的楚星寒——背一把长刀，心怀正义，行走江湖，求一个公正。

难怪商锐、司以寒他们能那么愤怒，这样的真相，怎么能不愤怒。

气愤蔓延在每个人的情绪中，姚绯之前被爆料的身份也成了刀子。一个普通的女孩儿想要安稳地活着，需要多努力呢？努力就能活好吗？不会的。强权面前，每个人都会成为“姚绯”，每个人都会成为手无寸铁的受害人。

华海一开始拼命地删微博、控热搜，后来控制不住了。十二点，华海气急败坏地发了声明，称所有爆料都是诬蔑，包括靳欣弟弟的，华海一定要追究其责任。

华海却始终没敢回应商锐那条指名道姓的微博。

华海官博关了评论，二十万条转发全是辱骂他们的。

十二点半，苏洺打电话过来，姚绯第一时间接了起来：“苏总。”

“非常成功。”苏洺语气里带着笑，“华海删得越多，网友就骂得越狠。他们公司出品的电影今天上映，被刷成了史上最低分。”

“昨晚那些人抓到了吗？”

“警察没有回应，应该还没有。抓不到正好，全赖到李盛身上。”苏洺也是一夜未睡，策划这个大新闻可太累了，打了个哈欠，说道，“这次多亏商锐和寒哥才能进行得这么顺利。商锐真够意思，他家今天没少出力，一点都不含糊。回头请他吃饭。”

姚绯抿了一下唇，想到商锐那双漂亮的、淬着讥讽的桃花眼。

“谢谢。”

“你给靳家打钱这事儿之前怎么没跟我说？如果不是靳荣突然联系我，发来汇款单，我都不知道。难怪这几年你的日子过得——哎，辛苦了。”

从来没有人跟姚绯说过“辛苦了”之类的话，这话说得很像亲人。“亲人”这两个字离姚绯太远，姚绯十四岁成了孤儿，其实她在十岁就成了孤儿。母亲走了，父亲酗酒，她就再也没有感受过亲情。

姚绯喉咙滚动，半晌才发出声音：“苏总，我以后一定会报答你。”

“不用说这些，我心里清楚的。今晚你找个时间，登录新微博账号发一条内容，具体内容我让薇薇安发给你。”

“我能自己编辑吗？”

苏洺愣了一下，说：“你想发什么？”

“《寒刀行》的剧照。”姚绯抿了一下嘴唇，“我不是《寒刀行》的污点，我没有对不起《寒刀行》。《寒刀行》这部电影干干净净，我是凭实力拿到楚星寒这个角色的，我要让楚星寒说话。”

“发之前给我审核。”苏洺妥协了。

“好。”

“姚绯，我希望你能重新站到巅峰，那里本该属于你。”

晚上八点，姚绯发了一条微博，那是她刚注册的账号，没有认证，一共就几个粉丝——估计是平台塞的僵尸粉。

她的这条微博没有任何文字，配图是《寒刀行》的剧照——拎着长刀的楚星寒面对着镜头，下面有戏中的台词："我要这天下有公正。"

入戏

第四章

真相

RUXI

姚绯上一次被手机震到手麻是她被曝出丑闻那天，谩骂的短信和诅咒的电话不间断地冲进她的手机，占据了全部空间。

她坐在洗手间冰凉的地板上，看着手机屏幕，手机上不断地涌出新的辱骂言论：你早晚会得到报应。

时隔七年，姚绯的手机被卡死了。一千八百元的手机，2G 运行内存负荷不起上万条消息提醒。

姚绯等了很久，才缓慢地打开微博。

“我要这天下有正义”上了热搜，姚绯的名字也在其中。

“整理整件事，哭了几次。当年姚绯被全网辱骂时才十八岁。十八岁的女孩儿，一腔孤勇，面对这个残酷的世界。”

“只有女孩子才会不顾一切地帮女孩子。这条路太难了，不敢想象她那么单薄瘦弱的肩膀是怎么扛下来的。这条路她一个人在走，没有人帮她。她扛着所有的骂名求一个公正，太不容易了。”

“一个女孩儿得多努力才能过好一生？看看姚绯吧，看看这个女孩儿吧。#女性生存指南##女性职场现状##女孩儿的一生##决不妥协#”

“强烈安利《寒刀行》，YYDS[①]！只要你看了《寒刀行》，我们就是朋友！酷友独家链接……”

“求姚绯作品！这姑娘只拍过《寒刀行》吗？想为她花钱。”

姚绯的微博在热搜内容的最下面，已经有一万条评论。她深吸气，打开了评论。

“今天才知道你的故事。抱歉，我们来晚了，让你受了这么多委屈。你一定会有很好的将来。善良的女孩儿，你是天使！你是最最最漂亮的白月光！这才是娱乐行业的正能量，真正的偶像，榜样！”

“你真勇敢，你是最勇敢的人！我相信这个世界上会有公正，正义一定会来。华海太恶心了！太恶心了！”

① 网络用语，“永远的神”拼音首字母简写，意为非常厉害。

“家里还挂着你的海报，我永远喜欢《寒刀行》，永远喜欢姚绯。希望早日回归拍作品。虽然我已经过了追星的年纪，但若是你回来演戏，我一定会去电影院支持。”

“以后你有新作品，我一定会支持你。”

上网的人换了几茬，如今追星的团体太年轻，姚绯其实没几个真粉丝。他们的义愤填膺多半来自李盛的一手遮天、颠倒黑白、愚弄大众。

凌晨四点时，姚绯的粉丝数量已经到了五十万，那条微博的评论有三万。

“抵制华海”和“李盛凶手”在热搜三进三出，最后倔强地停留在中排。

李盛自始至终没有出来说话。

凌晨五点，姚绯才放下紧绷的情绪。她洗了个热水澡，躺进了被子里，瞬间坠入了黑暗。她在电话铃声中恍惚醒来，肌肉本能驱使她拿起了手机放到耳朵边。

“你敢整我？”李盛冰冷的声音落过来，带着阴狠，“姚绯，你活腻了。”

姚绯睁开眼，漂亮的眸子清澈见底，没有任何情绪，彻底清醒：“你是李盛？”

“你装什么呢，竟然能弄到靳欣的死亡报告，有点本事。之前是我心慈手软，给了你机会，中了你的算计。给我等着，我会让你付出惨痛的代价，臭婊子！”李盛恶狠狠地骂道，“你会死得非常难看！”

“你要报复我？”姚绯用很诚恳的语气道，“我已经开了录音，我会把电话录音交给警察。你威胁我的人身安全，我会申请警方的保护。我相信法律的公正，绝不会因为你是李盛，就让你能为所欲为。”

“你给我等着……”

姚绯懒得听他说什么，干脆利落地挂断电话，拉黑号码，抬手把手机抵在额头上。冰冷的手机让她的大脑更加清醒：李盛若是有本事按死她，绝不会打这通威胁电话。

她唇角上扬，笑出了声。这场仗，她赢了？

姚绯睁开眼。

屋子里是灰蒙蒙的，窗帘没有拉，窗户也是灰蒙蒙的颜色。房间里，家具的轮廓隐隐可见，分不清是傍晚还是早晨，天地间一片寂静。

姚绯拿下手机看清楚时间。

早上六点。她竟然睡了一天一夜。保存好录音，姚绯坐起来翻未读短信和微信。

昨天中午苏洺发过来信息说，警察抓到了逃窜的嫌疑人，被抓的三个人统一口径，咬死是姚绯的黑粉，他们为了报复姚绯才这么做。警方还在审查，目前没有通报。

意料之中。

姚绯把电话录音发给苏洺，说道：“我想换个手机号，可以吗？”

苏洺应该在睡觉，没有回复。

她等到六点二十分，天光大亮。晨光沿着窗户落进房间，整个屋子亮了起来。姚绯走到落地窗前看寂静的小区中央。遥远处的人工湖在晨光下泛起白，波光粼粼，犹如银河。

她拉开窗户，感受了一下清晨的凛冽寒风，迎着寒风，唇角扬到了笑容最灿烂的弧度。

剑至死不能离手。

她睡得太久了，身上出了薄汗，被风一吹，她狠狠地打了个喷嚏。姚绯关上窗户，转身走进浴室。她洗完澡出来，苏洺打电话过来，她擦着头发走过去，接通："苏总。"

"你醒了？"

"早上好。"姚绯说，"辛苦您了，谢谢苏总。"

"不辛苦，打赢了。"苏洺的声音轻松，"李盛在事发当天连夜跑到A国。商锐在微博上把他骂成孙子，他屁都不敢放一个。他居然还敢打电话威胁你。别搭理他，他是垂死挣扎罢了。你想换号码就换吧，重新开始。"

"他跑去A国了？不是查不到他头上吗？"

"总有能查到他头上的事。他跑慢一点，商子明能让他永远留在内地。"苏洺语气讽刺，"商子明就是商锐他哥，看着不声不响，但做事特狠。商锐是老幺，他们家很宠他的。他帮忙了，你不用担心，绝不会有意外。"

商锐是娱乐行业的宠儿，千娇百宠，他的事是一等大事。

"你上《街舞团2》的那期节目延期怎么样？放到十号播。你这个事儿刚曝出来就上节目，显得急功近利。我想等你和夏洺影业的签约官宣之后再播，到时候观众对你的接受度和期待值也更高一点，怎么样？这两天我策划一下，官宣时机和方式都很重要。"

"都行，您决定就好。"姚绯也觉得这个时间露面不合适，她现在跳出来官宣节目显得急功近利，有利用社会事件的嫌疑，"如果调不过来，不上也行，麻烦您了。"

"这也是商锐的建议，给我们策划的时间，节目组会配合他。"苏洺打包票，"放心吧，一定能上。商锐答应的事不会变卦。他这个人虽然平时浑不懔，但正经事上还是很靠谱的。你看这次李盛事件，他帮得多彻底。"

苏洺又交代了几句才挂断电话。姚绯坐回床上，擦着湿漉漉的头发，翻着通话记录找到商锐的电话号码。她并不想跟商锐联系，但这件事不联系说不过去。许久后，姚绯返回短信页面，发信息过去。

"谢谢。"

商锐没有回复信息。

姚绯的礼数尽到了，至于商锐回不回，跟她没关系。

由于腿伤，她在家休息了一周。这一周她认真地看苏洺送过来的新剧本，做人物小传。她沉浸在剧本中，几乎要把自己变成夏瑶了。

三月八日妇女节，姚绯出门吃了一顿饭。她宅了一周，世界大变。春风拂过大地，万物抽出了新芽，绿莹莹地映在蓝天之下。天气转暖了，姚绯吃完饭路过小区门口的健身房，看到他们推出了三八节八八折活动。她已经好几天没运动了，搬到这边，出门跑步不方便，到处都是人。她最近上了新闻，苏洺不让她出门随便跑，怕不安全。

姚绯走进健身房办了一张至尊 VIP 卡，比普通的卡贵两万元，好处是在顶层的私密空间，能保护客户的隐私。

姚绯咬咬牙办了卡，回家拿衣服上了健身房顶层。

下午三点，健身区空荡荡，两个教练靠在门口吧台玩手机。姚绯换好衣服，拎着拳击手套和绑手带走到了搏击区域。她没让教练跟，她不喜欢练拳时身边有人。

她很少来健身房，之前经济条件不允许，做点免费的运动经济实惠。如今签约经纪公司，重新成为艺人，她得适当地包装自己，就不能再那么省钱了。

黑色绑手带垂在她的手腕上，旁边的教练看过来，问："需要帮忙吗？"

姚绯抬眼微笑："不用。"

教练看到她的脸后表情愣住，怔怔地看了姚绯几秒。"你很漂亮，像明星。"他清清嗓子，"有需要叫我，我可以免费为你提供帮助。"

姚绯转头看了一眼拳击台，把绑手带缠好，点头："谢谢。"

戴上手套，姚绯在私人区域打沙袋，安静地打了两个小时。

汗水浸透了她的衣服，她这几天攒的力气，差不多在今天消耗了。姚绯活动手腕，打算去超市买菜，晚上煮个低脂餐。她一边往更衣室走一边咬掉了手套的粘扣。

"姚绯？"

姚绯抬眼看到穿着黑色 T 恤、短裤的乔璟。他没戴口罩，偏长的头发随意耷拉在额头上，头上绑着一条黑色发带。他有一米八，短裤下面的两条腿又长又白，走在落地窗前像是加了滤镜。

"你住在附近？"乔璟看到姚绯手上的拳击手套，"你在这里健身？"

"中央花园。离这个健身房最近。"姚绯点头致意。乔璟帮过她，她对乔璟的第一印象还不错。但她刚刚抬头的一刹那，从乔璟的眼里看到了男人眼中的直白，她很排斥这样的眼神，语气也淡了些："你好。"

乔璟偏了一下头，潋滟的眸子里浸着笑意："我们没那么陌生吧，不用说'你好'。"

"那我不说了。"姚绯保持着客气，微笑着，"你也住在附近？"

"世茗。"乔璟随手一指，"隔壁那片。"

世茗是附近有名的住宅区，跟这边还有段距离。

姚绯在心里对有钱人保持着敬而远之的态度，解着绑手带说道：“我打完拳了，先走了。”

“你的微信是不是不用了？”乔璟并没有让她走，往前一步说道，“电话也打不通。”

“换号码了，就把微信一块儿换了。”姚绯摘掉拳击手套，抱着，快速解着绑手带。绑手带被汗浸湿，贴着肌肤十分难受。“忘记群发通知了。你找我有事？”她说。

乔璟的注意力落在姚绯的绑手带上，她的皮肤白净，黑色绑手带缠在手上。黑与白，极致的碰撞，明艳勾人。绑手带随着她的动作垂下一截，晃晃悠悠地落在空中，黑色布条在她的手指上异样妖冶。

“想邀请你再合作一次舞蹈，上次效果非常好。”乔璟注视着姚绯。她的长发扎成了马尾，光洁的额头露了出来，一张脸美得无可挑剔。她的皮肤好得让人感慨造物主的不公平，凭什么对她这么偏爱？她穿黑色宽松版健身服，脖颈纤细白皙，单薄流畅的白色颈线透着清冷。

“我的重心在演戏上。”姚绯婉拒，“抱歉，可能没办法合作。”

姚绯对跳舞没多大兴趣，她喜欢演戏。也许在未来的某一天，她会尝试其他的行业，但绝不是现在。

“那可惜了，你跳舞非常有天赋。”乔璟进门就看到了姚绯，她太夺目了，戴着黑色拳击手套打拳，姿势稳重、标准，拳风凶狠，又野又美。姚绯平时也是美的，但那种美清冷，如浸在天山寒池中不容侵犯的薄冰。她打拳击时却是完全不同的美感，锋芒毕露，生动明艳，比那天她在舞台上时还要亮眼。

“谢谢。”姚绯绕过乔璟要走。

“那重新加个微信吧？”乔璟连忙从口袋里取出手机，“你的新微信给我，以后有机会我们再合作。我也可以拍戏，虽然我现在没拍。”

话说到这个份上，不加微信太得罪人了。“那你稍等，我去拿手机。”姚绯进休息室放下拳击手套，拿着手机出来给乔璟加了微信。

“我们回头联系。”乔璟笑起来异常灿烂，跟台上冷脸扮酷的样子差距挺大的，就是一个开朗的大男孩儿，“有时间一起健身。我练散打，虽然打得不如你好。”

“好的，再见。”姚绯挥挥手，转身回到更衣室。她刚想换衣服，抬眼看向镜子里的自己。她抬起下巴颏儿，下巴很尖，头发汗湿，不算整齐。

这样的她——很漂亮？

乔璟眼中的炽热非常直接。

姚绯抿了一下唇，镜子里的女人也在抿唇。因为运动，她的唇色偏红。姚绯捡起拳击手套抱着，手指上解了一半的黑色绑手带没再继续解，松松垮垮地搭在手指上，垂下一截荡在空中。

她面对镜子拿出手机拍了一张照片，发到朋友圈。

这是她新微信的第一条朋友圈。

苏洺秒回复："！！！！！"

苏洺跟着又回复了一条："惊艳！绝了，神仙颜值！"

"姚绯居然会自拍？可太意外了。"俞夏扎了一颗章鱼小丸子填进嘴里，鼓着腮帮，腾出来的手迅速敲击着键盘打字，"我要把这张保存下来，发微博。"

"什么自拍？"商锐拉开椅子在俞夏对面坐下，拿下口罩就皱了眉，"你这口味变化也太大了，你吃的什么玩意儿？味儿这么大，闻起来就像垃圾食品。"

"章鱼小丸子。"俞夏把手机递给商锐，说道，"她朋友圈发的自拍，特带感。你要看看吗？"

商锐因为入戏太慢，代入感差，和导演需要的男主角形象只有外形一致，所以最近被逼着每天过来医院打卡，深入了解医生的日常生活。俞夏和司以寒不定时过来抽查监督。毕竟商锐这个人肆意妄为，想做什么就做什么，不看着，他就上天了。

"谁的自拍？"蔡伟推门进来，"菜安排好了，寒哥真不过来呀？我们可以晚点吃，等他来。"

"他要忙，没时间，他会跟周挺去吃。"俞夏把手机推到商锐面前，继续吃章鱼小丸子，"姚绯的自拍，特别特别特别美，看得我想给她赞助一部拍照清晰的手机，逼着她一天拍八百张自拍。等她翻红了，我就不干编剧了，去倒卖照片，肯定比写剧本赚得多。"

商锐拿起俞夏的手机，看到屏幕上的女人。

呼吸一窒。

照片上的姚绯没有表情，随手拎着黑色拳击手套，笔直修长的腿微叉，身材高挑。她扎了高马尾，没扎起来的黑色发丝散在洁白的肌肤上。她的眉眼如同顶尖画家用最精致的笔勾描过，黑眸偏凌厉，美得动人魂魄。

姚绯平时低眉顺眼，像是好揉捏的漂亮娃娃，穿着朴素，不怎么说话。她戴上口罩，穿着那些廉价又普通的衣服走到大街上，跟路人没两样。她在当红时也很少主动发照片，网上搜"姚绯"，只有《寒刀行》的剧照和她的红毯照。她出事后，红毯照被恶意附带上不堪的字眼，网上就再搜不到非《寒刀行》剧照的照片了。

"怎么样？好看吧？"俞夏把最后一颗章鱼小丸子吃完，端起茶水喝了一口，"她还会打拳，好帅。"

"一般吧。"商锐把俞夏的手机撂到桌子上，若无其事地往后靠在椅子上。他侧着身坐，竖起手机，打开微信"添加朋友"，输入姚绯的电话号码，搜索。

他心脏深处轰隆隆地吵，一片喧嚣。

他冷静地分析，他对姚绯没兴趣，他看中了姚绯的拳击手套。不知道手套是什么牌子的，看起来冷冽又带感，有种强劲的野性美。

姚绯的微信名中规中矩，就叫“姚绯”。头像是一只乌龟。商锐点击“添加到通讯录”。

输入验证：“我是商锐。”

字打上去，商锐皱了一下眉，修长的手指抵着手机屏幕，迟疑片刻，快速清空。

重新输入：“导演让主演互加好友。我是商锐。”

他点击“发送”，把手机扣在桌面上。

姚绯一定会秒通过，主动搭讪。

蔡伟拿起手机，惊得“呲”了一声：“这是姚绯？我还是第一次见姚绯的生活照，这么——”蔡伟不喜欢姚绯，但不得不说，姚绯的外形是真的完美，无可挑剔——这种美用任何词汇形容都显得苍白，不够精准——他斟酌用词，“性感。”

对，就是性感。没有丝毫俗艳的性感，那是一种非常有质感的性张力。

姚绯这张照片没有露任何不该露的部位，除了手臂，全部包裹得严严实实。她拎着拳击手套，冷白、修长的手指上缠着绑手带，绑手带垂下一截荡在空中。她扎着最简单的马尾，脸上甚至没有上妆，但有种冷艳撩人的感觉扑面而来。

美得锋芒毕露。

“非常性感，跟她平时不一样，她应该多拍点这样的照片。要不是遇到李盛，估计她早就大红大火，成为一线女星了，我们的戏都高攀不上她。”俞夏点个了赞，拿起手机，保存图片，打开了微博，“李盛那个王八蛋，毫无底线的缺德玩意儿，干的这破事，真让人看不起。”

俞夏想到曾经拿到姚绯资料时，看到资料上面朴实无华的两寸照片后一言难尽的心情。若不是姚绯的老师极力推荐，她绝不会让姚绯过来公司试镜。别人拍照时恨不得用八百种滤镜，修一万遍照片，只怕自己不够美。而姚绯拍照，生怕美被人发现。

姚绯的性格和她的长相截然不同。她长得过于美，以至于有些侵略性，看上去很精明。可实际上，她就是个有点轴的老实人。

“警方那边审出来了吗？有没有把李盛供出来？”俞夏把姚绯的照片发到微博上，“弄不死李盛，总是不那么放心。”

“麻烦。”蔡伟叹口气，“他们咬死说是姚绯的黑粉，因爱生恨。”

“姚绯都这样了，她有个什么粉？米粉都没有。”俞夏对此嗤之以鼻，“理由真假。”

“可没办法，人家就不认，能怎么办。”蔡伟给俞夏又倒上了水，“搞不死李盛。能让李盛闭嘴已经是极限了。最近舆论已经有反弹的趋势，我们唯一能做的是压着，不发布调查结果，不打我们自己的脸。”

俞夏若有所思，捏着手机转了一下，没有立刻回答。

“必须要用姚绯？俞总，姚绯自身确实没问题，她非常优秀。可要是官宣她绑上锐哥——你知道锐哥的粉丝，后果不堪设想。姚绯身上本来就有很多可以操作的黑料，要是让无孔不入的粉丝硬扒，怕是对姚绯不好，反而不如她一步步走上来稳当。”蔡伟顿了一下，诚恳地建议，“高处不胜寒。”

“那多穿两件保暖衣，再加一件羽绒服，”商锐修长、节骨分明的手指执着白玉瓷杯，他漫不经心地喝了一口明前毛尖，淡淡道，“就胜寒了。”

姚绯拎着背包、戴着口罩走进电梯，身后有脚步声响，姚绯回头看到乔璟戴着鸭舌帽，穿着白色卫衣搭配牛仔裤，斜挎着运动背包，大步跨进电梯。

“走啊？”

“嗯。”姚绯点头，按下一层，退到电梯角落。

乔璟单手插兜回头看了姚绯一眼，说道：“你开车了吗？”

“小区就在健身房后面。”姚绯笑着指了指小区的方向，说道，“走路五分钟，没必要开车。”

姚绯不喜欢跟人透露太多自己的私事，比如，她没车。

“哦。”乔璟也没有再说什么。

电梯停到了一层，姚绯走了出去，乔璟紧跟其后。两人一前一后走出健身房大门，乔璟的电话响了起来，他拿起手机接通，电话是经纪人打过来，问他怎么还不去地下车库。

乔璟转身走回电梯，按下了负二层。

姚绯在小区门口的超市买了晚餐需要的食材，收到苏洺发来的信息，让她等会儿上微博，去俞总的微博下感谢。

感谢什么？

姚绯扫码支付，拿着手机回复：“好的。”

姚绯打开微博，刚想搜索“俞夏”，却看到热搜榜上挂着“Summer 姚绯”，紧跟其后的是“商锐点赞”。

商锐点不点赞跟她没关系。

Summer 是俞夏的笔名。俞夏和姚绯怎么了？

姚绯的心一下子悬了起来，怎么回事？她连忙去点热搜。

热搜词条“Summer、姚绯”下的第一条微博是Summer半个小时前发的微博内容。

微博配文：“转给首页的导演、制片人，看看我们家绯宝儿，有适合的角色欢迎来撩。”

配图是姚绯在健身房那张自拍，图片被二转后背景有些糊，但人拍得很清楚。

评论量有八千，转发量有五千，点赞量有七万。

姚绯深吸气，悬着的心脏落了回去，却又被叫作“感动”的网密密麻麻地兜了起来。她尽可能让自己平静，点进俞夏的微博查看评论。

热评第一是商锐的粉丝。锐不可当：“围观锐哥点赞的集合。”

商锐点赞跟她有关系？姚绯点开右边的“赞”，热赞第一是商锐。

那个亮眼的红V有点烫手，姚绯迅速移开手，继续看评论。

第二条是俞夏粉丝发的，名字很明显，用的是俞夏的小说名字，叫“告白之后的盛夏”。“小姐姐是哪位？新签的艺人吗？这么帅！爱了爱了！颜值好高！有没有微博？想去关注。”

俞夏回复：“@姚绯代表作《寒刀行》。”

这条评论下面一百多条回复，姚绯点开折叠页。

看到全是舔颜的。

“俞总，你签了姚绯？”

“感谢俞总！俞总万岁！小姐姐值得！小姐姐好勇敢、好漂亮！”

“这居然是姚绯！！这是她第一次发近照吗？天哪，这么能打的颜居然一直藏着。关注了，小姐姐好美。”

俞夏回复了这条评论：“她不怎么拍照，真人更美。这张照片还是我从朋友圈偷的，我也是第一次见她的自拍照。明天就杀到她家，送她个高清手机，近距离磕颜。”

姚绯心跳得飞快，几乎眩晕。俞夏夸她了，夸得很好听。俞夏喜欢这张照片吗？她想把32G内存的手机拍满送给俞夏。

俞夏特意为她发了一条微博，这算是官宣了。俞夏是夏铭影业的台柱子，这事无人不晓。

夏铭影业之前之所以没有官宣签下姚绯，主要原因是当时姚绯名声太差。签姚绯必然要跟李盛打舆论战，他们怕提前官宣，李盛又搞小动作破坏。网友很排斥这种操作，所以夏铭影业只字不提，直到跟李盛的舆论战进入尾声，夏铭才准备官宣。

姚绯没想到会是俞夏来发消息。

俞夏的微博有六百多万粉丝，活跃度很高。前段时间俞夏还参加了恋爱综艺，做事随心所欲。她来发这条微博，看上去像是姚绯跟李盛彻底结束后，她出来捡走了姚绯——合情合理，又十分符合当下舆情。

恰当的自荐，也是为《盛夏》官宣演员铺路。

“姑娘，你后面的人要结账，”超市店员提醒，“你往前走点儿。”

姚绯回过神，拎着便利袋快步往外面走，每一步都走在心跳上。这回的热议不是因为社会事件。她继续翻俞夏的微博，评论还在不断地增加，俞夏这边的粉丝大多是温柔的女孩儿，话也很温柔。

热评后排有些评论，应该是俞夏还没回应前发的：“小姐姐好漂亮！！没化妆吧，照片也没修？这么原生态的照片，真是一股清流。是演员吗？”

下面有好多俞夏的粉丝回复：“是明星！快来关注！！@姚绯@姚绯@姚绯特别好的姐姐。”

“小姐姐是清流，我也是第一次见明星拿原相机拍照，不加任何滤镜直接发出来。这颜值是真能打，不然，这死亡视角一般人拍出来完全不能看。”

“真没想到，姚绯现在这么漂亮！她长这么美是怎么忍住不发自拍的？难以置信！我要是这么美，晚上抱着镜子睡觉！”

“难以置信加一，美女的世界我们理解不了，被凡①到了。”

“用一千块的手机拍出单反的质感，小姐姐太会了！还有哪家手机商要找代言，可以找姐姐，姐姐又美又会拍。”

“真的是姚绯？跟我想象中的姚绯一模一样。只有这样眼神的人，才会七年追求一个公正，才会手持利剑，永远站在那里，不卑不亢。”

评论区有人让“盛世美颜 bot”的博主来看。

盛世美颜 bot 转发：“被美到了，想看姐姐录视频，想被姐姐的拳头捶胸口！想被姐姐的缠手带绑！”

这个博主走搞笑路线，顿时被粉丝回复出一千多条评论。

姚绯继续看俞夏的评论，短短几分钟，评论数量已经涨到了一万。前排几乎都是夸姚绯漂亮的，后排开始夹杂阴阳怪气的话。

“夏铭影业热搜包年吗？五千转发量都敢上热搜，牛。”

“你的剧本不是很厉害吗？怎么不让你喜欢的小姐姐上？怎么，你都不敢用，推销给别人？！”

“说她长得美我认，确实美，比七年前还美，五官长开了。可这营销真离谱，讲故事也靠点谱。什么从朋友圈挖出来的，直接推也比这个好看。炒什么娱乐行业清流，小心翻车。”

“夏铭影业的艺人，看看热闹就算了，太能炒作了。这照片是为了迎合前几天的正义‘女侠’吧？啧啧，贴‘美强’的女艺人有几个好下场？”

“再胡说八道，小心被小姐姐一拳捶死。”

“你敢去反抗吗？姚绯的美强用炒用贴吗？她本身就是美强。”

讽刺得还算温和，姚绯的心情并没有受影响。毕竟曾经她被全网抵制，更脏的字眼都看到过。她更看重那些夸赞——俞夏的赏识，那些粉丝的热爱——哪怕她们只是喜欢她这张脸，她也高兴。

她如今有戏拍，没人骂，没有拖累别人，已经很幸运了，还要什么自行车？

---

① 网络用语，是“凡尔赛”的简称，是一种“以低调的方式进行炫耀”的话语模式，也称“凡学”。

俞夏的粉丝更多的是充满善意的小姑娘，温柔又善良。

姚绯返回俞夏的微博，关注俞夏的微博，真心实意地道谢。她评论：“谢谢俞总。”

下一秒，微博提醒：“Summer 转发了你的微博。”

Summer：“么么，宝贝，给姐红！”

俞夏发完微博后，商锐恰好点赞。于是他们两个人并列冲上了热搜，一前一后。商锐和俞夏很早前就对媒体称他们是没有血缘的亲姐弟，平时在微博互动频繁，这点赞不突兀。

商锐的粉丝很大方地帮哥哥的姐姐推销新签约的艺人，义不容辞。两个热搜其乐融融，亲如一家。

第二天早上八点，夏铭影业官博发布新微博，官宣姚绯签约夏铭影业。姚绯又上了大半天热搜，微博粉丝数直飙到了八十万。

三月十日，《盛夏》要拍定妆照。苏洺说早上七点五十分过来接姚绯，姚绯五点就起床了，晨练结束后跑出去买早餐。

她跑了五公里，在附近一家评分很高的早餐店买了五份三明治、四杯冰美式，她不喝咖啡，也就没给自己买。她吃完一份三明治，拎着袋子在小区南门等了二十分钟，白色 SUV 停到了她面前，车窗降下，副驾驶位的苏洺叫她：“上车。”

“早上好。”姚绯看清驾驶位上的周挺。苏洺和周挺在谈恋爱，她上次从商锐那里已经知道了。“给你们带的早餐。”她说。

“谢谢。怎么这么多份？”苏洺指了指开车的周挺，“我和他，还有谁？”

“俞总和寒哥。”姚绯叫“寒哥”有点不自在，但还是开了口。

“俞总不去片场，她不舒服，前几天吃垃圾食品吃出了胃病。寒哥在家吃过早餐了。”苏洺打开咖啡喝了一口，审视姚绯手里的早餐，这家三明治很有名，得排队才能买到。姚绯大清早过去买，不能随便送出去。“带给商锐吧，我跟商锐打个电话。”她说。

姚绯拉上车门，坐在后排：“都行。”

苏洺还没拨号，商锐的电话已经打了过来。

“说曹操，曹操到，商锐打过来了。”苏洺直接开了外放，又喝了一口咖啡，说道，“早上好啊！”

“早。”商锐嗓音低沉、偏慵懒，他的声音回荡在车厢里，听着有点漫不经心。

他说完“早”就没声了，苏洺等了半分钟没等到下句，扬了一下眉：“你睡着了？”

“睡个屁，在车上。”商锐“啧”了一声，“要拍定妆照，谁睡得着。”

“我就说，您这么敬业的人，也不会这个点还在睡觉。”苏洺阿谀奉承得十分明显，“你吃早饭了吗？”

“嗯……”

“‘嗯’是吃没吃？你没吃的话，我们姚绯给你带了一份早餐，就是你经常吃的那家三明治，是你喜欢吃的——”苏洺连忙扒拉了一下牛皮纸袋，姚绯买的是这家的热门款，不容易出错，“牛排三明治。”

“我什么时候喜欢吃牛排——谁买的？”商锐的尾音扬了一下，他早上的嗓音偏低，可能还没睡醒，带着倦懒。

“姚绯，她大清早去排队买的，这家每次都排很长的队，她排了很久。”苏洺回头朝姚绯挤了一下眼，继续忽悠道，“她之前跟我打听了你喜欢吃什么才去排队的。你要吗？”

“可以。”商锐语调懒洋洋的，但声音清晰了很多，“带到摄影棚吧，我大概八点二十分到。”

“好嘞，再见。”

“等等。”商锐沉吟片刻，“姚绯换号码了？”

“是啊，前段时间李盛打电话威胁她，他的人也骚扰姚绯，我害怕出事，就让她换了号码。你还没收到新号码吗？你等等。”苏洺转头对姚绯说，“把新号码报给我。”

姚绯连忙把号码报过去，之后道：“忘记给——商先生发我的新号了，抱歉。”

姚绯说完又顺便给商锐发了消息：“这是我的新号码，姚绯。”

“你的手机开了公放？”商锐忽然很诡异地问了一句。

“是啊，怎么了？”

电话那头沉默了片刻，随即戛然而止，商锐把手机挂断了。

“臭脾气，说挂电话就挂。”苏洺把手机放到一边，回头跟姚绯交代，“你给他再发个信息，他就得捧着。拍照时你注意点，别招惹他。这人顺毛捋很好用，他吃软不吃硬，哄他两句，要什么有什么；逆着来，他的破坏力惊人。”

听起来像哈士奇。

“这电影保守估计得拍三个月，跟他搞好关系没错。”苏洺打开三明治的包装，说道，“好好相处，说不定可以多个朋友。商锐对朋友很大方，手里资源也会共享，是双赢的事。以后有早餐这种事，顺便给他带一份，别管他说什么，扔给他就好。相信我，这比许愿池的王八回报率高。”

姚绯点头。

前方红灯，周挺拿出手机看了一眼，说道：“荣导过来，我去接荣导，就不跟你们一起了。到前面路口，苏总你来开吧，我的助理来接我。”

“荣导？荣丰？”苏洺惊讶道。

“是，他突然决定要过来看定妆，从 H 城飞过来。”周挺抬手看腕表上的时间，说道，“还有半个小时飞机落地。”

苏洺放下咖啡，说道：“他有没有说这一趟过来干什么，为了定妆而来？”

荣丰一开始是答应了过来做《盛夏》的监制，但荣丰那个脾气，以前也给朋友做过监制，不过只是挂名的，待剧拍完他都没进过剧组，所以这次做《盛夏》的监制也是在酒桌上的随口应付。

可《盛夏》只是定妆，荣丰居然过来了。

周挺从后视镜里看了一眼正埋头看剧本的姚绯：“具体不能说，不过你们也别太紧张，平时什么样就什么样。”

姚绯抬眼看向驾驶位。荣丰要来摄影棚？

荣丰是这两年电影行业里唯一一个票房口碑双赢的大佬，是非常有才华的导演。他早年混在 H 城电影行业拍冲奖电影，拍一部拿一个奖。这几年进军内地，开始拍商业片，第一部商业电影就成了年度票房冠军。

网上开始有人骂他浮躁、圈钱，问他“还能不能拍出曾经的经典了”，骂他再也不是曾经那个荣丰，已江郎才尽，风骨不在。他面对媒体尖锐的质问，回复了两个字：“放屁。”

他消失了两年，带着司以寒，把《东方》送到了公众面前。春节档票房冠军就是《东方》，姚绯还去电影院看了，这部电影拍得非常好，票房三十亿元，拿奖只是时间问题。几个电影博主都在预测这部电影能让主创团队拿多少奖。

荣丰用实力告诉大家，江郎还是那个江郎，他想在就在。

他想拍什么就拍什么，想拿奖就拿奖，想让奖项与票房不冲突那就绝不会冲突。

周挺又开了十分钟，在街边停车，拎走了两份早餐，大步走到马路另一边，弯腰钻进了黑色保姆车内。车子融入了车流，很快就消失不见了。

“荣丰怎么会过来？过来干什么？”苏洺坐到驾驶位，拉上安全带，换挡，车缓缓融入了车流，“姚绯，你知道荣丰吧？”

姚绯点头。影视行业，谁不认识荣丰？

“超级厉害的导演，我的偶像。”姚绯的话里难得多了一些形容词。她是真的很喜欢电影，很喜欢电影人荣丰。“他特别特别优秀，他的每一部电影我都看过两遍以上。他很会拍演员，演员在他的镜头下非常有质感。”她说。

“他很会帮演员提升演技。寒哥以前也被很多人骂，骂他演技烂，只有一张脸，脸好看到浮夸，所以不适合电影，演电影太出戏。”苏洺笑了一下，说道，“荣丰就把寒哥捡回去了，拍了一部电影，直接拿到最高荣誉。寒哥从此脱离‘偶像’‘鲜肉’标签，正式成为实力与流量并存的优质演员。”

“大概，荣丰导演本身就是神。”姚绯看过让司以寒封神的那部电影，他在里面扮演一位少年。说实话，司以寒拍那部戏的时候，演技并不成熟，不是演出来的生涩，而是他本身演技不到位。但荣丰很会拍，把这点生涩恰好地融入角色。看完那部电影，没有人会把阴郁的少年和光芒万丈的司以寒联系上。“司以寒老师在他的镜头下是被打碎重组的，淬炼精华，去其糟粕。他很会用演员。”她说。

“我是寒哥的十年老粉，不准你说他身上有糟粕。”苏洺笑出了声，“不过你的评价非常精准，好导演可以改变演员。若是你能进荣丰的剧组，你会更上一个台阶。”

姚绯吓了一跳，她不敢想。

SW 传媒有专业的摄影棚，定妆照都在这边拍摄。苏洺开着周挺的车，直接进了 SW 传媒所在的办公大厦负一层停车场。这边有直通电梯可以进入 SW 传媒，不会遇到其他公司的人。

苏洺把车停进车位，把剩余的一份早餐递给姚绯，说道：“给商锐一个人就行，这样显得他比较独特。他就喜欢独特。”

姚绯拎着早餐，把口罩戴好，点头。

“我给你安排了一个助理，等会儿你见见。”苏洺踩着高跟鞋，拎着包，关上车门往电梯间走去，揽了一下姚绯的肩膀，“别太紧张，定妆照不复杂。”

姚绯的紧张在于她可能会见到荣丰。她在电影里永远不会紧张，那是她的世界。“我知道。”姚绯说。

两人走进专属电梯，按下二十九层。

电梯在一层停下。

电梯门打开，姚绯抬眼看到戴着黑色口罩、穿着烟灰色薄呢长款外套的挺拔男人站在门外。大衣没扣扣子，他随意地单手插兜，笔直修长的腿微叉，闻声抬了一下眼，浓密睫毛下深邃的桃花眼锐利。

目光恰好跟姚绯对上。

“早上好，锐哥。”苏洺先开口，笑着说，“这么巧？我们居然同一时间到，还能坐进同一部电梯。”

姚绯往后退了一步，背贴到了电梯壁上，抬眼跟一尘不染的金属电梯壁上商锐的影子对上了视线。商锐的眼窝偏深邃，显得眉骨冷峻。他的眼又黑又冷。

商锐的助理和经纪人也进了电梯——他有两个助理——挡住了电梯壁上的影子。姚绯只看到商锐的肩膀，想到那次在夏铭影业电梯门口的见面——商锐的精英造型显得他特别斯文败类，看着就不像什么好人。他今天的穿衣风格也偏职场，只是站姿和那插兜的姿势太张扬了，像是要去干架的年轻总裁。

“确实巧。”蔡伟的嘴角抽了一下，不想揭穿某人在这里站了五分钟。他还在猜测商锐是想等这电梯开个花结个果，毕竟专属电梯只有这一部，不存在没有喜欢的那部电梯这种事。结果电梯上来，里面站着苏洺和姚绯。商锐若无其事地抬腿走进电梯，跟苏洺站在一块儿。

蔡伟看得头皮发麻。

“那可太巧了。”蔡伟看了苏洺一眼，又看商锐。商锐不会是在蹲苏洺吧？“苏总今天穿得真漂亮。”蔡伟说。

“我哪天不漂亮？”苏洺抱臂看着蔡伟，上下打量，“蔡总，嗯——穿得也很得体。”

姚绯的手机忽然响了一声，她的短信声是海浪声。姚绯打开手机看到来自商锐的短信：“早餐。”

姚绯握着手机抬头，看到商锐的手。他背对着她，站得笔直，姚绯想从电梯壁上看他的表情。商锐侧头看来，垂下鸦羽般的睫毛。他的鼻梁很高，把口罩撑出了陡直的弧度。瘦长、骨节分明的手指勾了一下，牵动手背上清晰的筋骨。电梯灯照得他的手指素白，很像艺术品。

姚绯把装早餐的纸袋挂到了商锐的手指上。不知道商锐在想什么，他突然抬了一下手。两人的指尖猝不及防地碰到一块儿，温热的触感。他们同时缩回手，纸袋在商锐手上一滑，他迅速收拢手指，握紧了纸袋的绳子，咖啡在袋子里狠狠地晃了一下，又落回平稳的杯托中。

好在咖啡没有洒。姚绯的目光从他的手上移开，抬头看到商锐还没收回视线，他在看自己。姚绯眨了眨眼。早餐给了，还要什么？

商锐缓慢地收回视线，背对着姚绯拿起手机，敲击着屏幕。

姚绯松一口气，手揣回口袋，狠狠在衣服上擦了一下。手机又发出海浪声。她拿出手机，看到来自商锐的短信：“你是故意摸我手的吧？”

电梯停到了二十九层，姚绯恨不得立刻冲出电梯，可她前面还站着商锐挡着去路。她把手机塞进外套口袋，垂着眼看鞋子。

忽然，姚绯面前一道阴影，随即白色手提袋被强势地塞了过来。姚绯倏地抬眼，商锐把袋子扔到她怀里，面无表情道：“换早餐。”他说完收回手，抬着下颌，依旧是那个目中无人的傲慢模样，迈着长腿出了电梯。

电梯里所有人停住了动作，看向姚绯。蔡伟第一个回过神，追上商锐：“锐哥，那是什么？”

“炸弹。”商锐淡漠，嗓音没有波澜。

蔡伟转身就想去找姚绯，商锐一把薅住他的衣领，拖着走远了。

苏洺也盯着姚绯手里纯白色的纸袋。商锐怎么突然给姚绯塞东西？但她面上没有露出分毫疑惑，问道：“出电梯了。这里面是什么，不会也是早餐吧？”

纯白色的纸袋用胶带密封好，不是很重，但有一定的分量。姚绯也看不清里面是什么，抱着袋子走出电梯，看向苏洺：“不知道，要拆吗？”

“他给你的，你找个没人的地方拆吧。喜欢就留下，不喜欢就扔了。”商锐明确表示过不喜欢姚绯，对她的排斥都写到脸上，所以苏洺也不确定他会塞什么给姚绯，万一是不好的东西，当众拆开怕是会让姚绯难堪。

“好。”姚绯点头。

“苏总。”薇薇安带着一个女孩儿快步走过来，热情地跟姚绯打了招呼，“姚绯。”

“早上好。”姚绯点头致意，心里七上八下。尽管商锐前段时间无意间出手帮了她，但她还是怕这袋子里真是炸弹，是能让她身败名裂的那种。

“早上好。”薇薇安介绍身边的女孩儿，“她叫刘曼，是给姚绯的助理。”

“行吧。你先带姚绯去化妆间，跟化妆师、服装师还有摄影师都见见面，我去找一下寒哥。”苏洺握了一下姚绯的肩膀，说道：“有事跟我打电话。”

“好。”

姚绯跟着薇薇安往化妆间走，薇薇安看了一眼她手里的袋子：“你拿的是什么，需要帮你拿吗？”

烫手山芋。

姚绯刚想把袋子递给刘曼，但动作没嘴快，转头问薇薇安：“我和商锐用一个化妆间吗？”

“是的，两个主演用一个化妆间，其他人在另一个化妆间，跟你们不在一个摄影棚。分开拍定妆，拍摄全程保密。”

“好。”姚绯握着袋子，说道，“东西不重，我自己拿。”

商锐送的东西，即便是炸弹，她也得小心翼翼地揣好，表现得万分珍惜，等到了没人的地方再扔。这些面子还是要给，连苏洺都得罪不起商锐，她哪里敢得罪他。

薇薇安带姚绯跟工作人员全部打过招呼才送她进了化妆间。化妆间很大，商锐坐在最里面的椅子上，脱掉了外套——里面穿着月白色衬衣，像是丝质的——偏瘦的肩胛骨轮廓清晰分明。商锐虽然拍戏不敬业，但在做偶像上，他对身材的管理和颜值的维护十分上心。完美的身材和一张俊美的脸，满足了粉丝对美貌的追求。

从某方面来讲，商锐还挺敬业，粉丝冲着脸来，他就给一张脸。

除了脸，一无所有。

商锐的衬衣领口解开两粒扣子，他姿态慵懒地侧身坐着，手肘撑在椅子扶手上，耷拉着桃花眼，懒洋洋地咬着三明治。这个半支着的姿势让他的锁骨线条特别明显，他皮肤白，半条锁骨延伸进衬衣里，浪荡又性感。

“锐哥最近皮肤状态很好啊，睡眠改善了？”化妆师郑思正在整理新的化妆刷。商锐不喜欢跟别人用一套化妆工具，在不能用专属化妆师的时候，蔡伟会提前买两套新的化妆工具送过来。商锐为人大方，他用一套，送化妆师一套。化妆师都排斥艺人挑剔，但从不排斥商锐挑剔。商锐的挑剔是有资本的，他很会讨好每个合作过的化妆师。

“还行。”商锐把最后一口三明治吞下去，端起咖啡喝了一大口。他很不爱喝美式咖啡，皱眉把咖啡咽下去。

太苦了。

“怎么改善的？”郑思不是第一次跟商锐合作，两个人关系还不错，偶尔聊点八卦，“我最近睡眠质量也不好，皮肤都变差了。”

“每天早上八点半被拎去医院上班。那么多双眼睛盯着，不能抽烟，不能喝酒。”商锐端起纸杯把咖啡喝完，从镜子里看到姚绯进化妆间，她往这边看了一眼。他放下腿，坐直，把衬衣领扣系上一个，语调依旧懒散。“六点下班，被迫一日三餐，健康饮食，回家还要被逼着打两个小时的拳。这社畜生活，换谁都得一夜无梦，你想试试吗？”他说。

郑思笑出声：“不了不了，不试了，太难了。”

服装师和化妆师一起进来。姚绯的化妆师也有很大名气，脾气也不是很好，全程一言不发。姚绯大气都不敢喘，生怕惹人家不高兴。她把手机连同那个袋子交给了助理，做发型、化妆、换衣服。

她的第一套衣服是宽大的蓝白拼接校服，样式有些老，是十年前全国统一的款式。衣服肥大。夏装是T恤加长裤。

“这套是高一校服。你演高一学生可能有些高，导演交代让把衣服做大，能显得你单薄。”服装师难得多话。姚绯一米七的身高演成年人没问题，可演少年就有点太高了，司以寒特意交代把衣服做大，看看效果。

姚绯套上黑白拼接的T恤，看了一眼镜子，觉得拍校园部分的话，她至少得再瘦七八斤才会有效果。她的身高不能缩，只能缩体重，不然出不来单薄感。

“嚯！”服装师抬眼，被姚绯震撼到了，“你读书时有很多人追你吧？我可以想象你高中时有多惊艳了。”

当时做服装时，服装师还觉得这套校服丑，但司以寒坚持，她就勉强做出来看看效果。果然，丑陋的校服阻碍不了真正美的人，美的更美，丑的更丑罢了。

姚绯没读过高中，她也没穿过校服；她没有被追过，只有过被很多人追着打的经历。她的小学和中学是一所学校，是城乡接合部的综合学校，整体素质偏低。

“刚刚我还担心你个儿高会影响效果，看来担心是多余了。你再瘦一点，混进高中生里能完美融合。”

姚绯把裤子穿上，又换上了白色运动鞋。

“漂亮。”服装师上下端详，觉得姚绯美极了。但姚绯又跟不穿校服时不一样，她垂着眼，脸上有几分阴郁。

姚绯从另一边走到摄影棚，化妆师和灯光师都在一边守着，司以寒抱臂站在摄影棚另一端，偏头跟身边的中年男人说话。那个男人侧着头，戴着大墨镜和帽子。

摄影棚这里灯光太亮了，姚绯看不清中年男人的长相。姚绯垂着头，尽可能回忆读书时的自己——好像除了打架，也没有其他的记忆点。

十岁之前，姚绯还很少在学校打架，因为妈妈会生气，说女孩子打架不好。那时候家里虽然条件不是很好，但妈妈会把她的衣服洗得干干净净，头发梳得整整齐齐。妈妈离开后，她就成了野孩子——衣服没人洗，穿得破破烂烂——班里的人开始欺负她，背后说她妈妈跟野男人跑了，她就跟人打架。她打架又凶又猛，以至于班里那些男生看到她都退避三舍。

"姚绯的妆再淡一点。"司以寒放下手，走过去说道，"眉毛画得再轻一点，要看不出来妆的那种。"

化妆师连忙上前用化妆棉给姚绯擦眉毛，重新补妆。

"荣导，怎么样？"

姚绯抬眼，化妆师的眉笔在她脸上画了一道，顿时化妆师脸色变了，提高了声音："你动什么呢？"

"对不起。"姚绯重新低头让化妆师画眉毛，可余光往司以寒和荣丰那边看。荣丰已经走到了灯光下，"啧"了一声，道："小叶子，你太凶了，她还是个小孩儿呢，你多点耐心。"

化妆师叫叶楣，她耸了一下肩，没有再说话，只是用湿纸巾擦掉姚绯脸上的眉笔痕迹，把眉毛补得更自然才退了回去。

摄影师拍照片了，姚绯没敢再乱看。

姚绯换了三套校服，司以寒还是决定用第一套。拍了几张照片，司以寒喊道："商锐，过来。"

姚绯转头便看到了穿着蓝白校服的商锐，他里边穿着短袖的校服，外套敞着，松松垮垮地穿在他身上，遮住了一边的肩膀，另一边就耷拉在手臂和背上。短寸贴着头皮，透着顽劣不羁，他像是刚从球场上下来的张扬少年。

高中时期的盛辰光并不是什么好学生，父母离婚，少年时失去母亲。他叛逆张狂，不肯与父母和解，也不放过自己。

商锐的长相非常贴脸。

商锐跟姚绯想象中的盛辰光几乎一致，盛辰光在高中时期大概就是这样。

"干什么？"商锐扬起桀骜的眉毛，一股子叛逆劲儿。

"跟姚绯拍张合照。"司以寒退后两步，打量他们两个人。姚绯和商锐在长相上很搭，两个人的外貌都很优越。司以寒的手指摆了一下。"靠近点。"他说。

姚绯站在商锐身边，两个人的手臂几乎贴在一起，隔着衣服似乎能感受到彼此的体温。商锐皱了一下眉，垂下眼看身边的姚绯。他的唇角抬到傲慢的弧度，但什么都没说出口。

姚绯比他矮一截，但比他合作过的大多数女演员都要高。其实姚绯的长相和夏瑶的设定没那么贴合，她的身高演成年人正好，演少年就有些太高了。青春爱情片的受众是女孩儿，制作这类作品的人在选角上会自然地偏向塑造完美男主角，女主角显得不是那么重要。

商锐在成为演员之前，还是投资人，非常清楚这类作品的卖点，毕竟他吃的就是这波红利。

他见到姚绯的第一眼就否定了姚绯：一方面出于私心，姚绯强吻过他，这让他很硌硬；另一方面，姚绯太漂亮了，过往合作过的女演员与她相差太多，姚绯高挑、美丽、强势，是标准的校园女配角。

商锐走进摄影棚看到姚绯，所有想法都被推翻了。

姚绯穿着简单的校服短袖，瘦弱的手臂垂在身侧。孤独与单薄感太强烈了，弱化了身高带来的强势。她就是夏瑶本人，再没有人比她贴切。

“这样？”商锐高大的身躯往姚绯那边斜了一下，闻到了姚绯身上的味道——很清淡的兰花香。

姚绯忽然握住商锐的手腕，拉到了她的肩膀上。她站直，绷着下巴尖，唇抿着。手指垂下去，似乎想与商锐保持距离，又似乎想靠近。她拘束地站着，迎着镜头。

“导演，这样可以吗？”姚绯的声音很轻，看着面前的导演。她知道导演想要的感觉，看到商锐这个装扮时，她就知道。《盛夏》的剧本她能倒背如流，她在表演上精益求精，哪怕只是拍照，她也会力求完美地贴合人设。

商锐的手臂搭在姚绯的肩膀上，咽了一下唾沫。手腕上的触感似乎还在，姚绯的手心并没有看上去那么柔软，反而很粗糙。他侧头就能看到近在咫尺的女孩儿——头发柔软，发质很好，规规矩矩地扎着高马尾。她的耳朵很漂亮，干净白皙，耳垂被光映得莹白，柔软而晶莹。

“要揽着，寒哥？”商锐睫毛颤抖的频率很高，嗓子也有些痒，他咳嗽了一声，“拍海报？”

“商锐，你放开一点，眼神别飘。”司以寒觉得这个感觉特别好，“小情侣”的感觉一下子就出来了。关于剧组的东西，姚绯果然是一点就透。姚绯是个成熟的演员，合作起来非常轻松。“把你的叛逆拿出来。”司以寒说。

“谁……谁飘了！”商锐骂了一句脏话，脸色有些难看。他依旧揽着姚绯，只不过收紧了手臂，嚣张地夹住了姚绯的脖子。他的长腿往姚绯身后横去，叉着腿站着，把姚绯圈在怀里。他眼神不羁，活脱脱是个张扬跋扈的叛逆少年。

姚绯垂下眼，觉得商锐这个姿势，她很适合来个过肩摔。

商锐的香水味道狂野、霸道，并不好闻。姚绯皱了一下眉，很不舒服。以后不会每天都要闻这个香水味吧？闻三个月，她会崩溃。

他本身就纨绔，找到状态后，更是肆无忌惮地张扬。

摄影师拍了几张照片，司以寒转头跟荣丰讨论将来怎么拍，怎么取景。商锐没听到下一个指令，修长的手臂懒洋洋地搭在姚绯的肩膀上。

摄影师和灯光师都看向周挺——周挺是这部戏的制片人——周挺在看司以寒。

姚绯没听到指令，也就没动，站在原地看司以寒的口型猜测他跟荣丰在说什么。

摄影棚打的光很白，姚绯的肌肤在灯光下细腻光滑，如上等玉器。她黑色的发丝垂下来，落到了颈部的肌肤上，软软地贴着白净的皮肤。

姚绯穿校服特别好看，纯净无瑕，又有一点脆弱感。

商锐对司以寒说什么不太感兴趣，他在百无聊赖中看向了姚绯的鼻子。姚绯的鼻梁长得不错，比整得还完美。姚绯把手插兜，商锐也顺势收回了手，但还是站在姚绯身边，注意力从她的鼻子移到了耳垂。

她有一个耳洞，但她似乎不爱戴耳饰，耳洞快要长住了，留下了浅浅的印记。跟商锐那种打一排耳洞的叛逆劲儿全然不同，姚绯的耳洞也是规规矩矩、秀气的。商锐看姚绯看导演看得专注，双手插兜，俯身靠近姚绯的耳朵："你看——"

商锐的嗓音低沉、偏哑，他说话时带着炽热的气息。姚绯的耳郭滚烫，她皱眉转头，额头猝不及防地碰上了商锐的唇，柔软潮热。

商锐怔住，空气寂静。

随即，他猛地站直，双手插兜，抬起肩膀，把松垮垮的校服衣领拉回原处，眼神冷锐而锋利："你——亲我？"

姚绯恨不得把整张脸皮都丢了，想揉额头，又怕把妆揉掉被化妆师骂。她嘴角抽了一下，忍不住说道："我用脸亲你的嘴？"

商锐是有什么大病，讲点逻辑好吗？

商锐沉沉地注视她片刻，俯身贴到姚绯的耳朵上，嗓音低沉，语调缓慢："你的脸凑到我的嘴上，不是你用脸亲我？"

姚绯站在外侧，商锐在她的内侧俯身说话，声音压得又低，只有姚绯能听到他的声音。在其他人看来，商锐弯了一下腰，跟姚绯擦了一下肩膀。商锐两只手插兜，两个人甚至没有肢体接触。

他慢悠悠地直起身，注视姚绯："不是吗？"

商锐比她高出十五厘米，姚绯缓缓地把目光往下移，滑过他傲慢的下巴，到喉结，到锁骨，最后到插兜的手腕。

"可以了。"不远处的司以寒喊了一声，翻着手里的平板电脑看照片，说道，"姚绯去换造型。"

姚绯转身大步往化妆间走，头也没回。

商锐直起身，眯着桃花眼，迈开长腿也往化妆间走。

“商锐你站住，你还要拍几张照片，先别走。”司以寒转头跟化妆师交代，“给他补妆。”

商锐停住脚步站在原地，舔了一下唇角，垂下的如羽睫毛遮住了黑眸深处的情绪。

他很轻地“啧”了一声。

定妆主要是看服装和妆容，照片大部分供内部使用，不会对外公开，选作海报的概率很小，照片拍得并不精细，主要还是看妆。

男女主角没有选小演员，少年和成年的妆容变化比较大，做造型的时间就久了一点。大家中午一点才吃上饭，一个小时吃饭加休息的时间，下午还要继续拍摄。

午餐非常低脂，量也很少。下午是成年造型，衣服贴身，休息时间太短，怕吃多了胃部凸出，拍出来难看。

姚绯用五分钟时间吃完了牛排沙拉，用叉子刮着盘子底。真的一点都没有了。她不情不愿地放下了叉子，端起清水一饮而尽。她怔怔地望着不远处的摄影棚房门发呆。不能吃太饱，吃太饱难看。

“需要找个地方休息吗？”苏洺抱着咖啡杯走过来，审视姚绯，“累了吗？”

“有一点。”姚绯是演员，她比谁都清楚怎么样拍才最好看，怎么做才是敬业。心理能理解，但可能太久没拍戏了，生理还没调整好。早上拍的都是少年造型，姚绯上妆后忍不住想十六岁的夏瑶。她是个很容易入戏的人。

以前的话，她遇到这种状态就找个地方抽烟，可是如今娱乐行业和以前不一样，演员抽烟是头等大事。在这个全网禁烟的时代，她抽烟若是被发现，可能会永远失去机会。

“要不要找个地方休息一下？顺着走廊一直走，尽头有个休息室，是私人领域，密码是六个零，不会有外人过去。”苏洺以为她吃多了，血糖升高了。

“谁的休息室？有没有其他人？”姚绯确实需要一个空间来调整状态，但又怕跟不认识的人共处一室，“如果麻烦就算了，我没事。”

“周总的，他出去陪荣丰喝酒了，中午不会回来。”苏洺喝了一口咖啡，“里面有沙发，你想躺下也可以。你有五十分钟的休息时间，到点我去叫你。”

“谢谢。”

“好好休息，调整状态，你是最棒的。”苏洺挥了挥拳头，打趣道，“加油！”

姚绯忍不住笑了起来，挥挥手：“那我走了。”她出了摄影棚休息室，快步朝走廊尽头走去。

走廊尽头是巨大的落地玻璃。午后阳光灿烂，暖洋洋的，穿过玻璃洒在地板上。高大的热带植物叶片宽阔，呈现出浓亘的墨绿色。

外面是晴天，姚绯在摄影棚闷了半天，终于是看到了太阳。她深吸气，心情稍微开阔了一些。

休息室的门上挂着“周挺”的牌子，上面有密码锁。姚绯走过去输入密码，密码锁发出“嘀”的一声，房门应声而开。

姚绯推开门。屋子还挺大，一室一厅的格局，客厅里有着整面墙的落地玻璃，白色纱帘挂在窗户上，阳光透过纱帘洒进来，有种别致的温柔感。两张米白色布艺沙发，一张背对着门放，一张侧着放。沙发上铺着阳光，看起来很暖。

关上门，姚绯绕过沙发，刚要坐，就看到了背对着门的那张沙发上躺着个长腿男人。他枕着修长的手臂，脸盖在黑色外套里。他只穿了一件白衬衣，袖子卷到手肘处。黑色外套没遮住的腹部，这么躺着的时候轮廓清晰分明。衬衣下半截被收入皮带下，黑色长裤勾勒出修长笔直的腿，懒散地搭在沙发扶手上，一截小腿悬空。

姚绯“呲”了一声。

他被沙发靠背挡着，姚绯进门的第一时间并没有看到人。

男人抬起瘦长、骨节清晰的手指拉下黑色外套，一张英俊、倦懒的脸露了出来，鼻梁高挺，薄唇紧抿。

姚绯跟商锐四目相对，大约有一分钟。

商锐翻身侧趴在手臂上，睫毛在他素白的肌肤上投下阴影。俊美张扬的脸上慵懒散漫。他抬了一下睫毛，睡眼惺忪，嗓音低哑：“你找我？”

我找寂寞。

“苏总告诉我这里没人。”姚绯皱了一下眉，说道，“你在这里的话，我就走了。”

“苏洺确实不知道这里有人。”商锐给姚绯留了个余地，也没把话说得太死。他从沙发缝隙里摸出烟盒，取了一支烟叼在唇间，仰躺在沙发上。他动作时把衬衣从皮带下带了出来，一截腰身露了出来，但他也懒得去拉，就那么露着。“帮我递一下打火机。”说完，他抬了眼，“不介意吧？”

姚绯心情很糟糕，看到商锐，心情更糟糕。

她拿起桌子上的打火机递给商锐，商锐没接，只是叼着烟看她。

他刚刚可能真的睡了，睫毛湿潮。

姚绯想到苏洺说他是许愿池的王八。既然是许愿池里的吉祥物，尊重一点合情合理。

金属打火机有一定的重量，姚绯弯腰按下金属打火机，清脆的一声响。商锐支着上身往她这边靠了一些，烟对上了火苗，他吸得轻。

烟头闪烁着光，他抬眼看姚绯。

他的瞳仁黑得纯粹，睫毛长得过分，被火光映上了淡淡金色，双眼皮偏深。他的眼尾微微上扬，勾出似醉非醉的模样。

姚绯把打火机的盖子合上。

商锐躺回沙发，摆了一下手。

姚绯退开，他才呼出白色烟雾。

“我当你不是来找我的。”因为抽烟，他的嗓音有些哑。他指了指对面的沙发。“你可以坐那里。你欠我的债那么多，又不多这一笔。”他说。

商锐抽的是苏烟，烟气柔和，气味淡雅。

姚绯本来就不是找他，她有毛病才会找他。但她不太想跟商锐辩论这个，商锐这个人过于自恋。

他认为全天下人都爱他。

烟草的焦香在空气里蔓延，姚绯把打火机扔到了白色大理石桌面上。她本来想走，目光掠过商锐：“能给我一支烟吗？”

商锐偏了一下头，似乎没听清姚绯说什么，桃花眼眼波流转，盯着姚绯。

“不行就算了。”

商锐拿起烟盒扔了过来：“你抽烟？”

“嗯。”姚绯接过烟盒取了一支烟。她很少抽苏烟，太贵了，但她挺喜欢苏烟的味道，不那么强烈，抽完身上也不会太难闻。

姚绯捡起打火机，点燃了烟，把烟盒和打火机整齐地放在桌面上，走向落地窗，想开一扇窗。

“如果你现在把窗帘打开，明天，商锐、姚绯在SW传媒顶层休息室上床的新闻就会满天飞。”商锐枕着手臂仰躺在沙发上，长腿叠着搭在沙发扶手上，嗓音沉哑，浸着笑意，“你那么想跟我——”

“商锐，”姚绯拿下烟回头注视着商锐，在心底咬了一下牙，把所有狰狞压下去，话锋一转，“排风系统在哪里？”

商锐指了指门口的开关：“你去找找，肯定有排风系统。周挺抽烟很凶，他这里不会不留排风系统。”

姚绯找到排风系统，打开，走到茶几前，弯腰在烟灰缸里弹落烟灰，坐到了侧面的沙发拿出手机，打算抽完烟就走。

商锐也抽烟，她在这里抽烟不怕曝光。商锐比她名气大，要死也是商锐先死。

商锐难得没有那么多话，就躺在沙发上抽烟，只是他把烟灰弹进了竹芋花盆里。姚绯怕这个债被赖到自己身上，就把烟灰缸拿过去，放到沙发上方。

休息室就这一个烟灰缸，姚绯就站在沙发后面抽烟。

“中午的饭好吃吗？”商锐用修长的食指和拇指捏着烟，在烟灰缸里轻轻地磕了一下烟灰，一缕白烟妖妖娆娆地扭向了空中，他歪头饶有兴趣地看姚绯，“我们的餐食标准一致。”

“挺好吃的。”

“虚伪。”商锐轻嗤，把烟蒂扔进了烟灰缸，重新躺回去看着姚绯的下巴尖，“好吃，你就不会过来抽烟。”

“我那份确实不难吃，就是量太小了。”姚绯对量小耿耿于怀。她吃什么都行，但请让她吃饱。她叹了口气，把烟蒂摁进烟灰缸，拿着烟灰缸放回原处：“谢谢你的烟。”

“我和你的量一样。我一个大男人，一米八五，一百二十六斤，还不能正常吃饭，喝一杯卡布奇诺都要饿三天。”商锐拉起外套盖住脸，语气很差，差得有几分暴躁，“我出道以来，体重最高是一百四十斤，当时还被粉丝批评胖。”

他很重地呼吸，语调难得深沉：“肌肉都要瘦没了，做艺人有什么意思？”

姚绯打算走，看了商锐一眼，皱眉说道：“钱多啊，片酬那么高，比普通工作都高，当然需要付出代价。明星用美好的容貌、身材、人品、性格造就美梦，粉丝为梦买单。造梦人若是庸俗无趣、长相丑陋、身材臃肿、没有自制力，那他们何必花那么多钱仰头呢？”

商锐拉下外套，黑眸注视着姚绯。

姚绯接触到他的眼，心里咯噔了一下，觉得自己说多了。她跟商锐又不熟，连朋友都不是。她立刻指着自己：“我说我自己，没说您，您别多想。针对我，沙拉的量是很小，饿着不舒服，但我能忍受。我拿了高额片酬，这是我的职业，我有责任把最美的一面展现给观众，我永远尊重我的职业。”

商锐用一种很古怪的眼神注视她，长久地注视。

“不打扰你睡觉了。”姚绯不想跟商锐共处一室，“你继续睡，我回去喝口水。”

姚绯拉开门，身后响起商锐的声音。

“你知道如今的娱乐行业，高额片酬指的是多少吗？”

姚绯回头。

商锐坐起来靠在沙发扶手上，忽然扬了一下唇角：“姚绯，希望你能一直保持这样的信仰。哪天信念坍塌了，也要记住今天说的话，永远做个快乐的小傻子。没事了，你去忙吧。”

姚绯皱了一下眉，觉得商锐在讽刺她，但也没发现具体讽刺了什么。

她快步走了出去。

房门关上，商锐仰靠回去。他的手肘架在沙发扶手上，坐姿放荡不羁。

这叫高额片酬？她是不是傻？她对金钱的认识还停留在七年前吗？如今，很多网剧女主演都能拿三百万元。

商锐又取了一支烟，但没有立刻点燃。他衔着烟，懒洋洋地倚靠着沙发，架起了长腿。

他拿出手机发微信给苏洺：“姚绯在瑞鹰的合同分成是多少，让她能错误地认为三百万元是高额片酬？”

苏洺：“九一，姚绯一。”

商锐冷峻的眉毛紧蹙，难以置信。

九一？瑞鹰怎么还没死？

商锐骂了一句。

苏洺又发过来一条消息：“你知道我看到这个合同时有多震惊吗？你猜猜这么多年，姚绯在瑞鹰一共拿了多少钱？影后啊，高奢代言也拿过一个，还有林林总总的小代言。”

商锐笑不出来了，姚绯认真地说要对得起高额片酬的样子一点都不好笑。

苏洺：“四百万元！你敢信？！一共四百万元！税前！！所以她付不出来高额违约金，被拖了七年。就这四百万元，她还把大部分花在了靳家。她最后的解约违约金是我这边垫付的，她那个性格，但凡手里还有一点钱，绝不会给别人添麻烦。我当时跟她说片酬是三百万元的时候，她的表情像中了彩票一样惊喜。大约，这是她从业以来拿的最高的片酬。给她三百万元，我也一直很愧疚，确实低得离谱。那些要演技没演技，要长相没长相的流量演员，一部电影片酬敢要顶薪；而姚绯这样认真拍戏的演员，却只能拿三百万元。可也没办法，她沉寂了七年，七年啊，她回来是从零开始。”

三百万元不高吗？还是四六分，姚绯六成。她能拿到一百八十万元，交完税，她还能有一百来万元。

拍戏三四个月，加上前期准备，也就大半年，一百多万元，真的很高薪。

拍戏是姚绯的梦想，完成梦想的同时还能拿到这么多钱，她很知足。所以商锐那个略带嘲讽的笑，并没有在她这里停留多久，反正她觉得钱挺多的。

每个人追求不一样，她和商锐也不是一个世界的人。

姚绯回到化妆间，苏洺又给她递了个又脆又甜的大苹果。苹果的糖分让她扛住了下午的拍摄。遗憾的是，下午荣丰导演没来摄影棚，姚绯始终没能跟偶像打上招呼。

晚上七点半结束拍摄，卸妆换衣服。

“绯姐，你刚买了手机？”刘曼把姚绯的外套递过来，打开了白色手提袋，“iPhone11Pro，多少钱？我也想买这款，刚上市。”

“你把袋子打开了？”姚绯皱眉盯着刘曼，“是手机？”

“这不是你买的吗？11Pro啊，是手机，苹果手机。”

“从这个袋子里拿出来的？”姚绯指着白色手提袋，“你确定吗？”

“是啊，怎么了？”刘曼一头雾水，“我想着可以把你不穿的衣服放进袋子里，这个袋子挺大的，我就把袋子打开了。里面只有这一部手机，没其他的东西。”

商锐送了她一部手机？

“商锐走了吗？”姚绯穿上外套，接过手机盒。崭新的手机，外面的封膜还没有撕。

“锐哥？走了。”刘曼说，“你找锐哥有事？”

“没事。”姚绯把手机盒装进外套口袋，戴上口罩、帽子，转身往外面走。她想提醒刘曼不要随便拆她的东西，但看了看刘曼，还是算了，多一事不如少一事。

公司给姚绯安排了车和司机，姚绯先送刘曼回去才回中央花园。

微信上，苏洺提醒她八点记得看《街舞团 2》。今天晚上八点，第二期在泡泡视频播放。

姚绯想了想，打字：“苏总，商锐早上给我的袋子里是手机，iPhone 新款。”

苏洺的消息很快就回来了：“我就说他比许愿池的王八回报率高。不错。”

车到了中央花园负一层的电梯口，姚绯下车，朝司机点了一下头，才转身走向电梯间。

苏洺没有再回消息，姚绯也怕打扰她，毕竟下班后属于私人时间，她一直黏着苏洺也是离谱。

可商锐为什么要送她手机？姚绯在电梯里查了这款手机的价格，512G 的价格过万元了。

她第一次给商锐打电话，电话号码是早就存下来的，他们之前只发过几次短信。她拿出钥匙开门，打开客厅的灯，电话就通了。

“商先生，”姚绯开口，“忙吗？”

“还行。”商锐偏低的嗓音从电话那头落了过来，隐隐能听到钢琴曲，“有事？”

“你给我的是手机吗？”姚绯开门见山，直接问道。

“嗯。”这一声就有点懒然了。

“您为什么要给我手机？有什么事吗？”姚绯斟酌用词，说道，“我可能不需要这么贵的手机。那什么，我还给你吧。”

“不是送。”

商锐似乎在抽烟，姚绯听到了打火机的声音。

“换早餐。”商锐的嗓音浸着烟，“还是，你希望我送？”

“早餐很便宜。”姚绯不想接他后面那句话，商锐狗嘴里吐不出象牙，“我把差价补给您吧。”

电话那头沉默了。姚绯以为他挂断了，看了一眼手机屏幕，还在通话中。她叫了一声：“商先生？”

“那你就给我带早餐吧，带够和手机同等价值的早餐。”商锐似乎是把打火机扔到桌子上或者什么地方，“砰”的一声响。“能扯平吗？”他说。

姚绯有个直觉，她再拒绝，商锐就要翻脸了。

“好啊。”姚绯拿起桌子上的便签纸和笔，“您有什么忌口，不吃什么？我记一下。”

商锐把长腿搭在茶几上，垂下浓密的睫毛。姚绯在问他的喜好，想了解他？

深邃桃花眼中的笑渐渐荡漾开，商锐抬手擦着湿漉漉的头发，把刚点起来的烟扔进了烟灰缸，握着手机靠在沙发上，嗓音低下去，缓缓地说：“不吃鱼类，不吃牛油果。”

“好。”

商锐把毛巾搭在肩膀上，抬了一下濡湿、浓黑的睫毛：“你在写字？”

“嗯。”

“家禽类的不吃皮，虾不喜欢没剥壳的，不喜欢青椒、胡萝卜、芹菜、土豆、白菜、生姜、大蒜——”

“您慢一点。”

姚绯的声音很软，温柔。

商锐喉结滚动，盯着电视屏幕上的《街舞团 2》，节目已经开场了。

无声的喧嚣。

姚绯这句话歧义可太大了。商锐的唇角上扬：“要多慢？”

“这个节奏差不多，我已经记下了。”姚绯又问了一句，“还有吗？有没有对什么过敏？”

商锐的嗓子忽然有些干，开口时嗓音哑得厉害：“以后想起来再跟你说。”

“那再见。”

门锁“嘀”的一声，商锐握着手机，觉得灼烧。他拿起遥控器把电视音量调高，还在想刚刚姚绯软软的那句“您慢一点”。

“你不是不看自己录的节目？”蔡伟拎着餐厅打包的饭盒进门，换上拖鞋走向餐厅，打开饭盒，“怎么想起来看《街舞团 2》了？”

商锐刚洗完澡，发丝上还沾着水，一滴水顺着他鬓角的发楂滴落到浅蓝色浴袍中，洇湿了一块。他用毛巾擦了一下头发，撂下毛巾，走下客厅地毯，穿上拖鞋走到餐厅。他表情冷淡，嗓音散漫：“为我投资的节目增加点击率。”

“你还会担心这个？你要真担心，你直接过去做常驻嘉宾，保证《街舞团 2》会成为今年的综艺年冠。”

“不想做综艺，”商锐拉开椅子坐下，“没什么挑战。”

蔡伟看了看商锐，也没戳穿他。商锐在综艺上确实很有天赋，会玩，有梗，唱跳俱佳。这几年虽然唱得不太行了，但跳舞还是一枝独秀。

但商锐几乎是放弃了这块市场。商锐任性妄为，谁也左右不了他。

“别操心了，热搜都上了一排。上一期都炸了，在今年上半年网综热度榜排名第一，再冲冲，真有可能会成为综艺年度冠军，不单单是网综。最近几家竞品全沉船了，《街舞团 2》吸收了全部的流量，非常能打。”

蔡伟给商锐倒了一杯水："你吃了晚饭，明天早上去健身房？我帮你约教练？"

商锐看着饭盒挑挑拣拣，选了一份龙虾意面："约吧。"

"吃完也别直接躺下，稍微走走，消消食。"蔡伟把餐盒全部拆开，"先喝水再吃东西，吃慢点。"

商锐中午没吃东西，食物不符合他的预期，他碰都没碰。他一下午都没说几句话，可令人意外的是，他居然很认真地配合剧组所有的要求，并没有发脾气、甩脸色。从表面上看，他没任何变化，只是沉默，蔡伟吓一跳。商锐有点小孩儿脾气，喜怒都在脸上，这沉默让蔡伟有点害怕：商锐得多不高兴才会这样？

晚上收工，蔡伟连忙跑去商锐喜欢的餐厅买了不少吃的回来。

"碳水还是少吃，碳水是腹肌的天敌。"蔡伟观察商锐的表情，看着他那一大份意面，忍痛道，"你吃一半。"

商锐吃了两口就把叉子放下，拉过一盒蔬菜汤，慢悠悠地喝着。他的余光往客厅里的一百寸的电视上看，姚绯要等一会儿才能出来。

"啊？今天做得不好吃吗，怎么就吃两口？"

"还行。"商锐垂下眼，"饿过头了，没什么感觉，你吃吧。"

蔡伟伸叉子过去扎了一块龙虾球，吃了一口，说道："味道挺正的。"

"我练腹肌不容易，不能让腹肌消失。"商锐用干净的餐具把自己碰过的部分夹出来扔进垃圾桶，把剩余的大半份推给蔡伟，"那边我没碰过，你吃吧。"

"真不吃了？"

商锐起身走向客厅，重新赤脚踩在地毯上，大剌剌地靠坐在沙发上，拿着遥控器把进度往后拉，姿态漫不经心："吃多少明天早上练多少，累。"

蔡伟打包的东西并不算多，碳水类的也就这么一份。蔡伟说："那我吃完，你可别后悔，别一会儿再折腾我去买。"

商锐的手肘抵着沙发扶手，支着额头，拇指贴着太阳穴，斜靠在沙发上专注地看电视。

"心情还不好？因为中午没吃饭？"蔡伟看了过来。商锐靠着一张脸和绝佳的身材大红大紫，就要付出维持的代价。"气到现在？不是我要折磨你，你知道有多少人盯着你吗？你身上的线条但凡有一条不完美，他们能把你嘲出八里地。你每次都把仇恨拉满，哪个不想搞你？拍照都有放出去的风险，所以每一张照片都要完美无瑕，不能给对手机会。"蔡伟说。

商锐懒得再继续这个话题："没有，心情不好，在想事。"

"想什么？"

"我的片酬在业内算高吗？"

"你最近的片酬不适合太高。我让你低价接《盛夏》，主要是为了提升你的演技和口碑，我们不缺这点钱。”蔡伟以为商锐是在埋怨他最近把片酬谈得太低，“损失一点钱，规避风险很有必要，你觉得呢？”

“《盛夏》给姚绯签的片酬是三百万元？”

“啊？是啊。”蔡伟不知道商锐怎么突然提姚绯，说道，“她的咖位就是这个价格，三百万元不低。夏铭影业对她仁至义尽，把她的合约弄出来损失的钱财都不能用数字估计。她沉寂七年，回来就是从零开始。苏洺能直接给她女一号，跟一线明星搭档，倒扣三百万元也划算。”

“片酬好低啊。”

“什么？”

“我的片酬是她的好多倍。”商锐说话时，语调、表情都没有变，还是那个淡漠的模样。

“她要是不出事，肯定不会这么低，可她出事了啊。”

蔡伟端着盘子要往客厅走，商锐没转头，只是拿遥控器朝他点了点：“吃饭在餐厅，不准来客厅，不准踩我的地毯。”

商锐的房子装修风格是冷色调的，大片白色撞浅蓝色，沙发和家具都是浅色，非常具有个人审美的装修风格。客厅地板上铺着一整块米白色地毯，是商锐花重金买的，谁敢弄脏他的地毯，他跟谁玩命。

商锐忽然把电视声音调到了最高，屏幕上，姚绯笑着说：“我也是锐哥的粉丝。”

全场尖叫。

蔡伟揉了揉耳朵，提高声音喊道：“锐哥，调低点儿，扰民了！”

商锐把声音降低，撂下遥控器取了一支烟，夹在修长的手指间，淡淡道：“我这里三层玻璃，隔音，独立花园，方圆三百米都没住宅，哪有什么民？”

“我也是民好吗！”蔡伟看向屏幕说道，“按我说，这段就应该剪了，你和姚绯说的话太有歧义了。你之前在微博帮姚绯，你们即将官宣合作，你们两个彻底绑死了。我都能想象通稿什么样——你暗恋姚绯七年，苦苦等她；她回归，你为她铺路；她上节目，你做导师。姚绯是你的女神，是你心目中最纯净的白月光。将来电影上映，你们营业是苦恋多年修成正果；电影播完，你们不再营业的话，马上双人团粉都会转成姚绯粉，说你是渣男，说你不珍惜白月光。”

商锐斜睨蔡伟，按着遥控器把节目倒退五分钟，重新看了一遍姚绯的“告白”。

姚绯是他的粉丝吗？

蔡伟喝了一口汤，说道：“你在节目里把姚绯抬得太高了，你想过怎么收场吗？还一帧都不让剪，你觉得这是送给苏洺的人情，可粉丝只能看到台上，看到你和姚绯惺惺相惜，全是爱情。”

爱情？呵。

商锐再次倒退节目，这回从姚绯的表演开始看。他懒洋洋地支着下巴，附和蔡伟：“这样啊，那可真是太——过分了。”

“不然呢？你以为苏洺是什么善茬啊？！等着吧，今晚你可能会跟姚绯上热搜，苏洺不会放过这个炒作机会。你的粉丝会疯成什么样？你今晚别看微博了。”

不说微博，商锐还想不起来。他拿起手机打开微博，用下巴示意：“继续。”

“你一点都不为自己的前途负责，以后说话注意点，别那么放飞自我，完全不珍惜羽毛。以前追着俞夏跑，俞夏结婚了追着苏洺跑。锐哥，我认真地问你一件事。”

“说。”商锐打开微博，一溜“# 街舞团 2#”“# 乔璟 #”“# 街舞团导师阵容 #”“# 惊艳炸裂开场 #”，街舞团的热度确实很高。

商锐在微博搜自己的名字，就看到粉丝疯狂地号叫。

他很久没跳舞了，沉浸于拍烂片到无法自拔，难得出来一次，粉丝疯狂讨论上了首页。

商锐小粉丝：“3 月 10 日泡泡视频 #《街舞团 2》#！锐哥火辣开场！！尖叫！”

锐哥的小背心：“不就是想要命吗，拿去啊！拿去！”

几条微博配的是商锐开场舞的视频。

商锐今天放飞自我了吗：“锐哥求你了，以后只跳舞好吗？在舞台上发光发热，不要去拍那些不擅长的戏了！舞台上你是王者，你是永远的神，这才是你的战场！我愿胖二十斤，换锐哥再跳十年！”

锐锐的宝儿：“想把锐哥焊在舞台上！谁能给我介绍个焊工？@ 蔡伟 @ 蔡伟 @ 蔡伟 @ 商锐工作室给你们磕头了，求求你们把锐哥留在舞台上吧！”

这几条微博的热度都很高，有上万条的评论。

商锐修长的手指抵着手机屏幕，指尖被映得泛白，短暂地停顿，继续往下滑。

“你知道苏洺跟周挺在一起了吗？”蔡伟小心翼翼问道。

“知道啊，怎么了？”商锐滑到底都没看到有人讨论他和姚绯。以前他和女艺人说句话，粉丝都要衍生出无数的脑洞，铺天盖地都是他的花边新闻。他和姚绯的话不够劲爆？

“那你还对苏洺这么死心塌地？”蔡伟破罐子破摔，一鼓作气把话说完，“锐哥，你能不能惦记点单身的。”

商锐缓缓抬眼，盯着蔡伟。

“不要怪我说话直，我也是为你好，你和苏洺注定没有结果。你想谈恋爱，找个小姑娘，找个单身、没对象、漂亮的——”

“蔡伟，”商锐叫他的全名，一字一句，“看我嘴形。”

蔡伟看过来：“锐哥——”

“傻——”商锐骂完就垂下眼，返回热搜，手指顿住。

热门话题："乔璟姚绯疑似恋爱。"

晚上八点，《街舞团 2》在泡泡视频独家播放，万众瞩目的第二期。预告中，特别嘉宾商锐穿着黑色兜帽衫在舞台上光芒万丈，镜头一闪，他抬头，兜帽衫落下去，俊美无俦的脸显露出来，飞扬的眼尾冰冷艳丽。

背景音乐是他写的那首歌，华丽又颓靡，是独属于商锐的风格。粉丝从预告出来就开始疯狂尖叫，商锐的舞台表演一直很稳很华丽。

商锐迅速成了焦点，这不意外。商锐跳舞确实好看，足够野，足够浪，足够狂妄，荷尔蒙爆棚，所以当年他能迅速蹿红。在台上，他是独一无二的。这几年他转为演员，但粉丝最想看的仍然是他跳舞。

苏洺查看商锐的微博数据，商锐的热度是实打实的高，全是真粉丝。

商锐跳完开场舞，接着就是《木兰辞》。

那么炸裂的开场，后面跟着的节目压力非常大，差一点就会冷场。灯光全灭，随即一束光落到舞台上，身穿红衣战甲的女人握着战枪出现在镜头里。

战鼓萧萧，她把武术和舞蹈结合到了极致，一杆长枪英姿飒爽。

喧嚣的炸场表演之后，这段舞蹈让人的情绪静了下来。极致的静，又是极致的美。这个舞台上不是第一次出现武术元素，但这次是最美的。

最后一个鼓点落下，她持着枪半跪在舞台中央，扬起了下巴。全场的尖叫声直冲云霄，太美了，她像是最锋利的那块冰，又像是冰融化后最晶莹的那滴水。

苏洺也尖叫了一声，觉得这段绝对会出圈。

太美了！

现场效果就很炸裂，经过剪辑和调色，效果简直达到了极致的水平。姚绯丝毫没有被前面的商锐压制，她依旧是飘在天上的神灵。

静只有一刹那，音乐转场，炸在舞台上。乔璟和团队在白光中，接下了这个舞蹈的后半段。

苏洺在群里发消息，让营销团队注意网上评论，看风向再决定是否加营销。姚绯刚回来，苏洺也不太敢在她身上过多营销，她本身的人设已经足够吸引人了，怕画蛇添足。

她搜了一下评论，《木兰辞》的讨论度很高。

"这个小姐姐是谁？打得太漂亮了！"

"好美啊！乔璟团队估计会是这一期的第一，小姐姐太能打了吧！"

"我看到出场顺序的时候还担心了一下乔璟弟弟会被压，没想到会这么惊艳！这一波，弟弟赢了！"

乔璟出道时被叫"小商锐"，之后的宣传口径就开始拉踩商锐，什么"超越商锐""比商锐更帅更年轻"，乔璟的作品不带商锐好像卖不出去似的。他的人设也跟商锐差不多，商锐的粉丝能忍吗？

乔璟的粉丝平时天不怕地不怕，一遇到商锐的粉丝就自动闭麦。商锐的粉丝太多了，毕竟商锐是扎扎实实地红了六年。

很快，“乔璟”上了热搜。

点进去全是乔璟的《木兰辞》，评论里除了乔璟粉丝的尬夸，全在说“耍枪的小姐姐是谁？太好看了”。

苏洺又去翻了翻其他的热搜，今晚的热搜是《街舞团 2》专场。她在惊艳炸裂的开场里看到了姚绯的名字。

这条热搜是商锐的场子，却留下了姚绯的名字。

苏洺点进去看到第二条热门微博。

电视姬：“姚绯！！！这是姚绯！！！@姚绯 @姚绯 @姚绯！我可以！！姐姐太飒了！#姚绯木兰辞 ## 惊艳炸裂开场 # 转发抽三个人送两千元现金！！让我们绯宝飞起来！给我飞！”

“电视姬”是个拥有百万粉丝的娱乐博主，财大气粗，真自来水，粉丝活跃度很高。

上万条转发，全来自“电视姬”的网友，估计她的网友们都来了。五千多条评论，苏洺扫了一眼，评论区一片尖叫声，都在疯狂夸赞姚绯的颜值。

按照这个节奏，姚绯很快就能上热搜了。这一步棋走对了，苏洺松了一口气。

“苏总，姚绯和乔璟私底下见过吗？”群里营销部的经理发来一张截图，“有营销号在扒姚绯和乔璟，说他们疑似恋爱。”

苏洺脑子“嗡”的一声：“什么玩意儿？”

照片是偷拍的，姚绯和乔璟一左一右从健身房出来，都背着黑色的包，穿着休闲装。从身形来看，还挺搭。身边没有助理也没有经纪人，他们走出健身房的门，乔璟侧身帮姚绯开门。拍摄用了借位，看起来像是乔璟揽着姚绯。随后姚绯朝另一个方向走，乔璟站在原地注视姚绯的背影。

两个人单独走，加这个意味深长的注视——太刺激了。

造谣营销号博主的内容：“姚绯和乔璟应该谈一段时间了，两个人一起去健身房，亲密无间。大概是怕被拍，两个人没有一起离开。姚绯离开后，乔璟的车从地下车库开了出来，不知道接下来去哪里约会。据说姚绯搭上了乔璟才有了回归，乔璟极力推荐姚绯上《街舞团 2》，又帮忙牵线让姚绯签约夏铭影业。姚绯和瑞鹰的合同扯了挺长时间，姚绯付不起违约金。乔璟帮姚绯解决了违约金和合同。前一段时间那个‘正义女侠’多半是炒作。今晚这个腥风血雨的架势，为了姚绯翻红，小乔总可真下本。又要出一对姐弟恋了吗？大家觉得般不般配？”

苏洺立刻打电话给姚绯，血压直飙。那边接得很快，苏洺开门见山：“你最近跟乔璟见面了？”

“三月八号那天在健身房遇到过，他来问我要不要再参加一期《街舞团 2》，我拒绝了，我的档期可能不够，我就没有跟您汇报。之后下楼时我们在电梯里又遇到了，全程就说了两句话。开门那个是借位，我跟他一点关系都没有。”姚绯也在看新闻，这一条已经被买上热搜了，就在她即将翻红的时候。“苏总，我现在需要公开澄清吗？”她问。

“你不能说话，你说什么他们都能找到新角度黑你。”苏洺怒不可遏，“真离谱，乔璟一开始还不愿意跟你合作呢，商锐打了招呼才把你塞进他的团队，怎么成了乔璟的功劳？他算哪根葱？！不过这肯定也不是乔璟团队搞的，他上热搜都不想带你，跟你撇得干干净净，绝不会弄这么离谱的热搜。”

乔璟那种“女友粉”比较多的偶像，官宣恋爱就是自毁前程，他的团队恨不得乔璟身边没有一个女性。

“你不要回应也不要过多关注新闻，我去处理。”苏洺说道，“希望乔璟的团队别那么傻。”

乔璟的团队真的傻，这条热搜迅速冲上去之后，乔璟的经纪人孙尧发了一条朋友圈，内容是：“也不红，倒是能蹭。”

孙尧这条朋友圈被截图到了微博，乔璟的粉丝瞬间爆炸。

姚绯抿了一下嘴唇，这些新闻仔细看就知道有多假，乔璟的经纪人看不出来吗？姚绯疯了才在这个时候买热搜，她有必要吗？《街舞团 2》播完，她乖乖坐着收颜粉就好了。她的合同是夏铭影业买的，何必扯乔璟？

知道一些细节又混淆视听，这些谣言导致一些粉丝讨厌姚绯。买这个热搜的人，估计对姚绯恨之入骨。

姚绯把下巴搁在膝盖上，靠着沙发靠背，静静看着手机屏幕。

说不上什么心情。

乔璟的团队估计也觉得离谱，但他们并不想出来解释，解释是给姚绯抬咖。他们选择甩锅，把锅甩到姚绯身上。

乔璟的粉丝肯定会涌去找姚绯，乔璟不需要回应，依旧摘得干干净净。

姚绯打开微信，删了乔璟。网上那些骂对她来说并不算什么，因为太离谱，早晚会澄清。她只是觉得对不起苏洺，策划了这么久，想着这一波能增加点粉丝，却没想到被她的大意给毁了。

姚绯确实大意了，她太久没做艺人，都忘记了媒体人有看图说话的技能。她应该一开始杜绝所有与男性接触的机会，看到乔璟转身就走。

苏洺说的是对的，这种情况，姚绯不出来说话是最好的回应。不然，任何一个回应都会成为被攻击的理由，如今的她掉不起粉了。

五分钟后，夏铭影业转发了造谣微博：“全是假的，等着被告吧。”

乔璟那边依旧没有回应，乔璟的粉丝冲到夏铭影业官博下提要求。

二十分钟后，苏洺发了一条微博——

健身房完整的监控视频，有乔璟跟姚绯说话的全部内容，以及后来在电梯里遇到的监控画面。这些监控视频带着收声。

苏洺配文：“抱歉，炒作的罪名我担不起，我们姚绯也很珍贵。郑重声明，姚绯和乔先生没有除朋友以外的关系。至于姚绯的违约金，我稍后会在微博说明，没有那么多阴谋，更多的是善意。”

苏洺拿到了全部的监控视频，打码处理做得非常好，视频是从姚绯解拳击手套那里开始的。画面上，姚绯显然是刚健身结束，拎着拳套，目光清冷，娴熟缓慢地解着绑手带，跟那天上热搜的照片对上了。之后两个人交换了微信，并没有多说什么。

同一时间，孙尧收到了苏洺发过来的完整监控视频。乔璟看姚绯打拳看了二十分钟，又在电梯口等了五分钟才等到姚绯过来，假装偶遇，同乘电梯。

苏洺发信息过来：“孙总，麻烦你以后开麦的时候把脑子里的水控干净。”

孙尧惊得头皮发麻，没想到苏洺会拿到这样的监控视频。

苏洺态度冷硬：“十点之前，我看不到你家的声明，我会把这段放上去。”

苏洺把消息发出去，抱臂在原地走了两圈，坐回沙发。

手机响了起来，来电人是商锐，苏洺按了一下眉心，坐回沙发接通电话：“锐哥。”

“处理好了吗？”

“等乔璟那边道歉。”苏洺把手机公放，敲击键盘通知助理把新微博发上去，澄清姚绯的违约金。姚绯的违约金其实是司以寒和俞夏出的，怕姚绯压力太大，他们用的是夏铭影业的名义，苏洺这里有完整的转账记录。这个绯闻太低级了，换个团队估计就玩成梗了，根本发酵不开。可乔璟的团队就不一样了，乔璟的经纪人目中无人，傲慢得很，直接甩锅给姚绯。“孙尧真是傻，好好的一把牌打得稀烂。今晚谢了，麻烦了。”苏洺说。

监控视频是商锐发过来的，这家健身房的老板和商锐认识，关系还不错，商锐第一时间让人调取了监控，发给了苏洺。

“我在《街舞团 2》投了很多钱，他们居然搞这种垃圾事抢节目风头。”商锐语调冷冷淡淡的，还是那个漫不经心的模样，“我给你发个东西，你找个机会把李盛处理干净。别这两天发，换个时间，不要压我的热搜。”

“什么？”苏洺振奋，商锐怎么突然提起了李盛？“锐哥，你是不是知道今晚搞事的人是谁？”她问。

“我不知道，我又不关心姚绯，我为什么要查这个？”商锐说，“之前的案子要结了，他们还是不招出李盛，始终是个隐患。不如搞个大事把这件事永远地压下去，比如，让李盛坐牢，让华海集团暴雷。我懒得折腾，我把材料发给你，你来搞事。”

晚上十点整，乔璟发了澄清微博。

“我和绯姐是合作《木兰辞》认识的，绯姐有非常高的舞蹈天赋。后来在健身房偶然遇到她，想邀请她二次合作。绯姐有其他的工作，没办法继续跳舞，我们互相留了联系方式。对于看图造谣的博主，已经让法务去处理了。我应该第一时间发微博澄清，可当时我看到这个造谣内容觉得实在是荒谬、不可理喻，不相信这么离谱的东西有人信，以至于产生了这么大的误会。给绯姐造成了一定的伤害，我很抱歉。我在这里郑重地跟绯姐道歉，@姚绯对不起。”

孙尧紧随其后发了微博澄清：“朋友圈的内容是骂营销号，结果被营销号张冠李戴。殃及无辜的合作伙伴，非常抱歉。”

姚绯第二天早上才转发乔璟的微博，发了三个“干杯”的表情——迥然不同的画风。

这是姚绯和苏洺埋头两个小时想出来的回应。挺难回应的，回应得太热烈会被说蹭热度，不回应显得姚绯高冷不平易近人，还会被说没素质。

回应三个表情是姚绯想出来的，这是她平时聊天的画风。苏洺一合计，可以，姚绯便发了出去。

“我能发一段视频吗？”姚绯在电话里申请。

“什么视频？发给我看看。”

“舞剑表演。我看大家挺喜欢那段舞枪表演，有人在微博求，所以我想送大家一段。”姚绯说，“我这就发给你，你看如果合适的话，我发微博。”

“行，你发过来。”苏洺挂断电话，接收姚绯发过来的视频。

薇薇安送来咖啡，苏洺端着喝了一口，姚绯的视频已经在电脑上打开了。薇薇安听到视频背景里的沙沙声，侧下身：“什么视频？”

“过来看看，姚绯舞剑。”苏洺靠在椅子上，看到姚绯穿着黑色T恤、运动长裤，显得瘦而高挑，身材曲线极美。她把头发扎成马尾，拿着一把剑朝着镜头鞠躬。

姚绯在她家客厅录的，手机应该放在茶几上。起手式便带着一股杀气，凌厉有力。抬脚踢开了剑鞘，“哐当”一声，不知道剑鞘撞到什么地方。她竖起长剑，旋身翻了两下，腿长，腰细，手臂线条格外好看。长剑并在修长白皙的手臂上，跟着走了个潇洒的剑花，剑锋带着寒光，她一跃翻出了镜头。

手机竖屏画面有限，两秒后她又翻了回来。

“她舞剑比耍枪还漂亮！”薇薇安感慨，“这是姚绯啊？”

姚绯再次翻出了镜头，薇薇安笑趴到办公桌上：“她太可爱了，她的形体课一定是满分！好想看她再演一部武侠戏！”

谁不想呢？演武侠戏的姚绯是永远的白月光。

五分钟的舞剑，前三分钟的动作还是偏舞蹈，后面两分钟是纯粹的剑式，全是高难度动作。她的基本功很扎实，没有一点失误，刚柔并济，美得扎实。

真是福利。

结束，她握着剑朝镜头拱手，说话时还有点喘，但语调一如既往地清淡：“谢谢大家。”她走过来关掉了视频。

苏洺看了两遍，回消息给姚绯：“发吧，很多粉丝想看你完整地舞枪。”

姚绯在中午十二点发了一段视频，配文：“感谢厚爱，家里场地不够，补不了完整的舞枪，补个剑吧。”

来自 iPhone11Pro。

“电视姬”第一时间转发了姚绯的微博：“女神好宠啊，居然真的发福利了。转发抽十个人送一万元！心满意足！ #姚绯舞剑#”

第二个热转是个叫“帅裂苍穹”的人发的，他转发了姚绯的微博：“从转发里抽一百个姚绯的粉丝，平分一百万元。”

转发里全是问号，但大家顶着问号还是转发了。万一是真的呢！

姚绯震惊地点进这个账号，看到没几个粉丝，注册时间是去年，性别是女，头像是一只歪着头的哈士奇，没有认证。只有一个关注——姚绯。

姚绯立刻截图发给苏洺：“苏总，这个‘帅裂苍穹’是我们公司的人？”

一百万元吗？姚绯看了好几遍，确定是一百万元。

苏洺：“你看我们公司谁像人傻钱多能拿一百万元抽奖的？这得是疯了。我已经私信这位了，没有回应。没人认识她，你先不要搭理这个人，万一是假抽奖，都尴尬。”

姚绯：“好。”

网友纷纷质疑是不是假抽奖，这条转发的下面已经有一万多条评论了。

五分钟后，微博官方号转发了帅裂苍穹的微博，回应已经报备过，是真的抽奖。很快，这个账号就被加上了黄V，认证是娱乐博主。

一百万元现金，抽一百个人，豪气冲天，真土豪。

“姚绯”冲上了热搜第一，“姚绯土豪粉”紧跟其后。

苏洺目瞪口呆，她原本不想让姚绯这么高调地上热搜。姚绯的视频质量很高，她想让姚绯上到热搜榜中段就好。

姚绯不适合太高调，她刚回归没多久，怕太高调会引起公众的反感。

苏洺也不知道哪里冒出来的姚绯粉丝，直接把姚绯送到了热搜第一。姚绯的名字后面跟着“爆”，姚绯那条舞剑视频的转发量已经过了五十万。

钱的力量确实强大。

苏洺问了微博内部人员也没得到回应，不知道这个土豪粉丝的具体身份。但那人就是真的很土豪，说抽一百万元，确实在三天后抽了一百万元现金。

苏洺让姚绯登录微博转发土豪粉的微博回应。姚绯发了第五条微博："我也想成为百分之一。"

七年前姚绯不玩微博，她第一次遇到这样的土豪粉丝。她不追星，也不理解这个世界上怎么会有人为陌生人花一百万元。不管多有钱，一百万元都是巨款。而且，这位的ID名字看起来很中二,万一是未成年人偷家里人的钱出来追星，怕是要上社会新闻。

姚绯发完微博后私信这位博主："你是成年人还是小孩儿？你的钱是自己的吗？一百万不是小数目，如果可以，能把你的银行账号给我吗？这个钱我来出。谢谢你的抽奖。"

一天后，帅裂苍穹回复："成年人，做生意的，不缺钱。你好好演戏，我期待你的作品。"

这个人似乎真的是姚绯的粉丝，他关注了姚绯的超话，但没有其他粉丝行为。姚绯把回复拿给苏洺看，苏洺也是目瞪口呆，无言以对。她回复姚绯："大约你身上有种特殊的气质，让人特别想为你花钱。这种事我们也没有办法，对方已经报备，说明确实有这么多钱。我会让人盯着这个账号，一旦有问题，我会第一时间处理。"

对方透露出来的信息太少了，她们想退钱都没地方退。

姚绯因为百万元抽奖在热搜榜上待了一天一夜，微博粉丝数涨到了四百万。

之后导演安排姚绯去系统地学摄影，姚绯也忙起来了。她的专业永远是演员，微博热度只是一部分。

三月二十五日，《盛夏》在酒店秘密举办了开机仪式，只请了一家媒体。开机之前，没有任何风声泄露。

一场阴雨后，天气骤然转凉，春天延迟，温度直接降到了八摄氏度。

姚绯穿着月白色衬衣搭配高腰牛仔裤，外面搭长款外套，进入酒店就脱掉了外套。她扎着低马尾，脖颈白皙修长，衬衣解开了一粒扣子，露出纤瘦的锁骨。姚绯不喜欢戴首饰，整个人素净典雅。

只要不戴口罩，姚绯都站得笔直，仪态非常好。她站着，美得像是冬日寒梅。

"荣丰导演还会过来吗？"姚绯看司以寒和俞夏从另一边走过来，低声问旁边的苏洺。

"不来。"苏洺看了看姚绯，没忍心把真相说出口，"他虽然挂名监制，但也就是挂个名。"上次荣丰过来是看姚绯的，他在微博上看到了姚绯的照片才决定过来看定妆。可现场看了真人，大概是没达到预期，吃完午饭就走了。

一去不复返。

“我上次想找他要签名，一直没时间。”姚绯压低声音，说道，“以为他今天会来，我还准备了明信片。”

“你把明信片给我，我下次要是遇到他，找他签名。”苏洺笑着说道，“遇到的机会应该挺多的，他跟寒哥有合作。”

“谢谢苏总。”姚绯其实有些遗憾，毕竟她这样的人，见大佬的机会不是很多。

“好好演戏，万一你这部戏电影票房爆了，可能就是荣丰导演找你了。”

忽然人群骚动。

姚绯抬眼看去，商锐从活动场地的侧门走了进来。他穿了件类似睡衣的黑色衬衣，领口露出一大片素白的肌肤，衬衣下摆松松地塞进同色的裤子里——姚绯怎么看那条裤子都像睡裤。商锐身高腿长，把看起来柔软的布料穿得格外有质感。高挺陡直的鼻梁上架着薄薄的窄边眼镜，明明衣服穿得浪荡，但眼镜让他显得禁欲。

这两种极端的感觉在他身上平衡得很好，让他有种说不出的性感撩人气质。

“突然就体会到了商锐粉丝的快乐。”苏洺抱臂站在姚绯身边感慨，“商锐的肉体是真美好，他才二十五岁，还能在这个行业走很多年。”

商锐抬眼看了过来，姚绯猝不及防地跟他对上视线。灯光在他的镜片上一闪而过，有种冰冷的锋利感。

姚绯本来想朝他点头打招呼，但对上他深邃的桃花眼，又把视线移开了。她怕打个招呼，下一刻商锐就冲过来指着她鼻子，傲慢道：“你偷看我，你觊觎我的美貌。”

商锐就算是钻石，姚绯都不会多看一眼。

“明天早上去S国，十点半的飞机。寒哥、夏夏，还有商锐，他们今晚走，不跟我们一起。不跟他们走正好，他们有粉丝送机，会挤得走不动路。”苏洺抬起手腕看时间，说道，“中午十二点官博发布官宣，会提到你，我一会儿把文案发给你，你上微博转一下，转完就下微博。不要看评论说什么，别跟人吵架，也不要做任何言论引导。”

商锐的粉丝肯定对姚绯这个搭档不满，毕竟姚绯和商锐差距太大，官宣之后商锐的粉丝可能会不开心。

这是提醒姚绯别跟商锐冲突。姚绯怎么都不会跟商锐的粉丝起冲突，她对番位也不在意，毕竟番位这个东西七年前也没有，她不在乎。她认真点头：“我知道的，我不会在意网友评价。”

“去跟寒哥打个招呼，一会儿要拍合照了。站位没那么讲究，但尽量把C位让给寒哥和商锐。”咖位不大，呼吸都是错。苏洺尽可能让姚绯不出错，拉好感。

姚绯跟着苏洺走下台阶，余光看到商锐面前站了个女演员，应该是剧组的女二号。长得小家碧玉，是挺可爱的女孩儿。

“提前告诉你一个好消息，让你开心开心。”苏洺也不知道商锐的粉丝会不会闹，怕真闹起来姚绯受委屈。

姚绯环视活动大厅，又认真看向苏洺：“我已经很开心了，《盛夏》开机，我明天就要进组拍戏！梦里的场景。”

苏洺附耳道：“李盛要完了。”

“啊？”姚绯攥紧了手指，天大的好消息，“什么？”

“会坐牢的那种完，他这辈子都不会再来骚扰你了。”苏洺笑着道，“开心吗？”

姚绯唇角上扬：“真的？”

“真的。”苏洺看了商锐发来的文件，那些东西足够李盛坐牢，苏洺已经交给了警察，剩余的时间只剩下等。李盛就算不坐牢也再也回不了内地，华海这次都会被影响。

“苏总，我能抱你一下吗？”姚绯激动道。

苏洺张开手抱住姚绯。她没有妹妹，她把姚绯当成亲妹妹。她说：“未来你有无限可能，加油姚绯。”

“谢谢。”姚绯用力拥抱苏洺，“谢谢您。”

“苏总！”男人的嗓音在身后响起。

姚绯松开苏洺，抬眼看到商锐单手插兜站在半米远处。他推了一下鼻梁上的眼镜，深邃的黑眸凝视姚绯：“你们在干什么？”

“庆祝开机。”苏洺搭住姚绯的肩膀，笑着看向商锐，“锐哥，谁又惹你了，脸色这么难看？”

商锐抽出插在裤兜的手，微微张开，把修长、骨节分明的手指伸到姚绯面前。他的唇角缀着笑，睫毛动了一下，嗓音低沉，语调缓慢：“女主角，我们不来个开机庆祝吗？”

入戏

第五章

心动

RUXI

“你这是想上免费热搜？”苏洺还搭着姚绯的肩膀，很轻地握了一下，动作幅度特别小，很难注意到。她保持着完美的微笑，笑眯眯地看商锐：“虽然我对薅新媒体的羊毛很感兴趣，可最近薅得太多了，营销部经理都抱怨了。”

活动现场有媒体，非拍戏时姚绯和商锐抱一次，他们非上热搜不可——免费热搜，跟前一段时间的乔璟差不多。

“没办法，你家商锐就是这么勤俭持家。”商锐唇角的笑依旧挂着，眼波流转，“精打细算，每一分钱都花在刀刃上。”

“那喝杯免费的香槟吧。”苏洺看到端着香槟杯路过的工作人员，立刻伸手拿了一杯塞到商锐伸着的手里，给自己也拿了一杯，看向姚绯，“香槟没什么度数，想试试吗？”

“我喝橙汁，谢谢苏总。”姚绯取了一杯橙汁跟苏洺碰了一下，转手往商锐那边递，抬眼看着他，“开机大吉。”商锐也在看她，灯光落到他的眼镜片上，折射出锋利的光芒。“未来三个月，合作愉快。”姚绯说。

“那就祝我们票房大卖！”苏洺跟商锐碰了一下杯子，“男主角。”

商锐这才微微欠身，香槟杯碰到姚绯的杯子。玻璃杯相撞发出清脆的声响，他垂下睫毛，镜片上光芒流转。他端起香槟杯喝了一口，嗓音偏低：“合作愉快。”

姚绯的目光从他的喉结上移开，她抿着橙汁，觉得商锐这句“合作愉快”意味深长，怎么看都不像是冲着合作愉快去的。

司以寒是内地新导演，年轻人个性也比较鲜明，不爱搞上香那套。开机仪式就是掀个摄像头，拍照，接受三十分钟访问，中午在这里一起吃个饭。

“打算下午几点到机场？”商锐单手插兜握着香槟杯站在一侧，看向苏洺。

“我们是明天早上的飞机。”苏洺观察入场的人，一心两用地回答商锐的问题，“头等舱排不开，分批走。二三十个小时，坐经济舱会死的，我们不跟你们一起走。”

“你不跟周挺一起？”商锐端起香槟一饮而尽，把空杯递给工作人员，双手插兜，姿态闲适。

“我为什么要跟他一起？我在工作。”苏洺笑出了声，“锐哥，你当我是小姑娘呢，工作时间还要找机会跟男朋友黏在一起？有事儿吗？我们都很敬业。”

商锐皱了一下眉，从裤兜里拿出手机，修长的手指滑开手机屏幕，发信息给蔡伟：“把剧组的航班安排发给我。”

“你们这种人谈恋爱有个什么意思。”商锐发完信息，握着手机抬眼就对上了姚绯的视线。姚绯正在看他。商锐喉结滑动，立刻站得笔直，整了一下领口。

“我们这种人谈恋爱又不是为了有意思，我们是为了结婚。”苏洺说，“走吧，去寒哥那边。”

“你会跟周挺结婚？”商锐看了一眼不远处忙碌的周挺。周挺作为《盛夏》的总制片人，今天他是最忙的。商锐的语气瞬间轻快了。“什么时候结？”他说。

苏洺狐疑地看了一眼商锐：“锐哥，你怎么突然开始关心我的婚姻大事了？”

“周挺，”商锐唇角上扬，大步走到苏洺身边，拍了一下她的肩膀，“挺好，赶紧结吧，早结早安心。SW 这两年签了不少女艺人，他身边美女环绕，不结婚太不省心了。”

苏洺：“……”

您老又抽哪门子风。

“我身边还帅哥环绕呢。”苏洺看了商锐一眼，“你没事吧？”

“没事。”商锐又拍了一下她的肩膀，仗着身高手长，肆无忌惮地拍人，“为你高兴，终于找到良人了。回头给你包个大红包，当嫁妆。”

“一言而定。”苏洺笑出声，“锐哥，为了你这句话，我也要今年结婚。不宰你一笔，我愧对‘苏奸商’这个外号。”

姚绯找了个地方把果汁杯放下，盘算卡里的钱。苏洺要是近期结婚，她想送贵点的礼物都不行。

穷让她无情无义。

“姚绯，过来。”苏洺叫姚绯，姚绯连忙跑了过去。

投资人还有公司股东都到了，姚绯过去挨个儿跟人家打招呼，又跟今天的主持人和受邀媒体记者们见了面，按照苏洺的安排送了小礼物。

姚绯微笑着让媒体拍了两张照片，相机拍照发出“咔嚓”声，姚绯恍惚了一下。七年前铺天盖地的丑闻，媒体无孔不入地拍摄，试图拍出她最丑陋的一面，她有很长时间连门都不敢出。她怕尖锐的话语，怕记者故意激怒她，拍摄她歇斯底里的样子，制造吸引人的版面。

“你们居然不来拍我？”商锐低醇优雅的嗓音在身后响起，他走到镜头前，笑着说道，“女主角就比我好看这么多吗？我是不是过气了？”

“锐哥天下第一帅，帅得人腿软。”一个女记者笑着道，“锐哥，过来一点，想拍你的大长腿。”

商锐路过姚绯，似乎是无意地碰了一下她的肩膀。姚绯回过神，微笑着面对记者。

“有多想拍？”商锐故意压低声音，笑着道，“如果一般想拍，那我可不行。”

“锐哥的腿不是腿，是塞纳河畔的春水。”旁边一个男摄影起哄喊道，“锐哥，我们溺死在塞纳河畔的春水里。”

“你们太土了。”商锐所有的表情都恰到好处，今天的造型也让雅痞气质在他身上发挥到了极致。他说话语调慢、沉。“寒哥怎么回事，请的人怎么土成这样？”他说。

众人哄笑。

苏洺打开一瓶水递给姚绯，摸到姚绯的手指冰凉，压低声音说道：“别紧张，不该问的没有人会问，这家媒体跟我们有长期合作。”

姚绯点头，她其实已经缓过来了，前面有些应激。

“你跟在商锐身边就行，他很会带媒体的话题节奏，会帮你。”

商锐在镜头前，和私底下是截然不同的性格，没有私底下那么张狂锐利。他的状态很松弛，但具体看又不一样。他的松弛和游刃有余都恰到好处，不张扬也不过分，在绅士的范围内。

姚绯没看过商锐的采访，这是第一次。她忽然有些理解，为什么他能那么招粉丝喜欢，至少他表现出来的一面十分美好。

他拍完照片就叫姚绯过去，绅士地站在一边，给予姚绯极大的尊重。

两个人拍了合照，司以寒走了过来，媒体跑过去堵司以寒。

“又欠我一个人情。”商锐“啧”了一声，单手插兜，语调慢悠悠的，透着股张扬，“你欠我的可太多了。”

姚绯看了过去：“谢谢。”

“你害怕媒体？”商锐往姚绯这边斜了些，黑眸凌厉，“你紧张？看不出来，你还有紧张的时候？”

“好久没见到这么多媒体了，不知道他们会问什么。”姚绯抿了一下嘴唇，说道，“是，我紧张。”

“你害怕他们问什么吗？”商锐太高高在上了，哪怕是帮忙也带着居高临下，“真看不出来，你也会怕。”

姚绯没说话。

“媒体问过你最狠的问题是什么？”商锐慢悠悠地俯身，若无其事的，几乎贴到了姚绯的耳朵上，“要不你说来听听，让我对比下，有没有我的狠？”

商锐靠得太近，说话时热气落到了她的耳郭上。商锐身上有着很淡的香水味，烟草味混着麝香，让他狂浪而放荡。姚绯极讨厌这款香水，可商锐经常用这款。

“问我……”姚绯双手插兜，刻意忽略耳朵上的温热气息，脊背挺直看着镁光灯，语调很轻，说道，“多少钱。”

姚绯转头看向商锐，忽地就笑了，语调轻得有几分讽刺：“有商先生的狠吗？”

话出口姚绯就后悔了，这话太挑衅了。她抿了一下唇，但话出口已经撤不回，又不是微信聊天。她心里烦躁，这些商锐也问过，他应该不陌生吧？“我是有些害怕——”她说。

“还好。”商锐站直，稠密漆黑的睫毛动了一下，强行把目光从姚绯身上移开，站直说道，“我也被问过。”

姚绯倏地转头诧异地盯着商锐。

“你知道我怎么回答的吗？”商锐翘起唇角，长腿懒洋洋地敞开着站着，姿态傲慢张扬，“身价百亿，哥是你买不起的奢侈品。”

商锐的话出乎姚绯意料，让她一时间不知道该如何应对。商锐生得恣意任性，活得潇洒自在。

“锐哥！”蔡伟跑了过来，“导演让你过去。”

“就这你还敢讽刺我不敬业？姚小姐，是你没摆正自己的位置。”商锐睨视姚绯，“人啊，最怕的是找不到自己的位置，或者找错位置。那样，除了痛苦还是痛苦，特别没意思。姚绯，别做一个没意思的人。”

他迈开长腿走向了活动场地中间。

姚绯皱眉转头看向另一边，片刻又看向了场地中心。

她不知道商锐为什么突然说这么多话。

像商锐说的话，又不像商锐说的话。商锐那种不知人间疾苦的人，怎么会说出这样的话？但讽刺语调，刻薄尖锐，字字诛心，又是商锐的习惯。他顶着那张玩世不恭的脸，说着最犀利的话。

商锐说的话不好听，但每一句都是实话，都是能在这个行业混下去的根本。

“姚绯，过去拍合照了。”苏洺喊道，“你站在商锐身边。”

揭幕仪式需要拍照，按照剧组演员列表站位是业内规矩。正常情况下，导演站中间，两个主演站两边。但俞夏今天在，导演也太年轻，是演员转导演，腥风血雨的体质，姚绯就站到了商锐身边。商锐拎着一束不知道谁送来的黑色郁金香，那颜色又艳又毒，跟商锐那张脸似的。

送花的人可真会选。

他漫不经心地站着，姿态闲适优雅，表情跟刚进门时没有任何区别。

似乎刚刚跟姚绯说的话，只是姚绯的错觉。

商锐这个人没看上去那么荒唐不着调，他有他的一套为人处世方法，活得很明白。能在娱乐行业红六年，这种持久力不单单靠家世和外貌就能完成，他的演技也没传闻中的那么差。

姚绯跟商锐保持着半臂的距离，肩膀猛地被挤了一下，猝不及防地歪到了一边，亏得她没穿高跟鞋，不然肯定崴脚。她立刻往旁边挪开一大步，撞到了站在身边的男二号才站稳。

“抱歉。”姚绯连忙道歉，回头看到身边多了个女孩儿站在她和商锐中间。女孩儿穿着高定礼服裙，头发散着，是小家碧玉的女二号夏阳。

夏阳甜甜一笑，挽住姚绯的手臂：“绯姐，我站在这里可以吗？我看这里有个位置。”

“可以啊。”商锐往旁边退了一大步，把中间的C位让给了夏阳，说道，“整个舞台都让给你，请开始你的表演。”

夏阳脸色顿变，没想到商锐这么不给她面子。

四周的人都看了过来，包括制片人和导演。

“夏小姐果然是优秀的演员，”商锐要笑不笑地单手插兜，随手拎着黑色郁金香，优雅又高高在上，眼镜片下漂亮的桃花眼微动，“任何时间都是这么敬业，把表演运用到极致。”

“这里不能站吗？”夏阳脸上火辣辣地烧，太难看了，干巴巴地说，“我看这里有个位置。”

“导演身边的位置更大。”商锐说，“要不让给你？”

《盛夏》早就定了男主演，可女主演一直没有官宣，大家都知道《盛夏》在选女主演，却不知道女主演是谁。

剧组瞒得严严实实，没有丝毫信息出来。定妆照都拍完了，他们这几个主要角色都不知道女主演到底是谁。

直到今天在剧组看到姚绯，夏阳才知道女主演是姚绯——糊了八百年的姚绯——不知道是谁的主意，这太荒唐了。

夏阳看了演员表，《盛夏》五个主演中姚绯最透明，他们这个剧组戏份比较少的演员都有大热剧，微博粉丝数上千万。

开机仪式非常低调，甚至没有请知名媒体，只请了一家比较小的媒体。在官宣之前所有演员不允许拍照发出去，媒体也不行。

进剧组之前夏阳还说今天肯定能上个热搜，通稿都写好了，结果发现是这么个情况。

《盛夏》的出品方是SW传媒和夏铭影业，这两家公司低调过吗？这两家公司不是以宣传为主吗？这部电影也不低调，半年前就开始上热搜。导演是从出道就话题不断的司以寒，男一号是引起腥风血雨体质的商锐，编剧是传说中人比剧本戏多的俞夏。居然低调成这个样子，开机一个热搜都没上？

为什么？因为女主演是姚绯。姚绯名声太臭了，即便是夏铭影业给她撑腰，她离女一号也差个天梯。这要是官宣，不管哪一家粉丝都希望自己支持的演员不要接。

所以剧组一直在宣传商锐，从不往女主演身上引。虽然不知道为什么选择姚绯出演女一号，但夏阳知道，姚绯在剧组没地位。这个女一号是透明色的，剧组不把女一号当重点，也引导舆论不要把女一号当重点。

一部爱情电影不宣传女一号，那女二号顺势上位是常规操作。夏阳微博粉丝数两千万，演过大热剧，粉丝号召力也很强，背后有人捧——她的后台是《盛夏》的投资人之一。她挤掉姚绯非常正常，剧组估计也会赞同她这么做。

对于拍照站位，夏阳觉得自己站在商锐身边没有问题，姚绯绝不敢站出来反对，她若是敢反对，夏阳就卖惨、装委屈，立刻送姚绯一个“脾气比名气大”的帽子。糊得妈都不认识，还敢耍大牌？

她不敢去挤俞夏，俞夏会弄死她。她也不敢站在导演和商锐之间，商锐最讨厌被压位置。她只能挤姚绯，姚绯那么糊，她觉得商锐也不会想跟姚绯沾上关系。

可姚绯没有说话，站出来的是商锐。他没有给她留一点余地，居高临下地睥睨，语调慢悠悠的，含着讽刺。

钝刀子捅进去还要转一圈。

“夏老师，你站在这里不合适。”苏洺站在台下开口，“这里是女一号的位置。”

这里是女一号的位置。你算老几，站在女一号的位置。

夏阳脑子嗡嗡地响，麻木地松开姚绯的手臂，维持着面上的微笑：“那我该站哪里，苏总？”

“站在你该站的位置。”苏洺微笑，敢在她的场子欺负她的艺人，夏阳的脑子是不是被僵尸给吃了？“你站陈宇恒右边。”她说。

陈宇恒是男二号。

夏阳气得喘不过气，脸都绿了。

陈宇恒的番位比她低，居然还要站在她前面？

她嗓子哽着，说不出话，看了看姚绯，又看苏洺。

俞夏和司以寒在一起后，SW传媒和夏铭影业就正式联姻了。苏洺好像是姚绯的经纪人，据说苏洺整人也很狠，如果她在这里跟苏洺杠起来，她身后的人能和这两家公司对打吗？

“站左右都行，我没关系，要不你们两个女孩儿站在一起？”陈宇恒不敢得罪夏阳，也不敢得罪苏洺，环视四周还是让开了左边的位置。“苏总，我让夏阳站我左边可以吗？”他问。

“你不介意就好。”苏洺在台下指挥站位，安排拍照。

陈宇恒喊道：“夏老师。”

陈宇恒也给夏阳递了个台阶。

夏阳走到陈宇恒的左边——姚绯的右边——站直，她压下所有的情绪，微笑着看向镜头。她握紧手里的爱马仕，侧身凹造型，力求前凸后翘，身材曲线毕露。

虽然她昂起下巴用余光看姚绯，但她的脸没姚绯好看，个子也没姚绯高。夏阳顺着姚绯的肩膀往下看，她也没有姚绯瘦。但她今天穿的高定礼服是独一无二的，这一家只给她送了新款，很贵，很显胸大。

姚绯朝她点了一下头，往商锐那边站了些。

姚绯在商锐退开时就反应过来是怎么回事了，站位那点事并不新鲜。纯爱情电影，确实没有女二号和男主演站在一块儿的规矩。夏阳看不起姚绯才敢踩她，结果碰上商锐这个硬碴子。论作，谁能作得过商锐？

“谢谢。”姚绯压低声音跟商锐道谢，微笑着看向镜头。

商锐站得笔直，跟姚绯没有肢体接触，下颌线绷得很紧，看起来有几分冷冽。他用余光看姚绯的鼻梁，想解释不单纯是为姚绯，可她旁边就是夏阳，他不想当着夏阳的面打姚绯的脸。他轻嗤道：“都是千年的狐狸，在我面前玩什么《聊斋》。”

商锐在这个圈子里浸淫六年，什么样的妖没见过。

唯一看走眼的是姚绯。

姚绯扬了一下唇角，这回的笑跟之前那个模式化的微笑不太一样。

拍完照进入半个小时的访谈，姚绯和商锐跟着导演、编剧一块儿上了台。姚绯提前看了流程，给她留的话题很少，也是大家照顾她。

姚绯既然出演了《盛夏》的女一号，以后的营销和镜头不会少，根本不用担心曝光率的问题。前期就不用太多了，以免引起大众的逆反心理。台上三个人的咖位都比她大，姚绯不说话还能被心疼，话说多了立刻能引起其他几家粉丝的恶感。

主持人的问题也比较温和，只问了姚绯对角色的理解，以及对表演的看法。这都是姚绯的强项，她回答得游刃有余。

随后姚绯和商锐下台，舞台留给了俞夏和司以寒。

姚绯坐在台下拿出手机打开了微博，旁边的苏洺说：“不管什么话题都别回应，看看就行了。”

姚绯用小号登录微博，给苏洺看了一眼：“我用小号。”

“以后再遇到拍照这种事，只要你是女一号，你就站在你该站的位置，不用给任何人让。”苏洺的目光掠过不远处的夏阳，说道，“跟所有人都保持距离，不要随便交底。娱乐行业没什么真友谊，不过是为了利益。你永远都想不到，谁会因为一个剧本一个角色在背后捅你刀子。”

姚绯点头。

“没有人能十全十美，是人都有缺点。这点缺点在我们眼里可能不算什么，但放大到公众面前，可能就会让你身败名裂。”

不管剧组怎么三令五申，姚绯是《盛夏》女主演的消息还是被放了出去。

还没到官宣时间，姚绯和商锐一共上了三个热搜。热搜第三是“商锐姚绯”，热搜第十是“商锐粉丝”，热搜第十六是“姚绯般配”。

最开始是一个博主在论坛爆料。

“大瓜：某当红男星要搭影后演一部青春爱情片。”

“哪个影后能演青春片？年纪还合适吗？不会是造谣吧？当红男星是谁？SR？SR倒是有这个传闻，粉丝一直在奶饼。司以寒那个新电影《盛夏》是青春片吧？”

楼主回复：“YF，二十四岁，演青春片女主角可以吧？”

“YF是什么缩写？妖妃？衣服？缘分？”

“姚绯？”

“不可能！”

瞬间全网爆炸。姚绯出演《盛夏》女一号？怎么可能？之前商锐的粉丝确实很期待《盛夏》，毕竟商锐只有演俞夏的作品才不会被全网骂演技差。这个IP还不错，投资大，编剧靠谱，导演虽然是新的，可监制是荣丰。

《盛夏》的女主演前前后后也传了很多女演员。商锐的粉丝挑三拣四，以太后娘娘选妃的姿态帮商锐选女主角，选来选去。

有人跳出来爆料女主演定的是姚绯。

姚绯算什么呢？——被封杀七年的小演员，除了演技和一张脸，一无是处。这就好比让皇帝去娶三代贫农的女儿，这贫民的女儿身世还复杂。虽然后面都洗白了，但怎么说都不算身家清白。她们想象的是皇亲国戚，再不济也是王公贵族，结果皇帝娶了个身家不那么清白的贫穷女。

除了商锐的粉丝，大家都在疯狂刷“商锐、姚绯天作之合，赶紧领证，百年好合”，恨不得立刻把姚绯和商锐绑到一张床上。他们幸灾乐祸，快乐得仿佛过年。商锐的粉丝坚持不认这个料。

姚绯就这么在混战中被拱上了热搜。

免费热搜这种事，上多了，姚绯也就淡定了。围观的群众多了，她的微博热度也高起来了，粉丝数都涨到了五百万——大概太多人好奇姚绯是怎么上位的。

商锐帮姚绯说话的时候没有人多想，商锐在节目里公开表示很欣赏姚绯时也没人多想。商锐的粉丝始终认为，商锐只不过是帮夏铭影业的签约艺人提高知名度。

越来越多的爆料被放出来，商锐的粉丝也有些害怕了。

不会是真的吧？

姚绯的新微博一共发了五条内容，红V持续不掉，热度一直在增加。

最上方那条舞剑视频都被刷出了六十万转发量。

商锐的最新一条微博下面已经两百万条评论了，有人问这件事是不是真的，有些粉丝说是造谣。

中午十二点，《盛夏》官博发了官宣内容。

电影官宣海报是阳光浓烈的盛夏——大片白色的天空，晒得发白的路面，浓绿的高大树木，树荫下是穿着校服的一对男女。

他们面对面站着，女孩儿仰着头，风吹着她身上偏大的衣服，她身材瘦削单薄。男孩儿的外套穿得松垮而张扬。人物偏小，看不清脸，只能看到两人的身高差十分合适。唯美的青春色调，浓烈的爱情氛围。

天空部分大片留白处有手写字体的两个字：盛夏。

最下方写着一行字：我们的爱情从盛夏开始……

电影《盛夏》："#《盛夏》开机官宣 # 编剧 @Summer 原创剧本《盛夏》，延续《暗恋》的甜蜜，承载盛夏的炽热。从盛夏开始的爱情，在盛夏中绽放。

"电影《盛夏》由 @ 司以寒执导，@ 荣丰监制，三月二十五日开机。

"主演 @ 商锐 @ 姚绯。

"开机大吉。"

姚绯没想到司以寒会这么大胆，直接用定妆照做海报。这一张不是摆好的姿势，而是她转头时无意中蹭到了商锐的嘴唇，摄影师抓拍的。

照片做了处理，海报整体效果非常好，看上去像是真的额头吻。纯净又美好，十分自然。

官博发完后，姚绯登录大号转发了官博的微博，微博内容是公司写好的文案，中规中矩。

发完之后，她这边的评论数瞬间就过万了，不是说她热度有多高，也不是大众有多喜欢她——一大半都是凑热闹讽刺商锐的。有人拿姚绯的黑历史开涮商锐，姚绯的过去有黑的白的，被扒了一遍，她犹如脱光被晒在海滩上，岸边都是指指点点的人。

商锐那么高傲，那么狂妄，粉丝也比较"高贵冷艳"，结果配了个姚绯这样的女演员。

商锐的粉丝开始找蔡伟，要求他说出这么接戏的原因，蔡伟很快就上了热搜，直接压过了商锐的热搜，冲上了热搜第二。

商锐在下午一点十四分转发了官博。

"熟悉的团队、优秀的合作演员，期待这次再合作。关于爱情的秘密，全藏在那个艳阳似火的盛夏里。#《盛夏》开机 #"

商锐发完微博，评论区就处于反常的状态。粉丝隐忍不发，觉得商锐还有救，这事儿还有回转余地，蔡伟也许能改变局面。以前也不是没有过，粉丝劝明星团队放弃剧本，签过合同甚至官宣的演员也有解约的。

“哥，为什么要接这部电影？女演员和你差距太大了。”

商锐回复：“确实差距有些大，所以我最近在努力学习演技，力求缩小差距。”

商锐的回复就像是干柴中的一簇火苗，落进了干草里，轰然燃烧起来，原本还藏着掖着的粉丝彻底坐不住了。

看样子商锐死不悔改，没有任何余地了。

“太失望了，一点都不爱惜羽毛，也不在意粉丝。难不成你真以为自己是演员？你不是啊！你醒醒！你不好好接点能涨粉的作品，去搭一个过气女演员，这是自甘堕落，让人看笑话，太丢人了。”

“过去不管你有多任性，一直做你的粉丝，不离不弃，我们知道你不会任性到放弃自己，你还是积极向上的。可这次真的受不了，为什么要跟姚绯合作？你已经二十五岁了，为什么不能成熟一点？”

“呵，真以为自己是演员？！没点数。你演的是个什么，你心里没数吗？”

“全网嘲笑，这就是你想要的结果？哥，你不小了，你把脑子里的水控控吧。”

“你还要去修演技？四年本科都没学到的东西，进组几个月就学到了？那你可真棒棒哦！姚绯比表演课老师都厉害。”

“锐哥优秀得让我不知道该说什么。放弃《街舞团2》去接电影本身就离谱，不知道自己的优势在什么地方。结果对手戏女演员还是姚绯，你这里是垃圾回收站吗？一手好牌打得稀烂。”

“只想问问蔡伟怎么想的，为什么要给你接这种东西？”

短短半天时间，商锐上了十一个热搜。光因为脱粉就上了两次。

姚绯扫了一眼论坛，论坛上，商锐的粉丝也有理智的。

“商锐年纪不小了，他想转型其实能理解。俞夏的剧本挺靠谱的，有基本盘。导演司以寒，监制荣丰，这个配置就决定了《盛夏》可能走质量路线。这是商锐出道以来搭的质量最高的剧组了吧？剧组还给他搭了个姚绯。姚绯十七岁拿双料影后，演技可想而知。如果这部电影票房爆了，不是打脸吗？”

姚绯往下翻，下面清一色的回复：“不会爆！一看就是烂片。”

姚绯默默把论坛关了。

苏洺打过预防针，姚绯对于这空前绝后的盛况并不意外。

她现在能理解为什么当初商锐不想让她进剧组，千方百计地阻挠她。换个名声稍微好点的女演员，哪怕是个刚出道的新人，商锐的粉丝也不会这样。姚绯是口碑有好转，可这就像是当众掉进了粪坑，不管之后洗得多干净，永远洗不干净别人记忆深处的第一印象。

她退圈太早，当年还没有粉丝能这么做，也就低估了如今的疯狂。她想过自己会被批评，可没想到粉丝连商锐都不放过。

骂归骂，疯归疯，忐忑归忐忑，反正姚绯不会放弃到手的机会。她等了七年，终于看到了光。她会好好地演《盛夏》，她在表演上始终抱着一往无前的孤勇。

热搜或者论坛上的内容也是给看的人看的，关掉手机，她只是一个普普通通的演员。她安安静静地收拾行李，准备出发。收拾完，她站在窗户边抽了一支烟才洗澡上床。

晚上她做梦了。

梦里商锐压着她，短短的发楂儿刺着她的耳朵，有些疼也有些痒。尖利的牙齿贴着她脖颈肌肤，一寸寸嵌入她的血肉。他炽热的呼吸落到姚绯的肌肤上，阴森森地说："我被粉丝骂了，你得负责。"

姚绯猛地睁开眼，急促地呼吸。

阳光从没拉严的窗帘间隙斜着照进了房间，太阳已经升起。姚绯的手机在床头响着，她拿起来看到是助理的电话。

"绯姐，你醒了吗？"刘曼的声音落入耳朵，"我已经到你们小区了，你吃什么早餐？我给你带。"

"包子吧。"姚绯坐起来按了一下眉心，缓和情绪说道，"帮我买个能带上飞机的电锅。"

"什么样的？"

"能做早餐那种，可以煎个饼，蒸个包子，不要太大，能随身携带。哎，国外也有卖吧？"

"我查查。"

"算了，买吧，有备无患。我东西不多，行李箱里还有很多空间。"姚绯说，"我一会儿把钱转给你。"

挂断电话，姚绯再次走进浴室。她做噩梦出了一身冷汗。简单冲了个澡，刘曼已经到了，姚绯换好衣服，拉开门让刘曼进来。

"你的行李箱在哪里？我帮你收拾。"

"我已经收拾好了。"姚绯把行李箱推到客厅，"把锅放进去就行。"

"带锅干什么？你会做饭？"刘曼费力地把姚绯的行李箱打开——姚绯居然用的是平价行李箱，箱子里没有一件大牌。她找了个地方把锅放进去，重新把箱子合上。

"半个小时后，苏总在地下停车场接我们。"

姚绯打开了豆浆："你吃了吗？"

"吃过了。"刘曼说，"护照什么的都拿了，对吗？你的包在什么地方？"

"我已经装好了，不用检查。"姚绯想了想，还是要把界限说清楚，毕竟要长期合作，"我不喜欢别人动我的私人物品，是个人习惯，能理解吗？"

“哦。”刘曼连忙点头，“好的好的，我知道了。”

姚绯吃完包子，喝了一口豆浆，回去简单化妆。还有十分钟时间，她拿出手机打开了微博。

热搜第一：“李盛被刑拘。”

姚绯停住脚步，深吸一口气，点开新闻。

警方通报，李盛涉嫌吸毒和收容他人吸毒被群众举报，昨天他刚出海关就被抓了。

若不是刘曼在这里，姚绯能笑出声。

她抿了抿嘴唇，拿出口罩戴上。昨天苏洺说李盛要结束了，是这件事吧？李盛居然敢回来。

“时间是不是到了？”姚绯跟刘曼说，“可以走了。”

刘曼连忙站起来，过来推行李箱。出门时，她一下没把箱子拎起来，姚绯单手拎起行李箱放到门外，关掉房子的电源和水闸，锁上门走了出去。

刘曼目瞪口呆。

姚绯看起来瘦瘦弱弱，但力气惊人。

她们在地下停车场等了五分钟，保姆车就开了过来，姚绯主动把行李箱放进了后备厢，不麻烦司机了。

“早上好，苏总。”姚绯上车抬了一下帽檐，因为心情好，她漂亮的眼里浸着点点笑意。

苏洺抬眼被她的颜值惊了一下，姚绯的眼睛漂亮极了。

“心情这么好？看到热搜了？”

姚绯拉上车门，系上安全带：“看到了。”

“是商锐把他骗回来的。”苏洺递给姚绯一杯咖啡，吩咐司机开车，“他以为没事了，要跟商锐和解。正好可以压一压商锐的热搜，他的粉丝太能跳了。”

姚绯握着咖啡看向苏洺：“商——商锐知道？”

“计划都是他做的，他能不知道吗。”苏洺喝了一口咖啡，说道，“那晚买你和乔璟的热搜，故意恶心你的，是瑞鹰的人，估计背后是李盛指使的。他就烦了，送给我一份资料。”

原来是商锐，他为什么要这么做？

“他帮我？”

“算是吧。”直接说商锐帮姚绯是有点自作多情，商锐对姚绯应该还没到为她出头的地步。大概是商锐恶心李盛，顺手捞姚绯一把。

“那我要怎么谢他？”“算是”是什么意思？

“到前面一语餐厅停下。刘曼，你等会儿下去取一份三明治，我订的，直接取就行，不用排队。”苏洺吩咐司机和刘曼，转头又对姚绯说：“你发信息给商锐，跟他说给他带了一份早餐。这样谢吧，跟他道谢不用太隆重。太隆重，商锐觉得我们巴结他，对他有所图。”

带早餐？姚绯缓缓抬眼：“商锐？他不是走了吗？三十个小时的飞机，带过去会坏掉吧？”

“你没看热搜吗？”苏洺靠回座位，发了一条长语音给薇薇安交代工作，才看向姚绯，“商锐昨天感冒，没走成，他改签到了今天，跟我们一趟。寒哥他们昨天走了。”

姚绯蒙了片刻。商锐没走？“感冒？影响坐飞机？”她问。

“他小时候身体不太好，比较难养，家里人特别紧张他的身体，一点小毛病就如临大敌。感冒这种病在他家都是当大病治的，怎么能让他坐飞机？万一他中途发烧了，出个闪失谁能担责？”

姚绯沉默。

好吧。

“苏总，是什么早餐？那我发给他。”

姚绯拿出手机发信息给商锐：“早上好，我给你带了早餐，我们候机室见吗？”

“一语的厚蛋烧三明治，能带进候机室。”

信息发出去，姚绯翻着通讯录打算给笛亚老师打个电话——李盛进去了，可喜可贺——还没拨下号码，铃声就响了起来。

来电人商锐。姚绯调整了一下情绪，接通电话：“锐——商先生。”

她实在叫不出“锐哥”。

“什么早餐？”商锐哑着嗓子，声音沙沙的，中途咳嗽了一会儿，才接着提要求，“我不喝美式咖啡。”

“厚蛋烧三明治。液体过不了安检，我进去再给你买喝的吧。”商锐的呼吸声很重，从手机里传过来贴着姚绯的耳朵，跟昨晚噩梦里的呼吸相似。姚绯皱了一下眉头，担心噩梦成真，“你——生病了？”

“这么关心我？”商锐嗓子沙哑，语调缓缓的，“可以在安检前找我。”

姚绯关心了吗？这不就是个问句吗？可也没法解释，她直接忽略了他的第一句，只回答第二句：“我让助理给你送去，你要喝什么？”

“热可可。”商锐的语调听不出喜怒，沙哑低沉，“多糖。”

“你的经纪人——同意？”姚绯怕蔡伟杀了她。“能喝多糖的？”她问。

“送过来就行，管他呢，你给我买还是给他买？”商锐又咳嗽，道，“到了跟我联系。”

姚绯挂断电话，抬头对刘曼说：“这附近哪家热可可好喝，帮我买一杯。刘曼，你能不能在安检外找一下商锐？”

苏洺转头看姚绯："商锐要喝热可可？"

姚绯点头。

苏洺震惊："商锐是真的——任性。买个低糖版的吧。蔡伟这两天来'大姨妈'，脾气暴躁，别殃及我们。"

不用想都知道蔡伟今天心情有多差，搁哪个经纪人遇到这事心情都不会太好。苏洺不想去触他的霉头，所以早餐买了两份，给蔡伟也带了一份。

刘曼应了下来。

"我跟老师打个电话。"姚绯已经打开了通讯录，找到笛亚的号码，"跟她说一声，我要出国拍戏了。"

"笛亚老师吗？"苏洺知道笛亚，是笛亚把姚绯的资料推荐到了俞夏面前，她才认识姚绯。"她对你很好。"苏洺说。

"是啊，她是我的恩师。"

姚绯来到S市后就没机会回B市看笛亚老师了，一开始要等机会，也太穷，后来忌惮李盛。如今李盛终于进去了，她又要进剧组。

电话响了两声就被接了起来："姚绯。"

"老师，早上好。"姚绯说，"您吃早饭了吗？"

"吃过了，在看你的新闻。"笛亚的声音落过来，"网上那些人太过分了，谁不是宝贝呢，他商锐珍贵，你也珍贵！你不要在意网络上那些人的评价，你不是那样的，你很优秀。"

"我不在意。您别看那些新闻，都不是真的，真的我会跟您讲。"姚绯说，"我要进剧组了，可能得拍三四个月。拍完了，我去B市看您。"

"好，我等着你。"笛亚又说道，"你看到李盛的消息了吗？真是报应，老天爷开眼了，希望他的下辈子在监狱里度过。"

"我看了，估计能判几年。"

"前尘往事终于都过去了，你也要重新开始。你这次遇到了好的团队，一定要好好把握机会，拍好这部戏。不管社会怎么变，我永远认为质量是第一位。付出努力认真去做，一定会有回报。"

"嗯。"

"你叫姚绯，你的名字就注定了你会成为最惊艳的红，我期待着。"

"我不会让您失望。"姚绯的名字并不好听，曾经钱英就劝过她改名，认为这不是一个大火的明星该拥有的名字。后来姚绯遇到了笛亚，笛亚夸她的名字取得好，绯得霸气，红得正，注定了她会大红大紫。

姚绯沉寂了七年。

只有笛亚始终相信她能大红大紫。

挂断电话，姚绯握着手机看向窗外。明媚的阳光铺洒大地，李盛坐牢了，压在头顶的阴霾彻底地消散了。

她的人生重新开始。

没有那压抑、逼仄、看不到希望的七年，没有一眼看不到头的合同。

似乎又回到了十六岁那年，她拎着行李走出狭小破旧的群租房，仰起头看了一眼刺目的天空。那天也是晴天，天就是这么蓝。她还没有签霸王合同，她只是迈出脚，踏上了一条充满希望的路。

姚绯把额头贴在车窗上，扬起唇角在口罩下绽放出最灿烂的笑："苏总，今天是个好天气。"

"是啊，是个好天气。"苏洺说，"我们要去的地方也是好天气，四季如夏。"

七点半到机场，姚绯被商锐的粉丝震撼到了。放眼望去全是商锐的粉丝，她们贴着贴纸，举着海报和应援小物品。

"我们从侧边走。"苏洺带着姚绯往里面走。可能因为她们戴口罩，还有工作人员陪同，人群忽然骚动，有粉丝往这边看。

"是锐哥团队的吗？"

"不像。"

姚绯压低帽檐。她还是第一次现场见这么多粉丝，有点被震撼。当红明星的粉丝是这样的吗，送机这么大阵势？

"女的，挺高，不知道是不是明星，看着皮肤挺好挺白，还戴口罩。"

姚绯听见她们的议论声，看了一眼。

"旁边是不是苏洺？那这人是姚绯？跟锐哥同一航班，苏洺的艺人，《盛夏》剧组，除了姚绯还有谁？"

"晦气！"

姚绯默默收回了视线，避着粉丝群往入口走。

姚绯拿到登机牌，和苏洺过安检时，商锐到达了机场入口大厅。铺天盖地的粉丝一拥而上，现场堪比十年前的春运场面。

机场的安保人员迅速出动维护现场秩序。姚绯听到粉丝声嘶力竭的喊声，看了一眼："现在粉丝送机都这么——声势浩大？"

"你没见过？"苏洺说，"昨天寒哥的粉丝刚表演过，上了热搜。你从昨晚到现在都没看微博吗？普通明星少点，商锐、寒哥这种当红明星的粉丝就很疯，他们跟普通明星有壁。"

"没注意，以前好像没有。"姚绯确实没见过这么令人震撼的场面，"昨晚没看微博，一直在收拾行李。"

"以后你也会有的。"苏洺拍了一下姚绯的肩膀。她知道姚绯不看微博的原因，她有姚绯的微博密码，登上去就能看到商锐粉丝的私信。“等你红了，你就会有这种待遇。接机、送机、出席活动，她们蹲在门口，大声地说着‘爱你’，把你捧在心上。”苏洺说。

姚绯的脸有些热，不敢想。

商锐粉丝的尖叫声响彻机场：“商锐！我爱你！”

“商锐有很多把他当儿子宠的粉丝。”苏洺解释完，压低声音八卦道，“我一直无法理解，商锐那么任性狂妄怎么会有这样的粉丝？哪个妈想要这样的儿子？不过也亏得他这样的粉丝足够多，他做什么都惯着。”

粉丝太多，姚绯看不见被堵在中间的商锐，收回视线不再看了。商锐的狂是有原因的，被宠大的孩子，要风得风，要雨得雨，为什么不狂？

姚绯和苏洺过了安检，商锐还没能从粉丝中出来。她们先进了头等舱候机室，姚绯找了位子坐下，拿出手机找了一本书看。她们来早了，还要等一会儿才能登机。苏洺打开电脑坐在旁边工作。

很快刘曼就赶到了，快乐地去拿小零食。姚绯接过一瓶矿泉水打开，拉下口罩喝了一口就感受到被人盯着的不舒服感，抬头看去，斜对面一个年轻女孩儿直直地看着她。一瞬间，姚绯脑子里闪过很多画面。这人想干什么？是商锐的粉丝？

“你是姚绯？”女孩儿接触到姚绯的目光，立刻站了起来，“你真的是姚绯？”

姚绯点头：“您有事？”

“我是你的粉丝。”女孩儿兴奋地跑到姚绯面前，“你比视频里还要漂亮，能给我签个名吗？”

姚绯用余光看苏洺，苏洺点头表示可以。

“签在哪里？”姚绯说。

女孩儿从包里翻出一本书，拿出眉笔给姚绯：“能用这个签吗？”

苏洺连忙递过来一支笔：“我这里有。”

姚绯已经很多年没有给粉丝签过名了。她签下名字：“要写其他的吗？”

“可以吗？”女孩儿幸福得快要眩晕了，姚绯也太温柔了，跟传闻中的一点都不一样，“写什么都行！我好喜欢你！”

姚绯写道：“谢谢你的喜欢，我也很喜欢你，你很可爱。”

横平竖直的标准正楷，笔迹遒劲锐利，力透纸背。她写完，把书还给女孩儿，郑重道：“谢谢你的喜欢。”

“我要谢谢你，我太激动了，居然见到您真人了。”女孩儿收起书，朝着姚绯鞠躬，激动得语无伦次，“谢谢，你也很可爱，不是，你很美，又可爱又美，像仙女一样，看上去很小。”

姚绯不知道该怎么应对。这是她的粉丝吗？有人喜欢她。

“你们要拍照吗？”苏洺在旁边适时开口，“我可以帮你们拍。”

女孩儿这才反应过来，连忙把手机递给苏洺，说道：“谢谢苏总，你也很可爱。苏总，你好棒！你救了我们姚绯。”

“主要是姚绯本身优秀，女孩子当然要帮女孩子。”苏洺用美颜相机拍了照片，确认照片拍得很完美，把手机还回去。

“你们在干什么？”低沉沙哑的嗓音从身后响起，姚绯回头看到戴着黑色渔夫帽、墨镜、口罩，捂得严严实实的高大青年。他穿着白色休闲外套，泛白的蓝色牛仔裤勾勒出笔直修长的腿，腿长得非常有存在感。

姚绯的粉丝并不喜欢商锐，她们的姐姐那么优秀，凭什么被商锐粉丝嫌弃？女孩儿看到商锐扭头就走。

“锐哥。”苏洺回头看到商锐就笑得一脸灿烂，“早上好，拿到早餐了吗？”

商锐大步走过来拿走苏洺放在沙发上的电脑，坐到了姚绯身边，长腿敞着，人已经倚到了沙发上。他抬手钩下墨镜，冷淡道：“没吃到，被粉丝挤掉了。”

“啊，这么惨？应该给你带进来的。你想吃什么？我去帮你拿，这里也可以点餐。”商锐占了苏洺的位置，她只好坐到了旁边，心里幸灾乐祸。商锐这个作精非要让把早餐送到外面，他对自己的粉丝量有什么误解？早餐被挤掉才是常规结局。“你感冒怎么样？退烧了吗？”苏洺问。

“头疼。”商锐抬手按在眉心上，他的手指在阳光下格外白，骨关节分明，手背上的主筋骨拉出一条泛白的线，“不想吃。”

“你怎么会突然感冒？”苏洺伸手想摸商锐的额头。

“大概是压力大，烦的。”商锐立刻别开脸，俊美的脸阴沉，“别想趁机占我便宜。”

“脑子挺清醒的，没烧糊涂。”苏洺下结论，“自我保护意识很强。”

“还头疼？”蔡伟走过来把电子体温器在他额头“嘀”了一下，看上面的数据，递给身后的家庭医生：“体温是正常的，还头疼怎么回事？”

“感冒头疼很正常，再吃两天药估计就好了，没事。”医生想了想，觉得不能让人花钱买无效服务，补充道，“多喝热水。”

商锐摆手让蔡伟赶紧离开视线，他快被蔡伟烦死了。他转头想跟姚绯说话，身边座位空了，姚绯不知道什么时候就跑了！

他钩着墨镜的手紧了几分，在口罩下狠狠咬了一下牙。他垂下浓密纤长的睫毛，遮住黑眸中的情绪。姚绯想死吗，跑这么快？他一坐下，姚绯就跑了。

很好，好得很。

商锐把墨镜戴了回去，仰靠在沙发上闭目养神。

他是不想跟司以寒和俞夏一起走，那一趟飞机上有夏阳，他一想到夏阳那张平庸且自信的脸就难受，再配上她娇滴滴的声音，那简直是致命航班。

于是他要求蔡伟改航班，但蔡伟宁死不从。

直飞的航班一天只有一趟，不跟夏阳同舱就要跟姚绯同舱。蔡伟恨不得离姚绯八千公里远，怎么会让他们同航班。他用经纪人的权限死死握着商锐的航空账号，不让商锐改航班。

昨天粉丝都疯成那样了，再同航班，蔡伟的血压要升到两百了。不知道下次回家，他会收到什么奇奇怪怪的快递。

于是商锐冲了个凉水澡，想装个低烧。

S市的春天，平均气温八摄氏度，冲冷水澡的下场就是他真感冒了。蔡伟确实改了航班，但是商锐被父母塞了个私人医生，多了个保姆，拖家带口地出了门。他每半个小时被医生“嘀”一次，快窒息了。

商锐修长的腿交叠，姿态慵懒地往后倚在沙发里，拿出手机发消息给姚绯：“姚小姐，你的早餐我没吃到。”

点击“发送”。

他返回微信首页，翻看着微信列表，漫不经心问旁边的苏洺：“剧组没有微信群？”

二〇二〇年了，他和姚绯发信息还要用短信！

“你不是不爱加群吗，”苏洺看向商锐，“就没建，有事儿直接发在我们的小群就行。怎么了？你有事要发布？”

“我不爱加群就不建？”商锐咳嗽起来，嗓子哑得难受。因为姚绯那条短信，他早上拒绝了在家吃早饭，感冒，还饿肚子，心情更不好了。“你们什么时候这么听我的了？苏总，别的事怎么没见你听呢？”他说。

“那我去把群建起来。”苏洺不想跟商锐扯旧账，扯起来没完，她欠商锐的人情债有一箩筐，“这就建。”

商锐的手肘落在沙发扶手上，手指关节抵着太阳穴，闭上眼试图缓解头疼：“也不用那么为难，不想建就算了。”

“建建建，这就建，马上就好。”苏洺当场拉了个群，把主创人员往里面拉，“我把你拉进去了，你嫌吵的话就屏蔽消息。”

空气里飘来猪肉馄饨的味道，越来越近。商锐眉头紧蹙，最讨厌闻馄饨味儿，谁在头等舱候机室点馄饨？这是有什么大病？

他不耐烦地睁开眼。

姚绯端着托盘弯腰把馄饨放到他身边的小桌子上。阳光下，她扎成马尾的黑色头发被映得泛金光，看起来十分丝滑柔软，随着她的动作滑到了身前。她的衣服不太多，穿衣风格单调。她依旧是穿长外套加衬衣、长裤，身材纤瘦高挑，脖颈白净，锁骨清晰，如高山白雪般清冷漂亮。

“这里可以点餐，我给你要了一份清汤小馄饨，辣椒和醋在旁边的碟子里。”姚绯放下托盘，转身在旁边坐下。她对商锐很无语，早餐掉了就在这边找点吃的，她能怎么办，跑回去买吗？但她语调还是温柔的：“感冒了，吃热的会比较好，我之前不知道你感冒才给你带三明治，要不你试试馄饨？”

这女人心思真深，弯弯绕绕地关心他。

商锐强行把翘起来的唇角压回去，口罩下的表情恢复成一贯的高冷模样，才若无其事地拿下墨镜、口罩。他拿起勺子慢悠悠地撇掉了葱花，挑出一个晶莹剔透的小馄饨咬了一口，转头对上姚绯的目光。姚绯在看他，她这么期待的吗？

他顶着姚绯的目光直接把馄饨咽了下去，滚烫的馄饨让他的嗓音沙哑：“是不错，谢谢。”

突然所有人的目光都落到了姚绯身上，她巡视一圈，他们又若无其事地把目光移开，只有蔡伟还盯着她。姚绯若有所思，道：“蔡总，有事吗？”

“没事没事。”蔡伟匆忙移开眼：“锐哥，你是不是——失去味觉了？”

“嗯。”商锐把辣椒和醋放进碗里，酸辣压住了他对肉糜的想象。他垂下睫毛，因为感冒，睫毛有些潮，暗沉沉地覆在眼上。他拿勺子盛着馄饨，慢条斯理地吃。

也没有其他原因，他只是不太喜欢看到姚绯眼中的失望。商锐见过三次她的失望，说不上难看，但都挺让人不舒服的。一次是在SW传媒的洗手间门口，他坦坦荡荡地不喜欢姚绯，甚至没有避开任何人；蔡伟毫不掩饰嫌弃——姚绯那种人怎么可能跟商锐合作？不合适。

他隔着白色烟雾看到姚绯站在那里，她已经很瘦了，脸色苍白，那双眼里什么都没有，空旷荒芜。

第二次是他想劝姚绯放弃《盛夏》，姚绯拒绝了，他不知道姚绯为什么要追车，他们隔着马路，姚绯孤零零地站着，仿佛被世界抛弃了。

第三次是在中央花园南门门口，她坐在肮脏的地面上，已经脆弱不堪，但还是用全力握着沉重的刀。那个画面就像是一部沉重又压抑的文艺爱情片，沉默仿佛是无声的台词，撕碎着观众的心脏。

商锐审视自己的行为，并不荒唐。

没有人能拒绝姚绯的示好。商锐也不过是长得好看点的普通人，他怎么能拒绝姚绯的期待？

“难怪。”蔡伟的眉头依旧没松，又把药分好给商锐，“吃完饭吃药。”

馄饨也没那么难吃，商锐只是讨厌成分不明的肉糜，并不排斥晶莹剔透的馄饨皮。

商锐的人鞍前马后地伺候他，姚绯往旁边坐了些，拿出手机登录小号继续刷微博。

电视姬：“啊啊啊啊啊啊啊！我见到绯宝本人了！她好乖好软好萌！真人极好rua[1]啊啊啊啊啊！我还拿到了签名！”

刚刚那个小姑娘是“电视姬”？姚绯的小号关注了“电视姬”，她对这个博主印象格外深刻。

姚绯点进微博看到两张配图，一张签名和一张合照。博主把她自己打码了，留下了姚绯。她把口罩戴在下巴上，大眼睛看着镜头。

跟她平时拍照的感觉不一样，眼睛好像更大了，也更温柔。这是她吗？简直不像。

“绯宝好美啊，好可爱啊！！为什么字这么刚啊！分分钟让我想到她戴拳套揍人的模样！”

“电视姬”回复：“姐姐揍人本来就很狠了。这两天考古绯宝七年前的采访，她在《寒刀行》里没有用过替身，全是本人上阵。她六岁学武术，刀枪剑戟都耍得很棒。如果不是姐姐家里出事了，她可能会去参加少儿武术比赛。”

“博主博主给链接！想看姐姐的采访！”

“电视姬”甩了一条链接出来。

姚绯点进了链接。她的访谈都被删得差不多了，居然还有漏网之鱼？

刚打开链接，声音就响了起来，姚绯立刻返回微博。

“电视姬”这条评论下面有很多的回复。

“十七岁的宝贝也太可爱了吧！救命！我要死了！宝贝那么可爱，怎么舍得断她前程！”

“绯宝居然会撑主持人！”

“那也是主持人不会说话。宝贝才十七岁，就问宝贝谈过几次恋爱，太不礼貌了。还问宝贝想不想见父母？怎么着，要不要送主持人亲自下去采访？”

姚绯看到这条评论时已经想起来是什么访谈了。那个主持人全程想搞大事，一个劲儿煽情，问她想不想见父母，似乎很期待姚绯在台上哭得妆花失控。当年姚绯少年成名，十七岁，处于叛逆期，正是狂得不可一世的时候，当场就撑了回去。

想不想见有什么意义？难道她能下去见父母，或者让主持人下去带个话？

母亲改嫁没几年就去世了，父亲酗酒死亡，她是彻头彻尾的孤儿。

后来这段采访被媒体大肆做文章，说她感情缺失。

“以前的绯宝真的好可爱啊，又耿直又可爱！啊啊啊，还有一点婴儿肥！奶萌奶萌的！”

“博主居然遇到了绯宝？在哪里遇到的？好想偶遇绯宝。”

---

① 网络用语，意为触摸。

“电视姬”回复：“候机室，她坐在我的对面。我也见到了苏总，苏总一点都不御姐，是个特温柔的大姐姐。”

“啊啊啊！今天我们宝儿是要进组了吗？我看剧组其他人的送机消息都上了热搜，他们是昨天走的。我们宝儿是今天的航班吗？一点消息都没有，有人送机吗？”

“电视姬”回复：“应该没有！我从进口就在拍，都没看到。实在不行，回头我们自己把接机送机给宝贝安排上！别人有的，我们家孩子也得有！不能委屈了她！”

姚绯老脸通红，居然被小姑娘叫“孩子”。

十岁以后就没人把她当孩子了。

“电视姬”这条微博的评论数很快就过千了，评论区一群人喊着“崽崽”“宝贝”，全然把她当成了小孩儿。

姚绯忍不住唇角上扬，轻轻地给“电视姬”点了个赞。她这个是小号，隐匿在一群点赞人中，偷窥着喜欢。

“你在看什么？”男人低沉的嗓音在耳边响起。

姚绯倏地转头，鼻梁蹭到对方的下巴，她迅速往后仰，抬手扶正口罩。商锐没有戴口罩，一张俊美的脸近在咫尺，下颌线凌厉分明。他的鼻梁陡直高挺，鼻尖离姚绯很近。

太近了，呼吸都清晰可闻。炽热，混着糖果的甜。不难闻，但跟他的外表不符。

“你不会是在给我的黑粉点赞吧？”

金色的阳光透过整面墙的落地玻璃铺洒进候机大厅。商锐倚在沙发扶手上，修长的手指关节抵着下颌，浓密睫毛下深邃的桃花眼注视着姚绯。

“没有。”姚绯往商锐泛着水光的薄唇上看，他似乎在吃糖。多大了还吃糖？“我不会背后黑人，我也不会背后黑你。”她说。

“是吗？”商锐嗓音沙哑，他的舌尖抵着腮帮动了一下。“嘎嘣”一声脆响，他咬碎了口腔里的硬糖，随即，酸酸甜甜的气息在空气中溢开。他还歪着坐。“我不信。”他说。

你爱信不信。

其他人没注意这边，蔡伟不知道去哪里了，商锐的助理都远远地坐着，没有往这边看。刘曼在埋头吃零食，丝毫没有体重困扰。苏洺一边打电话一边处理着电脑上的工作，忙得快要飞起来了。

“在看我的粉丝评论。”姚绯想了想，还是打开手机给商锐看了一眼。“很可爱的小姑娘。”

商锐只是垂下眼，目光落到姚绯的手机屏幕上。

姚绯举着手机让他看完，把手机装回去，转头对上商锐深邃的桃花眼。他姿态散漫，眼眸深处却是纯粹的黑，不知道在想什么。

“我永远不会在背后黑同行。”姚绯觉得商锐不单单有被爱妄想症，还有被害妄想症，“我的人品没那么差。”

“你很在意粉丝评论？”商锐长腿叠着，身上有着漫不经心的劲儿，似乎只是在闲聊。漫长的行程，他们有的是时间。

“她们很可爱。”姚绯靠在身后的沙发扶手上，提醒商锐，“你还是把口罩戴上吧，万一被拍很麻烦。”

他敢靠姚绯这么近，他是真的不怕粉丝脱粉啊。果然够任性。

“可爱吗？”商锐垂下手，叩了一下桌面，抬起深深的双眼皮，“你出道有九年吗？”

“二〇一二年接了第一部戏，八年半。”姚绯不知道他问这个干什么。

“八年多。”商锐咽下嘴里的碎糖，由上至下打量姚绯，轻笑，“你是怎么做到在娱乐行业待八年还能这么天真地一往无前？”

姚绯唇角的笑意渐渐消失，眼睛里的情绪也退去了。

“你认为她们喜欢你什么？”商锐指了指姚绯的手机，抬起下颌，唇角有着讽刺意味，“喜欢你这个人吗？不，她们喜欢的是虚构的幻想，是她们自己，与你无关。对这种事，别太自作多情，也别放太多期待。一旦某天她们发现你并不符合幻想，她们会毫不犹豫地脱粉回踩。相信这些，不如相信最近的股市。”

姚绯的指尖抵着手机屏幕，她没有留指甲，因为用力，指腹微微泛白。

“是吗？”

“是。”商锐坐直，双手交叠，手肘压在沙发扶手上，面无表情地看向前方，“在这个圈子里，不要相信任何感情。”

“比如有些粉丝喜欢的是我这张脸。”姚绯迎着商锐的目光，语调缓慢，一字一句，“我没整过容，这张脸是真的，她们喜欢我的脸，难道不是喜欢我吗？”

商锐转头注视着她的眼，她逆着光。她的眼睛特别美，商锐第一次见她就知道她有多美，她美得独一无二，这世界上只有一个姚绯。

“喜欢一部分也能叫喜欢？”商锐嗤之以鼻，弯起手指骨关节抵着下巴，残酷道，“那这喜欢是不是太肤浅了？这么浅薄的东西，有什么要的必要？”

姚绯盯着商锐的下颌线，在商锐下一次开口之前，她说道：“您生下来就拥有很多宠爱，可以理直气壮地要求所有感情圆满，缺一块便不是完整的感情，需要摈弃。”

姚绯忽地笑了起来。她的睫毛很长，在阳光下像是金色蝉翼，薄薄地闪烁着光。她的语调依旧很轻：“我不是啊，我拥有的很少，有一小块便满足了。我为什么要区别她们的喜欢是哪一种，哪一种不珍贵呢？将来离开是将来的事，这世上本就没有什么长久永恒的感情，凭什么要求别人喜欢我一辈子？我配吗？”

粉丝看到姚绯会笑，那种喜欢是捂着嘴巴也会从眼睛里溢出来的。作为普通人姚绯，她这辈子都不可能拥有这样的喜欢。可作为演员，作为艺人，这份感情属于她。

“我去下洗手间。”姚绯起身拿起手机，朝商锐点了一下头，转身快步走向洗手间的方向。

商锐抬眼看向刺目的阳光，所有的声音卡在喉咙里。

姚绯是他的世界之外之人，从来都是。他在遇到姚绯后，世界观受到了很强烈的冲击。

每一帧都是新的冲击。

半晌后，他喉结滑动，仰起下颌。阳光落到他素白的脖颈上，为他打下大片的阴影。商锐垂下睫毛，觉得姚绯对于喜欢的理解肤浅又天真。

可若是基于从来没有人爱过她这个条件呢？

从来都没有人真心地爱过她。

她会把那一点点喜欢当成头等大事，会因为那一点点喜欢，笑得睫毛弯下去，漂亮的眼里闪烁着动人的光芒。

她太缺爱了。

商锐戴上口罩和帽子，拿出手机搜索“电视姬”。他不太喜欢这个博主，这位在网络上很有名，但是总会说一些偏激的言论，姚绯看到了肯定会接受不了。

她哪天把自己搭进去就知道深浅了。

姚绯在洗手间待到登机才出去跟苏洺一块儿上飞机。理智告诉她没必要跟商锐计较，得罪商锐没有一点好处。但商锐高高在上讽刺她的时候，姚绯特别想把手机拍到他的脸上，让他感受下人间疾苦。上了飞机，姚绯松了一口气。她和商锐的座位离得很远——商锐坐在第一排，她在最后一排，跟苏洺一起。

这架飞机的头等舱舒适度还可以，空间比较大，两个位置是一排。苏洺坐在她旁边，上飞机还不忘忙工作，埋着头处理公务。

飞机起飞带来的耳鸣让姚绯迅速陷入沉睡，不知道睡了多久，她是在飞机颠簸中醒来的。机舱内灰暗，只有头顶的阅读灯亮着，昏黄一片。

姚绯往上坐了坐，转头去看旁边的苏洺，想问问飞了多久。她猝不及防地看到一张俊美的侧脸。他没有戴口罩，枕着手在看前方的电视屏幕。下颌棱角分明，电视的光打在他的脸上，忽明忽暗，他英俊的脸轮廓清晰深刻。

姚绯有一万句脏话要说。

姚绯闭上眼。

噩梦，没睡醒。

姚绯再次睁开眼，商锐转头看过来。他换了件休闲衬衣，领口解开两粒扣子，松散地贴着肌肤。喉结到锁骨线条流畅，没入衬衣。

“你真能睡。”商锐“啧”了一声，抬起手腕看时间。他戴着一块银色手表，衬得腕骨素白。“你睡了五个小时，成功错过了午餐。”他说。

睁开眼是他，闭上眼是他，这日子没法过了。

他什么时候换过来了？

姚绯刚睡醒，心情本身就不太好，看到商锐更差了。姚绯把目光落到电视屏幕上，商锐的屏幕上在播《东方》，是司以寒花两年时间主演的电影。

“要看吗？”商锐忽然抬手从耳朵里取出一只耳机递过来，“虽然拍得不怎么样，但打发时间足够了。”

“这部电影，”姚绯开口，发现自己嗓音有些哑，清了清嗓子说道，“绝对会拿奖。”

导演可是她最喜欢的荣丰，商锐在说什么屁话？这拍得不好？要不要把商锐拍的那些烂片拿出来让他清醒清醒？

“电影协会的那些人都不敢做这个保证。”商锐偏头看她，抬了一下手指，“不要耳机？”

姚绯本身不想要，但剧情正演到精彩处——男主角最好的兄弟死在了混战中，但任务还要继续，他们放下队友往前走。这段，司以寒的演技非常精湛，每一个表情都很精彩绝伦——连悲伤都来不及，为了国家大义，为了拯救更多的无辜民众，必须走。

这是部爱国主旋律影片，没有一丝一毫的敷衍，从剧本到演员、演技、摄影、美术、武术指导，全是数一数二的。所有的精益求精，使得每一帧都是经典。

姚绯接过耳机：“谢谢。”

耳机上还有商锐的体温，姚绯不动声色地在衣服上擦了一下，塞到耳朵里。宏伟的音乐声撞入了耳朵，司以寒的声音响了起来。

司以寒是明星转演员最成功的一个人，若说之前他的演技还有瑕疵，那在《东方》这部戏里，他的演技达到了巅峰。

姚绯对电影很痴迷，一旦进入电影的世界，外界的一切都跟她没关系了。电影播完已经是一个小时后了，姚绯支着下巴看演员列表，还沉浸在剧情里。

她在想，如果是自己来演这部戏，会怎么表现？想了想，她的性别就挡死了这个可能性。

“你很喜欢司以寒？”

空气中再次弥漫起酸甜的气息，姚绯抬头看到商锐枕着手臂大剌剌地靠在座位里，腮帮子鼓了一下，随即“嘎嘣”一声，咬碎了糖。他也在看演员列表，稠密睫毛在眼下投出阴影，遮住了眼中的情绪。

“他是我很敬佩的演员。”姚绯拿下耳机还给商锐，坐直，活动颈椎，想到商锐曾经的警告。在艺术的世界里，其实没有太多男女观念，姚绯对所有人一视同仁。但商锐的话还是让她警惕，她也很懂避嫌。她解开了安全带，说道：“他在《东方》里有教科书般的演技，所有科班出身的演员都应该有欣赏教科书的能力，这是基本功。”

商锐彻底把糖咬碎了，缓缓看向姚绯。

评价这么高？

姚绯离开座位：“我去洗手间。”

商锐若有所思地收回视线，重新找电影。

苏洺撑在座位上方，探头进来：“锐哥，我们谈完了，麻烦你了。”

飞机飞了没多长时间，蔡伟就提出营销合作计划。既然姚绯和商锐要合作，得和苏洺详谈合作后的营销路线。可姚绯在睡觉，不方便吵醒，苏洺只能过去找蔡伟谈，就和“不情不愿”的商锐换了位置。

商锐的手停在武侠电影分类上，第一个影片就是《寒刀行》。他点开《寒刀行》：“我的电影还没看完，你坐那边吧，等我看完再过去找你。”

苏洺看向商锐的屏幕。龙标还没播完呢，你看个屁？

“过去——不能看吗？”

“看电影讲究的是气氛，换个地方感觉就不一样了。”商锐支着下巴专注地看屏幕上的龙标，“不要打扰我的思路，去吧。”

苏洺：“……”

“姚绯呢？”苏洺这才看到他旁边的位置是空着的。

“去洗手间了吧。没注意，我一直在看电影。”商锐专注地看电影，回答得很懒散。

《寒刀行》毕竟是七年前的电影，技术肯定不如现在，可画面却美到了极致，是如今的武侠电影没法比的。电影开头是穿着白衣的小女孩儿站在满地死尸的山庄，哭得满脸泪。她身上的白衣被血染红，亲人的鲜血在她脚下汇流成溪，蜿蜒流下山。

下一个画面便是身穿红衣、戴着帷帽的女人背着长刀策马在官道上，树枝拨动，“铮”的一声琴鸣。她握着长刀飞身离马，帷帽掉落，女人一张绝艳的脸展现出来。“我带了一套黄金面膜，让小陈给你做脸。我的洗漱包，你可以用。”商锐说。

“真的？我走了，不打扰了，您继续看。”苏洺转身就走，“锐哥，您什么时候想过来了，跟我说一声。”

商锐的护肤品贵得离谱，白嫖谁不爱呢？

苏洺离开，商锐继续看电影。其实《寒刀行》他已经看过很多遍了，上映时他跟同学去电影院看过，后来他还包了两场请同学看。

《寒刀行》的票房并不算好，武侠作品的市场一直都不太行，即便是水准之上的，票房也上不去。他算是《寒刀行》的自来水，到处跟人安利，希望有人去电影院看一场《寒刀行》，支持一下票房。如果不是当时跟家里闹得太僵，他可能还会回去求他哥在自家院线给《寒刀行》增加排片量。

他收集了很多《寒刀行》的周边海报，也关注过姚绯的访谈社交账号。

姚绯曝出丑闻，他把《寒刀行》的所有周边都烧了，取关了姚绯，从此闭口不谈他喜欢过《寒刀行》，也不提那两场包场的电影。

那是他的耻辱。

其实他在台上对姚绯说的话都是真的，姚绯身穿红衣拿着长枪站在舞台上，逼他想很多年前的荒唐。

《寒刀行》是他的白月光。

《寒刀行》里的很多台词他都会背。

旁边有脚步声，很轻，商锐倾身关掉了《寒刀行》，换了一部轻喜剧片子，重新靠回去，左手依旧把玩着姚绯还回来的耳机。耳机上面的温度已经散尽，跟姚绯彻底没有了关系。

姚绯在旁边坐下，打开水喝了一口。她的手指很细很长，握刀时很好看。她不笑的时候脸上冷冷清清，脱离了凡尘，与人间没什么联系。

“还要看吗？”商锐捏着耳机，往姚绯那边递。

“谢谢，不了，我看会儿书。”姚绯打开了手机，垂下头看手机页面。她的手机还是商锐送的那部。商锐看她的手指，重新把耳机戴了回去。

苏洺到下午吃饭都没被换回来。飞机餐还不错，姚绯吃得很满足，她连配的面包都吃完了。她这边也有电视屏幕，但她并不想看。

她吃完饭再次盖着毯子睡觉。

眼不见为净。

她和商锐是两个世界的人，他们生活在不同的环境。拍完这部戏，他们会回到各自的世界，再没有联系。

“你还能睡着？”商锐喝完药一转头，姚绯又睡了，他蹙眉，“你的睡眠质量真好。”

“我有些轻微的晕机症状，”姚绯睁开眼看商锐，解释了一句，“跟正常的睡眠不一样。闭上眼就能睡，但不解乏。”

商锐拧眉片刻，道：“需要药吗？我——剧组有带医护人员。”

“不用不用。”姚绯连忙拒绝。晕车药大多会让人保持清醒，清醒着看商锐这张脸更难受，还是睡觉吧，“睡觉又不影响什么。”

商锐把头顶的阅读灯关掉，嗓音压得很低：“苏洺在前面做脸，团队带了美容师，晚上大概不会过来。”

姚绯沉默了半晌。好吧。

这么奢华的剧组，她也是第一次遇到。

飞机上做脸。

“早上的事……”机舱内寂静，大多数乘客应该都陷入了沉睡，姚绯觉得可以缓和下关系，毕竟还要合作，“我——”

“我接受你的道歉，我度量大，原谅你的言行。”商锐淡淡道，“没有下次了。”

姚绯把毯子拉上去盖住脸。

她就不应该开口，让她死过去吧。商锐一开口，姚绯就想跳飞机。

姚绯除了吃喝拉撒的时间，都在睡觉，全程睡得昏天黑地。飞机落到异国机场时是中午，她从打开遮光板的窗户看到外面刺目的阳光、白色的建筑。

苏洺已经坐了回来，递给姚绯一瓶水：“到了，累死了，飞了这么久。”

“谢谢。”姚绯打开水灌了一大口，“这里天气果然很好。”

司以寒选了个四季盛夏的国家拍《盛夏》的成年部分。这里真的非常夏天，姚绯出机舱时差点儿热死在太阳底下。

四十多摄氏度的高温，没有任何遮挡，太阳直直晒在身上，晒得人呼吸都困难。姚绯穿着衬衣、长裤，袖子已经挽到了手肘处，还是燥热。

前面的商锐走得飞快，显然是热得受不了。衬衣领口解开两粒扣子，袖子挽得很有造型，大概是为了好看，没姚绯挽得这么高。

“要命，好热。”苏洺说道，“你在这里拍一段时间，回去要养多久才能拍校园部分？俩黑炭拍校园戏是不是有点不合适？应该先拍校园部分的。”

“我晒不黑。”姚绯确实是晒不黑的体质，她长这么大还没黑过。

“别说这种话，没有晒不黑的人。回头防晒霜一定要涂好，多涂几层。”苏洺如临大敌，“防晒霜可能带少了，我再给你准备几管。”

姚绯一直到上了剧组的车才缓过来。这是个极小的临海国家，十年前内战才结束，经济落后，到处都是破败的建筑。

《东方》的主要取景地就是这里。司以寒和荣丰为了拍《东方》，在这边待了很长一段时间，对这地方熟悉。据说《盛夏》的成年部分是司以寒和俞夏一起写的，用了很多这边的背景。拍摄地选择这里也是司以寒的意思，他对摄影棚搭设和剧组安全的经验，以及当地的了解，都让他得心应手。

拍摄地离城市还有五个小时的车程，姚绯把这辈子的飞机加车都坐够了，车终于停在了一个临海的小镇。

傍晚时分，晚霞把天空染得通红。燥热的空气在风中来回摇摆，最后又笼罩到了上空。姚绯从空调车中出来，缓慢地调整身体去适应温度。

小镇上的房子十分矮小，最豪华的就是眼前的三层楼。这边用的语言不是英语，姚绯试着读了一下，没认出来这是什么。

另一辆黑色的越野车停到了身后。蔡伟先下车，震惊地骂了一声，说道：“这地方——寒哥是怎么找到的，好热。”

蔡伟偏胖，下车这一会儿就热得一头汗。

姚绯绕到后面帮司机拿行李箱。她的行李箱比较重，这三层小楼不会存在电梯那种东西。她这边带的人多半是女性，力气还没她大。

姚绯把箱子全部搬了下来，剧组的工作人员跑过来帮忙。姚绯后退两步，肩膀上突然多了一只手，姚绯回头的同时已经握住了对方的手腕，摸到冰凉的金属手表。

姚绯立刻收下劲儿，放下了手，站直看向身后的人：“商先生？”

商锐抬起头打量眼前的房子，白衬衣领口贴着他的肌肤。他的肤色素白，似乎冒着寒气，下颌线拉出清冷的弧度。他站得笔直。

商锐的手心有很多汗，隔着布料贴着姚绯的肩膀。短短一会儿时间，汗水已经浸湿了她的衣服，和她肩膀的肌肤紧紧贴在一起。

他们关系没那么好，这太难受了。

这么热的天，她肩膀上贴着个人。

“商锐？”姚绯转身想脱离他的手，太热了。她又不是柱子，这位真把她当柱子扶呢？“你能松手吗？”她问。

商锐径直朝她倒去。

姚绯意识到不对，反应极快地去扶他的肩膀，握住了，却没能撑住他的身体。商锐一米八五的身高，是一百多斤的大男人，长手长脚。姚绯往后倒在了地面上，商锐整个人压了下来，严丝合缝地覆在了她身上，无声无息地把头伏在她的颈侧，炽热滚烫的唇贴上了她的脖颈肌肤。

商锐晕过去了。

商锐在进剧组的第一天，感冒加中暑，晕在了众人面前。

简陋的宾馆房间，空调发出沉闷的声响，商锐躺在床上面无表情地看着天花板。

“你不舒服怎么不跟我说呢，吓死我了。”蔡伟在床边团团转，“我一转头就看到了你倒在了姚绯身上。好在姚绯抱住了你，不然你的脸肯定得毁容。”

商锐抬手盖在脸上，嗓音沙哑：“你闭嘴歇会儿吧。”

“你哥打电话过来了，想接你回去。”

“你一天到晚跟他汇报什么，”商锐阴沉着脸，“你拿谁的工资？我拍完戏自然会回去，不用他接。”

“瞒不住的。”蔡伟拉过椅子在床边坐下，认真看着商锐，“不行我们就不拍了，违约金也没多少钱。”

“我打电话跟他说。”商锐伸手，“把手机给我。”

蔡伟连忙把手机放到商锐手里。他今天也是被吓到了，要不是姚绯离得近，抱住了商锐，商锐会结结实实地脸朝地摔下去。

商锐跟商子明打了两分钟电话才撂下手机。他哥不麻烦，主要是父母对他太紧张了，他打电话让大哥去哄爸妈。

“怎么样？商总怎么说？回吗？”

“中暑而已，回什么回。你想回，一个人回去吧。”商锐头疼得厉害，看着天花板上的花纹，“那什么——”

“什么？”

“姚绯，”商锐脸色难看，语调生硬，“她受伤了吗？”

“后背擦伤了，剧组的医护人员已经给她处理了后背。”

商锐再次抬手盖在脸上，生无可恋。

中暑来得太突然，他下车的时候看到姚绯在搬行李，想过去提醒她演员没必要搬行李，剧组有的是人干活。可他搭上姚绯的肩膀就失去了意识。

“哪里能买到飞往火星的船票？”

“你说什么？”

“没说什么。”商锐放下手，抬腿下床。

蔡伟立刻来扶他，商锐摆手拒绝，中气十足地吼道：“我不虚，不用扶。”

商锐在宾馆躺了两天，其间剧组其他人都来看他了，唯独姚绯没来。虽然他也不太想见姚绯——实在太尴尬——可她两天都不来也很离谱。

第三天他才见到姚绯。

宾馆房间没有单独浴室，只有走廊里有两个公共浴室，一个男的，一个女的，位于走廊两头。商锐早上六点就被空调吵醒了，宾馆的空调跟鼓风机似的，吵得他快神经衰弱了。他拎着衣服进入浴室，因简陋而震惊——一整排带着锈迹的喷头，地砖微微泛黄，地上还有些不明积水。商锐踮着脚走进去，忍着恶心脱掉衣服，打开了淋浴喷头。

因为感冒，他这两天被蔡伟按着不准洗澡。这里快四十摄氏度，两天不洗澡就是臭咸菜。

冰冷的水直喷脑门，商锐倒吸一口凉气。这鬼地方是给人用的？商锐忍着痛苦冲了个冷水澡，也顾不得用洗面奶那些东西，沐浴露都没打。

他简单冲了个冷水澡——幸亏他头发短，揉一把洗发水就够用了。他换上T恤、短裤，擦了一把湿漉漉的头发，逃一样地出了浴室。

他迎面跟叼着鸡蛋饼的姚绯撞上。

姚绯穿着白色运动套装，长袖长裤，头发扎成了马尾。她脸上有运动过后的红晕，健康清瘦，整个人透着积极向上的青春气息。她眼眸中有短暂的诧异，很快就恢复成了客气。

“早上好。”姚绯拿掉鸡蛋饼，走上台阶，“你好点了吗？”

商锐穿着黑色背心、黑色短裤，腿倒是又直又长，只是有着不健康的苍白；黑色短寸上沾着水珠，如墨的桃花眼眼眸盯着姚绯，眼睫毛还是湿潮的。

“嗯。”商锐蹙了一下俊朗的长眉，“这里有健身房？”

“没有。”姚绯一头雾水，“你要去健身房？”

“不是，你不是刚运动结束吗？”

“哦，这个啊，门口那条路，跑了一个小时。”姚绯说，“早上跑正好，不晒。”

快四十摄氏度的高温天气，喘气都嫌累，还跑步？

一滴水顺着商锐的黑色发丝滚到了他的脖颈，滑过锁骨，滚进衣服，洇湿了一小块。商锐薄唇轻启：“那你的身体素质真好。”

姚绯愣了一下，忽地笑起来。她唇红齿白，笑得眼睛弯着，十分灿烂：“是，我常年运动，还行。”

商锐已经明白过来她在笑什么了，俊美的脸阴沉：“你笑什么？”

他晕倒很好笑吗？

是的，很好笑。

整个剧组这么多人，男女老少孕，只有他晕倒了。

“肌肉抽搐吧。”姚绯为自己辩解。她已经躲了两天了，怕看到商锐笑出声。傲慢高冷、不可一世的商锐下车就中暑了，晕得不省人事。

“那我回去了。”姚绯越过商锐指了指走廊的另一头，道，“再见。”

“你吃的什么？”商锐单手插兜，甩了一下头上的水，扬起下颌，恢复往日的高冷。

“鸡蛋饼。”姚绯接触到商锐的目光。这位是跟她要早餐吗？她是忙忘了。“早餐有鸡蛋饼、鸡肉三明治、豆浆、牛奶，还有蔬菜沙拉，你吃什么？我下去帮你拿？”

姚绯的睫毛很长，根根分明。她不笑的时候，眼睛清澈见底，如同浸着薄冰。在这燥热的盛夏，看起来很清凉。

“鸡蛋饼。”

“喝的呢？”

“你喝的什么？”商锐身上的凉气过去了，燥热渐渐覆上身体，连发丝上的水珠都成了热的。他再次抬手擦了一下头发，蹙眉道：“你的背怎么样？”

“背？啊，没事。”姚绯反应过来他说的是什么。商锐倒得猝不及防，她直接被压在马路上了，背磕了一下。“我喝的牛奶。”她答。

“那就牛奶。”

“我一会儿送到你房间吗？你住哪个房间？”

商锐转身往房间走：“放门口就行，发微信给我。”

商锐的房门敞着，离楼梯口不远，姚绯已经看到了他房间的门口堆着的限量款箱子。

“好。”姚绯把最后一口鸡蛋饼吃完，转身大步下楼。

商锐面无表情地迈开长腿回到房间，放下毛巾走到床边，弯腰捡起手机打开微信群，找到姚绯的微信，发送添加好友申请。

姚绯在一层洗干净手，帮商锐拿了一份早餐端上楼。整个剧组只有姚绯五点半起床，剧组从国内带了厨师，五十来岁的师傅，做饭特别好吃，是大厨水准，对姚绯极好。看姚绯下去，厨师又给她塞了个茶叶蛋。

姚绯把早餐放到商锐门口的柜子上，敲了一下房门，转身往自己的房间走。她得洗个澡，这里太热了，穿短袖怕把胳膊晒成两个颜色，只能穿长袖出去跑步。

她回到房间拿换洗衣服去冲了个澡，擦着头发回到房间才打开手机看到商锐的微信申请。

商锐加她干什么？姚绯点击“通过”。

商锐的微信名是英文，头像是一个小孩儿的照片。姚绯点开头像，看到小孩儿的外形轮廓跟商锐有些像。是商锐小时候？

微信群的消息提示音响了一声，姚绯点开看到群内消息。七点半三层会议室剧本围读，通知了需要参加围读的演员。

昨晚姚绯就拿到了通告，她已经进剧组拍了两天的戏。拍得不顺，司以寒决定今天上午不拍了，要剧本围读，再磨下剧情和演员的默契。

姚绯回复“收到”，放下手机，换上了白色T恤和牛仔裤。敲门声响，姚绯走过去拉开了门，看到张嘴打哈欠的刘曼。

“绯姐，七点半剧本围读，三层。下午两点拍摄，还是昨天那场戏，导演说没过。”刘曼把打了一半的哈欠憋了回去，说道，“你吃早餐了吗？我帮你拿。”

“吃过了。”姚绯走回去继续看剧本。剧组的演员演技参差不齐，让司以寒头疼，也让她头疼。

她人微言轻，在剧组谁都不能得罪。可有些演员的演技真是离谱到让姚绯想牵一只鹅放在这里对戏，后期修图。

如果是七年前，姚绯大概早就把剧本扔到对方脸上了，让对方赶紧去找个电子厂上班。

七年让姚绯卑微到了泥里，她只能一遍遍温柔地提醒对戏的演员，“老师，您这里台词太用力了”“老师，你这里稍微差点感情”。

那是稍微差点吗？那是差个银河系！

七点二十分，姚绯抱着剧本上了三层。三层会议室已经坐满了人，空调呼呼地吹着冷风，但仍然不够冷。几个年轻演员扇着风，痛不欲生。

姚绯拉开椅子坐下，夏阳瞥了她一眼："影后来了呀？"

这两天导演挂在嘴边最多的是"你们能不能看看姚绯是怎么演戏的？除了姚绯，你们都不行"，为姚绯拉满了仇恨。夏阳叫她"影后"是带着嘲讽的，姚绯也不想回应，笑笑就过去了。她懒得和夏阳直接对质。

七点半整，商锐拎着剧本、戴着墨镜的高大身躯晃进了会议室。姚绯抬眼看过去。他环视一周，面无表情地走到姚绯这边，拉开椅子坐下。

商锐中暑，司以寒就没给他排戏，他来围读什么？

"明天有我的戏。"商锐接过助理递来的冰水，拧开喝了一口，把瓶子放到了桌面上，嗓音低沉，漫不经心，"你们围读，我围观。"

"你身体怎么样？最近好点了吗？"

商势传媒的二公子，行业里巴结的对象——瞬间不少人拥上来跟商锐打招呼。姚绯拉着椅子往旁边挪了一下，希望等会儿司以寒能公私分明地把这种闲杂人等清出会议室。

会议室的门被推开，姚绯抬眼看到司以寒和荣丰一起走了进来。荣丰穿着黑色背心、黑色短裤，鼻梁上架着墨镜，头发扎成了小辫子。

姚绯怔住了。荣丰！

"大家好，我是荣丰。"司以寒拉开椅子让荣丰坐下，随即坐到了旁边。荣丰在室内依旧戴着墨镜。"我过来帮你们导演顺顺戏。"荣丰说。

之前确实有一部分演员看不上司以寒，虽然嘴上不说，但行为不太配合，觉得司以寒那么年轻，有什么资格批评他们的演技？司以寒曾经也没正经读过表演，是非科班出身的演员，演技这两年才好起来。

"荣导？！"有演员惊呼。

"要追星的话，工作结束找我要签名，我住在你们导演隔壁，欢迎随时去敲我的门。哦对了，男的别敲。"荣丰拿下墨镜，翻着剧本说道，"你们开始吧，我看看你们的台词功底。"

会议室有笑声，但很快就安静了下来。

第一个开口的是夏阳，她拿起剧本调整状态。

"我一定要拍到这场暴行。我不撤，要走你一个人走！"夏阳的声音偏细，一开口就很尖，"我没你那么贪生怕死！"

夏阳的角色叫乔立，是夏瑶的搭档。夏瑶是新闻摄影师，乔立是新闻记者，因为长得漂亮又果敢，敢在前线报道最混乱的战局，在网上小有名气。她们团队在S国记录战争，遇到反政府军暴动，腐败的政府不堪一击，反政府军摧枯拉朽般从城外一路打了进来，烧杀掠夺。通信基站被摧毁，她们和国内失去了联系。夏瑶第一时间要求撤离到安全区；而乔立年轻气盛，拥有着无限的勇气和不怕死的决心，坚决不走。两个人发生矛盾，也因为这个矛盾，他们没能在第一时间撤出战区，被迫跟同样困在战区的国内派的救援医疗队碰上，于是夏瑶和盛辰光重逢。

“我不是贪生怕死，而是不能牺牲得毫无意义。”姚绯握着剧本开口时已经看向了夏阳，皱眉道，“通信基站已经被炸毁，这是战争彻底打响的信号，我们不能再留在这里。上面也没有让我留下的命令，他们的暴行已经被全世界人看在眼里了。”她们的团队有十几个人，最小的才十九岁。“我不能认同你的观点，我必须带着所有人离开。我不单单是你的摄影师，我还是组长，我负责把所有人安全带回去。”她说。

“我不怕死！他们也不怕死！”夏阳对姚绯的目光已经是敌视的了，声音尖锐，“只有你怕死！”

“停一下。”荣丰揉了揉耳朵，先看了一眼姚绯，姚绯跟他想象中的完全不一样。上次他在网上看到姚绯的照片，确实令他惊艳。他过去看定妆，发现她比照片上稚嫩，真人有些太嫩了，不符合他的要求，他就离开了。这次司以寒邀请他过来剧组看戏，他再次观察姚绯。

姚绯穿着简单的T恤、牛仔裤站在那里。从拿到剧本的那一刻，她整个气场都变了，她的台词功底非常强。她站在那里就是理智成熟的夏瑶。对比之下，夏阳的演技显得格格不入。荣丰怀疑夏阳的最后一句可能是被姚绯压她的戏激怒，恼羞成怒。

“乔立，你的敌人是夏瑶吗？你跟夏瑶是什么关系？你们是朋友，是合作伙伴。”荣丰看向夏阳，“用力过猛了。你的敌意太明显也太尖锐，你最后一句吼得很失控。为什么那么吼，你能明白吗？你这个角色的人设是年轻、冲动、勇敢的记者，不是泼妇。”

夏阳攥紧了手指，红着眼睛看荣丰，泫泪欲滴：“她压我的戏，她的压迫感太强了，我——”夏阳没被这么直接地骂过，她在之前的剧组都是被哄着的，进这个剧组后被从头骂到尾。

“什么叫压你的戏？她的台词非常精准，如果你连标准都接不住，那你该考虑是否转行，演员这个职业不适合你。”

荣丰对她的挑衅连多余的眼神都没给，抱臂往后靠在椅子上，跷起二郎腿：“也就是你们导演脾气好，换我的剧组，第一天就让你滚蛋了。给你两个选择，继续演下去或者滚蛋，二选一。我现在发条信息说缺个女演员，大批一线演员会来竞争这个角色，我荣丰还不缺演员。”

潜台词：你算什么东西？

夏阳抿了一下唇，余光看向姚绯，狠狠地一咬牙，低头：“对不起导演，我情绪是有点不太对，我再调整下。”

面前这不是司以寒，这是荣丰，多少人对他的戏梦寐以求。

“帮搭档接戏没问题，可也有限度，不能让人去地上捡戏，”荣丰毫不客气，“那就很离谱了。继续吧。其他人也是，如果觉得受不了，提前说，我让你们司导买机票，送你们回家。”

夏阳是靠人脉进的剧组，剧组的第一大刺头是商锐，第二大刺头就是夏阳。这两大刺头除了导演和制片人，谁也不敢得罪。姚绯已经忍了两天，想劝夏阳去找个电子厂。

有荣丰这句话，其他人的皮绷得更紧了，大气都不敢出。认真对待后，围读更加顺利了。大家是真的想入戏，想在荣丰面前表现演技。

这才是姚绯熟悉的画风，她松了一口气。她对演戏是有信仰的，特别不喜欢别人糟蹋剧本。《盛夏》的剧本要说题材特殊、剧本完美，也不算，可胜在故事简单，感情纯粹细腻，没有什么画蛇添足的部分。少年至纯，爱得毫无保留，重逢后更加热烈。

这在姚绯这里也是及格的剧本，实在不能单纯地当成偶像剧来拍。

姚绯演戏非常有魅力，而且很能带动其他演员。她的演技是有质感的，毫不谦虚地说，她直接拔高了《盛夏》剧组的质量。

围读结束，其他演员陆续离开。荣丰并没有立刻起身，只是盯着对面的姚绯看，目光严肃。

姚绯收拾好剧本，站起来。她对人的情绪很敏感，所以荣丰第一次看她的时候，她就意识到了。她说道：“荣丰导演，我的表演有什么问题吗？如果有的话，您直说，我会改。”

“你没有任何问题。”荣丰站起来，扫了一眼还坐在会议室一角的商锐。商锐的外形生得很优越，身高腿长，五官俊美，棱角分明——只是那演技，荣丰想一下就头疼。荣丰觉得姚绯的演技在这个剧组格格不入，十分委屈。“是剧组的问题。”他说。

司以寒摸了摸鼻子，收起剧本。他不反驳，这个剧组目前确实配不上姚绯的认真。

姚绯愣了一下，不知道这句话的具体含义。荣丰在夸她？

“中午有时间吗？”荣丰走了两步，回头看姚绯，说道，“一起吃饭？我可能要在剧组留一段时间，我们正式认识下。”

荣丰原计划过来待两天就走，结果看姚绯演了两场戏，决定不走了。

于是，他就在司以寒的剧组里驻扎，当上了二分之一的导演。

“你知道沈成吧？”荣丰翻着《盛夏》的剧本——他已经迅速地看了一遍剧本，

剧本比想象中的好点——抽了一口烟。

“《寒刀行》的导演。”

“好几年前，H城那帮导演的饭局，我和沈成都在。他喝多了，在酒桌上号啕大哭，说对不起姚绯。”荣丰以前混在H城，沈成是H城的导演，两个人在一个圈子，但没利益往来，彼此不联系。“我当时以为他跟姚绯有一腿。”荣丰说。

司以寒：“……那你可真会想。姚绯拍《寒刀行》的时候才多大，沈成有毛病啊，会喜欢小女孩儿。难怪你一开始不让我签姚绯。”

“不让你签她不是因为这个，我不在意女演员的私生活，有生活阅历的女演员能更好地入戏，我喜欢拍熟女。主要是你签下她会损失很多，我是为你的财产安全考虑；可我没想到商家人会下场。商锐那小子有点意思，我以前很看不上他，浪荡公子哥儿，混吃等死的富二代。没想到他会在姚绯这件事上这么爷们儿，手段狠辣果断。华海最近被他折腾得有大麻烦了。”荣丰看了一眼不远处的片场，姚绯化完妆走出化妆车在跟男二号对戏。“话说回来，电影方面我绝不会看错，导演对演员的爱是刻在镜头里的。你看过《春夜》吗？《春夜》就是沈成为姚绯写的，那个电影绝了。”

“《春夜》？”司以寒咬着烟在画分镜，回忆了一下《春夜》的剧情，觉得自己和荣丰看的不是一部《春夜》。“你确定是我看的那个《春夜》？电影拍得乱七八糟，烂得不像是沈成的作品。我当初冲着沈成导演去电影院看，一百二十分钟，看完之后感觉过完了一生，还是痛苦不堪的一生。豆瓣评分3.1，是沈成的耻辱之作，绝在哪儿？”他说。

“换主演对导演影响很大。《春夜》是华海出品的，华海是最大的投资方。沈成把姚绯带到了酒桌上，却没能把她带回去。”荣丰弹落烟灰，“没换人的话，那部绝对是经典。相信我的判断，一定会拿奖。我已经知道了，他哭是对天才的惋惜，姚绯很可惜。”

“你从哪里知道的这些？要是真的，也不能怪沈导。姚绯是华海旗下的艺人，李盛那个王八蛋想祸害人，他护不住的。”司以寒还是第一次听说《春夜》的原型是姚绯。这种涉及当事人隐私的东西，当事人不说便无从查起。

“我上周见沈成了。以前我们互相看不上，他嫌我商业，我觉得他装，现在我们竟然也能聊两句。”荣丰说，“他极力给我推荐姚绯，我就过来看看。在过来的飞机上，我把《春夜》又看了一遍，脑子里自动把主角换成姚绯十八岁的脸，体验非常奇妙。”

经典和烂片在一线之间。

司以寒就知道荣丰不是单纯地过来探班。司以寒说：“你想筹备新戏了？和沈成合作吗？你不是要休息几年？”

“好演员可遇不可求，以后有的是时间休息，死后还会长眠呢，不急这一会儿。”荣丰把最后一口烟抽完，把烟头踩灭在沙土里，往后靠在椅子上，继续看不远处的姚绯，“我打算在这里待到《盛夏》拍完。”

司以寒放下笔，拿掉烟，踩灭。能把荣丰留在剧组是好事，能把姚绯推荐给荣丰也是好事。“真的？我把导演署名给你加上？”他说。

“不了不了，我没兴趣加名，回头媒体缠着我，烦死了。做监制挺好的，主要还是你拍，我帮你骂人。”

荣丰骂人是真的狠，一下午把剧组里的演员几乎骂了个遍。姚绯也没见过这么会骂人的导演，跟她想象中的荣丰完全不一样。

第一天下午夏阳被骂哭了三次，荣丰就站在旁边面无表情地看她哭着继续演。姚绯知道这些都过不了，但还要站在这里陪夏阳搭戏。这一场里，她和夏阳的对手戏最多，夏阳台词也很多。

她和夏阳一共演了一天半，拍了十九条才过。

演完第一镜群戏，天色已晚，夕阳的余晖把天空映成了红色。姚绯接过刘曼递来的水，仰头一饮而尽，捏着空的瓶子依旧仰着头看天。

“姐，走吗？”

“有烟吗？”姚绯回头看着刘曼。

刘曼愣了一下，迅速环视四周，又看向姚绯，震惊得眼睛都瞪圆了：“你抽烟？”

姚绯恍了一下神，拍戏入戏是很耗神的事，她的脑子还不是很清醒，才会下意识地跟人要烟。她忘记了自己从不在刘曼面前抽烟，刘曼也不知道她抽烟。

“算了，走吧。”

“南京要吗？”

姚绯回头看到荣丰单手插兜走过来，手里拿着九五之尊的烟盒，手心里夹着打火机。

大佬怎么还没走？姚绯迅速调整好情绪。

“谢谢导演。”姚绯接过烟盒和打火机，取了一支轻轻地衔着。风有些大，她抬手罩了一下，打火机卷上香烟，烟头亮起火光，烟草的焦味辛烈刺激，也压下了焦躁的情绪。

姚绯把打火机和烟盒还了回去，她对荣丰骂人还心有余悸，往后退了半步，尊敬道：“您还没走？”

“替你们导演善后。”荣丰也取了一支烟点燃，吸了一口，“今天感觉怎么样？”

“挺顺利的。”南京比苏烟劲儿大——姚绯平时抽女士香烟或者苏烟。她拿下烟看向荣丰。面对荣丰，她还是十分谦虚的：“您觉得我怎么样？”

荣丰没点评，抬手一指不远处停着的越野车：“会开那种车吗？手动挡。”

姚绯点头："会开。"

荣丰大步往越野车方向走，说道："来吧，帮我开个车。"

姚绯在沙地上弹落烟灰。这地方真的是破，整个小镇连个正经的垃圾桶都没有，垃圾处理方式一团乱，剧组的人抽完烟就把烟蒂往沙砾里戳。烟灰落在沙砾里，姚绯快步跟上荣丰，走到车前时烟还剩一截。

荣丰把车钥匙扔过来，姚绯接到车钥匙，拉开车门。她扶着线条冷硬悍然的车门把剩余的烟抽完，踩灭烟蒂，抬腿上车，转头对上荣丰的眼。

荣丰"啧"了一声，也不知道在啧什么。他手指上的烟也还剩一小截，他上车降下车窗，手肘架在窗户上："你这几年都在干什么？"

姚绯挂挡，松离合，用余光关注副驾驶位上的荣丰。她不知道他这么问的用意是什么，也不知道怎么回答才更好。她在荣丰面前像个面对老师的小学生。

"不拍戏的时间？"

"是，七年。"荣丰弹落烟灰，转头看向遥远处与天接轨的海面。海水滔滔，视觉上高于地平面，与天色相融，似乎随时都能让这个世界倾覆。

姚绯把车开出去："前几年读书、学表演，把之前没读的书都补上。钱花完了就去找工作，主要演舞台剧。"

姚绯很长时间没开过手动挡的车了，换挡时车猛地颤抖了一下。她说："抱歉。"

荣丰把烟蒂弹出窗外，回头注视姚绯："怎么没转行？"

"我喜欢表演。"姚绯想了想，说道，"不能演戏，我不知道活一年或者活十年、一百年有什么区别。"

姚绯还是戏里的造型，头发扎成了马尾。她穿着一件白色休闲衬衣，上面积了不少灰尘，但皮肤白皙，清淡的眼平静。

"你最想演什么戏？"荣丰看向姚绯，觉得她是个无欲无求的人，他很少在年轻演员身上看出这四个字。她演戏不是为了红，不是为钱。荣丰观察了几天，她只有在演戏时眼里是有光的，其他时间都活得很潦草。"有没有一个目标？"他问。

姚绯摇头，这个她还真没想过："只要剧本不是特别没逻辑，我都能拍，我不是很挑剧本。"

"擅长什么？"

"都可以。"

"都可以？"荣丰搁在车窗上的手指敲了一下窗沿，说道，"这么自信？"

对别人的话，姚绯敢回答"就是这么自信"，可话从荣丰嘴里说出来，姚绯不得不把后颈的汗毛竖起来以示尊重。姚绯的回答不如之前快了，思考了半晌，不知道坑在什么地方，但隐隐约约觉得这里面肯定有坑。

"您需要我演什么？"

“谈过恋爱吗？”荣丰点了点车窗，语气也不是很严肃。

姚绯握紧了方向盘。

“男人、女人、物品，恋什么都行，有过吗？”

这话太直接了，姚绯头有些晕。她咽动喉咙，半晌后摇头：“没有。”

“你在表演上很有天赋，也很聪明，你很会运用方式表演，但你的戏路并没有你想象中的那么宽，你身上缺点东西。”

“缺什么？”姚绯问道。

“具体得等到明天。如果明天收工时我没把你骂崩溃，你来找我，我告诉你。”

姚绯把车开进停车位，手心里已经出了汗，脸上火辣辣地烧。荣丰说她差点东西，她太自信了，她本身并没有那么优秀。

荣丰推开车门下去：“把车钥匙给周挺。”

姚绯快速解开安全带下车，追上荣丰：“导演，您能告诉我，我差在哪里吗？我想知道。”

荣丰没有回答她，只是摆了摆手，大步往宾馆走去。

姚绯没得到答案，心里揪着。荣丰是个很犀利的导演，进剧组这几天，把每个演员都看得很透，提出的问题一针见血。

夏阳今天演的戏和两天前的比简直是质的飞越，姚绯知道为什么——荣丰很会调教演员。他能精准地提出问题，并且解决问题。

他说有问题，那八成有问题。

姚绯把车钥匙放到一层安保队长那里，回到房间拿着衣服去浴室洗澡，冰冷的水冲到她的头上，她还有点浑浑噩噩的。到底差在哪里？她冲完澡，换上大T恤和长裤出门，撞上了刘曼。

“绯姐，明天早上演重逢戏，跟锐哥搭戏。”

姚绯拿着毛巾擦头发，注视着刘曼：“啊？”

“明天去四号场地拍戏，三号场地出了点意外，导演说先拍四号场地的戏。”姚绯擦着头发走回房间看通告单。先拍四号场地的戏，四号场地的第一场戏就是她和商锐的重逢。她和商锐全是爱情戏。难怪荣丰会问她有没有谈过恋爱，因为明天要演爱情戏。

差点什么？差爱情。姚绯恍然大悟，她差爱情。

“商锐中暑好了？”姚绯问道。

“嗯。”刘曼说，“你晚上想吃什么？我去给你拿饭。”

“我不想吃。”姚绯说，“出去帮我买一盒烟，什么牌子都行。”

“用跟苏总说吗？”刘曼欲言又止，没想到姚绯会抽烟。

苏洺昨天已经回国了。

“说吧。我拍戏会抽烟，很多年了。”姚绯用力擦了一下头发，放下毛巾。

“好，我这就去买。”

“哎，对了，男士香水哪个好闻？清淡一点的，不要那种尾调有麝香的。”

“我给我前男友买过爱马仕地中海花园，没有麝香，还挺好闻的。还有香奈儿蔚蓝，是木质香调，我自己买过，也没有麝香。爱马仕大地也行。男士香水我买的不多。你给谁买，什么价位？这些价格都不贵。”

“那这些都买来吧。”姚绯说，“这里好买吗？”

“从别的地方买过来，邮到市区，剧组周末会去市区采购，让他们取一下，不费事。”

“谢谢，你去吃饭吧。”姚绯拿起手机看时间，已经晚上七点了。她来不及吹头发，拿着剧本出门，快步走到商锐的房间门口，敲门。

她在接剧本之初就找商锐的剧来看，靠着敬业精神坚持看了两部，感觉精神受到了强烈的冲击。

别人演戏要钱，商锐演戏要命。

没有人回应，姚绯又敲了一下门，门就从里面被拉开了。商锐嘴上松松地叼着烟，穿着黑色T恤和牛仔裤，姿态散漫、漠然。

他似乎想骂人，对上姚绯的视线，他的唇抿了一下，往后退了半步，抬手拿下烟摁灭，扔进烟灰缸里，抱臂斜靠在门口的柜子上，抬起浓密的睫毛，深邃黑眸由上至下地打量姚绯。他要笑不笑的：“姚绯，你知道晚上敲男演员的门意味着什么吗？”

商锐逆着光站，他的五官立体深刻，眉骨桀骜，鼻梁高挺，薄唇抿出傲慢的弧度，居高临下地看着姚绯。

“我不是荣丰。”他嗓音低沉，语调缓慢，意味深长，“男女我都不会开门。”

“明天早上我们有对手戏，你看到通告了吗？”

“嗯。”商锐单手插兜，垂下睫毛，唇角缓缓落回原处，“然后？”

“你不需要对戏？”姚绯想把手里的剧本砸到商锐的脸上，可砸完的后果是她无法承受的。商锐这种人怎么配做演员。

“你找我对戏？”商锐用一种很奇怪的目光看眼前的姚绯。她的头发没吹干，湿漉漉地散着，白色T恤被洇湿了一部分，显出她单薄瘦削的骨架，明眸清澈，一尘不染。

商锐已经进组拍了一天的戏，他在B组拍其他人的戏份，被荣丰指着鼻子骂。他以为这事儿姚绯不知道——姚绯在A组拍戏，两个片场离得有点远。

他们过来快一周了，姚绯除了雷打不动地每天早上说一句“早安”，往他门口放一份早餐，其他时间几乎看不见人。

“进来吧。”商锐让开门，转身迈开长腿往里走，“吃晚饭了吗？”

商锐的房间比姚绯的大一些，门口堆满了行李箱，屋子里有饭菜的香气。屋子中央放着张小桌，上面摆着两个菜，一盘虾仁炒蛋，一盘清炒蔬菜。蔬菜看起来很诱人，翠绿的色泽鲜嫩。商锐应该还没来得及吃饭，筷子和碗都是干净的。

“还没有，我不怎么吃晚饭。”姚绯没看到饭之前是不饿，也没什么兴趣。

“把门关上。”商锐没回头，拉开椅子坐下，又取了干净的碗筷把杂粮饭扒出半碗放到对面，“吃完再对戏，我饿了。”

姚绯不声不响地想，挺会关心人。

商锐原本也没什么胃口，任谁被骂一天都不会好受。他演技差，他没灵气，他演戏木，不配进剧组。他就是个花瓶，除了一张脸，一无是处。商锐在网上看到过无数这样的骂，他以为听多了就麻木了，可被人当面指着鼻子骂，到底是不一样。

“这两天拍得怎么样？”商锐面无表情地拿起了筷子，指了指对面那份，“你的，碳水能调节心情，吃吧。”

他看了姚绯演戏，演技非常精湛，她就是天生的演员。剧组那帮演员在她面前都显得逊色，司以寒和荣丰绝不会骂她。

“还行。”姚绯拉开椅子坐下。心情不好，吃碳水确实能缓解。“谢谢。”她说。

算了，对戏之前先培养下感情，不然就商锐那张脸，她分分钟想掀桌子，怎么能产生爱意？刚刚商锐居高临下地讽刺她半夜敲男演员门的时候，她都想转头就走。

可作为演员，姚绯的第一守则是敬业，她不能走。

不管对面是人是狗，导演让她产生感情，她就得拼命地去找带动感情的点。跟他产生感情，这可能是姚绯从事演员以来遇到的最大困难。

姚绯不太爱吃杂粮饭，觉得拉嗓子，难以下咽。她放下剧本，拉开椅子在商锐对面坐下。屋子里的空调温度开得很低。

“你的房间空调开多少摄氏度？”

“十七。”商锐夹了块虾仁，看了姚绯一眼，“冷？”

“明天室外四十五摄氏度，片场没有空调，而且露天。”姚绯提醒他，“你房间的温度太低，出去适应不了气温，可能会再次中暑。”

“是吗？”商锐看了姚绯一眼，到嘴边的脏话又咽了回去，咬了一下牙，“第一天中暑是因为我感冒，我没那么虚。我今天就还好，适应得很好。”

“今天的最高气温是四十摄氏度，四十摄氏度和四十五摄氏度还是有很大区别的。”普通火炉和焚尸炉的区别。姚绯吃了一口杂粮饭，觉得意外地好吃，米饭很香，并不是她平时吃的那种，就又夹了一筷子。冲着这碗米饭，她提醒娇贵的商锐：“而且明天的戏要在室外持续很久，你不提前适应根本扛不住。”

商锐拿起空调遥控器把温度调高到二十五摄氏度，房间内顿时燥热起来。

“这么热，晚上怎么睡？”

“我这两天没开空调。”姚绯夹了一根青菜——炒得恰到好处，味道很淡，没有很多油，但吃不出是什么青菜，很脆很香，“忍忍就过去了，累了总能睡着。”

商锐的嘴角动了一下，到底没说出话。

跟个大清早穿长袖出去跑步的人争论这个问题本身就毫无意义——姚绯能忍常人不能忍的，但他也没把温度调回去。

两个人吃饭习惯还挺像，都不爱说话，很快就吃完。姚绯自然而然收拾餐具，商锐起身走到空调下面拉开被汗浸湿的衣服吹风。

手机响了一声，他拿起来看到蔡伟的微信：“锐哥，吃点饭吧，不然你的身体扛不住。”

“吃完了，过来收餐具。”商锐回复消息，又打字，“姚绯来找我对明天的戏，进来别乱说话。”

蔡伟：“！！！”

蔡伟：“！！！”

蔡伟：“你真的要拍下去？荣导骂人是真狠，你扛得住吗？”

都进组了，他怎么可能走。

蔡伟：“锐哥，你居然会跟演员对戏？！！你居然会对戏？！你是不是生病了，你没事吧？身体不好吗？”

滚吧。

商锐：“废话那么多，快点来把碗筷拿走。我的名声那么差，被骂得那么狠，一半都是你的功劳。”

姚绯把碗筷收好，房门从外面打开，蔡伟快步过来接过碗筷。他刚要跟姚绯客气，抬头看向空调：“锐哥，空调坏了？怎么热成这样？！”

“没坏。”商锐摆摆手，“走吧。”

“医生给你熬的中药放门口了，你等会儿记得喝。”蔡伟把保温杯放到门口柜子上，说道，“姚绯你要喝吗？增加抵抗力的。”

“不了，我的抵抗力挺好的。”姚绯拒绝喝中药。

蔡伟看姚绯在这么热的房间里一滴汗都没有，依旧是那个冷清模样，他点点头，拿着餐具出去并带上了门。

“从哪里开始？”商锐拿起剧本又坐回吃饭的地方。

姚绯抽了张餐巾纸把桌子擦干净，把纸扔进垃圾桶里，翻起剧本：“先走一遍台词怎么样？明天的戏，重逢这里。”

重逢的台词并不算多，主要是靠情绪。两个人在兵荒马乱中猝不及防地重逢，浓烈的感情在沉默中涌动。

商锐从没有私底下跟女演员对戏的经验，毕竟有太多打着对戏的名义半夜敲他的门，结果只是不怀好意的女演员。如果不是姚绯，他连门都不会开。谁知道开门会面对什么。架好相机等着他开门，马上全网买通稿：“某某进了商锐的房间，共度春宵”“某某跟商锐恋情曝光，因戏生爱”。

商锐出了片场几乎不跟女演员来往，那些无孔不入的绯闻太烦人了。

“行。”商锐拿起剧本读台词。

重逢后第一次见面的台词并不多，盛辰光更多的戏份是表情和肢体语言。姚绯配合商锐台词的同时，想融入情绪，却发现根本融不进去。

商锐的情绪不对，她也有点不对。她对着商锐这张脸，根本没法入戏。

两人对了三遍，一遍比一遍差。

“你做过人物小传吗？”姚绯握着剧本，忍不住问道，“就是关于盛辰光人设的全部，剧本里的，剧本外的。”

“编剧有给我做。”商锐敞着腿坐在不高的椅子上，手肘压在膝盖上，注视着对面的姚绯，“怎么了？”

“你没有自己做过吗？”姚绯听到商锐的台词就有点想转身走，她没见过这么差的差生，“我想跟你讨论下人设。”

“你身后的行李箱里，最上面那一沓。我为什么要做这些？”商锐往后靠在椅子上，拿剧本扇风，“有什么问题，你直说吧。”

“你的情绪差得有些远，这并不是你的演技问题，是你没有了解人物。”姚绯没有去拿人物设定稿纸，没必要，“人设小传需要演员自己去做，毕竟到镜头前表演的是演员，编剧只能给一些剧本内的东西。这些，读书的时候老师应该教过。你不是电影学院毕业的吗？”

“你搜过我的资料？”商锐扬了一下唇角，到底还是拿了一支烟咬着，偏头点燃，“你嫌熏就坐远点。很多人都不知道我本科学的是表演。”

你很骄傲吗？

“你对盛辰光的人设怎么理解？你觉得这里重逢时，盛辰光的心情是什么样？”姚绯握着剧本看商锐，怕他发脾气，掀桌子不干，“搭档需要这样的沟通，锐哥。”

姚绯是第一次叫他“锐哥”。

大约有半分钟的沉默，商锐把烟摁灭在烟灰缸里，重新拿起剧本：“分开的恋人久别重逢能想什么？想拥抱她，想走到她面前，迫不及待地跟她在一起？”

“我就直说了，你不要生气。”

“说吧。”商锐抬眼注视姚绯，姚绯讲戏时特别有魅力。她是真的要跟商锐讲戏，抬手用手腕上的皮筋扎起了半干的头发，随意绾着，露出一截白皙的脖颈坐在他对面，目光认真、专注。

“盛辰光是个很骄傲的人，你演的时候不要想你在演盛辰光，而要沉浸进去，想着你就是盛辰光。十三岁父母离婚，之后母亲去世，你觉得是父亲的责任。你恨着父亲，却也无能为力，你在这个世界上只有父亲了。叛逆是恨他、惩罚他，也是引起关注的方式。你骄傲又敏感，把自己包裹在厚厚的壳子里。”

“这些剧本里有吗？”商锐把剧本翻出很大声响，“在哪里呢？”

“人设的延伸。”姚绯说，“你还要补充，为什么十六岁的盛辰光学习差、性格叛逆而张扬；为什么对夏瑶母女充满敌意；剧本里一笔带过的母亲，父母离婚的原因，以及盛辰光的父亲和夏瑶的母亲的感情。你要试着想明白盛辰光为什么会这样。你高中的时候叛逆吗，你的叛逆原因是什么。你高中时有喜欢过人吗，再见时你是什么心情。”

商锐高中时不叛逆，他十八岁之前循规蹈矩地活着，是父母眼中的好孩子。除了偶尔跟着俞夏去打架，几乎是老师眼中的好学生。

他的叛逆期发生在十八岁，高中毕业那年。

俞夏家出事，他想求父母帮忙。那是父母第一次拒绝他。他跟父母闹掰，拉黑大哥的电话，忽然对生活了十八年的世界产生了质疑。

后来俞夏去了英国，司以寒飞向了云端。

一夜之后，只剩下自己在原地。

他站在学校的后街仰望天空，很空旷很蓝的天，连一朵云都没有。他的世界一片荒芜，他是孤独的一个人。从头到尾他就在别人的世界之外，有没有他，这个世界并不会有什么变化，所有人都不会有变化。

大哥曾经跟他争论钱的重要性，说了一句话：若是没有钱，他们这种人可能连朋友都没有。

那时候商锐天真地反驳，怎么可能啊？俞夏才不在意他有没有钱，他们会永远在一起。毕竟他们五岁认识，从同一所幼儿园到小学、初中、高中，他们是同桌，是同学，是最好的朋友。

俞夏飞走了，那是他第一次认识到自己渺小无能。

进入大学，他拼命地赚钱。其实他与这个世界对抗的时间非常短，他的商人本质是刻在基因里的。他很快就理解了这个世界的规则，明白了利益至上的法则，他无师自通地学会了怎么做一个成年人。他和俞夏的重逢也没有那么波澜壮阔，俞夏回国后他们再次联系上。

第一次见面，商锐给她带了两杯高中时经常买的奶茶。俞夏要减肥，只喝了一口。商锐被蔡伟追着唠叨减肥，只尝了一下。两杯奶茶的归宿是垃圾桶。他们没了读书时的无话不谈，他们长大了，生活的圈子不一样，也就没什么共同语言了。他们依旧是朋友，其实最初也是朋友。

俞夏要找投资，他正好有钱。他出钱给俞夏投资了电影、电视剧，他认识了夏铭影业，把俞夏的 IP 捧成了业内顶级。

曾经大哥说的话，在他们身上一一应验。

他甚至连失望都没有，觉得世界就是这样。每个人都有价码，每一份感情都是明码标价的。

但他懂得了姚绯所说的骄傲不甘，还有一些永远无法宣之于口的恨意。虽然他不承认，可他确确实实被抛弃过。没有谁对谁错，也没有怨主。

“我没有叛逆期。”商锐重新取出一支烟点燃，吸了一下，白色烟雾萦绕着他泛红的唇升入空中。狭长的桃花眼上扬，深邃地凝视着姚绯。“说台词呢，你说我干什么？你对我的情史这么好奇？怎么，对我有兴趣？”他说。

你不是至今都在叛逆吗？

姚绯自动忽略他的反驳，只说剧本。

“我们在讨论人设的逻辑性。如果盛辰光真的不管不顾的话，那为什么要隔着十年？买不起机票？为什么不再见？盛辰光和夏瑶甚至有过见面的机会。我的剧本第六十五页回忆那里，夏瑶说她和盛辰光曾经有半年时间在同一座城市，却始终没有见面。”姚绯说，“我们的剧本应该差不多。为什么不见？不敢，不甘，也有恨意吧？剧本里有大片沉默是供这些情绪发挥的，所以你的台词节奏稍微有点问题。”

商锐蹙眉拿起姚绯的剧本翻到六十五页，看到那里一笔带过的一句话。这一段他的剧本里也有，他翻自己的剧本，找到那段。

商锐一边看剧本一边抽烟，修长、骨节分明的手指上夹着白色的烟，烟雾袅袅，缓缓升入空中。

他垂着眼，睫毛很长，在眼下投出浓重的阴影。

商锐若是个哑巴的话，那他真的就完美了，他是个长得很好看的人。

“那你呢？你对盛辰光是什么感情？你爱盛辰光吗？你的人设延伸到什么地方？你爱过人吗？”商锐松开眉，抬眼注视姚绯，因为抽烟，嗓音偏哑，“有多爱？再见到他，你想干什么？”

姚绯没爱过人，她仔细地回忆人生里认识的所有人，犄角旮旯都搜寻了一遍，没找到爱的痕迹。

“再对一遍吧，你的台词功底还是不错的。”姚绯昧着良心夸商锐，说道，“就是缺乏一点感情。”

商锐扬了一下唇角：“那你的感情也不对，你对我——不是，你对盛辰光的眼神是没有爱的。”

他把烟摁入烟灰缸，注视姚绯。

“真的？”姚绯皱了一下眉，“是吗？”

“你只能看到我，你看不到你自己。你对盛辰光是什么样的感情？”商锐把剧本拍到桌子上，起身走向床头，拉开小冰箱取出两瓶冰水，扔给姚绯一瓶。

姚绯抬手接住，冰凉的水瓶上面覆着密密麻麻的水珠，沾湿了手。

“十年前，十八岁的盛辰光和夏瑶，”商锐拉开椅子坐下，盯着姚绯，“是相爱的，对吗？”

“按照剧本，对。”

“你爱我？”商锐指了指姚绯，手指握着水瓶，灌了一大口，喉结滑动，“对吗？”

其实不太对，夏瑶爱盛辰光，姚绯不爱商锐。

但他们在对戏，姚绯是夏瑶，商锐是盛辰光。

“是。”姚绯说。

“那你用爱我的眼神看我。”冰凉的水顺着喉咙滚下去，滑入了胃中。商锐的睫毛浓黑，黑眸深邃深刻：“这里，我们的见面，你对我抱着什么样的心情？”

“意外，期待，想见我，想亲我，想拥抱，想跟我……还是，生命中唯一的光突然就亮在了面前，照亮了黑暗，你得救了？”商锐往后靠着，姿态散漫，嗓音也低沉，“你不说，我感受不到。”

“得救”这两个字让姚绯觉得意外，她拧了眉。商锐这个人不学无术，看上去吊儿郎当，这个词却用得非常精准。因为搭档的意见不合，她们错过了安全撤退的机会，反政府军很快就对城市进行了轰炸和烧杀掠夺，她在最混乱、绝望的时候跟盛辰光重逢。他们的相见确实有获救这个因素在，夏瑶用看光的眼神看盛辰光也对，这是一个表面含义。

另一方面就是深层次的精神获救。他们已经错过彼此十年，这十年她没有谈恋爱，一个人孤独地活着。她不敢往前，他们之间隔着山海。可若是在生死面前呢？也许今天就是最后一天，她渴望他。

“爱意的眼神是什么样？”姚绯忽然问道。

商锐蹙眉，他怎么知道。“这就涉及我的最后一个问题。你——谈过恋爱吗？”他说。

“你谈过恋爱吗？”姚绯问商锐。

对不起，母胎单身。

“谈过。”商锐把水喝完，把玻璃瓶扔进了垃圾桶，“哐当”一声响，他凌厉的黑眸注视姚绯，“你呢？”

谈个屁！他跟鬼谈！

姚绯想了想，说道：“你女朋友看你是什么眼神？”

“反正不是你那样的。”商锐抽纸擦手，长腿几乎抵到了餐桌上，眼尾上扬，眼眸里浸着意味深长。

姚绯在表演上求知欲很强，既然商锐指出了问题，她就想问到底，想知道自己差在哪里。

“能说具体点吗？”

“女朋友看我的眼神，”商锐注视着姚绯，嗓音沙沙的，低沉，慢悠悠道，“会用仰望、爱慕的眼神看我，说话软绵绵的，对我十分地依赖、崇拜，满眼都是我。”

姚绯无法想象崇拜商锐的女孩子是什么样的，那样的女孩子，眼睛得多瞎？得多没见过世面，才能崇拜商锐。

她在脑海里把商锐演过的那些烂片迅速过了一遍，找了一部十分蠢的都市言情剧，里面的女主角每天用夸张的花痴表情看商锐。她抬手托着下巴，唇抿着，眼睛上扬，幅度并不大。睫毛下，她的眸子有几分柔软，静静地看着商锐：“这样吗，锐哥？”

姚绯仰望着他，眼神温柔专注，好像满眼都是他，全世界都是他。房间内温度陡然升高，姚绯没扎紧的头发有一缕垂落下来，轻飘飘地荡漾到了她白皙的肌肤上。她偏了一下头，又单手托着腮，娇娇地看他，语调软绵绵的：“这样呀？”

商锐直直地看着姚绯，喉结很轻地滑动，他听到自己的呼吸声在变重。空气灼热，空调失去了作用。

“夏瑶的人设不是这样的。”姚绯放下手，觉得过于愚蠢，直接否掉了商锐的审美。她拿起剧本，表情已经恢复如常，一如既往地清冷，“她跟你的女朋友可能不是一个类型，如果夏瑶这样表现，人设就崩了。”

商锐还盯着姚绯，黑眸又沉又暗。

“我们再对一遍戏，我好像有点感觉了。”

“今天就到这里吧。”商锐霍然起身，拿起空调遥控器，大步走到窗户边背对着姚绯把空调温度调到最低，嗓音低沉沙哑，“我等会儿做人设。我再把剧本看一遍。我剧本还没看透，明天早上到剧组，我们再对戏吧。”

“可——”明天根本就来不及好吗？商锐怎么风一阵儿雨一阵儿，说不配合就不配合。他是真不知道“敬业”两个字怎么写。

“你先出去。”商锐的语气冷硬，有着不耐烦，下了逐客令，“把你的东西带走。”

谁愿意在这里待。

“再见。”姚绯收拾起剧本文件，转身往外面走。

商锐翻脸比翻书还快。姚绯拉开门，身后，商锐低沉的嗓音响起：“我会好好看剧本，我也会好好演这部戏。这部戏对我来说，同样重要。”

姚绯回头看了他一眼，点头，带上门走出去，一边想人设一边往房间走。商锐说她的眼神不对，真的不对吗？她还是第一次被人质疑演技。

先是荣丰导演说她不到位，商锐又提。

“我说呢，商锐怎么那么护着你。”

姚绯抬眼看到抱臂靠在门边的夏阳。夏阳穿着吊带睡裙，短头发让她看上去很小女人，但她的眼神并不和善，语调带着笑，却非友善的笑：“原来还有这层关系，难怪导演、制片人、荣导都对你那么好。”

姚绯皱眉，觉得夏阳有病。

“我跟商锐没有任何关系，我找他对戏而已。我不知道你有没有进过敬业的剧组，跟搭档对过戏。”姚绯很恶心别人恶意揣测她和异性的关系，难道这个世界上男女在一起，除了床上那点事，就没有其他的事了吗？连正事都要扯上男女关系。只因为她是女的，就连她的努力都要抹去，把所有努力成果歪到以“色”侍人上。姚绯下巴微扬，拿起手里的剧本：“夏小姐，导演、制片人、荣导对我好的原因是我入戏、出戏都很快，我不给剧组惹事，我足够敬业。如果你想他们对你好，你也可以非常敬业。敬业到他们尊重你，那你想要的都会得到。”

“你——”夏阳站直，不装柔弱淑女了，“真以为你是靠实力走到现在？别人叫你一声‘影后’，你就成了真影后？还实力？！床上的实力吗？”

“是吗？两大知名电影奖项女主角。”姚绯对夏阳最后那点客气也消失殆尽，只剩下厌恶，目光冰冷，“夏阳，你有本事去拿一个，再来说这些奖不算影后的证明。”

娱乐行业那么多人，得奖的人却只有寥寥几个。夏阳以前是演电视剧的，她连电视台最基本的奖都没拿过。

“我从不用男女关系去恶意揣测任何人，或者瞧不起任何人，我认为这是最肮脏的侮辱。”姚绯握紧了手里的剧本，继续往前走，一直走到夏阳面前。姚绯比夏阳高，夏阳往后退了半步，忽然觉得姚绯不笑的时候，其实很可怕。

“你想干什么？”

“但我想对你说一句话。”姚绯的手落到夏阳的肩膀上，夏阳抬手想打人，姚绯握住她的手腕横到了她的脖子上，猛地把夏阳抵到了墙上。夏阳瞪大眼，根本无力挣脱，她发现姚绯的力气非常大。“你干什么？姚绯，我叫人了！”夏阳说。

“你自己是爬床上来的，就以为全天下女人的努力都是睡出来的，收收你的偏见。”姚绯松开了她的手，往后退了一大步，手指在T恤上擦了一下。

夏阳已经缩进了房间，惊恐地看她。

“你叫人吧。”姚绯想了想，说道，“叫大声点。正好商锐也可以出来当面跟你解释我们到底是什么关系。”

夏阳的后台很硬，这也是姚绯一直不愿意搭理她的原因。她只喜欢演戏，不想跟任何人结仇，所以夏阳单独挑衅她，她都当没看到。可夏阳造谣到商锐头上就是作死了。商锐那么厌恶姚绯，恨不得跟姚绯保持八百米的距离，要是他知道夏阳造谣他们睡过，商锐估计能恶心得脱层皮。商锐的后台比夏阳还大，不然商锐怎么凭借那么破烂的演技来演男一号？夏阳对上他，大约只有被碾碎的下场。

夏阳用力关上了门，巨大一声响。

姚绯很少用两性关系去攻击人，她认为这样的攻击很恶毒。选择什么样的生活是人家的自由，“己所不欲，勿施于人”的道理她懂。可夏阳的话太脏了，姚绯到底还是没忍住，丢了涵养。

她回到房间脱掉T恤，闻到身上有混着烟草味的淡香水味，是商锐房间的味道，尾调有一点麝香味，她很讨厌这个味道。

她换了件衣服，走进浴室又冲了一遍澡。

第二天早上五点半，她准时被闹钟吵醒，洗漱，涂上厚厚一层防晒霜。姚绯换了件防晒运动衫套上，依旧是穿长裤。她走下楼梯，看到在门口拉伸的商锐。他戴着帽子、墨镜，穿着白色运动T恤和短裤，两条长腿十分瞩目。

早晨，太阳还没有彻底升起，白色阳光照射在另一半海岛上，天空碧蓝。

他似无意，漫不经心地转头看到姚绯，站直，抬手扶了一下墨镜：“早。”

商锐不睡懒觉了？又要干什么？姚绯审视商锐：“起这么早？”

“跑步，适应环境，我的体能师建议的。”商锐迈开长腿往外面走，说道，“你平时跑哪条路？”

商锐要跟她一起跑？他没事吧？姚绯心里有些排斥，但面上什么都没有表现出来。她装了两瓶水，走出门，往门口的路上匀速跑去：“门口这条，早上没太阳。”

戴墨镜跑步的神仙，姚绯也是第一次见。

果然五分钟后，商锐的墨镜掉了。姚绯别开脸继续往前跑。不能笑。

顺着公路跑半个小时能看到码头，早晨的码头停满了简陋的渔船。海鸟盘旋在天空中，偶尔俯冲而下。海面被风吹得波光粼粼，海腥味飘荡在空气中。

姚绯放慢了脚步，怕商锐当场晕倒。一百多斤的人，她扛不回去。不过商锐的体质没她想象的那么差，跑这么长一段路，他也就是有些喘。

“喝水吗？”

“我从不喝来历不明的水。”商锐跟姚绯保持着一米的距离，嗓音因为喘气变得有些哑。

姚绯拧开水喝了一口，放慢脚步往前走：“在这里，吃喝可以放心，就这么几个人，一旦出事很快就能查出来是谁做的，而且外人进不来，没有人蠢到这个地步。这儿的水是根据人数每天定量拿出来的，由后勤保管，后勤是夏铭影业的人，放心吧。”

商锐看着姚绯因为喝水而泛起水渍的唇，移开眼，接过姚绯那瓶没拆的“来历不明的水”，打开灌下半瓶。

“你很懂啊，被坑过？”

姚绯把剩余的水喝完，拎着空瓶子继续往前跑：“我被下药的次数，多到我都快产生抗药性了。”

远处飞来一群海鸥，展开翅膀飞扬在天空。白色阳光映在海鸥的翅膀上，闪烁着白光。

“都是什么药？”商锐跟上姚绯，匀速跑在她身边。

“什么都有。”姚绯不愿意多说，拿出手机看时间，“七点要从这里出发去四号拍摄地，快一点吧。”

“那一换一。”商锐忽然想到他们第一次见面，她亲上来时状态很不正常，不像单纯的醉酒。他的长腿两步跨到姚绯面前，往后退着跑，跑开后姿态闲适恣意：“我喝到过玻璃水，粉丝送的。”

商锐的额头有了汗，他运动的时候跟平时不太一样，张扬青春，也跋扈，但不是冷傲、高高在上的，而是年轻张扬的。他身上没有放荡的香水味，清爽干净，说话时气息微喘，喘得还挺好听。

“你赢了。”姚绯把他曾经的话还回去，才不想跟他玩什么交换秘密，小朋友才玩这个。她的余光扫到商锐后面的土坑，抬手抓住他的手臂：“小心！”

运动让人体温升高，商锐又穿着短袖，裸着手臂，丝毫不怕被晒黑，皮肤上有汗，炽热的肌肤接触的瞬间灼烧出滚烫感。

“商先生，看着路，这边的路不像国内，有很多坑。”姚绯迅速收回手。他的手臂修长、有力量，肌肉线条偏少年感，并不过分。

商锐凸起的喉结滚动，被姚绯碰过的手臂灼烧着。他甩了一下头上的汗，一滴汗顺着他的下颌滑落到运动衫上，洇湿了一片。他转头看姚绯，嗓音低沉：“有没有什么药，是喝完让人神志不清、乱亲人，而且亲完就会忘记的？”

入戏

第六章

入戏

RUXI

“你这个是专业问题。”姚绯皱了一下眉，手指在身上轻轻地擦了一下。商锐什么意思？“医理专业的才能回答你这个问题吧？”

商锐停住脚步，阳光已经斜到了山这边，落到他的肌肤上，他的睫毛在脸上投出很重的阴影。他的唇角抿了一下：“是吗？”

“商先生，”姚绯的脚步也缓了下来，回头看他，“不合时宜地提醒一句，这些东西是违法的。”

姚绯以为商锐虽然纨绔，但有最起码的道德底线。

“我先走了。”她没有再看商锐，心里只觉得恶心，收回目光快步朝前跑去。商锐毒舌、不尊重人，她不能接受，但也只是不正面回应，大家还能维持面上的和平。若是他用了那种东西，姚绯这辈子都不会跟他有一丝一毫的接触。

商锐沉默了大约有半分钟，骂了一声，抬眼看去，姚绯已经跑进了树荫深处。

“你以为我要买那种东西？你是不是有病！”商锐怒不可遏，姚绯这个回答他万万没想到。

姚绯已经跑走了。

商锐磨了一下牙，抬起手腕看时间，离七点已经很近了。回头再找姚绯算账。

六点四十分，剧组后勤工作人员忙着装机器，演员、导演都在一层餐厅吃饭。商锐顶着所有人的目光，热气腾腾地跑回宾馆，在门口面无表情地把墨镜戴到了脸上，优雅地走进门。

“锐哥，你居然会大清早去跑步？”周挺正往外面走，看到商锐急刹在原地，回头狐疑地看他，“戴墨镜跑步？”

滚吧。

商锐单手插兜，抬起下颌审视周挺：“晒。”

“七点在一层集合，别迟了。”

商锐潇洒地摆摆手，迈开长腿飞快走向楼梯。

“锐哥，早上好！”

此起彼伏的声音响彻一层大厅。商锐高高地抬着下颌，三步并两步地踩上台阶。

“锐哥，你起这么早？”蔡伟正往楼下走，一个哈欠被吓回去了，“你去哪里了，一身的汗，我说怎么敲门你不开呢，我还怕你睡过头。”

“出去跑步了。”商锐嗓音淡淡，一步跨上三个台阶，飞快地走到二层，打开房门进去，拿掉墨镜撂到桌子上。

“你出去跑步？！你没事吧？你中药喝了吗？这个温度你出去跑步——”

商锐反手关上门把蔡伟拍在了门外。

“锐哥！”蔡伟在门外吼道，“你有没有中暑的症状？”

商锐取了黑色T恤和短裤，重新找了一套洗漱用品。这已经是他的第四套洗漱用品了。这鬼地方虽然被剧组承包了，但当地人还在酒店里服务，商锐第一次没经验，洗完澡顺手把洗漱用品丢在浴室，再去就没了。

于是他就这么丢了三套。

拉开门，蔡伟几乎是摔进了门，商锐侧身避开，又一步迈出去，走向浴室。商锐面无表情道：“站这里帮我看着门，别让人进来。”

“你真没事？你这套东西用完记得拿回房间，这边买东西麻烦。”

商锐走进没有门的浴室，掀起T恤下摆，抬手扯掉T恤，脱掉了短裤放到一边的椅子上。打开水，仰起头，被水冲了个冰凉，水顺着他沟壑分明的脊背缓缓往下，滚过了精壮的腰腹。

“哗哗”的水声中，他抬手抹了一下脸。外面的蔡伟还在跟人解释：“去三层洗，这边浴室出了点问题，正在维修。”

商锐过来的第四天跟人赤裸相见，阴沉着脸洗完回去，一天没说话。于是就有了每次他洗澡，这边浴室准坏的消息。

商锐抹掉脸上的水，抬手撑在白色的瓷砖上。

短寸头发和眉毛被水浸得湿潮，黑得纯粹，他的眼眸沉下去。姚绯到底是真的吃了不该吃的东西，还是故意亲他？姚绯那个反应，她是知道有这东西的，谁给她吃的？李盛？姚绯是从李盛的房间出来的。

她一点都不记得？那她以为她亲的是谁？

商锐抬手抚了一下被水冲得冰冷的唇，喉结滑动。水流滑过他的喉结，落到肌肉分明的胸膛上。

他皱了一下眉，放下手。

他在电梯里见过姚绯，之后姚绯去了李盛的房间。他从监控上看姚绯进李盛房间的时间大概有六分钟，姚绯出来时已经摇摇晃晃了。什么酒，劲儿这么大？洗手间和李盛那个房间内都没有监控，她怎么在男洗手间？如果不是蹲他，她在蹲谁？她去找李盛干什么？

他查过姚绯的资料，跟姚绯也接触了一段时间，一直想不通那天姚绯去干什么。

商锐洗完澡，换上了T恤和短裤走出浴室，蔡伟把毛巾递给他，接过脏衣服和洗漱用品。“还有五分钟，记得多涂点防晒霜，别晒成两截了。”蔡伟说。

“知道。”商锐擦了一把湿漉漉的头发，往走廊那头看了一眼，没看到姚绯。“那头第二间住的是谁？”他问。

“哪个？”蔡伟顺着商锐的目光看过去，又跟着他进门，说道，“苏格，光阴传媒的艺人，成年戏里的女四号。”

“能跟她商量换个房间吗？”商锐用下巴示意，“把门关上。”

蔡伟关上门，皱眉道：“你跟她换？那边住的都是女生，因为靠近女浴室，比较方便。而且，你这个房间是最大的。”

商锐取了一条牛仔裤，脱掉短裤，穿上牛仔裤，慢条斯理地扣上扣子，看了蔡伟一眼：“我和姚绯的对手戏越来越多，拍摄难度越来越大，要入戏，每天都要大量地对戏。她经过那么多个房间来我的房间，你觉得合适吗？会不会有人乱拍？你想我跟姚绯炒绯闻？”

“你换过去别人就看不见了？那不是目标更大吗？要不你去三层会议室对戏吧。”

“不可能。”商锐拒绝去三层会议室。他打开防晒霜涂手臂。“我入戏需要环境。”他说。

“你换过去也不太好看啊。你一个男的，住女的那边，那么多双眼睛盯着。你去洗手间和浴室也不方便。这算什么呢？”

“我隔壁是谁？”

“哪边？”

商锐往女生宿舍那边点了一下下颌。

“姚绯的助理。”

“让姚绯换过来。”商锐涂好防晒霜，撂下瓶子，拿起墨镜和口罩戴上，往外面走，十分武断地下了命令，“就这样，我讨厌绯闻。”

蔡伟实在是不能理解换个房间怎么就能杜绝绯闻了。两个人住得这么近，不是纵容绯闻的滋生吗？

“好吧，我去跟苏洺商量，看看人家愿不愿意换。”

“必须换。”商锐把手放到门把上，“找个合理又好听，还和我无关的理由。别打扰她，你找人帮她搬东西——找个女孩儿帮她搬东西。”

蔡伟张了张嘴：“我现在就去死，别拦我。”

“好啊，去吧。”商锐漫不经心，霍然拉开门走出去，“接下来的一年，别想我配合你。”

“锐大爷，您慢走，您的吩咐，小的这就去办。”

四号片场路途遥远，开车一个小时才到达。那是一片被炸毁的住宅区，残垣断壁，依稀能看到曾经的繁华。风卷着灰尘，姚绯下车看了眼远处，恰好商锐的车停到了她的视线内。车门一开，他弯腰出了车，限量款球鞋踩到了厚重的沙砾中，扬起了巨大的灰。

姚绯转身走向化妆车，换衣服化妆。她今天的妆显得比较惨，身上的衬衣全是灰尘，脸上也有灰尘——要演被炸后的场景。造型全部做完后，她对着镜子看，头发凌乱得很真实。这个化妆师虽然脾气不好，但手法不错，她脸上的妆容脏得很有质感，并不遮她的容貌。

姚绯走下化妆车，看到武术指导和商锐、司以寒站在一块儿在讨论等会儿的动作戏。商锐也做好了造型，戴着窄边眼镜，穿着白大褂，白大褂上已经沾了不少灰。大概是因为热，白大褂敞着，本来是挺严肃的造型，却因为他一直在有一下没一下地踩脚底下的石块，让他看起来处于一个活蹦乱跳的状态。

姚绯皱了一下眉，果然下一刻荣丰抬脚就踹了过去。商锐闪身避开，抬脚往旁边的半截围墙上一踩，散漫地抬眼："荣叔，您是不是要到更年期了，脾气这么暴躁。"

"我跟你哥一样大，还做不了你叔叔。你才更年期。"荣丰看到商锐就头疼，"盛辰光二十九岁，两次援非，见过很多生死，再加上年少的经历，他对外表现的形象是稳重、坚韧、成熟，懂吗？他不会像你这样蹦跶。你今天再拍得那么烂，你就赶紧回去继承家业吧，趁早把位置让出来，我找个人替你。"

商锐忽然收回了脚，垂下睫毛，若无其事地把白大褂的扣子一颗一颗扣好。一张俊美的脸已经恢复冷沉，眼眸都变了。

荣丰看他瞬间变脸，一秒变成了盛辰光，状态特别入戏，简直像是换了个人。荣丰皱眉："你——怎么了？"

"什么？"商锐推了一下鼻梁上的眼镜，回头看荣丰时，黑眸内的情绪还没散尽，语气也沉稳下去，但他仍然心不在焉，余光往荣丰身后看，"荣导？"

商锐的狗屎演技还能在荣丰面前秀一秒入戏？而且商锐自己都没意识到他入戏了。荣丰回头顺着他的目光看过去。

姚绯和助理还有工作人员正往这边走，残垣断壁间，她踩着沙砾石块，身后废墟绵延，除了遥远处浓绿的树木，大片灰白。所有人都成了背景，只有她是天地间最耀眼的色彩。化妆针对的是灰尘和场景效果，她本身的妆非常淡，几乎是靠底子撑起了整个妆容人设。

荣丰昨天晚上跟司以寒聊到深夜，要换掉商锐。司以寒的意思是商锐和姚绯之间能擦出火花，他们有很强的"情侣"氛围感，坚持不同意换商锐。

荣丰骂司以寒公私不分，就是护商锐。屁的火花，他怎么看不出来商锐这玩意儿和姚绯哪里像情侣。

荣丰往后退了两大步，示意武术指导和司以寒都先不要说话。

商锐还在看姚绯，看得很专注。

荣丰竟然在商锐烂成狗屎的演技里看到了这场重头戏的精髓。他们隔着一段距离，隔着废墟，隔着灰尘、噪声，商锐忽略了所有人，只看着姚绯。

周围的一切似乎都静了下来。

商锐的眼底深处有热烈又疯狂的情感炽热地灼烧着，但又被理智死死地压住，克制着，伪装进克己复礼的身体里，假装风平浪静。

居然真的非常搭!

姚绯和商锐到场，导演又讲了一遍戏。九点半，两个人开始拍第一遍重逢戏。

他们在慌乱撤退中，猝不及防地看到了对方。夏瑶抱着通信设备在废墟上停住脚步。如果按照现实中的时间，他们对视的时间其实很短，但拍电影要取特写，要分两场戏拍特写，再拍第三场戏的远镜头。

姚绯和商锐双双“阵亡”在重逢的眼神戏里。商锐“阵亡”并不意外，他是演技差生，堕落得无欲无求。可姚绯也没拍出感觉就很意外了。姚绯的戏演得一直很好，但她的眼神就是不对。

这一场拍了四次都没过，最后一次没过的时候，姚绯站在沙砾上抬头看毒辣的太阳，她有些晕眩。肚子的下坠感让她有些恶心，早上洗澡的时候，她发现自己来例假了。怕影响拍摄，她提前吃了一颗止痛片。她站在太阳底下，拍摄着漫长的“爱意”，被一遍遍地折磨。

“姚绯，你过来。”荣丰拿着对讲机喊道，“我不骂你，我有话跟你讲。”

姚绯抿了一下嘴唇，脸上已经有汗了，但她不敢抹，怕弄花了妆。荣丰的不骂比骂还凶，骂是因为还有改进空间，不骂是因为无话可说。

姚绯走下废墟，走到小棚子下面，荣丰把一瓶水递给姚绯，说道：“感觉怎么样？”

姚绯没有立刻喝水，垂下头：“我很不好。”

“你在这段戏里确实很不好，甚至不如商锐。他的感情比你到位多了，我在你的身上看不到任何真实的感情，你的共情能力退化了。”

姚绯脸上火辣辣地烧。不如商锐是演员最大的耻辱，但她确实少了很多共情能力。

“对不起。”

“你没必要跟我说对不起，你没有对不起我，你失去了自己。若是真的有对不起的人，那你只是对不起自己。

“我想你已经明白我昨天说的‘缺少’了。你的戏非常精湛，但缺少感情。我前几天就发现了，你把方式运用得非常好，你是个极有天赋的演员，但你不敢爱了。”荣丰眺望远处，说道，“你把自己的感情包裹起来，你不敢再拿出来。”

姚绯倏地抬头。

“你不是天生没有感情，你演《寒刀行》的时候演技还没有现在成熟，但那部电影是你的巅峰，那时候你爱着这个世界，你的感情充沛。姚绯，一个演员没有爱是很糟糕的事。”

姚绯沉默不语，不知道该说什么。

“你还记得《春夜》吗？我前段时间见了沈成。”

姚绯恍惚了一下，问道：“沈导怎么样？”

“还是老样子呗，拍没什么票房，自以为有档次的片子。”

姚绯抿了一下唇，再次陷入沉默。

“我以为你会反驳我，说沈成有他的追求，他是个有理想的导演，他是个纯粹的艺术家。”荣丰取出两支烟，递给姚绯一支，“为什么不反驳？”

姚绯从不当着剧组众人的面抽烟。

“我不敢。”姚绯接过烟却没有抽。这三个字一语双关。她不敢在众人面前抽烟，她不敢得罪人，她早就被打碎了骨头。她把烟握在手心里，垂下手，叹了一口气。“我怕再来一个七年。”她说。

漫长的沉默，他们谁也没有说话，许久之后，荣丰先开口了。

“休息一下吧。”荣丰拍了一下姚绯的肩膀，说道，“随便做什么，休息一下，别那么绷着。等会儿再拍，你需要调整。”

他走了两步，回头，狠狠抽了一口烟，吐出烟雾才开口：“《春夜》那部戏，沈成并不想换掉你，他一直觉得对不起你。前段时间他来找过我，说你是个好演员，不该被埋没。”

“我不知道该对你说些什么，说什么都显得高高在上得无耻。是所有人一起把你关进了匣子，折断了你的翅膀，让你再也飞不起来。在某些时候，路人的袖手旁观也是作恶的一部分。如今再说你走不出来，飞不到天上，真无耻。”他仰了一下头，“这东西不是发生在自己身上，永远无法感同身受，那七年只是你一个人的七年。但我觉得，你不该如此，你是那么——光芒万丈，这破匣子关不住你。”

扯断了她的翅膀，磨掉了她的傲骨，把她装进矮小的匣子里，让她长出畸形、没用的翅膀，让她再也飞不起来，这就是七年带给她的变化。

“我会调整好自己的状态，我不想为自己找任何借口，演员拍不好戏就是不敬业。”姚绯郑重地朝荣丰深深地鞠躬，站直，脊背挺得笔直，“谢谢您的理解和信任，真的很感谢。你们不欠我什么，除了李盛和华海集团，我不觉得谁不帮我就是欠着我。我努力去光芒万丈，不辜负任何一份信任。”

“给你二十分钟休息时间，我知道你能调整好，我相信你。”

姚绯吸了一口气，心里有些难过，大概是荣丰提了沈成。她道："沈导的《春夜》是我的遗憾，但他没有对不起我，他没有任何的错。我很感谢他给予我理想。"

"那就记住你最初的理想，再试一次。"荣丰环视四周，看向姚绯，"其他地方我不敢保证，但在我的剧组、这个剧组，或者未来的剧组，无论你做什么，我都承诺帮你兜底，你可以任意做想做的事。我想看到你演《寒刀行》时的状态——那个满眼是光的姚绯。"

荣丰的承诺何其珍贵，就这么轻而易举地给她了。

"谢谢。"

"我这个承诺永远有效。"荣丰点了一下头，转身大步离开。

姚绯站了很长时间才转身走回保姆车。

姚绯没有抽烟，她上车打开包，找到止痛片。车门从另一边被拉开，姚绯以为是刘曼，回头却跟商锐对上视线。

"商先生？有事？"

"你吃的什么药？"商锐盯着姚绯手中的药，皱眉，"为什么吃止痛片？"

"痛经。"姚绯拧开一瓶常温的水，送服止痛片。

商锐面色古怪地盯着姚绯半晌："很疼？"

"还行。"姚绯又喝了一口水，"你有事吗？"

"早上问你的那个问题，并不是我要买，我没那么龌龊，只是我听说有那种东西。我们这一行被所有人关注，每个人都有中招的风险。"商锐皱了一下眉，重新开口，嗓音沉了下去，"你那么熟悉，是你吃过？"

"我没你熟悉。你都知道药效，还说这个是不是欲盖弥彰？"姚绯心情并不好，痛经加拍摄不顺，感到非常挫败。

"欲盖弥彰吗？"商锐顶了一下腮帮子，深沉的黑眸看向姚绯，"姚绯，你还记得你在星海五层的洗手间里对我做过什么吗？"

"星海背后的老板是我。"商锐拿起姚绯放在扶手上的南京香烟，咬在唇间，取出打火机偏头点燃，抽了一口，浓密的睫毛扇动，"去年冬天，我们在电梯里见面的那晚，你在洗手间强吻我，记得吗？"

姚绯只记得她去洗手间吐，但怕那些人追到女洗手间，便以逆向思维走进了男洗手间。她觉得自己可以藏进隔间里等药效过去，之后就不记得了。

强吻商锐？

"不可能。"姚绯十分笃定。

"那就是你不记得了？"商锐吐出一口烟，锐利的黑眸带着锋芒，"那天晚上我去洗手间撞到了你，你蹲在男洗手间，扑上来就亲我，你亲得非常——过分。"

商锐把"过分"两个字咬得很重，看来确实是很过分了。

“我不记得。”姚绯隔着白烟看商锐那张俊美的脸，“我没有印象，我那晚只见过你一次。”

“电梯里？”商锐扬了一下唇角，“记得够深的。”

“你不也记得？”

“我记得是因为你那晚强吻我过于离谱，我去查了监控。”商锐坚决不承认他确实在进电梯时就看到了姚绯。“你确定不记得？”他问。

姚绯坚定地摇头：“我真的不知道，怎么可能。”

“我一直不解，你对你强吻我这件事也太坦然了吧。你虽然演技很好，可没有丝毫破绽的演技挺让人意外的。早上聊的那个话题，让我生出这么个设想。市面上层出不穷的违禁品，并不是每一种都能被人认出来，有的也许误食的人也不清楚。”商锐认识姚绯这么长时间，他早就收起了一些偏见，姚绯不是那种人。“我上大学时开了星海，很多年了。我的酒吧非常干净，正常情况下不会出现这种东西。我不想恶意揣测你，希望你也能坦诚相告。”他说。

难怪商锐在夏铭影业见她时是那个反应。

这也太扯了。

“有监控吗？”姚绯不太信自己能干出这么蠢的事，她亲狗都不会亲商锐。

“洗手间不安装监控是常识，但我让人把你带出洗手间，送到房间的监控我这里有，等会儿发给你。”

姚绯抿紧嘴角，头皮发麻。

“回答我的问题，你那天晚上是去找李盛？你吃了什么东西，谁给你的？你去洗手间找谁？你知不知道你吃的东西是什么？你知道一些吧？”

“我去之前不知道李盛也在，钱英跟我说可以和平解约，前提是我过去跟他当面聊。我走投无路，我信了。”商锐把李盛送进去了，这些话跟他说也没关系。姚绯觉得喘不过气，转头看窗外，少刻又看向了商锐：“我过去了，他让我喝一杯酒再聊，我喝完发现不对，想在药生效之前吐掉，大概走岔了。我不知道是什么药，我不知道那期间发生过什么。”

“他说什么你都信？你怎么不蠢死呢。难怪你会签那么蠢的霸王合同。”商锐的话说到一半，卡了一下，盯着姚绯咬牙切齿，“你用刚吐过的嘴亲我？”

姚绯不觉得自己会亲男人，而且商锐的重点偏得很厉害。她说：“你确定是亲吗？”

商锐喉结滑动，转身推开车门，脚落到地面上，将手上的烟头掐灭。他手叉腰在车下站了一会儿。他在想立刻弄死李盛的盛怒之下，又想掐住姚绯狠亲一顿，让她回忆回忆。他转过身，长手撑在车顶，俯视姚绯，嗓音压得很低很沉：“嘴对嘴不是亲是吧？那什么是亲？更过分的你也做了。”

姚绯觉得气氛太诡异了，这已经超出了她的认知。她拿起水瓶又喝了一口，压不下地烦躁。太离谱了。

“你抱住我的脖子，舔我的嘴唇。你把我的嘴唇啃破了皮，又吸又吮。”商锐语调缓了下去。不认是吧？他语调慢沉沉地描述：“你逼着我张嘴，勾着我纠缠——”

“停。”姚绯被一口水呛住，剧烈地咳嗽，脸咳得通红。车里的冷气因为商锐开车门而全跑了出去，只剩下滚烫的炽热。“无凭无据，你说什么就是什么？你为什么不推开我？”姚绯道。

“谁说我无凭无据，我有证人。”商锐解开了白大褂，随意敞着，里面穿着被汗浸湿的白衬衣。他抬脚踩在车底，还俯视着姚绯，嗓音低哑得只有两个人听得见。“酒吧的一个服务员路过，以为你要当场跟我办事——毕竟你那么激烈。我当然推开了你，毕竟我是一个洁身自好、正直、有底线的青年才俊，我对所有女人都坐怀不乱，怎么可能对你这种——”他说。

商锐那双暗深、有锋芒的眼缓慢而意味深长地由上至下深深地看姚绯，想挑出点毛病来证明自己不好这口，但对上了姚绯清澈的眼。

好吧，姚绯长在了他的审美点上。

“你也不例外，我冷静地把你推到了地上。”商锐的舌尖抵着上颌，拧眉“啧”了一声，垂下睫毛，喉结滑动，下了结论，“你是属于被迫终止犯罪。”

姚绯醒来后确实发现后脑勺磕了个包，还以为被打了。按照商锐说的，她是被推开摔到地板砖上撞的，这很像商锐干出来的事。

“你为什么没有第一时间推开我？”

商锐也很离谱！姚绯的意识也是恍恍惚惚。

“你知道你力气有多大吗？还需要我找证人出来跟你对质吗，”商锐修长的手指敲了一下车顶，“姚小姐？”

姚绯把瓶盖拧到矿泉水瓶的瓶口上，拧到最紧，恍了一下神，脑子乱糟糟的：“如果是真的，我也是受害人吧，我是没有意识的。商锐，我当时不正常，你没发现吗？”

高大的树木斑驳了阳光，浓烈的阳光被弱化了，跳跃在姚绯的睫毛上，她的睫毛被映成了金色。她抬眼看商锐，目光平静到有几分空荡的麻木：“你该去找李盛算账。”

商锐所有的声音卡在喉咙里，他确实没发现姚绯不正常，只以为她是喝了点酒。当时他是被强吻了，可姚绯差点儿没命。

姚绯是受害人，若是姚绯遇到的不是他，那他们这辈子可能都不会再见。

姚绯说完也不听商锐的回答，把头贴在前排座位的靠背上，闭上眼。她看上去单薄、脆弱，似乎还有些难过。

她在平复情绪，呼吸让单薄的脊背一起一伏。

“我确实要找李盛算账，我不会放过他。你放心吧，他会死得很惨。”商锐咬了一下牙，扔掉烟蒂，撤回腿，靠在车上抬起下颌。滚烫的车身隔着衣物烙着他的皮肉，他让自己冷静下来。

“姚绯，我不会迁怒于你，我现在知道了你是受害人，你是无辜的，我不会怪你对我做的这些事。算了，你不用跟我道歉。我告诉你这些，并不是要你有什么回应，是我同样恶心用那些手段的人。我从没有做过那样的事，你不用质疑我的人品。不要让这些影响你的情绪，该怎么演戏就怎么演戏，你之前对我什么感情——”他停顿片刻，道，“继续保持就好。”

继续保持什么？她对商锐有什么感情？

姚绯的思维乱成了一团麻，她在没有意识的情况下亲了最讨厌的男人，这个男人还拥有一张破嘴，估计将来要没完没了地拿这件事羞辱她。

绝望，一眼看不到头的绝望。

“就当什么都没发生过吧。”商锐看姚绯的头顶，她的发丝柔软，后颈一片肌肤洁白柔嫩。商锐克制住摸她头发的想法。“其实我也没有那么介意，接个吻而已。”他说。接个吻而已，初吻而已，他这个拍戏都要用吻替的人，以为初吻会留给将来的爱人，而已。

漫长的沉默，浓绿厚实的树叶被太阳晒得卷缩，不知名的鸟的叫声懒洋洋地响在林木深处。商锐又拿出一支烟点燃，靠在车边抽完，掐灭。

“你——还疼吗？”商锐离开滚烫的车身，站直，“还疼的话，我去跟寒哥说，给你放半天假。”

“不用。”姚绯揉了一把头发，把脸埋在手心里深吸气。

在商锐来之前她就想好怎么处理夏瑶这里的情绪了。她确实没有男女之爱，但她可以转换感情，且天衣无缝。只是商锐过来，带了一堆破事，让她心情变差。姚绯在心里催眠了自己好几遍——她不是姚绯，她要迅速代入夏瑶，不能让这些破事影响她的工作。“我已经好了。”姚绯说。

姚绯推开车门下车：“走吧。”

商锐想跟姚绯说话，低头看到她泛红的眼眶，转身大步就走，一句话都没说。

夏瑶对盛辰光的感情有很多，亲情、爱情、对光的渴望，还有没得到的悲伤，姚绯差的是那点刻骨铭心的渴望与求而不得。荣丰提到了沈导，沈导的《春夜》就是她刻骨铭心的渴望与求而不得。

她为了《春夜》，付出了很多。前期训练找状态，她把自己关在屋子里两个月，进入了角色。她试了很多次戏，她把自己演成了那个人。为了那部戏，她开始应酬，参加饭局。骄傲如她，竟也会趋炎附势，点头哈腰，一杯杯酒往肚子里灌。最后李盛打破了她的底线，把她踩进了烂泥里，她窒息而亡，失去了艺人光环，失去了角色，失去了剧本，失去了理想。她爱演戏，她爱得如痴如醉，现实、底线、尊严让她放弃了深爱。

从某种意义上说，她和夏瑶在放弃“至爱”这件事上有共情点，都是不得不放弃。

化妆师给姚绯补妆，姚绯重新走到阳光下。先拍她的部分，一镜过了。全场寂静，没有任何声音，她的细节非常到位，眼神饱满，带着强烈的情绪，能拉人入戏。

哪怕只有一个眼神。

她没有直接出戏，这场戏已经结束了，但导演没有叫停。姚绯用那个眼神看着商锐，用口型无声地叫了声“哥哥”。

商锐站在原地直直地看她，他的呼吸有些困难。他喉结滑动，沾满灰尘的手指微微地动了一下。他似乎是那个女孩儿全部的渴望，溺水时的浮木。那天在星海，她把自己当成了浮木吗？最后的生机。

他站着，脚却没有动。

机器拍摄时发出细小的声音，片场寂静。

炙热的太阳仿佛都暗了下去，姚绯忘记了他的初吻，他的睫毛动了一下，眼底浮出暗潮，他很深地呼吸。

若是那天在星海遇到的人不是商锐，她还能活到现在吗？

“卡。”司以寒喊道，“很好，下一条。”

司以寒转头跟荣丰说：“看吧，他和姚绯拍对手戏绝对没有问题，他能接得住姚绯的感情。”

“有点意思。”商锐跟姚绯是两个极端，姚绯是四平八稳的表现派和方式派，商锐是沉浸式演技，是体验派。他得自己代入角色才能演好。这种人入戏很难，可一旦入戏了，就会演得很真。他的感情充沛又具有爆发力，像一团火。“下一场戏给他们搞点真的，吓吓商锐。”荣丰说。

“别吓到姚绯了。”司以寒说着，但还是吩咐道具组去干。商锐入戏后戏感一点都不弱，他就是太难入戏。

“以姚绯的敬业程度，只要不炸到她身上，她绝不会出戏。”荣丰饶有兴趣地看监视器，“来吧，试一下。”

第三场戏。

重新站位，姚绯听到打板声和“开始”。群演就位，所有人准备。

她抱着设备在慌乱中回头，猝不及防地看到了盛辰光。他们已经很多年没见了，她的脚步顿住。仿佛世界停止，她微张了一下嘴。忽然身后爆炸，灰尘漫天。男人的身影冲了过来，她没有反应过来就被按在了男人的身下，男人严丝合缝地罩着她，把她护好。

比他中暑那天罩得还严实，他一手挡在姚绯的身前，另一手护着姚绯的头。

爆炸声息。

爆炸让他的大脑一片空白，他本能地抬手去摸姚绯的脸，手抖得不成样子："你没事吧？怎么样？喂！"

"别摸！妆花了！那是剧组的道具，炸不死人，没事。"姚绯的脸埋在地上，小幅度地吐出嘴里的灰尘，灰尘全进到嘴里了。剧组安道具的时候她就看到了，已经有了心理准备，根本就没当回事。倒是商锐，他扑过来的时候太猛了，姚绯差点儿被他压死。"你别乱动，还拍着呢，导演没喊停，你别说话。"她说。

这场戏，现场收的音不能用，也拍不到她的口型，她可以说话。倒是商锐不能乱说话，他在上面，如果被拍到口型就得喊"NG"，再来一次。

"卡！"荣丰拿着大喇叭，笑着说道，"表现得不错，一镜过，可喜可贺。"

商锐还是蒙的，麻木地翻身坐起来去拉地上的姚绯，碰到了血。他的表情如梦初醒，连忙去看自己，他只有手臂擦伤。

最近的打光师和摄影师也看到了血，连忙拿出对讲机喊医护人员。导演站了起来，喊了一声，问："谁受伤了？"

"我的血。"姚绯抬起手对商锐说道，"没事，不是你的，我摔倒的时候擦伤了。"

姚绯的衬衣袖子被撕裂了，露出来的白皙肌肤上狰狞的伤口正流着血，血红血红的。

"这样正好，等会儿的戏就不用再化受伤妆了，这个伤口真实。"姚绯跟已经跑过来的助理说道，"去跟导演说一下，伤口不处理，直接拍下一场怎么样？"

商锐直愣愣地看着她，天太热了，姚绯额前的头发被汗打湿，贴在肌肤上，显得她更加脆弱单薄。

"锐哥，你没事吧？"蔡伟和助理同时跑上前扶着商锐，上下检查，"你怎么样？"

商锐忽然翻身起来，拨开人群跳下废墟，直冲向导演的棚子。众人还没反应过来，他一脚踹翻了荣丰的椅子。司以寒和周挺眼疾手快，连忙架住了商锐，他已经把放着监视器的桌子踢歪了。

"真炸为什么不打招呼？！"商锐跳得太猛，连周挺和司以寒都挨了两下。他的眼睛都气红了，吼得比片场的喇叭声都大。"为什么不提前给演员做防护？为什么不说？！要是今天有人出事，你们负责得了吗？谁来负责？谁能负责得了？！"他说。

"离得很远，炸不到，这些都是经过安全评估的。"司以寒解释，"商锐，你冷静点，闹什么呢。"

荣丰站起来，拍了拍身上的灰，嗤道："多大本事，还敢在剧组打导演？上天了你？明天你就有满世界的丑闻。”

“站在那里的不是你，你可以大放厥词。”商锐甩开了司以寒，深呼吸，让自己冷静，但依旧冷静不下来，浑身上下的火都在烧着。

“站在那里的也不是你，你激动什么？”荣丰单手插兜，审视商锐，“你要是不扑过去，那爆炸点离你远着呢。”

短暂的沉默，商锐咬牙：“不管是谁，演员也是人。”

“医生呢？给商锐处理伤口。”司以寒喊道，“快点。”

蔡伟终于跑到了跟前，气喘吁吁道：“荣导，你没事吧，没受伤吧？你别跟他一般见识，他入戏被吓到了。”

“这操作呢，确实不太符合规矩，没通知你。但这种事在我的剧组很正常，我要演员最真实的反应。”荣丰把墨镜戴回去，看了商锐一眼，“作为演员，你还能拍吗？”

商锐胸膛起伏，阴沉沉的眼渐渐静了下来。确实是在拍戏，可那瞬间，姚绯就在他面前。她身后忽然爆炸，商锐什么都没有想，扑过去就把姚绯按到了身下。

“商锐，你是演员。”荣丰这句话重了几分。

“能拍的话，你们的伤就别处理了，直接拍下一条。”荣丰往姚绯的方向走，说道，“够真实。”

“还是要处理伤口，这里太热，不处理会感染。跟拍男人戏不一样，爱情戏需要的是唯美，这是个很重要的镜头，必须美到震撼。”司以寒拿起对讲机叫医生全部过来，说道：“看看伤口怎么样，可以不包扎，但不能不处理。”

姚绯走下废墟，走到商锐身边，把胳膊交给了医生。

商锐已经冷静下来了，垂着头，裸着一条胳膊。他的手臂擦伤严重，手肘处血淋淋的。摔下去时，商锐把手挡在她身前，伤得不比姚绯轻。

姚绯跟商锐认识了一段时间，他的脾气不太好，但大多数时间都是冷飕飕地放箭。她还是第一次见商锐发这么大的脾气，在剧组打监制。这个监制不是普通的监制，是大导演荣丰。他不想上荣丰的戏了吗？他家确实有钱，可荣丰这种导演也不是想得罪就能得罪的。

“伤口不深，是擦伤。”医生说道，“活动下骨头，试试看能不能动。”

“没骨折。”姚绯活动手腕，说道，“把上面的血块清理干净就可以接着拍了，可以让化妆师过来给我补妆。”

“抱歉啊，”荣丰晃了过来，摘下墨镜说道，“没提前跟你打招呼。”

“没关系，我看到了。”姚绯说，“我知道你们要做什么，我不会走位失误。”

荣丰笑了一声：“我就知道你不会被吓到。”

“他以前拍的都是纯都市言情剧，演霸道总裁、霸道学长那种，”姚绯想了想，还是替商锐解释了一句，“很少拍有危险的东西，情绪紧张很正常。毕竟，和平时代，大部分人都没见过危险。”

荣丰取出一支烟点燃，深吸，半晌吐出烟雾：“昨晚你去找他说戏了？”

姚绯点头。

“我就知道。”荣丰说，“他今天的表现比昨天好得不是一星半点，而是有质的区别。你们两个有时间的话，多在一起对对戏，培养感情。他没那么不可救药，他的情绪很真，这是演员的天赋。”

商锐有时候的情绪确实很真实，他冲下废墟踹翻荣丰的那瞬间，姚绯在他身上看到了少年盛辰光的身影。商锐不是因为自己害怕才那么愤怒，他觉得爆炸威胁到了“夏瑶”的生命。

他太像高中时的盛辰光了，高大的霸王龙，凶神恶煞，却会全心全意地保护夏瑶。

“是。”姚绯看了一眼不远处的商锐。

商锐并没有因为受伤叫停拍摄，而是选择了继续。姚绯这边更没有问题，她几乎不会对拍摄提出异议，在剧组敬业得像个机器人。

处理好伤口，重新走回位置，他们要接着刚才的戏拍。

炽热滚烫的天气，姚绯重新趴回去，商锐用摔下来时的姿势抱住她。身体贴在一起，隔着薄薄的布料，几乎是肌肤相贴。汗已经滚了出来，沁得伤口火辣辣地烧。商锐的脑子清醒了几分，看着近在咫尺的女人，她的后颈一抹白嫩。

“手往下一点。”喇叭里，导演的声音响起。

商锐的手圈着姚绯单薄的肩膀，往下一点就碰到柔软的部位了。这个姿势是他情急冲过来时下意识的动作，能最好地保护姚绯。

“三场一次。Action！”

商锐起身拉着姚绯往前走，脚上绊了一下。

“卡！再来一遍。”

商锐卡了四次，姚绯简直想死在坑里不爬出来。

太阳毒辣地晒着废墟，石块、瓦砾被晒得滚烫，姚绯都快融化了。商锐的汗水顺着棱角分明的下颌滚下去，洇湿了姚绯的脊背。

“需要再来两次真的爆炸吗？”荣丰也踩上了废墟，走过来蹲在石块上，敲了敲地面，说道，“你是为了保护夏瑶，怕她被炸死才会扑倒她。你很爱她，懂吗？你非常爱她，你会拿自己的生命保护她。这边是轰炸区，还会有爆炸，会炸死她，你要带她离开这里，到安全区。”

荣丰指着姚绯的手臂，说道：“你知道这种天气，这个温度，这种伤多长时间会腐烂、会招来苍蝇、会生蛆感染——”

“别说了。”商锐狠狠抹了一把脸，脑子炽热。他看了一眼姚绯，心里烦到了极点，第一次很讨厌自己的想象力这么丰富。荣丰说的那些东西，他下意识地全在姚绯身上想象了一遍，结果让他如鲠在喉。

曾经他从不以演技差为耻，毕竟这个行业里的大多数人都不认识“礼义廉耻”四个字，只认识钱。他是明星，他做好“花瓶”就行了。

可在这里，他的搭档是姚绯。姚绯非常敬业，只要导演不说话，她中暑、热死，都不会离开指定的位置，她会演下去。她在演戏上非常固执。

“为什么不说？你拖累了别人你知道吗？如果换个演技好点的演员，姚绯根本不用在这里受罪，她的演技一遍就能过。今天多高的温度？四十摄氏度。再等一会儿能达到四十五摄氏度。如果你不行，换替身来吧，不能耗死在这里。”

漫长的沉默。

“能演吗？”荣丰逼他，“给我个准话。”

“能。”汗水滚下来落到他的睫毛上，辣得他几乎睁不开眼，他说，“最后一遍。”

“行，给他补妆！”荣丰喊道，“再来一遍。”

姚绯一直没说话，这种时候说话容易影响搭档的情绪。她也想尽快拍完，可商锐就是入戏慢。

商锐的黑眸注视着她，抬手拂开她被汗打湿的头发，手指沿着她的脸往下摸，嗓音低哑：“你叫我一声。”

“叫什么？”姚绯开口。

“商锐。”商锐说。

化妆师过来给两个人补妆，他们要尽快拍完，不然天气太热，妆又会掉。

化妆师离开，有几秒的准备时间。姚绯重新躺回去，靠在商锐的怀里，她闭上眼轻声道：“商锐。”

“Action！”

这是一段长达三分钟的镜头，商锐抱着姚绯按照走位行动，每一步都走得非常精准，就像他在粉丝面前按照测量好的步伐走出最完美、最漂亮的姿势一样。

那一刻，他是敬业的。

姚绯抬头看他，汗顺着他的下颌滚落，摔向了废墟。商锐抱着姚绯越过一道墙，慢慢把她卷到了怀里。两个人贴在一起，他的睫毛上沾着一滴汗，两个人呼出来的气都是灼热的，交缠在一起。他们面对面站着。

“卡！”导演喊道，“前面可以，后面跑出画面了。”

商锐立刻松开姚绯的腰，喉结滑动，转身看向跟着的摄影机：“后面的又不用，出不出画面有关系吗？”

“可以，回来处理伤口。”

原本下午还有两场群戏，由于姚绯和商锐受伤，他们的戏份被推到了明天，下午先拍配角的戏份。

姚绯到酒店才发现换房间了，她的房间换到了三层，跟商锐的并排——导演的安排，说让他们尽快培养感情。

三层一共四个房间，一个做会议室，一个放器材，剩余两个房间分别住着导演两口子和荣丰、周挺。最近俞夏回国，三层只剩下三个不怎么讲究的男人。

听说商锐要换房间，三个人立刻同意，并且第一时间搬到了二层。住二层少爬一层楼梯，浴室更大更宽敞，空调都比三层的好用。三层一晒一整天，热得像火炉一样。

空旷的三层留给了姚绯和商锐，一个浴室，一个洗手间，男女共用。浴室带门，洗澡前需要先敲门。

姚绯第一次进浴室时没敲门，以为跟二层的一样。她推开门，迎面跟正在脱衣服的商锐对上视线。商锐的上衣已经脱掉，裸着上身。裤扣都解开了，牛仔裤松垮地挂在腰上，要掉不掉的，露出一截黑色内裤。他的胯上斜着两条凹陷，蜿蜒而下。紧实的腰没有一丝赘肉，腹肌恰到好处，整齐，有力量，沟壑分明。

商锐的眉骨上沾着一片似乎是血迹的东西，眉头皱着，让他的眉眼更加深邃。跟姚绯对视了差不多半分钟，他提着裤子一把按上了门。

关门声震天响，随即，里面响起拉凳子的声音，“哐哐当当”地响。如果这些动静换成脏话，姚绯家的祖坟都冒烟了。

姚绯这才回过神，转身回房间。她反手关上门，取了一支烟点燃，深吸，烟雾让她的脑子冷静。她坐在门边的空地上，身上太脏了，进去会弄脏房间。她抿了抿嘴唇，觉得很烦，以后估计除了睡觉，都要跟商锐在一起。

导演让她和商锐住在一起培养感情，希望早日培养出默契。能不能培养出感情她不知道，但他们住在一起，绝对会先打一架。

姚绯心思纷乱，在剧组的时候没时间想，闲下来就会不由自主地想到商锐的那些描述。她在星海强吻商锐，这让她非常难受。

不受控制、没有意识是很可怕的事，她从不喝酒就是害怕这种失控，她不知道自己会被怎么样，她不知道自己遭遇过什么。她在满室白烟中想，如果当时有人侵犯她，她也没有能力反抗。

那种想象带来的恐惧让她忍不住反胃，她并没有看上去那么冷静，她真的很恐惧。她很害怕，她没有撒谎，她跟荣丰说她害怕。七年时间，远比想象中的要长，远比想象中的要残酷。

手机响了一声，姚绯狠狠擦了一把脸，发现手指上的烟已经燃尽。她把烟头扔进烟灰缸里，拿起手机，看到来自商锐的微信。

公主殿下："等五分钟再去，我让人来修锁。"

公主殿下："不要以为搬到一起就会怎么样。我的身材是很好，很招人喜欢，你把持不住也能理解，但在白天，请你收敛点。"

姚绯一开始给商锐备注为"公主"，在他作了两天后，又加了个"殿下"，就成了"公主殿下"。

商锐这种人，异性跟他在一起时绝对不会产生被侵犯的念头。他一天到晚怕别人占他便宜，觊觎他的美色。多看他一眼，他就想收费。

姚绯想了想回复："抱歉，是我大意了，以为是在二层。以后不会了，我会记得敲门，我真的没有故意想看你。"

公主殿下："你不是故意，你是有意。"

姚绯想把手机摔到他那张自以为是的俊脸上。

后怕之余，她也有些庆幸，那晚幸好遇到的是商锐。商锐虽然嘴又贱又刻薄，可在某些方面，他确实是个很安全的人。他跟李盛不一样，他优越的外形和良好的家境让他从小要风得风要雨得雨。什么都有造就了他极度骄傲的性格，他的骄傲不允许他在男女关系上要一点歪门邪道。

另一方面，他也确实看不上姚绯。

公主殿下："原谅你，没有下次了。"

公主殿下："三层浴室有热水，往右边拧。"

姚绯看到最后一行字，愣了一下，回道："二层也有热水。"

公主殿下："……"

姚绯："也是往右拧。"

姚绯已经把"你不会没用过"打出来了，想了想，还是删掉了，重新打字："可能男女不一样。谢谢了。"发送。

房门被敲响，姚绯站起来听到门外的声音："锐哥，修好了，我们先走了。"

姚绯取了干净的衣服拎着出门，看到商锐站在浴室门口摆弄门锁。他穿着黑色T恤和短裤，腿又直又长。天气太热，他手臂上的擦伤已经结痂，暗沉沉的，贴在他的肌肤上。他这两天晒得肤色深了些，没之前那么白了。

他的黑色发丝还湿着，五官棱角分明，眉骨很高，显得桀骜。但此刻他垂着眼，稠密、浓黑的睫毛弱化了这份锐利。

"你还用？"姚绯停住脚步。

"不用。"商锐回头看来，走廊昏暗，环境污浊。闷热的空气，灰色的地面和灰色的墙壁，浴室里有狭小的窗户，灯泡还是最简陋的那种，扯着一根电线。他站在有积水的水泥地上，有种文艺片的感觉。他修长、骨节分明的手指拧得门锁"咔吧"作响，两次后，他抬了一下睫毛。"最好用插销，这个锁不一定管用，我刚才用的就是这个锁。”他说。

姚绯：“……”

好吧，一拧就开了。

商锐看了姚绯一眼，松开门锁，转身大步走回了房间。房门一开一合，走廊的光一明一暗，随即走廊彻底落入灰暗。

姚绯走进浴室，浴室里还有未散的热气，空气中弥漫着清淡的草木香气，终于不是麝香味了。墙壁上湿漉漉的，带着潮气。角落的凳子上放着个看起来很贵的盒子，里面装满了洗漱用品，琳琅满目。

姚绯震惊于商锐的精致，她看了看自己拎着的袋子里只有一瓶洗发水和一瓶洗面奶，顿时觉得自己挺不配做艺人的。

门上面新安装了一个插销，上面有新鲜的螺丝痕迹。双重保险，门绝对不会再被误开了。自我保护方面，商锐称第二，没人敢称第一。

她把插销插上，打开热水才开始脱衣服洗澡。

她的手臂伤口一开始看起来严重，其实也就是一条很细的划痕。伤口已经长起来了，成了褐色的线。摔下去的时候商锐确实护得很好，她除了这一道血线，几乎没伤到。

洗完澡，姚绯出门时又看到了商锐那盒看起来很贵的洗漱用品。她擦着头发走过去敲门，门被立刻拉开，姚绯的手还停在空中，有点尴尬。她往后退了一大步，指了指浴室：“你的东西那么放着，可能会丢。这里很多人丢东西，小东西丢了找不回来。”

剧组有安保人员，他们管大件物品。当地人也不敢拿，怕惹着这些人。可是这些小东西，只要不撬门偷东西，剧组一般情况下不会追究。

姚绯穿着白色T恤，湿漉漉的头发卷缩着散在肩头，浸湿了一片衣料，隐隐约约能看到里面黑色的肩带——窄窄细细的一条。

商锐强行把目光落到她的脸上，细眉湖眸，一双眼又大又干净，清澈干净。她的皮肤底子很好，但今天太晒了，她卸完妆后皮肤红得有几分不正常。

“知道了。”商锐的嗓音有些哑，目光往下迅速扫了一眼，蜻蜓点水一般，“谢谢，我会去拿。”

姚绯点了一下头，转身走回了自己的房间。

今天的太阳太毒了，姚绯已经涂了很厚的防晒霜，还是有些晒伤。脸颊上有些红，姚绯涂上保湿霜靠在床上看剧本。

敲门声响，她放下剧本起身过去开门。刘曼拎着绿色袋子，端着水果进门，说道：“晚餐你想吃什么？有火锅、沙拉，还有面。给你吃橙子。”

“沙拉吧。”姚绯接过橙子，取了一块咬了一口，酸甜，汁水丰盈。她看了一眼刘曼拎着的袋子。“拿的什么东西？”她问。

“去给锐哥送水果，他正好有些护肤品要处理，就全扔给我了。”刘曼立刻把袋子里的补水面膜、晒后修复霜，还有补水护肤套装拿出来，“我看你都没带什么补水面膜，我分你一半吧。”

“商锐给你的？”姚绯看了一眼袋子，里面琳琅满目，种类还挺全，是两套没拆封的LAMER，还有乱七八糟的东西，“处理LAMER？”

那他可真有钱。

“听说是合作商送来的，他用不到。”刘曼把东西一样一样地往外面拿，说道，“皮肤底子虽然很好，但暴晒也会受伤，你得保护好皮肤。这个面膜对晒后修复效果特别好，记得用，晒后修复霜得厚涂。”

“他给你的，我用多不合适。”姚绯不知道商锐送过来这么多东西干什么，“不用了吧。”

“好多呢，我也用不完，你用这个试试，肯定比你那些基础补水的好用。”刘曼急了，连忙把里面的东西翻出一大半给姚绯，“等会儿我把晚餐给你送上来，好好休息，我先走了。”

刘曼拎着袋子快乐地出了门。

她接了个电话，上来领了一套LAMER，还有比这更快乐的事吗？

房门关上，房间里恢复寂静。

这些东西针对性太强，特别是防晒霜和晒后修复霜。刘曼没怎么晒太阳，她在剧组也是待在阴凉处。姚绯不得不多想，但也没有直接发消息给商锐，他那张狗嘴里吐不出象牙。

肯定没好话。

姚绯拍照发给苏洺，说道：“锐哥送给刘曼的，很完整的一套。”

苏洺和商锐关系不错，她应该知道商锐什么意思。

苏洺的信息很快就过来了：“估计想感谢你帮他对戏，不好直接给你，借了一下刘曼的手。刘曼在公司很多年，估计她也是想帮商锐这个忙，人还是比较老实的，没什么坏心思。这个产品不分年纪都可以用，送你就用吧，补水和修复效果都不错。商锐平时送人都是送LP，这不算什么。听说他今天拍戏很顺利，多亏你的帮忙。”

苏洺：“你受伤了？严重吗？在剧组小心点。他们居然真的不用替身，也太狠了。”

姚绯拍了手臂的伤发过去，说道：“不严重，很小的擦伤。”

几乎是顷刻，苏洺把电话打了过来。

姚绯接通电话：“苏总。”

“这不严重？这么大一道疤！”

“商锐比我的擦伤面积还大。”姚绯说，“这种没必要用替身，太假了，而且荣丰导演的剧组，几乎没有替身。”

“他这是打算长期待在剧组？”苏洺知道荣丰来剧组的消息。

“不知道。”

“你们单独聊过吗？”

“没有。”

苏洺叹了口气，说道：“那种大导演太难攀了，算了，我们就不想那么遥远的事了。你有没有拍电视剧的想法？我这边有个女二号的剧本，价格给得还可以，剧能上星。如果签约的话，大概九月进组，你拍完《盛夏》可以无缝进组。”

“多少钱？哪个导演？”

“一集三十万元，你的戏份有二十多集，六七百万元。导演拍过《穿越小宠妃》，你搜一下，收视率还可以。赚个快钱，拍摄一个月拿六七百万元。”苏洺说，“你考虑一下。”

“能先看剧本吗？”姚绯没演过电视剧。

“可以，等会儿我发给你。”

姚绯挂断电话，搜索《穿越小宠妃》，打开第一集，一边看一边涂修复霜。五分钟后，姚绯默默打开了三倍速播放。

十分钟后，姚绯关掉视频页面，觉得脑子被一万只哈士奇践踏过。再看下去，《盛夏》这部戏她可能拍不好了。

苏洺在微信上发了文件给她，姚绯接收文件，打算过几天再看。

明天的戏份比较轻松，姚绯在今天把感情代入进去了，只要不破坏情绪，明天照着演就行。她没有再找商锐对戏，经过昨晚，她发现自己找商锐对戏也没什么用。她不会爱上商锐，产生不了感情，对她的表演没有加成。

姚绯吃完饭，做了两组运动就睡了。

姚绯五点准时起床，拿着杯子去洗漱，和从洗手间出来的商锐对上视线。商锐显然是没睡醒，惺忪、倦懒的眼漫不经心地扫过她，姿态散漫地打了个哈欠。

哈欠打到一半，他强行收回去，停住脚步盯着姚绯。

“早上好。”姚绯主动打招呼。她看商锐还在看她，不知道他在看什么。姚绯也没什么话可说，想了想说道：“跑步吗？”

商锐拧了眉，清了清嗓子，但声音还是有几分哑：“你邀请我跑步？几点？”

“五点半。”姚绯洗了一把脸，从口袋里拿出手机，“我要跑到六点半回来，你要是困的话就——”继续睡，别理我。

“我去换件衣服。”

姚绯擦干净脸回房间换衣服，出来时商锐已经换好了衣服——白色兜帽防晒外套，黑色到膝盖的短裤——穿着白色运动鞋，戴着墨镜，正弯腰往膝盖上戴护膝。“走。”

早上五点半，剧组一片寂静，只有厨房的阿姨在厨房忙。姚绯和商锐跑出宾馆，顺着马路往前匀速地跑着。难得阴天，没有太阳，乌云挂在海面之上，几乎与海相连。

“昨晚怎么不对戏？”商锐跑在姚绯身边，嗓音在喘息里低沉。

“今天的戏份很简单，不需要。”姚绯转头看商锐，不知道他这么问的用意是什么，“你有哪里觉得不太能掌握吗？”

“你觉得拍戏想要尽快入戏，需要怎么做？”商锐昂着下颌，脸上还戴着墨镜，薄唇的弧度看起来没有丝毫请教的谦虚。

“忘记自己，把自己变成角色。”姚绯放缓了脚步。商锐只要不讽刺人，她还能跟商锐心平气和地聊天。

“你忘记自己了吗？”商锐拿下墨镜，单手合上墨镜，装进短裤口袋，看向姚绯。

“你指什么时候？”依旧是上次停留的海边，姚绯停住脚步眺望远处的海面。她打开水喝了一口，把另一瓶水递给商锐。出门时商锐非常自觉地不拿水，姚绯看在他昨天送护肤品的分上，又帮他拿了一瓶。

“昨天拍戏。”商锐站在另一边打开水喝了一口，喉结滑动，注视着姚绯，“你看我的时候，你在想什么？”

姚绯知道他说的是什么时候。

她在想她那部未完成的遗憾之作。她用的是方式派表演技巧，她早就不是体验派了。“忘掉自己，尽快入戏”的方式是针对商锐这种零表演基础的人的，并不包括姚绯自己。

“我在想，我怎么得到它。”姚绯拎着水瓶继续往前跑。

商锐愣了一下，随即唇角上扬，绽放出完美又张扬的笑。胆子很大啊，这么直接地试探？这是试探吗？这都把直球打到他脸上了。

他迈开长腿，大步追上姚绯，手握成拳，掩唇咳了一下，压下全部的笑。他的嗓音压得很低，转头看姚绯，意味深长道：“你想怎么得到他？你有什么计划？”

“那是我这辈子都得不到的——”姚绯扬起头，一滴汗顺着她白皙漂亮的下巴滚落，洇湿了黑色的运动装，暗沉沉的一块。她叹了一口气，“妄想。”

《春夜》的剧本早就不属于她了，从她做出选择的那一刻就永远地失去了。女主演选了别人，《春夜》成了别人的故事。

姚绯花了很长时间入戏、研究剧本，那时候她以为只要努力了，总能达成目标。可现实并非如此。她努力了很多，得到的却很少。

商锐敛起了张扬肆意的笑，放慢脚步看着姚绯。姚绯在感情上这么悲观？妄想吗？平心而论，姚绯是个很优秀的人。

商锐说别人妄想的时候张口就来，从没有想过带来的后果。这两个字从姚绯口中说出，商锐忽然有些不舒服。这两个字太刻薄了。

“你也不用妄自菲薄。”商锐单手插兜，看向姚绯，目光沉了下去，“你有你的独特之处。”

“并不是我足够独特就会有机会。”姚绯说，“有些东西不属于我，永远都不会属于我。”

“不再试一次，怎么知道不属于你呢？”商锐看着姚绯那张平静又漂亮的脸，他不讨厌姚绯。他单手插兜，浓密的睫毛垂下，说不清心底是什么情绪，乱糟糟的。周围吵闹得厉害，他在一片喧嚣中说：“姚绯，你平时不是挺勇敢的吗？在片场什么都敢试，怎么在现实中，不拿出这份勇敢呢？”

试过了，头破血流。勇敢个什么啊，以为谁都能像他一样，任性妄为，肆无忌惮，想要什么就要什么？商锐干的任何一件事放到普通明星身上都是退圈、社死[①]的下场。狂成他这样的，家里没几座矿是扛不住的。

所以，商锐只有一个。

“我不是你，勇敢的下场很惨，我承担不起。”姚绯扬了一下唇角，觉得和商锐聊这些挺奇怪的，便转移了话题，“还是聊表演吧。”

商锐被她那句“勇敢的下场很惨，我承担不起”哽了一下，心情陡然沉重。她就像一个不受宠爱的孩子，不敢要求任何东西。

她在机场说她从来都没有得到过感情，她什么都没有。她不要很多，一点点就够了。所以她把“喜欢”定义为“妄想”吗？以为那是奢望？

“其实你在表演上有天赋。”看在一万多元的护肤品和不想再 NG 的分上，姚绯昧着良心夸他，“荣导昨天夸了你。”

“是吗？”商锐看着姚绯的侧脸，她今天的皮肤已经恢复如初，白皙细腻，挑不出一点瑕疵。他原本想送姚绯更贵的黄金护肤品，东西都装好了，可想想姚绯才二十四岁，还是个小女孩儿，用基础补水的护肤品就够了。

“入戏慢是因为你的自我意识太强，也许你本身存在感强吧，你没办法忽略自己。”商锐就是太自我了才不能入戏，但说得太直，他估计要生气。“你想入戏，很简单，放下自己就行。等你拍完戏，你再重新回到自己的世界。只有这几个月你是盛辰光，拥有他的感情、他的人生。你可以给自己定个时间，把感情投放到他身上，结束后再离开。”姚绯说。

商锐停住了脚步，直直地看着姚绯。

姚绯第一次见他有这么深的眼神，深邃的黑眸没有任何情绪，跟平时玩世不恭的样子很不一样。

---

① 网络用语，社会性死亡的简称，意为极其尴尬。

“你希望我这么做？”

她为什么不希望？商锐早日入戏，早日拍好戏，他们都轻松。这么高的温度，每天陪他 NG 真的很累。

“你不想吗？”姚绯问他。

“你想入戏吗？”商锐问姚绯。

姚绯停顿了一会儿，不是她想不想，而是她能不能。“为什么不想？”她问。

“并不是所有人都能定时出戏，出不了呢？清醒的那一天发现所有人早就离开了。”商锐踢了一下地面上的石子，语调漫不经心，迈着修长的腿往前走，“那是一种什么样的感觉呢？你经历过吗？”

姚绯眨眨眼。

商锐觉得她的反应很有趣，便双手插兜往前一步，横在她面前，俯身平视她，嗓音低沉，语调缓慢，看到姚绯眼中映出的自己，停顿了一下，问道：“你有过吗？”

“如果有人嘲笑我，那证明我的世界还有很多人陪我，他们在关注我。”姚绯扬了一下唇角，“事实上，我站在戏里还是戏外，并没有人在意，所以，我没有这方面的困扰。”

商锐抿紧唇角，随即又站直，看了姚绯一会儿，往前走：“怎么会没有人在意呢，也不是完全没有人在意吧？”

姚绯确实不入戏，但她不入戏不是出于技术层面，也不是不想入，而是她出了一点问题。她问：“你不想入戏？”

“没有。”商锐抬起运动鞋把一个大石块踢开，石块撞到路边的栏杆上，弹到了马路中间，发出“砰”的一声响。他迎着风跑了起来，声音落在风里：“走了。”

接下来的几天，拍戏还算顺利，商锐虽然还是 NG 王，但相对来说好了很多。他的外形很贴合盛辰光，再带上角色的感情就组成了完整的盛辰光。盛辰光和夏瑶重逢后一直处于双方僵持的状态，彼此都死死守着自己的感情，生怕一开口就把心里话说出去，暴露了秘密。谁也不愿意开口，谁也不敢开口——生怕开了口，他们就连现在的局面都维持不了。

姚绯和商锐演这样的状态特别顺畅。

他们每天早上跑步一个小时，到宾馆，商锐先上楼洗澡，姚绯会帮商锐带一份早餐，把早餐放在门口的盒子里，发微信给商锐，他洗完澡出来会拿走早餐。他们偶尔对戏，台词不多，也没什么好对的。

在四号拍摄地一共拍十天，最后一场戏是这部戏的一个大场面——吻戏。《盛夏》里的吻戏还挺多的，但前期一直没拍，导演大概是怕两个演员不熟，拍起来尴尬、感情不到位，就给他们安排了一段相处时间。

这也是电影里盛辰光和夏瑶的一次重要的感情爆发。转移中，夏瑶和乔立掉队了。盛辰光接到消息，他们原来避难的地方遭遇了轰炸。盛辰光当时就急了，随着救援的队伍跑回去，遇到了安然无恙的夏瑶和乔立。情绪爆发，盛辰光就不管不顾地亲了夏瑶。

姚绯头一天中午就拿到了通告单，她正在吃饭，看着这个通告忽然就吃不下去了。她静静地看着手机，直到手机屏幕暗下去，黑色屏幕映出她的脸。

爱情电影不可能没有亲密戏，这点她早就知道。《盛夏》的吻戏很多，从少年时到青年时的重逢，到青年后吻戏非常多，后面也有亲密戏。

她做过心理建设，但看到通告的这一刻，心里还是很焦灼。

挺打脸的，她跟商锐说入戏，其实她自己一直没入戏。她始终是姚绯，她从来没有代入过夏瑶，只是做了很精巧的感情转移，用技术让自己过关。

荣丰说她演戏其实不如商锐，她知道。商锐有感情，商锐的感情戏其实演得很细腻，他是个采用沉浸式表演的典范。姚绯没有感情，她进组半个月了，始终没有入戏。这是以前从来没有发生过的事，可确确实实发生在她身上。

她所有的东西都是演出来的，她在这七年里丧失了对人的感情。男人、女人，她都不喜欢。

她可能会感激，可能会尊重，但没有那种真挚炽热的喜欢——喜欢到灵魂颤抖。她在这七年里学会了妥协，学会了趋炎附势，学会了小心翼翼地巴结，唯独弄丢了感情。她在最初的时候想着这样会让自己好受点，没有感情的话就不会疼，于是渐渐地就忘记了感情是什么。不期待也不失望，平静而麻木地苟活着。

一天又一天，日复一日。

“姚绯，你怎么了？”刘曼说，“不想吃饭了吗？”

“嗯。”姚绯放下筷子把手机递给刘曼，“有烟吗？”

刘曼环视四周，她们在车里吃饭，外面应该看不到。她取过烟盒和打火机递给姚绯，说道：“心情不好啊？”

“你谈过恋爱吗？”姚绯咬着烟低头点燃，打火机的火焰卷上香烟，她转头看向刘曼，“谈恋爱是什么样的？”

“一开始甜蜜，后来争吵，最后一地鸡毛，”刘曼说，“就这样啊。”

“你们接吻吗？”姚绯专注地看着刘曼。

刘曼的脸“唰”的一下红了，随即说：“那肯定啊，谁恋爱不接吻？”

“如果你不想回答，可以不回答，随便聊聊。”姚绯说，“你接吻的时候想什么？你谈恋爱时最甜蜜的阶段，大概是什么样的？”

“你没谈过恋爱啊？”刘曼试探着问。

“嗯。”姚绯靠在座位上眺望远处更深更远的林木。白烟袅袅，她摇头：“我不知道谈恋爱是什么感觉，不知道爱人和被爱是什么情绪。我觉得明天的戏我会演不好，可能会很糟糕，我想知道一些经验。”

刘曼看了姚绯一会儿，抿了抿唇：“接吻的时候心跳加速，很期待，很想让他成为自己的一部分，觉得世界很美好，很甜蜜。心是满的，幸福快溢出来了，就想一直跟他亲下去。我跟我的初恋，我们最长一次亲了十几分钟，感觉世界都是甜蜜的泡泡，眩晕。”

姚绯缓缓转头，看到刘曼一脸梦幻：“……你那是缺氧吧？”

刘曼：“……”

“没事，你继续。”姚绯看着刘曼，说道，“谈恋爱时都想干什么？爱情是什么样？”

“我之前有个男朋友对我特别好，每天早上给我买早餐。我那时候比较胖，身体还不好，他牺牲睡懒觉的时间陪我跑步。我们出去玩，不管什么时候我渴了，他都会在第一时间拿出水给我，像哆啦 A 梦那样神奇。我有想要的东西，只要我看一眼，他就会悄悄买下来给我惊喜。他还会做饭。我们那时候刚同居，没什么钱，他的工资几乎全部花在我身上。他每一个节日都记得，会给我送礼物——”

“这就是谈恋爱？”男人低沉的嗓音在身后响起，姚绯回头看到商锐穿着白大褂、戴着眼镜倚靠在车身上。他还带着妆，白色烟雾缓缓地笼着俊美深刻的脸。鼻梁高挺陡直，剑眉之下，桃花眼懒懒地耷拉着，睫毛覆在眼上，羽扇一般。薄唇因为抽烟微微泛红，他散漫得有几分傲。他没有一点偷听的心虚感，也不知道偷听了多久。

接触到姚绯的目光，他抬脚踩在一边的杂物箱子上，长手架在车门上，嗓音低沉，慢悠悠地说：“一起跑步，送个早餐，买个东西，花个钱，接个吻就是谈恋爱的话，我跟你们绯姐是不是算陷入热恋啊，朋友？”

姚绯：“……”

“你们是拍戏，那不一样。”刘曼的脸滚烫，商锐是从哪里冒出来的？商锐的外形真的绝，那双桃花眼特别撩人。他看人时有种专注的深情感——虽然知道他是无意，他看什么都是那个眼神，并不是真的对人感兴趣，但还是会忍不住地生理性脸热，毕竟人都会对美好的事物产生幻想。“锐哥，你来干什么，有事啊？”刘曼说。

“来跟你们绯姐聊十五分钟缺氧。”商锐扔掉了烟头，看向姚绯，眼尾浸着一点意味不明的情绪，很深沉地注视着她，“有时间吗？”

“那你们聊？我先出去了。”刘曼连忙收拾桌子上的碗筷，迅速地下了车。

姚绯把烟头摁灭在一个简易的烟灰缸里。这边的环保意识太差了，她最近开始自己制作垃圾桶和烟灰缸。

商锐弯腰捡起了烟蒂，钻进车厢，把沾着灰尘的烟蒂放到了纸盒里。他抽纸擦手，坐在姚绯对面，长腿几乎横到了姚绯这边："你的助理读书时是不是只恋爱了？生理知识差成这样，竟然以为缺氧是心动。堵着嘴，压迫着胸口十五分钟，任何人都会心跳加速，缺氧眩晕。"

"你接吻时心跳得快吗？"姚绯把烟灰缸放回去，注视商锐。

快得快要飞出去了。

"没那么夸张。"商锐若无其事地靠回去，唇角上扬，"怎么，打听我的情史？"

"我记得上次在江边别墅吃饭时，苏总说你是母胎单身。'母胎单身'的意思是一直单身吗？"

商锐的表情短暂地僵住，他随即往后一倚，长腿弓起来，慵懒地靠坐着，膝盖抵着座位中间的餐桌，深邃的黑眸凝视姚绯："她乱说的，你信呀？"

姚绯不太信，商锐的这种家世背景，以及他的性格，像是很会玩的。

"喝水吗？"姚绯转身打开了小冰柜，取出两瓶水，递给商锐一瓶，"我们晚上再对戏吧，我现在状态不太好。"

"你接吻时心跳得快吗？"商锐握住了水瓶的上半截，注视着姚绯的眼。姚绯并没有立刻撤回手，握着水瓶中段。他们的手指贴在一起，温热的触感，空气中弥漫着烟草的焦香，缓缓地纠缠蔓延，一丝一缕地缠绕。

"我没有接过吻。"姚绯收回手，手指上似乎沾了东西，总让人不舒服。她不好当着商锐的面擦手，只是拧瓶盖的时候用了些力气，差点儿把水挤出来。她仰头灌了一大口，随后说："我没拍过感情戏——我是说爱情戏。"

《寒刀行》讲的是成长，是江湖，是侠义，里面有亲情，有兄弟情，有师徒情。女主角唯一的感情大概是对师父，但爱情部分特别隐晦。大概是顾虑主演拍摄时年纪过小，还有师徒的关系。

"你亲过我。"商锐没有拧开那瓶水，还看着姚绯的眼。

姚绯不说话。

商锐到嘴边的话又咽了回去。他拎着水瓶晃了一下，说道："你没有谈过恋爱？我是说正经的谈恋爱，男女朋友关系。"他斟酌了用词，解释这个问题的无私性。"正常工作交流，也是为拍戏做准备。"他说。

"你觉得，"姚绯扬了一下唇角，笑得有几分讽刺，"遇到过李盛那种人，谁还会对'恋爱'感兴趣？"

姚绯遇到李盛的时间太早了，她不是早熟的人，十八岁还处于对感情懵懂的阶段，还没来得及幻想，就看到了赤裸而丑陋的利益。

"我没谈过恋爱，我也不会谈。"

她的声音很淡，也很轻，甚至都没什么情绪。

"如果我是清醒的，我不会跟你接吻，我不会亲任何人。"姚绯不想跟商锐再聊下去了，一想到那个糟糕的吻她就窒息，“我想一个人静静。”

商锐坐了一会儿才下车，如鲠在喉，让他有种窒息感。他站在热带植物之间，四十三摄氏度的高温，手指却有些凉。

那天姚绯说的“妄想”和“有些东西不属于我，永远都不会属于我”不单单是指对商锐的情感吧？还指她永远跨不过去的自己。她对感情悲观是有原因的。

遇到李盛那年她十八岁吗？换到其他的小孩儿身上，十八岁时也不过是高中刚毕业，可能会满怀着天真迈入大学，无忧无虑地向往着美好的明天的时候。

而她，经历了人间所有的沧桑，正在对这个世界绝望。她被封杀，被铺天盖地地谩骂。她不敢期待感情，也不相信自己会有美好的明天。

“锐哥。”

商锐回头看去，蔡伟快步跑过来扶住他，从口袋里摸出口服液：“你没事吧？脸色这么难看，中暑了吗？来，赶紧喝一支藿香正气水。”

“离我远点。”商锐避开他的手，敞着外套，单手插兜往林子深处走。姚绯问助理谈恋爱是什么样，她问被爱是什么感觉，她问的姿态认真又专注——她没有这些，她没见过。

“你别往前面走，危险。”蔡伟拦住商锐，说道，“你怎么了？跟姚绯吵架了？脸色怎么这么难看？”

“我以前是姚绯的粉丝。”商锐看着蔡伟，嗓音很沉，“我大一时，买过她全部的周边。后来，那些恶意的谣言，我信了。”

“行业里的东西，真真假假，也不能全怪粉丝相信。”蔡伟皱了一下眉，说道，“有些也是真的。虽然知道有很多无奈，可作为粉丝，本身对偶像的要求就比较高，脱粉——你粉过姚绯？”蔡伟猛然清醒，差点儿咬到自己的舌头，“你现在还粉她吗？难怪我想让姚绯离组你不同意！”

“这剧组又不是我说了算，我同不同意也影响不了什么。”

“怎么不能影响？你只要不帮她，她根本进不来这个剧组。”蔡伟说完，环视四周，压低声音，“我怎么不知道你粉过她？追了多久？你们以前有过那什么——”

“什么也没有，只是作品粉丝。还有，蔡伟，你把态度端正了。我没有帮她拿角色，她在我面前被人砍，只要是个人都不会袖手旁观，这跟任何感情都无关。我是个人，我有基本的做人底线。”商锐拿出一支烟咬着，却没有立刻点燃，叼着烟看远处，“我大一时因为《寒刀行》追过姚绯一段时间，没有真正见过她，跟现在那些粉丝不一样。不过脱粉的姿态也一样难看。”

蔡伟没有说话，皱着眉叹了一口气。

“你以后也别乱说话了，做个负责任的人吧，不要盲目跟风造谣。你不知道自己随口的一句妄言，是不是压死骆驼的最后一根稻草。”

蔡伟张了张嘴，想去摸摸商锐是不是发烧了。这些话没什么问题，可是从商锐嘴里说出来，怎么就是不对劲呢？特别不对劲。

“你是不是有点太入戏？你们聊了什么？”蔡伟绕到商锐面前，仔细看他的眼，“锐哥，工作压力大吗？我总觉得你状态不太对，我跟李医生约个时间，你们聊聊？”

李医生是商锐的心理咨询师，已经跟商锐合作四年了，在业内很有名气，保密做得很好。

商锐本来想拒绝，该去看心理咨询师的不是他。他看了蔡伟一眼，皱眉道：“约吧。”

也许可以帮姚绯。

下午，姚绯跟夏阳有一场对手戏，夏阳NG了八次。夏阳饰演的乔立坚持要继续拍摄，夏瑶不同意，乔立冲动之下推开车门跳下了车，她有她的坚持。

这部戏一开始，导演准备了男女主演的替身，可由于商锐和姚绯在开拍后直接亲自上了一场爆炸戏，导演默默把替身撤了。姚绯拍戏不用替身，她什么动作都敢做，也能做到位。女一号什么都能拍，商锐的替身也就没上过场。毕竟是爱情为主的电影，也没有太多高难度的动作，唯美是唯一的标准。

夏阳第八次不敢跳车后，姚绯跳下了车。她走到一脸仓皇的夏阳面前比了一下身高，转头对导演说：“我替她跳吧，我们还是有些像的，对吧？”

姚绯比夏阳高，正面完全不像。夏阳是小家碧玉型的，姚绯是明眸皓齿的大美人。

“姚绯，你别逞能了，你们两个差距那么大，怎么替她？”商锐那边已经拍完了，他过来围观B组拍戏，闻言就站了起来，“夏阳，就那么二十多厘米的台阶，你害怕什么呢？你——”

“上妆试试。”司以寒审视着姚绯和夏阳的背影，说道，“跳车的戏不用站直，身高不影响，你们的体形差距不是太大。”

夏阳哭得眼睛通红，柔柔弱弱，无助：“我就是害怕，克服不了内心的恐惧。”

“这差距还不大？这背影一看就不是一个人。”商锐听到哭声就炸了，“你克服不了恐惧，别人就能吗？别人不害怕吗？你的片酬分给姚绯一半吗？”夏阳的片酬比姚绯高多了。

副导演连忙出来帮忙打圆场：“能者多劳，吃亏是福。锐哥，绯姐能拍，我们就——”

商锐转头盯着副导演。

副导演被看得后颈一凉，后半截话转了口：“锐哥？”

“那我祝你福如东海。”商锐嗓音冷淡，一字一句，“如天之福，双福临门。”

副导演：“……”

“我能拍。”姚绯开口，“化妆吧，拍完好收工。”

拖着也不是办法。

“绯姐大气。”副导演立刻去组织安排了。

“化妆师抓紧点。”司以寒看了一眼手表，不管商锐，直接拿起对讲机说道，“各部门注意，都快点，太阳落山之前得拍完。”

姚绯实在见不得女孩儿哭，哭得她头疼。她拍了一下夏阳的肩膀，说道：“别哭了，调整一下情绪，这场戏拍完，后面还有一场戏。”

夏阳看了看姚绯，没说话，转身走向她的保姆车。

导演要求得很细，怕穿帮，姚绯重新换妆发和衣服。时间很赶，姚绯必须得一条过。她坐到副驾驶的位置，道具车缓缓往前开。

车速非常慢，姚绯调整姿势，听到“Action”。她是看过完整剧本的，每个人的台词她都会背。她推开车门，转身就跳下了车，没有丝毫的犹豫，跳得十分果断。

“OK! 过了，这一遍非常好！夏阳换完衣服上去。”导演拿喇叭喊道，“快点。”

没有准备替身的衣服，只有一套戏服。夏阳换衣服的同时，姚绯也换自己的戏服，后面她和夏阳也有对手戏。幸好她的妆很淡，不需要怎么化。

姚绯换到了驾驶位，继续走戏。后面，夏阳又卡了一次，耽误了一些时间。

天黑之前，他们终于拍完了最后一条。姚绯还在为明天的吻戏焦灼，拍完后并没有立刻离开片场，而是点了一支烟，站在道具车前眺望远处的夕阳。

“绯姐。”

姚绯抬了一下眼，夏阳已经换好了自己的衣服，走过来说道：“我跟你道个歉，前段时间对不起，是我对你抱着偏见。你今天还能帮我，我真的很感谢你，同时我也很内疚，该跟你道歉。”

姚绯对别人的示好总是不太适应，放下烟：“啊？没关系，没事的，都过去了。”

“以后我们会是朋友吗？”夏阳说。

“是啊。”姚绯说。

“谢谢你。”夏阳笑了一下，说道，“我先走了。”

夏阳离开，姚绯继续想明天的吻戏。她想不出所以然来，捏着烟往自己的保姆车走去，拉开车门，看到了靠在车窗上打游戏的商锐。

商锐换了件黑色T恤，穿着蓝色牛仔裤，倚靠在宽大的椅子里，长腿微屈着，有些懒散地敞着。修长、骨节分明的手指抵着屏幕，指尖泛白。

“你怎么在我的车里？”姚绯上车，拉上了车门，环视四周，怕被人拍到。

这边没有网络，商锐玩着单机枪战游戏，一枪打死一个丧尸。他嗓音淡淡的：“夏阳那个人心机很深，你小心点，别人家说两句你就信了。回头坑你一次，你死都不知道是怎么死的。”

“你的车呢？”姚绯让司机开车，说道，“你不换回你的车了？”

“中午的话题还没聊完。”商锐结束游戏，返回手机首页，从后视镜里看前排的司机，“开车。我今天坐你的车回去，继续中午的话题。”

“送你个东西。”姚绯不想在车里聊这么私人的话题，她和商锐是搭档，可以聊感受，其他人就不一样了。前面还有司机和助理，不合适。她的余光看到后面箱子里的礼品袋一角，想到一件事，抽出袋子递给商锐。

“什么？礼物？”商锐看到纸袋子上的“H”，浓密睫毛动了一下，随即紧紧地盯着姚绯。他坐直，手机滑到了身侧的座位里。

“嗯，礼物。”算是礼物吧。姚绯不喜欢商锐身上的味道，但又不好直接说，两个人演对手戏的时候，姚绯就格外想送他香水替换掉他原本的味道。“不知道你的喜好是什么，里面有三个可以选择，你选一个用。”她说。

姚绯竟然会送他礼物。商锐垂下眼，黑眸里不由自主地溢出了笑。他打开袋子看了一眼，里面有三个包装精美的礼品盒，大概是香水。

他闻到了淡香水的味道。

商锐修长的手指搭在袋子上，慢悠悠地敲了一下。姚绯送他香水。他靠在窗上的手指抬了起来，虚虚地拢着，压在唇上，他扭头看窗外。

暮色降临，天边还有未退散的晚霞，在黑与白之间浓艳。车窗玻璃上倒影出姚绯，很是漂亮。片刻，他敛起了全部的情绪，转过头凝视姚绯，嗓音哑得有几分沉：“姚绯，这算是什么——礼物？”

送香水是什么意思？我想让你身上有我喜欢的味道。

另一个含义：我想喜欢你。

“清明——”姚绯搜寻最近的节日，刚过去的清明节和二十天后的“五一”，似乎清明节更近。

“这种节日就没必要强行贴了，你这个借口很烂。”商锐毫不留情地拆穿她的谎话。想送就送，还要找这种烂借口。

“那是提前送你的‘五一’礼物。”节日礼物是不是珍贵点？他会用的吧？姚绯把烟摁灭，靠回座位。“你收不收？”她问。

“不收会怎么样，”商锐微倾身靠近姚绯，唇角浸着笑，黑眸深邃，意味深长，嗓音压得很低，沙沙的质感，“姚绯？”

“你不想收？”姚绯看着他近在咫尺的眼。商锐的眼睛是很漂亮，但笑起来会显得有点轻佻，眼尾浸着多情。

香水是很私人的东西，可他们是搭档，他不收的话，姚绯实在没办法跟他配合明天的吻戏。

车子行驶在公路上，车厢内寂静，前排的刘曼在玩手机，后排并没有开灯。天色渐沉，车厢内暗了下来。两个人的轮廓都被暮色笼罩，凌厉深刻的线条淡化，眼眸深沉，看不清深处缠绕的情绪。

姚绯因为疲倦，嗓音很轻，似乎落到空气中就散了。

淡香水的草木香气在空气里流动，勾着呼吸，勾着炽热的空气，妖妖娆娆。空调的风吹不散车厢内的灼热。他们在同一个密闭空间，彼此的呼吸清晰可闻，近在咫尺。

"收。"商锐开口，嗓子哑出了气音。他若无其事地坐回去，尽可能地放松身体，握住香水袋子，放到修长矜贵的腿上。"我收下了。"他说。

这一句也很轻。

车到了住处，商锐下车，大步走向了宾馆，车门都没关。

热空气野蛮地卷进车厢。

姚绯下车活动手腕，绕到另一边关上车门。她在一层吃了晚饭才上楼去洗澡换衣服。商锐已经洗过澡了，浴室里还残留着沐浴露的香气，角落的椅子上放着他那套昂贵的洗漱用品。

商锐大概是永远做不到用完后把东西放回原处，认真地收起来。

一看就是被伺候惯了。

姚绯不太想去敲商锐的门，便回到房间发微信给他，提醒他浴室还有他的东西。消息发送出去，她握着手机坐到床头，一边吹头发一边刷微博。热搜前排挂着"商锐自拍"，非广告热搜。

商锐在这犄角旮旯的地方还能上热搜？

姚绯点开了热搜——商锐戴着帽子、墨镜，姿态慵懒地趴在桌子上的自拍照。从这个角度只能看到他高挺的鼻梁和冷淡的唇角，他身后放着个爱马仕的袋子，黄色带"H"，很有标志性。

商锐配文："可以。"

他们拍戏的地方太偏了，狗仔都追不到这边，其他人更别想拍到了。所以这半个月风平浪静，商锐几乎没上过热搜。

可以什么？

姚绯看了一眼评论，商锐的粉丝尖叫："我可以！哥哥终于营业了！"

下面跟了一排"我可以"。

原来是这个"可以"。姚绯继续翻评论，商锐的粉丝很会玩梗，还挺有意思的。

手机骤然响了起来，来电人是苏洺。姚绯拿起电话接通，关掉了吹风机："苏总。"

"你今天在剧组抽烟了吗？"

姚绯一愣："什么？"

"你抽烟上了热搜，热搜第二十位，怎么这么不小心？"

姚绯抽烟的照片上了热搜，而且是有心人买的。照片似乎是远远地拍的，一共四张。她穿着白衬衣、牛仔长裤，身形清瘦高挑，身后是酷炫的越野车。第一张，她垂着头靠在车边抽烟，白烟清淡，笼着她绝美的脸。第二张是她抬头看远处，表情清冷、疏离，似乎离世界很远，手指上的烟还在燃烧。第三张是夏阳过去跟她说话，她像个大姐头，冷漠地站着。第四张是动图，她一边走一边抽烟，走向路边的保姆车。

“姚绯抽烟”已经爬到了热搜第十六位。

“这是在什么地方？剧组吗？姚绯这几张照片拍得有点带感！”

“《盛夏》不是纯言情作品吗？小清新格调的作品，怎么会用一个抽烟的女艺人演主角？司以寒这个选角是要身败名裂吗？”

“她才多大就抽烟？”

“成年人抽烟怎么了？只要不是在禁烟区，抽烟不影响别人，都是自由好吧。”

“第三张图里是夏阳吗？姚绯居然对着我们小可爱抽烟！不能忍！小可爱就那么忍受了，好心疼啊！”

“姚绯对夏阳那是什么态度？是在欺负我们阳阳宝贝吗？我们阳阳受委屈了。她对烟过敏。”

夏阳的粉丝迅速到场，全在谴责姚绯。

很快，姚绯被骂上了热搜第六，跟“商锐自拍”贴到了一起。

敲门声响，姚绯揉了一把湿漉漉的头发，起身走过去开门。门外站着商锐，他穿着黑色T恤和黑色短裤，单手插兜靠在门框上，高大的身材慵懒，罩下了一片阴影。

“有事？”姚绯开口。

商锐抽出手，取出一颗糖，当着姚绯的面剥开，里面还剩下一层糖纸。他捏着糖纸外皮把糖递到她唇边。他的指甲修剪得整齐，指腹很白，十分细腻。

“送你一颗糖。”

姚绯皱眉，这是什么迷惑行为。

“嗯？”

商锐直接把糖塞到了她的唇间，指尖跟她的唇一触即散。他抽走了糖纸，姚绯已经后退了，可硬糖还是进了她的嘴唇——商锐的手臂很长。糖粘在嘴唇内侧，她只好张开嘴咬住硬糖，酸甜味瞬间在口中溢开。她咬牙道：“你这是送？”

商锐眼中的笑绽放开来。他从裤兜里又取出一颗糖剥开扔到自己嘴里，“嘎嘣”咬碎。“你想我送啊？”他说。

姚绯抿了一下唇，握着房门想用力关上。她也不知道哪来的脾气，大概一晚上的气全攒在了一起。

商锐伸出脚和手挡住门，硬生生挤出个一身的位置：“姚小绯！”

姚绯居然这么会发脾气，脾气还挺大。

商锐从后腰抽出卷成筒的剧本："找你对一遍戏。明天会是名场面，我怕情绪不对。是工作，你怎么公私不分？"

他说话时一股子水果糖味，一张的俊美脸近在咫尺，薄唇因为吃糖泛着红和水渍，看起来就甜津津的。

他身上喷了香水，不是之前那个，大概用了姚绯送的三瓶当中的一瓶——香奈儿蔚蓝，清爽的柑橘调。

"进来。"姚绯后知后觉地反应过来，她为什么要跟商锐发脾气，没必要。她让开路，她的电话再次响了起来，她走回去接通："苏总。"

"你不要发微博回应，剧组已经发了声明说是剧照，先把这事压下去。暂时不要看微博，别看手机，好好拍戏。"

"嗯。"

"我不是谴责你抽烟，每个人都有自己的习惯，只要不影响他人，怎样都好。可你是艺人，以后别在外面抽烟，不行的话就吃颗糖。我知道你拍戏压力大，可外界是很难接受女艺人有不良嗜好的，他们会用最高的道德标准要求你。"

姚绯的舌尖抵着硬糖，点头："我知道了。"

"你离夏阳远点。"苏洺说，"今天的热搜不知道是谁策划的，目的是整你。我不能确定就是她，可是她粉丝的下场时机也太巧了。有时候你用善良帮了别人，自以为是好心，却不知道别人是如何想的。多一事不如少一事，我们只能做到明哲保身。早点睡吧，明天还要拍戏。"

"好，谢谢。"

挂断电话，姚绯走过去拿剧本，手指碰到剧本却没有再进行下一步动作。她垂着头看自己的手指。夏阳找她说话的时候，她竟然天真地以为夏阳是真的在道歉。

不太失望，只是觉得很没意思。

"你看到热搜了吗？"商锐环视四周，姚绯的东西很少，房间内空调温度很高，东西放得整整齐齐。

他找了一把椅子坐下，看向姚绯。

"嗯。"姚绯抽出了剧本，走过来在他对面的椅子上坐下，翻开剧本，扬了一下唇，"我很蠢，是吧？"

"不算吧，这种事防不胜防，没防住也不怪你。"商锐咬着碎糖，敞开长腿，靠在椅子上翻开剧本，语调随意，"总不能一看到夏阳就把她踹出八米远吧？"

"我是说，我在剧组抽烟。"姚绯看了一眼他快要横到自己这边的长腿，往旁边挪了一些，想到开机仪式上商锐看到夏阳立刻撤出两米远的动作，心情忽然没那么抑郁了。商锐的过度反应可能都是这么练出来的。"我会想办法戒烟，但拍摄期间没办法。"姚绯说。

“若是为了健康，那就戒烟，戒烟挺好。”商锐抬眼注视姚绯，“要是为了别人的言论，怕网友骂你就压抑自己，那没必要。人是为自己而活，好不好不是别人能定论的。只要不触犯法律，不违背道德人伦，抽烟也只是个人选择。”

商锐是在安慰她？

“谢谢。”姚绯翻开剧本。不得不说，她被安慰到了。

“我因为抽烟被骂上热搜好几次。”商锐把剧本打开到明天要拍摄的部分，目光落到接吻的部分，那几个字都变得火辣辣的。“心理医生都不能帮我戒掉抽烟，他们的骂声要是能让我戒掉，也是功德一件。”他说。

商锐在某些方面真像铜墙铁壁。

“你因为抽烟看过心理医生？”

“我因为被骂看过心理医生。”商锐咬着糖靠在椅子上，垂了一下睫毛，扬唇笑得漫不经心，“医生教给我一个方法，如果你觉得这件事难以忍受，你就找个更难以忍受的东西做对比。比如，戒烟和被骂，哪个更让你难受？二选一。”

“这个方法我用过。”姚绯看着商锐那张脸，忽然就笑了一下，“确实有效。”

“是吧。”商锐被姚绯的笑惊艳到了，一慌神，碎糖就滚进了喉咙。他狠狠地咳嗽，让自己恢复正常。他收回视线看着剧本，手指很用力地压在剧本侧边锋刃上，锋利的纸张给人很痛的感觉。他重新抬起头回应着姚绯的注视，冷静沉稳，不动声色，语调无波。“衡量成本，选最低的那个，你收获了一份快乐和一份不那么重要的痛苦。”他说。

姚绯刚认识商锐那会儿忍不住想打他时就在心里想：商锐和李盛哪个更让你难以忍受？李盛是必须死，商锐是那份不那么重要的痛苦。

“对。”姚绯点头，“不应该在意‘不那么重要的痛苦’，你说得对。你想对哪段戏？”

他们的对手戏是从接吻开始。

“你觉得接吻的时候，你对我有着什么样的情感？”商锐注视着姚绯，姚绯的头发还没有完全干，卷缩在单薄的肩头。她穿着白色T恤，领口有些大，露出大片洁白的肌肤。“我对你该是什么样的情感？剧本里的吻戏只有一句话，我们该怎么去表现？”商锐说。

剧本里这一章的标题是“绝处逢生”。

盛辰光以为夏瑶随着爆炸从世界上消失了，爱恨情仇一切都成了空。他在绝望中看到了夏瑶，他跳下车，冲过去用力抱住夏瑶，疯狂地吻了下去。

“这里的疯狂，该怎么疯？”商锐的嗓音有些哑，他换了个坐姿，“你要如何回应我的疯？你想象过这个画面吗？”

“这是一个等待了十年的吻，应该会很疯狂吧？我不太理解。十年前的感情，我好像没有这么长的感情可以代入——”姚绯抬起头，猝不及防地撞入商锐沉黑的眼中。商锐眼眸中的情绪很复杂，姚绯恍惚了一下，觉得商锐入戏了，他像是剧本里的盛辰光。他眼中有着压抑的渴望，很沉，很重。姚绯短暂地停顿。“你怎么理解？”她问。

“你想试试吗？”商锐嗓音低哑，带着蛊惑，“十年的渴望。”

屋子里灼热，姚绯没有入戏，她体会不到这段戏的感情，所以始终不能走进去。

商锐身子前倾，长腿已经贴到了姚绯的膝盖。他跟姚绯面对面坐着，微俯身，平视姚绯，睫毛浓密纤长，轻轻地垂下。他嗓音低醇，带着蛊惑：“闭眼。”

姚绯没有闭眼，她霍然起身离开座位，单手插兜在原地走了两步。她拿过烟盒取了一支烟，看向商锐：“我抽一支烟。”

“你紧张？”商锐往后靠在椅子上，握着剧本，想调侃姚绯一句，开口时却发现自己的嗓音哑得不像话，“你是想入戏还是不想入戏？”

“明天到剧组直接拍吧。”姚绯的手指机械地夹着一支烟，想不起打火机放在什么地方，“我需要调整状态。”

漫长的沉默，商锐起身离开房间。走到门口的时候，他停住脚步：“如果你想不入戏，我可以陪你不入戏。”

什么意思？

姚绯没听明白，回头看去。

商锐已经大步离开了。

房门“咔嗒”一声关上了。

姚绯没有看微博，没有看热搜，不知道外面的世界怎么样。她甚至早上没有跑步，只是让刘曼给商锐送了一份早餐。

她没吃早饭，喝了很少喝的黑咖啡。黑咖啡会让脑子清醒，她需要最清醒的状态去拍这场戏。

九点半，姚绯化好妆走到镜头下。司以寒跟她和商锐讲戏，姚绯很努力去听，但听得心不在焉。忽然唇上一热，她抬眼看去，司以寒背对着他们跟周挺说话，商锐把一颗硬糖塞到姚绯的唇上，草莓味的。

没有人注意这边，他塞完就若无其事地站得笔直，长腿微微叉着，背着手拿着剧本，似乎很专注地在听导演说话。

姚绯咬着硬糖很轻地呼吸。

不过是肉碰肉而已，又有什么关系？姚绯抿了一下嘴唇，碰一下又不会死。

“昨天的热搜已经处理好了，不会影响到你，不要有心理压力，也别太紧张。”司以寒以为姚绯是因为昨晚的热搜而心情低落，说道，“两分钟后开始拍摄，你们稍微调整一下情绪。”

“已经好了。”姚绯咽下口中的糖，走到属于自己的位置上。她拼命地给自己洗脑，她不是姚绯，对面不是商锐，她是夏瑶，夏瑶要亲吻渴望了十年的人，她渴望这一刻太久了。

“Action！”

他眼内焦灼，他一夜未眠，眼底有红血色，他朝自己奔来。姚绯无法像往常一样去套那部没拍完的戏，那样的感情不对，不能代入到这里，这里应该是激烈的感情。虽然她还没弄明白到底是哪种激烈感，可一定是激烈到疯狂的。

“卡！”导演在喇叭里喊道，“姚绯，你感情不对，别发呆，你的眼神也不对。”

姚绯抿了一下嘴唇，仰起头，深吸气，继续调整情绪：“可以了。”

第二遍，姚绯很努力地渴望他，她把自己的情绪调整到最饱满的状态，用爱着电影的力量支撑着眼中的全部爱意。这是一个长镜头，商锐需要跑过来亲吻她。他大步而来，修长的手指火热、用力地揽住姚绯的腰，他低头贴到姚绯的唇上。

唇贴唇，世界寂静。

商锐的唇上有水果糖的味道，商锐是姚绯见过的最爱吃糖的男人。

靠得太近，姚绯看到他的睫毛很长。他没有戴眼镜，鼻梁高挺，鼻尖贴到姚绯的肌肤，微微的凉。

没有恶心，也没有想吐，比想象中的触感好一点。

商锐贴上了她的唇，却没有再进一步，只是贴着，不知道在想什么，也许是忘记了下一步该怎么做。

导演的喊声响破天际：“你们是木头吗？动一下！”

商锐忽然抬手扣住姚绯的后颈，低头吻了下去。柔软的唇相贴，潮热，带着盛夏的火热。姚绯的脑子“嗡”的一声，本能地想推开他。一颗硬糖被推到了她的口腔里，酸甜的草莓味。姚绯抱住商锐的脖子就疯狂地咬了上去。

风声在耳边呼啸，太阳在头顶，炽热，滚烫，不知名的虫叫声响彻沉闷的盛夏。

有那么一刹那，她觉得这一切像是拳击场上的宣泄，只不过换成了接吻。其实都差不多，拳头对皮肉或者唇贴着唇，其实没有多大区别吧？一样是激烈的运动，一样是心脏在胸膛疯狂地跳跃，一样刺激着肾上腺素。

从昨天到现在一直拉扯的焦灼感在此刻像是失控的洪水，刹那决堤。

她没见过长达十年的爱情，不知道十年意味着什么，她对爱情向来是敬而远之，她始终代入不了爱情。她只是在宣泄着自己的焦躁不安，宣泄她的从未得到。

姚绯的记忆中有一颗水果糖，狭窄漆黑的长巷，陈旧肮脏的居民楼。她从巷尾往前跑，黑暗中藏着张牙舞爪的恶鬼凶兽，她克制着恐惧跑到巷头，听到自行车的悦耳铃声。她被有力的手臂拦腰抱起放到自行车车杠上，爸爸粗糙的手指剥开一颗硬糖塞进她的嘴里。她笑着抱住爸爸的手臂，那是最安全的港湾。她靠在他的怀里，甜腻的硬糖在口腔里溢开，自行车飞驰在黑暗的长巷。

恶鬼凶兽被驱散，硬糖替代了恐怖的想象。

她很少期待什么，记忆深处那一颗硬糖久远到她几乎遗忘了。昨天商锐往她嘴里塞糖时，她恍惚了一下，含住了那颗糖。

在巷子里奔跑时，她不害怕，她知道前方很快就会出现一声悦耳的“叮当”声。她会被抱住，她会落入安全区。

她仰起头，眼泪顺着眼角滚落，商锐先停住了动作。他用掌心擦姚绯的眼泪，随即用力地把姚绯抱进怀里：“抱歉，刚刚逼你了。”

导演叫了“卡”，但没有人上前，片场没人说话。

姚绯的脑子乱糟糟的，她还含着那一颗硬糖，商锐在喘息，胸膛的起伏带动着她。她抬头看商锐，商锐的唇红得浓艳，还沾着一丝血迹。他深邃的桃花眼浸着暗沉的湿潮，雾气很重。

“不要哭，我不是欺负你。”男人凸起的喉结滑动，垂下的浓密睫毛微微颤了一下，他很轻地抿了一下唇角，嗓音沙哑，语调缓慢，“姚小绯。”

“什么？”姚绯这才回神想推开商锐。

不知道哪儿来的默契，商锐挺拔修长的身体利落地往后退开一步，姚绯推了个空。他单手插兜，舌尖抵着腮帮子，舔到了血，深邃、深沉的眼注视着姚绯，喉咙滚动，把血腥咽下去。“没过，估计还要再来一条——”他说。

姚绯：“……”

“你把我的嘴咬破了。”商锐张开嘴示意给姚绯看。

姚绯看到了他的舌尖，又艳又红的血停在洁白的牙齿间。他穿着戏服，灰扑扑的白衬衣，领口解着一粒扣子。原本应该是沉稳内敛的盛辰光，因为他张嘴的动作立刻变成了商锐。桃花眼潋滟，眼眸浪光闪烁，亮晶晶的。

姚绯咬牙切齿时咬到齿间的水果糖，被咬掉的糖粉融在了口腔里，甜腻腻地纠缠着。她的脑子清明，转头吐掉了硬糖。

商锐笑着移开了眼。

阳光落到他身上，也不知道姚绯哪里戳到了他的笑点，他笑得异常灿烂。唇红齿白，长眉星目，张扬又跋扈的劲儿，独属于商锐。

助理送水过来，低声叫道：“锐哥。”

商锐嗓音的哑已经恢复，他若无其事地往后退了一步，差点儿踩空落下台阶。他缓了一下情绪，冷静地接过来矿泉水拧松瓶盖，顺手递给了姚绯：“喝口水。”

“拍戏跟现实不一样。”姚绯接过水想漱口，冰凉的水滚进口腔，她就咽了下去，唇上还沾着水渍，她解释道，“我刚刚入戏了。”

省得商锐以后天天追着她叨叨，因为一个没有意识的吻追了她好几天，还形容得那么恶心。

她之前的焦灼感一半来自商锐的描述，但真亲起来并没有多么恐怖。

“嗯。”商锐的黑眸中浸着情绪，他若有所思地点头，嗓音低沉，淡淡道，“我也入戏了。我最近入戏是不是很快？”

商锐不戳穿姚绯的烂借口，抿着笑，慢悠悠地移开眼，仰起头灌下一大口冰凉的水。他也没有漱口，一滴水顺着他的下颌往下滑落，滚过修长冷冽的脖颈，落入了衬衣深处。

他把一瓶水喝完，把瓶子递给了旁边的助理。

“能再来一遍吗？”导演在喇叭里喊道，“情绪不错，可能下一条就过了，可以的话叫化妆师过去补妆。”

“我想看一遍回放。”姚绯转头对导演的方向提高声音喊道，“可以吗，导演？”

“过来。”司以寒招手。

姚绯把瓶盖拧上，跑向导演的棚子。商锐的眼眸很深，他随即迈开长腿跨过地上的杂物也走了过去。

导演打开了回放，姚绯站在一边认真地看。她想看看的自己情绪是否对，想看看这场吻戏到底有多差。

商锐也跟着走了过来，双手插兜站在姚绯的身旁，挡住了灼热的烈日，罩下一片阴凉。

“前面的情绪有点不太好，盛辰光的话应该不会犹豫。”司以寒这话是对商锐说的，“你犹豫的时间过长，我没有叫停是考虑到你们是第一次，怕影响你们的情绪。”

商锐舔了一下唇角。银幕初吻，他和姚绯的第二次接吻，姚绯清醒时的第一次接吻。确实是第一次，人生的第一次。

“姚绯开始的感情更像是发泄。”司以寒说道，“后面你们的感情都很到位，非常饱满，按照这个感觉来，应该一条就过了。拍完戏后的拥抱可以直接加到剧情里，如果这一遍情绪对了，你们亲完接着拥抱，可以吗？”

“姚绯，你可以再放开一点，你太压抑了，希望你早日走出来，别再压着自己。”荣丰抽着烟在旁边插话，说道，“商锐呢，你是初吻吗？吻得太生涩了，你的感情倒是很饱满。其实这场戏里，你的感情戏比姚绯要好，只是，你没谈过恋爱吗，你是二十五岁还是二十六岁，居然吻得这么单纯。你的年轻、热情、奔放呢？你放开一点，大开大合地吻。”

商锐：“……”

“母胎单身。”司以寒也取了一支烟，随口就把商锐的底给掀了，“初恋还没有呢，这是初吻吧，商锐？”

“不是，第二次。”商锐还是双手插兜的姿势，转身迈开长腿大步就走，头也不回，“我看完了，我已经调整好了，我去补妆。”

不要问第一次。

荣丰震惊得半天才合上嘴。

万花丛中过，片叶不沾身，说的就是这哥们儿？

“你前面的发泄情绪也没有错，盛辰光和夏瑶重逢后的接吻有发泄的成分，但不能过了那个点。你能明白那个界限吧？”司以寒认真跟姚绯建议，“别太压抑自己，放松点。”

“谢谢。”姚绯认真地从技术层面看着回放。她的吻戏一塌糊涂，亲得乱七八糟，但一点点看下去，她发现自己误打误撞，情绪竟然也对了一半。

“再来一条试试。”

姚绯走回了片场。其实这一条已经出乎了所有人的意料。荣丰拿下烟，看向监视器，锐利的眸子更加深了：“商锐挺入戏的。”

“不是入戏。”司以寒说完这句话就没有再往下聊，也没必要。

这个镜头的第二次拍摄，他们重新站位，进入镜头。姚绯把商锐想象成一颗水果糖，穿过漆黑长巷得到的那颗糖，她的情绪瞬间就上来了，疯狂和渴望渐渐具体起来。

这一次吻得非常顺畅，顺畅得仿佛范本。姚绯是个天赋型演员，她的学习能力很强，很善于检讨、自省、改正。看过一遍瑕疵品后，第二遍就能迅速改掉瑕疵，更换成最完美、优秀的版本。

吻戏结束时，商锐的气息混乱，他用力抱着姚绯。

导演没喊“卡”，摄影机还在拍摄。姚绯有点拿不准接下来的情绪，把脸埋在商锐的脖子上。商锐身上的香水味已经很淡了，她买的本身就是最淡的款，尾调有着柑橘和柠檬的气息，很清新干净。

贴得太近，她碰到了商锐的喉结，凸起的一块滑动时蹭到了姚绯的肌肤。他确实很瘦，身上几乎没有什么软肉，骨头和肌肉很清晰。

商锐低头亲吻姚绯的发顶，目光近乎虔诚。温热柔软的唇落在她柔软的头发上，很重地压了一下，他的眼尾泛起一些发红的暗潮。这个动作他想做很久了。

导演喊了“卡”，这一条过了。

这个吻很完美，姚绯缺少的那部分情绪被商锐饱满又疯狂的情绪填补了，完美得如教科书一般，不似真人。

商锐抬头看了一眼导演的方向，那边的人也在看他。现场挺安静的，过于完美的东西会失去一些真实感。

这一遍姚绯没哭，吻得很好，只有商锐知道她比第一遍少了什么。可具体是什么他不知道，无法说清，心里莫名有些空。

松开姚绯，他的表情已经恢复如常，他站得笔直，伸手到姚绯面前：“合作愉快。”

其实仔细留意能发现他的声音哑着，深邃桃花眼内的潮红还没落下。

姚绯跟商锐握了一下手：“合作愉快。”

她随即松开他的手，快步走向导演的棚子去看回放。姚绯是个对自己要求很高的演员，只要有一点不确定，她就会去看回放。所以，她在不确定什么？

原计划这场吻戏要拍一天，导演都做好了耗着的准备，结果半天就拍完了。一共三条，亲了两次，非常完美地过了，后面又补拍了一个镜头，也很顺利。

下午两点就收工了。

下午是自由时间，姚绯回到酒店洗完澡换上衣服刚要刷微博，敲门声响了起来。

姚绯拉开门，看到戴着墨镜的商锐，穿着 T 恤、短裤，踩着运动鞋，张扬得像个刚出校门的少年。“换衣服，带你去个地方。”他说。

“什么地方？”

“你一定想去的地方。”商锐的长手倚在门框上，由上至下看姚绯，“换件短一点的，可能会在结束后去海边。”

姚绯换了条运动短裤，拿着外套出门：“走吧。”

商锐垂下眼注视姚绯的腿，运动短裤确实很运动，中规中矩，到膝盖上方。她穿着运动鞋。她露出来的腿又直又白，她的身材比例非常好。商锐不是没见过她的腿，之前她在电影节走红毯时穿过一条黑色高开衩的礼服长裙，正面看端庄静美；走起路来，长腿隐约可见，美得撩人。

当年网络还不怎么发达，但她的腿也上过各大头条，被称为“第一美腿”。

“看什么？不合适吗？”姚绯皱眉，低头看自己的腿，她很少在外面穿短裤短裙，“我回去换掉——”

“不用换。”商锐把墨镜压回脸上，长手越过姚绯拉上了她的房门，手掌在姚绯的后脑勺一推，说道，“谁敢乱看你，我把他们的眼挖了。走。”

姚绯：“……”

神经病。

姚绯不是怕看，只是不太习惯穿短裤。“到底去干什么？”她问。

下午太阳毒辣，剧组的人大多躲在房间里吹空调，外面几乎没什么人。浓绿的树叶都被晒得卷缩起来，死气沉沉。这么热的天，出门的都是勇士。

“飙车。”

“什么？”姚绯走出宾馆，感觉就要融化在炽热的阳光里，难以置信地看向商锐。

商锐修长、骨节分明的手指钩着墨镜递过来，说道：“飙车。闲着没事，出去玩一把，敢吗？”

姚绯心跳得飞快，肾上腺素蠢蠢欲动。太疯了吧？敢在未封路的地方飙车？

“蔡总知道吗？剧组其他人知道吗？”

“管他们知不知道，关我屁事。”商锐把墨镜扣在姚绯的头上，拿起车钥匙解锁了停在院子中央的一辆白色越野车，拉开驾驶室的车门坐上去，“姚小绯，你就告诉我，你敢不敢？”

姚绯站在烈阳下沉默。

“你想不想发泄一下？彻底地发泄，让全世界都去他的。管他的舆论，管他的规矩，管他世界会变成什么样，管他有多少嘲笑，有多少框框条条，放任自己一次。”商锐倚在车窗上，姿态散漫又狂妄，嗓音偏沉，语调不高但张狂得生机勃勃，“世界就在脚下，你想不想无所顾忌地走一次？”

姚绯抬起眼，睫毛下，她的目光很深。他们对视，商锐的姿态依旧是张扬的，下颌上扬，拉出傲慢。“你想要自由吗？”商锐说。

姚绯不想跟商锐出去，但她对商锐的描述很感兴趣。她大步走过去拉开了副驾驶室的车门，系上了安全带：“走吧。”

商锐搭在方向盘上的修长手指轻敲了一下，发动引擎，把车开了出去。这回他没有放吵死人的音乐，毕竟引擎声已经足够大了，灰尘漫天，没有人有心思去挑选背景音乐。

越野车飞驰在海岸公路上，车窗落下，劲风灌了进来，吹散了姚绯的头发，风卷着沙石打在墨镜上，她迎着风抬起下巴。

姚绯在这种劲风中生出一点疯狂。

他们的车远离了小镇，开往无人区域。这里有一条沿海公路是飙车圣地，车速开到了一百一十迈。

“想换到驾驶位吗？”商锐回头问姚绯。

“你敢坐我的副驾驶位吗？”姚绯看着遥远处的海面，在风里说，“很危险。”

商锐唇角上扬，笑得肆意，片刻后把车停在路边，手指搭上安全扣，轻轻一按，“咔嗒”一声响，安全带弹开。他推开了驾驶室的车门，偏头注视姚绯，嗓音低沉，语调缓慢：“坐你的副驾驶位有多危险？让我看看。”

入戏

第七章

暗恋

RUXI

姚绯换到驾驶位，拿掉了墨镜，公路的一边是陡峭的悬崖与壮阔的海面。下午的阳光照在海面上，波光粼粼，金光延伸到了地平线的尽头。

前方的路在不断地缩短，姚绯握着方向盘转过又一道弯。商锐在副驾驶位上握着扶手：“减速，我不想跟你车毁人亡。”

姚绯握着方向盘，减速，说道：“商锐，你不是说随便我开吗？”

“我是体面人，不能死得这么窝囊。真掉下去了，明天铺天盖地的绯闻，说商锐、姚绯殉情，太不体面。”商锐拿出手机，看了一眼上面的地图，说道，“前面还有个弯，过去后减速，下到海边公路，海边公路随便你飙车。这车最多可以跑到一百八十迈，我建议你不要开上一百六十迈。”

姚绯减速绕过一道弯，一条下坡路十分陡。越野车扬着巨大的灰尘飞驰下去，冲上了海边破旧、笔直的公路。

海岸线反射出白色的光，海鸟迎着风飞翔。

速度会刺激人的情绪，会让心跳加速，会让血脉贲张。她不知道商锐为什么突然提出飙车，但他这个提议很好。

姚绯在荒凉的公路上开到了一百八十迈，几乎是极限。耳边只有风声，灰尘漫天。她意外地平静，感到许久未曾体验过的放肆和张扬，所有的顾虑都可以抛下，此刻她是自由的。

每个人出生的时候都是自由的，没有任何束缚，赤条条地来到了这个世界。枷锁是后天一层层套上去的。姚绯这七年停在一个狭窄、仅容一人通过的黑暗巷子里被时间拖着往前走，她不敢奢望，不敢渴望，也不敢祈求不属于自己的东西。她活得小心翼翼，她活得很辛苦。导演说她压抑，大概吧。

无数的谩骂像是刀一样刻在她的心脏上，把她扎得一身是血，她很长时间都不敢迈脚。不知道什么时候会碰到刀，会遍体鳞伤。

车速渐渐降了下来，姚绯仰起头，让风把头发吹得更乱。

公路的尽头是一片白色的沙滩，姚绯停车，靠在座位上。刹那寂静，极度疯狂后，血液还在沸腾，她摊开手指看自己的骨关节。

不远处，海浪拍击沙滩发出巨大声响，海风夹着微微的咸味。

“开到一百八十迈的时候你在想什么？”商锐扔下手机，解开了安全带，靠在座位上偏头看姚绯，嗓音偏沉。

“我在想，跟你死在一块儿，我又不亏。”姚绯转头看着商锐，忽地就笑了起来。她的笑十分灿烂，眉眼飞扬。

商锐出身富贵，要风得风要雨得雨；姚绯泥腿子一个，生得渺小，活得苟且。他们天上地下，云泥之别。姚绯不仇富，就是觉得商锐要是死在她车上，一定会后悔得痛哭流涕，悔不当初。

估计能气得当场诈尸。

商锐的眼眸深沉起来，注视着姚绯，嗓音有几分哑，意味深长道：“我好心带你出来散心，你竟然真的想跟我殉情。姚小姐，你对我居心不良。”

姚绯最危险的时候在想他？姚绯这直球。姚绯是商锐见过最会打直球的人，自然不做作，一球一个准，球无虚发。

商锐经常自恋，姚绯心情好，不跟他计较。她敛起了笑，认真道：“谢谢。”

不管过去如何，这声谢她该说，商锐确实帮了她。

“谢什么？”商锐的姿势没动，依旧看着她。

姚绯身体里沸腾的情绪还没有落下，阳光照着引擎盖反射出光芒，她看着前方的海面，说：“昨天的糖，今天的车。”

商锐取出一支烟点燃，深吸一口，缓和情绪，白烟缓缓升入空中，萦绕片刻就被强劲的海风卷向了遥远处。风吹得烟头猩红，他拿下烟，长手架在车窗上，转头注视着姚绯：“为什么要谢？”

为什么？他帮自己，为什么不谢？

但商锐的目光又沉又黑，姚绯直觉答案不是这个，可具体是什么她也不知道。她主动转移了话题，说道：“能给我一支烟吗？”

商锐打开烟盒取出一支烟递给了她，却没有递打火机。

姚绯伸手去拿打火机。

商锐长手一捞，两根修长的手指夹着银色的打火机，反手义无反顾地把打火机扔到了窗外，动作流畅得仿佛做过无数遍，娴熟自然，理直气壮。

姚绯：“……”

姚绯咬着未点燃的烟直直地看着商锐，他到底是什么意思？给烟不给打火机，缺不缺德？她解开了安全带，想要拿掉唇间的烟。

商锐忽然咬着烟倾身而来。他身高腿长，带过来一片阴影。

姚绯吓了一跳。

商锐修长的手随意地搭在方向盘上，俊美的脸停在姚绯的上方，微一偏头，燃着的香烟贴上了姚绯唇间的烟。近在咫尺的睫毛浓密，他垂着眼，嗓音含混低沉：“借你火。”

这个姿势很像是接吻，但又不是。

只是两根烟的前端相贴，烟草的焦香飘荡在空气中，萦绕在他们之间。海风卷进来，吹落了烟灰，一缕烟灰荡漾到了黑色的座位上。

姚绯静静地看着他，鬼使神差地想到刘曼说的十五分钟——心跳加速，呼吸困难，像是缺氧的症状。她轻轻地吸了一下烟，烟头亮了起来，烟落入了口腔。

他若无其事地坐回去，拿下烟，吐出烟圈。夕阳的光落到了他的睫毛上，他的睫毛梢被映出了金色的光。白烟缓缓地飘出了车厢，妖妖娆娆地勾着灼热的空气。海风吹了过来，卷起了姚绯的长发。

商锐的一只手搭在挡杆附近，她的发梢就这么荡漾到了商锐的手背上。痒痒的，一如想象。

“想出去走走吗？”商锐敞着长腿，坐姿闲散，整个人都快倚到了驾驶位上，专注地看着姚绯荡漾在风里的一缕头发。

“这里安全吗？”姚绯环视四周，荒无人烟。

这个国家虽然战争已经结束了，但治安并不算好，看似风平浪静，却处处隐藏着危险。他们没带安保人员，随意下车，怕是不安全。

姚绯拿出手机，看到没有信号——离小镇已经很远了。

商锐松松地咬着烟坐直，打开扶手上的盖子，从里面取出一把枪：“我有持枪证，放心吧，不安全我不会带你出来。”

姚绯盯着商锐手里的枪，沉默了片刻：“真的？”

剧组安保人员有枪，她知道，可商锐从哪里弄来的枪？生在和平国家，姚绯还没见过真的枪。

“真的，三颗子弹。”商锐顺手把枪装进裤子口袋，推开车门下车，说道，“跟我的保镖要的，走吧。”

矜贵、养尊处优的商锐随手揣着枪，跟揣着玩具似的，姚绯还是挺难想象的，他太轻描淡写了。商锐玩世不恭的外表下，到底是个什么样的人？

姚绯把烟掐灭，再一次意识到自己跟商锐不是一个世界的人。她下车，关上车窗和车门，锁上车，跟商锐往海滩走。

“你——开过枪吗？”

“开过啊，不然拿来干什么？我第一次摸枪是十二岁，大哥每年暑假、寒假都会带我去 A 国，逼着我练。”商锐也扔掉了已经熄灭的烟蒂，长腿跳下台阶，说道，“我不喜欢这些东西。”

商锐就想当个混吃等死的傻白甜。

他们走到海滩上，沙子柔软，姚绯一脚就陷进去了。她停下脚步，弯腰把鞋带解开，脱掉了鞋子，拎着鞋往前走，顿时被烫得挑了一下眉：“哦。”

“你飙过车？”商锐也被沙子烦得要死，问完后没听到回答。

他回头看姚绯，她脱了鞋，阳光下，她的肌肤白皙如玉，温润细腻，似乎泛着白光，十分好看。

“我为了飙车才去考了驾照。”姚绯快速地在沙滩上跑了起来，声音越来越远。

脚底下又扎又烫，扎的是贝壳，烫的是晒了一天的沙子。姚绯说：“当时我要争取一个叛逆期少女的角色，作死的事儿她一样不落，我都去学了。”

商锐站直，看姚绯像只鸟儿一样飞奔向海滩，长发随风飘动，意外地活泼。他眯了一下眼，迅速从裤兜里摸出手机，打开了录像。他的舌尖抵了一下腮帮，按不住的唇角扬了起来。

一向成熟稳重的姚绯可爱起来要命。

姚绯一路蹿到了海边，踩上湿湿的海滩才停下奔跑。海浪卷上沙滩，淹没了她的脚趾，又缓缓退回去。

他们过来半个月了，姚绯还是第一次来海边。海浪再次卷上来，她踩着松软、潮湿的沙子往前面又走了两步。她站到了及膝的海水中，感受脚底下沙子的陷落，沙子缓缓地流动。

姚绯回头看向沙滩上似乎在自拍的商锐，已经习惯了商锐的自恋。

她感受着海浪的冲击，顺着海岸线往前缓慢地走着。偷得半日闲，十分地舒适。姚绯弯腰捡了一个彩色的贝壳。

“那你为什么后来没演？”岸上传来男人的声音。

姚绯抬眼看到商锐双手插兜，十分闲适地走在湿湿的海滩上，岸边的海滩被海水冲得结实，踩上去已经不会陷了。

“我被封杀了，那部戏是华海投资的。”

“叫什么？”

“《春夜》。”姚绯又捡了一个红色贝壳，反正闲着也是闲着。

“《春夜》？”商锐停住脚步，“沈成的那个烂片？”

“不是沈成的烂片，是资本干涉导致的烂片。”姚绯不喜欢别人说沈成拍烂片，沈成是她的伯乐，她的第一个表演老师。她站直看向商锐：“这个剧本一开始很好，如果你看过最初的剧本，一定说不出‘沈成的烂片’这种话。他也没办法，他并不是会为自己运作的导演，没有什么话语权。投资方改人设、改剧情，他也无能为力，最终被改得面目全非。”

“你和沈成还联系吗？”商锐不跟姚绯争论那方面，姚绯骨子里住着一个小固执。她固执得很单纯，她认为对的东西，没有人能说服她，说急了她就会翻脸。

姚绯摇头。

“你很遗憾？”商锐把手机装回口袋，看着姚绯，“想重拍《春夜》？”

“是我自己放弃的，我做了选择的那一刻，《春夜》已经是不属于我的东西了。”姚绯转身面向海面，看着翻涌的海面，感觉这一波浪好像更大了。她愣了一下，海浪果然很大，铺天盖地地压下来，似乎要把她吞噬。她反应过来，连忙转身狂奔，海浪打到了她的腰，短裤瞬间湿透。

顷刻，岸上响起了商锐张狂、肆无忌惮的笑声。

姚绯不想看他，把鞋和贝壳放到沙滩上，拿出手机甩了甩水。短裤湿了，没法装手机，手机、鞋子、贝壳，她拿满了手。

“手机装我这里。”商锐高大的身子一倾，修长的手指夹走了姚绯的手机，顺势塞进短裤口袋，跟他的手机贴在一起。他的眼尾还浸着没收拾干净的笑意。“鞋放岸边，我帮你看着，你去玩吧。别走太深，下午涨潮，海浪比较大。”他说。

姚绯不紧绷的时候，真的可爱。商锐注视着她的发顶，她的发顶被太阳映成了柔软的金色。

“不了，该回去了。”姚绯身上湿漉漉的，冰冷的海水让她清醒。夕阳斜在海面上，这半日结束了，她踩着松软的沙子往回走，看商锐衣冠整齐地走在身边，运动鞋自始至终没有离脚。他来海边干什么？单纯为了笑话她？“你不脱鞋不进沙吗？”她问。

没听到回答。

姚绯抬眼撞上了商锐深邃、意味深长的眼，看起来特别的深刻、有内容。姚绯心中警铃大响，立刻改口说：“不用回答了，没事，走吧。”

“我刚刚录了段视频，你要不要看？”

“什么视频？”姚绯警惕道。

商锐摸出手机，打开相册，倾身靠近姚绯，修长的手指滑过屏幕点击播放，边看边说：“你被沙子烫得像个弹簧，一路弹到了海边。这段要是放到网上，点击量能过亿。标题我都想好了，‘国际影星姚绯在某野海沙滩上赤脚蹦迪’。”

商锐俯身给姚绯看手机，一张俊美的脸放大在姚绯面前，唇角上扬，笑得肆意，冷肃、修长的脖颈近在咫尺。

姚绯脑子一热，抬手从后面勒住他的脖子，想把他放倒摁在滚烫的沙子里，让他变成“弹簧”。可第一时间竟然没放倒，商锐占据了身高优势，弯腰就把姚绯背了起来，迈开腿往前走了两步。“姚绯！你还偷袭——”他说。

女人贴着他的脊背，隔着薄薄的布料，清晰可触，两个人碰到。她圈着商锐脖子的那条手臂瘦削，肌肤细腻白皙。

空气炽热，瞬间燥热起来。

商锐的声音停住，喉结贴着姚绯的手臂滚了一下。姚绯已经松开了他的脖子，拉开了距离，踩着厚实的沙子往前走：“幼稚。”

风吹着姚绯的头发，她埋着头快速地在前面走。夕阳依旧火热，照在她的肌肤上，她的耳下肌肤微微泛红。

空气灼热地萦绕着，商锐抿了一下唇，手机里的视频还播放着。姚绯欢快地奔向了海边，他扬起下颌，大步跟上姚绯。

有什么变得不一样了。

心脏在胸腔里跳得很不正常。

两个人一前一后地走着，商锐看着姚绯的影子，又看姚绯拎着鞋的手，清清嗓子，让自己语调平缓，不带任何情绪：“地上烫吗？需要帮忙吗？”我可以抱你。

“不需要。”姚绯也被自己的幼稚惊到了，第一时间没放倒商锐，看上去像是跳到了商锐的背上。

她为什么要这么做？

她都多大了，居然干这么幼稚的事？不是打架，不是求生，没有任何恶意和敌意，她仅仅是想把商锐英俊张扬的脸摁到沙子里，让他感受一下热情似火的沙滩。

纯玩闹。

“玩闹”这两个字离姚绯太遥远了，以至于她被商锐背起来的时候，脑子是蒙的。商锐像某种高大、单纯的动物，两条长腿撑起了高度，姚绯覆在他的背上，远离了地面。

姚绯忘记了上一次被人背是什么时候。特别诡异的感觉，他的背很宽，沟壑轮廓清晰。

她走到沙滩边缘，脚已经干了，沾了不少沙子。姚绯弯腰拂脚上的细沙，以免弄脏鞋。

脚步声响，视野里出现两条笔直修长的腿，姚绯抿了一下唇。

“扶着我。”商锐嗓音很淡，偏沉，“我给你冲水，冲完你用纸巾擦干净再穿鞋。”

“不用——”

商锐拧开矿泉水瓶，俯身找姚绯的眼，故意跟她对视，嗓音压得很低，沉沉缓缓：“怎么，你害羞了？不敢扶我？大家同事一场，有什么不敢扶的？还是你对我——”

姚绯按着他的手臂，接过水冲脚上的沙子。

“没有。”绝不可能！

姚绯不让商锐帮她冲脚，商锐也不强求，站在一边当一根没有感情的柱子。姚绯冲完一只脚，他把纸巾递了过来。姚绯擦干一只脚，穿上鞋，站稳离开商锐的手臂：“谢谢。”

商锐也没多说什么，转身迈开长腿上了公路，叉着腿站在公路边缘，迎着风，不动声色地深呼吸。

“要在这里看日落吗？”

“看日落的话，回程有风险。”姚绯也上了公路，说道，“路不好，这边日落就天黑。你开车还是我开车？”

“我不想再坐云霄飞车了。”商锐绕到驾驶室拉开车门，说道，“上车。”

姚绯绕到副驾驶室拉开车门，脚底硌了一下，商锐的打火机还躺在那里，她弯腰捡起打火机，抬腿上车，把打火机规规矩矩地放回原处：“不要乱丢垃圾。”

商锐拉上安全带：“你的环保意识很强，可以让苏洺给你报个环保推广大使。”

“可以报吗？”姚绯也拉上了安全带。

“为什么不能报？”商锐抬手搭上方向盘，忽然想到一件事，转头看向姚绯道，“把手给我。”

“推广大使跟手有什么关系？”姚绯把手递过去，商锐太坦然了，她躲一下都是矫情。

“当然有关系。”商锐拉住姚绯的手腕，也不是完全握着，给了安全空间。他两根手指捏着姚绯的腕骨，翻过去看到她掌心有很多细碎的伤疤。她的手很漂亮，掌心却很粗糙。商锐想看她的手很久了，想看看二十四岁的女孩儿，手掌心为什么会粗糙。“这道疤怎么弄的？”他问。

姚绯的手心横着一道疤，很久远了，已经变成了浅浅的一道白痕。

商锐的手指太软了，尽管只有两根手指贴着肌肤，姚绯也觉得难受，痒痒的。她抽回手：“小时候弄的，很多年了，这个影响我做环保推广大使吗？”

“这么多疤，你做不了手相关的广告。”商锐的语调还是那样一本正经，他发动引擎把车倒出去，说道，“原本还想给你找个护手霜的代言机会。”

“那谢谢您了。”姚绯取了一瓶水打开喝了一口。

车窗自动升了上去，空调开起，灰尘被隔绝在外，越野车在漫天灰尘中飞驰在公路上，金色的夕阳落进车厢。

“疤是怎么弄的？”商锐又问了一句。

“我爸喝多了打我，我抬手挡，木条上有根钉子把我的手划破了。”

商锐的目光沉了下去。“你多大？”他顿了一下，补充了一句，“那时候。”

“十一岁。”姚绯说，“我本来就接不了手相关的商业合作，我的手挺难看的。我拍过一个洗发水的广告，那个近镜头不是我的手，是手替的。”

“我说那个广告怎么拍得那么不协调。”商锐看了姚绯一眼，嗤道，“那双手太难看了，跟你很不搭。”

姚绯：“……”

他们在车里看了夕阳，太阳坠入海面，天地彻底暗了下来。城镇就在脚下，万家灯火，手机断断续续地连上了信号，响起此起彼伏的提示音。

姚绯的手机还在商锐的裤兜里塞着，她也不好直接去拿，毕竟男女有别。

车到了宾馆院子蔡伟就扑了过来，关切地上下打量："没事吧？怎么去这么久？"

"我说了去看日落。你退后，我停车。"商锐皱眉，"你真跟老妈子似的，能不能正常点？学会独立行走，像苏洺那样。"

"苏洺手底下没你这样的艺人，就算有，人家也有分寸。"蔡伟看了一眼副驾驶位上的姚绯，不好多说什么，只问，"没遇到危险吧？"

"没有。"商锐抽出口袋里的枪扔给蔡伟，碰到了姚绯的手机，这才想起来拿出手机递给姚绯。他踩下刹车不耐烦地对蔡伟说道："来来来，你来停车，烦死了，追着车跑。"

蔡伟拿到枪，连忙去看姚绯，看姚绯没什么反应才把枪装起来，退后说道："你下车，我来停，你们先去吃饭吧。"

商锐拉上手刹，推开车门，戴上墨镜，迈开大步就走。

姚绯要下车，蔡伟拉上车门开口说道："他做事没章法，任性妄为，没给你添麻烦吧？"

"没有。"姚绯停住了下车的动作，觉得蔡伟有话说。

"这里治安不好，跟国内不一样，很危险。"蔡伟握着方向盘倒车，看了姚绯一眼，"以后别跟他乱来。"

"我知道了。"姚绯敛起了情绪，点头，"谢谢提醒。"

"你觉得锐哥这个人怎么样？"

"挺好的。"幼稚鬼一个。可蔡伟是商锐的经纪人，姚绯也不好多说。

姚绯看了一眼窗外，后悔刚刚没下车。蔡伟的开车技术真不怎么样，倒车两次都没倒进去。

"他的性格很直，没什么复杂心思，做事全凭本心，想干什么就干什么。一时兴起什么都能给，对朋友很好，对谁都大方，也许给的时候什么都没想，我们作为朋友呢，就需要自己去区分这个界限。"蔡伟笑着说，"不然，想太多了越界，都尴尬。"

姚绯盯着倒车影像提醒蔡伟："往左打方向，停，方向回正倒车，别动方向直着进去，好。"

蔡伟终于把车停到了位置上，回头："姚小姐。"

"我很清楚界限。"姚绯握着手机看着蔡伟，漂亮的眼干净到有几分凌厉，"谢谢蔡总提醒，那我先走了。"

姚绯下车朝着宾馆走去，商锐还站在宾馆门口，双手插兜，戴着墨镜，一副不耐烦的模样，看到姚绯过去才抬眼："怎么不跟我下车？蔡伟的停车技术是灾难级的，没人愿意坐他的车，你竟然能在他的车上坐三分钟，感受如何？"

“下慢了，以后不会了。”姚绯踩上台阶停住脚步，看向商锐，“那我先上楼了。”

“不吃饭？”

“我在房间吃。”姚绯快步上楼，“我要先去洗澡。”

商锐单手插兜，看她上楼才走向餐厅，跟厨师说道：“我要两碗清汤面送到三层，一份正常，一份什么都别加，只要面。正常的送给姚绯，什么都别加的是我的。”

“行，你上去吧。”

商锐上楼看到浴室门关着，姚绯已经去洗澡了，他把房门留了缝隙，坐到小沙发上拿出手机看视频。他录了好几段，每一段都很精彩。

商锐打开修图软件把视频导进去，调色修图。

房门被推开，他抬了一下眼，看到蔡伟，皱眉：“又有什么事？”

“以后别做这种危险的事了。”蔡伟观察着商锐的表情，说道，“万一出事，谁能承担责任？”他在商锐发脾气之前迅速打补丁，“你不为自己考虑也要为人家姚绯考虑，小姑娘跟你出去多危险？”

“知道了，废话那么多。”商锐挑了几个搞笑的背景音乐来配姚绯那段视频，发现都不合适，挑挑拣拣，最后选了个《浪漫夏日》。

忽然就显得很和谐。蓝天，白云，清透的阳光，湛蓝的海水，姚绯奔跑在白色的沙滩上，风吹动她的长发，她愉快地跑向大海。

“你在看什么？”蔡伟看商锐的表情过于专注，立刻凑过来看。

商锐侧过身坐，修长的手指握着手机：“看什么还要跟你报备吗？”

“以后出门让保镖跟着。”蔡伟说，“你昨天发的那个微博什么意思？你拍爱马仕干什么？爱马仕那边找你推广了吗？怎么没跟我说？”

“我换香水了。”商锐指了指桌子上的香水，“拍个喜欢的香水包装袋而已，哪有那么多问题。”

蔡伟看到拆封的爱马仕和香奈儿香水瓶，张了张嘴：“你不是说这些商场货是廉价空气清新剂吗？你怎么会用？”

商锐架着长腿窝在懒人沙发里，握着手机继续编辑图片，眼尾里有着潋滟，姿态慵懒，嗓音漫不经心，一字一句道：“我乐意。”

“别人送你的？”蔡伟心中警铃大响。

商锐唇角上扬：“你猜。”

十分钟后，商锐的房间里，蔡伟发出一声惊天动地的咆哮。

姚绯从浴室出来看到餐厅送来的面，端着进了房间，打开微信想看是谁给她点的，就看到微信上苏洺发的一连串感叹号。

苏洺：“你和商锐干什么去了？你们在干什么？什么时候拍的视频？这不是剧照吧？这一定不是剧照！这条微博干什么呢？”

苏洺："营业啊？怎么没打招呼？吓死我了！我还以为商锐要跟你告白！"

苏洺："营业为什么不提前通知团队？我的心脏病都被吓出来了。"

姚绯立刻打开了微博，热搜榜上挂着"商锐官宣恋情"，后面跟着"热"。

官宣什么玩意儿？

姚绯点开热搜，第一条就是商锐的微博，五分钟前发的。

"偶遇一只野生小夏瑶。@ 姚绯"

下面配着一段视频，已经在自动播放了。

姚绯眼前一片黑，头皮发麻。这也敢发？商锐疯了？

深呼吸点开了视频，没有预料中的搞笑配乐，只有一段唯美的轻音乐，整个视频色调十分温柔，加了柔光。白色的沙滩上，姚绯的长发随风飘着，她轻盈地奔向大海，奔向了金色的阳光。她穿着最简单的 T 恤、短裤，天真纯净，一尘不染。

视频一共两分钟，最后一个画面定格在姚绯回头看镜头时。她在金色的阳光下白得发光，身后是波光粼粼的海面，与天相连。海鸟展翅飞向天空，她的头发随风飘荡，眼眸干净清澈，唇角的笑纯粹灿烂。

商锐说这段视频发出去点击量肯定过亿。那用他的账号发呢？

商锐的微博热度太大了，这么几分钟已经有上万条的评论了，姚绯点进去看到热门评论。

商锐粉丝："捕捉到一只营业锐哥。期待《盛夏》！ # 商锐《盛夏》#"

商锐的小棉袄："夏瑶是《盛夏》的女主名字！！！看清楚了！哥哥这是在营业！营业，营业，营业，懂吗？不要再来刷什么官宣了！没有官宣恋情！ # 商锐盛夏 #"

商锐这条微博太像恋情官宣了，如果不是后面跟着"夏瑶"两个字，估计早就爆上热搜第一了。视频拍得太像恋爱官宣，不管是拍摄角度还是画面里的人，都美好得不可思议。

"哥，你在营业啊？！吓死我了！"

"#《盛夏》# 期待锐哥演绎的盛辰光！期待盛夏之光！"

"啊啊啊啊啊啊啊，锐哥能不能发你自己的视频？想看你！"

"不是官宣不是官宣不是官宣！正常同事，眼睛不好的麻烦去挂眼科！"

"啊啊啊啊啊，这视频拍得好美！男朋友视角是怎么回事？天哪，我可以想象到这部电影有多甜了！空气中都透着清甜。"

"博主挺住，我也这么觉得！这个镜头好美！不像商锐以前的风格，商锐什么时候有这么甜的画风了？不知道是谁拍的，甜得溢出屏幕。"

"姚绯给我的印象一直是高冷女神，很冷艳，视频里居然是个小甜妹！谁不想拥有这样的女朋友呢？这反差绝了！我去蹲一下姚绯的微博，说不定一会儿就出女朋友视角了。我居然有点期待，姚绯会怎么拍锐哥？”

“你不要转发商锐的微博，等通知。”苏洺说，“我跟蔡伟商量营业方案。商锐真是泥石流一样的存在。”

姚绯看到“官宣恋情”也吓了一跳，直到看清后面跟着的“小夏瑶”。

原来是剧组营业。

“那我是不是要发女友视角的商锐？”姚绯问道。

“肯定得发，我问问蔡伟那边有没有合适的视频，有的话我通知你，你发出去配合商锐。”苏洺乍一看那条微博以为是官宣，细看才发现不对劲儿，“以后再有这样的事，提前跟团队打招呼。算了，你打招呼也没用，商锐那个人不按套路出牌。你可千万别跟商锐学不听经纪人那套，万一玩翻车了，商锐不会有什么事，你可是万劫不复。”

“我知道，”姚绯点头，“我不会不报的。”

“不过，也不用有太大压力。配合得当那就是翻身仗，能压下你前两天的负面新闻，还能为你提高人气。我们得好好策划这次营业。”

苏洺很忙，交代完就挂断了电话。

姚绯再返回微博首页，“商锐官宣恋情”已经上了热门，后面跟着黑红色的“爆”。

惊天动地地搞事，不过以前是媒体搞商锐，如今商锐亲自回复。热搜界面卡了几分钟，姚绯闪退出了微博。

她只好去看了一眼论坛。

论坛首页全部是商锐的消息，炒得沸沸扬扬，有商锐粉丝的宣传，有推荐《盛夏》的，也有浑水摸鱼黑商锐的。商锐的流量太大了，一举一动都被人盯着，闹出这么大的事，自然不会放过他。

姚绯对“万花丛中过一片绿”比较感兴趣，就点进去了。

“商锐亲自发这么暧昧的互动微博，不会跟姚绯真的有什么事儿吧？商锐可是干过剧播营业期间装死的事，粉丝还夸他洁身自好，这么快就下海挂牌了？《盛夏》到底给了他多少钱？炒得这么带劲？还是说姚绯的魅力真的大，商锐假戏真做，两人搞上了？期待锐芬被左右开弓打脸。”

商锐的粉丝被不怀好意的人叫作“锐芬”，姚绯搜了一下才知道，“锐芬”的意思是散发着泥土芬芳的商锐的粉丝。姚绯对这种花样百出的称呼佩服得五体投地，网友想象力太丰富了。

“你知道《盛夏》的导演是俞夏的老公吗？编剧俞夏。俞夏是商锐的亲姐，他帮姐姐和姐夫打广告而已。楼主是不是李娇的粉丝啊，感觉你这么说不怀好意啊。”

李娇和商锐合作过一部都市爱情职场剧，内容基本上是霸道总裁爱上我。营业期间可能李娇拉商锐宣传比较多，商锐自始至终没有回应李娇，只是在剧播完后发了一条很有深意的微博："不要臆想，有病去治。"

姚绯再刷新，帖子已经不见了，论坛首页一派和谐。这个论坛的两大流量是司以寒和商锐，一个是《盛夏》的导演，一个是《盛夏》的男一号。事关《盛夏》，论坛的管理员都护着，黑子蹦跶不起来。

姚绯再打开热搜，热搜第六有她的名字——"姚绯颜值绝绝子"。

这都是什么奇怪的词？她鼓起勇气打开热搜。

前几天姚绯因为抽烟上热搜，虽然很快剧组就辟谣了，但还是发酵了。好多人阴阳怪气地吐槽她配不上俞夏作品的女主角。他们认为姚绯虽然漂亮，可气质过于社会，抽烟那张照片里她眼神阴郁冰冷，不像个女人，怎么能演甜甜的爱情剧？

商锐的视频当场打脸。

不像女人吗？不甜吗？

哦，那哥就让你们看看什么叫这该死的甜美。

视频里，姚绯的反差太大了，眼神干净，笑容纯粹、甜美，跟往常的姚绯全然不同，长着一张初恋脸。

于是在姚绯的粉丝，以及商锐惊天动地的营销下，"姚绯颜值绝绝子"被推上了热搜。

热搜里还算平和，没有吵架，没有铺天盖地的谩骂。姚绯的粉丝专注夸颜值，路人在围观，商锐的粉丝在时刻关注舆论的变化。

视频是商锐发的，不存在姚绯蹭商锐热度的说法。用商锐的话说，拍戏期间跟同事互动是非常敬业的行为，是为剧组负责。这条微博用词没有任何不当，这种方式他不是第一个，也不是独一家。商锐的粉丝辟谣商锐没有恋爱，绝不会主动跑去骂姚绯。

姚绯的粉丝很有自知之明：从头到尾安安静静地圈地自萌①，不跑去商锐的微博下招恨。

当地时间晚上九点半的时候，商锐又上了一条热搜——"商锐《盛夏》"，这是纯靠粉丝刷上去的热搜，渐渐压下了"商锐官宣恋情"。

晚上十点，苏洺发信息给姚绯，要她明天配合商锐拍一条女友视角的视频发微博。

第二天他们早上六点要出发去三号拍摄地，三号拍摄地距离宾馆很远，开车要五个小时。为了节省时间，他们可能要在三号拍摄地驻扎，直到为期五天的拍摄结束。

早上，姚绯和商锐都没有去跑步，时间来不及。他们简单地收拾了行李，拎着包就跟着剧组的房车出发了。

---

① 网络流行语，指的是在小圈子内自娱自乐，沉迷于自己的兴趣爱好。

在三号拍摄地拍摄的剧情发生在四号拍摄地拍摄的剧情之前。由于三号拍摄地一直在下雨，就先拍了在四号的。这里的剧情是在盛辰光救下夏瑶之后，夏瑶要去接自己的团队，盛辰光不放心她一个人去，找了个借口跟她同行。

爱情电影对背景的美感要求很高，所以三号拍摄地最大的特点是美，用的是当地一个很有名的原始森林公园。风景优美，热带树木高耸入云，公路笔直，延伸到了远处。只不过天公不作美，他们刚到就又下起了小雨。

根据剧情设定，在这里拍摄时必须是晴天。他们进森林公园的时候还是晴天，天气预报也显示最近没有雨，结果天气预报压根儿不准，他们卡在了第一个取景地。

姚绯和商锐的妆都化好了，只能在棚子里等雨停。司以寒和荣丰对着抽烟，二人阴沉沉地看着头顶的乌云。

“要是一直不晴怎么办？”商锐敞着医生的白大褂，里面是白衬衣搭配军绿色长裤，单手插兜，咬着一颗糖。

“你把乌鸦嘴闭上吧。”荣丰瞪了他一眼，“要是一直不晴，就把你做成晴天娃娃挂在剧组的房车上。”

商锐屈着长腿倚靠在凉棚柱子上，拿出手机刷微博：“这破天，又热又闷。”

“姚绯那个女友视角的男朋友视频打算什么时候发？”司以寒转头看向姚绯，说道，“营业应该在差不多的时间吧？这都快过去一天了。”

姚绯忽然被点名，头皮发麻。她从上车就开始给商锐拍照，各种角度地拍，没有一条满意。商锐还把剧组的摄影师叫来拍，依旧感觉不对。

营业视频得双方的水平在一条线上，姚绯这边差太多的话，非但达不到效果，还可能翻车，毁掉商锐前面铺的气氛。

“你们怎么不拍双人的视频？拍完互相发不就好了？再拍就不是那个感觉了。”荣丰咬着烟抬眼。

商锐“哧”了一声。本来就不是营业视频，他就是想秀一下他家的“小弹簧”而已。

“说真的，昨天那个视频很惊艳，回头可以用在戏里。”荣丰说，“看不出来，锐哥，你还挺会拍。”

“五号拍摄地有海，我打算在五号拍摄地时用，拍完给商锐版权费。”司以寒昨天看到视频就想过加戏，商锐镜头下的姚绯美得很有感情。“这雨不知道什么时候停，今天下午大把的时间，别浪费了，你们就在这里拍营业视频，别拖太久。”司以寒说。

“这里光线不好，”商锐从白大褂的兜里摸出一颗硬糖，撕开糖纸，扔进嘴里，懒洋洋道，“没感觉。”

“姚绯给你拍。”荣丰说，“又不是你拍，你有没有感觉不重要，姚绯有感觉就行。是吧，小姚绯？”

商锐咬着硬糖，黑眸落到姚绯身上，注视着她。

姚绯抿了一下嘴唇，从商锐那双又黑又沉的眼眸中移开，很无奈地回复荣丰：“我也没感觉。”

“你把手机拿出来，我教你点干货。”荣丰靠在椅子上，拿下烟，摁灭，教姚绯拍摄，反正闲着也是闲着。

商锐还在盯着她看，舌尖抵着糖块，压在腮帮子上。

姚绯拿出手机，打开了摄像头。

“你自己拿着，对准他，选一个你最欣赏的角度。对，就是这样，把他放到你觉得最重要的位置上。”荣丰看着姚绯的手机屏幕，姚绯很有天赋，一点就透。“看着他的眼。”荣丰说。

姚绯扬起手机，镜头里，商锐还斜靠在柱子上，沉着脸看镜头，片刻后，他“嘎嘣”咬碎了硬糖，黑眸陡然锐利起来。

他们仿佛隔着镜头对视。

“你可以指挥他做你喜欢的任何动作、眼神。重点是喜欢，把他当成作品拍，认真地拍。想象你最欣赏的理想型就在你的镜头下，镜头是你的眼睛，也是你自己。”荣丰压低声音，用只有姚绯听到的声音说道，“你的理想型是什么样的？把你内心最深处的渴望投放到他身上，试试看。”

“荣导。”商锐站直，抬腿大步走过来，强势地横到荣丰和姚绯之间，说道，“我们换个地方拍，这里的背景太难看了。”

荣丰“啧”了一声，往后靠在椅子上：“打听打听，多少人求着我指导镜头。我指导姚绯两句是为她好，万一将来她也走导演路线，这可是个机会。”

“谢谢荣导。”姚绯虽然知道他的很多话都是玩笑，但还是认真地感谢道，“我感谢您。”

“荣叔，您累了，歇一会儿吧。”商锐不想看姚绯那个狗腿样子，他看不得姚绯跟荣丰走那么近，“姚绯，我们走吧，找个背景好看、没有闲杂人等的地方拍，这种视频还是两个人拍比较有感觉。”

说走也不是立刻走，下着雨，出去没地方待。他们又等了二十分钟，淅淅沥沥的小雨终于停了，可天还阴着。乌云一时半会儿散不了，没法拍摄。姚绯把手机装回口袋，跟着商锐走出了棚子。

“荣丰刚才跟你说什么？”商锐从口袋里又拿出一颗糖，递给姚绯，似随意问道，“靠那么近。”

剧组人多眼杂，自从姚绯抽烟被曝光后，她就不在剧组抽烟了。

“谢谢。”她接过糖，打开包装，咬在齿间，把糖纸揉成了团，抬眼看商锐，“你还想拍吗？”

“什么？”

“你能让我指挥你吗？”姚绯觉得荣丰讲的东西很有意思，她是个尝试派，会在第一时间去尝试，“拍女朋友视角下的盛辰光。”

“可以。”商锐停住脚步，身后是道具车，清冷的下颌微微上扬，嗓音低沉，语调缓慢，“需要你‘男朋友’做什么动作，女朋友？”

“转过去，背对着我，把眼镜戴上。”姚绯拿出手机，打开摄像头，迅速地往后退，“站在车那里，再往左边挪大概五厘米。”

商锐按照她说的，戴上眼镜，挪了五厘米，慢悠悠道：“女朋友，好了吗？”

姚绯看着镜头里背对着自己的高挺身影，他穿着白大褂，脊背笔直，很是挺拔。

荣丰问她理想型是什么样的时候，她忽然想到昨天在沙滩上笑得像地主家傻儿子的商锐。虽然她很快就在内心推翻了这个离奇又荒唐的念头，但那个画面实在太强烈了，挥之不去。

“你找个人说话，一会儿我叫你，你回头看我，然后走过来，走到我这里。”姚绯认真地把这个视频当成作品对待，很认真，“你可以加一两句台词，说什么都行。比如，你说，‘你拍什么？你不要拍’。自然一点，就好像我偷拍你被你发现，用你最自然的反应。不要太刻意地摆拍，你把镜头当成你喜欢的人或者东西。”

商锐浓黑的睫毛动了一下，随手叫来一个场务：“兄弟，搭下戏。”

场务是个青年，吓了一跳，立刻去看姚绯。商锐单手插兜，抬了下颌，语调不重但很强势：“不准看她。”

“商锐。”

商锐转过身看镜头，姚绯站在林荫之间，手里握着手机，专注认真地看他，专注得甚至有几分紧张。

她穿着戏里的衣服，白衬衣，蓝色牛仔裤，手臂上缠着纱布。身后是笔直的公路，身旁是高大的树木，盛夏被浓重色彩涂抹，姚绯是那一抹最纯净的白。

商锐单手插兜，站直，眼眸深邃地注视着姚绯，片刻后，他迈开笔直修长的腿走向姚绯，一直走到她面前，俯身越过镜头，平视姚绯的眼，嗓音沉得恰到好处，慢悠悠道：“你男朋友好看吗？”

“等我有幸恋爱那天，若我们还是朋友，我告诉你，”姚绯按下拍摄的暂停键——商锐不乱说话的话，这一条就过了——迎着商锐的目光，“他好不好看。”

“我问的是夏瑶。”商锐漆黑的眼睛凝视姚绯，看得很深很沉，嗓音沉到有几分哑，缓缓慢慢的，“回答我的是姚绯。”

商锐俯身看人时给人一种专注感，他跟姚绯的视线在同一条水平线上。他的睫毛稠密，根根分明，眼尾似有若无地上挑，浸着点意味不明的深情。薄薄的金属框眼镜贴着高挺陡直的鼻梁，在他素白的肌肤映衬下，显得清冷矜贵。

据说商锐为他的脸上过一份巨额保险，商锐长着一张非常昂贵的脸。

“那，拍我的是姚绯了？”商锐双手插兜，横在姚绯面前，很小幅度地移动下颌，棱角分明的下颌就贴到了姚绯的手机上方。

“拍你的是被逼营业的夏瑶。”姚绯往后退了半步，拿起手机查看相册，远离那个炽热的源头。天气闷热，他还靠得那么近，姚绯怕缺氧窒息。“如果你不说后面那句话，这一条应该能用。”她说。

商锐叉着腿站直，双手插兜，下颌上扬，注视姚绯。

“你让我随便加台词，自然一些。”商锐目光往下移，看到姚绯抿紧嘴唇，下巴绷得很紧，他唇角微微上翘，很快就压回原处。“小弹簧”还挺会装。“我不自然吗，姚导？”他说。

姚绯在看回放，没说话。

荣丰教的方式很有用，把这种拍摄当成拍一个作品就轻松得多。

早上拍摄的全部被否是因为主题不明。主题是什么？《盛夏》是爱情故事，这个主题必须有爱情。强加爱情，商锐那段拍摄的主题可以是，我追寻你，或者你是我的向往。

盛辰光凝视夏瑶的背影，追寻她的美好。

所以要回应的话，必须对称，姚绯设置的主题是：我走向你。

回身加走向镜头，整体架构没有问题，商锐不加那句话就完美了。商锐的演技忽高忽低，比如在这段镜头里，平心而论，前面非常完美，姚绯可以想象发出去后，多少粉丝能尖叫到邻居打电话报警控诉扰民。

他非要画蛇添足地加台词，一张破嘴话那么多。姚绯要是真正的导演，就拿胶带把商锐的嘴封起来，希望他当个漂亮、安静的哑巴。

“再拍一遍。”姚绯还是把这段保存了。这段前面，商锐的眼睛太漂亮，她怕这种“漂亮”无法复制。

“这回还让我自己加吗？”商锐姿态闲适，睫毛动了一下，抽出一只手，“姚导。”

“不要加那种不能用的台词。”姚绯放下手机跟商锐讲拍摄的主题，“我们是第一次营业，应该拍那种有点距离的关系——”

“暧昧期。”商锐开口。

“对，差不多。”“暧昧期”形容得很精准，无论是我向往你，还是你走向我，都是暧昧期发生的故事。姚绯在手心里转了一下手机，也不知道为什么要转，反正她就是转了一下，接着说道：“你如果加最后一句话就不太合适，暧昧期不会说这种话。”

暧昧期才会说这种话，傻孩子。

“好吧，再来一遍。”商锐转身迈开长腿，走回了姚绯给他设定的位置上，他的姿态散漫，走到位置上背对着姚绯抬手，语调慵懒道，“《暧昧期的准男朋友》，一镜一场二次拍摄。Action！”

商锐还自己打板。

重拍三次后，天又开始下雨。两个人回到了棚子里，荣丰架着腿和司以寒在下象棋，他们已经对这个天气绝望了。

“拍得怎么样？”荣丰把烟掐了，“拍好了吗？”

“总觉得差点什么。”姚绯还在看手机，手机发出低电量提醒音，她转身去找充电宝。

商锐把充电宝递了过去，拎着一把椅子到司以寒和荣丰中间坐下，说道：“我觉得不错，就这个吧。”

“给我看看，”荣丰一炮把司以寒的马打掉了，司以寒正在琢磨棋盘，他腾出空朝姚绯伸手，“帮你审片。”

荣丰每次都说得很认真，搞得姚绯像是在拍大片，姚绯也不好不认真对待，连忙把手机递给了荣丰，打开相册给他看。

“这个场景设计得不错，符合盛辰光的人设，也和商锐那条视频对称。”荣丰一边看视频，一边看棋盘，司以寒那边还没走棋呢。“你挺有做导演的天赋，女人拍男人到底是不一样，整体镜头会比男人拍出来的男人好看。司导，你要不要看看？这个拍得很简陋，但镜头感很好，我觉得盛辰光的这个感觉很精准。”他说。

姚绯被夸得面热，熟悉荣丰后，她知道他的话水分很大。面热过之后就算了，别想太多。

对面的司以寒接过手机，认真地查看。

姚绯的脸炽热滚烫，有种读书时被老师批作文的感觉。

“女性向的爱情戏大多用女导演并非没有道理，女人拍男人，男人拍女人，取向狙击，才能发掘到最美的一面。”

姚绯：“……”

下一刻，商锐的骚话就在手机里响了起来。棚子里静了几秒。商锐战术性仰靠，取出一支烟咬着：“有火吗？”

司以寒抬眼看他。

“你看来看去，看出结果了吗？哪一条更好？”商锐看回去，眼神警告：不要乱说话。

司以寒拿起打火机扔给商锐，把手机还给姚绯：“把第四条最后一句剪掉，按照你的感觉去修视频，修完发给苏洺看看。你会修视频吗？”

姚绯点头，查看第四条，就是他们拍摄的第一条，只不过她迅速地关掉了视频的声音。第一条更好吗？

司以寒叫助理过来："把我的电脑给姚绯用。"

"在这里修吗？"商锐点燃了烟，深吸一下，烟草压下全部情绪，眼眸恢复如常，"我也有电脑，可以给姚绯用。"

"你电脑里的修图软件不适合姚绯。"司以寒继续下棋，说道，"你不要干涉她修片，等成品。"

会是惊喜。

北京时间早上八点，姚绯发布了一条新微博。

"你们的盛医生。@ 商锐"

配着一段视频，视频里是商锐。他在片场，似乎在工作，拍摄的人叫他，他回头看向了镜头。他身后的公路很长，酷炫的越野车横在中间。天地是暗沉的颜色，树木被雨水打得潮湿、浓绿。他穿着白大褂，单手插兜，鼻梁上戴着眼镜，眼镜压下了他桃花眼中的潋滟，剩下的只有冷静、自持、沉稳。跟以往的商锐全然不同，镜头里的他有一种非常有质感的冷峻，干净得一尘不染。

短暂的停顿，他的黑眸动了一下，深处似乎浸着一点温柔。他就像冰山融化后的那一滴清澈的水，迈开修长、笔直的长腿走向了镜头。

拍摄的角度非常好，他的身材比例被完美呈现，线条好看得要命，就像走向女朋友的男朋友。严于律己的医生在工作期间，无意中发现女朋友在偷拍，他放下工作，走了过来。

他一直走到镜头前，修长、骨节分明的手指按住了摄像头，画面变暗，视频结束，意犹未尽。

全程没有一句话，跟商锐发布的那个视频不是一个画风，也不是一个场景，但就是莫名地对称。可能都是极致的好看吧。

苏洺看到这段视频的时候就尖叫了，她跟商锐认识这么多年，都没见过商锐这么有质感的一面，她能想象这条发出去后会有多炸。商锐穿着戏里的衣服拍视频，也很颠覆他以往的形象，对电影是加成。

"请把盛医生焊在商锐身上"上了热搜第一，后面跟着深红色的"爆"。商锐的反差太大了，商锐本身长得就好看，这视频把他的好看放大了十万倍。

"商锐盛辰光"在热搜第六位。当初骂商锐不去参加综艺、乱接戏的粉丝开始怀疑是不是她们判断错了。商锐这个造型太绝了，这可以说是商锐出道以来颜值的巅峰。以前很多人说商锐虽然好看，但好看得浮于表面，那时候粉丝还跟人争辩："什么叫好看得浮于表面？难道还有沉入海底的好看？"

看到这张剧照，所有人的答案一致：确实有。

沉着的好看更惊艳，这样的商锐更有魅力。

“你们的盛医生”在热搜第九。

“要命吗？拿去！”上了热搜第十二，由于涉及敏感词，很快就降到了第二十八。

“商锐演技”在热搜第十六。商锐在这段视频里居然真的有演技，而且是很高级的演技，不浮夸，不拉胯。他就是盛医生，他站在盛夏里。

“商锐姚绯”在热搜第十八，粉丝一直在这条热搜里面刷其他的热词来降低存在感，所以这个话题在第十八位晃悠了一会儿，跌到了第二十二位。

继那个土豪粉丝抽奖后，姚绯再一次感受到了微博流量的冲击。她的微博发出后的半个小时，粉丝数涨了一百万，评论数达到了四十万，转发数三十万。每刷新一次，转发数和评论数都几万几万地增长。

雨终于在暮色降临时停了下来，天彻底放晴了，天边挂着艳红色的晚霞，横在山脊线的尽头。山林变得暗沉，树木隐在黑暗里，渐渐看不清晰。今晚他们要住在房车里，原地驻扎，等待明天晴天，尽快拍摄。

安保人员很早就在附近拉下了安全网，虽然这边算是森林公园里最安全的地区，不会出现什么猛兽，但以防万一。

晚上，所有人不允许离开剧组，不允许单独行动。晚饭是在一起吃的，吃完，姚绯就回房车看剧本了。她跟四个女生住一辆房车，一个编剧，两个化妆师，还有她的助理。她看了十分钟剧本，两个化妆师上车后就开始因为谁先用浴室争论起来。

姚绯拿着剧本默默走出了车，她最害怕这种争吵。处在暴风中心，不可避免地要被波及。两个化妆师跟姚绯的关系都不怎么样，她在这里非常尴尬。她又不会劝架，可是不劝架坐在车里就是靶子。

说不定两个化妆师一怒之下，转头把怒火喷到她身上，她找谁说理去？她不想得罪化妆师。

热带森林里的蚊子剧毒无比，姚绯在门口的灯下坐了一会儿，蚊子在她裸露着的胳膊上咬了五个包。驱蚊水在车里，车内阴阳怪气的嘲讽声还在继续，姚绯宁愿被咬死也不想上车。她又看了一会儿剧本，实在是受不了这成群结队来吃饭的蚊子了。

她放下剧本，专注地拍蚊子，胳膊上已经被咬出第七个包了。幸亏她穿着长裤，不然这条腿是没法要了。

“你出门不带驱蚊水吗？”漫不经心的声音在身后响起，随即，清凉的薄荷喷雾就滋了过来。姚绯想转头，头顶多了一只手按住她。“别动。”

姚绯皱眉，她不是很喜欢商锐动她的头。

“转头看什么？喷你眼睛里了。”商锐的手指很长，骨关节清晰分明，手贴在姚绯的头顶上，迟迟没有移开，火热滚烫的手心让姚绯很热。

“你出来喂蚊子？这么善良？你知不知道这边的蚊子都带着很多病毒？一旦传染上就没救了。”商锐由上至下给姚绯喷了一遍，“每年都有很多人死于蚊子叮咬带来的传染病。”

“好了吗？”姚绯揉了一下耳朵，薄荷太清凉，驱蚊水喷上去凉飕飕的。商锐的手还在她的头顶，尾指再往下一点就贴上她的耳朵了。

商锐意犹未尽地收回手，揣到裤兜里，表情还保持着若无其事，盯着灯光下姚绯那白得几近透明的耳垂——莹润如玉，看起来很好摸。“你耳朵上被叮了一个，我给你涂药。”他说。

“啊？”姚绯回头，又摸了一下耳朵，“哪里？”

“别动，我给你涂药。这东西很毒的，不及时处理可能会感染。”商锐把驱蚊水插到裤兜里，摸出一管药膏拧开，挤了一点，在拇指和食指之间缓缓地捻开，随后他捏住了姚绯的耳垂。

一如想象中的柔软，甚至，手感会更好一点。

“耳朵后面。”商锐的嗓音沉了下去，有几分哑，“好大一个包，啧！”

姚绯原本没有感觉到痒，但被商锐摸得很痒。她皱眉抬手去摸：“真的？”

碰到商锐温热的指尖，姚绯立刻就收回了手：“我自己抹吧，谢谢了。”

“能看到的你自己抹。”商锐松开她的耳朵，把药膏递给姚绯，绕到姚绯对面，拉开椅子坐下，身子后仰靠在椅子上注视姚绯，“怎么在外面坐？”

姚绯看了一眼药名，这款药膏止痒效果很好。她挤出药膏，抹到胳膊上，说道：“离睡觉还有一段时间，在里面待着也没事做。”

“人太多，空间太小，没的聊，很压抑是吧？”商锐观察姚绯，她扎着马尾，已经换下了戏服，随意地穿着白T恤、蓝色牛仔裤。

“这是你说的，我可没说。”里面还有两位化妆师呢，商锐说什么都没有关系，他是商锐，可姚绯敢说一句就是疯了。

“是我说的。我很讨厌很多人在一个密闭空间内待着，被迫融入更烦。明明不熟，还要假装大家都是朋友，拼命地装熟、找话题。如果这期间有人发生矛盾，那这种烦会翻好几倍。不说话会被人骂装、高冷，可大家根本不熟，又有什么好说？没的聊偏要聊，一个个虚伪得要死。”

商锐放下长椅的靠背，枕着手臂仰头看星空。乌云已经散去，天空一望无际，浩瀚深蓝。繁星璀璨，铺在深蓝之上，闪烁着光芒。

“人心是个很复杂的东西。人们各怀心思，谁也看不见谁的心思，不知道谁心里揣着恶意，谁是真的想当空气。所有人都得装，装得特别累。”商锐的语调很淡，听不出情绪的起伏，“每次我遇到这种事，满脑子就五个字：毁灭吧，快点。”

姚绯看了一眼身后的房车：“你这话题再聊下去，我都不敢听了。”

商锐倏地笑了起来，唇角上扬，片刻后站起来伸手到姚绯面前：“带你去个不烦的地方。”

不烦的地方就是人少的地方，在这里找人少的地方？

“我怕死。”姚绯把药膏往脚踝上抹。说话的时间，脚踝又被咬了一口。不管出于哪方面的考虑，她都不会再单独跟商锐出去了，商锐比洪水猛兽还可怕。

“不出安全圈。”商锐修长的食指翘了一下，说道，“快点。”

“我觉得这里挺好的。”姚绯不为所动，坚决不走。

商锐环视四周，走过去弯腰贴近姚绯。炽热的空气，男人身上的薄荷驱蚊水味席卷而来，十分有压迫性。姚绯心中警铃大响，虽然不知道他要做什么，但看上去不像是要做好事。她立刻起身离开了椅子，也离开了商锐。

她抬眼撞上商锐浸着笑的黑眸。商锐穿着衬衣长裤，大概是怕蚊子咬，甚至穿着袜子，把自己包裹严实。身上有驱蚊水的薄荷香，清清凉凉，笑的时候浓密的眼睫毛覆下，在眼下投出阴影。

“去车顶。”商锐指了指停在最远处的房车，身子倾斜，靠近姚绯的耳朵，嗓音沉沉的，“我的车，车上没人。蔡伟去拍荣丰的马屁了，我的助理跟着蔡伟。附近那辆越野车里有两个保镖，负责这辆车的安全。我的人有个技能，听不到也看不到。保障隐私方面，我的人在圈内很有名。”

星海是商锐的店，在李盛这件事之前，星海的隐私性是业内第一。

姚绯跟商锐爬上车顶才反应过来，她和商锐要聊什么呢，怕泄露隐私？她只是看个剧本而已，怎么就被商锐忽悠到了车顶？

“这里的星空很有名，据说是通往宇宙的窗口，有‘宇宙之窗’之称。”商锐打开两把折叠躺椅，分给姚绯一把，“没被城市工业污染，没有灯光的干扰，很纯粹，值得一看。你喝什么？矿泉水和果汁。”

商锐长手长脚，扒在梯子上，正在往下，上半身随意靠着。

“矿泉水。”姚绯说，“需要帮忙吗？或者我去拿？”

商锐抬腿跳下梯子，摆摆手表示知道，进了房车。

很快他又上了车顶，端着插满叉子的果盘，修长的手指间夹着两瓶矿泉水爬了上来。姚绯很佩服他用手指夹矿泉水瓶的技能，玻璃瓶有一定的重量。

姚绯接过一瓶水，坐到了椅子上：“谢谢。”

商锐也躺着，关掉了房车上方的灯，他们这一片陷入了漆黑。山林寂静，燥热的空气中萦绕着薄荷的香气。

“你对天文宇宙这些有什么研究吗？”

“没有。”姚绯坦然道，“我就认识北斗七星。”

“那就好。”商锐枕着手臂躺在椅子上，咬着一片西瓜，压下了绽放到唇角的笑，“那我就可以秀天文知识了。”

姚绯转头看他。

商锐递给她一片西瓜，唇角上扬，嗓音在寂静的夜晚低沉安静：“恰好呢，我比你多认识两颗星。我认识牛郎星和织女星，我可以给你讲讲他们的故事。这故事比较冷门，很多人都不知道，也就是我自小热爱天文，有点研究，才知道这个故事。”

姚绯接过西瓜塞进嘴里，刚刚居然会天真地以为商锐真的要讲天文知识。冷藏过的西瓜冰凉清甜，她面无表情地咽下西瓜，看着天空，说道：“这可真是——太冷门了，全国人民都不知道呢，我真是太荣幸了。”

商锐在旁边笑出声，笑得张扬放肆。

“既然你这么荣幸，”商锐放下果盘，手肘压在躺椅上，侧身懒洋洋地躺着，手支着下巴看姚绯，笑让他的眼睛很亮，眼尾飞扬，偏沉的嗓音缓缓道，“我就给你讲两遍吧。”

你不如让我死吧。

他的眼睛太亮了，不比天上的星星差。姚绯不太想看他，专注地看星空，尽可能忽视他。

星空美得让人沉醉，海阔天空，自由自在。没有任何东西束缚，银河广阔无垠，延伸到了遥远浩瀚的宇宙中。

她有很长一段时间不敢仰望天空，她已经快忘记天空的美了。银河横在天幕之上，她的人生也在天翻地覆地改变。也许很快，她就是崭新的姚绯了。

她也会拥有星光，拥有璀璨。

商锐在旁边讲改编版的《牛郎织女》，改编人商锐，讲得那叫一个曲折离奇，胡编乱造，乱七八糟，添油加醋。商锐的嗓音条件很好，语调缓慢，极具催眠效果。

姚绯不知道什么时候睡着了，醒在清晨的鸟鸣声中，天空雾蒙蒙的。身体僵硬酸痛，她活动了一下手腕，毯子滑落在地上。姚绯清醒过来，连忙去捡毯子，看到不远处点着蚊香。旁边的躺椅上睡着商锐，他的长腿无处安放，一条腿耷拉在地上，另一条腿踩着椅子边缘，蜷着，毯子早掉到了地上。

空气中还有着驱蚊水的气息。姚绯坐起来揉了揉脖颈。这么荒唐？她居然在车顶睡了一夜，疯了吧？

她出房车只是为了躲清净，并不是想一夜不回去睡。

姚绯原本想赶紧回去，可下车顶时看到商锐还那么躺着。万一他翻身掉下去，他们这戏别拍了。她又走回去推醒商锐：“商锐，回去睡了。”

商锐睁开眼，直直地盯着姚绯，黑眸又深又沉。大约有一分钟，他终于清醒过来了，伸手，嗓音带着沙哑：“拉我一下，腿麻了。”

姚绯看着他的手腕，迟疑片刻，握住，用力把他拉起来。商锐真的很重。“用不用叫你的助理？”她问。

“不用，你先下去。”商锐蹙眉站直，忍着万蚁噬心的麻，摆手，“快点回去睡，在别人醒来之前——”商锐声音一卡顿，清了清嗓子，道，“要不你在我这里洗澡？这里的浴室存水比你那边多，还有热水。横竖都解释不清，不如不解释，怎么自在怎么来。虽然我吃亏一点……”

姚绯：“你还是别吃亏了。”

她反应过来商锐没说完的话是什么意思：在别人醒来之前赶快躺回去，假装半夜就回去了，不然很快就会有姚绯跟商锐出去一夜未归的传闻。这个“未归”很微妙，谁能相信他们只是看了一夜星星，只知道姚绯一夜没回去。

姚绯跳下梯子，转身迈开大步就走，已经没有心思说话了。

她希望没有人醒，她能赶快回去躺到床上。拉开门的那瞬间，姚绯迎面跟化妆师叶楣对上视线。短暂地停顿，叶楣朝姚绯点了一下头，目光和缓：“早上好。”

“早。”姚绯心跳得快要从腔子里出来，如果有人问一句“你晚上干什么去了，你怎么一夜未归”，姚绯一定会大声告诉对方，她去看星星了。

始终没有人问，甚至都没有人用多余的目光看她。

她洗完澡出来，太阳毒辣地晒到了大地上。剧组所有人都起来了，准备拍摄。今天太阳非常好，估计会很顺利。

化妆的时候，叶楣甚至夸了她皮肤好。叶楣一向不夸人，难得夸一次，姚绯胆战心惊。

但要拍摄了，她很快就敛起了所有的情绪，努力让自己入戏夏瑶。

早上地面还有潮气，导演等了半天，彻底晒干才开始拍摄车上的戏份。这里的感情要接第一次爆炸之后，商锐入戏慢，他的感情已经走到了接吻后，倒回来再进互相试探的阶段，就有点难以入戏。

下午拍摄一连 NG 两次，商锐提出要休息五分钟。燥热的天气让人的情绪处于紧绷的状态，姚绯出了戏就去补妆，商锐盯着她看。

“你的感情进得不太对。”荣丰走了过来。

商锐皱眉，仰起头把水灌下去，一滴水顺着他冷肃的脖颈滚落，他抬手擦了一下，又看了眼远处的姚绯：“怎么说？”

“盛辰光这个时候和夏瑶还处于拉扯的状态，他们分开了十年，夏瑶离开了他。如果你不能理解这种离开，你想象一下：《盛夏》结束，你和姚绯再没有关系，以后不会见面，不会有联系，不会有交集，她会离开。”

商锐停住了所有的动作，倏然抬眼盯着荣丰：“什么？”

“你和姚绯将来有一天形同陌路，你再见她时，你的心情。”

商锐眉头紧蹙，阴沉沉地盯着荣丰，喉结滑动：“啊？”

“也不用这么阴沉，稍微缓一点。”

商锐抬头再去找寻姚绯，已经看不到她的身影了。早上姚绯走得很决绝，头也没回。他站在车顶看姚绯走回去，钻进了车厢，心里骤然空了下来。

姚绯喜欢他，拍完戏后应该不会没有关系，但也不好说。姚绯不敢跟人谈恋爱，她在感情上很胆小，她不一定能面对自己的感情。她会不会告白？如果不告白，他们会怎么样？

分开？不可能，她舍不得的吧？他手里有资源，将来会给姚绯，怎么可能形同陌路。

“找一下失去的感觉，你就想着失去。”荣丰说，“不用想其他的，如果你还找不到的话，这几天别见姚绯，给自己一个入戏的空间。”

商锐抿了一下唇角，睨视荣丰：“不见？有毛病吧？我有没有失去的感觉跟见不见她没有关系。”

“她不喜欢演戏很烂的人，也不喜欢 NG 太多的人，她对拍戏有信仰，眼里容不得沙子。”荣丰拍了一下他的肩膀，说道，“在专属领域做到极致优秀的人最有魅力，你不再往前走一步，提升你的魅力？”

商锐单手插兜，居高临下地用“我就静静地看你忽悠”的眼神看荣丰：“我不是为了她才努力拍戏，我在进剧组前跟司以寒立过军令状，我会拍好这部戏。跟她没关系，你不用激我，没用。”

“是吗？”

“我确实想好好地拍一部戏。”商锐取了一支烟捏在手上却没有点燃，站得笔直，只是垂下了睫毛，“你可能无法想象，二〇一二年我考入电影学院表演系，那是我人生中第一次真正意义上的做决定。以往，我都是听他们安排，做个听话的废物。他们为了阻止我读表演，斩断过我的经济来源，我第一次住集体宿舍，靠着打工赚学费。我跟他们抗衡，虽然后来失败了，但最初我有过一往无前。”

大哥用钱告诉他，他的坚持很可笑，他学的那些东西一文不值，真正值钱的绝不是那些廉价的梦想。

他发现事实也确实如此，无论他怎么做，最终决定结果的一定是钱，而不是他的努力。他放弃得也很彻底，因为放不放弃结果是一样的。就像大哥想让他红，他放飞成什么样依旧能红。哪怕他是一根柱子，大哥想捧，他也能红。

在遇到姚绯之前，他一直这么想。

姚绯是个极端，他从没见过那样一穷二白，仍然执拗地坚持梦想的人。她跟所有人都不一样，她从头到尾都没有放弃过。她选择了一条路，一直走到黑。

管你有没有钱，钱能决定很多结果，可跟她有什么关系？她在她的路上一往无前，她是一个很勇敢的人。

商锐跟她说的很多话，有时候也不过是跟自己说。

“我不太甘心唯一的一次就这么沦为笑柄。”商锐转了一下手指上的烟，抬眼，“也许这些话也会成为笑话，但我想试一次。”

“你不会成为笑话。”荣丰认真回复商锐，“没有人有资格笑你。”

“我想拍戏，确实跟她无关。”商锐加了一句。

荣丰笑了起来：“是，这是你自己的事儿，是我狭隘了。”

第三次拍摄，过了。荣丰为了让商锐保持这个状态，特意提醒姚绯这几天只要不拍摄就别跟商锐说话，别跟他独处。

姚绯本来就不想跟商锐说话，也不想跟他独处。姚绯和商锐两个人在车顶睡了一夜，今天卸妆的时候，叶楣特意留下来教她卸妆。如果不是姚绯知道叶楣的脾气，可能会误以为叶楣是什么温柔贴心的知心姐姐。

姚绯突然意识到一个问题，她和商锐没有发生过任何事才有可能被说三道四，假如在所有人的认知里，她和商锐发生了关系，那就是现在的样子——所有人闭口不谈，假装瞎子。

商锐的私事，有几个人谈得起？

别提进剧组到现在，从商锐进圈到现在，他真正的私事没几个人提。挖他黑料的那些人能挖不出来他是星海的老板吗？可是一片寂静，他始终没有这方面的传闻。

这才是真正的商锐，和姚绯不是一个世界的人，他们天差地别。

姚绯避着商锐的同时，商锐好像也在避着她。他不跟大家一块儿吃饭，除了拍摄时间，几乎不跟姚绯见面。

三号拍摄地最大的问题是变幻莫测的天气，一会儿晴天，一会儿下雨。原计划五天的拍摄时间，硬生生被天气拖到了九天。

第九天是拍三号拍摄地的最后一场戏，在三号拍摄地拍摄的几乎都是车戏。接人要用车，回程路上遇到的风险都发生在车上，是真正的车戏。

大调度戏，需要的演员也比较多，放在最后一天拍摄正好。

他们的回程路走得并不容易，盛辰光有着医者之心，没办法看一个当地小孩儿死在面前。他贸然下车，救到了小孩儿，却差点儿把自己的命丢了。夏瑶拉他上车，安保人员掩护，他们才成功脱险。这里有个感情的小升华，他们上车后拥抱了。

这一段有个姚绯拉商锐上车的戏码，车速不快，但拍摄起来还是会有风险。

拍摄前导演询问过商锐要不要用替身，商锐拒绝了。

蔡伟吼得声嘶力竭，但商锐纹丝不动，看都不看蔡伟，坚持要自己上。

艳阳高照，烈日灼灼。

姚绯在车上看了一眼商锐的位置，尽可能地入戏。她在心里计算好了位置，说台词，然后拉商锐上来。

随着一声“Action”，车缓缓移动，这是一个长镜头。

商锐先是把小孩儿推上车。姚绯的手原本在扶手上，伸手时觉得这个姿势拉商锐上来自己就会掉下去，于是抓住了座位，用另一手去拉商锐。她情绪饱满地喊道："盛辰光！"

商锐握住她的手，往前跑了两步。小孩儿不知道为什么走位失误，一脚踩到了姚绯的手上。七八岁的孩子穿着运动鞋，鞋底坚硬，姚绯手上一松，就被商锐拽出了车厢，脸朝下摔了下去。

姚绯的第一反应是拿手去挡脸，脸朝地就完了。商锐突然往前冲来，揽住姚绯的腰想把她抱住。机器还没有停，在车的惯性和姚绯重量的冲击下，商锐被带着摔了下去。他只来得及抱住姚绯，尽量把人贴到身上，他倒是把姚绯翻到了身上，只是自己的手肘重重地撞在地面。

机器停了下来，导演大喊了一声"卡"。姚绯摔在商锐身上，她立刻爬起来去看商锐："你怎么样？"

商锐仰面躺在地上，浓密的睫毛眨了一下，急促的呼吸让他嗓音沙哑："姚绯，你这叫投怀送抱。"

随队医生全部围了上来，他们拉着商锐检查，所幸商锐没有骨折。但他的手臂和脊背有大片的擦伤，血淋淋的，看上去十分恐怖，触目惊心。

"刚才怎么回事？"司以寒回头吼道，"谁管那个小孩儿，怎么不教走位？上车往里面走，为什么要回头占姚绯的走位？干什么吃的？"

小孩儿听不懂中文，但现场气氛紧张，他瞪大眼半晌，瘪着嘴就哭了出来。

副导演连忙把孩子抱到了一边："对不起，沟通有误。"

道具车前排坐着男二号陈宇恒，他从事发就没敢说话，生怕殃及自己。

姚绯抿紧了嘴唇，注意力全在不远处的商锐身上。拍摄前他们对了位置，在没有小孩儿的情况下确实能顺利进行。小孩儿的变数太多，他走位失误一点，这个动作就不能完成。姚绯的问题在于她发现扶手不能抓时没有及时上报，擅作主张地换了位置。

"对不起。"姚绯说，"抱歉，我的失误。"

"你有没有受伤？"司以寒阴沉着脸看姚绯的手，拿着对讲机说道，"过来个人给姚绯检查一遍，赶紧的。"

"我没事。"姚绯宁愿受伤的是自己。

"还是检查一下吧。"司以寒不想说姚绯什么，姚绯每次都力求把动作做到最完美，甚至连自身安全都保证不了。为了动作完整和自然，她什么都能做，她拍戏太代入了。司以寒第一次执导，遇到这样的演员，他的每一处生涩、不足、想不到，都可能让演员受伤，"以后安全第一。无论如何，安全第一，明白吗？"

“一开始就应该用替身！我说了用替身。”蔡伟在旁边气得眼睛都红了，来回地走动，说道，“伤得这么重，我回去怎么交代？这可怎么办？”

“你跟谁交代？我受伤，我疼，我忍，这是我的事。”商锐咬牙忍着疼让医生清理创口，“没话说就在一边待着，安静会儿，吵得我头疼死了。”

要是换替身，今天姚绯的脸就结结实实地栽到地上了，没有替身会这么拼命地接住她。姚绯毁容，十个剧组也赔不起。

“先送商锐去医院。”司以寒十分坚决地拿着对讲机让周挺调动车辆，说道，“要检查是否有脑震荡，这很重要。”

“就剩最后一个镜头了。”商锐闻言抬头，他身上的衣服被染红，有些狼狈，被汗打湿的头发贴在头皮上，眼眸黑而沉，“我觉得我没有脑震荡，我头不疼，就磕了一下，不至于。医院的条件还不如我们的医生，去医院有什么意义？”

“去首都，不行直接飞其他国家找最好的医院。”司以寒和商锐认识十几年，没见过商锐受这么严重的伤，这个责任他承担不起。“你少说两句话，脑震荡不是你说没有就没有的。”司以寒说。

“不如拍完。”商锐松开紧皱的眉头，还盯着司以寒，“不然回头再折腾一遍，还是把这一段改掉？这边的天气我们应该不会回来拍了。”

“拍个屁！”蔡伟强行插话，说道，“直接去医院，想都别想，不可能再拍了！赶快把锐哥送医院！司以寒，他伤得很重！”

“你拍不拍？拍的话我让医生给我包扎，我保证一条过。”商锐爱美又怕疼，常年被挂在不敬业耻辱榜上。他似乎从来没有敬业过，拍吻戏都要用替身，很少这样拍了快一个月，替身下岗了。四十多摄氏度的高温，他和姚绯在没有任何东西遮挡的高温下一遍遍地拍戏，NG后重新改正，继续拍。姚绯不下场，他也不会。商锐越过司以寒看不远处站着的姚绯，他想：如果是姚绯，会怎么样？“拍完我直接走。”商锐说。

“把这场戏删了。”司以寒转身往回走，拿出对讲机通知，“不拍了，我的失误，回去吧。”

“你们还讽刺我不敬业？就是因为你们才有了不敬业的我！”商锐突然提高声音，怒道，“我准备了这么久，说不拍就不拍了？玩谁呢，胆子这么小拍个屁的戏！”

为了这段戏，他一周没去找姚绯，荣丰让他代入情绪，荣丰教他怎么做一个敬业的演员。

谁愿意加班？

谁不怕疼？

他快疼死了，要是放在以前，他早就开始叫了，可现在他不能叫。

“各部门注意，准备一下。”荣丰接过司以寒手里的对讲机，强势地决定，“十分钟后开拍，第二遍。”

“荣导。”司以寒看向了荣丰。

荣丰握着对讲机走到商锐面前，问医生：“他能拍吗？”

“强行要拍也行，没有骨折。”医生也不知道商锐有没有脑震荡，他的头是撞到了地上，但看他精神不错，还能跟导演对吼。“其他的我们看不到，也不敢保证。”医生说。

荣丰蹲到商锐面前，看着他：“你想拍？”

“想。”商锐忽地扬起唇角，抬眼，“我等了八天，就为了这一个镜头，不让我拍我太亏了。”

荣丰知道是什么八天，半晌后站起来说道：“动作指导再重新走一遍位置，给小孩儿的意外空间多留一部分！”

蔡伟盯着商锐，胸膛起伏，已经气得说不出任何的话了。

“你别说话。”商锐看向蔡伟，“我不后悔。”

重新试了两遍动作，姚绯在车上一遍遍机械地重复动作。她回身拉商锐，恍惚了一下，满眼都是商锐手上的血。

“姚绯，可以吗？”荣丰问道。

姚绯深吸气点头：“没问题。”

商锐为了不影响动作没有包纱布，上了止血药，重新换戏服。他很艰难地把衣服穿好，化妆师给他补妆。他看起来憔悴，但眉宇凌厉，跟剧情里的盛辰光完美重叠。

“都调整下状态，放松一点。”荣丰安慰其他人，“尽量一遍过，都把情绪放出来。”

商锐站在人群中，招了一下手：“姚绯，过来。”

姚绯骤然被叫名字，抿了一下干燥的嘴唇，大步走向商锐。

“帮我把扣子整一下。”商锐舍近求远，对身边的服装师视而不见，让姚绯整理。“衣领那里，有点不舒服，我抬不起手。”他说。

“太紧了？”姚绯的手沿着他的衬衣衣领缓缓地往中间移，到喉结下方，解开了一粒扣子，尾指几乎扫到了商锐的喉结，“需要再解开一粒扣子吗？按照这里的剧情设定，衣服乱也不要紧，更符合人设。”

姚绯身上有很淡的香气，不是香水，她从不用香水，应该是她的洗发水味道，兰花香气幽然。

“我们再走一遍剧情？最好一遍过。”商锐看着姚绯白皙的鼻尖，上面有一点汗，他很想抬手擦掉。“怎么样？”他说。

“嗯。”

“你叫我‘哥哥’。”商锐很喜欢这样对台词，不用角色名字，直接用“你”“我”。“你很紧张地喊我，你害怕我死在这里。你已经很多年没叫过我‘哥哥’了，这是我们重逢后你第一次叫我。之后我上车，我们拥抱。”他说。

“是惯性让你扑到了我身上。”姚绯已经习惯了商锐这样对台词的方式，会在脑子里自动替换为自己习惯的风格。她想了想，说道：“也可以说是拥抱。借着这个机会他们抱了对方，各怀心思，宣泄疯狂的思念。”

“那你，”商锐冷肃的喉结滑动，站得笔直，嗓音很沉，“抱我一下。”

姚绯抬眼看他。

商锐面色如常，薄唇抿了一下，语调平淡无波：“你抱我一下，让我感受一下思念，快点。”

商锐说：“还有两分钟就要拍了，赶快拍完，我们——”

姚绯抱住了他，她用力抱着商锐，手指有几分颤抖，紧紧抓着商锐后腰的衣服。她把脸埋在商锐的脖子上，很轻地深吸气。

商锐僵在原地。

倒下去那瞬间他以为胳膊断了，第一反应是自己这辈子真不适合做好演员，命中注定，没缘分。他好不容易想好好拍戏，可骨头断了的话，他不知道要养多久，哪个剧组会等他。

姚绯纤细的手臂圈着他的腰，空气寂静下来，周边的一切喧嚣都停止了。

商锐的喉结很用力地滚动。

他看着姚绯的头发，感受到了疯狂的思念。他曾经一直无法与剧本里的人物共情，此刻他共情了。

他像盛辰光想抱夏瑶一样渴望拥抱姚绯，他很清楚这种渴望。

他没来得及有动作。

姚绯的手松了，她退开一米的距离，仰起头，清澈的眼看着商锐：“感受到了吗？”

“嗯，很深。”商锐开口时嗓音哑得不像话，因为疼，也因为压抑着。他注视着姚绯，黑眸深沉，认真地总结，“你果然是喜欢我。”

“商锐，等会儿你尽量少做动作，到车里拥抱这一场就结束了。”荣丰在旁边讲戏，说道，“可以吗？”

司以寒没办法执导这一场戏，大概是出于医生不上亲人手术台的心理，商锐受着伤站在镜头下，他拍不下去。

商锐点头，不动声色地深呼吸，压着疯狂的疼。他活动手腕，尽可能使活动显得自如，不能表现出疼：“来吧。”

动作指导又示范了一遍，重新开拍，各机位架好。为了节省时间，几个机位同时开拍，争取一遍结束。

动作有了修改，这回商锐是借着自己的力量上车，惯性让他跌进车厢，抱住了姚绯。短暂的停顿。姚绯抬手用力抱住他，把脸埋在他的脖子上："盛辰光。"

商锐收紧手臂，用着把姚绯揉进身体里的力气抱她。

盛辰光渴望夏瑶。

他渴望姚绯。

导演喊了"卡"，商锐的汗滚到了姚绯身上，滚烫炽热。他没有抽手，仍然圈着姚绯，在滚烫炽热的车厢里，贴着姚绯的耳朵哑声道："特别特别疼，如果你疼成这样，肯定受不了。"他停顿了一下，亲了一下姚绯的鬓角，声音几不可闻，"还好，不是你。"

商锐显然是疼糊涂了，如果是姚绯，疼成什么样都不会吭一声。

他可能把戏和现实弄混了，把姚绯替换成了夏瑶。只有夏瑶才会觉得疼，姚绯不会的。

姚绯看着近在咫尺的商锐的耳朵，他右边的耳朵有三个耳洞，有一个在耳朵最上面。

得多叛逆才会扎这么多耳洞。

姚绯的脖子上都是他呼出来的灼热气息，灼烧着她的脖子。她鬼使神差地抬手摸了一下商锐的耳朵，手落在他的后颈上，碰到他被汗打湿的头发。

商锐覆在她身上就不动了，最近的灯光师开口："锐哥是不是晕过去了？"

姚绯张了张嘴没发出声音。

商锐的伤口裂开，血浸湿了衣服，他可能真的有脑震荡。慌乱之中，医生带着商锐上了第一辆车，先行走了。

房车没有在镇上停留，直接把商锐送到首都医院。擦伤最多会留疤，还不算严重，他们害怕有脑震荡后遗症。随队的医生医疗器材有限，不能检查全面。

导演和制片人都陪着去了，剧组众人留下来，原地休息，等待剧组通知。商锐住院的第二天，苏洺和俞夏也飞了过来，她们直奔医院。

媒体还没得到这个消息，网上还是商锐的八卦，没人知道他为了拍戏差点儿没命。商锐的一部分粉丝还在据理力争，希望商锐的团队能清醒，早日放弃拍戏，改邪归正。

姚绯难得有大把的时间，她认真地把商锐的八卦新闻看了一遍。作为科班出身的演员，他的粉丝每天劝他"珍惜生命，远离演戏"。

关于商锐的演技有个梗：他毕业时，表演课老师给他的一句话是"以后别提你是我的学生"，商锐非常听话，毕业多年后没人知道他读过表演专业。

商锐有轻微脑震荡，在首都医院住院，剧组的人第二天几乎全部得到了消息。《盛夏》的剧组很大方，也很照顾大家的心情，很快就安排了车，有探望需求的演员可以跟剧组的车过去。毕竟商锐受伤——多好的拉关系机会——谁跑得快，谁感情最好。第三天，除了姚绯、荣丰和食堂的阿姨，其他人都过去了。

姚绯不知道自己要不要去。如果是以前，她可能会毫不犹豫地跟着所有人过去看商锐，随大溜，给他面子，也巴结巴结商锐。但商锐是因为她受伤，想起商锐附在她耳边说的那些话，姚绯就不太想去了。

她每天跑步三个小时，剧本背得滚瓜烂熟，等待早日拍摄。

第四天，姚绯跑步回宾馆时看到荣丰戴着墨镜往门口走，周挺给他提着行李箱。

“导演？”姚绯停住脚步，运动后她还没缓过来，喘着气，“您去哪里？”

“回家。”荣丰说，“剧组解散了。”

姚绯愣住。荣丰要走了？

“别听荣导忽悠。”周挺笑着说，“怎么可能啊。都扫了这么久了，荣导要回去忙自己的事了。”

“荣导要走？”姚绯快步走过去帮荣丰拉车门，“您要回去？”

“该走了，这剧组又不是我的，我一天到晚在这里也不像话。”荣丰坐上车，说道，“司以寒挺有导演天赋，后面的戏份他很擅长，我不看着他，他也能拍好。”

荣丰只是监制。

“您还没给我签名，我是您的粉丝，我原本想等杀青时请您给我签名。”姚绯很想说点什么，让自己在荣丰面前表现得更好一点，留下点印象。可她一时间也想不到更好的话。荣丰走得太突然了，她以为他还会再留一段时间。荣丰走了还会来吗？荣丰导演不是每个演员都能遇到，她很想自荐一次，做最后的努力，便说道：“您能等我一会儿吗？我上楼拿明信片。”

“不用拿。”荣丰叫住姚绯，说道，“下次见面时我送你一本我的亲笔签名书。大概八月份时我会找你，跟你聊我的新剧本。”

姚绯停住了全部的心理活动，站在原地看着荣丰。天地陡然开阔，世界亮了。

“好好拍戏，《盛夏》结束后我们再见。”荣丰伸出手，“姚绯，来，握个手。”

姚绯双手握住荣丰的手，眼睛泛红：“谢谢您。”

“我觉得你能走出过去，你非常强，那些东西困不住你。”荣丰握了一下她的手就松开了，“姚绯，你会比楚星寒强，我期待着。”

姚绯退开，关上车门，隔着车窗注视荣丰半晌：“再见。”

荣丰说：“再见。”

越野车载着荣丰开向了远处，直到消失不见。

姚绯站在宾馆门口静静看着那条崎岖破旧的公路延伸到了遥远的天际。她站到太阳西沉，落进海面。天边金色的晚霞绚烂。

荣丰的口头承诺。

荣丰的新电影准备邀请她，她彻底地重生了。

吃完晚饭姚绯就回到了房间，她打开了一部旧电影看。手机响了一声，她拿起来看到商锐的微信。

微信提示：“对方已撤回。”

姚绯：“……”

大哥，你撤得这么快，还发什么？

微信上方一直是“对方正在输入中”，姚绯看了五分钟，又变回了“公主殿下”。

姚绯忽然觉得这个名字刺眼，点进去，把备注改成了“商锐”。

对方又在输入中。过了十分钟。

商锐：“发错了。”

姚绯：“你现在最想吃什么？”

商锐：“慕斯蛋糕。”

商锐：“干什么？突然给我发消息问我吃什么，你要给我送？”

明明是你输入了十五分钟。姚绯不知道他发的是什么，十五分钟他都想不到解释方案，最后来了个“发错了”。

姚绯发信息给刘曼：“罗安哪里有卖慕斯蛋糕的？”

她对蛋糕没有任何好印象，对商锐加蛋糕更没有好印象。可商锐想要，她会尽力去买，她欠商锐一份人情。

商锐的信息再次过来：“姚小绯，你是不是想来找我？”

刘曼把一个地址发给了姚绯：“唯一一家有慕斯蛋糕的店，需要提前预订。”

“帮我订一个。”姚绯说，“明天早上去拿，可以吗？我可以加钱。”

刘曼立刻打电话过来：“绯姐，你去罗安？我跟你一起去吗？你去看锐哥？”

“不用。”姚绯立刻就拒绝了，“我找别人去取。”

两分钟后，刘曼发来翻译成中文的预约成功信息。明天早上八点半能取。

商锐后来又发了一排问号，姚绯回了个“微笑”的表情，又敲着键盘打字：“晚安。”

商锐：“？？？？？？”

姚绯第一次在异国他乡开七个小时的车。她到罗安的时候天还没亮，天边是青灰色的，城市的边缘线隐在青灰色中，隐隐可见轮廓。

她在车里坐了一会儿，点了一支烟。商锐为她受伤，她给商锐送一个最想要的东西。扯平了，谁也不欠谁。

她怕欠人情债，欠了就寝食难安。商锐也许在戏里，可她很清醒，她清醒地落入商锐的怀抱，看到了商锐沾满血的衬衣。

她不能昧着良心假装什么都没发生过。

八点半，她拿到包装十分简陋的慕斯蛋糕，开往商锐所在的医院。这几天陆续有人来看他，在剧组群里随便一翻就是医院地址，不用刻意搜，很好找。

车子的导航性很强，直接把姚绯带到了医院。

医院不算大，但找人并不容易。姚绯只会英语和中文，这里的通用语言是葡萄牙语，姚绯用翻译软件艰难地跟人沟通，试图问清楚商锐具体的住院房间。问了半晌，鸡同鸭讲，姚绯拿着手机思索要不要打电话给苏洺。苏洺也在这边，她肯定知道具体位置。

可她内心是不希望更多的人知道的，她想送完蛋糕就走，神不知鬼不觉，她不想跟商锐有太多私底下的牵扯。

“姚绯？”她身后一声喊，响彻空旷的大厅。

姚绯回头看到穿着白衬衣、黑色长裤的商锐正在下楼梯，他身后跟着蔡伟、苏洺、周挺，还有几个助理。

入戏

第八章

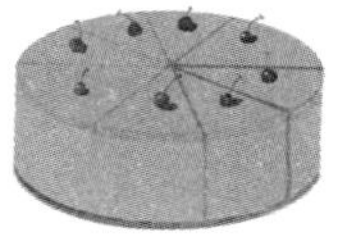

暗许

RUXI

“你——怎么在这里？”商锐看到姚绯那一瞬间，大脑一片空白。他抽出插兜的手，一步两个台阶地下楼梯，走向姚绯。

姚绯穿着很简单的白T恤，牛仔裤，头发扎成马尾，戴着帽子、口罩。如果不是商锐足够了解她，根本就认不出来。她很善于伪装自己，以便于融入人群不被发现。

“给你送蛋糕。”姚绯头皮发麻，越过商锐看台阶上那几个人。他们都停住了脚步，直直地看着姚绯。姚绯站得更直了。

她连借车的理由都是出去看海，没人知道她过来。她一路自以为做得很隐秘，却迎面撞上了最不想撞见的人。

还不如光明正大地跟着所有人过来看商锐，那比现在体面多了。

“你不是想吃慕斯蛋糕？”姚绯终于找到了自己的声音，举起蛋糕，“给你。”

商锐深邃漆黑的桃花眼深处闪过一丝湿潮，眼尾浸着一点红，清晰凸起的喉结滑动：“给我送蛋糕？”

“是。”姚绯看进他的眼，说道，“我选了巧克力口味，不知道是不是你喜欢的。”

“你——怎么来的？”商锐都不敢大幅度呼吸，看着她的眼，尽可能让自己的语调轻松，可一开口嗓音是哑的，“不会是开车吧？一个人？”

今天商锐出院，剧组没人会傻到这个时候安排演员过来探望。从那个小镇开车到这里要六七个小时，路途凶险，随时都可能遇到危险。姚绯是很谨慎的人，她怎么敢？

姚绯点头：“我不想麻烦其他人。那什么，你还好吗？”

商锐忽然抬手把姚绯按到了怀里，用了很大的力气。他疯狂地抱住姚绯，箍得特别紧，他呼吸时都有些颤抖。

姚绯来找他了。

他抱得很用力，声音却很轻：“很危险，你怎么敢一个人开车？你会这边的语言吗？不带翻译，不带保镖，你就一个人来？”

他以为姚绯不会来，姚绯跟其他人不一样，别人可能会趁他生病虚弱的时候套近乎，跟他拉关系，可姚绯不会。她甚至会远离他。

当初商锐中暑感冒，她躲了好几天。

她对商锐好，却从不会乘虚而入，也不会制造两个人在一起的机会。她付出很多，要的很少，很少很少，少到商锐都有些心疼。

昨晚他没忍住，先给姚绯发了消息。他想告诉她，如果她想他了，别顾虑。

姚绯没有正面回答，所以他决定回去，给她个乘虚而入的机会。

办理好出院手续，他跟着团队的人下楼，看到了姚绯。她就那么突然地出现在了眼前，拎着蛋糕。蛋糕是他随口扯的理由。

她穿过无人区，走过凶险的夜路，一个人开着车，来到了他身边。

商锐在过去二十六年的人生里见过无数的蛋糕，什么价格的都有，什么样式的都有，可所有的蛋糕加在一起都不如这个珍贵。

穿越山海，风尘仆仆地来到你身边，送你一份人间至甜。

姚绯对所有事都一往无前，无论事业、爱情。

她的喜欢很迷人，义无反顾，坚定又认真。她从不说虚伪的话，她会直接去做。她把球打得笔直，一点都不含糊。

"你怎么现在过来了？"苏洺终于找到了声音，快步走过来说道，"姚绯，你一个人过来的？"

姚绯立刻推开商锐。

太尴尬了，她答应苏洺绝不会不打报告就私自行动。艺人出行不报备经纪人是大忌，她就犯这一回错，当场被抓包了。

"昨晚睡不着，在剧组也没事，想过来看看锐哥，就开车过来了。"姚绯朝苏洺点了一下头，说道，"锐哥要吃蛋糕，我订了个蛋糕。你们都在？"

商锐强行装作若无其事，把手插入裤兜，忍不住还是看向了姚绯。她失眠了？昨天果然不该随便试探。

"接锐哥出院。"苏洺指了指商锐，说道，"准备回片场。你这是一夜没睡？带保镖了吗？刘曼呢？"

姚绯胆子太大了。

"夜里出来太折腾了，没叫他们，我想把东西送到就走的。商锐今天出院呀？"姚绯看向商锐，撞入他深邃的黑眸中，他的眼眸特别深，只有专注和认真。

"你把车钥匙给我。"商锐垂下睫毛，压下沸腾、疯狂的情绪，接走姚绯手中的蛋糕，手指很轻地滑过姚绯的指尖。姚绯立刻"害羞"地收回手，他也不追，嗓音沉稳道，"我找个人把你的车开回去，回程你跟我们一起。别开车，疲劳驾驶。"

姚绯从口袋里取出车钥匙递给商锐，她也不想再开车了。"你们几点走？"她问。

"吃完饭就走。"苏洺看向商锐手里的蛋糕，笑着说道，"我安排好了餐厅，过去吧，正好把你的蛋糕吃了。"

“谢谢你来看锐哥，辛苦了。”蔡伟也走了过来，伸手要接商锐手里的蛋糕。商锐把蛋糕放在身侧，没有给的意思，下颌一动，示意姚绯：“走吧。”

他拎着蛋糕跟姚绯并排，走动间手臂几乎碰到，有着火热的气息。他垂下眼看到姚绯的手指，忽然很想跟她牵手。

牵手是什么感觉？

把她的手包裹到手心里，她的手那么小。

过几天有牵手的戏份，他到时候就知道了，不急于一时。

商锐有的没的想了一堆，跟着经纪人上了车，转头想叫姚绯。姚绯已经上了苏洺的车，车门“砰”地拉上，十分用力。

商锐若有所思，收回了视线。

“姚绯怎么会来？”蔡伟拉上车门，皱了眉，看向商锐手里的盒子，“什么蛋糕？你不能吃蛋糕。”

“给我找个最好的车载冰箱，把蛋糕放进去。”商锐抱着蛋糕盒子，隔着车窗看到苏洺的车离开停车场。周挺昨天去机场送荣丰，顺便开车过来接他出院。周挺开车带苏洺和姚绯名正言顺，苏洺是周挺的女朋友，姚绯是苏洺手底下的艺人。

但商锐很不爽。

“蔡总？”助理坐到副驾驶位回头看向蔡伟。

“你不分给大家吃？”蔡伟说，“蛋糕不吃就坏了。”

“我吃一块，其他的放进冰箱。”商锐打开盒子，看到做工不那么精致的巧克力慕斯，切了一块，放到简易蛋糕盘子里，重新包装好，递给助理。“好好放，谁想吃蛋糕我出钱，你们去买，买多少我不管，多少钱我都给报。我的蛋糕，谁都不准碰，不准磕坏，不准让我的蛋糕变质。”

“去把蛋糕放到房车的冰箱里。”蔡伟按了一下眉心，说道，“锐哥，你不能吃甜食。太多了，这么大一块得多少脂肪。”

助理抱着蛋糕小心翼翼地下了车。

蔡伟让司机开车，转头看到商锐已经吃了小半盘。商锐的表情没什么变化，俊美的脸一如既往，眼神也没什么变化，只是语气很淡：“我乐意，吃多少我用运动消耗掉。蔡总，做你的事，别管那么多。”

他挖了一口巧克力慕斯，小心翼翼放到嘴里，丝滑的甜在口腔里溢开，荡漾到每一个角落。他浓密的睫毛垂下，很满足地咽下，又挖了一口，慢条斯理地吃。

又香又甜，人间至甜。

蔡伟皱了眉。

商锐是个很大方的人，平时给钱、给东西，眼睛都不眨一下。今天这一个蛋糕，他谁都没分，看得出来，他对这个蛋糕的重视。

怎么可能不重视呢？

姚绯开车穿越几百公里的无人区，过来给商锐送了一个蛋糕。只为了送一个蛋糕，姚绯这一招太绝了，商锐但凡对她有点兴趣，都会对她死心塌地。

“她应该过来看你，送你东西。”蔡伟调整了语气，说道，“你因为她才受伤，她今天来已经是晚了。这也就是普通的蛋糕，和别人送的慰问品差不多。”

“如果在车上的是我，她也一样会接住我。”商锐的语调没什么起伏，表情却是凝重的，“进组第一天我摔在她身上，她后背破了皮，也磕到了头。我没有去看她，没有给她送东西，我们为什么没有应该？蔡总，做人不能太‘双标’。”

“就我一个人矜贵？姚绯不珍贵吗？”商锐又吃了一口蛋糕，说道，“蔡总，如果你的心态放不平，你找个地方放平了再回来工作。她送蛋糕过来，这个蛋糕就是珍贵，跟那些慰问品怎么能一样？”

蔡伟打开一瓶水喝了一口。他为商家打工，准确来说，商锐是他的老板，老板说什么就是什么。

车厢内沉默。

商锐把一块蛋糕吃完，随口问道：“ES 护肤来谈过续约？”

“这回想邀请你做全球代言人。”蔡伟说。ES 是一线护肤品牌，在代言里算是高档次的。商锐一直跟他们家有合作，最早做男士护肤系列的代言人，后来又做了他们的全球推广人和亚洲区全系列代言人，合作得一直很愉快。

“回复他们，我可以续，前提是给姚绯一年合同，哪个系列都行；大使、代言、推广，我不挑。只有一个条件，至少一年。”

蔡伟瞪大眼：“哥，你疯了？她的咖位连季度的都拿不到。”

“我的合同可以让步，补她的代言费。”

“锐哥，这太离谱了！”蔡伟简直想咆哮，“你能不能别这么上头？只是个蛋糕而已！这蛋糕最多几百块！”

“礼轻情意重。在我这里，这蛋糕无价，我欠她一份珍重。”商锐理直气壮道，“还是你想让我肉偿？欠债偿还天经地义。算了，太为难你的话，我还是肉偿吧。无以为报，以身相许这事儿我擅长。”

蔡伟咬牙切齿：“我去谈。”你擅长个屁！

商锐放下盘子，姿态慵懒地往后靠在座位里：“你找个机会把合同推给苏洺，别告诉她是我给的，瞒严点。”

姚绯坐上车，正踌躇跟苏洺怎么解释，苏洺先开口了：“商锐这次伤得很重，你确实该来看他。”

“我欠他一份人情。”姚绯认真解释，“原本打算跟大家一块儿来，可想着随大溜诚意不足。”

你这倒是诚意足，太足了，苏洺都吓到了。商锐跑过去的时候，她吓得手指攥紧，生怕下一刻商锐就不管不顾地在医院跟姚绯拥吻。

商锐那种出身和家庭，有钱有势，玩玩就算了。他能娶姚绯吗？他们能在一起多久？他们的差距太大了。姚绯好不容易从泥里爬出来，她需要事业，要是跟商锐谈恋爱，她就毁了。商锐随时都能抽身离开，姚绯不能。

苏洺是真怕姚绯想不开，她得把幼苗掐死在摇篮中。

“你跟商锐关系处得不错。”苏洺旁敲侧击。

“还可以。”姚绯想跟苏洺说荣丰的事，想想又怕将来变故，惊喜落空。没给剧本合同，这事儿还是捂着吧。

“进组之前我还担心你们会打起来，没想到会处得这么好。他为了救你受伤，你开车越过无人区给他送蛋糕。可能拍爱情电影就是这样，拍着拍着关系就好了。”苏洺拿了两瓶水，递给姚绯一瓶，欲言又止，半晌，说道，“作为朋友来说，商锐是个不错的朋友——讲义气，出手大方——但你一定要拿捏好其中的界限，千万别把自己搭进去了。”

姚绯已经听明白了，她握着水注视着苏洺，认真地点头：“苏总，我不喜欢欠着人情，所以给他买了蛋糕。我和他之间没有任何同事之外的关系，我不会对男人有任何想法，以前没有，以后也不会有。你们不用多想，商锐是个体验派演员，拍戏需要入戏，但也不过是入戏。你们不是演员，理解不了这种入戏，我能理解。我很清楚界限，我想他应该也清楚。

“不用担心我们之间有什么，拍摄还需要两个月，如果担心这个，这部戏根本就没法拍，这是爱情戏。我和商锐在现实中差距巨大，出了戏再看彼此，只有现实的丑陋。他看不上我这样的，我也不会喜欢他那样的，不到一个月就会出戏。”

蔡伟紧张能理解，商锐的团队本身就不敬业得离谱，可苏洺紧张什么？苏洺在娱乐行业混了这么多年，居然能把这当真？演戏入戏太正常了，还有很多演员为了入戏做剧组夫妻，基本上都是只有三个月感情。出了剧组没了剧情滤镜，就会发现喜欢的只是演出来的虚拟人物，而不是演员本身。

相看两生厌，很快就结束了。

“可能我是第一次见商锐入戏，有点反应过度。”苏洺斟酌用词，说道，“你说得对，演员确实需要入戏才能拍好。你很敬业，不要把我的话放在心上，和商锐该怎么相处还怎么相处。你演了这么多年戏，你比谁都清楚戏与现实，我相信你。”

他们在市区吃了午饭，姚绯没上商锐的车，而是和周挺、苏洺坐了一辆车。天黑之前回到了小镇，她在路上只睡了一个小时，到宾馆洗完澡回到床上，直接陷入沉睡。

她是在敲门声中醒来的，意识还没有彻底清醒，恍惚了片刻才坐起来揉了一把凌乱的头发。房间内一片漆黑，她按了灯的开关屋里才亮起来。

简陋的房间里，空调不知疲倦地响着。姚绯揉了一下眼，走过去拉开门，看到端着托盘倚靠在门框上的商锐。

他穿休闲白衬衣，领口解开两粒扣子，露出一截性感的锁骨，袖子挽到修长的小臂上，松松散散的。他可能刚洗过澡，黑发湿漉漉的。

“还没睡醒？”商锐抬起浓黑稠密的睫毛，低头找姚绯的眼，嗓音很沉，“嗯，姚小绯？”

他那张英俊的脸深邃，棱角分明，放大在姚绯面前。再近一点，姚绯怀疑他的睫毛能扎到自己。

她迅速往后退了一步，靠在门边的墙上，还没睡醒，嗓音慵懒沙哑：“干什么？”

姚绯及腰的长发慵懒地散在肩头，她像一只漂亮的没睡醒的猫，穿着宽大的白色T恤，手臂长而纤细。

商锐推开门，端着托盘走进去，打开了大灯，说道：“吃完饭再睡。”

商锐居然来给她送饭！

姚绯抬手挡了一下刺目的光，闻到空气中的面香，还有点甜腻的奶油香。她直起身：“谢谢，我去洗漱，放桌子上吧。”

“快点，别拖太久，面会坨。”商锐放下面却没有走的意思，直接在房间里拉了把椅子坐下，“你的空调温度太高了吧，睡觉不会出汗吗？”

“不会。”姚绯体寒，跟商锐那种大火炉不一样。

她拿着牙刷出门，洗漱好，脑子才清醒。

商锐这是真的入戏吧？几点？过来给她送吃的？

商锐给她送吃的，这本身就挺离奇的。

她顶着湿漉漉的脸回到房间拿起手机看时间，晚上十一点半。这个时间吃面，她的腹肌大概要随风而去了。

“你这么晚还不睡？”姚绯擦干净脸，拉过椅子坐到桌子边。托盘里果然还放着一块蛋糕，巧克力慕斯，她早上买的。

蛋糕还在？

姚绯送完蛋糕后，这还是第一次见这块蛋糕。她原以为中午吃饭时，商锐会把蛋糕拿过来一块儿吃，结果饭桌上倒是有商锐，可蛋糕没来。

她还以为商锐把蛋糕扔了。

“我不吃蛋糕。”姚绯拿起筷子搅了一下面，面是很清淡的清汤细面，上面漂着翠绿的青菜，卧着一个玉白般的荷包蛋，“放我这里也是要扔，浪费。”

“你不吃蛋糕？”商锐正在对面玩手机，闻言，目光从手机上移开，抬眼注视姚绯，“我见过你买蛋糕，那个蛋糕不是你买的？”

他们之前有一次在车里见面，姚绯买了小蛋糕，上了他的车，走的时候忘记带走了，蛋糕滚到了车底。他把蛋糕扔了，姚绯那个表情，他至今难忘——表情悲伤，目光空洞——让他想把垃圾桶里的蛋糕捡起来还给她。

"那个蛋糕我可以解释一下。"商锐觉得时机正好，他和姚绯如今的关系，什么话都能说，"不是我要扔，是蛋糕滚到我的车底，弄脏了车。换任何人都会扔，对吧？"

她会因为那种廉价奶油的蛋糕难过，这个慕斯蛋糕怎么也比那个蛋糕好。

"对，所以你扔就扔了，我本身也不吃蛋糕。"姚绯埋头吃面，面汤很鲜，可能是拿海鲜熬的汤底，"说起来，小少爷，我还欠你一份洗车费。"

"你叫我'商锐'或者'锐哥'都行，别天天跟着他们瞎叫。我会朝你要洗车费吗？"桌子有些矮，商锐在姚绯对面坐，长手长脚，十分地憋屈，他把手肘压在膝盖上。修长、骨节分明的手指间夹着黑色手机，他从不戴手机壳，手机在他的手里看起来又薄又小。"你为什么不吃蛋糕？"他问。

姚绯把面咽下去，唇角上扬，笑得很轻："如果我们拍完《盛夏》还是朋友的话，我就告诉你为什么，现在不能说。"

说了影响拍摄。

"你的秘密哦。"商锐黑眸中的笑缓缓溢开，他往后靠在椅子上，手指在手机屏幕上轻叩一下，凝视姚绯，语调缓慢，"那要是其他关系，你就不告诉我了？"

姚绯看向他。

其他关系？

"比如三个字的。"商锐清了清嗓子，垂下睫毛，浓密的睫毛在他的眼下投出浓重的阴影，他话说得缓慢，语调却很沉，"你告不告诉我？"

姚绯没想到三个字的是什么关系，只想到了六个字：老死不相往来。

商锐说完抬起眼，直直地看着姚绯。他的眼尾微微地上扬，双眼皮很深，眸子又黑又沉，带着点意味。他的尾音拖出腔调，声音低沉："嗯？"

你嗯什么嗯？

"到时候再说吧。"姚绯说，"你的伤怎么样？"

"你要看吗？"商锐没得到想要的答案，也不是很失望，以姚绯对他的感情，从朋友变成男朋友是早晚的事。

商锐放下手机，抬手搭在衬衣扣子上，缓慢地解着扣子，道："我给你看背上的。"

姚绯差点儿被面呛住。

神仙，你歇会儿吧。

"背上比手肘严重吗？"姚绯喝了一口汤，并不是很想看他的背呢。

"背比手肘好看。"商锐又解开一粒扣子，衬衣几乎全敞开，他深邃的桃花眼里浸着笑，“看背吧。”

“你让我吃饭吧。”姚绯端起碗坐直，还有半碗面呢，商锐再脱她就没胃口了，“锐哥，你把衣服穿好吧。袖子拉上去我看一下就行，不用脱。”

“哦。”商锐意味深长地点了一下头，把扣子缓慢优雅地扣好，端起桌上的蛋糕吃了一口，“手肘就不给你看了。”

很丑的疤，他才不要给姚绯看。

“你晚上能吃蛋糕？”

“后天拍摄，明天有一天时间消耗。”商锐慢悠悠地挖了一口蛋糕，吃得很香，“明天做运动。”

你明天做运动累到死都消耗不掉这一块蛋糕的脂肪。

“后天可以拍摄了？”姚绯边吃面边打开手机查看微信消息，刘曼下午七点就发了通告单，群内也有通告。

“第一场就是我们的吻戏。”商锐端着白瓷盘，握着银色的叉子，靠在椅子上，抬了一下眼，“原本这一场是亲密戏，可我身上有伤，没法裸背和手臂，就把海边接吻戏改到了前面。”他说着，又似随口问道，“你拍过亲密戏吗，姚绯？”

姚绯皱了眉，没什么胃口了：“要拍裸的亲密戏？”尺度这么大？

剧本里写得并不多，整部戏就这一场亲密戏，姚绯还不知道要裸。

“嗯。”商锐咬着蛋糕叉子，抬眼就笑了起来。《盛夏》是女性向唯美爱情电影，受众是女孩儿，不会拍太多女主角暴露的部分，尺度没那么大，但他不想现在告诉姚绯。他深邃的桃花眼里浸着笑看姚绯。“你拍过吗？”他说。

“没有。”姚绯若有所思，“你拍过？”

姚绯在最落魄的时候有家公司想买她的合约，前提是签大尺度的剧本，姚绯看了一眼就拒绝了。

性无罪，也不分高低贵贱。

但姚绯不拍。

她确实不是什么题材都能拍，比如这类，她就不行。

“想让我传授经验吗？”商锐把最后一块蛋糕吃完，放下餐盘，兴致勃勃，“这方面我熟，我可以教你，免费传授。”

你看起来就很熟的样子。

他们这种人，性和恋爱应该是分开的吧？母胎单身和身经百战不冲突。

姚绯彻底把碗放下了，起身拿了两瓶水，在商锐面前放了一瓶。她拧开水喝了一口：“又不是现在拍。”

“可以提前做功课。”商锐握着水瓶没有立刻拧开，往后靠在椅子上，弯着眼睛缓缓道，“欢迎随时来找我讨论细节，我绝不会藏着掖着，会知无不言。”

姚绯没说话，她靠在椅子上喝水，喝完一瓶水起身把碗筷收拾好：“我去楼下送碗，你早点休息，晚安。”

商锐还握着水瓶看她。

姚绯拉开门走了出去，快步下楼，她知道商锐会走。商锐那种傲娇的人，她都说了晚安，他绝不会留下。

姚绯在一层洗完碗筷，放回去，在院子里站了一会儿才上楼。她的房门虚掩着。姚绯推开门进去，果然已经没有人了，她反锁上门，走进去，看到桌子上放着一张 A4 纸。

黑色记号笔压着一张纸，跋扈自恣的笔迹张扬地横在纸上，写着一行字：“骗你的，没拍过，没经验。多多指教。”

署名：商锐。

商锐的字跟他的人一样狂野，张扬跋扈。但很出乎意料，商锐的字能看出来有书法功底，狂野深处有很稳的根基，没他的外表那么肤浅。商锐还系统地学过书法？

姚绯把纸揉成团，扔进垃圾桶，抬腿上了床。

五分钟后，她又把纸捡出来铺平，压进床头右手边的剧本下面。这一沓剧本是拍过的内容。她有收藏剧本的习惯，拍过的剧本会在拍摄结束后带回家。

商锐出院正好赶上“五一”，剧组就决定五月一日再放一天假，五月二日正式拍摄。

五月一日剧组发了个通知，开除了一个演员，是个非常不起眼的十八线女演员，演一个护士。她跟姚绯没有任何正面冲突，但她拍摄了姚绯在剧组抽烟的照片发给了媒体，她的说法是因为嫉妒。同样是十八线，为什么姚绯能演主角，而她是配角？

“我跟徐宁没冲突，我在剧组只跟夏阳发生过冲突，四月初。”姚绯翻看着剧组调查报告上徐宁的资料，跟苏洺说道，“那天我去找商锐对台词，对的时间有些久，从他的房间出来时遇到了夏阳。她认为我靠睡商锐上来，我把她推到了墙上。我没打她，我只是警告她别用那种龌龊的思想侮辱人。我没跟你说，是我以为不会有后续。”

当时姚绯考虑的是如果这件事被曝出去，以商锐的性格，他肯定会把事做得很绝，毕竟造谣造到了他身上。因为那么一点误会毁别人前途实在犯不着。可这个结果太离谱了，不管姚绯演女几号都没徐宁什么事。

十八线演员能有个出镜的机会不容易。她疯了，去得罪剧组，得罪宣发人员，得罪业内大佬，去搞女主演？她没权没势，敢吗？她没想过搞事之后活不了的问题吗？姚绯能在剧组演女一号，在普通演员眼里，也不是没权没势的人。真正没权没势的人，谁敢看不起姚绯？这是基本逻辑。

而且这个剧组好的话，小演员才有出人头地的机会。千载难逢的机会啊，哪里舍得搞剧组。

干这么蠢的事的人，只会是有点权力，被捧久了，没有太多忌惮又有很多机会，能推动热搜，随意玩弄舆论，看不起姚绯的人。整个剧组也就那么几个。

徐宁和夏阳在同一家公司，保夏阳而把徐宁推出去才是常规操作。那场舆论并没有给剧组造成太大损失，推徐宁出来给剧组一个交代，这事儿就过去了。

“商锐不知道这件事是吧？”苏洺沉默了片刻，收拾起调查报告说道，“她们是一家公司的，能理解。商锐不知道的话就别告诉他了，他那个脾气，我怕把剧组搞黄。”

“我不会再跟夏阳发生冲突了，我对夏阳也没有其他的看法，不该说的话我不会乱说。”姚绯抿了一下嘴唇。电影还要上映，将来要宣传，主要角色绝对不能翻车。商锐跟其他人不一样，他太任性了，干什么从来不考虑后果。要是他知道夏阳造他的黄谣，夏阳肯定不能全须全尾地出剧组。

“她快杀青了。”苏洺说，“不用太在意她，她那么蠢，爬不了多高，早晚会自己作翻车。经过这一遭，她绝对不敢再招惹你。你也不用为徐宁鸣不平，能出来背锅也不会是白背。现在的娱乐行业跟以前不一样了，没有谁能真正地一手遮天。到处都是曝光渠道，惹急了，出来鱼死网破，谁也别想好过。”

姚绯点头：“我知道了。”

“明天要去五号拍摄地，封闭式拍半个月，拍完就能回国了。那边可能没有网络，你们的东西要带全，需要什么提前说，不然后期没法给你送过去，太远了。你看还有什么需要买的东西，我一会儿让刘曼给你买。”

“苏总，”姚绯拿起水喝了一大口，想到昨天商锐的问题，坐得笔直，“那个什么……”

“什么？”

“在五号拍摄地要拍亲密戏。”

“嗯。”苏洺点头。这部是爱情电影，有亲密戏很正常。“导演把亲密戏安排到了五月中旬，等商锐身上的结痂掉了再拍，他要裸后背和手臂。”苏洺说。

“那什么，”姚绯深吸气，“你知道，哪里能看片吗？”

这事儿决不能让更多的人知道，特别是商锐。苏洺是她的经纪人，而且苏洺有男朋友，应该是有经验的人。同为女性，这类话题比较好聊。

苏洺眨眨眼。

“我没看过，不太清楚具体怎么操作，怕拍摄的时候没有经验，没法配合。那边要是没有网络的话，估计也不能搜。”姚绯坐得更直了，“我想找点教材。”

这个“操作”和“教材”就很灵性了。

“你想要看‘动作片？’”苏洺迟疑片刻，道，“要多少？”

五号拍摄地是在国外的最后一个拍摄地，选在附近的一个海岛国家，远离了贫瘠与战争，风景自然、优美，也代表着爱情逐渐圆满。剧组一半人被安排回国，必要的演员和工作人员跟组到新的拍摄地。五月二日早上就出发，晚上才到。

在这边，剧组转场很容易发生意外，拍摄的行程只能改时间，通告会根据环境改，于是姚绯和商锐的吻戏就挪到了五月三日下午拍摄。

剧情里，他们撤离战区，在安宁的海岛地区暂留。

盛辰光和夏瑶在拥吻之后，彼此袒露心迹。爱情的冰山一角显露出来，海水退去，庞大的爱意无法遁形地显露出来。

这场戏是编剧后加的，灵感来自商锐的那个营业视频，是夕阳下的拥吻。

白色海滩炽热，温度达到了四十五摄氏度。姚绯和商锐站在同一遮阳伞下听导演讲戏，汗流浃背，还要表现得清爽自然。这一场戏，姚绯穿了一条白色长裙。布料柔软，凸显身材，看起来十分柔美，也很凉快。

出于人设原因，商锐穿着规规矩矩的衬衣、长裤，他热得想往身体里塞冰块。他扯着衬衣领口，拿着电风扇往里面吹风；助理在后面给他吹风，以免汗洇湿衬衣，拍出来难看。

“等会儿有个长镜头，你们说着台词走过去。”导演跟商锐讲位置，说道，“你停下来，偏头，要啄她嘴的那种亲，发自内心、情不自禁地吻，然后拥吻。”

“这样？”商锐忽然侧头俯身往姚绯的唇上亲，姚绯立刻退开一大步。

她的裙子随风飘了一下，荡到了商锐的小腿上，隔着裤子很轻地蹭了他一下。他的喉结滚动，嗓音有些沙哑。

“对戏呢。”商锐稠密漆黑的睫毛一动，最后一声用的气音，“这个感觉对吗？”

浪漫爱情电影自然以浪漫爱情为主。

“就是这个感觉。”导演说，“之后你们接吻。”

“明白。”商锐抵了一下口腔里的硬糖，站直，把风扇递给助理，从裤兜里摸出了一颗糖撕开，送到了姚绯唇边，说道，“现在拍吗？”

姚绯拿走了硬糖。

演员要敬业，接下来的吻戏得甜，出于对搭档的尊重，最好别有味。

“你们调整一下情绪，再对一遍台词，尽量一遍过。太热了，会晒伤的。”导演扇着风，说道，“五分钟后开拍，拍的时候把嘴里的糖吐了。这里有特写，依盛辰光的人设，他绝不会吃糖。商锐，你这一天到晚吃甜食，下个月拍校园部分，你瘦得下去吗？”

姚绯咬着糖一时间不知道该不该吐。下个月拍校园部分，她瘦得下去吗？

“我又没胖？”商锐似无意地抬手抵了一下姚绯的手背，把糖推进她的口腔，懒洋洋道，“那是盛辰光没试过含着糖接吻。”他“啧”了一声，道，“老男人花样太少了，不懂事儿。”

导演："……"

姚绯咬着硬糖拿起了剧本，想把糖吐到商锐身上。他们确实接过一次含着糖的吻。

第一次拍吻戏时。

"拍的时候会咽下去。"商锐接触到几个人的目光，咬着糖摆摆手，"没事，放心，保证一遍过。"

导演这才放心，走回遮阳棚。

"对一遍戏。"商锐看向姚绯，表情已经恢复沉着。

姚绯和商锐走了一遍戏。最近商锐说大段台词几乎不会卡，他认真下来后台词功底不错。两个人走出遮阳伞，走向位置。

炽热的太阳晒在头顶，海浪冲击沙滩发出巨大声响。海风狂劲，吹着姚绯的头发和裙摆。

姚绯看了一眼商锐那张俊美无俦的脸，若不是他的嘴唇因为吃糖有些红，他真就是从剧本里走出来的盛辰光。

"给商锐补妆。"导演喊道，"他的唇太红了。"

商锐抬手擦了一下唇，眼尾上扬，嗓音淡淡道："哥的底子就是好，唇不染而朱。"

你那是不骚能死。

这一段戏他们会牵手，姚绯握住他的手。商锐的手指很长，骨关节清晰分明，手背上的筋骨微微凸显。

商锐停住所有动作定定地看着姚绯，桃花眼很深很沉，他的喉咙一动就发出了声音："我们的第一次牵手？"

"很早就牵过。"姚绯以为他说剧情，迅速补充道，"上卷剧本有，第一次应该是在学校背后的巷子里，盛辰光第一次牵了夏瑶的手。别说话了，打板了。"

"导演。"商锐转头看向导演方向，顶着炽热、滚烫的太阳，扣住姚绯的手，紧紧包裹，收拢。心跳得眩晕。牵手这么慎重的事，如果随意牵起来太草率了。"剧本这里是不是有点问题？直接走出来就牵手，感觉对牵手太轻描淡写了。"他说。

不务正业的商锐还会挑剧本的碴儿了。

"牵手需要多慎重？"导演拿着喇叭问。

"珍重的感情中，牵手都是小心翼翼的，要试探很多次才敢握住。确实需要很珍重，这样后面的吻才更自然。"商锐语调沉稳缓慢，手随着他说话握住姚绯的手，转而跟她十指相扣。手指肌肤相贴，紧紧地扣着，肌肤似乎融合了，炽热滚烫地贴在一起，不比接吻带来的刺激小。"虽然这不是他们的第一次牵手，但是十年后的第一次，我认为需要更珍重、更细节。"他说。

姚绯心领神会，明白了他的意思，因为商锐跟她十指相扣时感觉是不一样的，特别不一样。

阳光炽热，海风阵阵。她听到心跳声和海水拍击沙滩的声音一样激烈，来势汹汹，铺天盖地。

牵手也是慎重的事。

导演和副编剧在商量。

“我觉得接吻的契机来自牵手，不然为什么前面没有情不自禁，这里就情不自禁了呢？”他顿了一下，俯身靠近姚绯的耳朵，“牵手时，你想接吻吗？”

炽热的呼吸萦绕在耳朵上，姚绯往旁边移动，太热了。

“我想。”商锐很轻地说着这两个字。

她不懂爱情，对接吻也没有什么经验，但她有人的本能，“情不自禁”这个词很恰当。

“不嫌热的话，来一遍看看效果，哪个好就用哪个，今天下午有时间。”司以寒喊道，“准备一下，按照你说的来一遍。姚绯，可以吗？”

姚绯立刻松开了商锐的手，手心里出了汗，在海风里凉飕飕的。心也静了下来，她拼命让自己代入夏瑶的情绪，朝导演的方向点了一下头。

非常意外，她代入了。

这是姚绯拍《盛夏》以来最入戏的一次，他们走在海边，风吹着裙摆，身边是最亲密的人，面前是最美的风景。他们分开十年，依旧深爱着对方。

姚绯回头看向身边的男人，风吹鼓他身上的衬衣，他清俊沉稳。姚绯很喜欢干净的男人，姚绯的目光从他的下巴落到喉结上。

“这十年，每一天我都想见你。”男人偏沉的嗓音响在耳边，他垂着睫毛，薄唇清冷，唇角微微抿了一下，“我想把你圈在身边，再也不放你走，让你这辈子只能跟我在一起——”

他们的手第三次在走动时碰到，夏瑶握住了他的手。

盛辰光停住脚步，抬眼看她，他的喉结滚动，眼睛深处泛着一点红。许久，他收拢手握紧了夏瑶的手。

他们继续往前走，走了两步，盛辰光侧头俯身亲到了夏瑶的唇。

海风吹着女孩儿的裙摆，裙摆扑到了高大的男人修长笔直的腿上。他的手落到女孩儿的头发上，加深了这个吻。

阳光，沙滩，海边，炽热的吻，极致的浪漫。

吻结束，导演喊了“卡”。姚绯忽然很想哭，也不知道因为什么。大概是那份被深爱的珍重，她感受到了。

她喜欢拍戏，戏里她可以拥有很多，这就是演员这个职业的魅力。其他的职业一生只能拥有一种人生，演员却可以体验无数的人生，可以得到现实中没有的东西。

商锐还陷在剧情里，他抱紧姚绯，用力抱着她，低头把额头抵在她的额头上，火热的气息交缠在微咸的海风里。

他的拇指贴着姚绯的耳朵，缓缓地摩挲，随即落到她的眼睛上，轻轻地捧着她的脸颊。他低头亲到姚绯的眼睛上，声音哑然："以后你不会再流泪了。不会让你哭了。"

"锐哥！"蔡伟吼道，"拍完了！一遍过！非常完美！Nice！"

商锐松开姚绯，揉了一把她柔软的长发，看到她的睫毛湿漉漉的，潮湿覆在眼睛上，有几分脆弱。

他生出想亲姚绯的冲动，特别想亲她，想拥有她。

助理们跑了过来，为各自的艺人打伞。姚绯已经从刚刚的情绪中抽离，她的指尖在裙子上很轻地擦了一下，指尖像是燃烧着一团火。

她先转身，踩着滚烫的沙子，转身大步走向遮阳棚。

天色渐暗，他们后面还有一场戏，两个人在明艳晚霞下，迎着海风走了回去。

沙滩戏拍出来浪漫，可镜头里的人很遭罪。姚绯回到住处冲出一地的沙子，头发里也都是沙子，洗了两遍才洗干净。这边宾馆环境好一点，房间带浴室和洗手间，不用再出去挤公用的。

晒得厉害，她涂了一遍晒后修复，换上睡衣坐回床边。

没有网络，除了看剧本，也没什么事做。

姚绯敷着面膜，想到苏洺塞给她的电脑。她们那天讨论了一会儿"动作片"，苏洺在她的行李箱里塞了一台电脑。

银色的超薄笔记本电脑，姚绯把电脑放到腿上输入开机密码，翻出电脑包里的无线蓝牙耳机——苏洺十分贴心，连耳机都给她配好了。

按理来说，这种事应该跟导演讨论，可到底是不方便。虽说艺术不分性别，可男女始终有别，而且导演还是俞夏的老公。姚绯跟俞夏关系还不错，跟熟人更不好意思讨论。

苏洺跟俞夏回国了，剧组里的女孩儿就那么几个，跟谁讨论都容易泄露了隐私。现在的娱乐行业跟以前不一样，话都不能多说两句，一不小心就会飞来横祸。

她不知道这部戏的尺度在哪里，不过横竖就男女那点事嘛。姚绯读书时没机会上生理课，对男女那点事始终是模模糊糊。《寒刀行》的感情戏很隐晦，导演说让她保持那种懵懂感，不让她关注男女方面。《春夜》的女主角也是青春期少女，感情戏很少，姚绯的经验也不是很多。

后来遇到李盛，她对男女感情就只剩下恶心了。后来她看相关的电影都会觉得恶心丑陋，会生出生理性厌恶。

可拍爱情戏，她必须得面对。没有爱情电影是纯柏拉图式的，都得走到那一步。还有半个月就要拍，早面对早适应。她不能到了现场吐出来，那她得身败名裂。

点开电脑蓝牙连接界面，里面跳出来两个“S”，都是蓝牙耳机。

姚绯拿下蓝牙耳机看了一眼。苏洺的蓝牙耳机是“S”，没有问题，是她姓的第一个字母。她怀疑电脑出了问题，怎么会出现两个叫“S”的BOSE耳机？

点下其中一个“S”，迅速地连接成功。

姚绯看到桌面上有个叫“资料”的文件夹，有整整两百千兆的文件。

姚绯沉默了半晌，往下拉，文件整理得很详细。

中、日、韩、泰，按照地域分得清清楚楚。姚绯把两个耳机都戴上，先打开了一个日本分类里的，她就听说过日本的。

很多乱码，她随便点了一个，屏幕黑了下来。

依旧没有声音。姚绯拿下耳机检查，耳机是开机状态，可始终没有声音。电脑上已经跳出画面，随即，赤裸冲击而来，没有任何停顿、没有任何美感，正面冲着姚绯。

动物最原始、最本能的运动。

刹那，姚绯的大脑一片空白，她直直地看着电脑屏幕。

她的大脑处于宕机状态，持续了可能有四五分钟，敲门声响。姚绯猛地把电脑合上，拧眉下床，穿上拖鞋走了两步，抚了一下胸口，混乱的脑子里仿佛装着怪兽。

敲门声又响，依旧是不紧不慢的一声，她压下恶心感走过去拉开门。

商锐穿着黑色T恤和宽松的短裤，闲散地抱臂靠在门边，露出来的两条腿笔直修长。走廊上有一盏昏黄的灯，逆光下，他俊美的脸深刻冷静，他垂着睫毛。

“有事？”姚绯开口，发现嗓子有些哑，狠狠咳嗽了一下，说道，“你找我有什么事？很晚了。”

商锐还靠在门边，抬起睫毛注视姚绯片刻，偏了一下头，似乎在看姚绯的耳朵，随即抬手就往她的耳朵上摸：“你的耳机是BOSE的？”

姚绯立刻想到刚才电脑屏幕上恶心的画面，迅速往后退了一步，拿下耳机攥在手里，警惕地盯着商锐：“应该是吧，是苏总的耳机。”

“苏洺，苏，她的耳机名不会是叫‘S’吧？”

姚绯：“……”

“我的也是BOSE耳机。”商锐修长的手指慢悠悠地拿出耳朵里的耳机捏在指尖上，黑眸深邃，注视着姚绯，“我的耳机名是商锐的‘商’的开头字母——S。”

“姚小姐。”商锐洗完澡打算听歌——这边酒店的隔音效果太差了，不戴耳机犹如裸奔——打开耳机蓝牙，还没来得及连电脑，就被别人抢先连走了，十分狂野的叫声落入了耳朵。

他住在走廊的最里端，一边是墙，一边是姚绯。楼下是餐厅，不会有人在大庭广众下看这种东西，再远就连不上了。蓝牙耳机的有效距离是五到十米，最佳距离是五米。连接效果这么好，还能抢掉他的电脑迅速连上，五分钟没有断。

姚绯作案的概率很高。

果然，他一敲门，声音就停了。

“你连错耳机了。”商锐单手插兜，好整以暇。姚绯穿着宽松的白色T恤和短裤，及腰松软的头发随意散着。她眼眸潮湿，睫毛也湿着，整个人呈现出一种很不正常的恍惚状态。

“不是我。”姚绯开口时也抬起了头，认真注视着商锐，坚定地说道，“你可能找错了人。”

“是吗？”商锐站直，开始怀疑姚绯是不是在试探他，“看什么是你的隐私，我不会干涉。但那个女的叫得太难听了，我的耳朵受到了冲击。姚绯，你需要……”对我负责。

姚绯看着他，商锐刚要继续说下去。

她转身快步走回洗手间，反手关上了门，随即，呕吐声响了起来。

变故在一刹那，商锐垂下睫毛皱了一下眉。她看吐了？还是胃不舒服？晚上他们吃的差不多，他一点事儿都没有。

环视走廊，深夜，走廊一片寂静，并没有其他人。商锐抬腿走进去，反手关上了门，一个耳机还塞在他的耳朵里。

卧室床上扔着银色笔记本电脑，他看了眼洗手间的方向，掀开了电脑屏幕。果然耳朵里响起了开机声，屏幕上面显示出ID名字以及密码页面。

苏洺。

苏洺怎么没被抓走呢？

洗手间门被打开，发出声响，商锐合上电脑，从床头柜的箱子里取出一瓶水走向洗手间方向。他当着她的面拧开水，递给她，说道：“怎么回事？胃不舒服？”

姚绯的眼睫毛潮湿，嘴唇也湿漉漉的，脸上有很多水，大概是洗过脸，发梢湿着。她说：“你怎么进来了？”

“需要帮你叫队医吗？”商锐走到桌子边靠站着，从桌子上找到姚绯的烟盒，取了一支叼在唇间，偏头点燃。打火机照亮了他俊美冷刻的一张脸，随即火光熄灭，一缕白烟缭绕，升入空气中。

“不用。”姚绯疯了才叫队医。

“抽支烟，不介意吧？”商锐这句话不是问句，他已经抽上了。姚绯能让他终止吗？

姚绯拿起水灌了一口，转身回洗手间漱口，恶心劲儿还没压下去。她把一瓶水吐完，走出去看到商锐屈着一条腿斜靠在桌子上抽烟，烟雾缭绕，似乎粘在了他的睫毛上，他的目光也很深。

“你不会是看那玩意儿看吐了吧？”商锐夹着烟的手指落到了桌沿上，白烟袅袅。他的语调很淡，没有什么侵犯感，像是随口聊起来。

姚绯走回去又取了一瓶水，拧开喝了一大口，转头看商锐，看得很深。

“第一次看？”商锐换了个问题。接触到姚绯的眼，他忽地唇角上扬。“不要害羞，姚同学，支棱起来。”他说。

姚绯想把手中的水瓶扔到他的脸上。

“锐哥，能给我点私人空间吗？”两个人拍戏太亲密了，很难在私底下迅速地划出界限，遵从本能是人的特性。“那个，并不能让人产生害羞的情绪吧？”姚绯说。

她打量了商锐一眼，脑子已经在第一时间把他换成了没穿衣服的样子。

姚绯难得想说一次脏话，又有点难受。

“你选的片子有问题。”商锐抽了一口烟，观察着姚绯的表情，不知道为什么，他居然看懂了姚绯的情绪。烟已经燃烧到了烟蒂，灼烧感贴着手指，他把烟头随手扔进了烟灰缸。“正常人不是这样的，你选的太粗暴重口了。那些是为了满足一些有猎奇需求的人，而不是我们这种正常人。你不会是为了过几天的亲密戏才看这个的吧？”

姚绯喝着冰凉的水，揉了揉头发：“想看看教材。”

“说好一起进步，姚同学，你居然悄悄补课。”商锐“啧”了一声，抬腿坐到了桌子上，踩着一边的凳子，晃了一下长腿，“还选错了课本。”

姚绯：“……”

“其实吧，看这些很正常。大部分人对于性知识的获取都来自这些乱七八糟的影片，毕竟这是人的一部分，会本能地产生好奇，人人都一样。我们是学表演的，对于‘两性动作片’的表现，我们是有专业课程的，是吗，优等生，姚同学？”

“你的专业课学得乱七八糟，偏门的东西倒是记得清楚。”

商锐唇角上扬，随即绽放出一个灿烂的笑。他坐在桌子上荡着一条长腿，笑到撑桌弯腰，他的姿势让肩胛骨凸显，薄薄的T恤下面显露出清晰的轮廓。

“那总不能一样都不学。”商锐直起身，一条长腿支着身体，往墙边斜了一下，懒洋洋地靠着，“姚同学，聊聊呗。”

“聊什么？”姚绯不想走到他那边去，她现在对男人有阴影，“你把烟扔给我，还有打火机，我想抽一支烟。”

商锐注视姚绯片刻，拿起打火机和烟递给她。白色烟盒上叠着打火机，就在他的指尖上。“你怎么不来拿？”他说。

“我不想。”

“不想碰我？”商锐问得很直接，随即挑着语调说道，“你锐哥也是很矜持的，又不是你想碰就能随便碰。我碰不到你。”

短暂的沉默，姚绯抽走了烟盒和打火机，取了一支，点燃，拉过一把椅子坐下：“说实话，那些东西让我恶心。”

“你选的这部，正常人都会觉得恶心。”商锐说，“你不应该找这种来看，苏洺那种老司机喜欢的东西跟我们需要的不一致。《盛夏》是唯美爱情戏，追求的亲密戏也是美的，重点是美感，不会要我们做到什么地步。而且依夏瑶的人设，她和盛辰光都是第一次，他们不是老司机。”

商锐避开了姚绯不想聊的部分，选择了两个人都能接受的话题。他感受到了姚绯的厌恶——那种强烈的排斥感。

在没有看到姚绯之前，他可能存了其他的心思。但看到了姚绯，她站在面前，他没办法把那种粗暴的东西定义为“性”，也生不出其他的念头。

或许，他有点心疼。

没有人教姚绯成人，没有人教她长大。她一个人默默地生长，活得乱七八糟。

商锐说的那些关于影片的部分是从其他影视上看的，他对性知识的了解并不是出自那些。商家对他保护到了极点，生怕他被人诱拐，做出什么不可挽救的事。他在什么都不懂的时候就被安排了生理课老师、心理咨询师，从头到尾给他系统的教学，甚至还安排过一些片子让他看，以便于判断他是否有什么极端取向，好及早梳理开导。这就导致他的青春期没有好奇的阶段，直接成人，而且毫无想象。

他后来开酒吧，跟一群富二代一块儿混。他见过的太多了，对姚绯看片，他并没有太大的感触，只是觉得很好笑。她怎么那么傻，居然能连错蓝牙耳机。

她这么做会被当成性骚扰。

看到姚绯吐，他敛起了笑。

“我们都是成年人，又是搭档，交流这些很正常。”商锐斟酌用词，说道，“不喜欢就换个喜欢的，并不是都那么——丑陋。你需要产生美的幻想才有教学效果。不然看吐了，你内心更排斥，回头怎么拍？这种阴影甚至会让你排斥我，我们的戏都会受影响。姚绯，这很严重。”

烟草压下了姚绯心中躁动的凶兽，她渐渐沉入平静，看着商锐的眼。半晌后，她揉了一把头发，问出了一个很困惑的问题：“有美好的吗？”问完她觉得不太合适，可惜没有撤回键，于是她皱了一下眉，“当我没说。”

商锐想了想，认真道：“如果不是美好的，世界上那么多爱情，那么多夫妻，他们为什么要结婚，为什么要在一起？性是爱情的一种具体化表现吧，和接吻差不多。爱情是美好的。”

商锐家的教育太极端了，以至于他之前对这个确实没什么兴趣。他真正意义上的有冲动，还是上个月，他和姚绯在对戏，姚绯扮演他的女朋友，抬眼看他。那瞬间他清楚地感受到了，非常清晰，直接，具有冲击力，有灵魂都在颤抖的那种疯狂冲动。

这种疯狂配合着性，就很令人向往了。

“需要爱情的铺垫，性才能美好。”商锐的嗓音沉了下去，凝视姚绯的眼，“没有前者，那跟动物有什么区别，能不恶心吗？不过是两只动物。”

他们对视，姚绯产生很奇异的感觉。

商锐长得很英俊，也很高大，他有力量，很强悍，姚绯之前在沙滩上第一下没撂倒他。他会健身，可能也学过一些防身术，他是个出门会随手往裤兜里揣枪的男人。无论是从什么角度看，商锐都不会让人产生性别认知错误。他是一个男人。

姚绯恐惧男人，却对他从来没有产生过真正的恐惧——包括最讨厌他的时候——她只是不喜欢商锐，却不会觉得商锐会侵犯她。商锐身上有种很奇怪的气质，让人觉得他永远不会侵犯女性。

哪怕他们聊着最隐私的话题，他也是那个模样——保持着一定的距离，给予她一定的空间。

这是一种很奇怪的气场。

“你别看这些了，回头给你找找真正的教学材料。”商锐从桌子上下来，直起身，单手插兜，迈开长腿往门口走。他定力没那么好，再聊下去，他怕今晚不想走了。“如果你还是恶心、排斥，我可以帮你找心理咨询师，国内最权威的心理咨询师，绝对保密，会签保密协议，透露客户的隐私需要负法律责任。不管是谁，有没有权势都看不到咨询内容。你早点睡，不要想太多。今晚的事我也不会告诉第三个人，虽然这也没什么好说的，人之常情而已。”他说。

商锐走到门口停住脚步，回头：“姚绯，我们是——”他顿了一下，到底还是含蓄了，他需要给姚绯留点空间，“朋友，没什么不能说。”

房门关上，房间恢复平静。

姚绯低着头抽烟，一支烟抽完，她把烟头摁灭，扔进烟灰缸，起身走到浴室里重新洗漱。聊天是很好的转移焦虑的方式，至少对她很有效。

洗漱好再回到床上，她已经没有把电脑扔出去的冲动了。她怕蓝牙还连在商锐的耳机上，强制关机，重新启动，商锐的蓝牙耳机已经断开连接。姚绯把商锐的耳机移除记录，关闭电脑，躺进了被子。

这里没有网络，手机里没有多余的信息，世界一片寂静。

姚绯关掉灯，闭上眼。

房子的隔音不太好，海浪声混在海风里，遥遥传来。她的脑子里，怪兽忽隐忽现，生龙活虎，她没什么睡意。

她对性确实没什么很好的观感，她很厌恶这种接触性的行为，极度厌恶，是会做噩梦那种。她一开始连接吻都很排斥。她当初焦虑于拍吻戏，就是怕和商锐拍吻戏时吐了。也是很意外，没吐，拍得很顺利。

她今晚的心情很乱，整个人都很糟糕。直接的冲击让她难受，她无法不去想曾经那些人的目的——原来比想象中的更恶心。

窗户玻璃响了一声，清脆悦耳。

姚绯睁开眼，以为是风吹沙子打到了窗户玻璃。随即又响了一声，很有节奏。慢悠悠的敲玻璃声，缓慢清脆，有些悦耳，像是风吹风铃。

一开始是凌乱的敲击，渐渐地成了调。

姚绯看向窗帘的方向，她的隔壁住着商锐。商锐吗？

熟悉的音律响了起来，响在寂静的深夜里。

渐渐地，姚绯听清楚了，她跟着有节奏的玻璃敲击声，轻轻地念出了歌词："一闪一闪亮晶晶……"

儿歌，《小星星》。

玻璃在风里缓慢地、有着节奏地吟唱着儿歌，清脆悦耳。姚绯在黑暗里扬起了唇角，继续跟着往下念歌词，忽然想到这首儿歌最初版本里的一句歌词："Thanks you for your tiny spark..."

她想，这句话在她这里可以翻译成：感谢你在黑夜里亮起的微光。

姚绯在《小星星》的音律中睡着，被敲门声吵醒。屋子还暗着，她开了灯，皱眉爬起来，拉开门就看到一张熟悉的、俊美的脸。商锐到底是一夜未睡还是起得早？这作息也太疯狂了。

她揉了一下眼："几点？"

天还没亮吧？

"五点。"商锐鼻梁上架着墨镜，在走廊昏暗的灯光下打了个哈欠，"换衣服，去看日出，再晚就没了。"

姚绯咬着牙刷时清醒了几秒，为什么要看日出？但本能已经让她刷完牙，洗干净了脸，涂上一层保湿水，换上运动装跟商锐出门了。

今天早上不拍摄，看日出的时间还是有的。

那去吧。

义无反顾。

天边还是青色的，空气中有着海水的潮气和太阳炙烤下未散的炽热，有一点闷。商锐坐上一辆越野车，打开了车灯："上车。"

"去哪里看日出？"姚绯上车，拉上安全带。

"山顶。"

车灯大亮，商锐握着方向盘倒车，随即，线条彪悍的越野车飞驰出了酒店的停车场。

“为什么要看日出？”姚绯打了个哈欠，还没睡醒。

车窗降下，风灌了进来，吹乱了她的长发。

商锐唇角上扬，修长的手指搭在方向盘上，他低缓的声音落在风里，悠扬低沉：“你猜。”

我还不乐意听呢。

姚绯趴在车窗上，在风里眺望遥远处青色的天边，眯着眼。

“我没有这么郑重地看过日出。”

“我也没有。”商锐说，“我以前觉得看日出很傻。大好时光不睡觉，用来看每天都会升起的玩意儿，还要发表感言，太装了。”

姚绯：“……”

商锐敲了一下方向盘：“昨晚我没睡，忽然很想看看日出是什么样。有人告诉我，爱情就像是天上的太阳，我觉得这个形容很棒。姚小绯，我们去看看这爱情初升的模样。把你脑子里的垃圾清理干净，去看看真正的爱情。”

姚绯回头看商锐，昏暗的天光中，他戴着墨镜，俊美的侧脸棱角分明，高挺的鼻梁映出阴影。他抿着薄唇，下颌线依旧是高傲的弧度。

“是吗？”姚绯恍惚了一下。

“不要为垃圾难过，垃圾的归宿不是你的心里，而是垃圾桶。太阳高悬在空中，仰起头就能看到，你仰起头看，别总低着头。”

姚绯再次趴到了手臂上。“你一夜没睡？”她提高了声音，“为什么？”

“你让我听了五分钟垃圾，对我单纯的心灵造成了严重的伤害。而且，你没有道歉，我心情很不好。”商锐的模样一点都看不出心情不好，他的手指有节奏地敲着方向盘，“我睡眠质量本身就很差，你该怎么补偿我？”

“抱歉。”姚绯说。

“没有诚意。”商锐慢悠悠道，“这是非常差劲的道歉。”

姚绯把脸埋在手臂里，任由劲风吹得头发飞舞，不再搭理他了。

越野车飞驰在盘曲的公路上，他们迎着清晨的风开往山顶。山顶有一片空地，天边已经泛起了白。姚绯下车，踩着杂草走到了边缘。脚底下就是一望无际的大海，与天相连。

姚绯从来没有这么单纯地看过日出，不是为了工作，单纯是看天亮，看太阳升起。这是她的时间，这是她的世界。

身后“铮”的一声——乐器的声音。

姚绯回头看到商锐依旧戴着墨镜，拎着一把尤克里里。他穿着T恤、短裤，手肘上的血痂就那么裸露在外面。他也不怎么在意，姿态张扬又潇洒，举手投足之间都是那么恣意。

商锐靠在越野车的引擎盖上，抱着尤克里里调了一下弦，唇角上扬，嗓音缓缓的，低醇："你锐哥唱歌很贵的，今天，为你开一个嗓。"

"多贵？我看我买不买得起。"姚绯抱臂站在悬崖边，抬起了下巴，风吹着她的头发，她的眼睫毛动了一下，但很快就压下所有的情绪，"买不起我就不听了。"

商锐玩乐器时很有魅力，姚绯第一次看他的舞台表演时就知道。他在舞台上有种不一样的魅力，那种魅力无法复制，也无可替代。每次看到商锐这样，她也能理解商锐的粉丝为什么那么排斥他去演戏，而想把他焊在舞台上。因为他拍戏时会收敛那种狂野张扬，只有在舞台上，他才是真正的商锐。

"买不起的话，以身相许吧。"商锐摘下墨镜搁在车上，语调懒洋洋的，拨动着尤克里里的琴弦，长腿随意支着，抬眼看向姚绯，"怎么样？"

"不卖身，谢谢。"姚绯在晨光中看着他。

"卖一次吧。"商锐有一搭没一搭地拨动着琴弦，笑着说，"卖一次，我送你专属定制音乐。"

姚绯转过身看向海面，天边已经泛起了第一道红。

"买不起，您别唱了。"

"遇到你的二〇一三，清晰得仿佛就在昨天。"

姚绯怔怔地回头看向商锐。

商锐靠在车上，修长、骨节分明的手指拨动着尤克里里的弦。他垂着浓密的睫毛，嗓音温柔低醇，合在尤克里里的音色中，十分好听。

"你是那么闪亮耀眼，犹如星星闪烁在天边。

"漆黑的夜晚有了光，时光机载着你穿过了梦。

"你拥有了广阔蓝天。

"江寒孤影御刀行，绝美人间。

"颁奖台上的少年，风光无限。

……

"世间凉薄无边，恶意妄言毁人不倦。

"真真假假，看不到一手遮天。

……

"漆黑的夜空没了星，时光机坠下了梦。

"你站在二〇一三，守着一个人的影院。"

清晨的山顶有微风吹动着姚绯的发梢。她看着眼前的男人，视线渐渐模糊。

她不喜欢商锐，从来都不喜欢商锐。

商锐太盛气凌人，跟她不是一个世界的人。商锐是恣意张扬的，不食人间烟火，活得随心所欲。他永远不会俯身看人，他永远高高在上。

这世界没有众生平等，只有三六九等，商锐是金字塔最上层的人。姚绯在最底层，沉在海底的黑暗之中。

他们天上地下，云泥之别。

他又重复了一遍前面的歌词，悠悠扬扬的歌声飘在山顶。

“——恶语伤人六月寒，你消失在了茫茫黑暗。

“离开的第七年。

“少年手持长剑，重现人间。

“拨开浓雾天光现，今日阳光灿烂。别再害怕天黑路暗，往后都是晴天。欢迎回来，我——”商锐卡了一下，把“我”改成“勇敢的少年”。最后一个音调落下，商锐偏头看向太阳，下颌到喉结拉出修长漂亮的线。

他唱歌时表情张扬肆意，完全地放开自己。白皙漂亮的指尖敲了一下尤克里里，发出轻响，他仰起头看跳出地平线的金色的阳光，修长的手臂撑在车身上，扬声道：“看到了吗？姚绯，太阳出来了，今天是一个崭新的晴天。”

姚绯越过商锐看到夺目的金光落到大地之上，世界被映得一片灿烂。

商锐唱歌很好听，非常好听，姚绯第一次听他唱慢歌。可能是抽烟的缘故，他的嗓音没有那么清亮。但恰好是那种沙哑让他唱慢歌变得格外地有魅力，缓慢悠扬，仿佛浸在陈酒里，沾上了酒香，令人沉醉。

她不知道到底是商锐更入戏还是她更入戏，她看着商锐被太阳映成金色的发丝，俊美的五官在太阳底下清晰分明。他的桃花眼深邃，里面有着暗沉的情绪。

太阳彻底升起，整个山顶落在炽热的阳光中。商锐取了一支烟咬着，低头点燃，一缕白色烟雾缓缓升起，他握着尤克里里姿态慵懒地靠在车身上，唇角上扬：“昨晚写的，还没取名，不如就叫‘看黄片被抓包的少年’吧。”

姚绯：“……”

商锐说完，自己先笑了起来，他的手指间夹着烟，靠在车身上，眉眼飞扬，唇红齿白，笑得异常灿烂：“如何？姚绯，我写歌和唱歌都很贵，你打算付我多少费用？”

姚绯走向商锐，一直走到他面前。她拿出烟盒，取了一支烟，却没有点燃。她偏了一下头，看商锐，嗓音很低：“借个火。”

商锐把打火机递给她，他半仰在车上，笔直修长的腿懒散地敞着，一只脚随意支在车前保险杠上：“这首歌就叫‘晴天’吧。其实我更喜欢拿吉他或者钢琴来写歌，可这里只能找到尤克里里，时间紧迫，只能这样了。等回去，我再修修。”

姚绯抿了一下唇，没有接商锐的打火机，还是看着他。

“要我帮你点烟？姚小绯，你很会得寸进尺。”商锐靠坐在车引擎盖上，把烟放到了唇间，懒懒散散地叼着，打算给姚绯点烟。

姚绯的手落到他的身侧，她咬着烟倾身靠近商锐。

天地静谧，太阳炽热。

姚绯的两只手撑在车引擎盖上，低头把白色烟头对准了商锐咬着的烟，抬了一下睫毛，清澈的眼看他，声音很低："吸一下。"

商锐怔怔地看着她，姚绯垂落的长发碰到了他的手。他吸了一下，烟头亮了起来。

姚绯在他的烟头上点燃了烟，一缕白烟缠绕在两个人之间，商锐唇间的烟飘下了烟灰，纷纷扬扬，落进了风里。他还看着姚绯。

她退回去靠在车头，拿下了烟，嗓音很低："谢谢。"

商锐扔掉尤克里里，放下修长的腿，转身把姚绯抵到了车的引擎盖上。炽热滚烫的男人身体近在咫尺，他一只手夹着烟垂到了车上，另一只手落到了她的腰间，他猛地往前一步，腿抵着她的腿，强势地压着她。

他的桃花眼深邃黑沉，呼吸变重了，喉结滚动，嗓音哑然："你在撩我。"

这不是疑问句，是肯定句。

姚绯靠在车上，抿了一下唇，嗓子有些干。她没有说话，只是静静看着他。

商锐有力、修长的腿贴着她，他们靠得非常近，近到呼吸交缠，炽热和疯狂一寸寸侵蚀着彼此的理智。

姚绯的长发随风飘荡，荡到了商锐的手臂上，痒意缠绕着心脏，勒得人喘不过气。他扔掉手上的烟，揽住姚绯的后颈就吻了下去。

姚绯没有闭眼，她很想找出一点恶心感，然后把商锐踹出去。

从此一刀两断。

未果。

她抬起夹着烟的手，搭上了商锐的脖子，烟灰随风飘荡。她抱紧商锐，闭上眼，与他疯狂地纠缠。

他们接了个漫长的吻。

太阳光从柔和到炽热到滚烫，炙烤着大地。姚绯靠在车前盖上喘息，手指死死撑在车引擎盖上才不让自己失态。手指触到温热，她抬了一下微湿的睫毛，目光落到商锐沉黑的眼中。

商锐接过烟放到唇间很轻地吸了一下，只剩下最后一截，他和姚绯抽了同一支烟。薄雾浮在空气中，他掐灭了烟头，唇角上扬。

淡薄的烟雾从他的唇间缓缓溢开，飘荡在他的眼前，有一丝似乎浸到了他的眼眸深处。他的眼雾蒙蒙的。他俯身，长手撑在姚绯身侧，凝视她，嗓音沙哑："你恶心我吗，姚绯？"

姚绯垂下了睫毛。不恶心。

商锐低笑，沾着烟的唇贴了一下姚绯的额头："如果你没办法消除掉心里的一个阴影，那就用一个更加强烈、美好的记忆来替换。炽热的太阳，你的专属音乐，美好的清晨，你和我的吻，总有一样能超越那些阴影吧？太阳足够炽热，阴影就不会存在。”

他把手掌放在姚绯的头发上，钩着她的一缕发丝，缠绕着。

想想我，想象你对我的爱。

是不是会好很多？你是喜欢我的，我跟别人不一样的。

“我是男人，可不是普通的男人，我是商锐。”你接受不了别人，你接受得了我吧？

“并不是所有男人都会伤害你。”商锐揽着姚绯的头发，把她按进怀里，“接吻那些都是爱情的附赠品而已。这些，我说了我们可以交流，在我这里，一切都可以交流讨论，我会为你保密。”

他不问姚绯为什么恶心，他也不问她为什么过不去。

他写了歌给姚绯，写这世间凉薄。

姚绯推开商锐，仰起头：“谢谢帮我调整状态。”

那一幕非常震撼，有个人为她一夜未眠，给她唱歌，歌词是她，曲调也是她的。人生能有几个这样的时刻？清醒是清醒后的事。

阳光足够强烈，便能驱散所有的阴暗。

商锐把手垂下，插入短裤的裤兜，偏头注视她片刻，往她那边歪去，声音又低又哑：“只这么谢呀？”

“你唱歌很好听。”姚绯想了想，说道，“歌词写得很好，是我听过最好听的歌。”

商锐忽地就笑了，眉眼飞扬，笑得快覆到了姚绯身上才撑住：“你的鉴赏能力很棒，保持住，记得要永远欣赏我。”

商锐因为“唱歌难听”和“写词垃圾，不配被称为原创歌手”这些事也上过几十回热搜，除了商锐那些没有底线爱他的粉丝，现实中大概只有姚绯一个人认认真真地听他唱歌，认认真真地欣赏他。

商锐收回手，拿起车盖上的尤克里里，随意拨了一下，闲散地拨出《小星星》的旋律。他恣意地迈着修长的腿，站在阳光下，眉眼张扬，修长白皙的手指按在琴弦上：“Twinkle twinkle little star，how I wonder what you are...”

他唱儿歌有种特别的美感，嗓音偏沉。

他站在阳光里笑着拨动琴弦，笑着唱歌。他的声音很低很温柔，姚绯觉得自己快溺死在这炽热的阳光里了。

“昨晚是你敲的？”姚绯看着他，不由自主，目光就想往他身上落。

商锐唱完最后一句，拎着尤克里里：“好听吗？”

“敲的是窗户玻璃？”姚绯看着商锐的手指，他长着一双玩乐器的手，手指比寻常人更长一点，指骨清晰。

“有玻璃，也有其他的，窗户、杯子、酒杯、碗筷，每一种音都不同，所以一开始敲出来的音很乱，我在调音。”

“你会很多乐器？”姚绯的目光从他的手移到他的鼻尖。他过来后晒黑了一些，但总体还是白的，皮肤很好，比大部分男人都精致。

“我小时候学小提琴，小提琴学的时间最久。学钢琴是为了造人设，钢琴王子什么的比较有格调。我刚出道时，蔡伟打算把我打造成优雅贵公子。”商锐的睫毛在阳光下呈金色，闪烁着光芒，“吉他和架子鼓都是我自学的，尤克里里和吉他的弹法差不多。怎么样？”

姚绯不懂乐器，她唯一碰过的乐器是二胡。

“很好听。”姚绯很诚恳地给出了一个外行人的评价，“我不太懂，但很好听。”

“好听就够了。”商锐转身，撑着车前盖一跃坐了上去，长腿随意踩着车前保险杠，看向另一边的海面。海水被太阳照得波光粼粼。“用耳朵去听音乐，认为好听，这才是音乐存在的意义，好听是最高的评价。”他说。

太阳晒得姚绯身上炽热，她看了一眼近在咫尺的男人。关于昨晚的突发事件，她想过很多可能，但她没想到商锐会这么认真地对待这件事。他认真地跟姚绯分析了一通看片的意义，又一夜没睡，给姚绯写了一首她的成人歌。姚绯可以把这首歌叫作她个人的成人曲，二〇一三年《寒刀行》上映，她横空出世，到了众人面前。

风光的时间都没有一年，没到年底就结束了，她的一切都停在二〇一三年。

守着她一个人的电影院。

没有人再走进她的电影院。

她不懂写词，不懂音乐，她只听懂商锐把过去和未来都唱给她听。

你听啊，你何其珍贵，谁都不会把你的光芒覆盖。

你听啊，春夜蝉鸣，繁星璀璨，别害怕长夜。夜晚过去，太阳升起，今天是个好天气。

我登上了你的孤岛，你要不要来个欢迎仪式？

他们认识了半年，相处了不到两个月。

两个月前他们还把对方恨得咬牙切齿，呼吸同一片空气都嫌硌硬。

“不回去吗？”姚绯问。

“回去做什么？”商锐的手撑在身后，仰起头看没有太阳的另一半蓝天。

“补觉。”姚绯转头看他，看到他眼睛底下有黑眼圈。

“我的睡眠质量不好，白天睡不着。”商锐的长腿落地，下了引擎盖，直起身伸了个懒腰。他身高手长，修长的手臂绷得笔直，T恤被拉上去一截，露出精壮的腰身，短裤松松垮垮地挂在胯骨上。腰上沟壑清晰分明，看上去十分有力量。

“睡不着也闭眼躺着，不然下午拍摄状态太差，导演会骂。”姚绯也离开了车引擎盖，太热了，她绕到驾驶室拉开车门，“我开车。”

商锐把尤克里里放到后排，绕到副驾驶室拉开车门，坐进去：“别飙车，车里坐着两个璀璨的大明星，出事了，娱乐行业该多寂寞。”

姚绯笑出了声：“内娱当红大明星，你系好安全带。”

“国际巨星，你也把安全带系好。”商锐放低了座位，枕着手臂转头看姚绯的脸，她的肌肤在白色的阳光下呈现出瓷白色，眼睫毛很长。商锐抬了一下长眉，嗓音沉沉，语调缓缓，“开得不好，我可是会给国际巨星差评的。”

您闭嘴吧。

还没下山，号称“睡眠质量很差，白天睡不着”的商锐已经睡过去了。

姚绯把车停到路边的阴凉处，放下车窗，静静地发呆，等待商锐睡醒再开回去。

商锐睡得昏天暗地，十一点半都没醒。这种睡眠质量叫差的话，这世界上大概没有睡眠质量好的人了。

在这里，手机没有信号，通信全靠吼。姚绯怕剧组的人担心，开车回剧组，刚到基地门口就看到了蔡伟。四目相对，姚绯踩下刹车，隔着车玻璃跟蔡伟对视片刻，开锁的同时降下车窗，说道：“我们去山上看日出，他睡着了，就在山上停了一会儿。”

“他在车上睡着了？”蔡伟看了一眼副驾驶位上睡得很踏实的商锐，压低声音，“他睡眠质量不太好，那你慢点开车，找个地方停车。别管他，让他在车上睡吧，谢谢了。”

商锐居然在这么简陋的条件下睡觉，他不挑了？平时稍微有点不满意就睡不着的。

蔡伟有一万句脏话要说，最后也只是微笑着目送姚绯离开。他站在车边，一支烟还没抽完，商锐睁开眼，抬手搭在额头上，嗓音沙哑：“她什么时候走的？”

“两分钟前。”蔡伟说，“醒了？”

“脖子疼。”商锐揉了揉脖子，他隐约感觉到姚绯离开了，心里忽然很空，睁开眼，身边果然是空的。

“下午拍摄不了，你回房间睡吧。”蔡伟说，“要不你继续在车内睡也行，车内好歹有空调。刚接到通知，岛上停电三天，已经停了。”

商锐蹙眉：“停电？”

“剧组带的发电机还在镇上，以为这边没事，想太多了。”蔡伟摁灭烟，说道，“有的耗了，后面估计还有台风。”

蔡伟眼看着商锐笑了起来，商锐躺在车里捂着脸，笑得唇角上翘。

蔡伟拧眉：“哥，你没事吧？”

“没事。”商锐放下手，眼内笑意未散，带着一点慵懒的潮意，“挺好的，最好在这个岛上待一个月。”

蔡伟：“……”

到底是谁前几天因为岛上没网络想飞离海岛？

“锐哥，你和姚绯，真的没事？”蔡伟压低声音，蹙眉，“你现在的状态很危险啊。”

“有吗？”商锐推开车门下车，蔡伟被迫退后两步，他单手插兜往楼上走，淡淡道，“那就让暴风雨来得更猛烈些吧。”

蔡伟：“……”

由于台风波及，岛上停电四天。闷热潮湿的天气，除了姚绯和商锐，几乎所有人都被焦虑笼罩。

除了拍戏，没有什么事能让姚绯放在心上，生死无所谓，没网络也无所谓，她对恶劣环境向来不会产生焦虑。商锐又给她送了几本心理学方面的书，关于性，关于人。书倒是比影片有意思，姚绯看得入迷，几乎不出门。商锐大半时间也在这边，姚绯看书，他在旁边玩乐器，或者写点发出去肯定被全网吐槽的酸词。

商锐在姚绯面前玩乐器很自在，姚绯不会吐槽，也不会用讽刺的眼神看他。她会用很认真的眼神看商锐弹琴，商锐弹完，她的回应永远是“真好听”。

那种欣赏是从眼底深处散发出来的，很自然，没有一丝一毫作假。在她面前，商锐经常怀疑自己是创作天才。

可能她是情人眼中出西施，商锐在心里下了定论，也就不避讳在姚绯面前写歌。

商锐弹一段乱七八糟的调，她也不会吐槽他，而是把脸埋在书里笑。

其实商锐在这方面有点自卑，他出第一张专辑时被全网吐槽，欣赏声和骂声五五开。这个五五开是蔡伟说的，在商锐看来，是被全网嘲讽。

他那段时间挺抑郁的，写什么发出去都有人吐槽油腻，吐槽土，吐槽他是小学生水平，吐槽低品位，吐槽商锐的粉丝更低品位才会欣赏这么低品位的音乐。反正商锐相关的所有一切，都值得吐槽。

他只出了一张专辑就封笔了。

出道六年，商锐并不是很喜欢那些写过的歌。但每次商演，他就像故意跟自己作对似的，唱他那几首被吐槽成狗屎的歌。

他再也不写新歌了。

其实他的专辑卖得不错，出专辑那一年正处于碟片和数字唱片转换的时代，他那张专辑的碟片卖了两百万张，数字版上线后，又卖出了五百万张，在销量榜上待了一年。

他的歌足够直白足够疯，有一部分人就很喜欢。

蔡伟对这块市场很看重，一直劝他写歌再出专辑，别管别人怎么骂。他很赚钱，市场决定一切，骂人的只是少数。可商锐写不出来了，连口水歌都写不出来。

他坐到工作台前就焦虑，他大量地抽烟，把嗓子抽坏了，再也唱不了高音。

一张白纸上有一块污渍，敏感的创作者只会盯着那一块污渍看。

他亲手结束了自己的歌手生涯。

可能原本也不是多么爱，他写歌单纯是因为傲慢，不想唱别人的歌，年少轻狂，不知天高地厚。他要亲自写出传世经典，让别人唱他的歌。事实证明，他是想得比较多。

对于商锐来说，对唱歌还没有对表演的情怀深，不做歌手也没什么遗憾。

他的人生就是随波逐流的，漂到哪里是哪里，撞到什么是什么。他很少强求什么，也没太深的欲望。

“你要看片吗？”

商锐咬着没点燃的烟缓缓抬眼看向姚绯。

姚绯已经打开了电脑，坐在椅子上输密码，说道：“我觉得，我可以了。”

空气寂静，窗外乌云翻涌。闷热的海岛，空气都像在灼烧，她却仿佛漂在天山池水上的浮冰。

漫长的沉默，商锐拿下烟扔到了一边的桌子上。黑眸深沉，他长手撑着小沙发缓缓地跪坐起来，喉结在寂静中滑动。由于这两天他天天跑来姚绯的房间，他把小沙发也搬了过来。

“看。”

看是要看的，但不是看姚绯电脑里的东西。商锐回房间拿了电脑，他的电脑里有几部唯美向的片子。

商锐搬来电脑，姚绯拿出纸质笔记本。

窗帘都没拉，没电，拉了窗帘姚绯就看不清纸了。商锐转头盯着姚绯的脸，姚绯看片是真的看片，没有一点杂念，不带一点其他的想法。

其实作为演员，看片很正常，演员要表演一些没有经历过的东西，只能通过观察细节代入表演，这样才能拉观众入戏。

姚绯一边看还一边跟商锐商量这场戏怎么拍，怎么代入感情比较准确。她邀请商锐看片是因为他们搭戏需要沟通意见；另一方面，他们要提前适应这种状况，以免拍戏时尴尬。

看了五分钟，商锐面无表情地起身回房间冲澡，没有再回来。

姚绯看完了两部片子，说实话，并不好看，唯美向的也不是很美，只是没那么恶心而已。看的过程中，她会在脑子里自动替换山上的画面。

商锐靠坐在车上，抱着尤克里里，在阳光下恣意潇洒地唱着歌，干净纯洁，一尘不染。

果然，好接受多了。

男主角长得都不太行，身材比商锐差多了。

台风尾扫过小岛，小岛刮了三天的风，第五天才恢复光明。剧组要清理现场，重新搭建摄影棚，正常拍摄时已经五月中旬了。中间由于导演和夏阳发生冲突，夏阳提前离组，后面的戏份改了一些，拍摄时间又延长了。

剧情里，盛辰光和夏瑶在热恋期如胶似漆，除了要走的剧情，两个人恨不得一天二十四小时黏在一起。姚绯和商锐接吻的次数已经多到和吃饭喝水的次数差不多了。

亲密戏是在五月二十六日拍摄的。

两个主演在拍摄的早上才拿到详细剧本，现场已经清空了，只剩下灯光师、摄影师、收音师、导演，还有主要参与的人，一共十几个人。

姚绯穿了件男式白衬衣，湿漉漉的长发散着，外面裹着一件浴巾。从她走出来，商锐的目光就沉了下去，随即眉头紧蹙。其实她里面还穿着防走光短裤，只是衬衣过于长，看起来她是裸着腿的。她的腿非常漂亮，笔直、修长、白皙。

“从浴室这里拍，在浴室接吻，然后盛辰光把夏瑶打横抱起来走向了卧室。抱一下，看看感觉。”

商锐往前走了两步，挡住其他人的目光，往下看了一眼，蹙眉不悦道：“这个姿势会走光。”

“不拍她，只拍你的背。”导演说，“摄影机不会往下面拍，试一下。”

姚绯的心理素质还算好，演员的基本素养让她可以把这里的所有人当成空气，面前只有商锐。她和商锐是一起看过片的关系，羞耻感就更少了，这也是她拉商锐看片的原因。不然直接来拍戏，克服不了内心的尴尬，根本没办法做其他事。

有些东西，摸到底线后就很好接受了，这也是一部分导演喜欢演员进组后直接拍亲密戏的原因，拍完后，做什么都没有心理障碍了。

只是面前的商锐太严肃，他俊美的一张脸凝重深沉，身上有着很淡的香水味。他用了木质香调的香水，姚绯送的。他在姚绯身边站了一会儿，抬了一下睫毛，问道：“你多重？”

“进组前八十六斤。”姚绯注视着商锐。

他穿着衬衣、长裤，衬衣的袖子随意地挽起来，他的手臂做了遮瑕，看不出伤。他没有戴眼镜，桃花眼深邃冷刻。他入戏了，身上有着盛辰光的冷肃。

姚绯想抿唇，但怕把唇妆抿掉了，也就没有做任何动作，认真看他：“最近没称。”

摄影棚没有空调，空气燥热，他们靠近，肌肤似乎被热融化，黏在一起了。

“我的手可能会往上按住衬衣下摆，”商锐注视着姚绯，嗓音偏低，缓缓道，“以防走光，会碰到你的大腿皮肤。”

“我知道。”姚绯喉咙动了一下，“来吧。”

“紧张吗？”商锐若无其事地从裤兜里摸出一颗糖，和他们第一次接吻时吃的是同一个牌子同一个口味，他撕开糖喂到姚绯的唇边。浴室潮热，他的睫毛又暗又沉。“别紧张。”他说。

如果你的手没有抖，我都信了你这句话是安慰我。

姚绯咬走他指尖上的糖，鬼使神差地问了个问题：“你是第一次？”

“怎么可能，商小爷我经验丰富，”商锐移开眼，把糖纸递给旁边的助理，轻嗤道，“身经百战。”

“你跟你的手百战吗？”导演毫不留情地拆台，看了他一眼，“你可以吃个糖调整一下情绪，拍摄时吐掉就行，你太紧张了。”

商锐在片场拍亲密戏的时候只会吃糖。他很少在接吻前抽烟，抽烟有味道，他怕姚绯不喜欢。不是特定场景，他不会对着姚绯抽烟。

剧组这些人基本上都摸清他的脾气了。

“我替姚绯紧张。”商锐坚决不承认紧张，一张俊美的脸冷若冰霜，只是那睫毛微微地动了一下，随即覆在了肌肤上，他的唇抿成了线。

“先试一下公主抱，一会儿别抱不起来。”司以寒无情地吐槽他，顺便分散一下他的注意力，他的紧张太明显了。

“你们出去。”商锐环视四周，看到站在浴室上方的打光师，道，“打光师也先出去，我们试一下走位。”

所有人看向导演，导演示意：“都先出去，给他们点入戏时间。”

小浴室空了下来，姚绯抬起眼看他。

她的眼睛很漂亮，清澈干净，她在尽可能地入戏，她的眼里有着很浓的眷恋，他们等这一天很久了。

爱情的表现方式，来了。

浴室里的潮热混着糖果的甜和香水味，丝丝缠绕，闷得人喘不过气，空气似乎停止了流动，没有了宣泄口。

商锐忽然打横抱起了姚绯，姚绯吓了一跳，随即抬手攀住他的肩膀，咬着糖仰望着他。

已然是入了戏。

商锐想到他们第一次对戏时，她坐在椅子上问商锐他的女朋友是什么样，她说：“这样吗？”

她仰着头看商锐。

又纯又欲。

姚绯很轻，身体很软，有糖果的甜味，她的肌肤触感太好了。

商锐背对着众人，修长的手指按住姚绯的衬衣下摆，指尖碰到她滑腻的肌肤。

柔软，犹如上好的丝绸。

“走个位，抱着她出来，放到床上。”导演说。

商锐在所有人都看不见的地方，低头，靠近姚绯的唇，嗓音沉到气音：“糖别吐，我要。”

两个人的唇几乎贴上了，姚绯努力让脑子清明记着导演说的走位，抬手攀住商锐的脖子，靠近他，亲他的脖子，声音轻得仿佛一碰即散。

“好。”

正式拍摄后，他们 NG 了两次。一次是在浴室，商锐一不小心把手往上放了些就停住了动作，他卡住了。

导演喊了停。

第二次是在床上，这回是姚绯的问题。

商锐背对着镜头，面对着姚绯，被子落在腰间，背部轮廓分明，沟沟壑壑清晰、性感。

姚绯垂眼看他，他的裤腰松松垮垮地挂在好看的胯骨上，他的身材极好，腹肌结实分明，腰侧沟壑阴影延伸进了衣服深处。他的腿修长笔直，半跪在床上，埋在燥热的被子里。

姚绯看到了他的反应，愣了一下。

于是又 NG 了。

“怎么回事？”导演要上前。

“等会儿。”姚绯的大脑一片空白，本能地拉衣服挡住商锐，说道，“等一分钟，抱歉。”

她以为一起看片是极限了。

商锐俯身贴着姚绯的耳朵，用只有他们能听到的声音：“我有生理反应了。”

姚绯听到，脑子里有一根弦断了，“嗡”的一声。

“你看到了吧？”他的手指刮过姚绯白皙的额头，感受到她身体僵硬，“生理反应，我也没办法，淡定点。来，假装没看见。我们尽量一条过，我不喜欢被这么多人盯着。”

他不知道是在安抚姚绯还是在安抚自己，他贴着姚绯的脖子，亲了一下，又亲姚绯的耳垂：“小姚绯。”

灼热的呼吸烫到了姚绯的肌肤。

姚绯咬着齿间的硬糖，缓缓地深呼吸，调整心跳，可无济于事。

她偏了一下头，想拒绝商锐咬耳朵，商锐的吻就再次落到了她的脖子上，她索性仰起头亲回去。

商锐的眼又黑又深，他抬起身来，睫毛稠密漆黑：“导演，我们可以继续。”

她没有想山顶上的阳光，没有想弹尤克里里的男人，她看着面前的商锐，她抱着的人是商锐。他们在接吻，做更亲密的事。

心脏跳得很陌生。

拍完这一场，成年戏就结束了。姚绯放纵着情绪，教自己放松，尽可能融入了一些理解和感情，有对商锐的，有对角色的。她抱住商锐，很轻地唤：“商锐。”

她没有叫“盛辰光”，而是叫“商锐”。

商锐抬眼，黑眸暗潮：“嗯，是我。”

这里的收音应该不会用，导演没喊停，他们也没有停。

他们接吻，硬糖被商锐钩走了。

一直到结束，姚绯再没吃到那颗硬糖。导演喊了“卡”，商锐拉过被子盖住姚绯，回头冲助理喊道：“拿衣服过来，该出去的都出去。”

四十多摄氏度的高温，姚绯被按在被子里快窒息了。她的腿贴着商锐的腿，热的汗混着水果糖的甜，空气乱七八糟的。随即，商锐挪了一下腿，转头用暗潮的眼看姚绯，抿了一下唇角。他揉姚绯的头发，黑眸中有着不一样的情绪：“姚绯。”

“锐哥，衣服。”助理把他的衣服送过来。商锐把衣服塞进被子，盯着姚绯。“穿上，结束了。”他说。

他迅速地抽出腿下床，拎起了一边的浴巾，装作若无其事的样子，把浴巾搭在腰间，也就遮住了裤子。他看了一眼慢一拍的刘曼，说道：“你可真是慢，拿着衣服等在外面也能拖这么久。”

刘曼：“……”哪有您的人速度快。刘曼还没反应过来，商锐的助理就飞奔进来——短跑运动员出身吧？

这是商锐第一次亲身上去拍亲密戏。

商锐很讨厌在众人面前裸露，当初蔡伟为了哄他拍一套裸半身的杂志照，费尽心思。如今当着所有人的面裸露，蔡伟生怕商锐发脾气，一开始就守在门口。

商锐的衣服给了姚绯，他就这么走了出来。

蔡伟连忙又给他找了一件衣服，说道：“你先穿上。喝水吗？”

“等会儿。”商锐嗓音发哑，没接衣服也没接水。他在门口等了一会儿，觉得姚绯应该穿好了衣服才迈开长腿走开。“结束了吧？”他说。

“拍得不错。”导演难得夸他，说道，“很圆满，很有感情。”

“不要让人乱拍。”商锐眼眸暗沉，下巴偏了一下，往里示意，“不能拍的镜头尽快删。”

“进来的人都搜过身，你都确认几遍了。没有过分的镜头。”导演挥挥手，让蔡伟带他走，“蔡总，把他带出去抽根烟，冷静一下。”

商锐“哧”了一声，余光看到姚绯也在往外面走，他才往外走去。他的头发和眼都暗沉沉地潮，嗓子哑得厉害，一句多余的话都不想说。

他走出摄影棚，顶着火辣辣的太阳走进他的车里。这边没有房车，条件非常有限，十分简陋。车里闷热，像蒸笼一样，他往后靠在座位上，点了一支烟。

他刚刚生出一个很强烈的念头，他想跟姚绯……

不是戏里的情绪，是他的情绪。这情绪来得迅猛，并不是特别突然，但非常猛烈，以铺天盖地之势，吞噬他的理智。

他狠狠吞了一口烟雾。蔡伟从另一边上车，把衬衣递给他，说道："成年部分拍完了，少年部分好拍多了，没有亲密的接触，不用再裸露了。"

商锐看了蔡伟一眼："这是好事？你很高兴？"

"这不是好事吗？"蔡伟愣了一下，说，"你不是最讨厌裸露吗？终于拍完了，你这两个月拍得非常不错。锐哥，你这回可能要翻身了，我当然高兴啊，为你高兴。"

"你下车。"商锐弹落烟灰，又抽了一口烟，"我需要一个人待会儿。"

"需要帮你看着车吗？"蔡伟左右环视，"动静别太大，虽然这里都是自己人——"

"我只是想抽根烟静静。"商锐拧眉。

蔡伟转身下车，十分体贴地关上了窗户和门，并且欲盖弥彰地在外面搭上了一层不透光隔热膜。

商锐："……"神经病。

商锐松松地咬着烟，松开浴巾，抬手慢悠悠地穿着衬衣。他垂下浓密的睫毛，看了一眼裤子，起立得太不是时候了。

他回想姚绯的反应。

他缓缓吐出白色烟雾，换了个姿势，深呼吸，调整躁动的情绪，等情绪慢慢平复。他缓慢地扣上最后一颗衬衣扣子。成年戏结束了，两个月就这么一眨眼过去了，快得让人猝不及防。

烟灰飘落烫到手背，他才回神，拿下烟摁灭在烟灰缸里。

入戏

第九章

初恋

RUXI

成年戏全部结束，六月二日《盛夏》剧组回到了S市。姚绯没有选择跟剧组一块儿直飞，她转机到H城，单独在H城留了一天。她买了不少礼物才飞回S市，比剧组晚了一天。

热搜上，司以寒和商锐的消息铺天盖地。这两个人向来都是话题风暴，昨天又一起出现在机场。一个人穿黑色T恤，一个人穿白色T恤，身高相差不了多少，同样英俊，只不过一个沉稳，一个张扬。热搜上莫名其妙多了个“上司CP”,“商”“司”加一块儿——“上司”。

“上司CP”横空出世，热度压下了商锐和司以寒单独的热搜，有了一个鲜红的“爆”。

姚绯震惊于网友的想象力。她把国内常用卡塞进手机，重新启动。瞬间，无数的消息涌了进来。两个月没有用这张卡，积攒的信息比她想象的要多。

电话也恰好响了起来，来电人是苏洺。姚绯接通电话：“苏总。”

“到了吗？”苏洺说，“没有安排接机，外面也没人，直接出来吧。”

“谢谢。”姚绯把双肩包背到了肩膀上，大步往外面走，“我这就出去。”

姚绯前天跟苏洺打电话报备行程，说不想跟司以寒和商锐一块儿走。这两个人粉丝非常多，哪一家的粉丝都不好惹。粉丝的想象力太丰富，就算姚绯什么都不做，她跟商锐、司以寒一起走出机场，媒体也会自动忽略他们身边的工作人员，着重于两男一女。

姚绯不知道他们会写出什么样的文章，会发散出什么想象。她是想红，可绝不是以这种方式红。

苏洺很好说话，立刻就同意了，帮姚绯改签了航班。姚绯只带了刘曼，晚了一天飞到了S市机场。

夏日已至，S市也热了起来。

“你的顾虑是有道理的。”苏洺在电话里说，“寒哥还好，他经常消失很久，粉丝还没有那么关注。商锐这种常年活跃在一线的5G冲浪人士消失两个月，粉丝的热情和发散能力是无法估量的。你看，两个男的走在一起还能发散出个‘爆’，他的粉丝是真憋疯了。”

姚绯也震惊于这个热搜，粉丝们到底是怎么想的？

“你和商锐的组合也不急着炒，等电影上映，在宣传期间再营业也不迟。到时候营业情有可原，营业太早会引起逆反心理。商锐的热度不好蹭，他的粉丝太疯了，你做得很对。”

姚绯取了行李，和刘曼出了机场就看到了苏洺的车。她把行李箱放进后备厢，刚要上车就听到身后一声喊：“姚绯？你是绯宝吗？”

姚绯回头看去，一个穿黑T恤的男生蹦蹦跳跳跑过来：“绯宝，我是你的粉丝啊！”

姚绯忽然想到商锐那个“弹簧”的形容，可真是形象。

男生“弹”到了面前，笑得非常灿烂，伸手说道：“你好你好，你真人真可爱。”

姚绯停顿了一下，跟他握手：“你好。”

“我能要个签名吗？”男生环视四周，没找到纸和笔，拉着衣服说道，“能签在衣服上吗？我特别喜欢你。我从《寒刀行》就很喜欢你，我一直不相信网上的那些谣言，就知道是假的，你不是那样的人。《盛夏》剧组回国，我原本以为你会跟他们一起，昨天我在机场蹲了一天没见到你，今天来碰碰运气，没想到真的能遇到你。”

刘曼连忙拿出笔递给姚绯，姚绯在他的衣服上签了个名字，把笔还给刘曼，说道：“谢谢你的喜欢，不过生活最重要，你的时间很宝贵，不要随意浪费在这种无意义的行为上。你看起来像个学生，好好学习！”

男生一愣，随即笑了起来：“我大学快毕业了，我们差不多大。”

“那就，祝你找到理想的工作。”姚绯很诚恳地祝福。

“也祝您前程似锦。”男生没有要求跟姚绯合照，退后两步，挥挥手笑着说，“再见。”

“我先走了。”S市还没进入盛夏，温度还在三十摄氏度上下，热得并不滚烫。阳光中夹杂着清风，十分舒适。“再见。”男生说。

姚绯上车，拉上车门，车缓缓开了出去。她拿下背上的背包，从包里取出一个红色盒子，双手递给苏洺：“你的礼物。”

苏洺接过首饰盒，打开看到卡地亚钉子手镯——玫瑰金色，非常漂亮——躺在盒子里，说道：“谢谢，我正好没这款。”

姚绯拉上双肩包，说道：“回来直接拍摄吗？”

“你和商锐要减重，最近拍不了。”苏洺直接取出手镯扣到了手腕上，说道，“我上次给你的剧本你看了吗？”

“在飞机上看完了。”姚绯之前一直不敢看，怕影响情绪。《盛夏》这部电影拍得太细了，一点点情绪都会在镜头里表现出来。“说实话，剧本稀烂，女二号是这部剧本里唯一正常的人。”她说。

“很多职场剧都这个德行，这部算不错的了。原著在网上水花很大。这部剧是由小说改编的，原作者就是律师。”

“小说叫什么？”姚绯拿出手机搜索。她在现实生活中活得随意，也很少评价谁，可对于影视剧，她眼睛里容不得太大的沙子。“我去看看小说。”

“《金牌律师》。”苏洺说，“你有兴趣？”

姚绯搜索“金牌律师”，找到原著，点进去，打开了第一章，说道：“片酬很高，很诱人，可剧本太烂。我作为演员，若是接了这剧本，是极其不负责任的。”

苏洺拧了一下眉，但也没有多说什么。姚绯对剧本的认真跟如今娱乐行业的大环境格格不入，她就像个世外人。

“你有十天的考虑时间，十天后不能决定，那边会另外找人。”苏洺取了两瓶水，递给姚绯一瓶，自己打开喝了一口，“还有个工作。乔璟那边过来道歉，说之前是误会，他们想邀请你拍摄乔璟的新歌MV，价格很高。”

“不想接。”

“我也倾向于不接，其实当时他不出来解释，不过是觉得这可能是你的炒作，在蹭他的热度。”苏洺“哧”了一声，说道，“他是火葬场吗，自身发光发热？”

“流量明星不都是这样？他们最珍贵的东西就是流量，碰到就是动了他们的蛋糕。”姚绯已经看完《金牌律师》的第一章，作者的文笔不错，第一章她就看进去了，小说比剧本好看多了。

“也是，乔璟就是低配版的商锐——没商锐长得好看，没商锐人气高。团队有低配版的傲慢和做作，粉丝有低配版的腥风血雨体质。”苏洺看得很明白，笑着吐槽了一句，“我们连商锐的热度都不稀罕，能看得上乔璟？”

这次回国，蔡伟还提前打了招呼，让姚绯在机场别挨着商锐，苏洺的白眼都翻到了天上。姚绯不稀罕好吗？姚绯早就选择了另一条线，单独走了，她还怕商锐挨着她呢。“以后你要注意跟商锐那边的距离。做朋友可以，有俞总这层关系，他不会太亏待我们，但别深交。牵扯到深层利益关系，我们就是炮灰。”苏洺说。

姚绯点头，继续看《金牌律师》的第二章。

商锐和姚绯回国后第一时间做的事竟然是减肥。他们在那种恶劣条件下，很不幸地胖了。

商锐胖了五斤，按照设定，商锐和姚绯在演校园部分时要比原先体重减少五斤左右，也就是说，商锐得瘦十斤。

商锐一边健身一边看手机，他健身两个小时，看了十六次手机。微信群里，导演发了六月十五日正式拍摄的消息，剧组里的成员挨个回复“收到”，只有姚绯没动静。商锐蹙眉看着。

他心情很差，差到了极点。

回国几天，姚绯都没有跟他发信息。不知道姚绯的团队怎么想的，《盛夏》剧组回国这么好的营销机会，姚绯硬是一个热搜都没有。没有粉丝接机，没有机场照。唯一一张路人拍的照片，还是姚绯垂着头，背着双肩包，在往后备厢里搬行李。

巨大的行李箱，她一个人拎起来塞到了车里。

微博内容是："姚绯自力更生，几十斤的行李自己搬。对比之下，旁边的助理像个娇弱的公主。虽然骂团队不合适，但真的想问一句，姚绯的团队是从垃圾回收站捡来拼凑的吗？"

商锐登录小号给这条点了个赞。

"锐哥，你的手机里是有什么宝藏吗？"健身教练跟着商锐很多年了，也经常跟他开玩笑，"你打一拳看一眼手机，你在等谁的电话吗，还是等谁的消息？"

"没有。"商锐把手机锁屏，扔给助理，不想打拳了，解开绑手带，冷峻的眉微蹙，淡淡道，"强制戒断网络的后遗症。"

商锐这种 5G 冲浪选手，被扔到没有网络的岛上一个月，整个行业都震惊了。他出岛的那天，人们纷纷前来问候，旁敲侧击，看看他疯没疯。

"寒哥这个剧组可真是太狠了。"健身教练递给商锐一瓶水，说道，"我一开始以为这剧组就是玩玩，没想到玩得这么真。"

当红演员转导演被称为氪金游戏，因为会请一票流量演员撑场面。流量演员的特点是什么？好看。所以不会大刀阔斧地把他们搞丑。像这种去孤岛拍戏一个月的事，简直是疯了。

商锐认真练了一个半小时，走进浴室冲澡，在湿漉漉的水汽中再次打开了手机。依旧没有姚绯的信息。以前她早上都会问早安，给他带早餐。

水雾落到了手机屏幕上，屏幕一片模糊。商锐放下手机，冲完澡，赤着上身擦头发时看了一眼镜子里的自己。他最近头发长出来了，导演让他别剃，打算改成少年期的发型。

凌乱的发丝随意耷拉在额头，商锐撑在洗手台上拍了张带腹肌的照片。他对着镜子看了半天，觉得没拍出肌肉的美感，把牛仔裤往下拉，露出胯骨，又拍了一张。

腹肌好像没之前那么完美了，他得尽快瘦下去。

商锐拍了五十多张照片，头发都干了，才选出一张发在朋友圈，选择可见范围——

姚绯。

只一个人。

点击"确定"，发送。

商锐把手机装进裤子口袋，套上 T 恤，迈开长腿往外面走。走出浴室，他觉得照片太隐晦，怕姚绯的智商理解不到。

他重新拿出手机编辑了一条朋友圈内容。

“回国第五天。”

选择对姚绯可见，点击“发送”。

“锐哥。”

商锐漫不经心地抬眼看到蔡伟，才把手机装进裤兜：“说。”

“接下来要拍少年部分了。”蔡伟说，“导演有新的指示。”

“需要男女主演提前住在一起培养感情吗？”商锐戴上口罩、墨镜往外面走，单手插兜，面无表情。

回头他自己投一部戏找姚绯，全程亲密戏。

“高中时，两个人是从讨厌到喜欢，你们俩最近连电话都别通。你不是看过剧本的吗，你忘记了？”蔡伟说，“导演让你们尽快进入不认识的状态，你们两个的感情不用再培养了。”

你们的感情都溢出来了，马上都要把大家淹死了，还培养个屁！

商锐停住脚步，半晌后才回头注视蔡伟，嗓音低沉，语调缓慢：“所以，现在是可以让我们不要再联系？”

蔡伟：“是啊，你们得凉一凉。之前为了剧情培养感情，现在得为了剧情放下感情。这安排确实不合理，但没有办法，导演就是这么安排的。演员得根据条件进状态，不能根据自己的心情。锐哥，你是专业的演员，这个没有问题吧？”

“拍完热恋拍不认识，导演可真会安排。”难怪这几天姚绯没有任何消息。商锐抽出手机，修长的手指滑动屏幕，迅速打开微信删除了两条朋友圈状态，把手机塞回裤兜。他单手插兜，大步往外面走，面无表情道：“我知道了。”

少年夏瑶需要一定的孱弱感。要拍少年戏，姚绯得在半个月饿瘦七斤。这个瘦还不能依靠过多的运动，全靠少吃，她几乎每天都吃低碳低卡的食物。为了迅速地进入角色状态，姚绯半个月没出门，桌子上堆满的是高中教材。

她要忘掉在海岛上发生的一切，把自己当成真正的高中生，入戏少年夏瑶。

其间，她除了回复苏洺的消息，签下了那个电视剧的女二号，几乎没有跟其他人联系过。

六月十五日很快就到了，S 市已经进入了热夏。

炽热滚烫的太阳照射着车玻璃，阳光被隔热膜隔绝在外。

姚绯穿着白色 T 恤和牛仔裤坐在车后面，专注地看着窗外的世界。她在想自己的十六岁。她十五岁就不读书了，十六岁漂在横店。

想要代入读书时的夏瑶，她得代入自己的十四岁。那时候父亲还活着，是个浑浑噩噩的酒鬼；她的生活两点一线，从学校到家，抬头仰望太阳都是奢望。

其实姚绯也有点难以进入少年戏，再优秀的演员在演完热恋之后进入初识状态都是很大的挑战。不关技巧如何，人的情感是不受控制的。可导演这么安排了，姚绯会跟着设定走，而不是自己的感情。

十点半，姚绯到片场。盛辰光和夏瑶的家被安排在一个很昂贵但很陈旧的小区里。小区门口的路上有着高大的梧桐树，有点像《盛夏》第一张海报上的街道。

枝繁叶茂，斑驳了阳光。

他们的车直接开进了小区，停在了地上停车位。她推开车门下去，风很大，吹乱了她的头发。小区内也种着高大的树木，风卷着树叶发出“沙沙”声响，她抬起头看了一眼被树叶切碎的蓝天，有那么一些恍惚。

海岛上发生的一切都像是美好的梦，如今梦醒了。

一辆线条流畅的铁灰色跑车疾驰而来，刹在姚绯身前。

姚绯沉默了几秒，随即往后退了一大步。

驾驶室车门打开，商锐笔直修长的腿先离开了车厢，随即，他戴着墨镜仰着头，一张俊美跋扈的脸出现在众人面前。

面前要是摆个T台，商锐能立刻走上去且没有任何违和感。他能完美地走完全程，还能顺便上个热搜。

好吧，商锐还是那个商锐。

“锐哥，早上好。”苏洺招了招手，说道，“你开这车在S市市区跑，跑得开吗？”

副驾驶位上的蔡伟推开车门下来，快速往前走了两步，按在小区里的树上，干呕了一下：“我们住在郊区，锐哥一路飞过来的。”

商锐早上非要自己开车，风驰电掣地奔向了剧组。蔡伟都快吐了，他就不应该答应让商锐开车。“锐哥，你赶紧把口罩戴上，你太招摇了！你又想上免费热搜了吧？！”蔡伟说。

“给你节省营销费，你应该感到高兴。”

商锐没有戴口罩，他径直走到姚绯身边停住脚步，由上至下审视姚绯，垂下眼，嗓音很沉：“我的早餐呢？”

一万块的早餐确实没送够，商锐还记着呢？

“忘记了。”姚绯坦言。

忘记了？那就是还记得给他买早餐，贴心还是很贴心的。

商锐唇角上扬，单手插兜站在姚绯面前：“原谅你，明天记得给我带。”

“我这里有，你要吃吗？”苏洺从车里拿过自己的早餐，说道，“三明治和美式咖啡。”

“我不吃你的。”商锐没有接苏洺的早餐，迈开长腿上了台阶，说道，“走吧。”

姚绯跟着工作人员往里面走，垂着头想事。

“你瘦了多少？”忽然耳朵边一热，带着熟悉的香水味。

姚绯倏地抬眼，目光撞到了商锐的黑眸中。商锐已经直起身，若无其事地插兜走在身边。他一抬眉，那个熟悉感就来了。

“七斤。”姚绯保持着镇定，说道，“你呢？”

“十斤。”商锐双手插兜抬起下颌走进电梯，抬手挡了一下电梯门让姚绯走进去，才跟着一起走到了最里面站着，“我瘦得明显吗？”

他下车时跋扈感太强，迎着光走过来，姚绯都没注意他瘦了，就看他一个人在走台步，步步生风。这会儿仔细看，他确实瘦得很明显。面部轮廓更加深刻，鼻梁骨清晰陡直，下巴线条冷肃，瘦出了凌厉感。

“嗯，”姚绯点头，“明显。”

“每天都吃不好。”这是商锐减重最快的一次，他知道减完就能进剧组见姚绯，所以心态平和了很多。他神态自若地看了姚绯一眼。“再瘦，我的腹肌就要消失了，我不喜欢太瘦。”他说。

姚绯到底看到腹肌照片了吗？他最喜欢那个阶段的腹肌，人鱼线特别明显。

姚绯抬头，四目相对，周围都静了下来。他们对视，商锐觉得空气渐渐灼热起来，他抿紧了唇角。

他们十几天没见，姚绯瘦得也很明显。可能是为了入戏，她整个人的神态都很安静，透着点乖巧。她把头发扎成了马尾，后颈一抹白皙，他很想捏一下。

商锐的口型动了一下，无声道：“我好看吗？”

随即，他的桃花眼弯了下去，稠密的眼睫毛覆在眼上，继续用口型道：“你在偷看我。”

“你的腹肌不会消失，只要你按照营养师搭配的吃，腹肌绝对会好好地长在你的身上。”蔡伟在一边及时插话，“拍完第一个阶段就能增重了，很快就会恢复，你的痛苦快结束了，锐哥。”

姚绯想到商锐那天在朋友圈里晒的一张照片——腹肌整整齐齐，腰侧沟壑卡在胯骨上方，整个人呈现出一种懒洋洋的性感，又野又撩。

当时姚绯就震惊了，这人真是什么照片都敢发。

好在他删得很快，一眨眼就没了，那些营销号也没能截到他的朋友圈。不然这么劲爆的照片，早上肯定是热搜第一了。

姚绯不由自主地想到他跨坐在床上，赤着上身，用暗潮的眼看她时的模样。

他要是下海，直接能赚取天价。

姚绯顶着商锐火辣辣的目光，移开了眼。他的每个问题都很难回答，她不如闭嘴。

电梯停到了六层，工作人员先走出去，随即，姚绯和商锐也跟着走了出去。这是盛辰光和夏瑶第一次见面的地方——盛辰光的家。

一梯一户，房子很大，看上去有两百平方米左右。为了符合年代感，选的这个小区偏旧，屋子里面的家具全部做旧，细节做得很好，踏进房门有种穿越时空的感觉。司以寒把场景道具做到了极致。

好像真的回到了十年前。

她恍惚了一下，停住脚步。

“我们在这里同居了三年。”商锐在身后开口，嗓音很低，意味深长，“今天是第一天，心情怎么样？”

姚绯回头看他，碰到商锐的眼，她短暂地停顿。

心情怎么样？一开始快入戏了，可商锐一出现，她的感觉烟消云散。

“姚绯、商锐，过来。”导演喊道，“跟梁老师和刘老师见个面。”

姚绯回神，快步走向了导演。

饰演盛辰光爸爸的演员梁成和饰演夏瑶妈妈的演员刘心念在里面跟司以寒说话。他们都是老戏骨，姚绯走进去跟人家打招呼，尊重前辈。

商锐紧随其后走了过去。

第一场戏是两个人的初次相见。盛辰光午睡醒来正要上洗手间，迎面撞上了进门的夏瑶。夏瑶拎着巨大的书包，跟在母亲身后，两个人目光对上，父亲让他叫“妹妹”。

盛辰光嗤之以鼻。

光这个镜头，商锐NG了四遍，他一看到姚绯背着大书包站在门口就没办法继续。

“你把所有多余的情绪都给我放下。你现在根本就不认识夏瑶，你不喜欢她。你见她的第一面就想把她和她妈赶出去，她们侵占了你的领域。”司以寒拿着剧本跟商锐讲戏，说道，“你明白吗？”

“明白了。”商锐仰起头，长出一口气，活动手腕和脖颈，从那种复杂的情绪中抽离出来。

十六岁的夏瑶。

十六岁的姚绯是什么样？他看着面前的人，想的却是海岛上他们激烈的热吻，他们拥抱对方，做尽了情人该做的事。

“蔡总，你别走，你去站到姚绯的位置。”司以寒忽然喊了一声，说道，“再来一遍，这回你别看姚绯了，你看蔡总。”

商锐一秒进入状态。

厌恶得明明白白，连一点卡顿都没有。少年头发凌乱，穿着宽松的白T恤，松松垮垮地走向了洗手间，狠狠摔上了门。终于有了点少年盛辰光的样子。

“这个状态很好！一会儿拿这个状态面对姚绯。”导演道。

蔡伟：“……”

就这么分开拍了几条，勉强能过，但商锐和姚绯的状态都不是很好。特别是商锐，他全程没有入戏，后面两个人同框的戏就很烂。

晚上收工，姚绯先离开，司以寒上了商锐的保姆车。

商锐靠在座位里抽烟，目光深沉。他看着窗外，姚绯的车缓缓开离了现场，消失不见。

国内的戏份他很不喜欢，没有亲密戏，没有吻戏，连牵手戏都没有。他还要在前期对姚绯冷嘲热讽。这是人干的事？

“你得从热恋的情绪中出来。”司以寒也点了一支烟，说道，“你能明白吗？你不能在这个时间爱她。”

“你这安排就很离谱。”商锐抬起深邃的桃花眼盯着司以寒，在烟雾缭绕中道，“我们已经热恋了，再回来拍初见的戏，谁能入戏？”

“姚绯能。”司以寒冷静地弹落烟灰，说道，“她把自己关在房间半个月了，出来后眼神都变了。你没发现她已经不是岛上的感觉了吗？她出了成年戏，她现在是十六岁的夏瑶。”

这部电影必须今年开机，司以寒的档期不够，算来算去，只好在三四月开机。故事设定在S市，校园部分没办法去其他地方拍摄，所以最终决定分开来拍。司以寒一开始以为商锐演少年部分应该挺容易的，本色出演就好。他没想到商锐入戏到这个地步，拽不出来地入戏。

商锐最擅长的校园戏反而成了难点。

“我没发现哪里不一样。她把自己关在房间里半个月？没出来？这是谁的建议？”商锐吐出烟雾，回忆姚绯的眼神。还是那个姚绯。他的睫毛动了一下，注视着司以寒。“让她自己闷着能出什么效果？如果把人逼出心理问题，谁能负责？”他说。

司以寒：“……”

商锐是什么时候瞎的？

“好吧，你说没有就没有。这个拍摄安排确实不是顺着感情来的，但专业的演员不应该被影响。”司以寒耐心地跟商锐解释，“少年的戏份很重要，明天拍摄，我不想再看到你NG。”

“那你得给我时间，我又不是电脑程序，不能你输入指令我就能跟着变化，不能你让我爱的时候，我爱得死去活来，你不让我爱了，我立刻停止。”商锐把烟摁灭，坦然，从容，理直气壮，“我要和姚绯住在一起，进新的戏。”

司以寒沉默片刻，直视商锐：“你是不是喜欢姚绯？不是戏里，是戏外。”

“怎么可能——”姚绯还没有告白，他怎么能承认。商锐否认到一半，转口道，“你不会是看出来她喜欢我吧，在戏外？”

司以寒是真没看出来姚绯喜欢商锐，倒是看出来商锐的眼神不对劲。

“商锐，你真该出戏了，你入戏太深。”

“我有没有入戏我很清楚，我想跟她住不是因为入戏，她是个很好的演员。”商锐不吝于夸赞姚绯的业务水平，姚绯有实力，确实非常优秀。“她有很强的带人入戏的能力，我们在一起可以互相影响。你们这样把我们分开，我根本入不了戏。”他说。

“我可以把姚绯安排到你的隔壁。如果你还是入不了戏，你们就分开半年再拍。我想，以姚绯的敬业程度，不管是半年还是一年，她都能做到完全不跟你联系，真正地和你成为陌生人。”

商锐摁灭了烟，吩咐司机：“路边停车，放司导下去。”

“你不同意？”

“同意。”商锐淡淡道，“只是我不想送你了，你跑回家吧，再见。”

为了入戏，导演第二天早上通知下来，几个主演要住在剧组。剧组在拍摄的小区租了几套房子，安排主演入住。

小区最后面的一栋楼，一梯四户的格局，姚绯和商锐住邻居，导演带他们去每一个拍摄地找少年的感觉。

先去了学校，姚绯和商锐在校园里走了五分钟就被围死了，校门口水泄不通，到处都是粉丝。导演的粉丝、商锐的粉丝，还有少量姚绯的粉丝，无论保安怎么驱散都没有用。

国内的拍摄难度来自粉丝。

姚绯在保安的护送下打算上车，忽然头发被揪住了。她回头就看到商锐揪着那人的领子把人甩到了墙上。顿时尖叫声响起，场面失控，姚绯整个人都蒙了，她越过两个人，一把抓住商锐的手臂：“商锐！”

保镖和蔡伟反应也极快，大声喊道：“变态！”

“大家不要挤！注意安全！”蔡伟提高声音说道，“大家慢一点！冷静！小心踩踏，注意安全！千万要注意安全！真的想见锐哥的话，回头我们开一个粉丝见面会。现在不要挤。听锐哥的话！大家后退，很危险，请理智追星！”

他们被困在学校的时候周挺就在打电话联系警方，怕现场发生踩踏事件。警察还没有到，这边就闹上了。

商锐回头看姚绯，他戴着黑色口罩，桃花眼里情绪翻涌，蹙了眉，不确定地问：“他碰到你了？”

“没有，没事，你松手。”姚绯直觉她要是说“是”，商锐非把面前这个人当场揍死。她握住商锐的手臂，希望他别胡来。

商锐手一松，那个人就摔到了地上，保安拖着那个人往后面拉，保镖挡住了人山人海。警车也到了。姚绯推着商锐："上车。"

"你跟我上一辆。"商锐看了一眼手臂上的手指。她的手心不那么细腻，却很热，她在紧张，手心里有汗，炽热滚烫地贴着他。"我们是搭档，在拍摄，名正言顺。"他说。

姚绯迅速地松开了手："不能坐一辆车，不方便。"

"先送她上车，不用管我。"商锐被保镖推着，回头吩咐蔡伟，"把她安全送上车。"

姚绯在上车的途中又被粉丝抓了几下手臂。她的皮筋掉了后，头发只能披散着。她坐上车按了一下眉心，才彻底地冷静下来。

警察已经把人群隔离开，驱散到了安全地带。剧组的车缓缓开了出去，姚绯的手机响了一声，她拿起来看到商锐的信息。

"吓到了吗？"

姚绯倒是没被粉丝吓到，她被商锐打人吓到了。

手机又响了一声——来自蔡伟的消息。

"这件事可能会发酵成你被骚扰，锐哥出手帮你。希望您能理解，这是对今天这件事最好的解释。锐哥太紧张你了才会打人，这事儿我们得往严重了说，不然锐哥会被媒体攻击。《盛夏》还在拍摄，将来要上映，不能影响太坏。你也知道，明星有点屁事会被放大无数倍，推一把就是打人，发散起来不知道会传成什么样。"

"我知道，揪头发就是变态。"姚绯回复，"没关系，该怎么发就怎么发，我会跟苏总汇报。"

"谢谢理解，注意安全。"

蔡伟跟商锐久了，危机公关的能力是刻在骨子里的。蔡伟今天的这个操作确实很优秀，难怪他能跟商锐那么多年。他把危机公关做到了极致，一句话就避免了商锐和姚绯炒绯闻，也避免了商锐被媒体攻击。

姚绯看着商锐那条消息，不知道该怎么回复。她觉得，她和商锐可能有点越线。商锐冲上去打人，她是真没想到。

他们好像超过了搭档的安全距离。

片刻后，姚绯主动编辑微博："没事，安全，别担心，谢谢锐哥 @ 商锐。"

她截图发给苏洺，苏洺那边已经得到了消息，很快就回复了"OK，可以发"。

姚绯发送微博。

等她回到房间，她和商锐双双上了微博。商锐那边的公关水平一流——姚绯被骚扰，商锐出手相助，展现绅士风度。没有炒两个人的绯闻，只有为同事、为女性伸张正义的正能量商锐。

姚绯的微博评论也很和谐，很多人担心她的安危。

姚绯走进电梯，手机响了一声，微博特别提醒："商锐转发了你的微博。"

商锐转发了姚绯的微博，配文：“注意安全。”

简单的四个字，没有任何表情和标点符号，不像是商锐平时的画风。毕竟他的微博内容经常惊天动地，难得正经。

姚绯回复：“谢谢。”

姚绯回到房间洗了个澡，刘曼非要给她的手臂涂药，她只能坐在沙发上让刘曼涂。几个抓痕，算不了什么。

门铃声响，刘曼放下棉签说道：“我去开门，你等着，还有两道抓痕没处理呢。”

姚绯撕掉皮肤上悬挂的一片组织，早就看这片摇摇欲坠的皮不顺眼了。

“锐哥？”

姚绯抬眼就看到戴着口罩的商锐进门，他穿着黑T恤、牛仔裤，戴着帽子、口罩，身高腿长的他走进了门，手里拎着个袋子。

“晚上吃火锅，你去准备。”商锐把袋子递给刘曼。

“好。”刘曼拎着袋子去厨房。

商锐走到了客厅，看了一眼桌子上的酒精，锋利的目光落到姚绯身上：“你受伤了？”

“没事，就是人太多，挤到了。”姚绯跟商锐没什么陌生感，不管她怎么营造，他们都在一起住了两个月，他们做过最亲密的事，很难陌生。

“哪里？”商锐拿下口罩和帽子扔到一边，蹙眉道，“需不需要去打破伤风针？”

商锐更夸张。

姚绯卷起衬衣袖子露出手臂上的抓痕：“只是破皮，都没流血，没事。”

商锐面色凝重，盯着她的手臂片刻，抬手握住了她的手腕，她立刻就要抽手。商锐拿出手机解锁，阴沉着脸对她的手臂拍了两张照片：“我发给医生看看。你怎么不配图发微博？”

我要脸。

姚绯默默抽出手：“你再晚来一会儿，伤口就愈合了。”

商锐把照片发给医生后，又给蔡伟发了一份，附内容：“她受伤了，我要追责。”

“头发怎么样？”商锐放下手机看姚绯的头发，“有伤吗？”

“没有。”姚绯偏头避开他的手，挪开一些，靠得太近了，呼吸间都是他的气息，“今天谢谢了。”

“你在微博说过了。”

“不过，以后别这么冲动。”姚绯说，“不管出于什么原因，艺人打人都不合适。”

“看情况吧，像今天这样，不打他，我过不去。”

“为什么？”

“什么为什么？”商锐把长手搭在沙发扶手上，侧坐着面对姚绯，深邃桃花眼暗沉，“揪女孩儿头发的都是变态，为了满足自己的控制欲。”

姚绯靠在沙发的另一头看他。

两个人对视，商锐以为她不明白，往前挪了些，道：“你读书时有没有被人揪过头发？”

姚绯点头，随后道：“揪我头发的人在医院住了一个月。”

商锐笑了起来，他的长手支在沙发扶手上，身子微微后仰：“我们半斤八两，谁也别说谁。”

“我那时候不是明星，你现在是明星，影响不一样。”

“你不是明星时，”商锐支着下颌，若有所思，“那是多小？你出道那么早。”

“十二岁。”姚绯说，“读初一。”

商锐垂下眼，浓密的睫毛覆在眼上，投出浓重的阴影，片刻后他才抬起眼：“他叫什么？”

“什么？”

“揪你头发的男生。”商锐抵了一下腮帮子，语调漫不经心，“我去废了他。”

姚绯忽地就笑了起来，倾身拿起桌子上的烟盒取了一支烟，拢着点燃，烟雾妖妖娆娆地飘荡，她清澈的眼似乎也蒙上了雾。她说：“你想二次报复？”

“他值得。”商锐看姚绯抽烟，逆光里，她美得像妖精似的，笑起来很好看，“这是他应得的。”

“你为什么入不了少年戏？”姚绯看了一眼厨房方向。刘曼最近突然很有眼力见，第一时间就把厨房门关上了，给姚绯和商锐留了空间。

姚绯突然想帮他入戏。

商锐弯腰拿起烟盒，取了一支烟点燃。火光映着他俊美深刻的脸，他的睫毛动了一下，注视姚绯，嗓音很沉：“盛辰光和夏瑶已经拥有了爱情，他们接吻，做最亲密的事，他们要共度一生。回过头，让他们再经历一次一无所有？这很难。”

“你没有出成年戏？”姚绯垂下眼抽烟。

“你的少年戏代入得比我好，你是怎么做到的？”

“回到现实就好了。”姚绯扬了一下唇角，伸手弹落烟灰，抬眼注视商锐，“现实中的我就是少年夏瑶，其实还不如少年夏瑶。她还有个妈妈，她还有盛辰光，而我，什么都没有。”

商锐捏着烟，所有的声音都卡在喉咙里。

“我接到《盛夏》这个剧本的时候，我就想过少年夏瑶怎么演。”姚绯的声音很轻，这些回忆并不愉快，可她得让自己和商锐入戏，演员演得最好的作品，一定是自己的故事，“夏瑶的亲生父亲抛弃了她们母女，夏瑶的妈妈怨恨过夏瑶，这些阶段我都经历过——不被期待的出生，被父母憎恨的痛苦，少年时的压抑和渴望。”

“你——不被期待吗？”商锐手上的烟烟灰蓄了很长一截，他一动，烟灰就纷纷扬扬地飘落到了地板上。他把烟扔进了烟灰缸。烟头撞上烟灰缸，弹出火星，随即“吱”的一声落进水里，飘起一缕白烟。“你——渴望什么？”他问。

“我已经忘记了我妈长什么样了，但我一直记得她说的一句话。”姚绯深吸气。这些事，她是第一次说出口。“她说，如果不是因为意外有了我，她不会嫁给我爸，她就不会陷在那一眼看不到尽头的穷困潦倒中。”很不幸，那个女人为一时欢愉付出了惨痛的代价，意外怀孕。

姚绯的父母都没什么本事，唯一的优势是长得不错。她妈除了好看，一无是处，只爱享受生活，不愿意付出。她爸长了一张聪明人的脸，却没有办过什么聪明事——做生意被坑，开武馆赔钱——空有一身武艺，干什么都不行。

“盛辰光和夏瑶的爱情不是从十年后开始，而是从现在。少年夏瑶和盛辰光并不是一无所有，少年盛辰光是夏瑶的救赎，是她在黑暗中的一束光。十年后只不过是他们十年前这场相遇的结果，十年前才是真正的相遇和爱情。如果我的十五岁——我不能代入十六岁，我十五岁辍学离开了校园。我想代入校园的感觉，只能从十五岁开始，我的十五岁若是遇到盛辰光，我可能也会无法自拔。处在黑暗中的人是没有办法拒绝光的。”姚绯在帮商锐理剧本的时候，自己也代入了感情，“我想这也是盛辰光名字的由来。少年的盛辰光是夏瑶的太阳，是黑暗中唯一的光。”

商锐入戏得很突然。

拍摄一周，他就那么毫无痕迹地代入了少年盛辰光，姚绯跟他对戏时都能感受到他身上的少年光芒，他像真正的少年。商锐的感情很浓烈，像是一团火，灼灼燃烧着。

盛辰光的父亲让他照顾夏瑶，盛辰光明面上答应，可转头就坑她。明知道夏瑶怕黑，他却故意设计让她最后一个离校。

盛辰光年少时失去母亲，父亲很快另娶，还带了个拖油瓶。他恨这两个入侵者。他失去了母亲，又很快地失去了父亲。

他想让夏瑶受伤，他想让夏瑶体会他的感受。

他骑着单车潇洒地离开了学校，飞驰在路灯下。他应该畅快，可他想到夏瑶哭的样子，一点都不畅快，少年皱紧了眉头。

他已经到家门口了，却怎么都迈不开步子。他重新折回去，用最快的速度骑到了学校。晚上八点，学校门口一片寂静，夏瑶被几个混混儿堵在中间，单薄的身影脆弱不堪。

他扔下单车飞奔过去，抓住离夏瑶最近的男孩儿，一拳砸了过去。打架一触即发，少年身形高瘦，拳头凶狠，眼神像一只小狼。

对方人多，他身上挨了好几下，却像是不知道疼一样，疯了似的朝着人挥拳。

桀骜的桃花眼闪烁着狠厉，死死地挡在夏瑶身前。

“卡！”导演喊道，“这一条过了。商锐，你的脸没事吧？”

商锐舔了一下唇角的血。没事个屁。

他还没从戏里出来，眼神很凶，睫毛湿漉漉的，带着雾气。他掀起T恤下摆一擦额头的汗，路灯下，他的腹肌精壮，两道斜沟十分清晰。校服裤子很松，就挂在胯骨上。

“有没有受伤？”姚绯拿着一瓶水走过来，拧开，递给商锐，“打到了？”

“我读书时一打五。”商锐接过水灌了一口，抬手揉了一把姚绯的头发，手掌落到她的头顶就不想移开了。她的发顶柔软。她穿着宽大的校服，整个人都很小，嫩生生的一小只。白皙的脸上大眼睛清澈，她抬眼看他。商锐的嗓音哑了几分，低头。“帅不帅？”他问。

“初一学生打五年级学生，简称‘一打五’。”蔡伟让医生给商锐检查伤口，说道，“你这嘴角挺严重的，这群演怎么回事？说好了避开脸，怎么直接往脸上招呼？”

“学生时期的打架就是这样，没什么招式，能打到哪里是哪里，抓到什么就往身上砸，拳打脚踢，目的是把对方打怕。”姚绯在旁边解释说，“他打得很好。”

“是的，蔡总，你专业点。”商锐下颌上扬，带着一股子少年的张扬，一侧头示意姚绯，“走，跟我过去。”

为了避免粉丝围观，现场不好处理，他们把夜戏时间改到了凌晨一点。夜深人静，各部门都在张嘴打哈欠，在困死的边缘徘徊。

“伤怎么样？”司以寒端着咖啡走过来。他以前挺看不上商锐，大概因为商锐是真的没经历过什么事，永远表现得像个天真张狂的小孩儿，没长大过，很少负责。可《盛夏》这部戏出乎他的意料，从头到尾，商锐都拍得很认真，每一个细节都做到位了。“估计要拍到四点，喝咖啡吗？”他说。

“我很讨厌黑咖啡。”商锐往后靠在椅子上，敞开修长的腿，姿态狂放不羁，“嘴角的伤可能要养几天，进度有的拖了。”

司以寒看向姚绯，姚绯也拒绝：“不用了，谢谢导演。我下工后想早点睡觉，喝完睡不着。”

“你的粉丝太疯狂了，本来就要等到学校放暑假才拍。拖吧，时间大把。”司以寒拉过一把椅子坐下。他们这少年戏拍起来也不容易，确定好的场地，由于上次粉丝闹，学校有了其他的考虑——担心学生围观，担心社会人士聚众为学校造成安全隐患。

五、六月高三要备考，之后是高一、高二考试，在这期间拍摄可能会变成社会事件。学校最终决定，让剧组七月中旬学校放假再进校取景拍摄。

“瘀青要处理吗？”队医掀起商锐的T恤，看他后腰的一块瘀青。

“没伤筋动骨吧？”司以寒喝了一口咖啡，问道。

“没事，就是有瘀青。”医生说道，“处理的话就是涂点药，过几天就消了。”

“那先别处理，一会儿还要继续拍，说不定会露腰，处理伤容易穿帮。”

盛辰光打了一场凶狠的架，把夏瑶抱到他的车后座上，带回了家。姚绯坐在车后座上，抱着书包。这一场戏有她搂商锐腰的动作。

导演让先试一场戏，商锐握着单车把手，一条长腿撑在地面上，回头看到姚绯就笑了：“上车，哥哥带你回家。”

姚绯坐上自行车后座。

看着商锐的脊背轮廓在校服T恤下清晰分明，姚绯迟疑片刻，把手放到座位下面，没有搂他的腰。

商锐骑着车东倒西歪地冲了出去，姚绯差点儿被颠下去，抬手揽住他的腰。

“你多久没骑车带人了？”这技术烂的。

“十几年。”商锐的声音落在风里，可能是因为寂静的深夜，他嗓音里的慵懒和笑混在一起，十分清晰，“抱紧你锐哥，被颠下去我可不负责。”

风让他的T恤鼓起，贴到了姚绯的脸上。

这段路提前封了，晚上没什么人，路边有高大的梧桐树。路灯静静亮着，姚绯仰起头。如果她的少年时光里有一个盛辰光，就好了。

“姚绯。”

“嗯。”

“你对恋爱有幻想吗？”

没有。

姚绯把脸贴在他的背上，抱住他的腰。

“你有吗？”姚绯问。

商锐垂下眼看腰间的手。他曾经有过这样的幻想：他骑着单车，载着心爱的女孩儿，就这么自由地飞驰在回家的路上。她抱着两个人的书包，他载着书包和她。

“有啊。”商锐没有把心思说出口，语调缓慢，悠悠扬扬，说道，“那一定是个运气很好的女孩儿。”

“为什么？”商锐幻想找个运气好的女朋友？

“你锐哥这么优秀，能得到他的女孩儿，运气得好成什么样？”商锐笑了起来，眉眼飞扬，缓缓道，“真羡慕她的好运气。”

你可要点脸吧。

“商锐，你给我骑回来！”导演的声音从喇叭里遥遥传来，“往哪里骑呢？你是要骑出S市吗？”

“你知道我为什么做演员吗？”姚绯把额头抵在商锐的脊背上，他的脊背很结实。姚绯听到导演的声音，但她陷在情绪里，不太想回应。

“你喜欢表演。”商锐放慢了速度，打算掉头。

戏里，她拥有爱情，拥有学业，拥有家庭，拥有阳光。戏里，她可以拥有幸福的人生。

出了戏，她一无所有。

“是，我喜欢表演。”姚绯说，“我很喜欢表演。”

“谁不知道你爱表演，”商锐的笑声沉沉，“影后姚绯。”

姚绯贴在他的脊背上，感受到他胸腔的震动。

她抿紧了唇。盛夏的夜太美好，美好到让人迷失。她闭上眼，收紧了手臂，戏快结束了。

比起海岛上的戏，她更喜欢商锐的校园戏。

没有太多欲念，他们只是单纯地喜欢着。那是姚绯心底深处的渴望，是她人生中缺失的那一段重要时光。她说她在少年时代想要一个盛辰光，是为了带商锐入戏，也是真的渴望。她的少年时期是一片黑暗，没有光，没有太阳，没有希望，她孤独而麻木地活着。

她像一株生长在淤泥里的野草，没有人爱她，也没有人在意她活还是不活。她也不知道自己该不该继续活，她渴望读书，可她并不喜欢学校。她在学校的生活只有被嘲讽、被孤立，有无数混乱的打架。她那时候也许闪过一个念头，希望有一个高大的男生挡在她面前或者站在她身边，给她一点希望。她不是害怕打架，也不怕挨打，她只是想有一点和这个世界的联系，至少让她知道为什么而活，知道有人关心她。

到底也没有。刚才商锐在她面前打架时，她快哭出来了。

拍戏真好，她想要的都有。

商锐骑着单车载着少年的她飞驰在林荫深处，在盛夏之中。

夜风卷起了她的发梢和衣摆，滚烫的热浪充斥着盛夏。姚绯两只手圈住面前的少年，仿佛圈住了这个炽热的夏天。

恋爱的幻想？

如果她能恋爱的话，她想有个骑着单车载着她的少年。

商锐和姚绯都很入戏，拍起来异常顺利。最后一个拍摄场地是学校，七月中旬进学校，要拍十天。

终于拍到了少年期的剧情。盛辰光有篮球比赛，夏瑶过来看他，却被盛辰光的好哥们儿误会是来送水给自己。好哥们儿叫秦朝，默默地喜欢着夏瑶。结束比赛，盛辰光吃醋，拉着她跑到了操场后面的小树林。

盛辰光拿宽大的校服外套罩着两个人，这个镜头看起来非常唯美。

“卡！”

摄影师和打光师都退开，姚绯刚要掀起身上的衣服——太热了，她的汗已经沁了出来——商锐抬手握住校服，把她压到墙上，低头亲到她的唇上。

他的眼特别黑，又深又沉。他很用力舔了一下姚绯的唇角，才掀开校服。姚绯扎头发的皮筋挂到了校服上，被带落，如瀑长发披散下去。她靠在墙上，唇发红，大眼睛清澈分明。

姚绯心跳得人都木了。

她缓了缓情绪，环视四周，看到不远处站着的苏洺。

姚绯脑子“嗡”的一声。

苏洺身边站着蔡伟和周挺。俞夏挺着大肚子拎着奶茶，一脸温柔又意味深长地笑着看这边。他们身边放着个大箱子，还是俞夏先回过神，眨眨眼笑道：“过来探班，给你们送冷饮。拍完了吧？赶快过来喝点东西。姚绯想喝什么？”

姚绯没动，还站在墙边。刚才那个不是戏，是商锐在亲她。

他们在戏外接吻。

衣服挡住了视线，她并不知道这么多人围观。

“有什么？”商锐把衣服扔给了一边的助理，看了姚绯一眼，他的眼睫毛还潮着。他又舔了一下唇角，清了清嗓子，但还是嗓音沙哑。“我给姚绯拿。”他说。

“冰的奶茶、果茶、咖啡，还有冰激凌。你们要喝什么？”

商锐取了两杯奶茶转身走向姚绯。姚绯已经回过神，接过助理递来的手持小电风扇吹风，打算过去跟俞夏和苏洺打个招呼。

商锐把冰奶茶塞到了她的手里，修长、骨节分明的手指胡乱撸了一把她的头发。他俯身平视她的眼，嗓音压得低沉，意味深长道：“你的脸很红，热呀？”

“给你们吸管。”蔡伟跑过来把吸管递给姚绯。商锐接过两根吸管，拆开，把一根戳进姚绯手里的奶茶中。

“这一条可以吧？”商锐站在姚绯身边，随口问导演。

“非常可以。”俞夏刚到片场就看到这么热辣的一幕，震惊于商锐和姚绯竟然这么搭，他们跟真是情侣似的，“商锐，你现在演技真好。”

导演起身扶俞夏在旁边坐下，跟商锐和姚绯说道：“下午没有姚绯的戏了，姚绯可以换衣服休息了。”

姚绯深吸一口奶茶，她还是第一次喝奶茶。

冰冷的奶茶落入口腔，低糖奶茶不太甜，里面有类似糯米丸子的东西。姚绯把糯米粒咽了下去，脸上不那么滚烫了才走向苏洺。

“你们什么时候过来的？”

“你们拍戏时。”苏洺看姚绯头发潮湿，递给她纸巾，“戏拍得挺顺。”

姚绯点头说："还好。"

"谦虚了，特别好。"俞夏在旁边不遗余力地夸，还沉浸在刚才的戏中，"你真的特别好，不管是成年戏还是少年戏，你都把握得非常好，分毫不差，完全符合我对夏瑶的想象。"

"谢谢。"

"你是个好演员。"俞夏很喜欢姚绯，从不吝啬夸赞，竖起大拇指，"刚才这场戏若是放出去，肯定会是名场面。"

这点不用俞夏说，其他人也能看得出来。将来上映，这场戏肯定能被列入最甜名场面盘点。

苏洺又拿纸巾，给姚绯擦干，才抬头看烈阳，叹口气道："这部戏拍得真久，夏天都快结束了。拍了一整个夏天，真是符合电影的名字——盛夏。"

姚绯也抬头看天空。

即将八月，夏天是快结束了。

"少喝点奶茶，就算没糖，里面也是糯米，都是碳水。减肥太痛苦了。"苏洺说，"辛苦你了。"

姚绯松开了吸管，握着杯子："嗯，谢谢。"

"行了，你去忙吧。"苏洺说，"我这就走，你们拍戏顺利就好，杀青时我来接你。"

姚绯站了一会儿，想说什么，到底什么都没说："那我去换衣服。"

姚绯换完衣服回操场，来探班的人都走了。

操场上，其他人还在拍戏，他们在补拍打篮球的戏份。商锐还穿着校服，身高腿长，运球娴熟。他一跃接过球，潇洒地投篮，篮球拉出漂亮的弧度落入篮筐，"哐当"一声响。

姚绯插兜在镜头外观看。

"锐哥读书时也是风云人物吧？"刘曼把矿泉水递给姚绯，说道，"长得好看，会打篮球，听说学习也很好。"

"他什么时候不是风云人物？"姚绯喝了一口水，"戏里戏外都风光无限。"

"也是，天之骄子。"刘曼说，"含着金汤匙出生，活在金字塔顶，命运的宠儿。你说气不气人，有的人啊，就是会投胎，不但有钱，长得还好看，要什么有什么。命运不公。"

姚绯笑了起来。

篮球戏拍了半个小时，终于拍完了。姚绯打算转身离开，一个篮球就扔了过来，她本能地退开，转头对上商锐漆黑的眼，他的眼里浸着点笑。

"姚绯同学，能不能麻烦你捡一下球？"

姚绯把矿泉水瓶放到了地上，捡起篮球，站在原地起跳，篮球飞过半个操场，径直砸进了篮球筐。场上还有几个没退场的年轻群演，他们张了张嘴，随即拍了一下手：“绯姐，牛啊！”

商锐回头看篮球筐，又看姚绯。

姚绯把头发扎成了高马尾，穿着简单的白T恤。她喜欢穿长裤，不管多热都穿裤子。她站在操场边，一笑，齿尖白得诱人，有独属于她的魅力。

她原本就是个很骄傲的人，她也有骄傲的资本。

午后的阳光把教学楼倒映在操场上，落出大片阴影。她就站在阴影和光的交界处，发丝被映成了金色，光芒万丈。

“你会打球？”商锐扬起下颌，一张俊美的脸上有明显的意外神情。姚绯处处都是惊喜，这个人就是宝藏。“这么秀？要不要打一场？你和我。”他说。

“不会打球。”姚绯看着商锐被汗水洇湿的衣服，校服穿在他身上合适极了，“只会投篮。”

“锐哥，你赶紧去换衣服吧，你的衣服湿透了，小心一会儿感冒。”蔡伟走了过来，递给商锐一瓶水，吩咐商锐的助理，“带锐哥去换衣服。”

“你在这里等我，晚上一起回去。”商锐倾身抽走了姚绯手里的水瓶，两个人擦肩而过，他身上的热气混着柑橘的清新。他注视着姚绯，修长白皙的指尖打开了姚绯的水，缓慢地拿起瓶子，贴着姚绯喝过的地方，仰头喝了一口。凸起的喉结滚动，水浸湿了他的唇，又红又潮。他的眼神比盛夏炽热。他退后两步。“等我。”他说。他利落地转身，拎着矿泉水瓶挥了挥手，迈开长腿大步走向了服装车。

空气因他而燥热。

“《盛夏》快拍完了，四个月一转眼就过去了，真快。”蔡伟没有跟商锐走，他对姚绯说，“你们都很入戏，拍得很好。”

“确实快，四个月了。”姚绯看向了蔡伟，“蔡总，有事吗？”

“借一步说话。”蔡伟敛起了其他的情绪，说道，“方便吗？”

“去我的车上说吧。”姚绯往自己的车走去。

“好。”

两个人一前一后上了姚绯的保姆车。姚绯说：“刘曼，你去帮我买瓶水，你和司机一块儿去。”

刘曼刚想说“车上不是有水吗”，便看到上车的蔡伟。她停顿了一下，连忙叫上司机：“那我们走了。”

姚绯拉上车门，车厢里只有她和蔡伟。她开口：“您说吧。”

“你打算跟商锐谈恋爱吗？”

“不考虑。”姚绯甚至都没有过多的犹豫，直截了当地回答。

蔡伟陷入了长久的沉默，已经准备好了说辞。

昨天，商锐突然宣布要出新专辑，发过来四首歌。四首歌里写满了姚绯，就差在上面打个标题：我爱姚绯。

“从没有想过？”蔡伟又问了一遍。

“为什么要想？”姚绯问回去，垂下睫毛笑了，“蔡总，您想从我这里得到什么答案？”

蔡伟在岛上明确告诉过她，不要对商锐有过多的幻想。姚绯当时没回答他，也不想多解释，她从不幻想。

蔡伟第二次来找她，如果姚绯还不知道目的，那太蠢了。

“只是觉得，你们两个的感情过于要好。”蔡伟斟酌用词，“我以为你对他——会有不一样的感情。”

“拍戏需要，入戏而已。”姚绯清凌凌的眼没有太多的情绪，淡淡道，“演员都是这样。他以前拍戏不入戏吗？”

“他能入剧组都烧高香了。”蔡伟无奈地笑了一下，商锐原来是剃头担子一头热，“我第一次见他这么‘入戏’，产生了过多的担心。你知道的，以他的流量，你们若是有意向，可能会闹出很大风波。你刚回来，事业在起步，对你影响很大。你们是真感情还好，若是你们因戏生出感情，出戏的那天，残局可不好收拾。”

“拍完戏我会跟他断联。”姚绯往后靠在座位上，注视蔡伟片刻，道，“戏有三月粉，入戏也差不多，三四个月后我们就会是路人。”

“祝你前程似锦。”蔡伟伸手。

“我不喜欢在戏外跟人肢体碰触，”姚绯想了想，很诚恳地说，“就不跟您握手了，希望您能理解。”

“能理解。”蔡伟收回手，说道，“那我先走了。”

蔡伟离开车厢，姚绯转头静静看着窗外的校园。保姆车停在林荫深处，她的手机响了起来，姚绯看到来电人是商锐。她挂断电话，手肘放到车窗上，手支着下巴认真地看外面的学校。

她曾经无数次做梦，梦到自己坐在教室里。明亮的教室窗台洁净，她坐在最后一排抬起头看黑板，老师站在讲台上，黑板右上角挂着“中考倒计时”。可她没有参加中考就结束了学业。

梦里有一张永远做不完的试卷，梦里有一条通往光明的长廊。

姚绯不会往前走，她知道往前走一步打破这个梦境，眼前的一切都会消失——没有教室，没有试卷，没有老师，没有光明。

刘曼敲了一下车窗，随即上车：“绯姐，回去吗？”

“回去。”

姚绯拿起手机给商锐回消息：“我先回去了，改天见。”

司机倒车，出了车位，缓缓开向学校门口。蹲守的粉丝看到车辆立刻站起来，举着海报和手里的礼物尖叫起来。姚绯降下车窗，喧嚣的人群静了几分——她们在蹲商锐。

“锐哥的车在后面。”姚绯指了指后面，微笑着说道，“五六分钟后会出来。注意安全。”

“绯宝！”人群中挤出来一个女生，举着一罐糖，热得满头大汗，但还是很坚定地挤了过来。“送你的。”女生说。

“谢谢。”姚绯接过糖，说道，“你要签名吗？”

“要！”女生的眼睛都放光了，“我爱你。”

姚绯签了名，把笔送给了她：“注意安全，早点回家，再见。”

“再见。”

车窗关上，燥热和蝉鸣都被隔绝在外。姚绯没有把糖分给助理，垂下眼：“回中央花园，我今晚想回家住。”

“好的。”

“谢谢。”

姚绯的最后一场戏被安排到了八月初，二〇二〇年，八月七日，立秋。八月初就开始下雨，天空像是浸满水的海绵，沉重地压在头顶，让人有些喘不过气。

机场离别的哭戏，少年夏瑶和盛辰光分别。

哭戏不可能真的在机场拍，剧组搭建的摄影棚在SW传媒二十九层——姚绯梦开始的地方。从准备拍摄到进入状态，姚绯用了半个小时。

入戏，开始拍摄，这是一场告别。

这是夏瑶对盛辰光的告别，也是她对青春里唯一的光告别。姚绯捂着脸缓缓蹲下去，高中已经结束了。她穿着T恤、牛仔裤，身材单薄瘦削，把脸埋在膝盖里，一开始只是肩膀小幅度地颤抖，哭得太轻了。

全场寂静，只有摄影机在静静地拍。

直到她放声大哭，少女压抑许久的痛苦宣泄了出来。她的舍不得，她的爱情，她亲手把有光的窗户关起来，她重新走回到黑暗中。

她哭得声嘶力竭，她把脸伏在膝盖上。

她在控诉。凭什么她什么都没有？凭什么她不配？凭什么她生在黑暗里？她在心里想着，还是义无反顾地关上了那扇窗。

导演喊了“停”，姚绯哭得脑子有点蒙。她恍惚了一下，其实哭是夏瑶的情绪，不是她的。

她被人从地上拉起来，被用力地拥入怀中。

“杀青了，《盛夏》拍完了，别哭了。”商锐没有接助理送过来的纸巾，他把拇指落到姚绯的眼下，细细地给她擦，“恭喜！杀青。”

两个人站得太近，姚绯闻到了商锐身上的木质香调。他自从收到了姚绯的香水，再没有喷过那些带着麝香味道的香水。

姚绯哭得头晕，她抬起头看商锐俊美、棱角分明的脸，脑子恍惚了一会儿，用力推开了商锐：“谢谢。”

商锐歪头注视姚绯片刻，手掌落到她的头顶，用力揉了一把，随即把修长、骨节分明的手指递到姚绯面前。他弯下桃花眼，浓密的睫毛覆下。他的眼很深，浸着点笑。他的嗓音沉了下去：“再见，小夏瑶。你好，小姚绯，欢迎回到现实世界。”

他今天穿了件休闲白衬衣，衬衣领口随意敞着，露出半条锁骨。这种慵懒又性感的穿法，让他显得特别矜贵。衬衣下摆塞入黑色长裤中，勾勒出笔直修长的腿。

姚绯看着他泛白的指尖。他也是晒不黑的体质，回来一段时间就白回了曾经的模样。

“欢迎回到现实世界。”姚绯握了一下他的手指，一触即松，绕过商锐走出了洗手间。

商锐站在原地蹙了一下眉，还在回味手指上一触即松的感觉。

难道不该说点别的吗？

不用力抱抱他？

“锐哥，虽然这个摄影棚是刚搭建的，但也是洗手间。”周挺提醒他，“待着不觉得有味儿吗？”

商锐抬起下颌看了他一眼，迈开长腿往外面走：“你们这些人也太过分了，杀青了就不管她了。她哭得那么惨，你们都不去安慰。”

“主要是，一般人没锐哥您速度那么快。”猎豹一般的速度。姚绯的助理都没凑到跟前。周挺递给商锐一支烟，说道：“抽根烟，你别跟着去了，这个时候就让她冷静冷静吧。”

商锐斜睨他：“周总，你不是在跟苏洺谈恋爱吗，为什么思维还这么——奇特？”

“怎么说？”周挺把烟又塞回烟盒，只留了一支随意捏在指尖，“锐哥有什么指教？我听听。”

“女孩儿心情不好才更需要陪伴。”商锐单手插兜，抬起下颌，“她很脆弱，很需要——”男朋友。商锐觉得还没有公开关系，直接说“男朋友”有些不合适，改口道，“我。这个时候的她很需要一份安全感。”

“你读书时成绩不错吧？”周挺问。

“还行吧。”商锐若无其事地抬眼，漫不经心道，“中考是区第一，高中三年拿过几次年级第一。”

“学霸啊，难怪理论知识这么扎实，受教了。”周挺点头，“杀青宴在江边别墅，等会儿过去？”

“我跟姚绯一起，不用管我。”

商锐原计划和姚绯一起去往杀青宴，结果姚绯换完衣服直接走了，没跟他一起。姚绯的态度很怪，商锐皱了一下眉，心情很不好。

“锐哥，我们也要走了。”蔡伟走过来把一个红包递给商锐。商锐昨天杀青，但他坚决不要红包，非要等到今天跟姚绯一起杀青。

商锐接过红包，顺手塞给身后的助理。他垂下眼，单手插兜往电梯走。路过二十九层走廊的洗手间，他回头看了一眼，想到那次他在这里见姚绯。

“看什么？”蔡伟说，“苏总她们已经过去了。”

商锐的指尖在裤兜里钩到了金属质感的东西，他给姚绯准备的杀青礼物。姚绯居然没等他，很好，这个礼物她现在拿不到了。

商锐走向电梯间。

“姚绯签了新剧，下个月进组。”

商锐进电梯的动作一顿，回头看向蔡伟：“什么？”

蔡伟抬手按着电梯，说道：“都市职场爱情剧，叫《爱情悄悄然》，橙子传媒投拍的。”

“电视剧？爱情剧？”商锐抽出手，扯了一下领口，“已经签了？导演是谁？这名字听着就像是烂剧。”

“导演你估计没听说过，”蔡伟说，“叫王俊。快点进去。”

商锐确实没听说过。他拧眉走进电梯：“苏洺怎么会给她接这种垃圾戏？她也不反抗吗？”

“听说片酬挺高。她还欠着外债呢，这剧投资可以。”蔡伟跟着走进电梯，按下负一层，说道，“解约的违约金都没付清，《盛夏》才几个钱，勉强够吃饭。”

“ES 的代言你没给苏洺？”

“这两天会联系。”

“你太慢了。”商锐的心情差到了极点，拿出手机搜索剧名，看了一眼剧组配置，脸色更难看了。“姚绯不是女一号？”他问。

“对，是女二号。”蔡伟说，“这剧男女主演的配置还可以，宋一和刘章灏人气都很高。”

“你去联系苏洺，让她解约，违约金我出。”商锐把手机装回口袋，一张俊美的脸已经冷得带了冰碴，嗓音低沉，一字一句，“姚绯不演女二号。”

《盛夏》剧组财大气粗，杀青宴在贵到上天入地的江边别墅举办。这个餐厅最大的优点是隐私性好，绝不会有粉丝闯入。

姚绯跟苏洺进入餐厅。她第一次来这个餐厅时刚拿下《盛夏》剧本。商锐短信通知她，要求她辞演。那时候她想把商锐的脑袋塞进垃圾桶里。不过也只是想想，不管是过去还是现在，她都不能把商锐的脑袋塞进垃圾桶。

“九月一日《爱情悄悄然》开机，八月十日你就得过去定妆了。”

姚绯把雨伞交给工作人员。外面还下着雨，夏天的雨天热而潮，有种泡在蒸汽中的感觉。姚绯从停车场走到餐厅，手心就有一些潮湿和黏。

“我知道了。”

“你要是不想喝酒，我就对外说你酒精过敏。”苏洺说，“不会有人逼你喝酒。”

“谢谢苏总，不用了。”姚绯对酒精没好感，但她今天有点想喝酒了，“我也得敬大家一杯，他们很照顾我，感谢大家给我机会。”

“你有能力才有机会。”苏洺握了一下姚绯的肩膀，“这个机会是你自己争取来的。”

姚绯笑了笑，没再继续说下去。

剧组包了餐厅的一层。姚绯作为主演，自然坐到主桌。导演去接编剧了，还没到，姚绯拿出手机打开微博。

杀青了，她得发个微博。

身边的椅子被拉开，发出声响，姚绯抬眼就撞入商锐深邃的黑眸中。

商锐拉开椅子，长腿迈过来，带着木质香调，悠然地落座到旁边，架起腿仰靠在椅子上：“你跑得很快呀。”

姚绯这回连话都没接，直接转过头继续编辑微博。

“在写杀青感言？”商锐俯身而来，靠得很近，“要写什么，感谢我吗？”姚绯感受到他呼出的热气，迅速往旁边挪了一下。

“离我那么远干什么？”商锐靠回去，抱臂看她，总觉得姚绯在避着他，好几天前就这样了。

“避嫌。”姚绯接着打字：“再见，夏瑶。”

点击“发送”。

“你跟我避嫌？”商锐偏了一下头，盯着姚绯的侧脸，“需要吗？”

“为什么不需要？”姚绯发完微博，拿起桌子上的水喝了一口，“该避嫌的，杀青后我们就该回到现实，需要出戏，至少几个月不能联系。也许我们以后也不会再联系。非营业期间离得太近，会传绯闻，对你对我都是困扰。”

商锐的眼冷了下去，彻底的冰冷。他的下颌绷出冷冽的线条，他直直地盯着姚绯。

以前，那些人跟他八竿子打不着就拼命炒作是“真爱”。姚绯确实没跟他炒过绯闻，一次都没有，就算之前视频营业那次，她发的微博内容也是“你们”。

“你那么怕跟我炒绯闻？你跟我之间的事是绯闻吗？我不认为我们有什么好避嫌的。”

“我们除了是搭档，还有其他的关系吗？”姚绯放下手机看向商锐，“商锐，戏结束了。我们也要从《盛夏》里走出来，离开角色，脱离那些感情。你是商锐，我是姚绯。”

“锐哥！”秦朝的扮演者许之廖过来打招呼，非常热情。

商锐面无表情地朝他点了一下头，语调无波：“别跟我说话，找一个离我最远的地方待着，去吧。”

“绯姐，恭喜杀青。”许之廖比姚绯和商锐都小，是SW传媒新签约的艺人。“我跟绯姐打个招呼就走，不打扰你们。”他说。

“谢谢。”姚绯微笑着跟他握了一下手，他就欢快地离开了。

“你对他笑什么？”商锐垂下睫毛，注意力在姚绯的手指上。他的胸口有些闷，餐厅里空调开得太低了，他喘不过气。“他长得还没我好看。”他说。

“锐哥。”姚绯开口。她不怎么叫商锐“锐哥”。她一开始叫他“商先生”，后来叫他“商锐”，偶尔喊一声“锐哥”。这一声“锐哥”和其他人喊商锐时没什么差别。她的语气认真严肃：“你不是盛辰光，我也不是夏瑶。”

“是吗，你是入戏？”商锐的视线往上移，顺着姚绯细腻白皙的肌肤一寸寸移到了下巴上。巧得很，姚绯又穿了一件黑色衬衣，跟他们上一次来这里吃饭时穿的差不多。

她的头发扎成马尾，细腻白皙的脖颈露在外面。她很瘦，皮肤冷白，不笑的时候像是漂浮在水面上的薄冰，透明的寒。

“演员不入戏，演不出好作品。”姚绯的手随意地搭在桌子上，轻叩了一下，“在拍摄期间，演员要入戏，这是演员的基本素养。”

商锐放下长腿，端起桌子上的水一饮而尽，他转头拧眉注视着姚绯，有些烦躁：“什么都是入戏？接吻、你送我东西，都是入戏？”

“送什么？”姚绯愣了一下。

“香水。”商锐注视着姚绯的眼，“姚绯，我能接受你需要时间——”

“你之前用的那款香水和李盛的一样，我很讨厌那款香水。很抱歉，我当时应该跟你说清楚，我怕你生气、闹脾气，不会用。我们需要合作，靠得太近了，那个味道让我没办法入戏。”

商锐垂下了眼，睫毛在他眼下投出浓重的阴影。

“拍戏期间因为感情的代入，可能会把对方想象得很美好，会把剧本里的光环加注到演员身上。像这种入戏，演员本身也会带着一些剧本带来的光环。有时候演员自己并不能分辨出来具体情绪来自什么，现实与幻想混淆，以至于失去对人的判断。其实现实中的对方并没有这么好，都是因为剧情滤镜。所以一般情况下，爱情戏结束，男女主演需要分开一段时间来认清戏和现实的区别。”姚绯解释了一段。

“那你——在跑步时，说的妄想是什么？”商锐抬眼，目光冷锐而锋利。

“《春夜》的剧本呀。我当时无法入戏，我想找个可以入戏的点。《春夜》的剧本是我永远的遗憾，我在很长时间里都靠着这个剧本代入遗憾的情绪。”姚绯不知道商锐为什么问这个，她觉得当时说的话挺正常的，应该没有让商锐误会的点吧？“怎么了？”她问。

“所以，所有的感情都来自演戏？”商锐喉结滚动，眼梢浸着一点红，但语调一如既往地平静、缓慢，“我的，你的。”

“差不多吧。”姚绯迎着他的目光，“如果我没记错，你在进组前还很厌恶我。我们在这家餐厅吃过饭呢，记得吗？当时你劝我辞演。如果没有剧本，你现在还厌恶着我。”

“那时我不知道你是因为吃药才强吻我，跟剧本没关系。就算没有剧本，我清楚真相后也不会厌恶你。”商锐往后靠在椅子上，垂下眼，尽可能遮住全部的情绪，把嗓音压得很沉，每一个字都说得很慢，“也许，我们拍戏的时间太久，你分不清对我的感情，误以为都是入戏。姚绯，你并不是一个能认清自己感情的人。”

导演带着编剧走进了门，苏洺、周挺紧随其后。他们走进来，其他人一起围了上去，餐厅里热闹起来。

姚绯说：“我不认为我有认知障碍，戏结束了。”

她该说的已经说完了，她和商锐都要回到各自的世界里，她起身，打算去跟导演打个招呼。

“你不会是一早就喜欢上我了吧？”商锐低沉缓慢的声音响了起来，有着洞悉一切的笃定，“剧本和现实混淆，你无法判断哪个是现实，哪个是剧本。你又不敢面对真实的感情，所以武断地把一切都推到入戏上。”

姚绯转头看向商锐：“商锐，我没有喜欢——”

“可以，我们是应该分开一段时间出戏，离开盛辰光和夏瑶。”商锐放下手，拿起桌子上的酒倒了半杯，起身弯腰跟姚绯面前的空杯子碰了一下，清脆的一声响。他端起杯子一饮而尽。殷红的液体沾在他的唇上，他的唇很红，桃花眼却是沉黑的。他注视姚绯。“时间会证明，你对我的喜欢不是入戏。你就是喜欢我。”他说。

商锐放下酒杯，起身，整了一下白衬衣，迈开修长的腿离开了桌子，走向了出口。

“商锐，你去哪里？”司以寒刚要过来坐就看到商锐往外面走，皱眉道，“该吃饭了。”

“不吃了，你们吃吧。”商锐径直走了出去，略过所有人走出了门。

蔡伟刚从洗手间出来就看到商锐的背影，皱了眉头。

“蔡总？”司以寒看向蔡伟，说道，“怎么回事？”

蔡伟立刻看了一眼姚绯。姚绯站在餐桌前，看不出喜怒，一如既往地冷淡，没什么感情的样子。蔡伟猜到发生了什么，姚绯大概是跟商锐讲清楚了。他说道：“没事没事，你们先吃，不用管他。他估计胃不舒服，这次拍戏，熬夜、作息不规律，胃病犯了几次。他应该不会回来了，我去给他弄点吃的，去看着他。抱歉了，杀青宴先走了。”

“都是自己人，不用客气，改天一起吃饭。”俞夏说，“你先去看他吧。”

蔡伟转身快步跑出了餐厅，去追商锐。

“商锐有胃病吗？”俞夏说道，“认识他这么多年，我还没见他脸色这么难看过，胃病很严重？”

商锐有胃病。姚绯在岛上天天晚上被他送面，就忍不住吐槽了一句：“哪有艺人这么吃精碳水的？”商锐的回答是这么吃胃舒服，姚绯才知道他有胃病，吃清汤面养胃。

挺矜贵的人，也不知道怎么就有了胃病。但他走出去，绝不是因为胃病。

商锐一直走出门，助理递来雨伞，他没看也没接，直接走进了雨中。雨水淋湿了他的衣服，他双手插兜走在雨里，抬头看了一眼江对岸的建筑。

天气阴得很重，天边是青灰色的。江上有大团浓雾，雨水纷纷扬扬洒向大地，把天地染成了暗沉的颜色。他的睫毛和眉毛都沾上了水，湿漉漉的，他垂下睫毛，一滴水顺着他的睫毛滚了下去。

曾经姚绯问他为什么入戏慢，其实他是怕付出感情。他怕付出了感情，别人却还站在岸边。他怕只有自己深陷其中，成为笑话。

他的骄傲不允许。

但当时姚绯的眼神让他相信，这场戏里不是只有他一个人，他就毫不犹豫地跳了进去。但他不是入了剧组的戏，而是入了姚绯一个人的戏。

“锐哥。”

一把雨伞撑到了头顶，商锐回头看了一眼蔡伟，皱眉：“你出来干什么？蔡总，你不应酬吗？”

“怎么了这是？”蔡伟说道，“饭也不吃了？要回去吗？怎么样也要把杀青宴进行完。你一个男一号，说走就走？”

商锐伸手，嗓音很淡：“车钥匙给我。”

“你喝酒了吧？你不能开车。”蔡伟闻到商锐身上的酒味，说道，“你要去哪里？我送你去。”

“陈年。”

“陈年”是商锐在S市开的酒吧。他有很多酒吧，这是他在S市最爱去的一个，保密性也做得很好。

“走吧，我送你去。”大白天去酒吧？他是疯了。

商锐把手插兜，指尖再次碰到裤兜里尖锐的金属。他抽出手，用修长的食指和拇指捏着一颗晶莹的钻石，嗓音很沉：“这个耳钉好看吗？”

铂金耳钉上面镶着一颗钻石，样式很简单。

“钻石挺大的。”蔡伟“啧”了一声，说道，“什么时候买的？你不是不戴这么大钻石的吗？怎么只有一只？”

商锐捏着铂金的耳钉棒针，在手指上转了一下。晶莹的钻石切割面随着动作闪烁着光芒。

“好看吗？”他又问了一遍。

“好看啊。”蔡伟不知道他什么意思，夸道，“挺好看的。”这么大的钻石肯定很贵，能不好看吗。

商锐离开了雨伞，大步走到了观景台边缘。脚下就是滚滚的江水，他用力抬手把耳钉扔了出去。耳钉在空中画出抛物线，坠入江水中。耳钉太小了，很快就再也看不见了。

蔡伟举着雨伞张了张嘴，一时间没发出声音。

那么大的钻石，这就扔了？

商锐双手插兜，叉着笔直修长的腿站在江边栏杆前，白色衬衣已经全部湿透，贴在他轮廓分明的脊背上。他仰起头，下颌拉出傲慢的弧度：“她的杀青礼物没有了，是她的遗憾。”